Rick Riordan

La casa de Hades

Rick Riordan es el autor de la serie de libros para niños Percy Jackson, bestseller número uno de *The New York Times*, así como la galardonada serie de misterio *Tres Navarre* para adultos. Durante quince años, Riordan enseñó inglés e historia en escuelas secundarias en San Francisco y Texas. Actualmente vive en Boston con su esposa y sus hijos.

LA CASA DE HADES

LA CASA DE HADES

Rick Riordan

Traducción de Ignacio Gómez Calvo

VINTAGE ESPAÑOL
Una división de Random House LLC
Nueva York

PRIMERA EDICIÓN VINTAGE ESPAÑOL, JUNIO 2014

Copyright de la traducción © 2014 por Ignacio Gómez Calvo

Para mis maravillosos lectores:
lamento el suspense final.
Bueno, en realidad, no. JA, JA, JA, JA.
En serio, os quiero, chicos

I

Hazel

Durante el tercer ataque, Hazel estuvo a punto de comerse un canto rodado. Estaba mirando la niebla con los ojos entornados, preguntándose cómo era posible que costase tanto volar a través de una ridícula cordillera, cuando las alarmas del barco sonaron.

—¡Todo a babor! —gritó Nico desde el trinquete del barco volador.

De nuevo al timón, Leo tiró de la rueda. El *Argo II* viró a la izquierda, y sus remos aéreos hendieron las nubes como hileras de cuchillos.

Hazel había cometido el error de mirar por encima de la barandilla. Una oscura figura esférica se lanzó hacia ella. «¿Por qué la luna viene a por nosotros?», pensó. A continuación lanzó un grito y cayó sobre la cubierta. La enorme roca pasó tan cerca por encima de ella que le apartó el pelo de la cara.

¡CRAC!

El trinquete se desplomó; la vela, los palos y Nico cayeron en la cubierta. El canto rodado, aproximadamente del tamaño de una ranchera, se alejó en la niebla como si tuviera asuntos importantes que atender en otra parte.

—¡Nico!

Hazel se acercó a él con dificultad mientras Leo estabilizaba el barco.

—Estoy bien —murmuró Nico, retirando los pliegues de lona de sus piernas.

Ella le ayudó a levantarse, y se dirigieron a popa tambaleándose. Esa vez Hazel se asomó con más cuidado. Las nubes se apartaron lo justo para dejar ver la cima de la montaña situada debajo de ellos: una punta de lanza de roca negra que sobresalía de unas verdes pendientes cubiertas de musgo. En la cima había un dios de la montaña: un *numina montanum*, como los había llamado Jason. O también conocido como *ourae*, en griego. Se llamaran como se llamasen, eran desagradables.

Como los otros con los que se habían encontrado, llevaba una sencilla túnica blanca sobre una piel áspera y oscura como el basalto. Medía unos seis metros de estatura y era muy musculoso, con la barba blanca suelta al viento, el cabello despeinado y una mirada de demente, como un ermitaño loco. Gritó algo que Hazel no entendió, pero estaba claro que no era un saludo. Levantó con las manos otro pedazo de roca de su montaña y empezó a darle forma de bola.

La escena desapareció entre la niebla, pero cuando el dios de la montaña volvió a gritar, otros *numina* le contestaron a lo lejos y sus voces resonaron a través de los valles.

—¡Estúpidos dioses de las rocas! —gritó Leo desde el timón—. ¡Es la tercera vez que tengo que reparar el mástil! ¿Os creéis que crecen en los árboles?

Nico frunció el entrecejo.

—Los mástiles vienen de los árboles.

—¡Esa no es la cuestión!

Leo levantó uno de los controles, confeccionado a partir de un mando de Nintendo Wii, y lo giró. Una trampilla se abrió en la cubierta a escasa distancia y de ella salió un cañón de bronce celestial. A Hazel le dio el tiempo justo a taparse los oídos antes de que disparara al cielo una docena de esferas metálicas seguidas de un reguero de fuego verde. A las esferas les salieron pinchos en el aire, como las hélices de un helicóptero, y se alejaron en la niebla dando vueltas.

Un momento más tarde, una serie de explosiones crepitaron a través de las montañas, seguidas del rugido de indignación de los dioses de las montañas.

—¡Ja! —gritó Leo.

Lamentablemente, dedujo Hazel a juzgar por sus dos últimos enfrentamientos, el arma más reciente de Leo no había hecho más que molestar a los *numina*.

Otro canto rodado pasó silbando por los aires por el costado de estribor.

—¡Sácanos de aquí! —gritó Nico.

Leo murmuró unos comentarios poco halagadores sobre los *numina*, pero giró el timón. Los motores zumbaron. Las jarcias mágicas se tensaron, chasqueando, y el barco viró a babor. El *Argo II* ganó velocidad y se retiró hacia el noroeste, como habían estado haciendo durante los últimos dos días.

Hazel no se tranquilizó hasta que se alejaron de las montañas. La niebla se despejó. Debajo de ellos, la luz del sol de la mañana iluminaba la campiña italiana: colinas verdes y onduladas y campos dorados que no se diferenciaban mucho de los del norte de California. Hazel casi podía imaginarse que estaba regresando a su hogar en el Campamento Júpiter.

La idea le produjo pesar. El Campamento Júpiter solo había sido su hogar durante nueve meses, desde que Nico la había sacado del inframundo. Y, sin embargo, añoraba el campamento más que Nueva Orleans, su lugar de nacimiento, y desde luego más que Alaska, donde había muerto en 1942.

Añoraba su litera en los barracones de la Quinta Cohorte. Añoraba las cenas en el comedor mientras los espíritus del viento se llevaban los platos con toda rapidez y los legionarios bromeaban sobre los juegos de guerra. Quería pasear por las calles de la Nueva Roma cogida de la mano de Frank Zhang. Quería experimentar por una vez lo que era ser una chica normal, con un novio dulce y cariñoso.

Pero sobre todo quería sentirse a salvo. Estaba cansada de tener miedo y estar inquieta a todas horas. Se quedó en el alcázar mientras Nico se sacaba las astillas del mástil de los brazos y Leo pulsaba botones en la consola del barco.

—Qué marrón —dijo Leo—. ¿Despierto a los demás?

Hazel estuvo tentada de contestarle que sí, pero los otros tripulantes habían cubierto el turno de noche y se habían ganado el descanso. Estaban agotados de defender el barco. Daba la impresión de que cada pocas horas un monstruo romano quisiera zamparse el *Argo II*.

Unas semanas antes, Hazel no habría creído que alguien pudiera dormir en pleno ataque de unos *numina*, pero en ese momento se imaginaba perfectamente a sus amigos roncando bajo la cubierta. Cada vez que ella tenía ocasión de echar un sueño, dormía como si estuviera en coma.

—Necesitan descansar —dijo—. Tendremos que encontrar otra solución nosotros solos.

—¿Eh?

Leo miraba ceñudo su monitor. Con su camisa de trabajo hecha jirones y sus vaqueros salpicados de grasa, parecía que hubiera perdido un combate de lucha contra una locomotora.

Desde que sus amigos Percy y Annabeth habían caído al Tártaro, Leo había estado trabajando prácticamente sin descanso. Y había estado más furioso y todavía más motivado que de costumbre.

A Hazel le preocupaba, pero una parte de ella se alegraba del cambio. Cada vez que Leo sonreía y bromeaba se parecía demasiado a Sammy, su bisabuelo: el primer novio de Hazel, en 1942.

Uf, ¿por qué su vida tenía que ser tan complicada?

—Otra solución —murmuró Leo—. ¿Ves alguna?

En su monitor brillaba un mapa de Italia. Los montes Apeninos recorrían el centro de ese país con forma de bota. Un punto verde que representaba el *Argo II* parpadeaba en el lado oeste de la cordillera, a varios cientos de kilómetros al norte de Roma. El viaje debería haber sido sencillo. Tenían que llegar a un lugar llamado Epiro, en Grecia, y encontrar un antiguo templo llamado la Casa de Hades (o Plutón, como lo llamaban los romanos; o, como a Hazel le gustaba pensar en él, el padre ausente más lamentable del mundo).

Para llegar a Epiro solo tenían que ir todo recto hacia el este, cruzar los Apeninos y atravesar el mar Adriático. Pero no había salido de esa forma. Cada vez que intentaban cruzar la columna vertebral de Italia, los dioses de las montañas les atacaban.

Durante los últimos dos días habían viajado hacia el norte con la esperanza de encontrar un paso seguro, pero no habían tenido suerte. Los *numina montanum* eran hijos de Gaia, la diosa a la que Hazel tenía menos aprecio. Eso los convertía en enemigos acérrimos. El *Argo II* no podía volar a suficiente altura para evitar sus ataques; y a pesar de todas las defensas con las que contaba, el barco no podía atravesar la cordillera sin acabar hecho pedazos.

—Es culpa nuestra —dijo Hazel—. De Nico y de mí. Los *numina* nos perciben.

Miró a su hermanastro. Desde que lo habían rescatado de las garras de los gigantes, había empezado a recobrar las fuerzas, pero todavía estaba tan delgado que daba pena verlo. Su camiseta y sus vaqueros negros colgaban de su cuerpo esquelético. El largo cabello moreno enmarcaba sus ojos hundidos. Su tez color aceituna había adquirido un pálido tono blanco verdoso, como el color de la savia de los árboles.

En años humanos apenas tenía catorce, solo uno más que Hazel, pero la historia no acababa ahí. Al igual que Hazel, Nico di Angelo era un semidiós de otra época. Irradiaba una especie de antigua energía: una melancolía provocada por la conciencia de que su sitio no estaba en el mundo moderno.

Hazel no lo conocía desde hacía mucho, pero entendía y comprendía su tristeza. Los hijos de Hades (o Plutón, o como se llamase) casi nunca gozaban de vidas felices. Y a juzgar por lo que Nico le había contado la noche anterior, su mayor desafío les esperaba cuando llegaran a la Casa de Hades: un desafío que le había suplicado que ocultara a los demás.

Nico agarró la empuñadura de su espada de hierro estigio.

—A los espíritus de la tierra no les gustan los hijos del inframundo. Es cierto. Les irritamos. Pero creo que los *numina* han percibido el barco de todas formas. Transportamos la Atenea Partenos. Esa cosa es como un faro mágico.

Hazel se estremeció al pensar en la enorme estatua que ocupaba casi toda la bodega. Habían sacrificado mucho para salvarla de la cueva situada debajo de Roma, pero no tenían ni idea de qué hacer con ella. De momento, lo único para lo que parecía servir era para avisar a los monstruos de su presencia.

Leo recorrió el mapa de Italia con el dedo.

—Entonces, cruzar las montañas queda descartado. El problema es que se extienden muy lejos en las dos direcciones.

—Podríamos ir por mar —propuso Hazel—. Podríamos rodear el extremo sur de Italia.

—Es un trecho muy largo —dijo Nico—. Además, no tenemos… —se le quebró la voz—, ya sabéis…, a nuestro experto marino, Percy.

El nombre quedó flotando en el aire como una tormenta inminente.

Percy Jackson, hijo de Poseidón, probablemente el semidiós al que Hazel admiraba más. Percy le había salvado la vida muchas veces en el transcurso de su viaje a Alaska, pero cuando había necesitado la ayuda de Hazel en Roma, ella le había fallado. Hazel había observado impotente como él y Annabeth se desplomaban en el foso.

Hazel respiró hondo. Percy y Annabeth seguían vivos. Lo sabía en lo más profundo de su ser. Todavía podía ayudarlos si conseguía llegar a la Casa de Hades, si conseguía sobrevivir al desafío sobre el que Nico le había advertido…

—¿Y si seguimos hacia el norte? —preguntó—. Tiene que haber una abertura en las montañas o algo por el estilo.

Leo toqueteó la esfera de bronce de Arquímedes que había instalado en la consola: su más reciente y peligroso juguete. Cada vez que Hazel miraba esa cosa, se le secaba la boca. Temía que Leo se equivocara de combinación al girar la esfera y los tirara a todos por la borda, o que volara el barco, o que convirtiera el *Argo II* en una tostadora gigante.

Afortunadamente, tuvieron suerte. El objetivo de una cámara salió de la esfera y proyectó una imagen tridimensional de los montes Apeninos encima de la consola.

—No lo sé. —Leo examinó el holograma—. No veo ningún paso decente por el norte. Pero prefiero esa idea a dar marcha atrás hacia el sur. No quiero saber nada de Roma.

Nadie discutió ese punto. En Roma no habían tenido una buena experiencia.

—Hagamos lo que hagamos, tenemos que darnos prisa —les dijo Nico—. Cada día que Annabeth y Percy pasan en el Tártaro...

No hizo falta que terminara la frase. Tenían que confiar en que Percy y Annabeth sobrevivieran lo suficiente para encontrar el lado de las Puertas de la Muerte que daba al Tártaro. Y luego, suponiendo que el *Argo II* pudiera llegar a la Casa de Hades, podrían abrir las puertas por el lado mortal, salvar a sus amigos y sellar la entrada para impedir que las fuerzas de Gaia se reencarnaran en el mundo de los mortales una y otra vez.

Sí, nada podía fallar en el plan.

Nico contemplaba la campiña italiana debajo de ellos frunciendo la frente.

—Tal vez deberíamos despertar a los demás. Esta decisión nos afecta a todos.

—No —repuso Hazel—. Nosotros podemos encontrar una solución.

No estaba segura de por qué creía tan firmemente en ello, pero desde que habían partido de Roma, la tripulación había empezado a perder la cohesión. Habían aprendido a trabajar como un equipo. Y de repente, zas, sus dos miembros más importantes habían caído al Tártaro. Percy había sido el pilar del grupo. Les había infundido confianza cuando habían surcado el océano Atlántico y habían entrado en el mar Mediterráneo. En cuanto a Annabeth, ella había sido la líder de facto de la misión. Había rescatado la Atenea Partenos sin ayuda de nadie. Era la más lista de los siete, la que tenía respuestas a todo.

Si Hazel despertaba al resto de la tripulación cada vez que tenían un problema, empezarían a discutir de nuevo, y su desesperación aumentaría más y más.

Tenía que hacer que Percy y Annabeth se sintieran orgullosos de ella. Tenía que tomar la iniciativa. Le costaba creer que su único papel en la misión fuera el que Nico le había anunciado: despejar el obstáculo que les esperaba en la Casa del Hades. Apartó ese pensamiento de su cabeza.

—Necesitamos ideas creativas —dijo—. Otra forma de cruzar las montañas o una forma de escondernos de los *numina*.

Nico suspiró.

—Si estuviera solo, podría viajar por las sombras, pero no dará resultado con un barco entero. Y, sinceramente, ya no estoy seguro de tener fuerzas para transportarme.

—Yo podría fabricar algún tipo de camuflaje —dijo Leo—, como una cortina de humo para escondernos en las nubes.

No parecía muy entusiasmado.

Hazel se quedó mirando las onduladas tierras de labranza pensando en lo que habría debajo de ellas: el reino de su padre, el señor del inframundo. Había visto a Plutón en una ocasión pero entonces se había percatado de quién era. Desde luego nunca había esperado recibir ayuda de él, ni cuando estaba viva por primera vez, ni durante su estancia en el inframundo como espíritu, ni desde que finalmente Nico la había llevado de vuelta al mundo de los vivos.

Tánatos, sirviente de su padre y dios de la muerte, había insinuado que Plutón podía estar haciéndole un favor a Hazel al no prestarle atención. Después de todo, se suponía que ella no debía estar viva. Si Plutón reparaba en ella, podría ser que tuviera que volver a la tierra de los muertos.

Eso significaba que no era nada recomendable pedir ayuda a Plutón. Y sin embargo...

Por favor, papá, se sorprendió rezando. *Tengo que encontrar una forma de llegar a tu templo en Grecia: la Casa de Hades. Si estás ahí abajo, muéstrame qué debo hacer.*

Un movimiento fugaz en el borde del horizonte le llamó la atención: algo pequeño y beis que corría a través de los campos a una velocidad increíble, dejando una estela de vapor como la de un avión.

Hazel no podía creerlo. No osaba albergar esperanzas, pero tenía que ser...

—Arión.

—¿Qué? —preguntó Nico.

Leo lanzó un grito de alegría mientras la nube de polvo se acercaba.

—¡Es su caballo, tío! Te has perdido esa parte. ¡No lo hemos vuelto a ver desde que estuvimos en Kansas!

Hazel se rió por primera vez desde hacía días. Se alegraba mucho de ver a su viejo amigo.

A un kilómetro y medio hacia el norte, el pequeño punto beis rodeó una colina y se detuvo en la cumbre. Costaba distinguirlo, pero cuando el caballo se empinó y relinchó, el sonido llegó hasta el *Argo II*. A Hazel no le cabía duda: era Arión.

—Tenemos que reunirnos con él —dijo—. Ha venido a ayudarnos.

—Vale. —Leo se rascó la cabeza—. Pero, ejem, dijimos que no volveríamos a posar el barco en tierra, ¿recuerdas? Ya sabes, como Gaia quiere destruirnos y todo eso...

—Tú acércame, y usaré la escalera. —A Hazel le latía el corazón con fuerza—. Creo que Arión quiere decirme algo.

II

Hazel

Hazel no se había sentido tan feliz en toda su vida. Bueno, salvo quizá la noche del banquete de la victoria en el Campamento Júpiter, cuando había besado a Frank por primera vez, pero estaba casi tan contenta como entonces.

En cuanto llegó al suelo, corrió junto a Arión y le abrazó el pescuezo.

—¡Te he echado de menos! —Pegó la cara al cálido flanco del caballo, que olía a sal marina y manzanas—. ¿Dónde has estado?

Arión relinchó. Hazel deseó poder hablar el idioma de los caballos como Percy, pero captó la idea general. Arión parecía impaciente, como si estuviera diciendo: «¡No hay tiempo para sentimentalismos, muchacha! ¡Vamos!».

—¿Quieres que vaya contigo? —aventuró.

Arión agachó la cabeza y se puso a trotar sin moverse del sitio. Sus ojos marrón oscuro brillaban de forma apremiante.

Hazel seguía sin poder creer que estuviera allí. El caballo podía correr a través de cualquier superficie, hasta del mar. Había temido que no los siguiera a las tierras antiguas. El Mediterráneo era demasiado peligroso para los semidioses y sus aliados.

Arión no habría acudido si Hazel no lo hubiera necesitado desesperadamente. Y parecía muy agitado. Cualquier cosa capaz de poner nervioso a un intrépido caballo debería haber aterrado automáticamente a Hazel.

Sin embargo, estaba eufórica. Se había hartado de marearse por mar y por aire. A bordo del *Argo II* se sentía tan útil como una caja de lastre. Se alegraba de volver a pisar tierra firme, aunque fuera el territorio de Gaia. Estaba lista para montar.

—¡Hazel! —gritó Nico desde el barco—. ¿Qué pasa?

—¡Todo va bien!

Hazel se agachó e hizo brotar una pepita de oro de la tierra. Cada vez controlaba mejor su poder. Casi nunca aparecían ya piedras preciosas a su alrededor sin que ella lo deseara, y sacar oro del suelo era fácil.

Le dio de comer a Arión la pepita, su comida favorita. A continuación sonrió a Leo y a Nico, que estaban mirándola desde lo alto de la escalera treinta metros por encima.

—Arión quiere llevarme a alguna parte.

Los chicos se cruzaron miradas nerviosas.

—Ah… —Leo señaló al norte—. Por favor, dime que no te va a llevar allí.

Hazel había estado tan centrada en Arión que no se había fijado en las perturbaciones. A un kilómetro y medio de distancia, en la cima de la siguiente colina, se había acumulado una tormenta sobre unas antiguas ruinas de piedra: tal vez los restos de un templo o una fortaleza romana. Una nube con forma de embudo descendía serpenteando hacia la colina como un dedo negro.

Hazel notó un sabor a sangre en la boca. Miró a Arión.

—¿Quieres ir allí?

Arión relinchó como diciendo: «Ajá».

Bueno… Hazel había pedido ayuda. ¿Era esa la respuesta de su padre?

Esperaba que la respuesta fuera afirmativa, pero percibía algo en esa tormenta que no se debía a la intervención de Plutón, algo siniestro, poderoso y no necesariamente amistoso.

Aun así, era su mejor oportunidad de ayudar a sus amigos, de dirigir en lugar de seguir.

Se ciñó las correas de su espada de caballería hecha de oro imperial y subió al lomo de Arión.

—¡No me pasará nada! —gritó a Nico y a Leo—. No os mováis y esperadme.

—¿Cuánto? —preguntó Nico—. ¿Y si no vuelves?

—No te preocupes, volveré —prometió ella, confiando en que así fuera.

Espoleó a Arión y atravesaron como un rayo los campos, dirigiéndose de cabeza al tornado.

III

Hazel

El huracán engulló la colina en el seno de un remolino cónico de vapor negro.

Arión embistió recto contra él.

Hazel se vio en la cima, pero parecía que estuviera en otra dimensión. El mundo perdió su color habitual. Las paredes del huracán rodeaban la colina, de un negro oscuro. El cielo se agitaba grisáceo. Las ruinas se habían blanqueado tanto que casi brillaban. Hasta Arión había pasado de su color marrón caramelo a un oscuro tono ceniciento.

En el ojo del huracán el aire estaba quieto. Hazel notaba un frío hormigueo en la piel, como si se hubiera frotado con alcohol. Delante de ella, una puerta con forma de arco llevaba a través del muro cubierto de musgo hasta una especie de recinto.

Hazel no podía ver gran cosa en la oscuridad, pero notaba una presencia en su interior, como si fuera un pedazo de hierro cerca de un gran imán. Su atracción era irresistible y la arrastraba hacia delante.

Sin embargo, vaciló. Refrenó a Arión, y el caballo empezó a hacer ruido con los cascos mientras el terreno se resquebrajaba bajo sus pezuñas. Cada vez que pisaba, la hierba, la tierra y las piedras se volvían blancas como la escarcha. Hazel se acordó del glaciar de

Hubbard, en Alaska, cuya superficie se había agrietado bajo sus pies. Se acordó del suelo de la horrible caverna de Roma que se había desmoronado y había precipitado a Percy y a Annabeth al Tártaro.

Esperaba que esa cumbre blanca y negra no se deshiciera debajo de ella, pero decidió que era preferible no pararse.

—Vamos, chico.

Su voz sonaba amortiguada, como si estuviera hablando contra una almohada.

Arión cruzó el arco de piedra trotando. Unos muros en ruinas bordeaban un patio cuadrado del tamaño aproximado de una pista de tenis. Otras tres puertas, una en medio de cada muro, conducían al norte, al este y al oeste. En el centro del patio, dos caminos adoquinados se cruzaban formando una cruz. La niebla flotaba en el aire; brumosos jirones de color blanco que se enroscaban y ondulaban como si estuvieran vivos.

No era una niebla cualquiera, advirtió Hazel. Era la Niebla.

Durante toda su vida había oído hablar de la Niebla: el velo sobrenatural que oscurecía el mundo mítico de la vista de los mortales. La Niebla podía engañar a los humanos, incluso a los semidioses, y hacerles ver monstruos como animales indefensos o dioses como gente corriente.

Hazel nunca había pensado en ella como humo de verdad, pero al observar cómo se ensortijaba alrededor de las patas de Arión, cómo flotaba a través de los arcos rotos del patio en ruinas, se le erizó el vello de los brazos. De algún modo lo supo: esa sustancia blanca era magia pura.

Un perro aulló a lo lejos. Normalmente Arión no le tenía miedo a nada, pero se encabritó, resoplando nervioso.

—Tranquilo. —Hazel le acarició el cuello—. Estamos juntos en esto. Voy a bajarme, ¿vale?

Hazel desmontó de Arión. El animal se volvió enseguida y echó a correr.

—Arión, espe…

Pero ya había desaparecido por donde había venido.

Menos mal que estaban juntos.

Otro aullido hendió el aire, esa vez más cerca.

Hazel se dirigió al centro del patio. La Niebla se pegó a ella como la bruma de un congelador.

—¿Hola? —gritó.

—Hola —contestó una voz.

La figura pálida de una mujer apareció en la puerta del norte. No, un momento… estaba en la entrada del este. No, la del oeste. Tres imágenes envueltas en humo de la misma mujer se dirigieron a la vez al centro de las ruinas. Su figura era borrosa, hecha de Niebla, y dejaba a su paso dos volutas de humo más pequeñas que corrían tras sus tobillos como animales. ¿Una especie de mascotas?

Llegó al centro del patio, y las tres figuras se fundieron en una sola. Se volvió sólida y se convirtió en una joven con una túnica oscura sin mangas. Tenía el cabello dorado recogido en una cola de caballo alta, al estilo de la antigua Grecia. Su vestido era tan sedoso que parecía que ondease, como si la tela fuera tinta derramándose por sus hombros. No aparentaba más de veinte años, pero Hazel sabía que eso no significaba nada.

—Hazel Levesque —dijo la mujer.

Era preciosa, pero pálida como una muerta. En Nueva Orleans, Hazel se había visto obligada a asistir al velatorio de una compañera de clase fallecida. Recordaba el cuerpo sin vida de la niña en el ataúd abierto. Su rostro había sido maquillado con elegancia, como si estuviera descansando, un detalle que a Hazel le había parecido aterrador.

Esa mujer le recordaba a aquella chica, salvo que los ojos de la mujer estaban abiertos y eran totalmente negros. Cuando ladeaba la cabeza parecía desdoblarse otra vez en tres personas distintas; brumosas imágenes reflejadas que se confundían, como la fotografía de alguien que se mueve demasiado rápido para ser captado.

—¿Quién es usted? —Los dedos de Hazel se movieron nerviosamente sobre la empuñadura de su espada—. O sea…, ¿qué diosa?

Hazel estaba segura de esa parte. La mujer irradiaba poder. Todo lo que las rodeaba —la Niebla que se arremolinaba, el huracán monocromático, el inquietante fulgor de las ruinas— se debía a su presencia.

—Ah. —La mujer asintió con la cabeza—. Deja que te dé un poco de luz.

Levantó las manos. De repente sostenía dos anticuadas antorchas de juncos en las que el fuego parpadeaba. La Niebla se retiró a los bordes del patio. A los pies de la mujer, calzados en unas sandalias, los dos etéreos animales cobraron forma sólida. Uno era un perro labrador. El otro era un roedor largo, gris y peludo con una máscara blanca en la cara. ¿Una comadreja, quizá?

La mujer sonrió con serenidad.

—Soy Hécate —dijo—. Diosa de la magia. Tenemos mucho de qué hablar si quieres sobrevivir esta noche.

IV

Hazel

Hazel quería huir, pero sus pies parecían pegados al suelo de color blanco brillante.

A cada lado de la encrucijada, dos oscuros hacheros metálico brotaron de la tierra como tallos de plantas. Hécate fijó las antorchas en ellos y a continuación dio lentamente la vuelta alrededor de Hazel, observándola como si fueran la pareja de un inquietante baile.

El perro negro y la comadreja la siguieron.

—Eres como tu madre —concluyó Hécate.

A Hazel se le hizo un nudo en la garganta.

—¿La conoció?

—Por supuesto. Marie era adivina. Comerciaba con hechizos, maldiciones y grisgrís. Yo soy la diosa de la magia.

Aquellos ojos de un negro puro atraían a Hazel, como si trataran de extraerle el alma. Durante su primera vida en Nueva Orleans, los niños de la Academia St. Agnes la atormentaban insultando a su madre. Llamaban bruja a Marie Levesque. Las monjas murmuraban que la madre de Hazel comerciaba con el diablo.

«Si a las monjas les daba miedo mi madre —se preguntó Hazel—, ¿qué pensarían de esta diosa?»

—Muchos me temen —dijo Hécate, como si le hubiera leído el pensamiento—. Pero la magia no es ni buena ni mala. Es una he-

25

rramienta, como un cuchillo. ¿Es malo un cuchillo? Solo si quien lo empuña es malo.

—Mi... mi madre... —dijo Hazel tartamudeando— no creía en la magia. En realidad, no creía. Solo la simulaba por dinero.

La comadreja chilló y enseñó los dientes. A continuación emitió un sonido estridente por la parte trasera. En otras circunstancias, una comadreja expulsando gases habría resultado graciosa, pero Hazel no se rió. Los ojos rojos del roedor la miraban con hostilidad, como pequeñas ascuas.

—Tranquila, Galantis —dijo Hécate. Se encogió de hombros como pidiendo disculpas—. A Galantis no le gusta oír hablar de incrédulos y estafadores. En otra época fue una bruja, ¿sabes?

—¿Su comadreja fue una bruja?

—En realidad, es una mofeta —dijo Hécate—. Pero sí, fue una desagradable bruja humana. Tenía una higiene personal terrible, además de unos graves... ejem, problemas digestivos. —Hécate sacudió la mano delante de su nariz—. Dio mala reputación al resto de mis seguidores.

—De acuerdo.

Hazel trató de no mirar a la comadreja. Lo cierto era que no quería saber nada de los problemas intestinales del roedor.

—De todas formas, la convertí en una mofeta —dijo Hécate—. Es mucho mejor como mofeta.

Hazel tragó saliva. Miró al perro negro, que estaba acariciando afectuosamente la mano de la diosa con el hocico.

—¿Y su perro...?

—Oh, es Hécuba, la antigua reina de Troya —dijo Hécate, como si saltara a la vista.

La perra gruñó.

—Tienes razón, Hécuba —dijo la diosa—. No tenemos tiempo para presentaciones. El caso es que aunque tu madre dijera que no creía, tenía auténticos poderes mágicos. Con el tiempo se dio cuenta. Cuando buscó un hechizo para invocar al dios Plutón, yo la ayudé.

—¿Usted...?

—Sí. —Hécate siguió dando vueltas alrededor de Hazel—. Vi el potencial que tenía tu madre. Pero veo todavía más potencial en ti.

A Hazel le empezó a dar vueltas la cabeza. Recordó lo que su madre había confesado momentos antes de morir: que había invocado a Plutón, que el dios se había enamorado de ella y que, por culpa de su insaciable deseo, Hazel había nacido maldita. Hazel podía invocar las riquezas de la tierra, pero la persona que las utilizaba sufría y moría.

Ahora esa diosa le estaba diciendo que ella había sido la responsable de todo.

—Mi madre sufrió por culpa de esa magia. Mi vida entera…

—Tú no habrías vivido de no ser por mí —dijo Hécate rotundamente—. No tengo tiempo para tu ira. Ni tú tampoco. Sin mi ayuda, morirás.

La perra negra gruñó. La mofeta chasqueó los dientes y expulsó unos gases.

Hazel se sentía como si los pulmones se le estuvieran llenando de arena caliente.

—¿Qué clase de ayuda? —preguntó.

Hécate levantó los brazos. Las tres puertas por las que había venido —la del norte, la del este y la del oeste— se arremolinaron con la Niebla. Un torbellino de imágenes en blanco y negro empezó a brillar y parpadear como las viejas películas mudas que todavía proyectaban en los cines cuando Hazel era pequeña.

En la puerta del oeste, unos semidioses griegos y romanos pertrechados con armaduras completas luchaban entre sí en una ladera bajo un gran pino. La hierba estaba llena de heridos y moribundos. Hazel se vio a sí misma montada en Arión, cargando a través del tumulto y gritando, tratando de poner fin a la violencia.

En la puerta del oeste, Hazel vio el *Argo II* desplomándose desde el cielo sobre los Apeninos. Su aparejo estaba en llamas. Un canto rodado chocó contra el alcázar. Otro perforó el casco. El barco reventó como una calabaza podrida, y el motor explotó.

Las imágenes de la puerta del norte eran todavía peores. Hazel vio a Leo inconsciente —o muerto—, cayendo a través de las nubes. Vio a Frank solo tambaleándose por un túnel oscuro, agarrándose el brazo, con la camiseta empapada en sangre. Y se vio a sí misma en una inmensa cueva llena de hilos de luz, como una red luminosa. Luchaba por abrirse paso mientras, a lo lejos, Percy y Annabeth permanecían tumbados sin moverse al pie de dos puertas metálicas negras y plateadas.

—Opciones —dijo Hécate—. Estás en una encrucijada, Hazel Levesque. Y yo soy la diosa de las encrucijadas.

El suelo retumbó a los pies de Hazel. Miró abajo y vio el destello de unas monedas de plata: miles de antiguos denarios romanos aflorando a la superficie a su alrededor, como si toda la cumbre estuviera entrando en ebullición. Las visiones de las puertas la habían agitado tanto que debía de haber invocado hasta el último pedazo de plata de la zona.

—En este sitio el pasado está cerca de la superficie —dijo Hécate—. En la Antigüedad, dos grandes vías romanas coincidían aquí. Se intercambiaban noticias. Se organizaban mercados. Los amigos se reunían y los enemigos luchaban. Ejércitos enteros tenían que elegir una dirección. Las encrucijadas siempre son un lugar de decisiones.

—Como... como Jano.

Hazel se acordó del templo de Jano en la colina de los Templos del Campamento Júpiter. Los semidioses iban allí para tomar decisiones. Lanzaban una moneda a cara o cruz y confiaban en que el dios con dos caras les aconsejara bien. Hazel siempre había detestado ese sitio. Nunca había entendido por qué sus amigos estaban dispuestos a dejar en manos de un dios la responsabilidad de elegir. Después de todo lo que Hazel había pasado, confiaba tanto en la sabiduría de los dioses como en una tragaperras de Nueva Orleans.

La diosa de la magia siseó indignada.

—Jano y sus puertas. Él te hace creer que todas las decisiones se reducen a blanco o negro, sí o no, dentro o fuera. En realidad, no es tan sencillo. Cada vez que llegas a una encrucijada, siempre encuentras como mínimo tres caminos que seguir... cuatro, si cuentas volver atrás. Ahora estás en uno de esos cruces, Hazel.

Hazel volvió a mirar cada puerta: una guerra de semidioses, la destrucción del *Argo II*, un final desastroso para ella y sus amigos.

—Todas las opciones son malas.

—Todas las opciones conllevan riesgos —la corrigió la diosa—. Pero ¿cuál es tu objetivo?

—¿Mi objetivo? —Hazel señaló las puertas en un gesto de impotencia—. Ninguno de esos.

La perra Hécuba gruñó. Galantis, la mofeta, correteó alrededor de los pies de la diosa, tirándose pedos y rechinando los dientes.

—Podrías retroceder —propuso Hécate—, volver sobre tus pasos hasta Roma… pero las fuerzas de Gaia cuentan con eso. Ninguno de vosotros sobreviviría.

—Entonces… ¿qué me propone?

Hécate se acercó a la antorcha más próxima. Recogió un puñado de fuego y esculpió las llamas hasta dar forma a un diminuto mapa en relieve de Italia.

—Podríais ir al oeste. —Hécate desvió su dedo del mapa de fuego—. Podríais volver a Estados Unidos con vuestro premio, la Atenea Partenos. Vuestros compañeros griegos y romanos se encuentran al borde de la guerra en tu hogar. Si partís ahora, podríais salvar muchas vidas.

—Podríamos —repitió Hazel—. Pero se supone que Gaia va a despertar en Grecia. Allí es donde se están reuniendo los gigantes.

—Cierto. Gaia ha fijado como fecha el 1 de agosto, la fiesta de Spes, la diosa de la esperanza, para subir al poder. Al despertar el día de la Esperanza, pretende destruir toda esperanza para siempre. Aunque llegarais a Grecia para entonces, ¿podríais detenerla? No lo sé. —Hécate recorrió las cimas de los llameantes Apeninos con el dedo—. Podríais ir al este atravesando las montañas, pero Gaia hará cualquier cosa para impedir que crucéis Italia. Ha despertado a sus dioses de las montañas contra vosotros.

—Nos hemos dado cuenta —dijo Hazel.

—Cualquier intento de cruzar los Apeninos supondrá la destrucción de vuestro barco. Irónicamente, esa podría ser la opción menos peligrosa para tu tripulación. Preveo que todos sobreviviréis a la explosión. Es posible, aunque poco probable, que pudierais llegar a Epiro y cerrar las Puertas de la Muerte. Podríais encontrar a Gaia e impedir que despierte. Pero para entonces los dos campamentos de semidioses estarían destruidos. No tendríais hogar al que regresar. —Hécate hizo una pausa y sonrió—. Lo más probable es que con la destrucción de vuestro barco os quedarais tirados en las montañas. Eso supondría el fin de vuestra misión, pero os ahorraría a ti y a tus amigos mucho dolor y sufrimiento en los días venideros. La guerra contra los gigantes tendría que librarse sin vosotros.

«Tendría que librarse sin nosotros.»

Una parte de Hazel se sentía atraída por la idea. Hacía tiempo que deseaba tener la oportunidad de ser una chica normal. No quería más dolor y sufrimiento para ella ni para sus amigos. Ya habían pasado mucho.

Miró detrás de Hécate, hacia la puerta central. Vio a Percy y Annabeth tumbados sin poder hacer nada ante aquellas puertas negras y plateadas. Una enorme figura oscura vagamente humanoide se cernía entonces sobre ellos, con el pie levantado como si fuera a aplastar a Percy.

—¿Y ellos? —preguntó Hazel con voz desgarrada—. ¿Percy y Annabeth?

Hécate se encogió de hombros.

—Oeste, este o sur… morirán.

—No es una opción —dijo Hazel.

—Entonces solo te queda un camino, aunque es el más peligroso.

El dedo de Hécate cruzó los Apeninos en miniatura y dejó una reluciente línea blanca entre las llamas rojas.

—Hay un paso secreto aquí, en el norte, un lugar donde reino, un lugar por el que Aníbal cruzó en una ocasión marchando contra Roma.

La diosa trazó una amplia curva hasta la parte superior de Italia, luego hacia el este hasta el mar y, a continuación, hacia abajo a lo largo de la costa occidental de Grecia.

—Cuando crucéis el paso, viajaréis hacia el norte hasta Bolonia y luego hasta Venecia. A partir de allí, navegad por el Adriático hasta vuestro objetivo: Epiro, en Grecia.

Hazel no sabía mucho de geografía. No tenía ni idea de cómo era el mar Adriático. En su vida había oído hablar de Bolonia, y lo único que sabía de Venecia eran vagas historias sobre canales y góndolas. Pero una cosa estaba clara.

—Nos desviaríamos mucho del camino.

—Por ese motivo precisamente Gaia no esperará que sigáis esa ruta —explicó Hécate—. Puedo ocultar vuestros progresos hasta cierto punto, pero el éxito de vuestro viaje dependerá de ti, Hazel Levesque. Debes aprender a usar la Niebla.

—¿Yo? —A Hazel le dio un vuelco el corazón—. ¿Usar la Niebla? ¿Cómo?

Hécate apagó el mapa de Italia. Movió la mano rápidamente hacia la perra Hécuba. La Niebla se acumuló alrededor del animal hasta quedar completamente oculto en un capullo blanco. La bruma se despejó emitiendo un «¡Puf!» audible. Donde antes estaba la perra apareció una gatita negra de aspecto malhumorado con los ojos dorados.

—Miau —se quejó.

—Soy la diosa de la Niebla —explicó Hécate—. Soy la responsable de mantener el velo que separa el mundo de los dioses del mundo de los mortales. Mis hijos aprenden a usar la Niebla en su provecho, a crear ilusiones o influir en la mente de los mortales. Otros semidioses también pueden hacerlo. Y tú también deberás hacerlo, Hazel, si quieres ayudar a tus amigos.

—Pero… —Hazel miró a la gata. Sabía que en realidad era Hécuba, la perra negra, pero le costaba creerlo. La gata parecía muy real—. No puedo hacerlo.

—Tu madre tenía ese don —dijo Hécate—. Tú tienes todavía más. Como hija de Plutón que ha regresado de entre los muertos, conoces el velo que separa los dos mundos mejor que la mayoría. Puedes controlar la Niebla. Si no la controlas… Bueno, tu hermano Nico ya te ha avisado. Los espíritus le han susurrado y le han revelado tu futuro. Cuando llegues a la Casa de Hades, te enfrentarás a una formidable enemiga. Una enemiga a la que no se puede vencer con la fuerza ni con la espada. Solo tú puedes derrotarla, y necesitarás magia.

A Hazel le flaquearon las rodillas. Se acordó de la expresión seria de Nico y de sus dedos clavándose en su brazo. «No se lo puedes contar a los demás. Todavía no. Su valor ya no da más de sí.»

—¿Quién? —preguntó Hazel con voz ronca—. ¿Quién es esa enemiga?

—No puedo decirte su nombre —contestó Hécate—. Eso la alertaría de tu presencia antes de que estuvieras lista para enfrentarte a ella. Ve hacia el norte, Hazel. Por el camino practica invocando la Niebla. Cuando llegues a Bolonia, busca a los dos enanos. Ellos te llevarán hasta un tesoro que te ayudará a sobrevivir en la Casa de Hades.

—No lo entiendo.

—Miau —se quejó la gatita.

—Sí, sí, Hécuba.

La diosa volvió a mover la mano, y la gata desapareció. La perra negra estaba otra vez en su sitio.

—Ya lo entenderás, Hazel —le prometió la diosa—. De vez en cuando, enviaré a Galantis a comprobar tus progresos.

La mofeta siseó, sus ojos rojos pequeños y brillantes rebosantes de malicia.

—Genial —murmuró Hazel.

—Antes de que llegues a Epiro, debes estar preparada —dijo Hécate—. Si tienes éxito, tal vez volvamos a vernos… para la batalla final.

Una batalla final, pensó Hazel. Qué alegría.

Hazel se preguntaba si podría evitar las revelaciones que veía en la Niebla: Leo cayendo a través del cielo; Frank dando traspiés en la oscuridad, solo y gravemente herido; Percy y Annabeth a merced de un oscuro gigante.

Detestaba los acertijos de los dioses y sus ambiguos consejos. Estaba empezando a aborrecer las encrucijadas.

—¿Por qué me ayuda? —preguntó Hazel—. En el Campamento Júpiter se decía que se había puesto de parte de los titanes en la última guerra.

Los ojos oscuros de Hécate brillaron.

—Porque soy una titán: hija de Perses y Asteria. Mucho antes de que los dioses del Olimpo llegaran al poder, yo dominaba la Niebla. A pesar de ello, en la primera guerra de los titanes, hace milenios, me puse de parte de Zeus contra Cronos. Era consciente de la crueldad de Cronos. Esperaba que Zeus resultara mejor rey.

Soltó una risita amarga.

—Cuando Deméter perdió a su hija Perséfone, secuestrada por tu padre, guié a Deméter una noche muy oscura con mis antorchas y la ayudé en su búsqueda. Y cuando los gigantes se alzaron por primera vez, me puse otra vez de parte de los dioses. Luché contra mi archienemigo Clitio, creado por Gaia para absorber y vencer toda mi magia.

—Clitio. —Hazel no había oído nunca ese nombre, pero solo con pronunciarlo notó una gran pesadez en las extremidades. Echó un vistazo a las imágenes de la puerta del norte: la enorme figura oscura que se cernía sobre Percy y Annabeth—. ¿Es el peligro que acecha en la Casa de Hades?

—Oh, os espera allí —dijo Hécate—. Pero primero debes vencer a la bruja. Si no lo consigues…

Chasqueó los dedos, y todas las puertas se oscurecieron. La Niebla se disolvió, y las imágenes desaparecieron.

—A todos se nos plantean opciones —dijo la diosa—. Cuando Cronos se alzó por segunda vez, cometí un error. Le apoyé. Me había hartado de que los supuestos dioses «importantes» no me hicieran caso. A pesar de mis años de servicio leal, desconfiaban de mí, se negaban a ofrecerme un asiento en su sala…

La mofeta Galantis chilló airadamente.

—Ya no importa. —La diosa suspiró—. He hecho las paces con el Olimpo. Incluso ahora, que están incapacitados (debatiéndose entre sus personalidades griegas y romanas), estoy dispuesta a ayudarles. Griega o romana, siempre he sido solo Hécate. Te echaré una mano contra los gigantes si demuestras que eres digna. Así que ahora la decisión es tuya, Hazel Levesque. ¿Confiarás en mí… o me rechazarás, como los dioses del Olimpo han hecho tantas veces?

A Hazel le resonaba la sangre en los oídos. ¿Podía fiarse de esa siniestra diosa, que había ofrecido a su madre la magia que había acabado con su vida? Tampoco le gustaban mucho ni la perra de Hécate ni su flatulenta mofeta.

Pero también sabía que no podía dejar morir a Percy y a Annabeth.

—Iré hacia el norte —dijo—. Tomaremos el paso secreto a través de las montañas.

Hécate asintió con la cabeza; había en su rostro un levísimo asomo de satisfacción.

—Has elegido bien, pero el camino no será fácil. Muchos monstruos se alzarán contra vosotros. Incluso algunos de mis sirvientes se han puesto del lado de Gaia con la esperanza de destruir vuestro mundo mortal.

La diosa cogió las antorchas de sus hacheros.

—Prepárate, hija de Plutón. Si triunfas contra la bruja, volveremos a vernos.

—Triunfaré —prometió Hazel—. ¿Y sabe qué, Hécate?, no voy a elegir uno de sus caminos. Voy a crear el mío propio.

La diosa arqueó las cejas. Su mofeta se retorció, y la perra gruñó.

—Vamos a encontrar una forma de detener a Gaia —dijo Hazel—. Vamos a rescatar a nuestros amigos del Tártaro. Vamos a mantener intacta la tripulación y el barco, y vamos a impedir que el Campamento Júpiter y el Campamento Mestizo vayan a la guerra. Vamos a hacer todo eso.

El huracán aulló, y las paredes negras de la nube con forma de embudo empezaron a arremolinarse más deprisa.

—Interesante —dijo Hécate, como si Hazel fuera el inesperado resultado de un experimento científico—. Sería una magia digna de ser vista.

Una oleada de oscuridad hizo desaparecer el mundo. Cuando Hazel recobró la vista, el huracán, la diosa y sus secuaces se habían esfumado. Hazel se encontraba en la ladera a la luz del sol matutino, sola en las ruinas sin más compañía que Arión, que se paseaba cerca de ella relinchando con impaciencia.

—Estoy de acuerdo —dijo Hazel al caballo—. Larguémonos de aquí.

—¿Qué ha pasado? —preguntó Leo cuando Hazel subió a bordo del *Argo II*.

A Hazel todavía le temblaban las manos después de su conversación con la diosa. Miró por encima de la borda y vio como el polvo de la estela de Arión se extendía a través de las colinas de Italia. Había albergado la esperanza de que su amigo se quedara, pero no podía culparlo por querer escapar lo más rápido posible de ese sitio.

Los campos relucieron cuando el sol estival se reflejó en el rocío de la mañana. En la colina, las antiguas ruinas lucían un aspecto blanco y silencioso; ni rastro de antiguos senderos, ni diosas, ni comadrejas flatulentas.

—¿Hazel? —preguntó Nico.

Las rodillas le flaquearon. Nico y Leo la agarraron de los brazos y la ayudaron a sentarse en los escalones del alcázar. Se sentía avergonzada por desplomarse como la damisela de un cuento, pero se había quedado sin energía. El recuerdo de las brillantes imágenes de la encrucijada la embargaba de miedo.

—He visto a Hécate —logró decir.

No se lo contó todo. Recordó lo que Nico le había dicho: «Su valor ya no da más de sí». Pero les habló del paso secreto que cruzaba las montañas hacia el norte y del desvío que según Hécate podría llevarlos hasta Epiro.

Cuando hubo acabado, Nico le tomó la mano. Sus ojos estaban llenos de preocupación.

—Hazel, has visto a Hécate en una encrucijada. Es… es algo a lo que muchos semidioses no sobreviven. Y los que sobreviven no vuelven a ser los mismos. ¿Seguro que estás…?

—Estoy bien —insistió ella.

Pero sabía que no era así. Recordaba lo osada y furiosa que se había sentido, diciéndole a la diosa que encontraría su propio camino y triunfaría en todo. En ese momento su bravuconería le parecía ridícula. El valor la había abandonado.

—¿Y si Hécate nos está engañando? —preguntó Leo—. Esa ruta podría ser una trampa.

Hazel negó con la cabeza.

—Si fuera una trampa, creo que Hécate hubiera hecho que la ruta del norte pareciera más atrayente. Y, créeme, no lo hizo.

Leo sacó una calculadora de su cinturón portaherramientas y pulsó unas teclas.

—Esto está… a unos quinientos kilómetros del camino que tenemos que seguir para llegar a Venecia. Luego tendríamos que dar marcha atrás por el Adriático. ¿Y has dicho algo de unos enanos con colonia?

—Enanos de Bolonia —dijo Hazel—. Supongo que Bolonia es una ciudad. Pero no tengo ni idea de por qué tenemos que buscar a unos enanos allí. Tiene algo que ver con una especie de tesoro que nos ayudará en la misión.

—Ah —dijo Leo—. A ver, me encantan los tesoros, pero…

—Es nuestra mejor opción. —Nico ayudó a Hazel a levantarse—. Tenemos que compensar el tiempo perdido y viajar lo más rápido que podamos. Las vidas de Percy y Annabeth podrían depender de ello.

—¿Rápido? —Leo sonrió—. Puedo ir rápido.

Corrió a la consola y empezó a activar interruptores.

Nico agarró a Hazel del brazo y la llevó fuera del alcance del oído de Leo.

—¿Qué más te ha dicho Hécate? ¿Te ha dicho algo sobre…?

—No puedo —lo interrumpió Hazel.

Las imágenes que había visto la habían dejado anonadada: Percy y Annabeth desvalidos a los pies de aquellas puertas metálicas negras, el gigante oscuro que se cernía sobre ellos, Hazel atrapada en un brillante laberinto de luz, sin poder ayudarlos.

«Debes vencer a la bruja —había dicho Hécate—. Solo tú puedes derrotarla. Si no puedes conseguirlo…»

«El fin», pensó Hazel. Todas las puertas cerradas. Toda esperanza destruida.

Nico la había advertido. Él había estado en contacto con los muertos y les había oído murmurar sobre su futuro. Dos hijos del inframundo entrarían en la Casa de Hades. Se enfrentarían a un enemigo imposible. Solo uno de ellos llegaría a las Puertas de la Muerte.

Hazel no podía mirar a su hermano a los ojos.

—Te lo contaré más adelante —prometió, tratando de que no le temblara la voz—. Ahora deberíamos descansar mientras podamos. Esta noche cruzaremos los Apeninos.

V

Annabeth

Nueve días.

Mientras Annabeth caía pensó en Hesíodo, el antiguo poeta griego que había especulado que se tardarían nueve días en caer de la tierra al Tártaro.

Esperaba que Hesíodo estuviera equivocado. Había perdido la noción del tiempo que Percy y ella llevaban cayendo: ¿horas? ¿Un día? Parecía que hubiera pasado una eternidad. Habían estado cogidos de la mano desde que se habían caído en la sima. Percy la atraía hacia sí, abrazándola con fuerza mientras se precipitaban hacia una oscuridad absoluta.

El viento silbaba en los oídos de Annabeth. El aire se volvió más caliente y más húmedo, como si estuvieran cayendo en picado en la garganta de un enorme dragón. Notaba punzadas en el tobillo que se había roto hacía poco, pero no sabía si seguía envuelto en telarañas.

Aracne, ese monstruo maldito. A pesar de haber quedado atrapada en su propia tela, de haber sido aplastada por un coche y de haberse caído al Tártaro, la mujer araña se había vengado. Su seda se había enredado en la pierna de Annabeth y la había arrastrado por el borde del foso, seguida de Percy.

A Annabeth le costaba imaginar que Aracne siguiera viva debajo de ellos, en la oscuridad. No quería volver a ver a ese monstruo cuando llegaran al fondo. Por otro lado, suponiendo que hubiera un fondo, Annabeth y Percy probablemente quedarían aplastados con el impacto, de modo que las arañas gigantes eran la menor de sus preocupaciones.

Rodeó a Percy con los brazos y trató de no llorar. Nunca había esperado que su vida fuera sencilla. La mayoría de los semidioses morían jóvenes a manos de monstruos terribles. Así había sido desde la Antigüedad. Los griegos inventaron la tragedia. Sabían que los héroes más colosales no tenían finales felices.

Aun así, no era justo. Había pasado muchas penalidades para recuperar la estatua de Atenea. Y justo cuando lo había conseguido, cuando las cosas habían mejorado y se había reunido con Percy, habían sufrido la caída mortal.

Ni siquiera los dioses podían concebir un destino tan retorcido.

Pero Gaia no era como los demás dioses. La Madre Tierra era más mayor, más cruel y más sangrienta. Annabeth se la imaginaba riéndose mientras ellos caían en las profundidades de la tierra.

Annabeth pegó los labios a la oreja de Percy.

—Te quiero.

No estaba segura de que él pudiera oírla, pero si morían, quería que esas fueran sus últimas palabras.

Trató desesperadamente de idear un plan para salvarlos. Era hija de Atenea. Había demostrado su valía en los túneles situados debajo de Roma, había superado toda una serie de desafíos sin otra ayuda que su ingenio. Pero no se le ocurría ninguna forma de invertir ni ralentizar su caída.

Ninguno de los dos tenía el poder de volar, a diferencia de Jason, que podía controlar el viento, o de Frank, que podía convertirse en un animal alado. Si llegaban al fondo a velocidad terminal... Poseía suficientes conocimientos científicos para saber que la caída sería, efectivamente, terminal.

Se estaba preguntando seriamente si podrían fabricar un paracaídas con sus camisetas —así de desesperada estaba— cuando se operó un cambio a su alrededor. La oscuridad adquirió un matiz rojo grisáceo. Annabeth se dio cuenta de que podía ver el pelo de

Percy mientras lo abrazaba. El silbido de sus oídos se convirtió en algo más parecido a un rugido. Empezó a hacer un calor insoportable, y el aire se impregnó de un olor a huevos podridos.

De repente, el foso por el que habían estado cayendo dio a una inmensa cueva. A unos ochocientos metros por debajo de ellos, Annabeth vio el fondo. Por un momento se quedó tan anonadada que no pudo pensar con claridad. Toda la isla de Manhattan podría haber cabido dentro de esa cueva, y ni siquiera alcanzaba a ver toda su extensión. Nubes rojas flotaban en el aire como sangre vaporizada. El paisaje —al menos, lo que ella podía ver— constaba de llanuras negras y rocosas, salpicadas de montañas puntiagudas y simas en llamas. A la izquierda de Annabeth, el suelo descendía en una serie de acantilados, como colosales escalones que se internaban en el abismo.

El hedor a azufre dificultaba la concentración, pero se centró en el suelo situado justo debajo de ellos y vio una cinta de un reluciente líquido negro: un río.

—¡Percy! —le gritó al oído—. ¡Agua!

Señaló frenéticamente. El rostro de Percy resultaba difícil de descifrar a la tenue luz roja. Parecía atónito y horrorizado, pero asintió con la cabeza como si la entendiera.

Percy podía controlar el agua… suponiendo que lo que había debajo de ellos fuera agua. Podría amortiguar su caída de alguna forma. Por supuesto, Annabeth había oído historias terribles sobre los ríos del inframundo. Podían arrebatarte los recuerdos o reducir tu cuerpo y tu alma a cenizas. Pero decidió no pensar en ello. Era su única oportunidad.

El río se precipitaba hacia ellos. En el último segundo, Percy gritó en tono desafiante. El agua brotó en un enorme géiser y se los tragó enteros.

VI

Annabeth

El impacto no la mató, pero el frío sí estuvo a punto de acabar con su vida.

El agua helada la dejó sin aire en los pulmones. Sus extremidades se quedaron rígidas, y Percy se le escapó. Empezó a hundirse. Extraños gemidos resonaban en sus oídos: millones de voces desconsoladas, como si el río estuviera hecho de tristeza destilada. Las voces eran peores que el frío. La arrastraban hacia abajo y le adormecían.

¿De qué sirve luchar?, le decían. *De todas formas, ya estás muerta. Nunca saldrás de este sitio.*

Podía hundirse hasta el fondo y ahogarse, dejar que el río se llevara su cuerpo. Eso sería más fácil. Podría cerrar los ojos...

Percy le agarró la mano y la devolvió a la realidad. No podía verlo en el agua turbia, pero de repente ya no quería morir. Bucearon juntos hacia arriba y salieron a la superficie.

Annabeth boqueó, agradeciendo el aire que respiraba, por sulfuroso que fuera. El agua se arremolinó a su alrededor, y se dio cuenta de que Percy estaba formando un torbellino para mantenerlos a flote.

No podía distinguir su entorno, pero sabía que estaban en un río. Los ríos tenían orillas.

—Tierra —dijo con voz ronca—, ve hacia un lado.

Percy parecía casi muerto de agotamiento. Normalmente el agua le vigorizaba, pero no era el caso de la que les rodeaba. Controlarla debía de haber consumido todas sus fuerzas. El remolino empezó a disiparse. Annabeth le agarró la cintura con un brazo y luchó a través de la corriente. El río se movía contra ella: miles de voces quejumbrosas susurrándole al oído, metiéndose en su cerebro.

La vida es desolación, decían. *Todo es inútil, y luego te mueres.*

—Inútil —murmuró Percy.

Le castañeteaban los dientes debido al frío. Dejó de nadar y empezó a hundirse.

—¡Percy! —gritó ella—. El río te está confundiendo la mente. Es el Cocito: el río de las lamentaciones. ¡Está hecho de tristeza pura!

—Tristeza —convino él.

—¡Lucha contra ella!

Annabeth agitó los pies y se esforzó por mantenerlos a los dos a flote. Otra broma cósmica para disfrute de Gaia: «Annabeth muere tratando de impedir que su novio, hijo de Poseidón, se ahogue».

«No vas a tener esa suerte, bruja», pensó Annabeth.

Abrazó más fuerte a Percy y le besó.

—Háblame de la Nueva Roma —le pidió—. ¿Qué planes tenías para nosotros?

—La Nueva Roma… Para nosotros…

—Sí, Cerebro de Alga. ¡Dijiste que allí podríamos tener un futuro juntos! ¡Cuéntamelo!

Annabeth nunca había querido abandonar el Campamento Mestizo. Era el único hogar real que había conocido. Pero hacía días, en el *Argo II*, Percy le había confesado que había imaginado un futuro para los dos entre los semidioses romanos. En la ciudad de la Nueva Roma, los veteranos de la legión podían establecerse, ir a la universidad, casarse e incluso tener hijos.

—Arquitectura —murmuró Percy. La niebla empezó a despejarse de sus ojos—. Pensé que te gustarían las casas y los parques. Hay una calle con unas fuentes muy chulas.

Annabeth empezó a avanzar contra la corriente. Notaba las extremidades como sacos de arena mojada, pero Percy ya la estaba ayudando. Podía ver la línea oscura de la orilla a un tiro de piedra.

—La universidad —dijo ella con voz entrecortada—. ¿Podríamos ir juntos?

—S-sí —asintió él, con un poco más de confianza.

—¿Qué estudiarías tú, Percy?

—No lo sé —reconoció él.

—Ciencias del mar —propuso ella—. ¿Oceanografía?

—¿Surf? —preguntó él.

Ella se rió, y el sonido lanzó una onda de choque a través del agua. Los gemidos se desvanecieron hasta convertirse en ruido de fondo. Annabeth se preguntó si alguien se habría reído en el Tártaro antes; una risa de alegría pura y simple. Lo dudaba.

Empleó sus últimas fuerzas para llegar a la orilla del río. Sus pies se hundieron en el fondo arenoso. Ella y Percy subieron a tierra, temblando y jadeando, y se desplomaron en la arena oscura.

Annabeth tenía ganas de acurrucarse al lado de Percy y dormirse. Tenía ganas de cerrar los ojos, confiar en que todo fuera una pesadilla y, al despertar, encontrarse otra vez a bordo del *Argo II*, a salvo con sus amigos (bueno, todo lo a salvo que un semidiós podía estar).

Pero no era ninguna pesadilla. En realidad estaban en el Tártaro. A sus pies, el río Cocito pasaba con estruendo, un torrente de desdicha líquida. El aire sulfuroso le escocía en los pulmones y le picaba en la piel. Cuando se miró los brazos, vio que los tenía cubiertos de sarpullido. Trató de incorporarse y jadeó de dolor.

La playa no era de arena. Estaban sentados en un campo de esquirlas irregulares de cristal negro, algunas de las cuales se le habían clavado en las palmas de las manos.

De modo que el aire era ácido. El agua era tristeza. El suelo eran cristales rotos. Allí todo estaba concebido para hacer daño y para matar. Annabeth respiró sonoramente y se preguntó si las voces del Cocito estaban en lo cierto. Tal vez luchar para sobrevivir era inútil. Al cabo de una hora estarían muertos.

A su lado, Percy tosió.

—Este sitio huele como mi ex padrastro.

Annabeth esbozó una débil sonrisa. No había conocido a Gabe el Apestoso, pero había oído bastantes historias sobre él. Sintió una oleada de amor hacia Percy por intentar levantarle el ánimo.

Si hubiera caído en el Tártaro sola, pensó Annabeth, habría estado perdida. Después de todo lo que había pasado debajo de Roma buscando la Atenea Partenos, habría sido demasiado para ella. Se habría acurrucado y habría llorado hasta convertirse en un fantasma más y disolverse en el Cocito.

Pero no estaba sola. Tenía a Percy. Y eso significaba que no podía rendirse.

Se obligó a evaluar la situación. Su pie seguía vendado con la envoltura improvisada de papel de burbuja y enredado con telarañas. Pero cuando lo movió, no le dolía. La ambrosía que había comido en los túneles subterráneos de Roma debía de haber reparado por fin sus huesos.

Su mochila no estaba; debía de haberla perdido durante la caída, o tal vez se la había llevado el río. No soportaba la idea de perder el portátil de Dédalo, con todos sus fantásticos programas y datos, pero tenía problemas más graves. Su daga de bronce celestial, el arma que había llevado desde que tenía siete años, había desaparecido también.

Cuando se dio cuenta estuvo a punto de venirse abajo, pero no podía recrearse en ello. Ya tendría tiempo para lamentarse más tarde. ¿Qué más tenían?

Ni comida ni agua; básicamente, cero provisiones.

Sí. Un comienzo prometedor.

Annabeth miró a Percy. Tenía muy mal aspecto. El cabello moreno se le pegaba a la frente y su camiseta de manga corta estaba hecha jirones. Los dedos se le habían quedado en carne viva al agarrarse al saliente de la sima antes de la caída. Pero lo más preocupante de todo era que estaba temblando y tenía los labios morados.

—Deberíamos mantenernos en movimiento o sufriremos hipotermia —dijo Annabeth—. ¿Puedes levantarte?

Él asintió.

Los dos se levantaron con dificultad.

Annabeth le rodeó la cintura con el brazo, aunque no estaba segura de quién estaba sosteniendo a quién. Escudriñó el entorno. Arriba no había rastro del túnel por el que habían caído. Ni siquiera podía ver el techo de la cueva; solo unas nubes color sangre flotando en el brumoso aire gris. Era como mirar a través de una mezcla diluida de sopa de tomate y cemento.

La playa de cristales negros se extendía hacia el interior a lo largo de unos cincuenta metros y luego descendía con forma de acantilado. Desde donde se encontraban, Annabeth no podía ver lo que había abajo, pero una luz roja parpadeaba en el borde como si el fondo estuviera iluminado por grandes hogueras.

Un recuerdo lejano acudió a su mente: algo relacionado con el Tártaro y con el fuego. Antes de que pudiera detenerse en ello, Percy inspiró bruscamente.

—Mira.

Señaló río abajo.

A treinta metros de distancia, un coche italiano azul celeste de aspecto familiar cayó de morro contra la arena. Parecía el Fiat que había chocado contra Aracne y la había lanzado en picado por el foso.

Annabeth esperaba equivocarse, pero ¿cuántos coches deportivos italianos podía haber en el Tártaro? Una parte de ella no quería acercarse, pero tenía que averiguarlo. Agarró la mano de Percy y se dirigieron a los restos del vehículo dando traspiés. Uno de los neumáticos del coche se había desprendido y estaba flotando en un remolino estancado en el Cocito. Las ventanillas del Fiat se habían hecho añicos y habían sembrado la playa oscura de cristales más brillantes, como si fueran escarcha. Bajo el capó aplastado se encontraban los restos maltrechos y relucientes de un gigantesco capullo de seda: la trampa que Annabeth había convencido a Aracne para que tejiera. Sin duda estaba vacío. Unas marcas en la arena formaban un rastro río abajo… como si algo pesado y con múltiples patas se hubiera internado a toda prisa en la oscuridad.

—Está viva.

Annabeth estaba tan horrorizada, tan indignada por lo injusto de la situación, que tuvo que contener las ganas de vomitar.

—Es el Tártaro —dijo Percy—. El hogar de los monstruos. Aquí abajo tal vez no se les pueda matar.

Lanzó a Annabeth una mirada avergonzada, como si fuera consciente de que no estaba contribuyendo a levantar la moral del equipo.

—O puede que esté herida de gravedad y se haya retirado a morirse.

—Pensemos eso —convino Annabeth.

Percy todavía temblaba. Annabeth no había entrado en calor en lo más mínimo, a pesar del aire caliente y pegajoso del lugar. Los cortes que se había hecho en las manos con los cristales seguían sangrando, cosa extraña en ella. Normalmente se curaba rápido. Cada vez le costaba más respirar.

—Este sitio nos está matando —dijo—. Nos va a matar en sentido literal a menos que…

«El Tártaro.» «Fuego.» El lejano recuerdo se aclaró. Miró tierra adentro, hacia el acantilado, iluminado por las llamas desde abajo.

Era una idea totalmente disparatada, pero podía ser su única posibilidad de sobrevivir.

—¿A menos que…? —la apremió Percy—. Tienes un plan brillante, ¿verdad?

—Es un plan —murmuró Annabeth—. No sé si brillante. Tenemos que encontrar el río de Fuego.

VII

Annabeth

Cuando llegaron al saliente, Annabeth no sabía si había firmado sus sentencias de muerte.

El acantilado descendía más de veinticinco metros. En el fondo se extendía una versión pesadillesca del Gran Cañón del Colorado: un río de fuego que se abría camino a través de una grieta de obsidiana irregular, mientras la reluciente corriente roja proyectaba horribles sombras en las caras de los acantilados.

Incluso desde lo alto del cañón, el calor era intenso. Annabeth no se había quitado de los huesos el frío del río Cocito, pero en ese momento notaba la cara irritada y quemada. Respirar le exigía cada vez más esfuerzo, como si tuviera el pecho lleno de poliexpán. Los cortes de las manos le sangraban más. Su pie, que casi se había curado, parecía estar lesionándose de nuevo. Se había quitado la envoltura improvisada y se arrepintió de haberlo hecho. A cada paso que daba hacía una mueca de dolor.

Suponiendo que pudieran bajar hasta el río de fuego, cosa que dudaba, su plan parecía verdaderamente descabellado.

—Eh... —Percy examinó el acantilado. Señaló una diminuta fisura que avanzaba en diagonal desde el borde hasta el fondo—. Podemos probar con ese saliente. Tal vez podamos bajar.

No dijo que sería una locura intentarlo. Se las arregló para mostrarse esperanzado. Annabeth se lo agradeció, pero temía estar arrastrándolo a su perdición.

Claro que si se quedaban allí morirían de todas formas. Habían empezado a salirles ampollas en los brazos debido a la exposición al aire del Tártaro. El entorno era tan saludable como la zona de una explosión nuclear.

Percy descendió primero. El saliente apenas era lo bastante ancho para apoyar el pie. Sus manos buscaban cualquier grieta en la roca vítrea. Cada vez que Annabeth ejercía presión sobre su pie lesionado, le entraban ganas de gritar. Había arrancado las mangas de su camiseta y había usado la tela para envolverse las manos manchadas de sangre, pero sus dedos seguían resbaladizos y débiles.

Varios pasos por debajo de ella, Percy gruñó al llegar a otro asidero.

—Entonces… ¿cómo se llama ese río de fuego?

—Flegetonte —respondió ella—, deberías concentrarte en el descenso.

—¿Flegetonte? —Él siguió bajando a lo largo del saliente. Habían recorrido aproximadamente un tercio del camino hasta el fondo del acantilado; todavía se encontraban lo bastante arriba para morir en caso de que se cayeran—. Suena a animal africano.

—Por favor, no me hagas reír —dijo ella.

—Solo intento quitarle hierro al asunto.

—Gracias —gruñó ella, y por poco le resbaló el pie herido en el saliente—. Moriré de la caída pero con una sonrisa en los labios.

Siguieron descendiendo, avanzando paso a paso. A Annabeth le escocían los ojos del sudor. Los brazos le temblaban. Pero, para gran asombro suyo, llegaron al fondo del acantilado.

Cuando alcanzaron el suelo, Annabeth tropezó. Percy la atrapó. Le sorprendió lo caliente que el chico tenía la piel. Le habían salido forúnculos en la cara, de modo que parecía un enfermo de viruela.

Annabeth veía borroso. Notaba la garganta como si le hubieran salido ampollas, y tenía el estómago encogido como un puño.

«Tenemos que darnos prisa», pensó.

—Solo hasta el río —le dijo a Percy, tratando de evitar que el pánico asomara a su voz—. Podemos conseguirlo.

Avanzaron tambaleándose por encima de resbaladizos salientes de cristal, rodearon enormes cantos rodados y evitaron estalagmitas que los habrían empalado si se hubieran resbalado lo más mínimo. Su ropa andrajosa echaba humo a causa del calor del río, pero siguieron adelante hasta que cayeron de rodillas en la ribera del Flegetonte.

—Tenemos que beber —dijo Annabeth.

Percy se balanceó, con los ojos entrecerrados. Tardó tres segundos en contestar.

—Eh… ¿beber fuego?

—El Flegetonte corre desde el reino de Hades hasta el Tártaro. —Annabeth apenas podía hablar. Se le estaba cerrando la garganta debido al calor y al aire ácido—. El río se usa para castigar a los malvados. Pero en algunas leyendas… también lo llaman el río de Curación.

—¿Algunas leyendas?

Annabeth tragó saliva, tratando de permanecer consciente.

—El Flegetonte mantiene a los malvados intactos para que puedan soportar las torturas de los Campos de Castigo. Creo… que sería el equivalente del néctar de ambrosía en el inframundo.

Percy hizo una mueca cuando el río lo salpicó de cenizas que se arremolinaron alrededor de su cara.

—Pero es fuego. ¿Cómo podemos…?

—Así.

Annabeth metió las manos en el río.

¿Una tontería? Sí, pero estaba convencida de que no tenían otra alternativa. Si esperaban más, caerían desfallecidos y morirían. Era preferible cometer una insensatez y confiar en que diera resultado.

Al primer contacto, el fuego no resultaba doloroso. Estaba frío, lo que probablemente significaba que estaba tan caliente que había sobrecargado los nervios de Annabeth. Antes de que pudiera cambiar de opinión, recogió el ardiente líquido ahuecando las palmas de las manos y se lo acercó a la boca.

Esperaba que supiera a gasolina, pero era muchísimo peor. En un restaurante de San Francisco había cometido el error de probar una guindilla picante de un plato de comida india. Apenas la había mordisquedo cuando creyó que su sistema respiratorio iba a explotar. Beber del Flegetonte fue como tragarse un batido de guindilla picante. Sus senos nasales se llenaron de fuego líquido. La boca le sabía como si se la estuvieran friendo en abundante aceite. Sus ojos derramaron lágrimas hirvientes y todos los poros de su rostro reventaron. Se desplomó, asfixiándose entre arcadas, mientras su cuerpo entero se sacudía violentamente.

—¡Annabeth!

Percy la agarró por los brazos e impidió por los pelos que cayera al río.

Las convulsiones pasaron. Respiró ruidosamente y logró incorporarse. Se encontraba muy débil y sentía náuseas, pero le resultó más fácil respirar la siguiente vez que lo intentó. Las ampollas de sus brazos estaban empezando a desaparecer.

—Ha funcionado —dijo con voz ronca—. Percy, tienes que beber.

—Yo…

Él puso los ojos en blanco y se desplomó contra ella.

Annabeth recogió más fuego con la palma de la mano. Haciendo caso omiso del dolor, vertió el líquido en la boca de Percy. No reaccionó.

Lo intentó otra vez y le echó un puñado entero por la garganta. Esta vez Percy escupió y tosió. Annabeth lo sujetó mientras temblaba y el fuego mágico le recorría el organismo. Su fiebre desapareció. Los forúnculos se desvanecieron. Consiguió incorporarse y se lamió los labios.

—Uf —dijo—. Picante y asqueroso.

Annabeth se rió débilmente. Estaba tan aliviada que se sentía alegre.

—Sí. Lo has clavado.

—Nos has salvado.

—De momento —dijo ella—. El problema es que seguimos en el Tártaro.

Percy parpadeó. Miró a su alrededor como si acabara de asimilar dónde estaban.

—Santa Hera. Nunca pensé… Bueno, no estoy seguro de lo que pensaba. Creía que a lo mejor el Tártaro era un espacio vacío, un pozo sin fondo. Pero este sitio es real.

Annabeth recordó el paisaje que había visto mientras caían: una serie de mesetas que descendían cada vez más en la oscuridad.

—No lo hemos visto todo —advirtió ella—. Esta podría ser solo la primera parte del abismo, como los escalones de la entrada.

—El felpudo —murmuró Percy.

Los dos alzaron la vista a las nubes color sangre que se mezclaban entre la bruma gris. Era imposible que tuvieran las fuerzas para volver a trepar por el acantilado, aunque quisieran. Entonces solo tenían dos opciones: recorrer las orillas del Flegetonte río arriba o río abajo.

—Encontraremos una salida —dijo Percy—. Las Puertas de la Muerte.

Annabeth se estremeció. Recordó lo que Percy había dicho justo antes de que cayeran al Tártaro. Había hecho prometer a Nico di Angelo que llevaría el *Argo II* a Epiro, al lado mortal de las Puertas de la Muerte.

«Os veremos allí», había dicho Percy.

Esa idea resultaba todavía más disparatada que beber fuego. ¿Cómo podrían ellos dos deambular a través del Tártaro y encontrar las Puertas de la Muerte? Apenas habían sido capaces de andar cien metros a trompicones en ese sitio venenoso sin morirse.

—Tenemos que hacerlo —dijo Percy—. No solo por nosotros. Por todos a los que queremos. Las puertas deben cerrarse por los dos lados, o los monstruos seguirán cruzándolas. Y las fuerzas de Gaia invadirán el mundo.

Annabeth sabía que él tenía razón. Aun así, cuando intentó idear un plan que diera resultado, los problemas de logística la abrumaron. No tenían forma de localizar las puertas. No sabían cuánto tiempo les llevaría, ni si el tiempo transcurría a la misma velocidad en el Tártaro. ¿Cómo podrían sincronizar un encuentro con sus amigos? Además, Nico había dicho que una legión compuesta por los monstruos más fuertes de Gaia vigilaba las puertas en el lado del Tártaro. Annabeth y Percy no podrían lanzar un ataque frontal precisamente.

De modo que decidió no mencionar ninguno de esos detalles. Los dos sabían que las probabilidades de éxito eran escasas. Además, después de bañarse en el río Cocito, Annabeth había oído suficientes sollozos y gemidos para toda la vida. Se prometió no volver a quejarse.

—Bueno. —Respiró hondo, dando gracias por dejar de notar dolor en los pulmones—. Si nos quedamos cerca del río, tendremos una forma de curarnos. Si vamos río abajo...

Ocurrió tan rápido que Annabeth se habría muerto si hubiera estado sola.

Los ojos de Percy se clavaron en algo situado detrás de ella. Annabeth se dio la vuelta al mismo tiempo que una enorme forma oscura se precipitaba sobre ella: una monstruosa masa que gruñía, dotada de unas patas largas y delgadas con púas y unos ojos brillantes.

A Annabeth le dio tiempo a pensar: «Aracne». Pero estaba paralizada de terror y sus sentidos se hallaban embotados por el olor dulzón.

Entonces oyó el ruido familiar del bolígrafo de Percy al transformarse en espada. Su hoja pasó por encima de su cabeza describiendo un reluciente arco de bronce. Un horrible gemido resonó a través del cañón.

—¿Estás bien?

Percy escudriñó los acantilados y los cantos rodados y permaneció alerta por si les atacaban más monstruos, pero no apareció ninguno más. El polvo dorado de la araña se posó sobre la obsidiana.

Annabeth se quedó mirando a su novio asombrada. La hoja de bronce celestial de *Contracorriente* relucía todavía más en la penumbra del Tártaro. Al hendir el denso aire caliente, emitía un desafiante susurro, como una serpiente irritada.

—Me... me habría matado —dijo Annabeth tartamudeando.

Percy dio una patada al polvo de las rocas con expresión adusta e insatisfecha.

—Ha muerto demasiado rápido, considerando todo el sufrimiento que te hizo pasar. Se merecía algo peor.

Annabeth no podía discutirle ese punto, pero el tono duro de la voz de Percy la inquietaba. Nunca había visto a alguien enfadarse ni volverse tan vengativo por ella. Casi le alegraba que Aracne hubiera muerto tan rápido.

—¿Cómo te has movido tan rápido?

Percy se encogió de hombros.

—Tenemos que cubrirnos las espaldas, ¿no? A ver, ¿qué estabas diciendo… río abajo?

Annabeth asintió, todavía aturdida. El polvo amarillo se disipó sobre la orilla rocosa y se convirtió en vapor. Por lo menos ahora sabían que se podía matar a los monstruos en el Tártaro… aunque Annabeth no tenía ni idea de cuánto tiempo permanecería muerta Aracne. Ella no tenía pensado quedarse a averiguarlo.

—Sí, río abajo —logró decir—. Si el río viene de los niveles superiores del inframundo, debería irse adentrando en el Tártaro…

—Entonces lleva a un territorio más peligroso —concluyó Percy—. Probablemente allí es donde estén las puertas. Estamos de suerte.

VIII

Annabeth

Solo habían recorrido varios cientos de metros cuando Annabeth oyó voces.

Anduvo con paso lento, medio atontada, tratando de idear un plan. Como era hija de Atenea, se suponía que los planes eran su especialidad, pero resultaba difícil planificar estrategias cuando te rugían las tripas y tenías la garganta seca. Puede que el agua llameante del Flegetonte la hubiera curado y le hubiera dado fuerzas, pero no había aliviado en lo más mínimo su hambre ni su sed. La finalidad del río no era hacerte sentir bien, dedujo Annabeth. Simplemente te permitía continuar para que pudieras seguir experimentando un dolor atroz.

Se le empezaba a caer la cabeza del agotamiento cuando las oyó —unas voces de mujer enzarzadas en una discusión— y se puso alerta en el acto.

—¡Agáchate, Percy! —susurró.

Tiró de él y lo ocultó detrás del canto rodado más cercano, y se pegó tanto a la orilla del río que sus zapatos casi tocaron el fuego. Al otro lado, en el estrecho sendero entre el río y los acantilados, las voces gruñían y aumentaban de volumen conforme se aproximaban desde más arriba.

Annabeth trató de controlar su respiración. Las voces sonaban vagamente humanas, pero eso no quería decir nada. Daba por sentado que en el Tártaro cualquier cosa era su enemigo. Ignoraba cómo era posible que los monstruos no los hubieran visto. Además, los monstruos podían oler a los semidioses, sobre todo a los que eran poderosos como Percy, hijo de Poseidón. Annabeth dudaba que esconderse detrás de una roca sirviera de algo cuando los monstruos detectaran su olor.

Aun así, los monstruos se acercaron sin que sus voces cambiaran de tono. Sus pasos irregulares —«ras, cloc, ras, cloc»— no se aceleraron.

—¿Cuánto falta? —preguntó uno de ellos con voz áspera, como si hubiera estado haciendo gárgaras en el Flegetonte.

—¡Oh, dioses! —dijo otra voz.

Esa voz sonaba mucho más joven y más humana, como la de una adolescente mortal que se exaspera con sus amigas en el centro comercial. Por algún motivo, a Annabeth le resultaba familiar.

—¡Sois unas pesadas! Os lo he dicho, está a tres días desde aquí.

Percy agarró la muñeca de Annabeth. La miró alarmado, como si él también hubiera reconocido la voz de la chica del centro comercial.

Hubo un coro de gruñidos y murmullos. Las criaturas —una media docena, calculó Annabeth— se habían detenido justo al otro lado de la roca, pero seguían sin dar muestras de haber detectado el olor de los semidioses. Annabeth se preguntó si los semidioses no olían igual en el Tártaro o si el resto de olores del lugar eran tan fuertes que enmascaraban el aura de un semidiós.

—Me pregunto si de verdad conoces el camino, jovencita —dijo una tercera voz, áspera y vieja como la primera.

—Cierra el pico, Serephone —dijo la chica del centro comercial—. ¿Cuándo fue la última vez que escapaste del mundo de los mortales? Yo estuve hace un par de años. ¡Conozco el camino! Además, yo sé lo que nos espera allí arriba. ¡Tú no tienes ni idea!

—¡La Madre Tierra no te ha nombrado la jefa! —gritó una cuarta voz.

Más susurros, sonidos de riña y gemidos salvajes, como si unos gigantescos gatos salvajes se estuvieran peleando. Al final, la que se llamaba Serephone gritó:

—¡Basta!

La riña se apaciguó.

—Te seguiremos de momento —dijo Serephone—. Pero si no nos guías bien, si descubrimos que nos has mentido sobre la llamada de Gaia…

—¡Yo no miento! —le espetó la chica del centro comercial—. Creedme, tengo motivos para participar en esta batalla. Tengo enemigos que devorar, y vosotras os daréis un banquete con la sangre de los héroes. Solo os pido que me dejéis uno en concreto: el que se llama Percy Jackson.

Annabeth contuvo un gruñido. Se olvidó del miedo. Le entraron ganas de saltar por encima de la roca y hacer picadillo a los monstruos con su daga… pero ya no la tenía.

—Creedme —dijo la chica del centro comercial—. Gaia nos ha llamado, y nos lo vamos a pasar en grande. Antes de que termine la guerra, mortales y semidioses temblarán al oír mi nombre: ¡Kelli!

Annabeth estuvo a punto de gritar en voz alta. Miró a Percy. Incluso a la luz roja del Flegetonte, su cara parecía de cera.

«*Empousai* —dijo, esbozando la palabra con los labios—. Vampiras.»

Percy asintió con la cabeza seriamente.

Se acordaba de Kelli. Hacía dos años, durante el período de orientación de nuevos alumnos, Percy y su amiga Rachel Dare habían sido atacados por unas *empousai* disfrazadas de animadoras. Una de ellas había sido Kelli. Más tarde, la misma *empousa* los había atacado en el taller de Dédalo. Annabeth la había apuñalado por la espalda y la había enviado… allí. Al Tártaro.

Las criaturas se marcharon arrastrando los pies y sus voces se volvieron más débiles. Annabeth se acercó sigilosamente al borde de la roca y se aventuró a echar un vistazo. Efectivamente, cinco mujeres avanzaban tambaleándose con unas piernas desiguales: la izquierda, de bronce y mecánica, y la derecha, peluda y con la pezuña hendida. Su cabello estaba hecho de fuego y su piel era blanca como un hueso. La mayoría de ellas llevaban vestidos andrajosos de la antigua Grecia, menos la que iba delante, Kelli, que llevaba una blusa quemada y raída y una minifalda plisada... su conjunto de animadora.

Annabeth apretó los dientes. A lo largo de los años se había enfrentado a muchos monstruos malos, pero odiaba a las *empousai* más que a la mayoría de ellos.

Además de sus terribles garras y colmillos, tenían la poderosa facultad de manipular la Niebla. Podían cambiar de forma y usar su capacidad de persuasión para engañar a los mortales y conseguir que bajaran la guardia. Los hombres eran especialmente susceptibles. La táctica favorita de las *empousai* consistía en enamorar a un hombre y luego beberse su sangre y devorar su carne. No era lo que se dice una primera cita encantadora.

Kelli había estado a punto de matar a Percy. Había manipulado al amigo más antiguo de Annabeth, Luke, y lo había instado a cometer actos cada vez más siniestros en nombre de Cronos.

Annabeth deseó con toda su alma tener su daga.

Percy se levantó.

—Se dirigen a las Puertas de la Muerte —murmuró—. ¿Sabes lo que eso significa?

Annabeth no quería pensar en ello, pero lamentablemente aquella terrorífica brigada de devoradoras de carne era lo más parecido a la buena suerte que iban a encontrar en el Tártaro.

—Sí —dijo—. Tenemos que seguirlas.

IX

Leo

Leo se pasó la noche peleándose con una Atenea de doce metros de altura.

Desde que habían subido a bordo la estatua, Leo había estado obsesionado con su funcionamiento. Estaba seguro de que tenía poderes extraordinarios. Tenía que haber un interruptor secreto o un plato de presión o algo por el estilo.

Se suponía que estaba durmiendo, pero no podía conciliar el sueño. Se pasaba horas arrastrándose debajo de la estatua, que ocupaba la mayor parte de la cubierta inferior. Los pies de Atenea asomaban en la enfermería, así que si querías una pastilla de ibuprofeno, tenías que pasar rozando sus dedos de marfil. Su cuerpo recorría el pasillo de babor a lo largo, y su mano extendida sobresalía en la sala de máquinas, ofreciendo la figura de Niké de tamaño natural que reposaba en su palma como si dijera: «¡Toma, un poco de Victoria!». El rostro sereno de Atenea ocupaba la mayor parte de las cuadras de los pegasos situadas en popa, que afortunadamente estaban vacías. Si Leo hubiera sido un caballo mágico, no habría querido vivir en una casilla observado por una descomunal diosa de la sabiduría.

La estatua estaba encajada en el pasillo, de modo que Leo tenía que trepar por encima y deslizarse por debajo de sus extremidades, buscando palancas y botones.

Una vez más, no encontró nada.

Había hecho averiguaciones sobre la estatua. Sabía que estaba fabricada a partir de un armazón de madera hueco cubierto de marfil y oro, lo que explicaba por qué era tan ligera. Se encontraba en muy buen estado, considerando que tenía más de dos mil años de antigüedad, había sido saqueada en Atenas, transportada a Roma y guardada en secreto en la cueva de una araña durante la mayor parte de los dos últimos milenios. La magia debía de haberla mantenido intacta, suponía Leo, en combinación con una factura muy buena.

Annabeth había dicho… Bueno, él procuraba no pensar en Annabeth. Todavía se sentía culpable por su caída y la de Percy al Tártaro. Leo sabía que había sido culpa suya. Debería haber tenido a todo el mundo a salvo a bordo del *Argo II* antes de empezar a sujetar la estatua. Debería haberse dado cuenta de que el suelo de la caverna era inestable.

Aun así, paseándose con cara mustia no iba a conseguir que Percy y Annabeth volvieran. Tenía que concentrarse en solucionar los problemas que pudiera solucionar.

De todas formas, Annabeth había dicho que la estatua era la clave para vencer a Gaia. Podía reparar la brecha existente entre los semidioses griegos y los romanos. Leo suponía que esas palabras encerraban algo más que mero simbolismo. Tal vez los ojos de Atenea disparaban rayos láser, o la serpiente que había detrás de su escudo podía escupir veneno. O tal vez la figura de Niké cobraba vida y hacía unos movimientos en plan ninja.

A Leo se le ocurrían toda clase de cosas divertidas que la estatua podría hacer si él la hubiera diseñado, pero cuanto más la examinaba, más se decepcionaba. La Atenea Partenos irradiaba magia. Hasta él podía percibirla. Pero no parecía que hiciera nada aparte de lucir un aspecto imponente.

El barco se escoró a un lado, realizando un movimiento brusco y evasivo. Leo reprimió el deseo de correr al timón. Jason, Piper y Frank estaban de guardia con Hazel. Ellos podían ocuparse de lo que estuviera pasando. Además, Hazel había insistido en ponerse al timón para llevarlos por el paso secreto del que le había hablado la diosa de la magia.

Leo esperaba que Hazel estuviera en lo cierto con respecto al largo desvío hacia el norte. No se fiaba de la tal Hécate. No entendía por qué una diosa tan inquietante decidía de repente mostrarse amable.

Claro que él no se fiaba de la magia en general. Por eso estaba teniendo tantos problemas con la Atenea Partenos. La estatua no tenía partes móviles. Hiciera lo que hiciese, al parecer funcionaba con hechicería pura... y Leo no valoraba eso. Quería que tuviera lógica, como una máquina.

Al final se cansó de pensar. Se acurrucó con una manta en la sala de máquinas y escuchó el zumbido calmante de los generadores. Buford, la mesita mecánica, estaba en el rincón en modalidad de sueño, emitiendo suaves ronquidos vaporosos: «Chhh, zzz, chhh, zzz».

A Leo le gustaba mucho su camarote, pero se sentía más seguro en el corazón del barco: en una sala llena de mecanismos que sabía controlar. Además, tal vez si pasaba más tiempo cerca de la Atenea Partenos, acabaría empapándose de sus secretos.

—O tú o yo, grandullona —murmuró mientras se subía la manta a la barbilla—. Al final colaborarás.

Cerró los ojos y se durmió. Lamentablemente, eso conllevaba tener sueños.

Corría como alma que lleva el diablo por el viejo taller de su madre, el mismo en el que ella había muerto a causa de un incendio cuando Leo tenía ocho años.

No estaba seguro de qué lo perseguía, pero percibía que se estaba acercando rápido: algo grande, oscuro y lleno de odio.

Tropezó contra los bancos de trabajo, volcó cajas de herramientas y trastabilló con cables eléctricos. Vio la salida y corrió hacia ella, pero una figura apareció delante de él: una mujer con una túnica de tierra seca que se arremolinaba a su alrededor y el rostro cubierto por un velo de polvo.

¿Qué haces, pequeño héroe?, preguntó Gaia. *Quédate a conocer a mi hijo favorito.*

Leo giró a la izquierda a toda velocidad, pero la risa de la diosa de la tierra le siguió.

La noche que tu madre murió te lo advertí. Te dije que las Moiras no me permitían matarte entonces. Pero ahora has elegido tu camino. Tu muerte está cerca, Leo Valdez.

Chocó contra una mesa de dibujo: el viejo puesto de trabajo de su madre. La pared de detrás estaba decorada con dibujos pintados con lápices de colores por Leo. Sollozó desesperado y se volvió, pero la criatura que lo perseguía se interponía en su camino: un ser colosal envuelto en sombras, con una figura vagamente humanoide y una cabeza que casi rozaba el techo seis metros por encima.

Las manos de Leo estallaron en llamas. Disparó al gigante, pero la oscuridad apagó el fuego. Leo alargó la mano hacia su cinturón portaherramientas. Los bolsillos estaban cosidos. Intentó hablar —decir algo que le salvara la vida—, pero no podía emitir ningún sonido, como si se hubiera quedado sin aire en los pulmones.

Mi hijo no permitirá que se encienda ningún fuego esta noche, dijo Gaia desde las profundidades del almacén. *Él es el vacío que consume toda magia, el frío que consume todo fuego, el silencio que consume toda palabra.*

Leo quería gritar: «¡Y yo soy el tío que se ha quedado a dos velas!».

Le fallaba la voz, de modo que usó los pies. Echó a correr hacia la derecha, se agachó por debajo de las manos del tenebroso gigante y cruzó la puerta más cercana.

De repente se halló en el Campamento Mestizo, solo que el campamento estaba en ruinas. Las cabañas habían quedado reducidas a cáscaras chamuscadas. El pabellón comedor se había desmoronado en un montón de escombros blancos, y la Casa Grande ardía en llamas, con las ventanas resplandeciendo como unos ojos diabólicos.

Leo siguió corriendo, convencido de que la sombra del gigante todavía estaba detrás de él.

Serpenteó alrededor de los cuerpos de semidioses griegos y romanos. Quería comprobar si estaban vivos. Quería ayudarlos. Pero sabía que se le estaba acabando el tiempo.

Corrió hacia las únicas personas vivas que vio: un grupo de romanos en una cancha de voleibol. Dos centuriones estaban apoyados despreocupadamente sobre sus jabalinas charlando con un chico rubio alto y delgado que vestía una toga morada. Leo se tropezó. Era el friki de Octavio, el augur del Campamento Júpiter, quien siempre estaba clamando por la guerra.

Octavio giró la cara para mirarlo, pero parecía estar en trance. Tenía las facciones flácidas y los ojos cerrados. Cuando habló, lo hizo con la voz de Gaia:

No hay forma de impedirlo. Los romanos se dirigen al este de Nueva York. Avanzan contra tu campamento, y nada puede detenerlos.

Leo estuvo tentado de dar un puñetazo en la cara al chico. En cambio, siguió corriendo.

Escaló la colina mestiza. En la cima, un rayo había hecho astillas el pino gigante.

Se detuvo vacilante. La parte trasera de la colina había sido cortada. Más allá, el mundo entero había desaparecido. Leo no vio más que nubes mucho más abajo: una ondulada alfombra plateada bajo el cielo oscuro.

—¿Y bien? —dijo una voz áspera.

Leo se sobresaltó.

En el pino hecho astillas, una mujer se encontraba arrodillada ante la entrada de una cueva que se había abierto entre las raíces del árbol.

La mujer no era Gaia. Parecía más bien una Atenea Partenos viviente, con la misma túnica dorada y los mismos brazos de marfil. Cuando se puso en pie, Leo estuvo a punto de despeñarse por el borde del mundo.

Tenía un rostro de una belleza regia, con unos pómulos altos, unos grandes ojos oscuros y un cabello de color regaliz con trenzas recogido en un peinado griego muy elaborado, decorado con una espiral de esmeraldas y diamantes que hizo pensar a Leo en un árbol de Navidad. Su expresión irradiaba odio puro. Sus labios se fruncieron. Su nariz se arrugó.

—El hijo del dios calderero —dijo con desdén—. No representas ninguna amenaza, pero supongo que mi venganza debe empezar por alguna parte. Elige.

Leo trató de hablar, pero estaba paralizado por el pánico. Entre la reina del odio y el gigante que lo perseguía, no tenía la más remota idea de qué hacer.

—Llegará dentro de poco —le avisó la mujer—. Mi oscuro amigo no te dará el lujo de elegir. ¡El acantilado o la cueva, muchacho!

De repente Leo entendió lo que quería decir. Estaba acorralado. Podía saltar por el acantilado, pero era un suicidio. Aunque hubiera tierra debajo de las nubes, moriría en la caída, o tal vez seguiría cayendo eternamente.

Pero la cueva... Se quedó mirando el oscuro agujero entre las raíces del árbol. Olía a podredumbre y a muerte. Oyó cuerpos arrastrándose dentro y voces susurrando entre las sombras.

La cueva era el hogar de los muertos. Si iba allí abajo, no volvería jamás.

—Sí —dijo la mujer. Llevaba alrededor del cuello un extraño colgante de bronce y esmeraldas, como un laberinto circular. Había tal ira en sus ojos que Leo entendió al fin por qué «furioso» era un sinónimo de «loco». Esa mujer se había vuelto loca de odio—. La Casa de Hades espera. Tú serás el primer roedor insignificante que muera en mi laberinto. Solo tienes una posibilidad de escapar, Leo Valdez. Aprovéchala.

Señaló el acantilado.

—Está como una cabra —logró decir.

Fue un comentario desacertado. Ella le agarró la muñeca.

—Tal vez debería matarte ahora, antes de que llegue mi oscuro amigo.

Unos pasos sacudieron la ladera. El gigante se acercaba envuelto en sombras, enorme, pesado y decidido a matar.

—¿Has oído hablar de la gente que muere en sueños, muchacho? —preguntó la mujer—. ¡A manos de una hechicera es posible!

El brazo de Leo empezó a echar humo. La mano de la mujer resultaba ácida al tacto. Trató de liberarse, pero ella lo agarraba con puño de acero.

Abrió la boca para gritar. La inmensa figura del gigante surgió por encima de él, oscurecida por capas de humo negro.

El gigante levantó el puño, y una voz atravesó el sueño.

—¡Leo! —Jason le estaba sacudiendo el hombro—. Eh, tío, ¿qué haces abrazando a Niké?

Leo abrió los ojos parpadeando. Sus brazos rodeaban la estatua de tamaño humano posada en la mano de Atenea. Debía de haber estado revolviéndose dormido. Estaba aferrado a la diosa de la victoria como solía aferrarse a su almohada cuando tenía pesadillas de niño. (Eso le hacía pasar mucho corte en los hogares de acogida.)

Se desenredó y se incorporó, frotándose la cara.

—Nada —murmuró—. Solo estábamos abrazados. ¿Qué pasa?

Jason no se burló de él. Esa era una de las cosas que Leo valoraba de su amigo. Los ojos de color azul claro de Jason lucían una mirada penetrante y seria. La pequeña cicatriz de su boca se contrajo como hacía siempre que tenía que dar malas noticias.

—Hemos atravesado las montañas —dijo—. Casi hemos llegado a Bolonia. Deberías reunirte con nosotros en el comedor. Nico tiene nueva información.

X

Leo

Leo había diseñado las paredes del comedor para que mostraran escenas del Campamento Mestizo que transcurrían en tiempo real. Al principio le había parecido una idea fabulosa, pero ya no estaba tan seguro.

Las escenas de su hogar —las canciones interpretados en grupo delante de fogatas, las cenas en el pabellón, los partidos de voleibol delante de la Casa Grande— parecían entristecer a sus amigos. Cuanto más se alejaban de Long Island, peor se volvía. Las zonas horarias seguían cambiando, lo que hacía que Leo notara la distancia cada vez que miraba las paredes. En Italia acababa de salir el sol. En el Campamento Mestizo era plena noche. Las antorchas chisporroteaban en las puertas de las cabañas. La luz de la luna relucía sobre las olas del estrecho de Long Island. La playa estaba llena de huellas, como si una gran multitud se acabara de marchar.

Leo se percató sobresaltado de que el día anterior —la noche anterior, lo que fuera— había sido 4 de julio. No habían asistido a la fiesta anual del Campamento Mestizo en la playa, con increíbles fuegos artificiales preparados por los hermanos de Leo de la cabaña nueve.

Decidió no mencionar ese detalle al resto de la tripulación, pero esperaba que sus amigos del campamento hubieran celebrado una buena fiesta. Ellos también necesitaban algo que les ayudara a levantar el ánimo.

Recordó las imágenes que había visto en el sueño: el campamento en ruinas, sembrado de cadáveres; Octavio en la cancha de voleibol, hablando despreocupadamente con la voz de Gaia.

Se quedó mirando sus huevos y su beicon. Ojalá hubiera podido apagar los vídeos de la pared.

—Bueno —dijo Jason—, ahora que estamos aquí…

Estaba sentado a la cabecera de la mesa, más bien por omisión. Desde que habían perdido a Annabeth, Jason había hecho todo lo posible por comportarse como el líder del grupo. Al haber sido pretor en el Campamento Júpiter, probablemente estaba acostumbrado a hacerlo, pero Leo notaba que su amigo se encontraba tenso. Tenía los ojos más hundidos que de costumbre. Su cabello rubio estaba revuelto, algo inusual en él, como si se hubiera olvidado de peinárselo.

Leo miró a los demás sentados alrededor de la mesa. Hazel también estaba ojerosa, claro que ella había estado toda la noche levantada pilotando el barco a través de las montañas. Llevaba su cabello color canela rizado recogido con un pañuelo, lo que le daba un aire de soldado de comando que a Leo le puso bastante… y que enseguida le hizo sentirse culpable.

A su lado estaba sentado su novio Frank Zhang, vestido con unos pantalones de chándal negros y una camiseta turística de Roma en la que ponía CIAO! (¿Se podía considerar una palabra?). Llevaba su vieja insignia de centurión prendida en su camiseta, a pesar de que los semidioses del *Argo II* eran entonces los enemigos públicos del número 1 al 7 en el Campamento Júpiter. Su expresión adusta acentuaba su parecido con un luchador de sumo. Luego estaba el hermanastro de Hazel, Nico di Angelo. A Leo ese chico le daba muy mal rollete. Estaba recostado con su cazadora de aviador de cuero, su camiseta de manga corta negra y sus vaqueros negros, aquel horrible anillo de plata con una calavera en el dedo y la espada estigia a su lado. Los mechones de pelo moreno le sobresalían rizados como alas de cría de murciélago. Tenía unos ojos tristes y algo vacíos, como si hubiera contemplado las profundidades del Tártaro… cosa que en efecto había hecho.

El único semidiós ausente era Piper, a la que le había tocado estar al timón con el entrenador Hedge, el sátiro que los acompañaba.

Leo deseó que Piper estuviera allí. Ella tenía un don para calmar los ánimos con la capacidad de persuasión que había heredado de Afrodita. Después de los sueños que había tenido la noche anterior, a Leo no le habría ido mal un poco de calma.

Por otra parte, seguramente era bueno que ella estuviera en cubierta acompañando a su acompañante. Ahora que estaban en las tierras antiguas, tenían que estar continuamente en guardia. A Leo le daba miedo dejar que el entrenador Hedge pilotara solo. El sátiro disparaba a la mínima, y el timón tenía un montón de botones brillantes y peligrosos que podían hacer estallar los pintorescos pueblos italianos de abajo.

Leo había desconectado hasta tal punto que no se había dado cuenta de que Jason seguía hablando.

—… la Casa de Hades —estaba diciendo—. ¿Nico?

Nico se inclinó hacia delante.

—Anoche estuve en contacto con los muertos.

Soltó esa frase como quien dice que ha recibido un mensaje de texto de un colega.

—He descubierto más cosas sobre a lo que nos enfrentamos —continuó Nico—. Antiguamente, la Casa de Hades era un lugar importante para los peregrinos griegos. Iban allí a hablar con los muertos y honrar a sus antepasados.

Leo frunció el entrecejo.

—Se parece al día de los muertos. Mi tía Rosa se tomaba esas cosas en serio.

Recordó que ella lo llevaba a rastras al cementerio de su barrio en Houston, donde limpiaban las lápidas de sus familiares y dejaban limonada, galletas y caléndulas frescas a modo de ofrenda. La tía Rosa obligaba a Leo a quedarse a comer, como si alternar con los muertos fuera bueno para su apetito.

Frank gruñó.

—Los chinos también tienen una costumbre parecida: adoran a los antepasados y limpian las tumbas en primavera. —Lanzó una mirada a Leo—. Tu tía Rosa se habría llevado bien con mi abuela.

Leo visualizó una horripilante imagen de su tía Rosa y una vieja china con atuendo de luchador zurrándose la una a la otra con unas porras con pinchos.

—Sí —dijo Leo—. Seguro que se habrían hecho amigas del alma.

Nico se aclaró la garganta.

—Muchas culturas tienen tradiciones de temporada para honrar a los muertos, pero la Casa de Hades estaba abierta todo el año. Los peregrinos podían hablar con los muertos. En griego se llama Necromanteion, el Oráculo de los Muertos. Había que abrirse paso por distintos niveles de túneles, dejar ofrendas y beber pociones especiales...

—Pociones especiales —murmuró Leo—. Qué ricas.

Jason le lanzó una mirada en plan: «Basta ya, colega».

—Continúa, Nico.

—Los peregrinos creían que cada nivel del templo te acercaba más al inframundo, hasta que los muertos aparecían ante ti. Si estaban contentos con tus ofrendas, respondían a tus preguntas y puede que incluso te adivinaran el futuro.

Frank dio unos golpecitos en su taza de chocolate caliente.

—¿Y si no estaban contentos?

—Algunos peregrinos no encontraban nada —dijo Nico—. Otros se volvían locos o morían después de salir del templo. Otros se perdían en los túneles y nadie los volvía a ver.

—Lo importante —dijo Jason rápidamente— es que Nico ha descubierto una información que podría sernos útil.

—Sí. —Nico no parecía muy entusiasmado—. El fantasma con el que hablé anoche... era un antiguo sacerdote de Hécate. Me confirmó lo que la diosa le dijo a Hazel ayer en la encrucijada. En la primera guerra contra los gigantes, Hécate luchó por los dioses. Mató a uno de los gigantes: uno que había sido concebido como el reverso de Hécate. Una criatura llamada Clitio.

—Un tío oscuro —aventuró Leo—. Rodeado de sombras.

Hazel se volvió hacia él, entornando sus ojos dorados.

—¿Cómo sabes eso, Leo?

—He tenido un sueño.

A nadie le sorprendió. La mayoría de los semidioses tenían pesadillas vívidas sobre lo que ocurría en el mundo.

Sus amigos prestaron atención mientras Leo les explicaba el sueño. Trató de no mirar las imágenes del Campamento Mestizo que aparecían en las paredes mientras describía el lugar en ruinas. Les habló del gigante oscuro y de la extraña mujer de la colina mestiza que le había ofrecido distintas formas de morir.

Jason apartó su plato de tortitas.

—Así que el gigante es Clitio. Supongo que estará esperándonos, vigilando las Puertas de la Muerte.

Frank enrolló una tortita y empezó a masticar: no era de los que dejaban que la muerte interfiriera en un saludable desayuno.

—¿Y la mujer del sueño de Leo?

—Ese es mi problema. —Hazel se pasó un diamante entre los dedos haciendo un juego de manos—. Hécate me dijo que una enemiga formidable espera en la Casa de Hades: una bruja a la que solo puedo vencer yo usando la magia.

—¿Sabes magia? —preguntó Leo.

—Todavía no.

—Ah. —Trató de decir algo esperanzador, pero se acordó de los ojos de la mujer furiosa y de que su firme mano había hecho que su piel echara humo—. ¿Tienes idea de quién es?

Hazel negó con la cabeza.

—Solo sé que…

Miró a Nico, y entre ellos se produjo una especie de discusión silenciosa. A Leo le dio la impresión de que los dos habían mantenido conversaciones privadas sobre la Casa de Hades y de que no les estaban revelando todos los detalles.

—Solo sé que no será fácil de vencer.

—Pero hay una buena noticia —dijo Nico—. El fantasma con el que hablé me explicó cómo venció Hécate a Clitio en la primera guerra. Usó sus antorchas para prender fuego a su pelo. Lo mató quemándolo. Es decir, el fuego es su debilidad.

Todo el mundo miró a Leo.

—Ah —dijo él—. Vale.

Jason asintió de modo alentador, como si fuera una noticia estupenda; como si esperara que Leo se acercase a una imponente masa oscura, disparase unas cuantas bolas de fuego y resolviese todos sus problemas. Leo no quería decepcionarle, pero todavía podía oír la voz de Gaia: «Él es el vacío que consume toda magia, el frío que consume todo fuego, el silencio que consume toda palabra».

Leo estaba seguro de que haría falta algo más que unas cuantas cerillas para prender fuego a ese gigante.

—Es una buena pista —insistió Jason—. Por lo menos sabemos cómo matar al gigante. Y esa hechicera… Bueno, si Hécate cree que Hazel puede vencerla, entonces yo también lo creo.

Hazel bajó la vista.

—Ahora solo tenemos que llegar a la Casa de Hades, abrirnos paso entre las fuerzas de Gaia…

—Y de un montón de fantasmas —añadió Nico, muy serio—. Puede que los espíritus del templo no sean amistosos.

—… y encontrar las Puertas de la Muerte —continuó Hazel—. Suponiendo que podamos llegar al mismo tiempo que Percy y Annabeth y rescatarlos.

Frank tragó un bocado de tortita.

—Podemos conseguirlo. Tenemos que conseguirlo.

Leo admiraba el optimismo del grandullón. Ojalá él pensara lo mismo.

—Entonces, con el desvío, calculo que tardaremos cuatro o cinco días en llegar a Epiro —dijo Leo—, suponiendo que no haya retrasos por ataques de monstruos y esas cosas.

Jason sonrió con amargura.

—Sí. Esas cosas nunca pasan.

Leo miró a Hazel.

—Hécate te dijo que Gaia planea su superjuerga para el 1 de agosto, ¿verdad? La fiesta de como se llame.

—Spes —apuntó Hazel—. La diosa de la esperanza.

Jason giró su tenedor.

—En teoría, tenemos suficiente tiempo. Solo es 5 de julio. Deberíamos poder cerrar las Puertas de la Muerte, encontrar el cuartel general de los gigantes e impedir que despierten a Gaia antes del 1 de agosto.

—En teoría —convino Hazel—. Pero me gustaría saber cómo vamos a abrirnos paso en la Casa de Hades sin volvernos locos ni morirnos.

Nadie propuso ninguna idea.

Frank dejó su tortita enrollada como si de repente no le supiera tan bien.

—Hoy es 5 de julio. Dioses, no lo había pensado…

—Tranqui, tío —dijo Leo—. Eres canadiense, ¿no? No esperaba que me hicieras un regalo del día de la Independencia ni nada por el estilo… a menos que quieras, claro.

—No es eso. Mi abuela siempre me decía que el siete era un número de la mala suerte. Era un número fantasma. No le hizo gracia cuando le dije que habría siete semidioses en la misión. Y julio es el séptimo mes.

—Sí, pero… —Leo tamborileó nerviosamente con los dedos sobre la mesa. Se dio cuenta de que estaba diciendo «Te quiero» en código morse como solía hacer con su madre, y habría sido bastante embarazoso si sus amigos entendieran el código morse—. Pero solo es una casualidad, ¿no?

La expresión de Frank no lo tranquilizó.

—Antiguamente, en China, la gente llamaba al séptimo mes el «mes fantasma». Entonces el mundo de los espíritus y el mundo de los humanos estaban más cerca que nunca. Los vivos y los muertos podían ir de un lado al otro. Decidme que es una casualidad que estemos buscando las Puertas de la Muerte durante el mes fantasma.

Nadie dijo nada.

Leo quería pensar que una antigua creencia china no podía tener nada que ver con los romanos y los griegos. Eran cosas totalmente distintas, ¿no? Pero la existencia de Frank demostraba que las culturas estaban unidas. La familia Zhang se remontaba a la antigua Grecia. Habían pasado por Roma y por China para acabar en Canadá.

Además, Leo no paraba de pensar en su encuentro con Némesis, la diosa de la venganza, en el Great Salt Lake. Némesis lo había llamado la «séptima rueda», el miembro extraño de la misión. No se refería a «séptima» en el sentido de «fantasma», ¿verdad?

Jason pegó las manos a los brazos de su asiento.

—Centrémonos en las cosas de las que podemos ocuparnos. Nos estamos acercando a Bolonia. A lo mejor hallamos más respuestas cuando encontremos a esos enanos que Hécate…

El barco dio un bandazo como si hubiera chocado contra un iceberg. El plato del desayuno de Leo se deslizó a través de la mesa. Nico se cayó con la silla hacia atrás y se dio con la cabeza contra el aparador. Se desplomó en el suelo, y una docena de vasos y platos mágicos cayeron encima de él.

—¡Nico!

Hazel corrió a ayudarle.

—¿Qué…?

Frank trató de levantarse, pero el barco cabeceó en la otra dirección. Se estrelló contra la mesa y cayó de bruces contra el plato de huevos revueltos de Leo.

—¡Mirad!

Jason señaló las paredes. Las imágenes del Campamento Mestizo estaban parpadeando y alterándose.

—No es posible —murmuró Leo.

Era imposible que las paredes encantadas mostraran algo que no fueran escenas del campamento, pero de repente una enorme cara distorsionada ocupó toda la pared del lado de babor: unos dientes amarillos torcidos, una desaliñada barba pelirroja, una nariz verrugosa y dos ojos desiguales, uno mucho más grande y más alto que el otro. La cara parecía estar intentando devorar la sala.

Las otras paredes parpadearon y mostraron imágenes de la cubierta superior. Piper estaba al timón, pero algo no iba bien. Estaba envuelta en cinta adhesiva de los hombros para abajo, y tenía la boca amordazada y las piernas atadas al tablero de control.

En el palo mayor, el entrenador Hedge también estaba atado y amordazado, mientras que una criatura de extraño aspecto —una especie de cruce entre gnomo y chimpancé con mal gusto para la vestimenta— bailaba a su alrededor, recogiendo el pelo del entrenador en pequeñas coletas con gomas de color rosa.

En la pared del lado de popa, la enorme y fea cara retrocedió de tal forma que Leo pudo ver a la criatura entera: otro chimpancé gnomo con una ropa todavía más estrambótica. El extraño ser empezó a saltar por la cubierta, metiendo cosas en un saco de arpillera: la daga de Piper, los mandos de Wii de Leo... Entonces sacó la esfera de Arquímenedes del tablero de mando.

—¡No! —gritó Leo.

—Ahhh —dijo Nico gimiendo en el suelo.

—¡Mono! —gritó Frank.

—No son monos —masculló Hazel—. Creo que son enanos.

—¡Están robando mis cosas! —gritó Leo, y echó a correr hacia la escalera.

XI

Leo

Leo tuvo la ligera impresión de que Hazel gritaba:

—¡Marchaos! ¡Yo cuidaré de Nico!

Como si Leo fuera a volverse atrás. Sí, esperaba que Di Angelo estuviera bien, pero él tenía sus propios quebraderos de cabeza.

Leo subió los escalones deprisa, dando saltos, seguido de Jason y de Frank.

La situación en la cubierta era peor de lo que temía.

El entrenador Hedge y Piper estaban forcejeando para soltarse de las ataduras de cinta adhesiva mientras uno de los enanos diabólicos bailaba por la cubierta, recogiendo las cosas que no estaban atadas y metiéndolas en su saco. Medía aproximadamente un metro veinte de estatura, todavía menos que el entrenador Hedge, y tenía unas patas arqueadas, unos pies simiescos y una ropa tan chillona que a Leo le provocó vértigo. Sus pantalones a cuadros verdes estaban prendidos con alfileres en las vueltas, y los llevaba sujetos con unos tirantes de vivo color rojo por encima de una blusa de mujer rosa y negra a rayas. Llevaba media docena de relojes de oro en cada brazo y un sombrero de vaquero con estampado de cebra de cuya ala colgaba la etiqueta del precio. Su piel estaba cubierta de manchas de desaliñado pelo rojo, aunque el noventa por ciento de su vello corporal parecía concentrado en sus espléndidas cejas.

Leo estaba pensando dónde se encontraba el otro enano cuando oyó un chasquido detrás de él y se dio cuenta de que había metido a sus amigos en una trampa.

—¡Agachaos!

Cayó al suelo en el momento en el que la explosión le reventaba los tímpanos.

«Nota para el menda —pensó Leo aturdido—. No dejes cajas de granadas mágicas donde los enanos puedan alcanzarlas.»

Por lo menos estaba vivo. Leo había estado experimentando con toda clase de armas basadas en la esfera de Arquímedes que había rescatado en Roma. Había fabricado granadas que podían expulsar ácido, fuego, metralla o palomitas de maíz recién untadas de mantequilla. (Eh, nunca se sabía cuándo te iba a entrar hambre en la batalla.) A juzgar por el zumbido de sus oídos, el enano había hecho explotar una granada de detonación que Leo había llenado con un extraño frasco de música de Apolo, extracto líquido puro. No mataba, pero a Leo le dio la sensación de haberse dado un panzazo en la parte honda de una piscina.

Trató de levantarse. Las extremidades no le respondían. Alguien estaba tirándole de la cintura: ¿tal vez un amigo que intentaba ayudarlo a levantarse? No. Sus amigos no olían a jaula de mono embadurnada de perfume.

Leo consiguió darse la vuelta. Tenía la vista desenfocada y teñida de rosa, como si el mundo se hubiera sumergido en gelatina de fresa. Una grotesca cara sonriente apareció encima de él. El enano con pelo marrón iba vestido todavía peor que su amigo: llevaba un bombín verde como el de un duende, anillos de diamantes que le colgaban de los dedos y una camiseta de árbitro blanca y negra. Enseñó el premio que acababa de robar —el cinturón portaherramientas de Leo— y acto seguido se marchó bailando.

Leo trató de agarrarlo, pero se le habían dormido los dedos. El enano se acercó brincando a la ballesta más cercana, que su amigo de pelo rojo estaba preparando para disparar.

El enano de pelo marrón saltó sobre el proyectil como si fuera un monopatín, y su amigo lo disparó al cielo.

Pelo Rojo se acercó al entrenador Hedge dando saltos. Dio un bofetón al sátiro y se dirigió brincando a la borda. Dedicó una reverencia a Leo quitándose el sombrero con estampado de cebra y dio una voltereta hacia atrás por encima de la borda.

Leo consiguió levantarse. Jason ya estaba en pie, tropezando y chocándose contra objetos. Frank se había transformado en un gorila adulto (Leo no estaba seguro del motivo: ¿tal vez para comunicarse con los enanos simios?), pero la granada le había dado de lleno. Estaba tumbado en la cubierta con la lengua fuera y los ojos de gorila en blanco.

—¡Piper!

Jason se dirigió al timón tambaleándose y le quitó con cuidado la mordaza de la boca.

—¡No malgastes el tiempo conmigo! —dijo—. ¡Ve a por ellos!

—¡Mmmmmm! —farfulló el entrenador Hedge en el mástil.

Leo supuso que significaba «¡Mátalos!» Una traducción fácil de adivinar, considerando que la mayoría de las frases del entrenador contenían la palabra «matar».

Leo echó un vistazo al tablero de mando. La esfera de Arquímedes había desaparecido. Se llevó la mano a la cintura, donde debería haber estado su cinturón. Se le empezó a despejar la cabeza, y su indignación llegó al límite. Esos enanos habían atacado su barco y le habían robado sus más preciadas posesiones.

Debajo de él se extendía la ciudad de Bolonia: un rompecabezas de edificios de tejas rojas rodeados de colinas verdes. Si Leo no encontraba a los enanos en ese laberinto de calles… No. El fracaso no era una opción. Ni iba a esperar a que sus amigos se recuperaran.

Se volvió hacia Jason.

—¿Te encuentras lo bastante bien para controlar los vientos? Necesito que me lleves.

Jason frunció el entrecejo.

—Claro, pero…

—Bien —dijo Leo—. Tenemos que atrapar a unos monos.

Jason y Leo aterrizaron en una gran *piazza* bordeada de edificios gubernamentales de mármol blanco y terrazas de cafés. Las calles circundantes estaban atestadas de bicis y motos Vespa, pero en la plaza propiamente dicha no había más que palomas y unos cuantos ancianos bebiendo *espresso*.

Ninguno de los lugareños pareció reparar en el enorme buque de guerra griego que se cernía sobre la *piazza*, ni en el hecho de que Jason y Leo acabaran de aterrizar: Jason empuñando una espada de oro y Leo... bueno, Leo con las manos vacías.

—¿Adónde vamos? —preguntó Jason.

Leo se lo quedó mirando.

—Pues no lo sé. Déjame que saque mi GPS localizador de enanos del cinturón... ¡Un momento! No tengo GPS localizador de enanos... ¡ni cinturón!

—Vale —gruñó Jason. Echó un vistazo al barco como si quisiera orientarse y a continuación señaló al otro lado de la plaza—. Creo que la ballesta disparó al primer enano en esa dirección. Venga, vamos.

Vadearon un lago con palomas y se metieron en una calle lateral con tiendas de ropa y heladerías. Las aceras estaban bordeadas de columnas blancas cubiertas de grafitis. Unos cuantos mendigos pedían limosna (Leo no sabía italiano, pero captó perfectamente el mensaje).

Siguió tocándose la cintura con la esperanza de que su cinturón volviera a aparecer por arte de magia, pero no fue así. Trató de no ponerse nervioso, pero había llegado a depender de ese cinturón prácticamente para todo. Se sentía como si le hubieran robado una mano.

—Lo encontraremos —prometió Jason.

Normalmente, Leo se habría sentido reconfortado. Jason tenía un don para mantener la sensatez en momentos de crisis, y había sacado a Leo de muchos apuros. Sin embargo, en ese momento, Leo solo podía pensar en la estúpida galleta de la fortuna que había abierto en Roma. La diosa Némesis le había prometido ayuda y se la había prestado: el código para activar la esfera de Arquímedes. En su momento, a Leo no le había quedado más remedio que emplearlo para salvar a sus amigos, pero Némesis también le había advertido que su ayuda tenía un precio.

Leo se preguntaba si se cobraría ese precio algún día. Percy y Annabeth ya no estaban allí. El barco se había desviado cientos de kilómetros de su rumbo y se dirigía a un desafío imposible. Los amigos de Leo contaban con él para vencer a un aterrador gigante. Y ya ni siquiera tenía el cinturón portaherramientas ni la esfera de Arquímedes.

Estaba tan ensimismado compadeciéndose de sí mismo que ni siquiera se dio cuenta de dónde estaban hasta que Jason le agarró el brazo.

—Mira.

Leo alzó la vista. Habían llegado a una *piazza* más pequeña. Sobre ellos se cernía una enorme estatua de Neptuno en cueros.

—Caray.

Leo apartó la vista. No necesitaba ver una entrepierna divina tan temprano.

El dios del mar se alzaba sobre una gran columna de mármol en medio de una fuente que no funcionaba (lo que resultaba un poco irónico). A cada lado de Neptuno había sentados unos pequeños cupidos alados, como si estuvieran relajándose. Neptuno (entrepierna aparte) ladeaba la cadera como si estuviera haciendo un movimiento a lo Elvis Presley. Tenía el tridente cogido holgadamente con la mano derecha y extendía la mano izquierda como si estuviera bendiciendo a Leo, o tal vez intentando hacerle levitar.

—¿Es una pista? —preguntó Leo.

Jason arrugó la frente.

—Puede que sí, puede que no. Hay estatuas de los dioses por toda Italia. Me sentiría mejor si nos encontráramos con Júpiter. O con Minerva. Cualquiera menos Neptuno, la verdad.

Leo se metió en la fuente seca. Posó la mano sobre el pedestal de la estatua y una oleada de impresiones le recorrieron las puntas de los dedos. Percibió engranajes de bronce celestial, palancas, muelles y pistones mágicos.

—Es mecánica —dijo—. ¿Una puerta de la guarida secreta de los enanos?

—¡Uuuh! —gritó una voz cercana—. ¿Una guarida secreta?

—¡Yo quiero una guarida secreta! —gritó otra voz desde arriba.

Jason retrocedió con la espada en ristre. Leo casi se lesionó las cervicales intentando mirar a dos sitios al mismo tiempo. El enano de pelo rojo con el sombrero de vaquero estaba sentado a unos diez metros de distancia en la mesa de café más cercana, bebiendo a sorbos un *espresso* con sus pies simiescos. El enano de pelo marrón con el bombín verde estaba encaramado en el pedestal de mármol a los pies de Neptuno, justo por encima de la cabeza de Leo.

—Si tuviéramos una guarida secreta —dijo Pelo Rojo—, me gustaría tener una barra de bomberos.

—¡Y un tobogán acuático! —dijo Pelo Marrón, que estaba sacando al azar herramientas del cinturón de Leo y lanzando llaves inglesas, martillos y grapadoras.

—¡Para!

Leo trató de agarrar los pies del enano, pero no llegaba a la parte superior del pedestal.

—¿Eres demasiado bajo? —dijo Pelo Marrón con tono compasivo.

—¿Me estás llamando bajo? —Leo buscó a su alrededor algo que lanzar, pero solo había palomas, y dudaba que pudiera atrapar una—. Dame mi cinturón, estúpido…

—¡Vale ya! —dijo Pelo Marrón—. Ni siquiera nos hemos presentado. Yo soy Acmón. Y mi hermano…

—¡… es el guapo! —El enano de pelo rojo levantó su *espresso*. A juzgar por sus pupilas dilatadas y su sonrisa de loco, no necesitaba más cafeína en el cuerpo—. ¡Soy Pásalo! ¡Cantante! ¡Aficionado al café! ¡Ladrón de objetos brillantes!

—¡Venga ya! —gritó su hermano Acmón—. Yo robo mucho mejor que tú.

Pásalo resopló.

—¡Sueñecitos, tal vez!

Sacó un cuchillo —la daga de Piper— y se puso a hurgarse los dientes con él.

—¡Eh! —gritó Jason—. ¡Esa es la daga de mi novia!

Se abalanzó sobre Pásalo, pero el enano de pelo rojo era muy rápido. Saltó de su silla, rebotó en la cabeza de Jason, dio una voltereta y cayó al lado de Leo abrazando la cintura del chico con sus brazos peludos.

—Sálvame —suplicó el enano.

—¡Suelta!

Leo trató de apartarlo de un empujón, pero Pásalo dio una voltereta hacia atrás en el aire y cayó fuera de su alcance. Inmediatamente, a Leo se le cayeron los pantalones hasta las rodillas.

Se quedó mirando a Pásalo, que sonreía sujetando una pequeña tira de metal zigzagueante. De algún modo, el enano le había robado la cremallera de los pantalones.

—¡Dame… la cremallera…, estúpido! —dijo Leo tartamudeando, tratando de agitar el puño y subirse los pantalones al mismo tiempo.

—Bah, no brilla lo suficiente.

Pásalo tiró la cremallera.

Jason arremetió con su espada. Pásalo saltó hacia arriba y, de repente, estaba sentado en el pedestal de la estatua al lado de su hermano.

—Dime que no sé moverme —alardeó Pásalo.

—Vale —dijo Acmón—. No sabes moverte.

—¡Bah! —dijo Pásalo—. Dame el cinturón. Quiero verlo.

—¡No! —Acmón lo apartó de un codazo—. Tú tienes el cuchillo y la bola brillante.

—Sí, la bola brillante es bonita.

Pásalo se quitó el sombrero de vaquero. Como un mago sacando un conejo, extrajo la esfera de Arquímedes y empezó a jugar con sus antiguos diales de bronce.

—¡Para! —gritó Leo—. Es una máquina delicada.

Jason acudió a su lado y miró con furia a los enanos.

—¿Quiénes sois, a todo esto?

—¡Los Cércopes! —Acmón miró a Jason entornando los ojos—. Apuesto a que tú eres hijo de Júpiter. Siempre lo noto.

—Como Trasero Negro —convino Pásalo.

—¿Trasero Negro?

Leo resistió el deseo de volver a abalanzarse sobre los pies de los enanos. Estaba seguro de que Pásalo iba a estropear la esfera de Arquímedes en cualquier momento.

—Sí, ya sabes. —Acmón sonrió—. Hércules. Lo llamamos Trasero Negro porque solía pasearse sin ropa. Se puso tan moreno que sus posaderas, en fin…

—¡Por lo menos tiene sentido del humor! —dijo Pásalo—. Iba a matarnos cuando le robamos, pero nos soltó porque le gustaron nuestras bromas. No como vosotros dos. ¡Gruñones!

—Eh, yo tengo sentido del humor —gruñó Leo—. Devolvedme mis cosas y os contaré un chiste con el que os troncharéis de risa.

—¡Buen intento! —Acmón sacó una llave de trinquete del cinturón y le dio vueltas como si fuera una carraca—. ¡Oh, me gusta! ¡Me la quedo! ¡Gracias, Trasero Azul!

«¿Trasero Azul?»

Leo miró abajo. Se le habían vuelto a bajar los pantalones, y sus calzoncillos azules habían quedado a la vista

—¡Se acabó! —gritó—. Mis cosas. Ahora mismo. O veréis lo gracioso que es un enano en llamas.

Sus manos se encendieron.

—Así se habla. —Jason levantó su espada al cielo. Sobre la *piazza* empezaron a acumularse nubarrones. Un trueno retumbó.

—¡Qué miedo! —gritó Acmón.

—Sí —convino Pásalos—. Si tuviéramos una guarida secreta para escondernos…

—Siento decirlo, pero esta estatua no es la puerta de ninguna guarida secreta —dijo Acmón—. Tiene otro uso.

A Leo se le revolvió el estómago. El fuego de sus manos se apagó y se dio cuenta de que algo no iba nada bien.

—¡Trampa! —gritó, y se lanzó fuera de la fuente. Lamentablemente, Jason estaba demasiado ocupado invocando la tormenta.

Leo rodó sobre su espalda en el momento en el que cinco cuerdas doradas salieron disparadas de los dedos de la estatua de Neptuno. Una pasó rozando los pies de Leo. Las demás se dirigieron a Jason, lo rodearon como a un becerro en un rodeo y tiraron de él hasta ponerlo boca abajo.

Un rayo alcanzó las puntas del tridente de Neptuno y lanzó unos arcos de electricidad que recorrieron la estatua, pero los Cercopes ya habían desaparecido.

—¡Bravo! —Acmón aplaudía desde la mesa cercana de un café—. ¡Eres una piñata estupenda, hijo de Júpiter!

—¡Sí! —convino Pásalo—. Hércules también nos colgó boca abajo una vez. ¡Qué dulce es la venganza!

Leo invocó una bola de fuego. Se la lanzó a Pásalo, que trataba de sujetar al mismo tiempo a dos palomas y la esfera de Arquímedes.

—¡Uy!

El enano escapó de la explosión de un salto, soltó la esfera y dejó en libertad a las palomas.

—¡Hora de marcharse! —concluyó Acmón.

Ladeó su bombín y se marchó dando brincos de mesa en mesa. Pásalo miró la esfera de Arquímedes, que había ido rodando hasta acabar entre los pies de Leo.

Leo invocó otra bola de fuego.

—Ponme a prueba —gruñó.

—¡Adiós!

Pásalo dio una voltereta hacia atrás y corrió detrás de su hermano.

Leo recogió la esfera de Arquímedes y se acercó a toda prisa a Jason, que seguía colgado boca abajo, atado de cuerpo entero menos el brazo de la espada. Estaba intentando cortar las cuerdas con la hoja de oro sin suerte.

—Espera —dijo Leo—. A ver si encuentro el interruptor para soltarte…

—¡Vete! —gruñó Jason—. Te seguiré cuando salga de aquí.

—Pero…

—¡No los pierdas!

Lo último que Leo quería era pasar tiempo a solas con los enanos simiescos, pero los Cercopes iban a desaparecer por la esquina opuesta de la *piazza*. Leo dejó a Jason colgado y corrió tras ellos.

XII

Leo

Los enanos no se esforzaron mucho por zafarse de él, lo que despertó las sospechas de Leo. Permanecieron en el límite de su campo visual, corriendo por los tejados rojos, derribando jardineras de ventana, dando alaridos y gritos, y dejando un rastro de tornillos y clavos del cinturón de Leo como si quisieran que él los siguiera.

Leo trotaba detrás de ellos y soltaba juramentos cada vez que se le caían los pantalones. Dobló una esquina y vio dos antiguas torres de piedra que sobresalían en el cielo, una al lado de la otra, mucho más altas que cualquier otro edificio del barrio: ¿unas atalayas medievales? Se inclinaban en direcciones distintas, como las palancas de cambios de un coche de carreras.

Los Cercopes escalaron la torre de la derecha. Cuando llegaron a lo alto, rodearon la parte trasera y desaparecieron.

¿Habían entrado dentro? Leo podía ver unas diminutas ventanas en lo alto cubiertas con rejas metálicas, pero dudaba que detuvieran a los enanos. Se quedó mirando durante un minuto, pero los Cercopes no volvieron a aparecer. Eso significaba que Leo tenía que subir allí y buscarlos.

—Genial —murmuró.

No tenía ningún colega volador que lo subiera. El barco estaba demasiado lejos para pedir ayuda. Si hubiera tenido su cinturón portaherramientas, podría haber improvisado un aparato volador con la esfera de Arquímedes, pero no era el caso. Escudriñó el vecindario, tratando de pensar. Media manzana más abajo, unas puertas de dos hojas de cristal se abrieron y una anciana salió cojeando cargada con unas bolsas de la compra.

¿Una tienda de comestibles? Hum...

Leo se tocó los bolsillos. Para gran sorpresa suya, todavía le quedaban unos billetes de euro de su estancia en Roma. Aquellos estúpidos enanos se lo habían quitado todo menos el dinero.

Corrió a la tienda lo más rápido que le permitieron sus pantalones sin cremallera.

Registró los pasillos buscando cosas que pudiera utilizar. No sabía cómo se decía en italiano «Hola; por favor, ¿dónde están los productos químicos peligrosos?». Probablemente fuera mejor. No quería acabar en una cárcel italiana.

Afortunadamente, no necesitaba leer las etiquetas. Con solo coger un tubo de pasta de dientes sabía que contenía nitrato de potasio. Encontró carbón vegetal. Encontró azúcar y bicarbonato. En la tienda vendían cerillas, insecticida y papel de aluminio. Prácticamente todo lo que necesitaba, junto con una cuerda para tender la ropa que podía usar como cinturón. Añadió a la cesta unos productos de comida basura para camuflar las compras más sospechosas y puso las cosas delante de la caja registradora. La cajera lo miró con los ojos muy abiertos y le hizo unas preguntas que no entendió, pero consiguió pagar y que le diera una bolsa, y salió corriendo.

Se escondió en el portal más cercano desde el que pudiera vigilar las torres. Se puso manos a la obra, invocando el fuego para secar los materiales y cocinar unos preparados que de otra forma le habría llevado días terminar.

De vez en cuando echaba un vistazo a la torre, pero no había rastro de los enanos. Leo esperaba que siguieran allí arriba. La fabricación de su arsenal le llevó solo unos minutos —así de bien se le daba—, pero le pareció que hubieran pasado horas.

Jason no aparecía. Tal vez seguía enredado en la fuente de Neptuno o registrando las calles en busca de Leo. Ningún otro tripulante del barco acudió en su ayuda. Debía de estarles llevando mucho tiempo quitar todas las gomas de color rosa del pelo del entrenador Hedge.

Eso significaba que Leo contaba solo consigo mismo, su bolsa de comida basura y unas cuantas armas improvisadas hechas con azúcar y pasta de dientes. Ah, y la esfera de Arquímedes. Eso era importante. Esperaba no haberla estropeado llenándola de polvo químico.

Corrió hasta la torre y encontró la entrada. Empezó a subir por la escalera de caracol del interior, pero un vigilante en una taquilla lo detuvo gritándole en italiano.

—¿Lo dice en serio? —preguntó Leo—. Oye, tío, tenéis enanos en el campanario. Yo soy el exterminador. —Levantó su bote de insecticida—. ¿Lo ve? Exterminador *molto buono*. Una rociada y «¡Ahhhhhh!».

Imitó con gestos a un enano derritiéndose espantado, cosa que por algún motivo el italiano no parecía entender.

El hombre se limitó a alargar la palma de la mano para que le pagara.

—Maldita sea, tío —masculló Leo—. Me he gastado todo el dinero en explosivos caseros y todas estas cosas. —Rebuscó en su bolsa de la compra—. ¿Supongo que no aceptarás… algo de esto… sea lo que sea?

Leo levantó una bolsa amarilla y roja de un producto de comida basura llamado Fonzies. Supuso que eran una especie de patatas fritas. Para su sorpresa, el vigilante se encogió de hombros y aceptó la bolsa.

—*Avanti!*

Leo siguió subiendo, pero tomó nota de que debía abastecerse de Fonzies. Por lo visto en Italia eran mejores que el dinero.

La escalera seguía y seguía y seguía. La torre entera parecía una simple excusa para construir una escalera.

Se detuvo en un rellano y se desplomó contra una estrecha ventana con reja, tratando de recobrar el aliento. Estaba sudando a mares y el corazón le latía con fuerza contra las costillas. Estúpidos

Cercopes. Leo se imaginaba que, en cuanto llegara a lo alto, se largarían de un salto antes de que él pudiera usar sus armas, pero tenía que intentarlo.

Siguió subiendo.

Finalmente, con las piernas como fideos requemados, llegó al piso más alto.

La estancia era aproximadamente del tamaño de un armario para artículos de limpieza, con ventanas enrejadas en las cuatro paredes. En los rincones había sacos con joyas y artículos brillantes esparcidos por el suelo. Leo vio la daga de Piper, un libro encuadernado en piel, unos cuantos aparatos mecánicos de aspecto interesante y suficiente oro para provocar dolor de barriga al caballo de Hazel.

Al principio pensó que los enanos se habían marchado. Entonces miró arriba. Acmón y Pásalo estaban colgados de las vigas boca abajo, sujetos con sus pies de chimpancé y jugando al póquer antigravitatorio. Cuando vieron a Leo tiraron sus cartas como si fueran confeti y rompieron a aplaudir.

—¡Te dije que lo conseguiría! —gritó Acmón alborozado.

Pásalo se encogió de hombros, se quitó uno de sus relojes de oro y se lo dio a su hermano.

—Tú ganas. No creía que fuera tan tonto.

Los dos bajaron al suelo. Acmón llevaba puesto el cinturón portaherramientas de Leo; estaba tan cerca que Leo tuvo que resistir el impulso de abalanzarse sobre él.

Pásalo alisó su sombrero de vaquero y abrió la reja de la ventana más cercana de una patada.

—¿Qué le hacemos subir ahora, hermano? ¿La cúpula de San Lucas, quizá?

Leo tenía ganas de estrangular a los enanos, pero se contuvo y forzó una sonrisa.

—¡Oh, parece divertido! Pero antes de que os marchéis: os habéis olvidado algo brillante.

—¡Imposible! —Acmón frunció el entrecejo—. Hemos sido muy meticulosos.

—¿Seguro?

Leo levantó su bolsa de la compra.

Los enanos se acercaron muy lentamente. Como Leo había esperado, su curiosidad era tan grande que no pudieron resistirse.

—Fijaos.

Leo sacó su primera arma —una bola de productos químicos secos envueltos en papel de aluminio— y lo encendió con la mano.

Tuvo la prudencia de apartarse cuando estalló, pero los enanos lo estaban mirando fijamente. La pasta de dientes, el azúcar y el insecticida no eran tan buenos como la música de Apolo, pero formaron una granada de detonación bastante decente.

Los Cercopes se pusieron a gemir arañándose los ojos. Se dirigieron a la ventana dando traspiés, pero Leo hizo estallar sus petardos caseros lanzándolos a los pies descalzos de los enanos para sorprenderlos. Luego, por si acaso, giró el dial de su esfera de Arquímedes, que soltó una columna de fétida niebla blanca que invadió la estancia.

A Leo el humo no le molestaba en absoluto. Al ser inmune al fuego, había estado en hogueras llenas de humo, había soportado el aliento de dragón y había limpiado fraguas ardientes en infinidad de ocasiones. Mientras los enanos tosían y resollaban, le quitó el cinturón a Acmón, extrajo tranquilamente unos pulpos elásticos y luego ató a los enanos.

—¡Mis ojos! —gritó Acmón tosiendo—. ¡Mi cinturón!

—¡Tengo los pies en llamas! —dijo Pásalo gimiendo—. ¡No brillan! ¡No brillan nada!

Después de asegurarse de que estaban perfectamente atados, Leo arrastró a los Cercopes hasta un rincón y empezó a rebuscar en sus tesoros. Recuperó la daga de Piper, varios de sus prototipos de granada y otra docena de cachivaches que los enanos habían cogido del *Argo II*.

—¡Por favor! —rogó Acmón gimiendo—. No nos quites nuestros objetos brillantes.

—¡Haremos un trato contigo! —propuso Pásalo—. ¡Te daremos el diez por ciento si nos sueltas!

—Va a ser que no —murmuró Leo—. Ahora es todo mío.

—¡El veinte por ciento!

Justo entonces un trueno retumbó en lo alto. Relampagueó y los barrotes de la ventana más cercana estallaron y se convirtieron en pedazos de hierro fundido chisporroteante.

Jason entró volando, rodeado de chispas de electricidad y empuñando su humeante espada de oro.

Leo silbó con admiración.

—Acabas de desperdiciar una entrada alucinante, tío.

Jason frunció el entrecejo. Vio a los Cercopes atados de pies y manos.

—Pero ¿qué…?

—Lo he hecho yo solito —dijo Leo—. Mira si seré especial. ¿Cómo me has encontrado?

—Por el humo —logró decir Jason—. También he oído explosiones. ¿Ha habido un tiroteo aquí dentro?

—Algo parecido.

Leo le lanzó la daga de Piper y siguió rebuscando en los sacos con objetos brillantes de los enanos. Recordaba que Hazel había dicho algo acerca del hallazgo de un tesoro que les sería de ayuda en la misión, pero no estaba seguro de lo que estaba buscando. Había monedas, pepitas de oro, joyas, clips, envoltorios de papel de plata, gemelos…

Volvía una y otra vez sobre un par de cosas que no parecían corresponder a aquel sitio. Una era un antiguo aparato de navegación, como un astrolabio de barco. Estaba muy deteriorado y parecía que le faltaban piezas, pero aun así le resultaba fascinante.

—¡Cógelo! —le ofreció Pásalo—. Lo fabricó Odiseo, ¿sabes? Cógelo y suéltanos.

—¿Odiseo? —preguntó Jason—. ¿El Odiseo auténtico?

—¡Sí! —chilló Pásalo—. Lo fabricó cuando era viejo en Ítaca. Es uno de sus últimos inventos, ¡y nosotros se lo robamos!

—¿Cómo funciona? —preguntó Leo.

—Oh, no funciona —contestó Acmón—. ¿Le faltaba un cristal?

Miró a su hermano en busca de ayuda.

—«Mi mayor incógnita —dijo Pásalo—. Debería haber cogido un cristal.» No paraba de murmurar eso mientras dormía la noche que lo robamos. —Pásalo se encogió de hombros—. No tengo ni idea de a qué se refería. ¡Pero es tuyo! ¿Podemos irnos ya?

Leo no estaba seguro de por qué quería el astrolabio. Saltaba a la vista que estaba roto y no le daba la impresión de que fuera lo que Hécate quería que encontrasen. Aun así, lo metió en uno de los bolsillos mágicos de su cinturón.

Centró su atención en la otra extraña pieza saqueada: el libro encuadernado en piel. El título estaba impreso en pan de oro en un idioma que Leo no entendía, pero no parecía que el libro tuviera más elementos brillantes. No se imaginaba a los Cercopes como unos grandes lectores.

—¿Qué es esto?

Lo sacudió en dirección a los enanos, que seguían con los ojos llorosos a causa del humo.

—Nada —dijo Acmón—. Solo un libro. Tenía una bonita portada dorada, así que se lo quitamos.

—¿A quién?

Acmón y Pásalo se cruzaron una mirada nerviosa.

—A un dios menor —dijo Pásalo—. En Venecia. No tiene importancia, la verdad.

—Venecia. —Jason miró a Leo con el ceño fruncido—. ¿No es allí adonde se supone que tenemos que ir ahora?

—Sí.

Leo examinó el libro. No podía leer el texto, pero tenía muchas ilustraciones: guadañas, distintas plantas, un dibujo del sol, un tiro de bueyes arrastrando un carro. No veía la importancia que podía tener todo eso, pero si le habían robado el libro a un dios menor en Venecia —el siguiente lugar que Hécate les había recomendado visitar—, tenía que ser lo que estaban buscando.

—¿Dónde podemos encontrar exactamente a ese dios menor? —preguntó Leo.

—¡No! —chilló Acmón—. ¡No se lo puedes devolver! Si se entera de que se lo robamos...

—Acabará con vosotros —aventuró Jason—. Eso es exactamente lo que haremos nosotros si no nos lo decís, y estamos mucho más cerca.

Pegó la punta de su espada al cuello peludo de Acmón.

—¡Está bien, está bien! —gritó el enano—. ¡La Casa Nera! ¡Calle Frezzeria!

—¿Esa es la dirección? —preguntó Leo.

Los dos enanos asintieron con la cabeza enérgicamente.

—Por favor, no le digáis que se lo robamos —rogó Pásalo—. ¡No es para nada simpático!

—¿Quién es? —preguntó Jason—. ¿Qué dios?

—No... no puedo decirlo —contestó Pásalo tartamudeando.

—Más vale que sí —le advirtió Leo.

—No —dijo Pásalo, desconsolado—. No puedo decirlo de verdad. ¡No puedo pronunciarlo! Tri... tri... ¡Es muy difícil!

—Tru —dijo Acmón—. Tru-to... ¡Tiene demasiadas sílabas!

Los dos rompieron a llorar.

Leo no sabía si los Cercopes estaban diciéndole la verdad, pero costaba seguir enfadado con unos enanos llorones, por muy cargantes y mal vestidos que fueran.

Jason bajó la espada.

—¿Qué quieres que haga con ellos, Leo? ¿Los mando al Tártaro?

—¡No, por favor! —suplicó Acmón gimiendo—. Podríamos tardar semanas en volver.

—¡Suponiendo que Gaia nos deje pasar! —dijo Pásalo sorbiéndose la nariz—. Ahora ella controla las Puertas de la Muerte. Estará muy enfadada con nosotros.

Leo miró a los enanos. Había luchado contra muchos monstruos y nunca le había sabido mal acabar con ellos, pero eso era distinto. Tenía que reconocer que en cierto modo admiraba a esas pequeñas criaturas. Gastaban bromas divertidas y eran aficionados a las cosas brillantes. Leo podía identificarse con ellos. Además, Percy y Annabeth estaban ahora en el Tártaro, con suerte, todavía vivos, viajando penosamente hacia las Puertas de la Muerte. La idea de hacer que esos dos monitos gemelos se enfrentaran a la misma pesadilla no le parecía bien.

Se imaginó a Gaia riéndose de su debilidad: un semidiós demasiado blando para matar monstruos. Se acordó del sueño que había tenido sobre el Campamento Mestizo en ruinas y los campos sembrados de cadáveres de griegos y romanos. Se acordó de las palabras que Octavio había pronunciado con la voz de la Madre Tierra:

Los romanos se dirigen al este de Nueva York. Avanzan contra tu campamento, y nada puede detenerlos.

—Nada puede detenerlos —meditó Leo—. Me pregunto…

—¿Qué? —preguntó Jason.

Leo miró a los enanos.

—Haremos un trato.

Los ojos de Acmón se iluminaron.

—¿El treinta por ciento?

—Os dejaremos todo vuestro tesoro —dijo Leo—, menos las cosas que nos pertenecen, el astrolabio y este libro, que le devolveremos al dios de Venecia.

—¡Pero él acabará con nosotros! —dijo Pásalo, y volvió a gemir.

—No le diremos de dónde lo hemos sacado —prometió Leo—. Y no os matará. Os soltaremos.

—Ejem, ¿Leo…? —dijo Jason con nerviosismo.

Acmón chilló de regocijo.

—¡Sabía que eras tan listo como Hércules! ¡Te llamaré Trasero Negro II!

—No, gracias —dijo Leo—. Pero a cambio tenéis que hacer algo por nosotros. Voy a mandaros a un sitio para que robéis a unas personas, les molestéis y les hagáis la vida lo más difícil posible. Tendréis que seguir mis instrucciones al pie de la letra. Tendréis que jurarlo por la laguna Estigia.

—¡Lo juramos! —dijo Pásalo—. Robar a la gente es nuestra especialidad.

—¡Me encanta molestar! —dijo Acmón—. ¿Adónde vamos?

Leo sonrió.

—¿Habéis oído hablar de Nueva York?

XIII

Percy

Percy había llevado alguna vez a su novia a dar un paseo romántico, pero esa no era una de esas ocasiones.

Siguieron el río Flegetonte, tropezando en el terreno negro y vítreo, saltando grietas y escondiéndose detrás de las rocas cada vez que las chicas vampiro reducían la marcha delante de ellos.

En aquel oscuro aire brumoso, resultaba difícil mantenerse lo bastante atrás para evitar que los vieran pero lo bastante cerca para no perder de vista a Kelli y sus amigas. Percy tenía la piel abrasada debido al calor del río. Respirar era como inhalar fibra de vidrio con olor a azufre. Cuando necesitaban beber, lo único que podían hacer era sorber un poco de refrescante fuego líquido.

Sí. Sin duda Percy sabía cómo hacer pasar un buen rato a una chica.

Por lo menos el tobillo de Annabeth parecía haberse curado. Apenas cojeaba ya. Sus cortes y arañazos habían desaparecido. Se había recogido su cabello rubio con una tira de tela arrancada de la pernera de sus vaqueros, y sus ojos grises centelleaban en la llameante luz del río. A pesar de estar hecha polvo, manchada de hollín y vestida como una sintecho, Percy la encontraba guapísima.

¿Qué más daba que estuvieran en el Tártaro? ¿Qué más daba que tuvieran escasas posibilidades de sobrevivir? Se alegraba tanto de que estuvieran juntos que sentía el ridículo deseo de sonreír.

Percy también se encontraba mejor físicamente, aunque por su ropa parecía que hubiera atravesado un huracán de cristales rotos. Tenía sed, hambre y estaba muerto de miedo (aunque no pensaba confesárselo a Annabeth), pero se había quitado de encima el frío inclemente del río Cocito. Y a pesar de lo mal que sabía el agua de fuego, parecía estar dándole fuerzas para seguir.

Era imposible calcular el tiempo. Avanzaban penosamente siguiendo el río mientras se abría camino a través del inhóspito paisaje. Por fortuna, las *empousai* no se caracterizaban precisamente por caminar rápido. Andaban arrastrando sus desiguales piernas de bronce y de burro, susurrando y peleándose entre ellas, aparentemente sin prisa por llegar a las Puertas de la Muerte.

En una ocasión, las diablas apretaron el paso alborozadas y se apiñaron alrededor de algo que parecía un cuerpo varado en la orilla del río. Percy no sabía qué era: ¿un monstruo abatido? ¿Algún tipo de animal? Las *empousai* lo atacaron con satisfacción.

Cuando las vampiras reanudaron la marcha y Percy y Annabeth llegaron al lugar, no quedaba nada más que unos cuantos huesos hechos esquirlas y unas manchas relucientes secándose al calor del río. A Percy no le cabía duda de que las *empousai* devorarían a unos semidioses con el mismo entusiasmo.

—Vamos. —Apartó con delicadeza a Annabeth del lugar—. No nos conviene perderlas.

Mientras caminaban, Percy recordó la primera vez que había luchado contra la *empousa* Kelli durante el período de orientación de nuevos alumnos en el Instituto Goode, cuando él y Rachel Elizabeth Dare habían quedado atrapados en la sala de música. Entonces le había parecido una situación desesperada. En cambio, en ese momento habría dado cualquier cosa por tener un problema tan sencillo. Por lo menos entonces estaba en el mundo de los mortales, mientras que en el Tártaro no había adónde huir.

Empezaba a recordar la guerra contra Cronos como los buenos tiempos, y eso era triste. Continuamente esperaba que su situación y la de Annabeth mejorara, pero sus vidas se volvían más y más peligrosas, como si las tres Moiras estuvieran allí arriba hilando su futuro con alambre de espino en lugar de hilo para ver cuánto podían aguantar dos semidioses.

Después de varios kilómetros más, las *empousai* desaparecieron por encima de una cumbre. Cuando Percy y Annabeth las alcanzaron, se encontraron en el borde de otro enorme acantilado. El río Flegetonte caía por un lado en unas gradas irregulares de cataratas de fuego. Las diablas descendían con cuidado por el acantilado, saltando de saliente en saliente como cabras montesas.

A Percy se le subió el corazón a la garganta. Aunque él y Annabeth llegaran al fondo del acantilado con vida, el panorama no era muy halagüeño. El paisaje de allí abajo era una desolada llanura ceniciente llena de árboles negros, como pelo de insecto. El terreno estaba cubierto de ampollas. De vez en cuando, una burbuja se hinchaba y explotaba, y arrojaba un monstruo, como una larva saliendo de un huevo.

A Percy se le quitó el hambre de repente.

Todos los monstruos recién formados se arrastraban y renqueaban en la misma dirección: hacia un banco de niebla negra que engullía el horizonte como un frente de tormenta. El Flegetonte corría en la misma dirección, hasta aproximadamente la mitad de la llanura, donde se juntaba con otro río de agua negra. ¿El Cocito, tal vez? Los dos torrentes se unían y formaban una catarata humeante e hirviente, y seguían corriendo como uno solo hacia la niebla negra.

Cuanto más miraba Percy la tormenta oscura, menos quería ir allí. Podía ocultar algo: un mar, un foso sin fondo, un ejército de monstruos. Pero si las Puertas de la Muerte estaban en esa dirección, era su única posibilidad de volver a casa.

Miró desde lo alto del acantilado.

—Ojalá pudiéramos volar —murmuró.

Annabeth se frotó los brazos.

—¿Te acuerdas de las zapatillas con alas de Luke? Me pregunto si seguirán aquí abajo, en alguna parte.

Percy se acordaba de ellas. Sobre esas zapatillas pesaba la maldición de arrastrar al Tártaro a quien las llevara. Habían estado a punto de llevarse a su mejor amigo, Grover.

—Me conformaría con un ala delta.

—Puede que no sea buena idea.

Annabeth señaló con el dedo. Debajo de ellos, unas oscuras figuras aladas entraban y salían de las nubes de color rojo sangre describiendo espirales.

—¿Furias? —preguntó Percy.

—O demonios de otra clase —dijo Annabeth—. En el Tártaro hay miles.

—Incluidos los que comen alas delta —aventuró Percy—. Vale, bajaremos a pie.

Ya no veía a las *empousai* debajo. Habían desaparecido detrás de una de las cumbres, pero no importaba. Era evidente adónde tenían que ir él y Annabeth. Como todos los monstruos gusano que se arrastraban por las llanuras del Tártaro, debían dirigirse al tenebroso horizonte. Percy se moría de ganas.

XIV

Percy

Cuando empezaron a descender por el acantilado, Percy se concentró en los retos que se le planteaban: no perder pie, evitar los desprendimientos de rocas que alertaran a las *empousai* de su presencia y, por supuesto, asegurarse de que él y Annabeth no sufrían una caída mortal.

A mitad de descenso, Annabeth dijo:

—Paramos, ¿vale? Una pausa breve.

Le temblaban tanto las piernas que Percy se maldijo por no haber hecho un descanso antes.

Se sentaron el uno al lado del otro sobre un saliente junto a una rugiente cascada de fuego. Percy rodeó a Annabeth con el brazo, y ella se apoyó en él, temblando de agotamiento.

Percy no se encontraba mucho mejor. Tenía el estómago como si se le hubiera encogido hasta el tamaño de una pastilla de goma. Si se encontraban con otro cadáver de un monstruo, tenía miedo de apartar a una *empousa* e intentar devorarlo.

Por lo menos tenía a Annabeth. Encontrarían una salida del Tártaro. Tenían que encontrarla. Él no pensaba mucho en destinos ni profecías, pero sí creía en una cosa: Annabeth y él estaban destinados a estar juntos. No habían sobrevivido a tantas cosas para que los mataran ahora.

—Las cosas podrían ir peor —aventuró Annabeth.

—¿Sí?

Percy no sabía cómo, pero procuró mostrarse optimista.

Ella se arrimó a él. El cabello le olía a humo, y si Percy cerraba los ojos, casi podía imaginarse que estaban delante de la fogata del Campamento Mestizo.

—Podríamos haber caído en el río Lete —dijo ella—. Podríamos haber perdido todos nuestros recuerdos.

A Percy se le puso la carne de gallina al pensar en ello. Ya había tenido suficientes problemas con la amnesia para toda una vida. El mes anterior sin ir más lejos, Hera le había borrado todos los recuerdos para introducirlo entre los semidioses romanos. Percy había entrado en el Campamento Júpiter sin tener ni idea de quién era ni de dónde venía. Y, unos años antes, había luchado contra un titán en las orillas del Lete, cerca del palacio de Hades. Había atacado al titán con agua del río y le había borrado la memoria por completo.

—Sí, el Lete —murmuró—. No es precisamente mi río favorito.

—¿Cómo se llamaba el titán? —preguntó Annabeth.

—¿Eh...? Jápeto. Dijo que significaba «empalador» o algo por el estilo.

—No, el nombre que tú le pusiste después de que perdiera la memoria. ¿Steve?

—Bob —dijo Percy.

Annabeth esbozó una débil sonrisa.

—Bob el titán.

Percy tenía los labios tan secos que le dolía sonreír. Se preguntaba qué habría sido de Jápeto después de que lo dejaran en el palacio de Hades y si seguiría contento de ser Bob, un titán amistoso, feliz y desorientado. Esperaba que sí, pero el inframundo parecía sacar lo peor de todo el mundo: monstruos, héroes y dioses.

Miró a través de las cenicientas llanuras. Se suponía que los demás titanes estaban allí, en el Tártaro: encadenados, vagando sin rumbo o escondidos en algunas de esas oscuras grietas. Percy y sus aliados habían destruido al peor titán, Cronos, pero sus restos podían estar allí abajo en alguna parte: millones de furiosas partículas de titán flotando entre las nubes color sangre o acechando en la niebla oscura.

Percy decidió no pensar en ello. Besó a Annabeth en la frente.

—Deberíamos seguir. ¿Quieres beber más fuego?

—Uf. Paso.

Se levantaron con dificultad. Parecía imposible descender por el resto del acantilado: solo había un entramado de diminutos salientes, pero siguieron bajando.

El cuerpo de Percy empezó a funcionar con el piloto automático. Tenía calambres en los dedos. Le estaban saliendo ampollas en los tobillos. Temblaba de hambre.

Se preguntaba si morirían por no comer o si el agua de fuego les daría energías para seguir adelante. Se acordó del castigo de Tántalo, que se había quedado atrapado eternamente en un lago debajo de un árbol frutal sin poder alcanzar comida ni bebida.

Dioses, hacía años que Percy no pensaba en Tántalo. A aquel idiota lo habían puesto en libertad por un breve período de tiempo para que ejerciera de director del Campamento Mestizo. Probablemente estuviera otra vez en los Campos de Castigo. Percy nunca había sentido lástima por aquel imbécil, pero estaba empezando a compadecerse de él. Se imaginaba lo que debía de ser pasar hambre por toda la eternidad y no poder comer.

«Sigue bajando», se dijo.

«Hamburguesas con queso», contestó su estómago.

«Cállate», pensó.

«Con patatas fritas», se quejó su estómago.

Mil millones de años más tarde, con una docena de nuevas ampollas en los pies, Percy llegó al fondo. Ayudó a Annabeth a bajar y se desplomaron en el suelo.

Delante de ellos se extendían kilómetros de terreno baldío, repletos de larvas monstruosas y grandes árboles con pelo de insecto. A su derecha, el Flegetonte se dividía en arroyos que surcaban la llanura y se ensanchaban formando un delta de humo y fuego. Hacia el norte, siguiendo el curso principal del río, el terreno estaba plagado de entradas de cuevas. Aquí y allá sobresalían espirales de roca como signos de admiración.

Debajo de la mano de Percy la tierra poseía un calor y una tersura alarmantes. Trató de coger un puñado, pero se dio cuenta de que, bajo una fina capa de tierra y rocalla, el suelo era más bien una enorme membrana… como una piel.

Estuvo a punto de vomitar, pero se contuvo. En el estómago solo tenía fuego.

Omitió ese detalle a Annabeth, pero empezó a tener la sensación de que algo los estaba observando: algo enorme y malévolo. No podía determinar dónde estaba, porque era una presencia que parecía estar en todas partes. Además, «observar» no era la palabra acertada. Para eso harían falta ojos, y esa cosa simplemente era consciente de la existencia de ellos dos. Las cumbres situadas por encima de ellos ya no parecían tanto escalones como hileras de inmensos dientes. Las esferas de roca parecían costillas rotas. Y si la tierra era una piel…

Percy apartó esos pensamientos de su cabeza. Ese sitio le estaba haciendo flipar. Nada más.

Annabeth se levantó limpiándose el hollín de la cara. Miró hacia la oscuridad del horizonte.

—Si cruzamos la llanura estaremos totalmente desprotegidos.

A unos cien metros delante de ellos, una burbuja estalló en el suelo. Un monstruo salió lanzando zarpazos: un reluciente telquine con pelaje resbaladizo, cuerpo de foca y extremidades humanas poco desarrolladas. Consiguió arrastrarse varios metros antes de que algo saliera disparado de la cueva más cercana; apareció tan rápido que Percy solo vio una cabeza de reptil de color verde oscuro. El monstruo atrapó al telquine, que chillaba, y lo arrastró a la oscuridad.

Había resucitado en el Tártaro para ser devorado a los dos segundos. Percy se preguntaba si ese telquine aparecería en otro lugar del Tártaro y cuánto tardaría en volver a cobrar forma.

Se tragó el sabor amargo del agua de fuego.

—Oh, sí. Va a ser divertido.

Annabeth le ayudó a levantarse. Percy echó un último vistazo a los acantilados, pero no había vuelta atrás. Habría dado mil dracmas dorados por contar con Frank Zhang en ese momento: el bueno de Frank, que siempre aparecía cuando se le necesitaba y podía transformarse en un águila o un dragón y llevarlos volando a través de esa estúpida tierra baldía.

Echaron a andar procurando evitar las entradas de las cuevas, pegados a la orilla del río.

Estaban rodeando una de las espirales cuando un movimiento fugaz llamó la atención de Percy: algo que corría entre las rocas a su derecha.

¿Los estaba siguiendo un monstruo? Tal vez solo era un malo cualquiera que se dirigía a las Puertas de la Muerte.

De repente se acordó de por qué habían empezado a seguir esa ruta y se paró en seco.

—Las *empousai* —dijo, y agarró a Annabeth del brazo—. ¿Dónde están?

Annabeth echó un vistazo dando una vuelta completa, sus ojos grises brillantes de alarma.

Tal vez el reptil de la cueva también había atrapado a las vampiras. Si las *empousai* seguían delante de ellos, deberían haberlas visto en la llanura.

A menos que estuvieran escondidas…

Percy sacó su espada demasiado tarde.

Las *empousai* salieron de entre las rocas a su alrededor; había cinco formando un círculo. Una trampa perfecta.

Kelli avanzó cojeando con sus piernas desiguales. Su cabello en llamas ardía sobre sus hombros como una cascada del Flegetonte en miniatura. Su andrajoso conjunto de animadora estaba salpicado de manchas de color marrón óxido, y Percy supo con certeza que no eran de ketchup. La criatura le clavó sus brillantes ojos rojos y enseñó los colmillos.

—Percy Jackson —dijo con un arrullo—. ¡Genial! ¡Ni siquiera tendré que volver al mundo de los mortales para acabar contigo!

XV

Percy

Percy se acordaba de lo peligrosa que había resultado Kelli la última vez que habían luchado en el laberinto. A pesar de sus piernas desiguales, podía movese rápido cuando quería. Había esquivado sus estocadas y le habría devorado la cara si Annabeth no la hubiera apuñalado por detrás.

Esa vez contaba con cuatro amigas.

—¡Y te acompaña tu amiga Annabeth! —Kelli siseó de alegría—. Oh, sí, me acuerdo bien de ella.

Kelli se tocó el esternón, por donde había salido la punta del cuchillo cuando Annabeth se lo había clavado por la espalda.

—¿Qué pasa, hija de Atenea? ¿No tienes tu arma? Qué lástima. La habría usado para matarte.

Percy trató de pensar. Él y Annabeth se colocaron hombro contra hombro como habían hecho muchas veces antes, preparados para luchar. Pero ninguno de los dos se encontraba en buen estado para la batalla. Annabeth estaba desarmada. Sus enemigas los superaban en número. No tenían adónde huir. Ni iban a recibir ayuda.

Por un momento Percy consideró llamar a la Señora O'Leary, la perra infernal que podía viajar a través de las sombras. Pero, aunque lo hubiera oído, ¿podría llegar al Tártaro? Allí iban los monstruos cuando morían. Si la hacía ir allí podría matarla o devolverla a su estado natural como un monstruo feroz. No... no podía hacerle eso a su perra.

Así que no contaban con ninguna ayuda. Luchar era una opción arriesgada.

Eso solo les dejaba la táctica favorita de Annabeth: engañar, charlar, entretener.

—Bueno... —empezó a decir Percy—, supongo que te preguntarás qué hacemos en el Tártaro.

Kelli se rió con disimulo.

—La verdad es que no. Solo quiero mataros.

Ahí habría acabado todo, pero Annabeth intervino.

—Qué lástima —dijo—. Porque no tienes ni idea de lo que está pasando en el mundo de los mortales.

Las otras *empousai* daban vueltas y permanecían atentas, esperando a que Kelli les hiciera una señal para atacar, pero la animadora se limitó a gruñir y se agachó para situarse fuera del alcance de la espada de Percy.

—Sabemos suficiente —dijo Kelli—. Gaia ha hablado.

—Os aguarda una gran derrota. —Annabeth parecía tan segura que hasta Percy se quedó impresionado. Miró a las demás *empousai* una a una y luego señaló con dedo acusador a Kelli—. Esta asegura que os lleva a la victoria. Miente. La última vez que Kelli estuvo en el mundo de los mortales se encargó de que mi amigo Luke Castellan permaneciera fiel a Cronos. Al final, Luke lo rechazó. Dio la vida para expulsar a Cronos. Los titanes perdieron porque Kelli fracasó. Y ahora quiere llevaros a otro desastre.

Las otras *empousai* murmuraron y se movieron con paso vacilante.

—¡Basta!

Las uñas de Kelli crecieron y se convirtieron en unas largas garras negras. Lanzó una mirada asesina a Annabeth, como si se la imaginara cortada en pedacitos.

Percy estaba convencido de que Kelli se había enamorado de Luke Castellan. Luke producía ese efecto en las chicas —hasta en las vampiras con patas de burro—, por lo que Percy no estaba seguro de que sacar su nombre a colación fuera buena idea.

—Esta chica miente —dijo Kelli—. ¡Los titanes perdieron! ¡Muy bien! ¡Pero formaba parte del plan para despertar a Gaia! ¡Ahora la Madre Tierra y sus gigantes destruirán el mundo de los mortales y nos daremos una comilona con los semidioses!

Las otras vampiras rechinaron los dientes enloquecidas por la emoción. Percy había estado en mitad de un banco de tiburones con el agua llena de sangre, pero no había sido ni de lejos tan peligroso como hallarse frente a unas *empousai* listas para comer.

Se preparó para atacar, pero ¿a cuántas podría despachar antes de que lo destrozaran? No sería suficiente.

—¡Los semidioses nos hemos unido! —gritó Annabeth—. Pensáoslo dos veces antes de atacarnos. Los romanos y los griegos lucharán codo con codo contra vosotros. ¡No tenéis ninguna posibilidad!

Las *empousai* retrocedieron nerviosas murmurando:

—*Romani*.

Percy supuso que ya habían conocido a la Duodécima Legión y que las cosas no les habían ido bien.

—Sí, *romani*, por supuesto. —Percy descubrió su antebrazo y les enseñó la marca que le habían hecho en el Campamento Júpiter: las siglas SPQR con el tridente de Neptuno—. Si mezclas a griegos y romanos, ¿sabes lo que consigues? ¡Una bomba!

Percy pateó el suelo, y las *empousai* retrocedieron atropelladamente. Una se cayó de la roca la que se había encaramado.

Eso hizo que Percy se sintiera bien, pero las vampiras reaccionaron rápidamente y volvieron a acercarse.

—Atrevidas palabras para dos semidioses perdidos en el Tártaro —dijo Kelli—. Baja la espada, Percy Jackson, y te mataré rápido. Créeme, hay formas peores de morir aquí abajo.

—¡Espera! —Annabeth volvió a intentarlo—. ¿No sois las *empousai* servidoras de Hécate?

Kelli se mordió el labio.

—¿Y qué?

—Que Hécate está ahora de nuestra parte —dijo Annabeth—. Tiene una cabaña en el Campamento Mestizo. Algunos de sus hijos son amigos míos. Si lucháis contra nosotros, se pondrá furiosa.

A Percy le entraron ganas de abrazar a Annabeth; esa chica era un genio.

Una de las *empousai* gruñó.

—¿Es eso cierto, Kelli? ¿Ha hecho las paces nuestra señora con el Olimpo?

—¡Cállate, Serephone! —gritó Kelli—. ¡Dioses, qué pesada eres!

—Yo no pienso cabrear a la Dama Oscura.

Annabeth aprovechó la oportunidad.

—Más vale que todas hagáis caso a Serephone. Es mayor y más sabia.

—¡Sí! —chilló Serephone—. ¡Hacedme caso!

Kelli embistió tan rápido que a Percy no le dio tiempo a levantar la espada. Afortunadamente, no le atacó a él. Kelli arremetió contra Serephone. Durante medio segundo, las dos diablas se fundieron en un torbellino confuso de garras y colmillos.

Y de repente todo acabó. Kelli se alzó triunfante sobre un montón de polvo. De sus garras colgaban los restos andrajosos del vestido de Serephone.

—¿Algún asunto más? —espetó Kelli a sus hermanas—. ¡Hécate es la diosa de la Niebla! ¡Sus caminos son misteriosos! ¿Quién sabe de qué bando es partidaria realmente? También es la diosa de las encrucijadadas y espera que hagamos nuestras propias elecciones. ¡Yo elijo el sendero que nos lleve a la sangre de los semidioses! ¡Yo elijo a Gaia!

Sus amigas sisearon en señal de aprobación.

Annabeth miró a Percy, y él comprendió que se había quedado sin ideas. Había hecho lo que había podido. Había conseguido que Kelli eliminara a una de las suyas. Ya solo les quedaba luchar.

—Durante dos años estuve revolviéndome en el vacío —dijo Kelli—. ¿Sabes lo molesto que es ser volatilizada, Annabeth Chase? ¿Volver a cobrar forma poco a poco, totalmente consciente, soportando un dolor terrible durante meses y años mientras tu cuerpo vuelve a crecer y por fin romper la corteza de este sitio infernal y abrirte paso hasta la luz del día? Y todo porque una niña te apuñaló por la espalda.

Sostenía la mirada a Annabeth con sus ojos malignos.

—Me pregunto lo que pasa si un semidiós muere en el Tártaro. Dudo que haya pasado antes. Averigüémoslo.

Percy saltó y blandió a *Contracorriente* describiendo un gran arco. Cortó a una de las diablas por la mitad, pero Kelli se hizo a un lado y atacó a Annabeth. Las otras dos *empousai* se abalanzaron sobre Percy. Una le agarró el brazo con el que sujetaba la espada. Su amiga se subió a su espalda de un salto.

Percy trató de hacerles caso omiso y se dirigió a Annabeth tambaleándose, decidido a morir defendiéndola si no le quedaba más remedio, pero Annabeth se estaba defendiendo bastante bien. Rodó por el suelo hacia un lado, esquivó las garras de Kelli y se levantó con una piedra en la mano con la que golpeó a Kelli en la nariz.

Kelli gimió. Annabeth recogió grava y la lanzó a los ojos de la *empousa*.

Mientras tanto Percy repartía golpes a diestro y siniestro, tratando de quitarse de encima a su *empousa* autoestopista, pero las garras de la vampira se clavaron más en sus hombros. La segunda *empousa* le sujetaba el brazo y le impedía usar a *Contracorriente*.

Con el rabillo del ojo, vio que Kelli se abalanzaba sobre Annabeth y le arañaba el brazo con sus garras. Annabeth gritó y se cayó.

Percy fue hacia ella dando traspiés. La vampira que tenía en la espalda le clavó los dientes en el cuello. Un agudo dolor recorrió todo su cuerpo. Las piernas le flaquearon.

«Sigue en pie —se dijo—. Tienes que vencerlas.»

Entonces la otra vampira le mordió el brazo de la espada y *Contracorriente* cayó al suelo con gran estruendo.

Ya no había vuelta de hoja. Su suerte se había acabado. Kelli se cernía sobre Annabeth, paladeando el momento del triunfo. Las otras dos *empousai* rodearon a Percy, echando baba por la boca, listas para saborear otra cosa.

Entonces una sombra descendió enfrente de Percy. Un profundo grito de guerra rugió por encima de ellos y resonó a través de las llanuras del Tártaro, y un titán cayó en el campo de batalla.

XVI

Percy

Percy pensó que estaba padeciendo alucinaciones. No era posible que una inmensa figura plateada cayera del cielo, aplastara a Kelli y la redujera a un montón de polvo de monstruo.

Pero eso es exactamente lo que pasó. El titán medía tres metros de altura y tenía el pelo plateado y revuelto como Einstein, unos ojos de plata pura y unos musculosos brazos que sobresalían de un uniforme azul de conserje hecho jirones. Su mano sujetaba una enorme escoba. Por increíble que pareciera, en su placa de identificación ponía: BOB.

Annabeth gritó y trató de alejarse arrastrándose, pero el conserje gigante no estaba interesado en ella. Se volvió hacia las dos *empousai* restantes, que se alzaban por encima de Percy.

Una fue tan tonta que atacó. Se lanzó con la velocidad de un tigre, pero llevaba las de perder. Del extremo de la escoba de Bob salió una punta de lanza, y el titán la redujo a polvo de un golpe mortal. La última vampira trató de huir. Bob lanzó su escoba como un enorme bumerán (¿existía el escoberán?). El utensilio partió a la vampira y regresó a la mano de Bob.

—¡BARRE! —El titán sonrió alborozado e hizo un baile de la victoria—. ¡Barre, barre, barre!

Percy se quedó sin habla. No podía creer que les hubiera pasado algo bueno. Annabeth parecía igual de conmocionada.

—¿Có-cómo…? —dijo tartamudeando.

—¡Percy me ha llamado! —dijo el conserje alegremente—. Sí, él me ha llamado.

Annabeth se alejó un poco más, arrastrándose. El brazo le sangraba copiosamente.

—¿Te ha llamado? Él… Un momento. ¿Eres Bob? ¿El auténtico Bob?

El conserje frunció el entrecejo al reparar en las heridas de Annabeth.

—¡Ay!

Annabeth se estremeció cuando él se arrodilló a su lado.

—No pasa nada —dijo Percy, mareado todavía a causa del dolor—. Es amistoso.

Se acordó de cuando había conocido a Bob. El titán le había curado una desagradable herida del hombro solo con tocársela. Efectivamente, el conserje acarició el antebrazo de Annabeth y este sanó en el acto.

Bob se rió entre dientes, satisfecho consigo mismo, se acercó a Percy dando brincos y le curó las heridas sangrantes del cuello y el brazo. El titán tenía unas manos sorprendentemente cálidas y suaves.

—¡Curados! —declaró Bob, con unas arrugas de satisfacción en sus inquietantes ojos plateados—. ¡Soy Bob, el amigo de Percy!

—Esto… sí —logró decir Percy—. Gracias por la ayuda, Bob. Me alegro mucho de volver a verte.

—¡Sí! —convino el conserje—. Bob, ese soy yo. Bob, Bob, Bob. —Anduvo arrastrando los pies de un lado a otro, visiblemente contento con su nombre—. He venido a ayudar. He oído mi nombre. En el palacio de Hades nadie llama a Bob a menos que haya porquería. Bob, barre estos huesos. Bob, limpia estas almas torturadas. Bob, un zombi ha explotado en el comedor.

Annabeth lanzó una mirada de desconcierto a Percy, pero él no podía darle ninguna explicación.

—¡Entonces he oído la llamada de mi amigo! —El titán sonrió—. ¡Percy ha dicho: «Bob»!

Agarró a Percy del brazo y lo levantó.

—Es genial —dijo Percy—. En serio. Pero ¿cómo has...?

—Ya hablaremos luego. —La expresión de Bob se volvió seria—. Debemos irnos antes de que os encuentren. Ellos se acercan. Sí, ya lo creo.

—¿Ellos? —preguntó Annabeth.

Percy oteó el horizonte. No vio ningún monstruo que se acercara; solo el inhóspito terreno baldío.

—Sí —confirmó Bob—. Pero Bob conoce un camino. ¡Vamos, amigos! ¡Nos divertiremos!

XVII

Frank

Frank se despertó convertido en pitón, cosa que lo dejó perplejo.

Transformarse en un animal no era complicado. Lo hacía continuamente. Pero nunca había pasado de un animal a otro estando dormido. Estaba seguro de que no se había dormido convertido en serpiente. Normalmente dormía como un perro.

Había descubierto que pasaba mucho mejor la noche si en su litera se acurrucaba bajo la forma de un bulldog. Por algún motivo, las pesadillas no le molestaban tanto. Los continuos gritos que oía dentro de su cabeza casi desaparecían.

No tenía ni idea de por qué se había transformado en una pitón reticulada, pero eso explicaba por qué había soñado que se tragaba poco a poco una vaca. La mandíbula todavía le dolía.

Se preparó y adquirió de nuevo forma humana. Enseguida, su terrible dolor de cabeza regresó, junto con las voces.

¡Enfréntate a ellos!, gritaba Marte. *¡Toma su barco! ¡Defiende Roma!*

¡Mata a los romanos!, contestaba la voz de Ares. *¡Sangre y muerte! ¡Cañones!*

Las personalidades romana y griega de su padre se proferían gritos en la mente de Frank acompañadas de la banda sonora habitual de ruidos de combate —explosiones, rifles de asalto, estruendosos motores a reacción——, vibrando como un altavoz detrás de sus ojos.

Se incorporó en su litera, aturdido por el dolor. Como hacía cada mañana, respiró hondo y miró la lámpara de su mesa: una llama diminuta que ardía noche y día, alimentada con aceite de oliva mágico de la despensa.

Fuego… el mayor temor de Frank. Tener una llama encendida en su camarote le aterraba, pero también le ayudaba a concentrarse. El ruido de su cabeza se desvanecía y le permitía pensar.

Ahora se le daba mejor, pero durante días había estado hecho una piltrafa. En cuanto habían estallado los enfrentamientos en el Campamento Júpiter, las dos voces del dios de la guerra habían empezado a gritar sin parar. Desde entonces, Frank había vagado dando traspiés, aturdido, sin apenas poder funcionar. Se había comportado como un tonto, y estaba seguro de que sus amigos pensaron que había perdido la chaveta.

Él no podía decirles lo que le pasaba. No había nada que ellos pudieran hacer y, por lo que les oía decir, estaba convencido de que ellos no oían a sus padres divinos chillarles en los oídos.

Esas cosas solo le pasaban a Frank, pero tenía que superarlo. Sus amigos lo necesitaban, sobre todo ahora que Annabeth no estaba.

Annabeth se había portado bien con él. Incluso cuando estaba tan distraído que se comportaba como un bufón, Annabeth había sido paciente y amable con él. Aunque Ares le gritaba que los hijos de Atenea no eran de fiar y Marte le bramaba que matara a todos los griegos, Frank había llegado a respetar a Annabeth.

Ahora que no la tenían a ella, Frank era lo más parecido a un estratega militar con lo que el grupo contaba. Lo necesitarían para el viaje que les esperaba.

Se levantó y se vistió. Afortunadamente, había conseguido comprar ropa nueva en Siena hacía un par de días y había sustituido la ropa sucia que Leo había lanzado por los aires con Buford, la mesa. (Era una larga historia.) Tiró de unos Levi's y una camiseta de manga corta verde militar, y luego alargó la mano para coger su sudadera favorita, antes de recordar que no la necesitaba. Hacía demasiado calor. Y lo que era más importante, ya no necesitaba los bolsillos para proteger el trozo de leña mágico que determinaba la duración de su vida. Hazel lo mantenía a buen recaudo.

Tal vez eso debería haberle puesto nervioso. Si el palo se quemaba, Frank moriría: fin de la historia. Pero se fiaba de Hazel más que de sí mismo. Saber que ella protegía su gran debilidad le hacía sentirse mejor, como si se hubiera abrochado el cinturón de seguridad para emprender una persecución a toda velocidad.

Se echó al hombro el arco y el carcaj. Enseguida se transformaron en una mochila corriente. A Frank le encantaba. No habría descubierto el poder de camuflaje del carcaj si Leo no se lo hubiera revelado.

¡Leo!, dijo Marte enfurecido. *¡Debe morir!*

¡Estrangúlalo!, gritó Ares. *¡Estrangula a todo el mundo! ¿De quién estamos hablando, por cierto?*

Los dos se pusieron a chillarse el uno al otro por encima del sonido de las bombas que estallaban en el cráneo de Frank.

Recobró el equilibrio apoyándose en la pared. Durante días, Frank había escuchado cómo esas voces le pedían que matara a Leo Valdez.

Después de todo, Leo había iniciado la guerra contra el Campamento Júpiter disparando una ballesta contra el foro. Sí, en aquel momento estaba poseído, pero aun así Marte exigía venganza. Leo le ponía las cosas más difíciles tomándole el pelo continuamente, y Ares exigía que Frank tomara represalias por cada ofensa.

Frank mantenía las voces a raya, pero no era fácil.

Durante su travesía a través del Atlántico, Leo había dicho algo que Frank todavía no había podido quitarse de la cabeza. Cuando se había enterado de que Gaia, la malvada diosa de la tierra, había puesto precio a sus cabezas, Leo había querido saber cuál era ese precio.

«Entiendo que no sea tan caro como Percy o Jason… pero ¿valgo, no sé, dos o tres veces lo mismo que Frank?»

No era más que otra estúpida broma de Leo, pero el comentario le había afectado. En el *Argo II*, Frank se sentía como el miembro menos valioso de la tripulación. Vale, podía transformarse en animales. ¿Y qué? Su mayor servicio hasta la fecha había sido convertirse en una comadreja para escapar de un taller subterráneo, e incluso eso había sido idea de Leo. Frank era más conocido por el desastre del pez de colores gigante en Atlanta y, sin ir más lejos, el día anterior, por transformarse en un gorila de doscientos kilos para que luego una granada de detonación lo dejara inconsciente.

Leo todavía no había hecho ningún chiste sobre gorilas a su costa, pero era cuestión de tiempo.

¡Mátalo!

¡Tortúralo! ¡Y luego mátalo!

Las dos facetas del dios de la guerra parecían estar dándose patadas y puñetazos dentro de la cabeza de Frank, usando sus senos como cuadrilátero.

¡Sangre! ¡Cañones!

¡Roma! ¡Guerra!

Calmaos, ordenó Frank.

Sorprendentemente, las voces obedecieron.

«Vale», pensó Frank.

Tal vez por fin pudiera controlar a esos minidioses gritones y molestos. Tal vez aquel fuera un buen día.

Su esperanza se frustró en cuanto subió a cubierta.

—¿Dónde están? —preguntó Hazel.

El *Argo II* estaba atracado en un concurrido muelle. A un lado se extendía un canal de navegación de aproximadamente medio kilómetro de ancho. Al otro se abría la ciudad de Venecia: tejados de tejas rojas, cúpulas metálicas de iglesias, torres con chapiteles y edificios blanqueados por el sol con los colores de las tarjetas de San Valentín: rojo, blanco, ocre, rosa y naranja.

Por todas partes había estatuas de leones: encima de pedestales, sobre las puertas o en los pórticos de los edificios más grandes. Había tantas que Frank supuso que el león debía de ser la mascota de la ciudad.

Donde deberían haber estado las calles, los canales verdes se abrían paso entre los barrios, todos atascados por las lanchas motoras. A lo largo de los muelles, las aceras estaban atestadas de turistas que compraban en los puestos de camisetas, desbordaban las tiendas y pasaban el rato en las áreas de cafés con terraza, como manadas de leones marinos. Frank había pensado que Roma estaba llena de turistas, pero ese lugar era una locura.

Sin embargo, Hazel y el resto de sus amigos no estaban prestando atención a ninguno de esos detalles. Se habían reunido en la barandilla de estribor para observar las docenas de extraños monstruos peludos que se apiñaban entre la multitud.

Cada monstruo era del tamaño de una vaca, con la espalda encorvada como un caballo doblegado, enmarañado pelo gris, patas huesudas y negras pezuñas hendidas. Las cabezas de las criaturas parecían demasiado pesadas para sus pescuezos. Tenían largos hocicos, como los de los osos hormigueros, inclinados hacia el suelo. Sus descuidadas melenas grises les tapaban los ojos por completo.

Frank observó como una de las criaturas cruzaba pesadamente el paseo marítimo, olfateando y lamiendo la calzada con su larga lengua. Los turistas se separaban a su alrededor, despreocupados. Unos pocos incluso lo acariciaban. Frank se preguntaba cómo los humanos podían estar tan tranquilos. Entonces la figura del monstruo parpadeó. Por un momento se convirtió en un viejo y gordo sabueso.

Jason gruñó.

—Los mortales creen que son perros extraviados.

—O mascotas que vagan por la ciudad —dijo Piper—. Mi padre rodó una película en Venecia. Recuerdo que me dijo que había perros por todas partes. A los venecianos les encantan los perros.

Frank frunció el entrecejo. Siempre se le olvidaba que el padre de Piper era Tristan McLean, una estrella de cine de primera categoría. Ella no hablaba mucho de él. Parecía bastante sencilla para ser una chica criada en Hollywood. A Frank le parecía bien. Lo último que necesitaban en la misión eran paparazzi haciendo fotos de las monumentales pifias de Frank.

—Pero ¿qué son? —preguntó, repitiendo la pregunta de Hazel—. Parecen... vacas hambrientas con pelo de perro pastor.

Esperó a que alguien se lo aclarara. Nadie ofreció la más mínima información.

—Tal vez sean inofensivos —propuso Leo—. No hacen caso a los mortales.

—¡Inofensivos! —dijo Gleeson Hedge riéndose.

El sátiro llevaba sus habituales pantalones cortos de gimnasia, su camiseta de deporte y su silbato de entrenador. Su expresión era tan destemplada como siempre, pero todavía llevaba en el pelo una de las gomas rosadas que le habían puesto los enanos bromistas en Bolonia. A Frank le daba miedo comentárselo.

—Valdez, ¿cuántos monstruos inofensivos hemos visto? ¡Deberíamos apuntarles con las ballestas y ver lo que pasa!

—Oh, no —dijo Leo.

Por una vez, Frank estaba de acuerdo con Leo. Había demasiados monstruos. Sería imposible apuntar a uno sin causar daños colaterales entre las multitudes de turistas. Además, si cundía el pánico entre los monstruos y huían en desbandada...

—Tendremos que andar entre ellos y confiar en que sean pacíficos —dijo Frank, aunque la idea no le hacía ninguna gracia—. Es la única forma de que localicemos al dueño del libro.

Leo sacó el manual encuadernado en piel de debajo del brazo. Había pegado una nota en la portada con la dirección que le habían dado los enanos en Bolonia.

—La Casa Nera —leyó—. Calle Frezzeria.

—La Casa Negra —tradujo Nico di Angelo.

Frank procuró no dar un respingo cuando se dio cuenta de que Nico estaba a su lado. Ese chico era tan callado y pensativo que parecía desmaterializarse cuando no hablaba. Puede que Hazel hubiera resucitado de entre los muertos, pero Nico recordaba mucho más a un fantasma.

—¿Hablas italiano? —preguntó Frank.

Nico le lanzó una mirada de advertencia, en plan: «Ten cuidado con lo que preguntas». Sin embargo, habló tranquilamente.

—Frank tiene razón. Tenemos que encontrar esa dirección. La única forma de conseguirlo es andar por la ciudad. Venecia es un laberinto. Tendremos que arriesgarnos a exponernos a las multitudes y a esos… lo que sean.

Un trueno retumbó en el despejado cielo veraniego. La noche anterior habían atravesado varias tempestades. Frank creía que se habían terminado, pero ya no estaba seguro. El aire era tan denso y caliente como el vapor de una sauna.

Jason contempló el horizonte con la frente fruncida.

—Tal vez debería quedarme a bordo. En la marea de anoche había muchos *venti*. Si deciden volver a atacar el barco…

No hizo falta que acabara la frase. Todos habían tenido experiencias con los furiosos espíritus del viento. Jason era el único que tenía suerte luchando contra ellos.

El entrenador Hedge gruñó.

—Yo también me quedo. Si vais a pasear por Venecia sin darles ni un porrazo en la cabeza a esos animales peludos, olvidaos, yogurines blandengues. No me gustan las expediciones aburridas.

—Tranquilo, entrenador. —Leo sonrió—. Todavía tenemos que reparar el trinquete. Luego necesitaré su ayuda en la sala de máquinas. Se me ha ocurrido una idea para una nueva instalación.

A Frank no le gustó cómo le brillaban los ojos a Leo. Desde que había encontrado la esfera de Arquímedes, había estado probando muchas «nuevas instalaciones». Normalmente, explotaban o lanzaban humo al camarote de Frank en la cubierta superior.

—Bueno… —Piper cambió el peso de un pie a otro—. Quien vaya debe tener tacto con los animales. Yo, ejem…, reconozco que no se me dan muy bien las vacas.

Frank supuso que había una historia detrás de ese comentario, pero prefirió no preguntar.

—Yo iré —dijo.

No estaba seguro de por qué se había ofrecido voluntario: tal vez porque tenía muchas ganas de ser útil para variar. O tal vez no quería que nadie se le adelantara: «¿Animales? ¡Frank puede transformarse en animales! ¡Mandadlo a él!».

Leo le dio una palmada en el hombro y le entregó el libro encuadernado en piel.

—Genial. Si pasas por una ferretería, ¿puedes traerme unas tablas y cinco litros de brea?

—Leo —lo regañó Hazel—, no van de compras.

—Yo iré con Frank —se ofreció Nico.

A Frank le dio un tic en el ojo. Las voces de los dioses de la guerra subieron *in crescendo* dentro de su cabeza:

¡Mátalo! ¡Escoria graeca!

¡No! ¡A mí me encanta la escoria graeca!

—Esto… ¿se te dan bien los animales? —preguntó.

Nico sonrió sin gracia.

—En realidad, la mayoría de los animales me odian. Perciben la muerte. Pero esta ciudad tiene algo… —Su expresión se tornó adusta—. Mucha muerte. Espíritus inquietos. Si voy, puede que consiga mantenerlos a raya. Además, como ya te habrás fijado, hablo italiano.

Leo se rascó la cabeza.

—Conque mucha muerte, ¿eh? Personalmente, yo intento evitar la muerte, pero ¡que os lo paséis bien, chicos!

Frank no sabía qué le daba más miedo: los peludos monstruos vacunos, las hordas de fantasmas inquietos o ir solo con Nico di Angelo.

—Yo también iré. —Hazel entrelazó su brazo con el de Frank—. El tres es el mejor número para las misiones de semidioses, ¿no?

Frank trató de no mostrarse demasiado aliviado. No quería ofender a Nico, pero miró a Hazel y le dijo con los ojos: «Gracias, gracias, gracias».

Nico se quedó mirando los canales, como si se estuviera preguntando qué nuevos e interesantes espíritus malvados podrían estar acechando allí.

—Está bien. Vamos a buscar al dueño de ese libro.

XVIII

Frank

Tal vez a Frank le hubiera gustado Venecia si no hubiera sido verano ni temporada de turismo, y si la ciudad no hubiera estado invadida por criaturas peludas. Entre las hileras de casas antiguas y los canales, las aceras eran demasiado estrechas para las multitudes que se empujaban y paraban a hacer fotos. Los monstruos empeoraban todavía más la situación. Se movían de un lado para otro con las cabezas gachas, tropezaban contra los mortales y olfateaban la calzada.

Uno pareció encontrar algo de su agrado en la orilla de un canal. Mordisqueó y lamió una grieta entre las piedras hasta que extrajo una especie de raíz verdosa. El monstruo la aspiró alegremente y avanzó arrastrando las patas.

—Bueno, comen plantas —dijo Frank—. Es una buena noticia.

Hazel deslizó su mano en la de él.

—A menos que complementen su dieta con semidioses. Esperemos que no sea el caso.

Frank se alegró tanto de cogerle la mano que las multitudes, el calor y los monstruos dejaron de parecerle tan malos. Sentía que lo necesitaban…, se sentía útil.

No es que Hazel requiriera su protección. Cualquiera que la hubiera visto embistiendo a lomos de Arión con la espada en ristre se habría dado cuenta de que sabía cuidar de sí misma. Aun así, a Frank le gustaba estar a su lado e imaginar que era su guardaespaldas. Si alguno de esos monstruos intentaba hacerle daño, Frank se transformaría encantado en un rinoceronte y lo empujaría al canal.

¿Podía convertirse en rinoceronte? Nunca lo había intentado.

Nico se detuvo.

—Allí.

Se habían metido en una calle más pequeña y habían dejado atrás el canal. Delante de ellos había una pequeña plaza bordeada por edificios de cinco pisos. La zona estaba extrañamente desierta, como si los mortales percibieran que era peligrosa. En medio del patio de adoquines, una docena de peludas criaturas vacunas olfateaban la base mohosa de un viejo pozo de piedra.

—Muchas vacas en un mismo sitio —dijo Frank.

—Sí, pero mira allí —dijo Nico—. Al final de esa arcada.

Nico debía de tener mejor vista que él. Frank entornó los ojos. En el otro extremo de la plaza, un pasaje abovedado con leones grabados conducía a una calle estrecha. Y, justo al final del pasaje, había una residencia urbana pintada de negro: el único edificio negro que Frank había visto hasta entonces en Venecia.

—La Casa Negra —supuso.

Hazel le apretó los dedos.

—No me gusta esa plaza. Es… fría.

Frank no sabía a qué se refería. Él seguía sudando a mares.

Sin embargo, Nico asintió con la cabeza. Examinó las ventanas de la residencia, la mayoría de las cuales estaban tapadas con persianas de madera.

—Tienes razón, Hazel. Este barrio está lleno de *lemures*.

—¿Lémures? —preguntó Frank nervioso—. Supongo que no te refieres a los pequeñajos peludos de Madagascar.

—Espíritus furiosos —explicó Nico—. Los *lemures* se remontan a la época de los romanos. Frecuentan muchas ciudades italianas, pero nunca he percibido tantos en un mismo sitio. Mi madre me contaba… —Vaciló—. Solía contarme historias sobre los fantasmas de Venecia.

Frank se preguntó de nuevo por el pasado de Nico, pero le daba miedo indagar. Notó la mirada de Hazel.

«Adelante —parecía estar diciendo ella—. Nico necesita acostumbrarse a hablar con la gente.»

Los sonidos de los rifles de asalto y las bombas atómicas aumentaron de volumen en la cabeza de Frank. Marte y Ares intentaban superarse el uno al otro cantando a voz en grito «Dixie» y el «Himno de la batalla de la República». Frank hizo todo lo posible por apartar esos pensamientos de su cabeza.

—¿Era italiana tu madre, Nico? —aventuró—. ¿Era de Venecia?

Nico asintió con la cabeza a regañadientes.

—Conoció a Hades aquí en los años treinta del siglo xx. Cuando se avecinó la Segunda Guerra Mundial, huyó a Estados Unidos con mi hermana y conmigo. Me refiero a… Bianca, mi otra hermana. No me acuerdo mucho de Italia, pero todavía sé hablar italiano.

Frank pensó una respuesta. «Oh, qué bien» no parecía adecuado.

Estaba en compañía de no uno sino de dos semidioses que pertenecían a otra época. Los dos eran, técnicamente, unos setenta años mayores que él.

—Debió de ser muy duro para tu madre —dijo Frank—. Supongo que estamos dispuestos a hacer cualquier cosa por las personas a las que queremos.

Hazel le apretó la mano agradecida. Nico se quedó mirando los adoquines.

—Sí —dijo con amargura—. Supongo.

Frank no estaba seguro de lo que Nico estaba pensando. Le costaba imaginarse a Nico di Angelo actuando por amor hacia alguien, salvo quizá hacia Hazel. Pero decidió que había llegado todo lo lejos que se atrevía a llegar con las preguntas personales.

—Entonces, los *lemures*… —Tragó saliva—. ¿Cómo los evitamos?

—Estoy en ello —dijo Nico—. Estoy enviándoles un mensaje diciéndoles que no se acerquen y que hagan como si no existiéramos. Con suerte bastará. De lo contrario… las cosas se podrían complicar.

Hazel frunció los labios.

—Vamos a ponernos en marcha —propuso.

Cuando estaban en mitad de la *piazza*, todo se fue al traste, pero no tuvo nada que ver con los fantasmas.

Estaban rodeando el pozo situado en medio de la plaza, tratando de mantener la distancia con los monstruos, cuando Hazel se tropezó con un trozo suelto de adoquín. Frank la atrapó. Seis o siete grandes bestias grises se volvieron para mirarlos. Frank vislumbró un brillante ojo verde bajo una melena, e inmediatamente le sobrevino una oleada de náuseas, como las que sentía cuando comía demasiado queso o helado.

Las criaturas emitieron unos graves sonidos vibrantes con la garganta, parecidos a furiosas sirenas de niebla.

—Vacas buenas —murmuró Frank. Se interpuso entre sus amigos y los monstruos—. Chicos, creo que deberíamos salir de aquí poco a poco.

—Qué torpe soy —susurró Hazel—. Lo siento.

—No es culpa tuya —dijo Nico—. Mirad a vuestros pies.

Frank miró abajo y se le cortó la respiración.

Debajo de sus zapatos, los adoquines se movían: unos zarcillos vegetales cubiertos de púas estaban subiendo entre las rendijas.

Nico dio un paso atrás. Las raíces salieron serpenteando en dirección a él, tratando de seguirlo. Los zarcillos se volvieron más gruesos y empezaron a desprender un vapor verde húmedo y caliente que olía a col hervida.

—Parece que a esas raíces les gustan los semidioses —observó Frank.

La mano de Hazel se desvió a la empuñadura de su espada.

—Y a los monstruos les gustan las raíces.

Toda la manada miraba ahora en dirección a ellos, emitiendo gruñidos y pateando con las pezuñas. Frank sabía suficiente acerca del comportamiento animal para captar el mensaje: «Estáis pisando nuestra comida. Eso os convierte en nuestros enemigos».

Frank trató de pensar. Eran demasiados monstruos para luchar. En sus ojos ocultos bajo aquellas melenas peludas había algo...

A Frank le habían entrado ganas de vomitar con el más leve atisbo. Tenía el mal presentimiento de que si esos monstruos establecían contacto visual directo con él, sufriría algo mucho peor que náuseas.

—No los miréis a los ojos —avisó Frank—. Yo los distraeré. Vosotros dos dirigíos poco a poco hacia esa casa negra.

Las criaturas se pusieron tensas, listas para atacar.

—Da igual —dijo Frank—. ¡Corred!

Al final Frank no pudo transformarse en rinoceronte y perdió un tiempo precioso intentándolo.

Nico y Hazel echaron a correr hacia la calle lateral. Frank se situó delante de los monstruos, confiando en mantener su atención. Chilló a pleno pulmón, imaginándose que era un temible rinoceronte, pero cuando Ares y Marte empezaron a gritar dentro de su cabeza, le costó concentrarse. Seguía siendo el Frank de siempre.

Dos de los monstruos vacunos se separaron de la manada para perseguir a Nico y a Hazel.

—¡No! —gritó Frank detrás de ellos—. ¡Yo! ¡Soy el rinoceronte!

El resto de la manada rodeó a Frank. Gruñían expulsando nubes de gas verde esmeralda por los orificios nasales. Frank retrocedió para evitar la sustancia, pero el hedor por poco lo derribó.

Vale, de modo que no podía ser un rinoceronte. Entonces, otra cosa. Frank sabía que solo disponía de unos segundos antes de que los monstruos lo pisotearan o lo envenenaran, pero no podía pensar. No podía retener la imagen de ningún animal el tiempo suficiente para cambiar de forma.

Entonces levantó la vista hacia uno de los balcones de una vivienda y vio una talla en piedra: el símbolo de Venecia.

Un instante después, Frank era un león adulto. Rugió en actitud desafiante y acto seguido salió del centro de la manada de monstruos con un salto y cayó a ocho metros de distancia, sobre el viejo pozo de piedra.

Los monstruos contestaron gruñendo. Tres de ellos saltaron al mismo tiempo, pero Frank estaba preparado. Sus reflejos leoninos estaban concebidos para moverse velozmente en el combate.

Redujo a polvo a los dos primeros con sus garras y luego clavó sus colmillos en el pescuezo del tercero y lo arrojó a un lado.

Quedaban siete, además de los dos que perseguían a sus amigos. No era una ventaja muy grande, pero Frank tenía que mantener el grueso de la manada centrado en él. Rugió a los monstruos, que se apartaron poco a poco.

Eran más que él, sí, pero Frank era un depredador de primera. Los monstruos lo sabían. También acababan de presenciar cómo enviaba a tres de sus amigos al Tártaro.

Aprovechó la ventaja y saltó del pozo enseñando los colmillos. La manada se retiró.

Si pudiera rodearlos y luego volverse y correr detrás de sus amigos… Una de las vacas, la más valiente o la más tonta, interpretó el gesto como una señal de debilidad. Atacó lanzando a la cara de Frank gas verde.

Él redujo a polvo al monstruo a zarpazos, pero el daño ya estaba hecho. Se obligó a no respirar. A pesar de todo, notó que el pelo del hocico le ardía. Los ojos le picaban. Retrocedió tambaleándose, medio ciego y aturdido, vagamente consciente de que Nico gritaba su nombre.

—¡Frank! ¡Frank!

Trató de concentrarse. Había adoptado otra vez forma humana y estaba teniendo arcadas y dando traspiés. Notaba la cara como si se le estuviera desprendiendo. Delante de él, la nube verde de gas flotaba entre él y la manada. Los monstruos que quedaban lo observaban con recelo, preguntándose probablemente si Frank se guardaba más ases en la manga.

Miró detrás de él. Bajo el arco de piedra, Nico di Angelo empuñaba su negra espada de hierro estigio, indicándole a Frank con la mano que se diera prisa. A los pies de Nico, dos charcos oscuros manchaban la calzada: sin duda, los restos de los monstruos que los habían perseguido.

Y Hazel… estaba apoyada en la pared detrás de su hermano. No se movía.

Frank corrió hacia ellos, olvidándose de la manada de monstruos. Pasó corriendo por delante de Nico y agarró a Hazel por los hombros. La chica tenía la cabeza caída contra el pecho.

—Ha recibido un chorro de gas de lleno en la cara —dijo Nico con tristeza—. Yo… yo no he sido lo bastante rápido.

Frank no sabía si ella respiraba. La ira y la desesperanza pugnaban dentro de él. Nico siempre le había dado miedo. En ese momento tenía ganas de lanzar al hijo de Hades de una patada al canal más cercano. Tal vez no fuera justo, pero a Frank le daba igual. Tampoco lo eran los dioses de la guerra que gritaban en su cabeza.

—Tenemos que llevarla al barco —dijo Frank.

La manada de monstruos vacunos rondaban con cautela justo al otro lado del arco. Lanzaban sus gritos como sirenas de niebla. Otros monstruos respondieron en las calles de los alrededores. En poco tiempo los refuerzos rodearían a los semidioses.

—No llegaremos a pie —dijo Nico—. Frank, transfórmate en un águila gigante. No te preocupes por mí. ¡Llévala al *Argo II*!

Con la cara encendida y las voces gritando en su mente, Frank no estaba seguro de poder cambiar de forma, pero se disponía a intentarlo cuando una voz detrás de él dijo:

—Tus amigos no pueden ayudarte. Ellos no conocen la cura.

Frank se dio la vuelta. En el umbral de la casa negra había un joven con pantalones y camisa vaqueros. Tenía el cabello moreno rizado y una sonrisa amistosa, aunque Frank dudaba que fuera amistoso. Probablemente ni siquiera fuera humano.

En ese momento a Frank le daba igual.

—¿Puedes curarla? —preguntó.

—Por supuesto —dijo el joven—. Pero más vale que entréis deprisa. Creo que habéis cabreado a todos los catoblepas de Venecia.

XIX

Frank

Entraron por los pelos.

En cuanto su anfitrión acabó de echar los cerrojos, los monstruos empezaron a rugir y a aporrear la puerta hasta hacerla vibrar en los goznes.

—No pueden entrar —prometió el joven con ropa vaquera—. ¡Ahora estáis a salvo!

—¿A salvo? —preguntó Frank—. ¡Hazel se está muriendo!

Su anfitrión frunció el entrecejo, como si no le hiciera gracia que Frank echara por tierra su buen humor.

—Vale, vale. Tráela por aquí.

Frank llevó a Hazel en brazos al interior del edificio siguiendo al joven. Nico le ofreció ayuda, pero Frank no la necesitaba. Hazel no pesaba nada, y el cuerpo de Frank rebosaba adrenalina. Notaba que Hazel estaba temblando, de modo que por lo menos sabía que seguía viva, pero tenía la piel fría. Sus labios habían adquirido un tono verdoso... ¿o era la vista borrosa de Frank?

Los ojos todavía le picaban a causa del aliento del monstruo. Tenía los pulmones como si hubiera inhalado una col en llamas. No sabía por qué el gas le había afectado menos que a Hazel. Tal vez a ella le había entrado más en los pulmones. Habría dado cualquier cosa por cambiarse por ella si con eso la pudiera salvar.

Las voces de Marte y Ares chillaban dentro de su cabeza, instándolo a que matara a Nico, al joven de ropa vaquera y a cualquiera que encontrase, pero Frank hizo disminuir el ruido.

La sala de estar de la casa era una especie de invernadero. Alineadas a lo largo de las paredes había mesas con bandejas para plantas bajo tubos fluorescentes. El aire olía a solución fertilizante. ¿Acaso los venecianos practicaban la jardinería dentro de casa porque estaban rodeados de agua y no de tierra? Frank no estaba seguro, pero no perdió el tiempo preocupándose por ello.

El salón de la parte trasera era una combinación de garaje, residencia universitaria y laboratorio informático. Contra la pared izquierda había una hilera brillante de servidores y ordenadores portátiles, cuyos salvapantallas lucían imágenes de campos arados y tractores. Contra la pared derecha se agrupaba una cama individual, una mesa desordenada y un armario abierto lleno de ropa vaquera de repuesto y un montón de instrumentos de granja, como horcas y rastrillos.

La pared del fondo era una enorme puerta de garaje. A su lado había aparcado un carro sin techo de un solo eje, como los carros con los que Frank había corrido en el Campamento Júpiter. Unas gigantescas alas con plumas salían de los lados del compartimento del piloto. Enroscada alrededor del borde de la rueda izquierda, una pitón moteada roncaba sonoramente.

Frank no sabía que las pitones pudieran roncar. Esperaba no haber roncado la noche anterior convertido en pitón.

—Deja a tu amiga aquí —dijo el joven con ropa vaquera.

Frank colocó con cuidado a Hazel en la cama. Le quitó la espada y trató de ponerla cómoda, pero estaba flácida como un espantapájaros. Decididamente, su tez tenía un matiz verdoso.

—¿Qué eran esas vacas? —preguntó Frank—. ¿Qué le han hecho?

—Catoblepas —dijo su anfitrión—. En griego, *katobleps* significa «el que mira hacia abajo». Se llaman así porque…

—Siempre están mirando hacia abajo. —Nico se dio una palmada en la frente—. Claro. Recuerdo haber leído algo sobre ellos.

Frank le lanzó una mirada furibunda.

—¿Y te acuerdas ahora?

Nico agachó la cabeza casi tanto como un catoblepas.

—Yo, ejem… solía jugar a un ridículo juego de cartas cuando era más pequeño. Myth-o-Magic. Una de las cartas de los monstruos era la del catoblepas.

Frank parpadeó.

—Yo también jugaba a Myth-o-Magic. Nunca he visto esa carta.

—Estaba en la baraja de expansión Africanus Extreme.

—Ah.

Su anfitrión carraspeó.

—¿Habéis terminado ya vuestra conversación de frikis?

—Sí, perdona —murmuró Nico—. En fin, los catoblepas tienen aliento y mirada venenosas. Creía que solo vivían en África.

El joven con ropa vaquera se encogió de hombros.

—Es su tierra de origen. Fueron importados por accidente a Venecia hace cientos de años. ¿Habéis oído hablar de san Marcos?

A Frank le entraron ganas de gritar de impaciencia. No veía qué importancia podía tener eso, pero si su anfitrión podía curar a Hazel, decidió que no era conveniente hacerle enfadar.

—¿Santos? No forman parte de la mitología griega.

El chico con ropa vaquera se rió entre dientes.

—No, pero san Marcos es el patrono de esta ciudad. Murió en Egipto hace mucho tiempo. Cuando los venecianos se hicieron poderosos, las reliquias de santos eran una gran atracción turística en la Edad Media. Los venecianos decidieron robar los restos de san Marcos y traerlos a la gran iglesia de San Marcos. Trasladaron clandestinamente su cadáver en un barril con trozos de cerdo en conserva.

—Qué… asco —dijo Frank.

—Sí —convino el joven sonriendo—. El caso es que no se puede hacer algo así sin sufrir las consecuencias. Sin querer, los venecianos sacaron clandestinamente algo más de Egipto: los catoblepas. Llegaron aquí a bordo de ese barco y desde entonces han estado multiplicándose como ratas. Les encantan las raíces venenosas mágicas que hay aquí: unas plantas pestilentes que crecen en terrenos pantanosos y que salen de los canales. ¡Hacen su aliento todavía más venenoso! Normalmente a los monstruos no les interesan los mortales, pero los semidioses… sobre todo los semidioses que se interponen en su camino…

—Ya lo pillo —soltó Frank—. ¿Puedes curarla?

El joven se encogió de hombros.

—Es posible.

—¿Es posible?

Frank tuvo que hacer acopio de toda su fuerza de voluntad para no estrangular al chico.

Colocó la mano debajo de la nariz de Hazel. No notó su respiración.

—Nico, por favor, dime que está en trance, como tú en la vasija de bronce.

Nico hizo una mueca.

—No sé si Hazel puede hacerlo. Técnicamente su padre es Plutón, no Hades, así que…

—¡Hades! —gritó su anfitrión. Retrocedió mirando fijamente a Nico con repugnancia—. Así que eso es lo que huelo. ¿Hijos del inframundo? ¡Si lo hubiera sabido, no os hubiera dejado pasar!

Frank se levantó.

—Hazel es buena persona. ¡Promestiste que la ayudarías!

—Yo no prometo nada.

Nico desenvainó su espada.

—Es mi hermana —gruñó—. No sé quién eres, pero si puedes curarla, tienes que hacerlo. O te juro por la laguna Estigia…

—¡Bla, bla, bla!

El joven agitó la mano. De repente, donde antes estaba Nico di Angelo apareció una planta en un tiesto de un metro y medio de altura con hojas verdes marchitas, mechones de barbas y media docena de espigas de maíz amarillo maduro.

—Ahí tienes —dijo el joven, resoplando y apuntando con el dedo a la planta de maíz—. ¡Los hijos de Hades no me dan órdenes! Deberías hablar menos y escuchar más.

Frank tropezó contra la cama.

—¿Qué has... por qué...?

El joven arqueó una ceja. Frank emitió un sonido agudo que no resultó muy valeroso. Había estado tan centrado en Hazel que se había olvidado de lo que Leo les había contado sobre el individuo al que buscaban.

—Eres un dios —recordó.

—Triptólemo. —El joven se inclinó—. Mis amigos me llaman Trip, así que no me llaméis así. Y si tú eres otro hijo de Hades...

—¡Marte! —dijo Frank rápidamente—. ¡Hijo de Marte!

Triptólemo resopló.

—Bueno... no hay mucha diferencia, pero tal vez merezcas ser algo mejor que una planta de maíz. ¿Sorgo? El sorgo es muy bueno.

—¡Espera! —rogó Frank—. Hemos venido en misión amistosa. Te traemos un regalo. —Metió muy despacio la mano en su mochila y sacó el libro encuadernado en piel—. ¿Esto te pertenece?

—¡Mi almanaque! —Triptólemo sonrió y agarró el libro. Hojeó las páginas y empezó a dar saltos de puntillas—. ¡Oh, es fabuloso! ¿Dónde lo habéis encontrado?

—En Bolonia. Había unos... —Frank recordó que no debía mencionar a los enanos— monstruos terribles. Arriesgamos la vida, pero sabíamos que era importante para ti. Entonces ¿podrías, ya sabes, devolver a Nico a su estado normal y curar a Hazel?

—Hum...

Trip alzó la vista de su libro. Había estado recitando alegremente líneas para sí; algo sobre un calendario de plantación de nabos. Frank deseó que la arpía Ella estuviera allí. Ella se llevaría estupendamente con ese tipo.

—Ah, ¿que los cure? —Triptólemo soltó una risita de desaprobación—. Te agradezco el libro, por supuesto. Puedo dejarte a ti en libertad, hijo de Marte. Pero tengo un problema con Hades que se remonta a hace mucho. ¡Después de todo, le debo mis poderes divinos a Deméter!

Frank se devanó los sesos, pero le resultaba difícil concentrarse con las voces que gritaban en su cabeza y el mareante veneno de catoblepas.

—Deméter —dijo—, la diosa de las plantas. A ella… a ella no le gusta Hades porque… —De repente se acordó de una vieja historia que había oído en el Campamento Júpiter—. Su hija, Proserpina…

—Perséfone —le corrigió Trip—. Prefiero la griega, si no te importa.

¡Mátalo!, gritó Marte.

¡Adoro a este tío!, contestó Ares. *¡Mátalo de todas formas!*

Frank decidió no darse por aludido. No quería acabar convertido en una planta de sorgo.

—Vale. Hades secuestró a Perséfone.

—¡Exacto! —dijo Trip.

—Entonces… ¿Perséfone era amiga tuya?

Trip se sorbió la nariz.

—Yo solo era un príncipe mortal en aquel entonces. Perséfone no se habría fijado en mí. Pero cuando su madre Deméter fue a buscarla por toda la tierra, no encontró a muchas personas que la ayudasen. Hécate le iluminó el camino de noche con sus antorchas. Y yo… bueno, cuando Deméter vino a mi parte de Grecia, le ofrecí un lugar donde quedarse. La consolé, le di de comer y le ofrecí ayuda. Entonces no sabía que era una diosa, pero mi buena obra tuvo su recompensa. ¡Más tarde, Deméter me premió convirtiéndome en un dios de la agricultura!

—¡Vaya! —dijo Frank—. La agricultura. Enhorabuena.

—¡Lo sé! Es la bomba, ¿verdad? En cualquier caso, Deméter nunca se llevó bien con Hades. Así que, naturalmente, tengo que ponerme de parte de mi patrona. ¡Olvidaos, hijos de Hades! De hecho, uno de ellos, un rey escita llamado Linco, ¡mató a mi pitón derecha cuando estaba dando lecciones de agricultura a sus ciudadanos!

—¿Tu… pitón derecha?

Trip se acercó a su carro alado y se subió de un salto. Tiró de una palanca, y las alas empezaron a sacudirse. La pitón moteada de la rueda izquierda abrió los ojos. Empezó a retorcerse, enrollándose alrededor del eje como un muelle. El carro se puso en movimiento rechinando, pero el ala derecha siguió en su sitio, de modo que Triptólemo daba vueltas sobre sí mismo mientras el carro agitaba las alas y saltaba arriba y abajo como un carrusel defectuoso.

—¿Lo ves? —dijo mientras daba vueltas—. ¡No sirve! Desde que perdí la pitón derecha, no he podido divulgar la agricultura... al menos, en persona. Ahora tengo que impartir cursos online.

—¿Qué?

Tan pronto como lo dijo, Frank se arrepintió de haber preguntado.

Trip saltó del carro mientras seguía dando vueltas. La pitón redujo la velocidad hasta que se paró y se puso otra vez a roncar. Trip se acercó trotando a la hilera de ordenadores. Pulsó unas teclas y las pantallas se encendieron y mostraron un sitio web de color granate y dorado, con una imagen de un granjero feliz con una toga y una gorra de John Deere posando con su guadaña de bronce en un trigal.

—¡La Universidad Agrícola Triptólemo! —anunció con orgullo—. En solo seis semanas puedes obtener tu licenciatura en la apasionante carrera del futuro: ¡agricultura!

Frank notó que una gota de sudor le corría por la mejilla. Le daba igual ese dios chiflado, su carro impulsado por serpientes o su programa de licenciatura online. Pero Hazel se estaba poniendo más verde por momentos. Nico era una planta de maíz. Y él estaba solo.

—Oye —dijo—. Te hemos traído el almanaque. Y mis amigos son muy majos. No son como los otros hijos de Hades que has conocido. Así que si existe alguna forma...

—¡Oh! —Trip chasqueó los dedos—. ¡Ya veo por dónde vas!

—Ah..., ¿sí?

—¡Desde luego! Si curo a tu amiga Hazel y devuelvo al otro, Nicholas...

—Nico.

—... si lo devuelvo a su estado normal...

Frank titubeó.

—¿Sí?

—¡Entonces, a cambio, tú te quedarás conmigo y te dedicarás a la agricultura! ¿Un hijo de Marte como aprendiz? ¡Es perfecto! Serás un portavoz estupendo. ¡Podremos convertir las espadas en rejas de arado y pasárnoslo en grande!

—En realidad...

Frank pensó desesperadamente un plan. Ares y Marte gritaban en su cabeza: *¡Espadas! ¡Cañones! ¡Explosiones atronadoras!*

Si declinaba la oferta de Trip, Frank se figuraba que ofendería al dios y acabaría convertido en sorgo o en trigo o en otro cultivo comercial.

Si fuera la única forma de salvar a Hazel, accedería sin problemas a las peticiones de Trip y se convertiría en granjero. Pero no podía ser la única forma. Frank se negaba a creer que las Moiras lo hubieran elegido para participar en la misión con el fin de que recibiera unos cursos sobre el cultivo de nabos.

Desvió la vista hacia el carro averiado.

—Tengo una oferta mejor —soltó—. Puedo arreglar eso.

La sonrisa de Trip se desvaneció.

—¿Arreglar... mi carro?

A Frank le entraron ganas de darse una patada a sí mismo. ¿En qué estaba pensando? Él no era Leo. Ni siquiera era capaz de averiguar el funcionamiento de unas estúpidas esposas chinas. Apenas sabía cambiar las pilas del mando a distancia de un televisor. ¡No podría arreglar un carro mágico!

Pero algo le decía que era su única posibilidad. El carro era lo único que Triptólemo deseaba realmente.

—Buscaré una forma de arreglar el carro —dijo—. Y a cambio, tú arreglarás a Nico y a Hazel. Nos dejarás ir en paz. Y... nos prestarás toda la ayuda que puedas para vencer a las fuerzas de Gaia.

Triptólemo se rió.

—¿Qué te hace pensar que puedo ayudaros en eso?

—Hécate nos lo dijo —contestó Frank—. Ella nos envió aquí. Ella... ella dijo que Hazel es una de sus favoritas.

Trip se quedó lívido.

—¿Hécate?

Frank esperaba no haber exagerado demasiado. No le convenía que Hécate se enfadara también con él. Pero si Triptólemo y Hécate eran amigos de Deméter, tal vez eso convenciera a Trip para que les ayudase.

—La diosa nos guió hasta tu almanaque en Bolonia —dijo Frank—. Ella quería que te lo devolviéramos porque... debía de saber que tienes unos conocimientos que nos serían útiles para abrirnos paso en la Casa de Hades, en Epiro.

Trip asintió despacio con la cabeza.

—Sí, entiendo. Ya sé por qué Hécate os ha enviado a mí. Muy bien, hijo de Marte. Busca una forma de arreglar mi carro. Si tienes éxito, haré todo lo que me pides. Si no...

—Lo sé —murmuró Frank—. Mis amigos morirán.

—Sí —dijo Trip alegremente—. ¡Y tú te convertirás en un bonito campo de sorgo!

XX

Frank

Frank salió de la Casa Negra dando traspiés. La puerta se cerró detrás de él, y se desplomó contra la pared, abrumado por la culpabilidad. Se habría quedado allí quieto y habría dejado que los catoblepas lo pisotearan, pero afortunadamente se habían largado. No se merecía otra cosa. Había dejado a Hazel dentro, moribunda e indefensa, a merced de un desquiciado dios granjero.

¡Mata a los granjeros!, gritó Ares en su cabeza.

¡Vuelve a la legión y lucha contra los griegos!, dijo Marte. *¿Qué hacemos aquí?*

¡Matar granjeros!, contestó Ares.

—¡Callaos! —gritó Frank en voz alta—. ¡Los dos!

Un par de ancianas con bolsas de la compra pasaron arrastrando los pies. Lanzaron a Frank una extraña mirada, murmuraron algo en italiano y siguieron adelante.

Frank se quedó mirando con tristeza la espada de la caballería de Hazel, tirada a sus pies al lado de su mochila. Podía volver corriendo al *Argo II* a por Leo. Tal vez él pudiera arreglar el carro.

Pero de algún modo Frank sabía que ese no era un problema de Leo. Era su cometido. Tenía que demostrar su valía. Además, el carro no estaba exactamente averiado. No tenía un problema mecánico. Le faltaba una serpiente.

Frank podía transformarse en una pitón. Tal vez el hecho de haberse despertado esa misma mañana convertido en una serpiente gigante había sido una señal de los dioses. No quería pasarse el resto de su vida haciendo girar la rueda de un granjero, pero si con ello salvaba la vida de Hazel...

No. Tenía que haber otra forma.

Serpientes, pensó Frank. Marte.

¿Tenía alguna relación su padre con las serpientes? El animal sagrado de Marte era el jabalí, no la serpiente. Aun así, Frank estaba seguro de que había oído algo...

No se le ocurría una sola persona a la que preguntar. Abrió de mala gana su mente a las voces del dios de la guerra.

Necesito una serpiente, les dijo. ¿Cómo puedo conseguirla?

¡Ja, ja!, gritó Ares. ¡Sí, la serpiente!

Como el rufián de Cadmo, dijo Marte. ¡Lo castigamos por matar a nuestro dragón!

Los dos se pusieron a chillar hasta que Frank pensó que el cerebro se le iba a partir por la mitad.

—¡Vale! ¡Basta!

Las voces se callaron.

—Cadmo —murmuró Frank—. Cadmo...

Recordó la leyenda. El semidiós Cadmo había matado a un dragón que resultó ser un hijo de Ares. Frank no quería saber cómo Ares había acabado con un hijo dragón, pero, como castigo por la muerte del dragón, Ares convirtió a Cadmo en serpiente.

—Así que puedes convertir a tus enemigos en serpientes —dijo Frank—. Eso es lo que necesito. Necesito encontrar un enemigo. Y luego necesito que lo conviertas en serpiente.

¿Crees que haría eso por ti?, rugió Ares. ¡No has demostrado tu valor!

Solo el héroe más formidable podría pedir esa ayuda, dijo Marte. ¡Un héroe como Rómulo!

¡Demasiado romano!, gritó Ares. ¡Diomedes!

¡Jamás!, replicó Marte. ¡Heracles venció a ese cobarde!

Horacio, entonces, propuso Marte.

Ares se calló. Frank percibió un reticente consenso.

—Horacio —dijo Frank—. Está bien. Si hace falta, demostraré que soy tan bueno como Horacio. Ejem… ¿Qué hizo Horacio?

La mente de Frank se inundó de imágenes. Vio a un guerrero solitario en un puente de piedra enfrentándose a un ejército entero concentrado en el lado opuesto del río Tíber.

Frank se acordó de la leyenda. Horacio, el general romano, se había enfrentado a una horda de invasores sin ayuda de nadie y se había sacrificado en ese puente para impedir que los bárbaros cruzaran el Tíber. Ofreciendo a sus compañeros romanos tiempo para terminar sus defensas, había salvado la República.

Venecia ha sido invadida, dijo Marte, *como Roma estuvo a punto de serlo en su día. ¡Límpiala!*

¡Acaba con todos!, dijo Ares. *¡Pásalos a cuchillo!*

Frank relegó las voces al fondo de su mente. Se miró las manos y le sorprendió que no le temblaran.

Por primera vez desde hacía días, pensaba con claridad. Sabía exactamente lo que tenía que hacer. No sabía cómo conseguirlo. Las posibilidades de morir eran muy elevadas, pero tenía que intentarlo. La vida de Hazel dependía de él.

Sujetó la espada de Hazel a su cinturón, transformó su mochila en un carcaj y un arco, y corrió hacia la *piazza* donde había luchado contra los monstruos vacunos.

El plan constaba de tres fases: una peligrosa, otra muy peligrosa y otra terriblemente peligrosa.

Frank se detuvo ante el viejo pozo de piedra. No había catoblepas a la vista. Desenvainó la espada de Hazel y la usó para levantar unos adoquines y desenterrar una gran maraña de raíces cubiertas de púas. Los zarcillos se desplegaron y desprendieron sus hediondos gases verdes a medida que se deslizaban hacia los pies de Frank.

A lo lejos, el gemido de un catoblepas resonó en el aire. Otros se unieron a él desde distintos puntos. Frank ignoraba cómo los monstruos podían saber que estaba recolectando su comida favorita; tal vez simplemente tenían un excelente olfato.

Ahora tenía que moverse rápido. Cortó un largo racimo de enredaderas y las entrelazó en una de las presillas de su cinturón, tratando de hacer caso omiso del escozor y el picor que notaba en las manos. Pronto tenía un lazo reluciente y apestoso de hierbajos venenosos. Bravo.

Los primeros catoblepas entraron pesadamente en la *piazza* rugiendo airadamente. Sus ojos verdes brillaban bajo sus melenas. Sus largos hocicos expulsaban nubes de gas, como motores de vapor peludos.

Frank colocó una flecha en el arco. Le remordió la conciencia por un instante. Esos no eran los peores monstruos con los que se había topado. Eran básicamente animales de pastoreo que por casualidad eran venenosos.

«Hazel se está muriendo por su culpa», se recordó a sí mismo.

Lanzó la flecha por los aires. El catoblepas más cercano se desplomó y se redujo a polvo. Colocó otra flecha en el arco, pero el resto de la manada estaba prácticamente encima suyo. Otros monstruos estaban entrando a toda velocidad en la plaza en la dirección opuesta.

Frank se transformó en león. Rugió en actitud desafiante y saltó hacia el pasaje abovedado justo por encima de las cabezas de la segunda manada. Los dos grupos de catoblepas chocaron unos contra otros, pero rápidamente se recobraron y corrieron tras él.

Frank no estaba seguro de si las raíces seguirían oliendo cuando cambiara de forma. Normalmente su ropa y sus posesiones se fundían en cierta medida con la forma del animal, pero por lo visto su olor seguía siendo el de una suculenta cena venenosa. Cada vez que pasaba corriendo por delante de un catoblepas, el monstruo rugía ultrajado y se unía al desfile de linchamiento.

Se metió en una calle más grande y se abrió paso a empujones entre la multitud de turistas. No tenía ni idea de lo que veían los mortales: ¿un gato perseguido por una jauría de perros? La gente insultaba a Frank en una docena de idiomas distintos. Cucuruchos de helado volaron por los aires. Una mujer volcó un montón de máscaras de carnaval. Un tipo se cayó al canal.

Cuando Frank miró atrás, vio por lo menos a dos docenas de monstruos detrás de él, pero necesitaba más. Necesitaba a todos los monstruos de Venecia, y tenía que mantener enfurecidos a los que lo seguían.

Encontró un hueco entre el gentío y se convirtió otra vez en humano. Desenvainó la *spatha* de Hazel; nunca había sido su arma favorita, pero era lo bastante grande y fuerte para sentirse cómodo con la pesada espada de caballería. De hecho, se alegró de contar con un arma adicional. Lanzó una estocada con la hoja dorada, destruyó al primer catoblepas y dejó que los demás se apretujaran delante de él.

Trató de evitar sus ojos, pero podía notar su ardiente mirada clavada en él. Se imaginaba que si todos esos monstruos le expulsaban su aliento al mismo tiempo, la nube nociva conjunta bastaría para derretirlo y reducirlo a un charco. Los monstruos avanzaban en tropel y se golpeaban unos a otros.

—¿Queréis mis raíces venenosas? —gritó Frank—. ¡Pues venid a por ellas!

Se convirtió en delfín y saltó al canal. Esperaba que los catoblepas no supieran nadar. Por lo menos se mostraron reacios a zambullirse detrás de él, cosa que no extrañó a Frank. El canal era asqueroso —maloliente, salado y caliente como una sopa—, pero Frank se abrió paso a través de él, sorteando góndolas y lanchas motoras, y deteniéndose de vez en cuando a insultar a los monstruos que lo seguían por las aceras. Cuando llegó al muelle de góndolas más cercano, adoptó otra vez forma humana, acuchilló a unos cuantos catoblepas más para mantenerlos cabreados y echó a correr.

Y así continuaron.

Al cabo de un rato, Frank se sumió en una especie de trance. Atrajo más monstruos, dispersó más grupos de turistas y llevó su para entonces enorme comparsa de catoblepas por las sinuosas calles de la antigua ciudad. Cada vez que necesitaba escapar rápidamente, se zambullía en un canal convertido en delfín o se transformaba en águila y alzaba el vuelo, pero nunca se alejaba demasiado de sus perseguidores.

Cada vez que intuía que los monstruos podían estar perdiendo el interés, se paraba en un tejado, sacaba su arco y liquidaba a unos cuantos catoblepas del centro de la manada. Sacudía su lazo de enredaderas venenosas, lanzaba improperios contra el mal aliento de los monstruos y los ponía hechos una furia. A continuación, seguía corriendo.

Desanduvo el camino. Se extravió. En una ocasión dobló una esquina y se tropezó con la cola de la turba de monstruos. Debería haber estado agotado, pero de algún modo encontró las fuerzas para seguir adelante, lo cual era bueno. La parte más difícil todavía no había llegado.

Vio un par de puentes, pero no le parecieron adecuados. Uno era elevado y estaba totalmente cubierto; no había forma de conseguir que los monstruos lo cruzaran. Otro estaba demasiado lleno de turistas. Aunque los monstruos obviaran a los mortales, el gas nocivo no podía sentarle bien a nadie que lo aspirara. Cuanto más aumentaba la manada de monstruos, más mortales se veían apartados a empujones, lanzados al agua o pisoteados.

Finalmente Frank vio algo que podía dar resultado. Justo enfrente, detrás de una gran *piazza*, un puente de madera cruzaba uno de los canales más anchos. El puente era un arco de madera enrejado, como una anticuada montaña rusa, de unos cincuenta metros de largo.

Desde arriba, bajo la forma de un águila, Frank no vio monstruos en el lado opuesto. Todos los catoblepas de Venecia parecían haberse unido a la manada y se abrían paso a empujones por las calles detrás de él mientras los turistas gritaban y se dispersaban, pensando tal vez que se habían quedado atrapados en mitad de una estampida de perros extraviados.

En el puente no había tráfico de peatones. Era perfecto.

Frank descendió como una piedra y adoptó de nuevo forma humana. Corrió al centro del puente —un cuello de botella natural— y lanzó su cebo de raíces venenosas al suelo detrás de él.

Cuando la vanguardia de la manada de catoblepas llegó a la base del puente, Frank desenvainó la *spatha* dorada de Hazel.

—¡Vamos! —gritó—. ¿Queréis saber lo que vale Frank Zhang? ¡Vamos!

Se dio cuenta de que no solo estaba gritando a los monstruos. Se estaba desahogando después de semanas de miedo, ira y rencor. Las voces de Marte y Ares gritaban con él.

Los monstruos atacaron. La vista de Frank se tiñó de rojo.

Luego no podría recordar con claridad los detalles. Partió monstruos hasta que estuvo cubierto de polvo amarillo hasta los tobillos. Cada vez que se sentía abrumado y que las nubes de polvo empezaban a ahogarlo, cambiaba de forma —se convirtió en un elefante, un dragón y un león—, y cada transformación le despejaba los pulmones y le brindaba energías renovadas. Alcanzó tal fluidez en sus transformaciones que podía iniciar un ataque bajo forma humana con la espada y terminar como león, arañando el morro de un catoblepas con sus garras.

Los monstruos daban patadas con sus pezuñas. Expulsaban gas nocivo y miraban fijamente a Frank con sus ojos venenosos. Debería haber muerto. Debería haber acabado pisoteado. Pero de algún modo siguió en pie, ileso, y desató un huracán de violencia.

No disfrutó de ello en lo más mínimo, pero tampoco vaciló. Acuchillaba a un monstruo y decapitaba a otro. Se convirtió en dragón y partió por la mitad a un catoblepas de un mordisco, y luego se transformó en elefante y pisoteó a tres al mismo tiempo con sus patas. Seguía viendo rojo, y se dio cuenta de que no le engañaba la vista. En realidad brillaba, rodeado de un aura rosada.

No entendía por qué, pero siguió luchando hasta que solo quedó un monstruo.

Frank se enfrentó a él con la espada desenvainada. Estaba sin aliento, sudoroso y cubierto de polvo de monstruo, pero estaba sano y salvo.

El catoblepas gruñó. No debía de ser el monstruo más listo de todos. A pesar de que varios cientos de sus hermanos habían muerto, no se echó atrás.

—¡Marte! —gritó Frank—. He demostrado mi valía. ¡Ahora necesito una serpiente!

Frank dudaba que alguien hubiera gritado esas palabras antes. Era una petición un poco rara. No obtuvo respuesta del cielo. Por una vez, las voces de su cabeza permanecieron calladas.

El catoblepas se impacientó. Se abalanzó sobre Frank y no le dejó alternativa. Frank lanzó una estocada hacia arriba. Cuando la hoja de su arma alcanzó al monstruo, este desapareció emitiendo un destello de luz de color rojo sangre. Cuando a Frank se le aclaró la vista, encontró una pitón birmana marrón con motas enroscada a sus pies.

—Bien hecho —dijo una voz familiar.

A varios metros de distancia se encontraba su padre, Marte, con una boina roja, un uniforme militar color oliva con la insignia de las Fuerzas Especiales Italianas y un rifle de asalto colgado del hombro. Tenía un rostro duro y anguloso, y llevaba los ojos tapados con unas gafas de sol oscuras.

—Padre —logró decir.

No podía creer lo que acababa de hacer. El terror empezó a apoderarse de él. Tenía ganas de llorar, pero supuso que no sería buena idea hacerlo delante de Marte.

—Es normal sentir miedo. —La voz del dios de la guerra era sorprendentemente cálida, rebosante de orgullo—. Todos los grandes guerreros tienen miedo. Solo los tontos y los que se engañan a sí mismos no lo tienen. Pero tú te has enfrentado a tu miedo, hijo mío. Has hecho lo que tenías que hacer, como Horacio. Este era tu puente, y lo has defendido.

—Yo… —Frank no sabía qué decir—. Yo… yo solo necesitaba una serpiente.

Un esbozo de sonrisa tiró de las comisuras de los labios de Marte.

—Sí. Y ya tienes una. Tu valentía ha unido mis facetas griega y romana, aunque solo sea por un momento. Vete. Salva a tus amigos. Pero escúchame, Frank: tu mayor prueba todavía no ha llegado. Cuando te enfrentes a los ejércitos de Gaia en Epiro, tu liderazgo…

De repente el dios se inclinó agarrándose la cabeza. Su silueta parpadeó. Su uniforme se convirtió en una toga y luego en una cazadora de motorista y unos vaqueros. Su rifle se transformó en una espada y luego en un lanzacohetes.

—¡Qué tormento! —rugió Marte—. ¡Vete! ¡Deprisa!

Frank no hizo preguntas. A pesar del agotamiento, se convirtió en un águila gigante, recogió la pitón con sus enormes garras y se lanzó al cielo.

Cuando miró atrás, un hongo nuclear en miniatura brotó del centro del puente, unos anillos de fuego se desplazaron hacia fuera, y un par de voces —Marte y Ares— gritaron:

—¡Nooo!

Frank no estaba seguro de lo que había pasado, pero no tenía tiempo para pensarlo. Sobrevoló la ciudad —ahora totalmente desprovista de monstruos— y se dirigió a la casa de Triptólemo.

—¡Has encontrado una! —exclamó el dios agricultor.

Frank no le hizo caso. Entró en la Casa Nera como un huracán, arrastrando la pitón por la cola como un extrañísimo saco de Santa Claus, y la soltó al lado de la cama.

Se arrodilló junto a Hazel.

Seguía viva; estaba verde y temblorosa, apenas respiraba, pero seguía viva. En cuanto a Nico, seguía siendo una planta de maíz.

—Cúralos —dijo Frank—. Ahora.

Triptólemo se cruzó de brazos.

—¿Cómo sé que la serpiente funcionará?

Frank apretó los dientes. Desde la explosión del puente, las voces del dios de la guerra habían dejado de sonar en su cabeza, pero todavía sentía su ira conjunta agitándose dentro de él. También se sentía distinto físicamente. ¿Triptólemo había encogido?

—La serpiente es un regalo de Marte —gruñó Frank—. Funcionará.

En el momento justo, la pitón birmana se acercó reptando al carro y se enroscó alrededor de la rueda derecha. La otra serpiente se despertó. Las dos se miraron, se tocaron el hocico e hicieron girar sus ruedas a la vez. El carro avanzó muy lentamente mientras sus alas se agitaban.

—¿Lo ves? —dijo Frank—. ¡Y ahora, cura a mis amigos!

Triptólemo se tocó la barbilla.

—Vaya, gracias por la serpiente, pero no estoy seguro de que me guste tu tono, semidiós. Puede que te convierta en…

Frank fue más rápido. Se abalanzó sobre Trip y lo estampó contra la pared, rodeando firmemente la garganta del dios con los dedos.

—Piensa en las siguientes palabras que vas a decir —advirtió Frank, con una calma mortífera—. O en lugar de convertir mi espada en la reja de un arado, te daré con ella en la cabeza.

Triptólemo tragó saliva.

—¿Sabes…? Creo que curaré a tus amigos.

—Júralo por la laguna Estigia.

—Lo juro por la laguna Estigia.

Frank lo soltó. Triptólemo se tocó el cuello, como para asegurarse de que seguía allí. Dedicó a Frank una sonrisa nerviosa, lo rodeó lentamente y se escabulló a la sala de estar.

—¡Voy… voy a recoger unas hierbas!

Frank observó como el dios cogía hojas y raíces y las machacaba en un mortero. Hizo una bola del tamaño de una píldora con una viscosa sustancia verde y corrió al lado de Hazel. Colocó la bola debajo de la lengua de Hazel.

Enseguida la chica se estremeció y se incorporó. Sus ojos se abrieron de golpe. El matiz verdoso de su piel desapareció.

Miró a su alrededor, desconcertada, hasta que vio a Frank.

—¿Qué…?

Frank se abalanzó sobre ella y la abrazó.

—Te pondrás bien —le dijo con tono vehemente—. Todo va bien.

—Pero… —Hazel lo agarró por los hombros y lo miró fijamente, asombrada—. Frank, ¿qué te ha pasado?

—¿A mí? —Se levantó, súbitamente cohibido—. Yo no…

Se miró los pies y comprendió a qué se refería. Triptólemo no había encogido. Frank era más alto. Su barriga se había reducido. Su pecho parecía más abultado.

Frank había experimentado estirones con anterioridad. En una ocasión se había despertado dos centímetros más alto que cuando se había acostado. Pero esa vez era algo de locos. Era como si una parte del dragón y del león hubieran permanecido en él cuando había vuelto a adoptar forma humana.

—Ah… Yo no… A lo mejor puedo arreglarlo.

Hazel se rió alborozada.

—¿Por qué? ¡Estás increíble!

—¿De… de verdad?

—¡Ya eras guapo antes! Pero pareces mayor, y más alto, y tienes un aire muy distinguido…

Triptólemo dejó escapar un suspiro teatral.

—Sí, evidentemente se trata de una bendición de Marte. Enhorabuena, bla, bla, bla. Y ahora, si ya hemos terminado…

Frank le lanzó una mirada furibunda. .

—No hemos terminado. Cura a Nico.

El dios granjero puso los ojos en blanco. Señaló la planta de maíz con el dedo y, ¡BAM!, Nico di Angelo apareció en medio de una explosión de barbas de maíz.

Nico miró a su alrededor presa del pánico.

—He… he tenido una pesadilla rarísima sobre palomitas de maíz. —Miró a Frank con el entrecejo fruncido—. ¿Por qué estás más alto?

—No pasa nada —le aseguró Frank—. Triptólemo estaba a punto de decirnos cómo sobrevivir en la Casa de Hades. ¿Verdad que sí, Trip?

El dios granjero alzó la vista al techo, como diciendo: «¿Por qué yo, Deméter?».

—Está bien —dijo Trip—. Cuando lleguéis a Epiro os ofrecerán un cáliz para que bebáis.

—¿Quién nos lo ofrecerá? —preguntó Nico.

—No importa —le espetó el dios—. Solo tenéis que saber que está lleno de veneno mortal.

Hazel se estremeció.

—Entonces estás diciendo que no debemos beberlo.

—¡No! —dijo Trip—. Debéis beberlo, o no podréis recorrer el templo. El veneno te conecta con el mundo de los muertos, te per-

143

mite pasar a los niveles inferiores. El secreto para sobrevivir es —los ojos le brillaron— la cebada.

Frank lo miró fijamente.

—Cebada.

—En la sala de estar, coged de mi cebada especial. Preparad pastelitos con ella. Coméoslos antes de entrar en la Casa de Hades. La cebada absorberá la peor parte del veneno, de modo que os afectará, pero no os matará.

—¿Eso es todo? —preguntó Nico—. ¿Hécate nos ha hecho recorrer media Italia para que nos digas que comamos cebada?

—¡Buena suerte! —Triptólemo atravesó la estancia corriendo y subió a su carro de un salto—. Y una cosa más, Frank Zhang: ¡te perdono! Tienes agallas. Si cambias de opinión, mi oferta sigue en pie. ¡Me encantaría ver que obtienes el título de agricultura!

—Sí —murmuró Frank—. Gracias.

El dios tiró de una palanca del carro. Las ruedas con serpientes empezaron a girar. Las alas se agitaron. Las puertas del garaje se abrieron al fondo de la estancia.

—¡Oh, vuelvo a tener transporte! —gritó Trip—. Muchas tierras ignorantes que necesitan mis conocimientos. ¡Les enseñaré los beneficios del cultivo, la irrigación y la fertilización! —El carro despegó y salió volando de la casa, mientras Triptólemo gritaba al cielo—. ¡Vamos, serpientes mías! ¡Vamos!

—Qué cosa más rara —dijo Hazel.

—Los beneficios de la fertilización. —Nico se quitó unas barbas de maíz del hombro—. ¿Podemos largarnos ya?

Hazel posó la mano en el hombro de Frank.

—¿De verdad estás bien? Has canjeado nuestras vidas. ¿Qué te ha hecho hacer Triptólemo?

Frank trató de mantener la compostura. Se regañó a sí mismo por sentirse tan débil. Podía enfrentarse a un ejército de monstruos, pero en cuanto Hazel le mostraba un poco de amabilidad, le entraban ganas de romper a llorar.

—Esos monstruos… Los catoblepas que te envenenaron… He tenido que destruirlos.

—Qué valiente —dijo Nico—. Debían de quedar seis o siete en la manada.

—No. —Frank carraspeó—. A todos. He matado a todos los que había en la ciudad.

Nico y Hazel se lo quedaron mirando en silencio, anonadados. Frank temía que no lo creyeran o que se echaran a reír. ¿Cuántos monstruos había matado en el puente? ¿Doscientos? ¿Trescientos?

Pero advirtió en sus ojos que lo creían. Ellos eran hijos del inframundo. Tal vez podían percibir la muerte y la masacre a través de las que se había abierto paso.

Hazel le dio un beso en la mejilla. Ahora tenía que ponerse de puntillas para hacerlo. Tenía unos ojos increíblemente tristes, como si se hubiera dado cuenta de que algo había cambiado en Frank: algo mucho más importante que su estirón físico.

Frank también lo sabía. No volvería a ser el mismo. Pero no sabía si era algo bueno.

—Bueno —dijo Nico, para romper la tensión—, ¿alguien sabe cómo es la cebada?

XXI

Annabeth

Annabeth decidió que los monstruos no la matarían. Ni tampoco la atmósfera venenosa, ni el traicionero paisaje con sus fosos, sus acantilados y sus rocas puntiagudas.

No. Lo más probable es que muriera de una sobredosis de situaciones raras que le harían explotar el cerebro.

Primero, ella y Percy habían tenido que beber fuego para seguir con vida. Luego habían sido atacados por una pandilla de vampiras encabezadas por una animadora a la que Annabeth había matado dos años antes. Por último, los había rescatado un titán vestido de conserje llamado Bob que tenía el pelo de Einstein, los ojos plateados y unas increíbles dotes con la escoba.

Claro. ¿Por qué no?

Seguían a Bob a través del terreno baldío, sin desviarse del curso del Flegetonte, hacia el oscuro frente de tormenta. De vez en cuando se detenían a beber agua de fuego, que los mantenía con vida, pero a Annabeth no le entusiasmaba. Tenía la garganta como si continuamente estuviera haciendo gárgaras con ácido de batería.

Su único consuelo era Percy. Cada cierto tiempo él la miraba y sonreía, o le apretaba la mano. Debía de estar tan asustado y desconsolado como ella, pero sus intentos por hacerla sentir mejor embargaban a Annabeth de amor hacia él.

—Bob sabe lo que hace —aseguró Percy.

—Tienes unos amigos muy interesantes —murmuró Annabeth.

—¡Bob es interesante! —El titán se volvió y sonrió—. ¡Gracias! El grandullón tenía buen oído. Annabeth tenía que acordarse.

—Bueno, Bob... —Trató de mostrarse despreocupada y cordial, cosa que no resultaba fácil con la garganta quemada por el agua de fuego—. ¿Cómo has llegado al Tártaro?

—Salté —contestó él, como si fuera evidente.

—¿Saltaste al Tártaro porque Percy pronunció tu nombre? —dijo ella.

—Me necesitaba. —Sus ojos plateados brillaban en la oscuridad—. No pasa nada. Estaba cansado de barrer el palacio. ¡Vamos! Estamos a punto de llegar a una parada para descansar.

«Una parada para descansar.»

Annabeth no se imaginaba lo que esas palabras significaban en el Tártaro. Recordaba todas las ocasiones en las que Luke, Thalia y ella habían empleado las paradas para descansar cuando eran semidioses sin hogar y trataban de sobrevivir.

Adondequiera que Bob los llevara, esperaba que hubiera servicios limpios y una máquina expendedora de aperitivos. Contuvo la risa tonta. Sí, decididamente se le estaba yendo la cabeza.

Annabeth avanzó cojeando, tratando de hacer caso omiso a los rugidos de su estómago. Observó la espalda de Bob mientras los llevaba hacia la pared de oscuridad, situada ya a solo unos cientos de metros de distancia. Su mono de conserje azul estaba rasgado entre los omóplatos, como si alguien hubiera intentado apuñalarlo. Unos trapos para limpiar sobresalían de su bolsillo. En su cinturón se balanceaba una botella con pulverizador, y el líquido azul que contenía chapoteaba de forma hipnótica.

Annabeth recordó la historia del encuentro de Percy con el titán. Thalia Grace, Nico di Angelo y Percy habían unido fuerzas para vencer a Bob en las orillas del Lete. Cuando el titán se quedó sin memoria, no tuvieron el valor de matarlo. Se volvió tan amable, encantador y servicial que lo dejaron en el palacio de Hades, donde Perséfone prometió que sería atendido.

Al parecer, el rey y la reina del inframundo pensaban que «atender» a alguien significaba darle una escoba y hacerle barrer la porquería que ellos dejaban. Annabeth se preguntaba cómo Hades podía ser tan insensible. Ella nunca se había compadecido de un titán, pero no le parecía bien acoger a un inmortal amnésico y convertirlo en un conserje no remunerado.

«No es tu amigo», se recordó.

Le aterraba que de repente Bob se acordara de quién era. El Tártaro era el lugar al que los monstruos iban a regenerarse. ¿Y si le devolvía la memoria? Si se convertía otra vez en Jápeto… Annabeth había visto cómo había lidiado con las *empousai*. Annabeth no tenía ninguna arma. Ella y Percy no estaban en condiciones de luchar contra un titán.

Miró con nerviosismo el mango de la escoba de Bob, preguntándose cuánto tardaría la punta de la lanza escondida en asomar y apuntarla a ella.

Seguir a Bob a través del Tártaro era un riesgo terrible. Lamentablemente, no se le ocurría un plan mejor.

Se abrieron camino con cuidado a través del ceniciento terreno baldío mientras arriba, en las nubes venenosas, brillaban relámpagos rojos. Otro bonito día en la mazmorra de la creación. Annabeth no podía ver muy lejos por culpa del aire brumoso, pero, cuanto más andaban, más convencida estaba de que todo el paisaje era una curva hacia abajo.

Había oído descripciones contradictorias del Tártaro. Que si era un pozo sin fondo. Que si era una fortaleza rodeada por muros de latón. En realidad no era más que un vacío infinito.

Una de las historias lo describía como lo opuesto al cielo: una enorme bóveda de roca hueca e invertida. Parecía la versión más exacta, aunque si el Tártaro era una bóveda, Annabeth se la imaginaba como el cielo: sin un final real, hecho de múltiples capas, cada una más oscura y menos acogedora que la anterior.

Y ni siquiera eso se acercaba a la verdad…

Pasaron por delante de una ampolla en el suelo: una burbuja translúcida del tamaño de un microbús. Acurrucado en su interior se hallaba el cuerpo medio formado de un drakon. Bob atravesó la burbuja sin pensarlo dos veces. La ampolla estalló en un géiser de baba amarilla y humeante, y el drakon se disolvió.

Bob siguió andando.

«Los monstruos son granos en la piel del Tártaro», pensó Annabeth. Se estremeció. A veces deseaba no tener tanta imaginación, ya que estaba segura de que estaban andando sobre un ser vivo. El paisaje sinuoso —la bóveda, el pozo o lo que fuese— era el cuerpo del dios Tártaro: la más antigua encarnación del mal. Del mismo modo que Gaia habitaba la superficie de la tierra, Tártaro habitaba el pozo.

Si ese dios se percataba de que estaban caminando por encima de su piel, como pulgas sobre un perro… Basta. Se acabó pensar.

—Aquí —dijo Bob.

Se detuvieron en lo alto de una cumbre. Debajo de ellos, en una depresión resguardada que parecía un cráter lunar, había un círculo de columnas de mármol negras rotas alrededor de un oscuro altar de piedra.

—El santuario de Hermes —explicó Bob.

Percy frunció el entrecejo.

—¿Un santuario de Hermes en el Tártaro?

Bob se rió de regocijo.

—Sí. Se cayó de alguna parte hace mucho. Tal vez del mundo de los mortales. Tal vez del Olimpo. De todas formas, los monstruos lo evitan. Casi todos.

—¿Cómo sabías que estaba aquí? —preguntó Annabeth.

La sonrisa de Bob se desvaneció. Tenía una mirada vacía en los ojos.

—No me acuerdo.

—Tranquilo —dijo Percy rápidamente.

A Annabeth le entraron ganas de darse una patada. Antes de que Bob se convirtiera en Bob, había sido Jápeto el titán. Como todos sus hermanos, había estado encerrado en el Tártaro una eternidad. Evidentemente, conocía el lugar. Si se acordaba de ese santuario, podía ser que empezara a recordar otros detalles de su antigua cárcel y su antigua vida. Eso no sería bueno.

Treparon al interior del cráter y entraron en el círculo de columnas. Annabeth se desplomó sobre una plancha de mármol rota, demasiado agotada para dar un paso más. Percy se quedó a su lado en actitud protectora, escudriñando el entorno. El frente de tormenta negro se encontraba a menos de treinta metros de distancia y lo oscurecía todo delante de ellos. El borde del cráter les tapaba el terreno baldío situado detrás. Allí estarían bien escondidos, pero si los monstruos se tropezaban con ellos, lo harían sin avisar.

—Has dicho que alguien nos estaba persiguiendo —dijo Annabeth—. ¿Quién?

Bob pasó su escoba alrededor de la base del altar, agachándose de vez en cuando para examinar el terreno en busca de algo.

—Sí, nos están siguiendo. Saben que estáis aquí. Gigantes y titanes. Los vencidos. Lo saben.

«Los vencidos...»

Annabeth trató de dominar su miedo. ¿Contra cuántos titanes y gigantes habían luchado ella y Percy a lo largo de los años? Cada uno de ellos les había parecido un desafío imposible. Si todos estaban allí abajo, en el Tártaro, y si estaban buscando seriamente a Percy y Annabeth...

—¿Por qué paramos, entonces? —preguntó ella—. Deberíamos seguir adelante.

—Pronto —dijo Bob—. Los mortales necesitan descansar. Este es un buen sitio. El mejor sitio para... Oh, el camino es muy largo. Yo os vigilaré.

Annabeth lanzó una mirada a Percy y le transmitió un mensaje silencioso: «Oh, no». Andar con un titán ya era bastante grave. Dormirte mientras el titán te vigilaba... No hacía falta ser hija de Atenea para saber que era una enorme imprudencia.

—Duerme tú —le dijo Percy—. Yo haré la primera guardia con Bob.

Bob asintió rugiendo.

—Bien. ¡Cuando te despiertes, habrá comida!

A Annabeth se le revolvió el estómago al oír hablar de comida. No lograba imaginar cómo Bob podría conseguir comida en medio del Tártaro. A lo mejor también era empleado de catering además de conserje.

Ella no quería dormir, pero todo su cuerpo la delataba. Los párpados le pesaban.

—Despiértame para la segunda guardia, Percy. No te hagas el héroe.

Él le dedicó aquella sonrisa que ella había llegado a adorar.

—¿Quién, yo?

La besó con los labios resecos y llenos de un calor febril.

—Duerme.

Annabeth se sintió como si estuviera otra vez en la cabaña de Hipnos del Campamento Mestizo, invadida por el sopor. Se acurrucó en el terreno duro y cerró los ojos.

XXII

Annabeth

Más tarde tomó una decisión: nunca JAMÁS dormir en el Tártaro.

Los sueños de los semidioses siempre eran malos. Incluso en la seguridad de su litera en el campamento había tenido horribles pesadillas. Pero en el Tártaro eran mil veces más vívidas.

Primero, volvía a ser una niña, subiendo con dificultad la colina mestiza. Luke Castellan la llevaba a rastras cogida de la mano. Su guía, el sátiro Grover Underwood, saltaba en la cumbre, gritando:

—¡Deprisa! ¡Deprisa!

Thalia Grace estaba detrás de ellos, conteniendo un ejército de perros del infierno con su terrorífico escudo, *Égida*.

Desde la cima de la colina, Annabeth vio el campamento en el valle: las cálidas luces de las cabañas, la posibilidad de refugiarse. Tropezó y se torció el tobillo, y Luke la cogió en brazos. Cuando miraron atrás, los monstruos estaban solo a varios metros de distancia: docenas de ellos rodeaban a Thalia.

—¡Marchaos! —gritó Thalia—. ¡Yo los entretendré!

La chica blandió su lanza, y un relámpago en zigzag atravesó las filas de monstruos, pero cuando los perros infernales cayeron, otros los sustituyeron.

—¡Tenemos que huir! —gritó Grover.

Enfiló hacia el campamento. Le seguía Luke, que llevaba en brazos a Annabeth; ella lloraba, le golpeaba el pecho y le gritaba que no podían dejar sola a Thalia. Pero era demasiado tarde.

La escena varió.

Annabeth era mayor y ascendía hasta la cumbre de la colina mestiza. Donde Thalia había luchado por última vez ahora se alzaba un alto pino. En el cielo bramaba una tormenta.

Un trueno sacudió el valle. Un relámpago partió el árbol hasta las raíces y abrió una grieta humeante. Abajo, en la oscuridad, estaba Reyna, la pretora de la Nueva Roma. Su capa era del color de la sangre fresca de una vena. Su armadura de oro relucía. Alzó la vista, con rostro regio y distante, y habló directamente a la mente de Annabeth.

Lo habéis hecho bien, dijo Reyna, pero hablaba con la voz de Atenea. *El resto de mi viaje transcurrirá en las alas de Roma.*

Los ojos oscuros de la pretora se volvieron grises como nubarrones.

Debo quedarme aquí, le dijo Reyna. *Los romanos deben llevarme.*

La colina se sacudió. El suelo se onduló y la hierba se convirtió en pliegues de seda: el vestido de una enorme diosa. Gaia se alzó sobre el Campamento Mestizo; su rostro soñoliento era del tamaño de una montaña.

Manadas de perros infernales treparon por las colinas. Gigantes, Nacidos de la Tierra (con seis brazos) y cíclopes salvajes arremetieron desde la playa, derribaron el pabellón comedor y prendieron fuego a las cabañas y la Casa Grande.

Deprisa, dijo la voz de Atenea. *El mensaje debe ser enviado.*

El suelo se partió a los pies de Annabeth y cayó en la oscuridad.

Abrió los ojos de golpe. Gritó, agarrando los brazos de Percy. Seguía en el Tártaro, en el santuario de Hermes.

—Tranquila —dijo Percy—. ¿Pesadillas?

El cuerpo de Annabeth se estremeció de miedo.

—¿Me... me toca hacer guardia?

—No, no. No hace falta. Te dejaré dormir.

—¡Percy!

—Eh, no te preocupes. Además, estoy demasiado exaltado para dormir. Mira.

Bob el titán estaba sentado con las piernas cruzadas al lado del altar, masticando alegremente un trozo de pizza.

Annabeth se frotó los ojos, preguntándose si seguía soñando.

—¿Es eso… pepperoni?

—Ofrendas dejadas en el altar —dijo Percy—. Sacrificios a Hermes del mundo de los mortales, supongo. Aparecieron en una nube de humo. Tenemos medio perrito caliente, uvas, un plato de rosbif y una bolsa de M&Ms.

—¡Los M&Ms para Bob! —dijo Bob alegremente—. Si os parece bien.

Annabeth no protestó. Percy le llevó el plato de rosbif, y ella se lo zampó. En su vida había probado algo tan rico. La carne seguía caliente, con la misma cobertura dulce y sabrosa que la de la barbacoa del Campamento Mestizo.

—Lo sé —dijo Percy, descifrando su expresión—. Creo que es del Campamento Mestizo.

A Annabeth la embargó la nostalgia. En cada comida, los campistas quemaban una parte de su comida para rendir homenaje a sus padres divinos, pero Annabeth nunca había pensado adónde iba a parar la comida cuando se quemaba. Tal vez las ofrendas volvían a aparecer en los altares de los dioses en el Olimpo… o incluso allí, en medio del Tártaro.

—M&Ms —dijo Annabeth—. Connor Stoll siempre quemaba una bolsa por su padre en la cena.

Recordó estar sentada en el pabellón comedor, contemplando la puesta de sol sobre el estrecho de Long Island. Era el primer lugar en el que ella y Percy se habían besado. Los ojos le empezaron a escocer.

Percy le posó la mano en el hombro.

—Eh, es una buena noticia. Comida de casa, ¿no?

Ella asintió con la cabeza. Terminaron de comer en silencio.

Bob masticó los últimos M&Ms.

—Debemos irnos. Llegarán dentro de unos minutos.

—¿Unos minutos?

Annabeth alargó la mano para coger su daga, pero se acordó de que no la tenía.

—Sí…, bueno, creo que minutos… —Bob se rascó su cabello plateado—. El tiempo es difícil de calcular en el Tártaro. No es igual.

Percy se acercó lentamente al borde del cráter. Miró en la dirección por la que habían venido.

—No veo nada, pero eso no significa gran cosa. Bob, ¿de qué gigantes estamos hablando? ¿De qué titanes?

Bob gruñó.

—No sé cómo se llaman. Seis, puede que siete. Puedo percibirlos.

—¿Seis o siete? —Annabeth no estaba segura de que no fuera a vomitar lo que había comido—. ¿Y ellos pueden percibirte a ti?

—No lo sé. —Bob sonrió—. ¡Bob es distinto! Pero sí que huelen a los semidioses. Vosotros dos tenéis un olor muy fuerte. En el buen sentido. Como… Mmm. ¡Como pan untado con mantequilla!

—Pan untado con mantequilla —dijo Annabeth—. Genial.

Percy regresó al altar.

—¿Es posible matar a un gigante en el Tártaro? Quiero decir, sin ayuda de ningún dios.

Miró a Annabeth como si ella tuviera respuesta a la pregunta.

—No lo sé, Percy. Viajar por el Tártaro, matar monstruos aquí… Nunca antes se ha hecho. Tal vez Bob pueda ayudarnos a matar a un gigante. Tal vez un titán cuente como un dios. No lo sé.

—Sí —dijo Percy—. Vale.

Annabeth podía advertir la preocupación en los ojos de él. Durante años, Percy había dependido de ella para hallar respuestas. Y ahora, cuando más la necesitaba, ella no podía ayudarle. No soportaba estar tan perdida, pero nada de lo que había aprendido en el campamento la había preparado para el Tártaro. Solo estaba segura de una cosa: tenían que seguir avanzando. No podían dejarse atrapar por seis o siete inmortales hostiles.

Se levantó, todavía desorientada a causa de las pesadillas. Bob empezó a limpiar, recogiendo la basura en un montoncito y usando la botella con pulverizador para limpiar el altar.

—¿Adónde vamos ahora? —preguntó Annabeth.

Percy señaló el oscuro muro tormentoso.

—Bob dice que en esa dirección. Al parecer, las Puertas de la Muerte…

—¿Se lo has dicho?

Annabeth no pretendía hablar con tanta aspereza, pero Percy hizo una mueca.

—Mientras tú dormías —reconoció él—. Bob puede ayudarnos, Annabeth. Necesitamos un guía.

—¡Bob ayuda! —convino Bob—. A las Tierras Oscuras. Las Puertas de la Muerte… Hum, no sería buena idea ir directos. Hay demasiados monstruos reunidos allí. Ni siquiera Bob podría barrer a tantos. Matarían a Percy y a Annabeth en dos segundos. —El titán frunció el entrecejo—. Sí, creo que segundos. El tiempo es difícil de calcular en el Tártaro.

—Vale —masculló Annabeth—. Entonces ¿hay otro camino?

—Esconderse —dijo Bob—. La Niebla de la Muerte podría ocultaros.

—Ah… —De repente Annabeth se sintió muy pequeña a la sombra de un titán—. ¿Qué es la Niebla de la Muerte?

—Es peligrosa —contestó Bob—. Pero si la señora os concediera la Niebla de la Muerte, podría ocultaros. Si pudiéramos evitar a la Noche… La señora está muy cerca de la Noche. Eso no es bueno.

—La señora —repitió Percy.

—Sí. —Bob señaló delante de ellos a la negrura—. Debemos irnos.

Percy miró a Annabeth esperando consejo, pero ella no tenía ninguno que ofrecerle. Estaba pensando en su pesadilla: el árbol de Thalia hecho astillas por un relámpago, y Gaia alzándose en la ladera y desatando a sus monstruos sobre el Campamento Mestizo.

—Vale —dijo Percy—. Supongo que hablaremos con una señora sobre una Niebla de la Muerte.

—Espera —dijo Annabeth.

Le zumbaba la cabeza. Pensó en su sueño sobre Luke y Thalia. Se acordó de las historias que Luke le había contado sobre su padre Hermes: dios de los viajeros, guía de los espíritus de los muertos y dios de la comunicación.

Se quedó mirando el altar negro.

—¿Annabeth?

Percy parecía preocupado.

Ella se acercó al montón de basura y escogió una servilleta de papel lo bastante limpia.

Se acordó de la visión de Reyna en la grieta humeante, bajo las ruinas del pino de Thalia, hablando con la voz de Atenea.

Debo quedarme aquí. Los romanos deben llevarme.

Deprisa. El mensaje debe ser enviado.

—Bob —dijo—, las ofrendas quemadas en el mundo de los mortales aparecen en este altar, ¿verdad?

Bob frunció el entrecejo, incómodo, como si no estuviera preparado para un examen sorpresa.

—¿Sí?

—Entonces ¿qué pasa si quemamos algo en este altar?

—Esto...

—Tranquilo —dijo Annabeth—. No lo sabes. Nadie lo sabe porque no se ha hecho nunca.

Existía una posibilidad, pensó ella, una remotísima posiblidad de que una ofrenda quemada en ese altar apareciera en el Campamento Mestizo.

Es poco probable, pero si funcionara...

—¿Annabeth? —repitió Percy—. Estás planeando algo. Tienes la cara que pones cuando estás planeando algo.

—No pongo ninguna cara cuando planeo algo.

—Sí, ya lo creo. Arrugas la frente y aprietas los labios y...

—¿Tienes un boli? —le preguntó ella.

—Estás de coña, ¿no?

Percy sacó a *Contracorriente*.

—Sí, pero ¿puedes escribir con él?

—No… no lo sé —reconoció él—. Nunca lo he intentado.

Quitó el tapón del bolígrafo. Como siempre, se convirtió en una espada de tamaño normal. Annabeth le había visto hacerlo cientos de veces. Normalmente, cuando Percy luchaba, simplemente se deshacía del tapón. Después siempre volvía a aparecer en su bolsillo más tarde, cuando lo necesitaba. Cuando colocaba el tapón en la punta de la espada, se convertía otra vez en un bolígrafo normal.

—¿Y si colocas el tapón en el otro extremo de la espada? —propuso Annabeth—. Donde lo pondrías si fueras a escribir con el bolígrafo.

—Eh…

Percy parecía indeciso, pero acercó el tapón a la empuñadura de la espada. *Contracorriente* encogió y se convirtió otra vez en bolígrafo, pero esa vez la punta estaba descubierta.

—¿Puedo?

Annabeth se lo quitó de la mano. Alisó la servilleta contra el altar y empezó a escribir. La tinta de *Contracorriente* brillaba como el bronce celestial.

—¿Qué haces? —preguntó Percy.

—Escribo un mensaje —dijo Annabeth—. Espero que Rachel lo reciba.

—¿Rachel? —preguntó Percy—. ¿Te refieres a nuestra Rachel? ¿El oráculo de Delfos?

—La misma.

Annabeth reprimió una sonrisa.

Cada vez que sacaba a colación el nombre de Rachel, Percy se ponía nervioso. En cierto momento, Rachel había estado interesada en salir con Percy, pero ya era agua pasada. Ahora Rachel y Annabeth eran buenas amigas. Sin embargo, a Annabeth no le importaba incomodar un poco a Percy. Tienes que mantener despierto a tu novio.

Annabeth terminó la nota y dobló la servilleta. En el exterior escribió:

Connor:

Dale esto a Rachel. No es una broma. No seas idiota.
Besos,

Annabeth

Respiró hondo. Estaba pidiéndole a Rachel Dare que hiciera algo increíblemente peligroso, pero era la única forma que se le ocurría de comunicarse con los romanos: la única forma de evitar una matanza.

—Ahora solo tengo que quemarla —dijo—. ¿Alguien tiene una cerilla?

La punta de la lanza de Bob salió disparada del mango de su escoba. Echó chispas contra el altar y estalló en fuego plateado.

—Ah, gracias.

Annabeth encendió la servilleta y la dejó sobre el altar. Observó como se consumía en cenizas y se preguntó si estaba loca. ¿Podría el fuego salir del Tártaro?

—Deberíamos irnos ya —advirtió Bob—. En serio. Antes de que nos maten.

Annabeth se quedó mirando el muro de oscuridad que tenían delante. Allí, en algún lugar, había una señora que ofrecía una Niebla de la Muerte que podía ocultarlos de los monstruos: un plan recomendado por un titán, uno de sus más implacables enemigos. Otra dosis de situación extraña para hacer explotar su cerebro.

—De acuerdo —dijo—. Estoy lista.

XXIII

Annabeth

Annabeth tropezó literalmente con el segundo titán.

Después de penetrar en el frente tormentoso, anduvieron con paso lento durante lo que le parecieron horas. Contaban con la luz que desprendía la hoja de bronce celestial de Percy y con Bob, que brillaba débilmente en la oscuridad, como una especie de chiflado ángel conserje.

Annabeth solo podía ver aproximadamente un metro y medio por delante de ella. Las Tierras Oscuras le recordaban extrañamente a San Francisco, donde vivía su padre: aquellas tardes de verano cuando el banco de niebla se acercaba como relleno de embalaje frío y húmedo y engullía el barrio de Pacific Heights. La diferencia era que allí, en el Tártaro, la niebla era tan oscura que parecía hecha de tinta.

Salían rocas de la nada. Aparecían fosos a sus pies, y Annabeth no se cayó por los pelos. Unos rugidos monstruosos resonaban en la penumbra, pero Annabeth no sabía de dónde venían. Lo único de lo que estaba segura era de que el terreno seguía descendiendo.

La única dirección permitida en el Tártaro parecía ser hacia abajo. Cada vez que Annabeth desandaba un solo paso, sentía cansancio y pesadez, como si la gravedad aumentara para desanimarla. Suponiendo que todo el foso fuera el cuerpo de Tártaro, Annabeth tenía el mal presentimiento de que estaban bajando por su garganta.

Estaba tan obsesionada con la idea que no se fijó en el saliente hasta que fue demasiado tarde.

—¡Cuidado! —gritó Percy.

Intentó agarrarle el brazo, pero ella ya se había caído.

Afortunadamente, solo era una pequeña depresión. La mayor parte estaba ocupada por la ampolla de un monstruo. Cayó en blando sobre una superficie caliente y elástica, y estaba dando gracias a su suerte... cuando abrió los ojos y se encontró mirando a través de una brillante membrana dorada una cara mucho más grande.

Gritó y se agitó, y cayó del montículo de lado. El corazón le palpitaba en el pecho.

Percy la ayudó a levantarse.

—¿Estás bien?

Ella no se atrevía a contestar. Si abría la boca, podría gritar otra vez, y eso sería poco digno. Era una hija de Atenea, no una víctima gritona de una película de terror.

Pero dioses del Olimpo... Acurrucado dentro de la burbuja membranosa que tenía delante, había un titán completamente formado, con una armadura dorada y la piel del color de un centavo pulido. Tenía los ojos cerrados, pero su expresión era tan ceñuda que parecía a punto de lanzar un espeluznante grito de guerra. A pesar de la ampolla, Annabeth podía percibir el calor que irradiaba de su cuerpo.

—Hiperión —dijo Percy—. Odio a ese tío.

De repente, a Annabeth le empezó a doler una vieja herida que había sufrido en el hombro. Durante la batalla de Manhattan, Percy había luchado contra ese titán en el principal estanque de Central Park: agua contra fuego. Había sido la primera vez que Percy había invocado un huracán, algo que Annabeth no olvidaría jamás.

—Creía que Grover lo había convertido en un arce.

—Sí —convino Percy—. Tal vez el arce se murió, y él acabó aquí.

Annabeth recordó las explosiones que Hiperión había provocado y a cuántos sátiros y ninfas había destruido antes de que Percy y Grover lo detuvieran.

Estaba a punto de proponer que reventaran la burbuja de Hiperión cuando él despertó. Parecía listo para salir en cualquier momento y ponerse a quemarlo todo a su paso.

Entonces miró a Bob. El titán plateado estaba examinando a Hiperión con el entrecejo fruncido debido a la concentración, tal vez reconociéndose en él. Sus caras se parecían tanto...

Annabeth reprimió un juramento. Claro que se parecían. Hiperión era su hermano. Hiperión era el señor de los titanes del este. Jápeto, Bob, era el señor del oeste. Si le quitabas a Bob la escoba y la ropa de conserje, le ponías una armadura y le cortabas el pelo, le cambiabas la combinación de colores de plateado a dorado, Jápeto habría sido casi imposible de distinguir de Hiperión.

—Bob —dijo—, debemos irnos.

—Oro, no plata —murmuró Bob—. Pero se parece a mí.

—Bob —dijo Percy—. Oye, colega, ven aquí.

El titán se volvió de mala gana.

—¿Soy tu amigo? —preguntó Percy.

—Sí. —Bob parecía peligrosamente indeciso—. Somos amigos.

—Sabes que algunos monstruos son buenos —dijo Percy—. Y otros son malos.

—Hum —dijo Bob—. Por ejemplo... las fantasmas guapas que sirven a Perséfone son buenas. Los zombis que explotan son malos.

—Exacto —dijo Percy—. Y algunos mortales son buenos y otros son malos. Pues lo mismo pasa con los titanes.

—Titanes...

Bob se alzaba por encima de ellos, mirándolos ceñudo. Annabeth estaba segura de que su novio acababa de cometer un gran error.

—Eso es lo que tú eres —dijo Percy con serenidad—. Bob el titán. Eres bueno. Eres estupendo, de hecho. Pero algunos titanes no lo son. Este de aquí, Hiperión, es malo como la tiña. Intentó matarme... intentó matar a mucha gente.

Bob parpadeó con sus ojos plateados.

—Pero parece... su cara es tan...

—Se parece a ti —convino Percy—. Es un titán, como tú. Pero no es bueno como tú.

162

—Bob es bueno. —Sus dedos apretaron el mango de la escoba—. Sí. Siempre hay al menos uno bueno: monstruos, titanes, gigantes...

—Ah... —Percy hizo una mueca—. Bueno, en el caso de los gigantes no estoy seguro.

—Oh, sí.

Bob asintió con la cabeza con seriedad.

Annabeth tenía la sensación de que habían estado demasiado tiempo en ese sitio. Sus perseguidores estarían acercándose.

—Debemos irnos —los apremió—. ¿Qué hacemos con...?

—Te toca, Bob —dijo Percy—. Hiperión es de tu raza. Podríamos dejarlo en paz, pero si se despierta...

La lanza-escoba de Bob se puso a barrer. Si hubiera estado apuntando a Annabeth o a Percy, los habría partido por la mitad. En cambio, Bob atravesó la ampolla monstruosa, que estalló en un géiser de caliente lodo dorado.

Annabeth se limpió el fango de titán de los ojos. Donde había estado Hiperión solo quedaba un cráter humeante.

—Hiperión es un titán malo —anunció Bob con expresión adusta—. Ya no puede hacer daño a mis amigos. Tendrá que regenerarse en otra parte del Tártaro. Con suerte, le llevará mucho tiempo.

Los ojos del titán parecían más brillantes de lo normal, como si estuvieran a punto de derramar lágrimas de mercurio.

—Gracias, Bob —dijo Percy.

¿Cómo permanecía tan tranquilo? Al ver la forma en que él hablaba con Bob, Annabeth se quedó pasmada... y también un poco inquieta. Si Percy pensaba dejar realmente la decisión en manos de Bob, no le gustaba lo mucho que se fiaba del titán. Si había manipulado a Bob para que tomara esa decisión... Bueno, a Annabeth le asombraba que Percy pudiera ser tan calculador.

Él la miró a los ojos, pero ella fue incapaz de descifrar su expresión. Eso también la molestó.

—Será mejor que sigamos —dijo.

Ella y Percy siguieron a Bob; en su uniforme de conserje brillaban las manchas de lodo dorado de la burbuja reventada de Hiperión.

XXIV

Annabeth

Al poco rato, Annabeth tenía los pies como baba de titán. Avanzaba con paso resuelto siguiendo a Bob y escuchando el chapoteo monótono del líquido de su botella de limpieza.

«Estate alerta», se decía a sí misma, pero resultaba difícil. Tenía la mente tan embotada como las piernas. De vez en cuando, Percy le cogía la mano y hacía un comentario alentador, pero ella notaba que el oscuro paisaje también le estaba afectando. Sus ojos tenían un lustre apagado, como si su espíritu se estuviera extinguiendo poco a poco.

Cayó al Tártaro para estar contigo, dijo una voz dentro de su cabeza. *Si muere, será culpa tuya.*

—Basta ya —dijo Annabeth en voz alta.

Percy frunció el entrecejo.

—¿Qué?

—No, no te lo decía a ti. —Trató de esbozar una sonrisa tranquilizadora, pero fue incapaz—. Estaba hablando conmigo misma. Este sitio… me está volviendo loca. Tengo pensamientos siniestros.

Las arrugas de preocupación se acentuaron alrededor de los ojos de color verde mar de Percy.

—Oye, Bob, ¿adónde vamos exactamente?

—La señora —dijo Bob—. La Niebla de la Muerte.

Annabeth contuvo su irritación.

—Pero ¿qué significa eso? ¿Quién es esa señora?

—¿Que diga su nombre? —Bob miró atrás—. No me parece buena idea.

Annabeth suspiró. El titán tenía razón. Los nombres tenían poder, y pronunciarlos allí, en el Tártaro, probablemente fuera peligroso.

—¿Puedes decirnos al menos cuánto falta para llegar? —preguntó.

—No lo sé —admitió Bob—. Solo puedo percibirlo. Esperaremos en la oscuridad a que oscurezca más. Luego iremos de lado.

—De lado —murmuró—. Naturalmente.

Estuvo tentada de pedir un descanso, pero no quería parar. No allí, en aquel sitio frío y oscuro. La niebla negra se le metía en el cuerpo y volvía sus huesos de poliexpán húmedo.

Se preguntaba si su mensaje llegaría hasta Rachel Dare. Si Rachel pudiera trasladar su propuesta a Reyna sin que la mataran…

Una esperanza ridícula, dijo la voz dentro de su cabeza. *No has hecho más que poner en peligro a Rachel. Aunque encuentre a los romanos, ¿por qué debería confiar Reyna en ti después de todo lo que ha pasado?*

Annabeth tuvo la tentación de gritarle a la voz, pero resistió el impulso. Aunque se estuviera volviendo loca, no quería que también lo pareciera.

Necesitaba desesperadamente algo que le levantara el ánimo. Un trago de agua de verdad. Un instante de luz del sol. Una cama calentita. Una palabra amable de su madre.

De repente Bob se detuvo. Levantó la mano: «Esperad».

—¿Qué pasa? —susurró Percy.

—Chis —le advirtió Bob—. Delante. Algo se está moviendo.

Annabeth aguzó el oído. En algún lugar, oculto en la niebla, sonaba un profundo zumbido, como el motor al ralentí de un gran vehículo de construcción. Podía notar las vibraciones a través de sus zapatos.

—Lo rodearemos —susurró Bob—. Que cada uno de vosotros elija un flanco.

Por millonésima vez, Annabeth deseó tener su daga. Cogió un trozo de obsidiana negra puntiaguda y se dirigió a la izquierda sigilosamente. Percy fue a la derecha, con la espada en ristre.

Bob avanzó por en medio, la punta de su lanza brillando entre la niebla.

El zumbido aumentó de volumen, haciendo sacudir la grava a los pies de Annabeth. Parecía provenir justo de delante de ellos.

—¿Listos? —murmuró Bob.

Annabeth se agachó, lista para saltar.

—¿A la de tres?

—Uno —susurró Percy—. Dos…

Una figura apareció en la niebla. Bob levantó la lanza.

—¡Espera! —gritó Annabeth.

Bob se detuvo justo a tiempo, con la punta de su lanza dos centímetros por encima de la cabeza de un diminuto gato con el pelaje blanco, marrón y negro.

—¿Miau? —dijo el gatito, impertérrito ante su plan de ataque. Frotó su cabeza contra el pie de Bob y ronroneó sonoramente.

Parecía imposible, pero el profundo sonido reverberante provenía del gatito. Cuando ronroneaba, el suelo vibraba y los guijarros se movían. El gatito clavó sus ojos amarillos como linternas en una piedra en concreto, justo entre los pies de Annabeth, y saltó.

El gato podría haber sido un demonio o un horrible monstruo del inframundo disfrazado, pero Annabeth no pudo evitarlo: lo recogió y lo abrazó. La criatura solo tenía huesos bajo el pelaje, pero por lo demás parecía totalmente normal.

—¿Cómo ha…? —Ni siquiera podía formular la pregunta—. ¿Qué hace un gato…?

El gato se impacientó y escapó de entre sus brazos retorciéndose. Cayó dando un golpetazo, se acercó a Bob y empezó a ronronear y a frotarse contra sus botas.

Percy se rió.

—Parece que le gustas a alguien, Bob.

—Debe de ser un buen monstruo. —Bob alzó la vista, nervioso—. ¿Verdad?

A Annabeth se le hizo un nudo en la garganta. Viendo al enorme titán y a aquel diminuto gato juntos, de repente se sintió insignificante comparada con la inmensidad del Tártaro. Ese lugar no respetaba nada: bueno o malo, pequeño o grande, sabio o necio. El Tártaro se tragaba a titanes, semidioses y gatitos por igual.

Bob se arrodilló y recogió al gato. Cabía perfectamente en la palma de la mano el titán, pero el animal decidió explorar. Trepó por el brazo de Bob, se puso cómodo en su hombro y cerró los ojos, ronroneando como una excavadora. De repente su pelo relució. En un abrir y cerrar de ojos, el gatito se convirtió en un fantasmal esqueleto, como si se hubiera puesto detrás de una máquina de rayos X. A continuación se transformó otra vez en un gatito corriente.

Annabeth parpadeó.

—¿Has visto…?

—Sí. —Percy frunció el entrecejo—. Ostras… yo conozco a ese gatito. Es uno de los gatos del Smithsonian.

Annabeth trató de entender lo que decía. Ella no había estado en el Museo Smithsonian con Percy… Entonces se acordó de lo ocurrido hacía varios años, cuando el titán Atlas la había secuestrado. Percy y Thalia habían dirigido una misión para rescatarla. Por el camino habían visto a Atlas criar unos guerreros esqueleto a partir de unos dientes de dragón en el Museo Smithsonian.

Según Percy, el primer intento del titán había salido mal. Había plantado por error colmillos de tigre dientes de sable y había crecido una camada de gatitos esqueleto de la tierra.

—¿Es uno de ellos? —preguntó Annabeth—. ¿Cómo ha llegado aquí?

Percy extendió las manos en un gesto de impotencia.

—Atlas les dijo a sus sirvientes que se llevaran los gatitos. Tal vez acabó con los gatos y resucitaron en el Tártaro. No lo sé.

—Qué mono —dijo Bob, mientras el gatito le olfateaba la oreja.

—Pero ¿es peligroso? —preguntó Annabeth.

El titán rascó el mentón del gatito. Annabeth no sabía si era buena idea llevar un gato que había crecido a partir de un diente prehistórico, pero era evidente que ya no importaba. El titán y el gato habían estrechado lazos.

—Lo llamaré Bob el Pequeño —dijo Bob—. Es un monstruo bueno.

Fin de la discusión. El titán levantó su lanza y continuaron marchando en la penumbra.

Annabeth caminaba aturdida tratando de no pensar en pizzas. Para mantenerse distraída, observaba a Bob el Pequeño pasearse entre los hombros de Bob y ronronear. De vez en cuando, el gatito se convertía en un esqueleto brillante y luego adquiría de nuevo el aspecto de una bola de pelo.

—Aquí —anunció Bob.

Se detuvo tan súbitamente que Annabeth estuvo a punto de chocarse contra él.

Bob miraba hacia su izquierda, como si estuviera absorto en sus pensamientos.

—¿Es este el sitio? —preguntó Annabeth—. ¿Es aquí donde tenemos que ir de lado?

—Sí —contestó Bob—. Más oscuro, y luego de lado.

Annabeth no sabía si era en realidad más oscuro, pero el aire parecía más frío y más denso, como si hubieran entrado en un microclima distinto. De nuevo se acordó de San Francisco, donde podías ir andando de un barrio a otro y la temperatura podía bajar diez grados. Se preguntó si los titanes habían construido su palacio en el monte Tamalpais porque la zona de la bahía les recordaba el Tártaro.

Qué idea tan deprimente. Solo los titanes contemplarían un sitio tan bonito como un posible puesto avanzado del abismo: un hogar infernal lejos de su hogar.

Bob se desvió a la izquierda. Lo siguieron. Decididamente, el aire se enfrió. Annabeth se pegó a Percy en busca de calor. Él la rodeó con el brazo. Resultaba agradable estar cerca de él, pero no podía relajarse.

Penetraron en una especie de bosque. Imponentes árboles negros se elevaban en la penumbra, totalmente redondos y desprovistos de ramas, como monstruosos folículos capilares. El terreno era llano y claro.

«Con la suerte que tenemos —pensó Annabeth—, seguro que estamos atravesando el sobaco de Tártaro.»

De repente sus sentidos se pusieron en estado de máxima alerta, como si alguien le hubiera dado en la nuca con una goma elástica. Posó la mano en el tronco del árbol más cercano.

—¿Qué pasa? —Percy levantó su espada.

Bob se volvió y miró atrás, confundido.

—¿Paramos?

Annabeth levantó la mano para pedirles que se callaran. No estaba segura de lo que la había hecho reaccionar. Nada parecía distinto. Entonces se dio cuenta de que el tronco del árbol estaba temblando. Por un momento se preguntó si era el ronroneo del gato, pero Bob el Pequeño se había dormido sobre el hombro de Bob el Grande.

A unos metros de distancia, otro árbol tembló.

—Algo se está moviendo por encima de nosotros —susurró Annabeth—. Juntaos.

Bob y Percy cerraron filas con ella situándose espalda contra espalda.

Annabeth aguzó la vista, tratando de ver por encima de ellos en la oscuridad, pero no se movía nada.

Casi había decidido que se estaba comportando como una paranoica cuando el primer monstruo cayó al suelo a solo un metro y medio de distancia.

«Las Furias», fue lo primero que pensó Annabeth.

La criatura era casi idéntica a ellas: una vieja fea y arrugada con alas de murciélago, garras de metal y brillantes ojos rojos. Llevaba un vestido de seda negra hecho jirones, y tenía una expresión crispada y voraz, como una abuela demoníaca con ganas de matar.

Bob gruñó cuando otra criatura cayó delante de él, y luego otra lo hizo delante de Percy. Pronto estaban rodeados por media docena. Y había más siseando en lo alto de los árboles.

Entonces no podían ser Furias. Solo había tres Furias, y esas brujas aladas no llevaban látigos. La información no consoló a Annabeth. Las garras de los monstruos parecían muy peligrosas.

—¿Qué sois? —preguntó.

Las arai, susurró una voz. *¡Las maldiciones!*

Annabeth trató de localizar a la interlocutora, pero ninguno de los demonios había abierto la boca. Sus ojos no parecían tener vida; sus expresiones permanecían inmóviles, como las de una marioneta. La voz simplemente flotaba en lo alto como el narrador de una película, como si una sola mente controlara a todas las criaturas.

—¿Qué… qué queréis? —preguntó Annabeth, tratando de mantener un tono de seguridad.

La voz se carcajeó maliciosamente.

¡Maldeciros, por supuesto! ¡Acabar con vosotros mil veces en nombre de la Madre Noche!

—¿Solo mil veces? —murmuró Percy—. Bien… Creía que estábamos en un apuro.

El círculo de viejas diabólicas se cerró.

XXV

Hazel

Todo olía a veneno. Dos días después de partir de Venecia, Hazel todavía no podía quitarse el ponzoñoso aroma a *eau* de monstruo vacuno de la nariz.

El mareo no contribuía a mejorar la situación. El *Argo II* navegaba por el Adriático, una preciosa y reluciente extensión azul, pero Hazel no podía apreciarlo por culpa del continuo balanceo del barco. En la cubierta trataba de mantener la vista fija en el horizonte: los acantilados blancos que siempre parecían estar a solo un kilómetro y medio hacia el este. ¿Qué país era ese, Croacia? No estaba segura. Solo deseaba volver a estar en tierra firme.

Lo que más le repugnaba era la comadreja.

La noche anterior, Galantis, la mascota de Hécate, había aparecido en su camarote. Hazel se despertó de una pesadilla pensando: «¿Qué es ese olor?», y encontró al roedor peludo posado sobre su pecho mirándola fijamente con sus pequeños y brillantes ojos negros.

Nada como despertarte gritando, retirar las mantas y brincar por tu camarote mientras una comadreja corretea entre tus pies, chillando y tirándose pedos.

Sus amigos corrieron a su camarote para ver si estaba bien. La presencia de la comadreja resultaba difícil de explicar. Hazel advirtió que Leo hacía esfuerzos para no gastar ninguna broma.

Por la mañana, cuando la excitación se hubo apaciguado, Hazel decidió visitar al entrenador Hedge, ya que él podía hablar con los animales.

Encontró la puerta de su camarote entreabierta y oyó al entrenador dentro, hablando como si estuviera manteniendo una conversación telefónica con alguien, solo que no había teléfonos a bordo. Tal vez estuviera enviando un Iris-mensaje mágico. Hazel había oído que los griegos los usaban mucho.

—Claro, cielo —estaba diciendo Hedge—. Sí, lo sé, cariño. No, es una noticia estupenda, pero...

La voz se le quebró de la emoción. De repente, Hazel se sintió fatal por escuchar a escondidas.

Habría retrocedido, pero Galantis chilló a sus pies. Hazel llamó a la puerta del entrenador Hedge.

Hedge asomó la cabeza, ceñudo como siempre, pero con los ojos enrojecidos.

—¿Qué? —gruñó.

—Ejem... lo siento —dijo Hazel—. ¿Se encuentra bien?

El entrenador resopló y abrió la puerta de par en par.

—¿Qué clase de pregunta es esa?

No había nadie más en el camarote.

—Me... —Hazel recordó por qué estaba allí— me preguntaba si podría hablar con mi comadreja.

Los ojos del entrenador se entornaron. Bajó la voz.

—¿Estamos hablando en clave? ¿Hay algún intruso a bordo?

—Bueno, más o menos.

Galantis se asomó por detrás de los pies de Hazel y empezó a parlotear.

El entrenador se mostró ofendido. Contestó parloteando a la comadreja. Parecía que estuvieran manteniendo una acalorada discusión.

—¿Qué ha dicho? —preguntó Hazel.

—Muchas groserías —masculló el sátiro—. Lo esencial es que ha venido a ver cómo va.

—¿Cómo va qué?

El entrenador Hedge pateó con su pezuña.

—¿Qué se yo? ¡Es una mofeta! Nunca responden claramente. Y ahora, si me disculpas, tengo, ejem, cosas…

Le cerró la puerta en las narices.

Después de desayunar, Hazel se quedó ante el pasamanos de babor, esperando a que se le asentara el estómago. A su lado, Galantis corría arriba y abajo por la barandilla expulsando gases, pero el fuerte viento del Adriático ayudaba a llevárselos.

Hazel se preguntaba qué le pasaba al entrenador Hedge. Debía de estar empleando un Iris-mensaje para hablar con alguien, pero si había recibido buenas noticias, ¿por qué parecía tan desolado? Ella nunca lo había visto tan afectado. Lamentablemente, dudaba que el entrenador pidiera ayuda en caso de necesitarla. No era precisamente un sátiro cordial y campechano.

Se quedó mirando los acantilados blancos a lo lejos y pensó en el motivo por el que Hécate había enviado a Galantis, la mofeta.

«Ha venido a ver cómo va.»

Iba a pasar algo. Hazel sería puesta a prueba.

No entendía cómo se suponía que tenía que aprender magia sin ninguna formación. Hécate esperaba que venciera a una hechicera superpoderosa: la mujer del vestido dorado que Leo había descrito a partir de su sueño. Pero ¿cómo?

Hazel había pasado todo su tiempo libre tratando de descubrirlo. Había mirado fijamente su *spatha* intentando darle el aspecto de un bastón. Había intentado invocar una nube para que ocultara la luna llena. Se había concentrado hasta que se le habían puesto ojos de bizca y los oídos se le habían taponado, pero no había pasado nada. No podía manipular la Niebla.

Durante las últimas noches, sus sueños habían empeorado. Se hallaba otra vez en los Campos de Asfódelos, vagando sin rumbo entre los fantasmas. Luego estaba en la cueva de Gaia, donde Hazel y su madre habían muerto mientras el techo se desplomaba y la voz de la diosa de la tierra aullaba de ira. Se encontraba en la escalera del piso de su madre en Nueva Orleans, cara a cara con su padre, Plutón. Sus dedos fríos le agarraban el brazo. La tela de su traje de lana negro se retorcía lleno de almas recluidas. Plutón clavaba sus ojos oscuros y furiosos en ella y decía: «Los muertos ven lo que creen que van a ver. Igual que los vivos. Ese es el secreto».

Él nunca le había dicho eso en la vida real. No tenía ni idea de lo que significaba.

Las peores pesadillas parecían atisbos del futuro. Hazel recorría un túnel oscuro dando traspiés mientras la risa de una mujer resonaba en torno a ella.

«Controla esto si puedes, hija de Plutón», decía la mujer a modo de provocación.

Y siempre soñaba con las imágenes que había visto en la encrucijada de Hécate: Leo cayendo a través del cielo; Percy y Annabeth tumbados inconscientes, posiblemente muertos, delante de unas puertas metálicas negras; y una figura amortajada cerniéndose sobre ellos: el gigante Clitio envuelto en la oscuridad.

A su lado, en lo alto del pasamanos, Galantis parloteaba con impaciencia. Hazel estuvo tentada de tirar al estúpido roedor al mar de un empujón.

«Ni siquiera puedo controlar mis sueños —quería gritar—. ¿Cómo se supone que voy a controlar la Niebla?»

Estaba tan abatida que no reparó en la presencia de Frank hasta que estuvo a su lado.

—¿Te encuentras mejor? —preguntó él.

Le cogió la mano y cubrió por completo con sus dedos los de ella. A Hazel le costaba creer lo mucho que había crecido. Se había transformado en tantos animales que no sabía por qué debía sorprenderle una transformación más…, pero de repente había adquirido su peso exacto. Ya nadie podría llamarlo «regordete» ni «peluchito». Ahora parecía un jugador de fútbol americano, robusto y fuerte, con un nuevo centro de gravedad. Sus hombros se habían ensanchado. Caminaba con más seguridad.

A Hazel todavía le asombraba lo que Frank había hecho en el puente de Venecia. Ninguno de ellos había presenciado la batalla, pero nadie albergaba la menor duda con respecto a ella. El porte entero de Frank había cambiado. Hasta Leo había dejado de hacer chistes a su costa.

—Estoy… estoy bien —logró decir Hazel—. ¿Y tú?

Él sonrió, y se le formaron unas arrugas en los rabillos de los ojos.

—Estoy más alto. Por lo demás, sí, estoy bien. En realidad, no he cambiado por dentro…

Su voz poseía un ápice de su antigua indecisión y su embarazo: la voz de su Frank, siempre preocupado por ser torpe y meter la pata.

Hazel se sintió aliviada. Le gustaba esa parte de él. Al principio su nueva apariencia la había sorprendido. Había temido que su personalidad también hubiera cambiado.

Pero ya estaba empezando a tranquilizarse en ese sentido. A pesar de su fuerza, Frank era el mismo chico adorable. Todavía era vulnerable. Todavía le confiaba su mayor debilidad: el trozo de leño mágico que ella llevaba en el bolsillo de su chaqueta, al lado de su corazón.

—Lo sé, y me alegro. —Hazel le apretó la mano—. No… no eres tú quien me preocupa.

Frank gruñó.

—¿Qué tal le va a Nico?

Ella había estado pensando en sí misma, no en Nico, pero siguió la mirada de Frank hasta lo alto del trinquete, en cuya verga Nico se hallaba encaramado.

Nico aseguraba que le gustaba hacer guardia porque tenía buena vista. Hazel sabía que ese no era el verdadero motivo. La parte superior del mástil era uno de los pocos sitios a bordo donde Nico podía estar solo. Los demás le habían ofrecido el camarote de Percy, ya que Percy estaba… ausente. Nico se negaba rotundamente. Se pasaba la mayor parte del tiempo en las jarcias, donde no tenía que hablar con el resto de la tripulación.

Desde que se había convertido en una planta de maíz en Venecia, se había vuelto más solitario y taciturno.

—No sé —reconoció Hazel—. Ha pasado mucho. Fue capturado en el Tártaro, lo hicieron prisionero en la vasija de bronce, vio caerse a Percy y a Annabeth…

—Y prometió llevarnos a Epiro. —Frank asintió con la cabeza—. Tengo la sensación de que Nico no se lleva bien con los demás.

Frank se irguió. Llevaba una camiseta de manga corta beis con un dibujo de un caballo y las palabras PALIO DI SIENA. La había comprado hacía un par de días, pero ya le quedaba demasiado pequeña. Cuando se estiraba se le veía el ombligo.

Hazel se dio cuenta de que lo estaba mirando fijamente. Apartó la vista rápidamente, ruborizada.

—Nico es el único familiar que tengo —dijo—. No es alguien que caiga bien a todo el mundo, pero… gracias por ser amable con él.

Frank sonrió.

—Eh, tú aguantaste a mi abuela en Vancouver. Hablando de personas que «no caen bien a todo el mundo»…

—¡Me encantó tu abuela!

Galantis, la mofeta, se acercó a ellos correteando, se tiró un pedo y huyó.

—Uf. —Frank despejó el olor con la mano—. Por cierto, ¿qué hace esa cosa aquí?

Hazel se alegró de no estar en tierra firme. Con lo agitada que se sentía, estarían saliendo oro y piedras preciosas alrededor de sus pies.

—Hécate la ha enviado a observar —dijo.

—¿Observar qué?

Hazel trató de consolarse con la presencia de Frank, su nueva aura de firmeza y fuerza.

—No lo sé —dijo por fin—. Una especie de prueba.

De repente el barco dio un bandazo hacia delante.

XXVI

Hazel

Ella y Frank se desplomaron uno encima del otro. Hazel se practicó a sí misma sin querer la llave de Heimlich con el puño de su espada y se hizo un ovillo en la cubierta, gimiendo y escupiendo el sabor a veneno de catoblepas.

En medio del dolor, oyó que el mascarón de proa del barco, el dragón de bronce Festo, chirriaba en señal de alarma y escupía fuego.

Hazel se preguntó vagamente si habían chocado contra un iceberg… pero ¿en el Adriático, en pleno verano?

El barco se balanceó hacia babor con un enorme alboroto, como si unos postes de teléfono se estuvieran partiendo por la mitad.

—¡Ahhh! —gritó Leo en algún lugar detrás de ella—. ¡Se está comiendo los remos!

«¿De qué habla?», se preguntó Hazel. Trató de levantarse, pero algo grande y pesado le inmovilizaba las piernas. Se dio cuenta de que era Frank, quien mascullaba al tiempo que trataba de salir de debajo de un montón de cuerda suelta.

El resto de tripulantes se movía atropelladamente. Jason saltó por encima de ellos con la espada desenvainada y corrió hacia la popa. Piper estaba en el alcázar, disparando comida con su cornucopia y gritando:

—¡Eh! ¡EH! ¡Cómete esto, estúpida tortuga!

«¿Tortuga?»

Frank ayudó a Hazel a levantarse.

—¿Estás bien?

—Sí —mintió Hazel, llevándose la mano al estómago—. ¡Vete!

Frank subió la escalera corriendo y se descolgó la mochila, que inmediatamente se convirtió en un arco y un carcaj. Cuando llegó al timón ya había disparado una flecha y estaba preparando la segunda.

Leo manejaba frenéticamente los mandos del barco.

—Los remos no se repliegan. ¡Sacadla! ¡Sacadla!

En las jarcias, Nico tenía el rostro demudado de la impresión.

—¡Por la laguna Estigia...! ¡Es enorme! —gritó, desesperado—. ¡Babor! ¡A babor!

El entrenador Hedge fue el último en llegar a cubierta. Compensó su tardanza con entusiasmo. Subió la escalera dando brincos y blandiendo su bate de béisbol y, sin vacilar, galopó como una cabra hasta la popa y saltó encima del pasamanos gritando alegremente:

—¡Ja, JA!

Hazel se dirigió al alcázar tambaleándose para unirse a sus amigos. El barco dio una sacudida. Se partieron más remos, y Leo gritó:

—¡No, no, no! ¡Maldito sea tu caparazón, hija de tu madre!

Hazel llegó a la popa y no dio crédito a lo que veían sus ojos.

Al oír la palabra «tortuga» había pensado en una adorable criatura del tamaño de un joyero posada en una roca en medio de un estanque. Al oír las palabras «tortuga enorme», su mente había tratado de hacer ajustes: vale, tal vez fuera como la tortuga de las Galápagos que había visto una vez en el zoo, con un caparazón lo bastante grande para montarse encima de ella.

No se había imaginado una criatura del tamaño de una isla. Cuando vio la inmensa bóveda con escarpados cuadrados negros y marrones, la palabra «tortuga» simplemente se quedó corta. Su caparazón se parecía más a una masa continental: colinas de hueso, relucientes valles nacarados, bosques de quelpos y musgo, ríos de agua marina cayendo por los surcos de su caparazón.

En el lado de estribor del barco, otra parte del monstruo se elevó del agua como un submarino.

¡Lares de Roma, ¿era su cabeza?!

Sus ojos dorados eran del tamaño de piscinas para niños, con unas hendiduras oblicuas a modo de pupilas. Su piel relucía como el camuflaje militar mojado: marrón con motas verdes y amarillas. Su boca roja sin dientes podría haberse tragado la Atenea Partenos de un bocado.

Hazel observó como partía media docena de remos.

—¡Basta ya! —dijo Leo gimoteando.

El entrenador Hedge trepaba por el caparazón de la tortuga, golpeándola en vano con su bate de béisbol y chillando:

—¡Toma esto! ¡Y esto!

Jason salió volando de la popa y aterrizó en la cabeza de la criatura. Intentó clavar su espada dorada justo entre los ojos de la tortuga, pero la hoja resbaló de lado, como si la piel fuera de acero engrasado. Frank disparó flechas a los ojos del monstruo sin éxito. Los transparentes párpados interiores de la tortuga se abrían y se cerraban con extraordinaria precisión y desviaban cada disparo. Piper lanzó melones al agua gritando:

—¡Ve a buscarlos, estúpida tortuga!

Pero la tortuga parecía empeñada en comerse el *Argo II*.

—¿Cómo se ha acercado tanto? —preguntó Hazel.

Leo levantó las manos, exasperado.

—Debe de ser el caparazón, supongo. Es invisible al sónar. ¡Es una puñetera tortuga indetectable!

—¿El barco puede volar? —preguntó Piper.

—¿Con la mitad de los remos rotos? —Leo pulsó unos botones y giró la esfera de Arquímedes—. Tendré que probar con otra cosa.

—¡Allí! —gritó Nico desde arriba—. ¿Puedes llevarnos a ese estrecho?

Hazel miró adonde estaba señalando. A unos ochocientos metros hacia el este, una larga franja de tierra avanzaba paralela a los acantilados de la costa. Resultaba difícil saberlo con seguridad desde lejos, pero la extensión de agua que se interponía entre ellos parecía solo de veinte o veinticinco metros de ancho: posiblemente lo bastante ancha para que el *Argo II* pasara, pero sin duda no lo bastante para la concha de la gigantesca tortuga.

—Sí. Sí. —Al parecer Leo lo entendió. Se volvió hacia la esfera de Arquímedes—. ¡Jason, apártate de la cabeza de esa cosa! ¡Tengo una idea!

Jason todavía estaba dando tajos en la cara de la tortuga, pero cuando oyó a Leo decir «Tengo una idea», tomó la única decisión inteligente. Huyó lo más rápido posible.

—¡Vamos, entrenador! —gritó Jason.

—¡No, yo me ocupo de esta! —dijo Hedge, pero Jason lo agarró por la cintura y se lo llevó.

Lamentablemente, el entrenador se resistió tanto que a Jason se le escapó la espada de la mano y se cayó al mar.

—¡Entrenador! —se quejó Jason.

—¿Qué? —dijo Hedge—. ¡Estaba ablandándola un poco!

La tortuga dio un cabezazo contra el casco y por poco tiró a toda la tripulación por el costado de babor. Hazel oyó un crujido, como si la quilla se hubiera hecho astillas.

—Un minuto más —dijo Leo, moviendo las manos a toda velocidad sobre el tablero.

—¡Puede que no sigamos aquí dentro de otro minuto! —Frank disparó su última flecha.

—¡Lárgate! —gritó Piper a la tortuga.

Por un instante, dio resultado. La tortuga se apartó del barco y hundió la cabeza bajo el agua. Pero luego volvió a salir y embistió todavía más fuerte.

Jason y el entrenador Hedge se cayeron sobre la cubierta.

—¿Estás bien? —preguntó Piper.

—Sí —murmuró Jason—. Sin arma, pero bien.

—¡Fuego en el casco! —gritó Leo, girando su mando de Wii.

Hazel pensó que la popa había explotado. Detrás de ellos brotaron unos chorros de fuego que alzanzaron la cabeza de la tortuga. El barco salió disparado hacia delante y arrojó otra vez a Hazel al suelo.

Se levantó y vio que el barco daba saltos sobre las olas a una velocidad increíble, seguido de una estela de fuego como un cohete. La tortuga ya estaba a cientos de metros detrás de ellos, con la cabeza chamuscada y humeante.

El monstruo rugió de impotencia y partió detrás de ellos; sus aletas surcaban el agua con tal fuerza que empezó a alcanzarlos. La entrada del estrecho se encontraba todavía cuatrocientos metros por delante.

—Una distracción —murmuró Leo—. No lo conseguiremos a menos que usemos una distracción.

—Una distracción —repitió Hazel.

Se concentró y pensó: «¡Arión!».

No tenía ni idea de si daría resultado, pero enseguida vio algo en el horizonte: un destello de luz y vapor. El resplandor atravesó la superficie del Adriático como un rayo. En un abrir y cerrar de ojos, Arión estaba en el alcázar.

«Dioses del Olimpo —pensó Hazel—. Adoro este caballo.»

Arión resopló como diciendo: «Pues claro. No eres tonta».

Hazel se montó en su lomo.

—Piper, no me vendría mal un poco de tu capacidad de persuasión.

—Hubo una época en que me gustaban las tortugas —murmuró Piper, aceptando la mano que la chica le ofrecía para subir—. ¡Pero ya no!

Hazel espoleó a Arión. El caballo saltó por encima del costado del barco y cayó al agua a todo galope.

La tortuga nadaba rápido, pero no podía alcanzar la velocidad de Arión. Hazel y Piper pasaron silbando alrededor de la cabeza del monstruo, mientras Hazel lanzaba estocadas con su espada y Piper gritaba órdenes al azar como «¡Sumérgete!», «¡Gira a la izquierda!», «¡Mira detrás de ti!».

La espada no causaba ningún daño. Cada orden solo surtía efecto un instante, pero la tortuga se estaba irritando mucho. Arión relinchó despectivamente cuando la tortuga intentó morderle, y le llenó la boca de vapor de caballo.

Pronto el monstruo se había olvidado por completo del *Argo II*. Hazel seguía lanzándole estocadas a la cabeza. Piper seguía gritando órdenes y usando la cornucopia para disparar cocos y pollos asados que rebotaban en los globos oculares de la tortuga.

En cuanto el *Argo II* hubo entrado en el estrecho, Arión puso fin a su hostigamiento. Siguieron al barco a toda velocidad, y un momento más tarde estaban otra vez en la cubierta.

El fuego de los cohetes se había apagado, aunque las humeantes rejillas de ventilación de bronce todavía destacaban en la popa. El *Argo II* avanzaba con dificultad impulsado por la vela, pero su plan había funcionado. Estaban fuera de peligro en aguas poco profundas, con una isla larga y rocosa a estribor y los escarpados acantilados blancos del continente a babor. La tortuga se detuvo en la entrada del estrecho y les lanzó una mirada torva, pero no hizo ningún intento por seguirlos. Saltaba a la vista que su caparazón era demasiado ancho.

Hazel desmontó, y Frank le dio un fuerte abrazo.

—¡Buen trabajo! —dijo.

Ella se ruborizó.

—Gracias.

Piper se deslizó del caballo a su lado.

—Leo, ¿desde cuándo tenemos propulsión por reacción?

—Oh, ya sabes… —Leo trató de hacerse el modesto, pero no lo consiguió—. Es una tontería sin importancia que he preparado en mi tiempo libre. Ojalá pudiera daros más de unos segundos de fuego, pero por lo menos nos ha servido para escapar.

—Y para achicharrar la cabeza de la tortuga —dijo Jason agradecido—. Y ahora, ¿qué?

—¡Matémosla! —dijo el entrenador Hedge—. ¿Hace falta preguntarlo? Estamos lo bastante lejos. Tenemos ballestas. ¡Preparaos, semidioses!

Jason frunció el entrecejo.

—En primer lugar, entrenador, me ha hecho perder mi espada.

—¡Oye! ¡Yo no te he pedido que me evacuaras!

—En segundo, no creo que las ballestas sirvan. Ese caparazón es como la piel del león de Nemea. Y la cabeza es igual de dura.

—Entonces le tiramos un proyectil por la garganta —propuso el entrenador—, como hicisteis con el monstruo gamba en el Atlántico. Lo iluminaremos desde dentro.

Frank se rascó la cabeza.

—Podría funcionar. Pero luego tendríamos un cadáver de tortuga de cinco millones de kilos bloqueando la entrada del estrecho. Y si no podemos volar con los remos rotos, ¿cómo sacamos el barco?

—¡Esperamos y arreglamos los remos! —dijo el entrenador—. O navegamos en la otra dirección, pedazo de zopenco.

Frank se quedó confundido.

—¿Qué es un zopenco?

—¡Chicos! —gritó Nico desde lo alto del mástil—. Navegar en la otra dirección no creo que dé resultado.

Señaló más allá de la proa.

Unos cuatrocientos metros por delante de ellos, la franja de tierra larga y rocosa formaba una curva hacia dentro y se juntaba con los acantilados. El canal terminaba en una estrecha V.

—No estamos en un estrecho —dijo Jason—. Estamos en un callejón sin salida.

Hazel notó frío en los dedos de las manos y los pies. En el pasamanos de babor, Galantis, la comadreja, estaba acuclillada mirándola con expectación.

—Es una trampa —dijo Hazel.

Los demás la miraron.

—No, no hay peligro —dijo Leo—. Lo peor es que tenemos que hacer reparaciones. Podrían llevarme toda la noche, pero puedo hacer volar otra vez este barco.

La tortuga rugió en la boca de la ensenada. No parecía interesada en marcharse.

—Bueno... —Piper se encogió de hombros—, por lo menos la tortuga no puede alcanzarnos. Aquí estamos a salvo.

Era un comentario que ningún semidiós debía hacer. Las palabras apenas habían salido de su boca cuando una flecha se clavó en el palo mayor, a quince centímetros de su cara.

La tripulación se dispersó para ponerse a cubierto menos Piper, que se quedó paralizada, mirando boquiabierta la flecha que había estado a punto de atravesarle la nariz.

—¡Agáchate, Piper! —susurró Jason.

Pero no cayeron más proyectiles.

Frank estudió el ángulo de la flecha en el mástil y señaló con el dedo hacia lo alto de los acantilados.

—Allí arriba —dijo—. Un solo tirador. ¿Lo veis?

El sol le daba en los ojos, pero Hazel vio una diminuta figura en lo alto del saliente. Su armadura de bronce brillaba.

—¿Quién demonios es? —preguntó Leo—. ¿Por qué nos está disparando?

—¿Chicos? —La voz de Piper sonó aflautada—. Hay una nota.

Hazel no lo había visto antes, pero había un rollo de pergamino atado al astil de la flecha. No sabía por qué, pero eso la cabreó. Se acercó hecha una furia y lo desató.

—¿Hazel? —dijo Leo—. ¿Seguro que no hay peligro?

Ella leyó la nota en voz alta:

—Primera línea: «La bolsa o la vida».

—¿Qué significa eso? —se quejó el entrenador Hedge—. Yo no veo que tengamos ninguna bolsa. ¡Y si espera que entreguemos nuestras vidas, lo tiene claro!

—Hay más —dijo Hazel—. «Esto es un atraco. Enviad a dos de vuestro grupo a lo alto del acantilado con todos vuestros objetos de valor. No más de dos. Dejad el caballo mágico. Nada de volar. Nada de trucos. Subid a pie.»

—¿Subir por dónde? —preguntó Piper.

Nico señaló con el dedo.

—Allí.

Una estrecha escalera labrada en el acantilado subía a la cima. La tortuga, el canal sin salida, el acantilado… Hazel tenía la sensación de que no era la primera vez que el autor de la carta cazaba por sorpresa un barco en ese lugar.

Se aclaró la garganta y siguió leyendo en voz alta:

—«Y me refiero a todos vuestros objetos de valor. De lo contrario, mi tortuga y yo acabaremos con vosotros. Tenéis cinco minutos.»

—¡Usemos las catapultas! —gritó el entrenador.

—«P. D. —leyó Hazel—: Ni se os ocurra usar las catapultas.»

—¡Maldita sea! —exclamó el entrenador—. Ese tío es bueno.

—¿Está firmada la nota? —preguntó Nico.

Hazel negó con la cabeza. Había oído una historia en el Campamento Júpiter, algo acerca de un ladrón que trabajaba con una tortuga gigante, pero, como siempre le pasaba, cuando necesitaba información se quedaba en lo más recóndito de su mente, fuera de su alcance, y eso la sacaba de quicio.

La comadreja Galantis la observaba, esperando para ver lo que hacía.

La prueba todavía no ha llegado, pensó Hazel.

No había bastado con distraer a la tortuga. Hazel no había demostrado que podía controlar la Niebla…, principalmente porque no podía controlarla.

Leo examinó la cima del acantilado y murmuró entre dientes.

—La trayectoria no es buena. Aunque pudiera armar la catapulta antes de que ese tío nos acribillara a flechazos, no creo que pudiera acertar. Está muy lejos, y casi recto hacia arriba.

—Sí —masculló Frank—. Mi arco tampoco sirve. Tiene mucha ventaja, estando encima de nosotros. Yo no podría alcanzarlo.

—Y, ejem… —Piper se acercó a la flecha clavada en el mástil—. Me da la impresión de que es un buen tirador. No creo que quisiera acertarme. Pero si quisiera…

No hizo falta que terminara la frase. Quienquiera que fuese el ladrón, podía acertar a un objetivo a decenas de metros de distancia. Podía dispararles a todos antes de que reaccionasen.

—Iré yo —dijo Hazel.

No le gustaba ni un pelo la idea, pero estaba segura de que Hécate lo había tramado todo como un retorcido desafío. Esa era la prueba de Hazel: su ocasión para salvar el barco. Por si necesitaba alguna confirmación, Galantis correteó por el pasamanos y saltó sobre su hombro, lista para el viaje.

Los demás se la quedaron mirando.

Frank cogió su arco.

—Hazel…

—No, escuchad —dijo—, el ladrón quiere objetos de valor. Yo puedo ir allí arriba e invocar oro, joyas, lo que quiera.

Leo arqueó una ceja.

—Si le pagamos, ¿crees que nos dejará marchar de verdad?

—No tenemos muchas opciones —dijo Nico—. Entre ese tipo y la tortuga…

Jason levantó la mano. Los otros se quedaron callados.

—Yo también iré —dijo—. La carta dice que vayan dos personas. Llevaré a Hazel allí arriba y le cubriré la espalda. Además, no me gusta la pinta que tiene esa escalera. Si Hazel se cae… yo puedo usar los vientos para evitar que nos peguemos un buen trompazo.

Arión relinchó en señal de protesta, como diciendo: «¿Vas a ir sin mí? Estás de coña, ¿no?».

—No me queda más remedio, Arión —dijo Hazel—. Jason… creo que tienes razón. Es el mejor plan.

—Ojalá tuviera mi espada. —Jason lanzó una mirada furibunda al entrenador—. Está en el fondo del mar, y no tenemos a Percy para que la saque.

El nombre de Percy los sobrevoló como una nube. El ambiente en la cubierta se volvió todavía más oscuro.

Hazel estiró el brazo. No se lo pensó. Simplemente se concentró en el agua e invocó oro imperial.

Una idea estúpida. La espada estaba demasiado lejos, probablemente a muchos metros bajo el agua. Pero notó un rápido tirón en los dedos, como si un pez hubiera picado en un sedal, y la espada de Jason salió volando del agua hasta su mano.

—Toma —dijo, entregándosela.

Jason se quedó con los ojos como platos.

—¿Cómo…? ¡Estaba a casi un kilómetro!

—He estado practicando —dijo ella, aunque no era verdad.

Esperaba no haber maldecido sin querer la espada de Jason al invocarla, como le ocurría con las joyas y los metales preciosos.

Sin embargo, pensó, las armas son distintas. Después de todo, había sacado un montón de pertrechos de oro imperial de la bahía del glaciar y los había distribuido entre la Quinta Cohorte. En esa ocasión había salido bien.

Decidió no preocuparse por ello. Estaba tan furiosa con Hécate y tan cansada de ser manipulada por los dioses que no pensaba permitir que ningún problema sin importancia se interpusiera en su camino.

—Bueno, si no hay más objeciones, tenemos que ir a ver a un ladrón.

XXVII

Hazel

A Hazel le gustaba la naturaleza, pero subir por un acantilado de sesenta metros de altura, por una escalera sin barandilla y con una comadreja malhumorada en el hombro no le hacía tanta gracia. Sobre todo cuando podría haber ido montada en Arión hasta la cumbre en unos segundos.

Jason iba detrás de ella para poder atraparla si se caía. Hazel valoraba el gesto, pero la pronunciada caída seguía siendo igual de espeluznante.

Cometió el error de mirar a su derecha. El pie casi le resbaló y un puñado de grava se desprendió de la pared. Galantis chilló alarmada.

—¿Estás bien? —preguntó Jason.

—Sí. —A Hazel le latió con fuerza el corazón contra las costillas—. Perfectamente.

No tenía espacio para volverse y mirarlo. Tenía que confiar en que él no la dejaría despeñarse. Como podía volar, Jason era el compañero lógico. Aun así, deseó que hubiera sido Frank el que estuviera detrás de ella, o Nico, o Piper, o Leo. O... bueno, puede que el entrenador Hedge no. Pero con Jason Grace no sabía a qué atenerse.

Desde que había llegado al Campamento Júpiter, había oído historias acerca de él. Los campistas hablaban con reverencia del hijo de Júpiter que había ascendido de lo más bajo de la Quinta Cohorte hasta convertirse en pretor, los había llevado a la victoria en la batalla del monte Tamalpais y luego había desaparecido. Incluso entonces, después de todos los sucesos de las dos últimas semanas, Jason parecía más una leyenda que una persona. A ella le había costado tomarle simpatía, con sus gélidos ojos azules y su cautelosa reserva, como si calculara cada palabra antes de decirla. Hazel tampoco podía olvidar que él había estado dispuesto a dar por perdido a su hermano Nico cuando se habían enterado de que estaba cautivo en Roma.

Jason había pensado que Nico era el cebo de una trampa. No se había equivocado. Y ahora que Nico estaba a salvo, Hazel veía que la cautela de Jason había tenido razón de ser. Aun así, no sabía exactamente qué pensar de ese chico. ¿Y si se veían en apuros en lo alto del acantilado y Jason decidía que salvar a Hazel no era lo más conveniente para la misión?

Miró arriba. No podía ver al ladrón desde allí, pero intuía que estaba esperando. Hazel estaba segura de que podría hacer aparecer suficientes piedras preciosas y oro para impresionar al más codicioso atracador. Se preguntaba si los tesoros que invocaba seguirían trayendo mala suerte. Nunca había sabido con certeza si la maldición se había roto cuando había muerto. Esa parecía una buena oportunidad para averiguarlo. Cualquiera que robara a unos semidioses inocentes ayudado por una tortuga gigante se merecía unas cuantas maldiciones de las buenas.

Galantis saltó de su hombro y se adelantó corriendo. Miró atrás y ladró con impaciencia.

—Voy lo más rápido que puedo —murmuró Hazel.

No se quitaba de encima la sensación de que la comadreja estaba deseando verla fracasar.

—Esto… lo de controlar la Niebla… —dijo Jason—. ¿Has tenido suerte?

—No —reconoció Hazel.

No le gustaba pensar en sus fracasos: la gaviota que no había podido convertir en dragón; el bate de béisbol del entrenador Hedge que se había negado a transformarse en un perrito caliente. Simplemente le costaba convencerse de que cualquiera de esas cosas fuera posible.

—Ya lo conseguirás —dijo Jason.

Su tono la sorprendió. No era un comentario hecho de paso para quedar bien. Parecía sinceramente convencido. Ella siguió subiendo, pero se lo imaginó mirándola con aquellos penetrantes ojos azules y la mandíbula prieta en actitud de seguridad.

—¿Cómo puedes estar seguro? —preguntó.

—Simplemente, lo estoy. Tengo mucho instinto para las cosas que puede hacer la gente; por lo menos, los semidioses. Hécate no te habría elegido si no creyera en tu poder.

Ese comentario debería haber hecho sentirse mejor a Hazel, pero no fue así.

Ella también tenía mucho instinto para la gente. Entendía las motivaciones de la mayoría de sus amigos; hasta las de su hermano, Nico, quien no era fácil de entender.

¿Y Jason? No tenía ni idea. Todo el mundo decía que era un líder nato. Ella lo creía. Allí estaba, haciéndola sentirse como un miembro valioso del equipo, diciéndole que era capaz de cualquier cosa. Pero ¿de qué era capaz Jason?

Hazel no podía confesarle a nadie sus dudas. Frank tenía un temor reverencial a ese chico. Piper estaba perdidamente enamorada de él. Leo era el mejor amigo de Jason. Hasta Nico parecía seguir su ejemplo sin rechistar.

Sin embargo, Hazel no podía olvidar que la aparición de Jason había sido la primera maniobra de la diosa Hera en la guerra contra los gigantes. La reina del Olimpo había soltado a Jason en el Campamento Mestizo, lo que había dado comienzo a toda aquella serie de episodios para detener a Gaia. ¿Por qué Jason primero? Algo le decía que él era el elemento clave. Y también sería la última jugada.

«Bajo la tormenta o el fuego, el mundo debe caer.» Eso decía la profecía. A Hazel le daba miedo el fuego, pero temía todavía más las tormentas. Jason Grace podía provocar unas tormentas colosales.

Miró arriba y vio el borde del acantilado a solo unos metros por encima de ella.

Llegó a lo alto jadeando y sudorosa. Un largo valle en pendiente se extendía hacia el interior, salpicado de olivos descuidados y cantos rodados de piedra caliza. No había ni rastro de civilización.

A Hazel le temblaban las piernas de la ascensión. Galantis parecía impaciente por explorar. La comadreja se puso a chillar y a tirarse pedos, y se internó corriendo en los arbustos más cercanos. Mucho más abajo, el *Argo II* parecía un barco de juguete en el canal. Hazel no entendía que alguien hubiera podido disparar una flecha con precisión desde tanta altura, teniendo en cuenta el viento y el resplandor del sol en el agua. En la boca de la ensenada, la inmensa silueta del caparazón de la tortuga relucía como una moneda bruñida.

Cuando Jason se unió a ella en lo alto, se le veía en perfecto estado a pesar de la ascensión.

—¿Dónde...? —empezó a decir.

—¡Aquí! —dijo una voz.

Hazel se sobresaltó. A solo tres metros de distancia apareció un hombre con un arco y un carcaj al hombro y dos anticuadas pistolas de chispa para duelo en las manos. Llevaba unas botas de piel altas, unos pantalones de cuero y una camisa de estilo pirata. Su cabello moreno rizado parecía el de un niño y sus chispeantes ojos verdes eran bastante cordiales, pero un pañuelo rojo cubría la mitad inferior de su cara.

—¡Bienvenidos! —gritó el bandido, apuntándoles con sus pistolas—. ¡La bolsa o la vida!

Hazel estaba segura de que el hombre no estaba allí hacía un segundo. Simplemente apareció como si hubiera salido de detrás de una cortina invisible.

—¿Quién eres? —preguntó Hazel.

El bandido se rió.

—¡Escirón, quién si no!

—¿Quirón? —preguntó Jason—. ¿Como el centauro?

El bandido puso los ojos en blanco.

—Es-ci-rón, amigo mío. ¡Hijo de Poseidón! ¡Extraordinario ladrón! ¡Individuo sin igual! Pero eso no importa. ¡No veo ningún objeto de valor! —gritó, como si fuera una excelente noticia—. Supongo que eso significa que queréis morir.

—Espera —dijo Hazel—. Tenemos objetos de valor. Pero si te los entregamos, ¿qué garantía tenemos de que dejarás que nos marchemos?

—Oh, siempre tienen que preguntar eso —dijo Escirón—. Te prometo por la laguna Estigia que en cuanto me deis lo que quiero, no os dispararé. Os mandaré de vuelta por ese acantilado.

Hazel miró a Jason con recelo. Pese a haberlo jurado por la laguna Estigia, no le tranquilizaba la forma en que había hecho la promesa.

—¿Y si luchamos contra ti? —preguntó Jason—. No puedes atacarnos y secuestrar nuestro barco al mismo...

¡BANG! ¡BANG!

Ocurrió tan rápido que el cerebro de Hazel tardó un instante en asimilarlo.

Volutas de humo salían de un lado de la cabeza de Jason. Justo encima de su oreja izquierda, un surco le atravesaba el pelo como la franja de un coche de carreras. Una de las pistolas de chispa de Escirón seguía apuntándole a la cara. La otra apuntaba hacia abajo, por encima del acantilado, como si el segundo disparo de Escirón hubiera ido dirigido al *Argo II*.

Hazel se atragantó de la impresión dilatada.

—¿Qué has hecho?

—¡Oh, no te preocupes! —dijo Escirón riéndose—. Si pudieras ver hasta allí (cosa que no puedes hacer), verías un agujero en la cubierta entre las zapatillas del grandullón, el del arco.

—¡Frank!

Escirón se encogió de hombros.

—Si tú lo dices... Solo era una demostración. Podría haber sido mucho más grave.

Giró sus pistolas. Los percutores se reajustaron, y a Hazel le dio la impresión de que las armas acababan de recargarse por arte de magia.

Escirón miró a Jason arqueando las cejas.

—¡Bueno! En respuesta a tu pregunta: sí, puedo atacaros y secuestrar vuestro barco al mismo tiempo. Munición de bronce celestial. Mortal para los semidioses. Vosotros dos moriréis primero: bang, bang. Luego podría cargarme tranquilamente a vuestros amigos del barco. ¡El tiro al blanco es mucho más divertido cuando se hace con blancos vivos que corren y gritan!

Jason se tocó el surco que la bala le había abierto en el pelo. Por una vez, no parecía muy seguro.

A Hazel le temblaron los tobillos. Frank era el mejor tirador con arco que conocía, pero la puntería de ese bandido no era humana.

—¿Eres hijo de Poseidón? —logró preguntar—. Por la forma en que disparas, habría dicho que eres hijo de Apolo.

El ladrón sonrió, y las arrugas de alrededor de sus ojos se acentuaron.

—¡Vaya, gracias! Solo es fruto de la práctica. La tortuga gigante es cosa de mi familia. ¡No puedes ir por ahí domando tortugas gigantes sin ser hijo de Poseidón! Claro que podría arrollar vuestro barco con un maremoto, pero es muy difícil. Y ni de lejos tan divertido como cazar por sorpresa y disparar a la gente.

Hazel trató de recobrar el dominio de sí misma y de ganar tiempo, pero resultaba difícil mirando los tambores humeantes de las pistolas de chispa.

—Esto… ¿para qué es el pañuelo?

—¡Para que nadie me reconozca! —contestó Escirón.

—Pero te has presentado —dijo Jason—. Eres Escirón.

Los ojos del bandido se abrieron mucho.

—¿Cómo has…? Oh, sí, supongo que tienes razón. —Bajó una pistola y se rascó un lado de la cabeza con la otra—. Qué descuido. Perdonad. Me temo que me falta un poco de práctica. Es lo que tiene resucitar. Dejadme volver a intentarlo.

Niveló sus pistolas.

—¡La bolsa o la vida! ¡Soy un bandido anónimo! ¡No necesitáis saber mi nombre!

«Un bandido anónimo.» Algo hizo clic en la memoria de Hazel.

—Teseo. Él te mató.

Escirón dejó caer los hombros.

—Vamos a ver, ¿por qué tenías que mencionarlo? ¡Nos estábamos llevando muy bien!

Jason frunció el entrecejo.

—¿Conoces la historia de este tío?

Ella asintió con la cabeza, aunque no recordaba con claridad los detalles.

—Teseo se lo encontró en el camino a Atenas. Escirón mataba a sus víctimas con… esto…

«Algo relacionado con la tortuga.» Hazel no se acordaba.

—¡Teseo era un tramposo! —se quejó Escirón—. No quiero hablar de él. Ahora he resucitado. Gaia me prometió que podría quedarme en la costa y robar a todos los semidioses que quisiera, ¡y eso es lo que voy a hacer! A ver…, ¿por dónde íbamos?

—Ibas a dejarnos marchar —aventuró Hazel.

—Hum… —dijo Escirón—. No, estoy seguro de que no era eso. ¡Ah, claro! La bolsa o la vida. ¿Dónde están vuestros objetos de valor? ¿No tenéis ninguno? Entonces tendré que…

—Espera —dijo Hazel—. Tengo nuestros objetos de valor. Al menos puedo conseguirlos.

Escirón apuntó a la cabeza de Jason con una pistola de chispa.

—¡Pues manos a la obra, querida, o el próximo disparo cortará algo más que el pelo de tu amigo!

Hazel apenas necesitó concentrarse. Estaba tan preocupada que el suelo rugió debajo de ella y enseguida produjo una abundante cosecha; los metales preciosos afloraron a la superficie como si la tierra estuviera deseando expulsarlos.

Se vio rodeada de un montón de tesoros que le llegaban hasta las rodillas —denarios romanos, dracmas de plata, antiguas joyas de oro, relucientes diamantes, topacios y rubíes—, suficientes para llenar varios sacos de basura.

Escirón se rió de regocijo.

—¿Cómo demonios has hecho eso?

Hazel no contestó. Pensó en todas las monedas que habían aparecido en la encrucijada delante de Hécate. Allí había todavía más, las riquezas ocultas de varios siglos procedentes de todos los imperios que habían reclamado esa tierra: griego, romano, bizantino y muchos otros. Esos imperios habían desaparecido y no habían dejado más que una costa yerma al bandido Escirón.

Esa idea la hizo sentirse pequeña e impotente.

—Toma el tesoro —dijo—. Y déjanos marchar.

Escirón se rió entre dientes.

—He dicho todos vuestros objetos de valor. Tengo entendido que guardáis algo muy especial en ese barco: cierta estatua de oro y marfil de unos doce metros de alto.

El sudor empezó a secarse en el cuello de Hazel, y un escalofrío le recorrió la columna.

Jason dio un paso adelante. A pesar del arma que le apuntaba a la cara, sus ojos eran duros como zafiros.

—La estatua no es negociable.

—¡Tienes razón, no lo es! —convino Escirón—. ¡Debe ser mía!

—Gaia te ha hablado de ella —supuso Hazel—. Te ha ordenado que la robes.

Escirón se encogió de hombros.

—Puede. Pero me dijo que podría quedármela. ¡Es difícil dejar pasar una oferta como esa! No pienso volver a morir, amigos míos. ¡Pienso vivir una larga vida como un hombre muy rico!

—La estatua no te servirá de nada —dijo Hazel—. No si Gaia destruye el mundo.

Las bocas de las pistolas de Escirón vacilaron.

—¿Cómo?

—Gaia te está utilizando —dijo Hazel—. Si robas la estatua, no podremos vencerla. Planea borrar a todos los mortales y los semidioses de la faz de la Tierra y dejar que sus gigantes y monstruos tomen el poder. Así que, ¿dónde gastarás tu oro, Escirón? Suponiendo que Gaia te deje vivir.

Hazel dejó que asimilara sus palabras. Suponía que a Escirón no le costaría creer en traiciones, siendo un bandido.

Se quedó callado diez segundos.

Finalmente, las arrugas que se formaban alrededor de sus ojos al sonreír volvieron a aparecer.

—¡Está bien! —dijo—. Soy razonable. Quedaos la estatua.

Jason parpadeó.

—¿Podemos irnos?

—Una sola cosa más —dijo Escirón—. Yo siempre exijo una muestra de respeto. Antes de dejar marchar a mis víctimas, insisto en que me laven los pies.

Hazel no estaba segura de haberle oído bien. Entonces Escirón se quitó sus botas de piel, una detrás de la otra. Sus pies descalzos eran las cosas más repugnantes que Hazel había visto en su vida... y había visto cosas muy repugnantes.

Estaban hinchados, arrugados y blancos como el papel, como si hubieran estado remojados en formaldehído durante siglos. Mechones de pelo marrón brotaban de cada uno de sus dedos deformes. Las uñas puntiagudas de sus dedos eran verdes y amarillas, como un caparazón de tortuga.

Entonces notó el olor. Hazel no sabía si en el palacio de su padre en el inframundo había una cafetería para zombis, pero, de ser así, debía de oler como los pies de Escirón.

—¡Bueno! —Escirón retorció los repugnantes dedos de sus pies—. ¿Quién quiere el izquierdo y quién quiere el derecho?

La cara de Jason se quedó casi tan blanca como aquellos pies.

—Nos estás... vacilando.

—¡En absoluto! —dijo Escirón—. Lavadme los pies y habremos terminado. Os enviaré de vuelta por el acantilado. Lo prometo por la laguna Estigia.

Hizo la promesa tan a la ligera que en la mente de Hazel se activaron todas las alarmas. «Pies.» «Os enviaré de vuelta por el acantilado.» «Caparazón de tortuga.»

Recordó la historia, y todas las piezas que faltaban encajaron. Se acordó de cómo Escirón mataba a sus víctimas.

—¿Nos das un segundo? —preguntó Hazel al bandido.

Los ojos de Escirón se entornaron.

—¿Para qué?

—Bueno, es una decisión importante —respondió ella—. El pie izquierdo o el derecho. Tenemos que hablar.

Advirtió que él sonreía bajo el pañuelo.

—Por supuesto —dijo—. Soy tan generoso que podéis tomaros dos minutos.

Hazel salió del montón de joyas. Llevó a Jason todo lo lejos que se atrevió: unos quince metros acantilado abajo, una distancia a la que esperaba que estuvieran fuera del alcance del oído.

—Escirón despeña a sus víctimas por el acantilado —susurró.

Jason frunció el entrecejo.

—¿Qué?

—Cuando te arrodillas para lavarle los pies —dijo Hazel—. Así es como mata. Cuando estás desprevenido, mareado por el olor de sus pies, te da una patada y te tira por el borde. Las víctimas caen en la boca de su tortuga gigante.

Jason tardó un momento en digerirlo, por así decirlo. Miró por encima del acantilado, donde el enorme caparazón de la tortuga relucía bajo el agua.

—Entonces tenemos que luchar —dijo Jason.

—Escirón es demasiado rápido —dijo Hazel—. Nos matará a los dos.

—Entonces estaré preparado para volar. Cuando me tire, flotaré en el aire. Y cuando te tire a ti, te atraparé.

Hazel negó con la cabeza.

—Si te da una patada lo bastante fuerte y lo bastante rápido, tú también te quedarás aturdido para volar. Y aunque puedas volar, Escirón tiene la vista de un tirador. Te verá caer. Si flotas, te disparará en el aire.

—Entonces… —Jason apretó le empuñadura de su espada—. Espero que tengas otra idea.

A escasa distancia, la comadreja Galantis salió de entre los arbustos. Rechinó los dientes y miró a Hazel como diciendo: «¿Y bien? ¿Tienes alguna idea más?».

Hazel calmó sus nervios, tratando de evitar que saliera más oro del suelo. Se acordó del sueño que había tenido en el que aparecía su padre. La voz de Plutón: «Los muertos ven lo que creen que van a ver. Igual que los vivos. Ese es el secreto».

Comprendió lo que tenía que hacer. Detestaba la idea más de lo que detestaba a la comadreja flatulenta y los pies de Escirón.

—Por desgracia, sí —dijo Hazel—. Tenemos que dejar que Escirón gane.

—¿Qué? —preguntó Jason.

Hazel le contó el plan.

XXVIII

Hazel

—¡Por fin! —gritó Escirón—. ¡Ha sido mucho más de dos minutos!

—Lo siento —dijo Jason—. Era una decisión importante… elegir qué pie lavar.

Hazel trató de despejar su mente e imaginarse la escena a través de los ojos de Escirón: lo que el bandido deseaba y esperaba.

Esa era la clave para usar la Niebla. No podía obligar a alguien a ver el mundo a su manera. No podía hacer que la realidad de Escirón resultara menos creíble. Pero si le mostraba lo que quería ver… Bueno, era hija de Plutón. Se había pasado décadas en compañía de los muertos, escuchando cómo anhelaban unas vidas pasadas que solo recordaban a medias, distorsionadas por la nostalgia.

Los muertos veían lo que creían que iban a ver. Igual que los vivos.

Plutón era el dios del inframundo y el dios de la riqueza. Tal vez esas dos esferas de influencia tenían más cosas en común de lo que Hazel creía. Entre la nostalgia y la codicia no había mucha diferencia.

Si podía invocar oro y diamantes, ¿por qué no invocar otro tesoro: una visión del mundo que la gente quería ver?

Por supuesto, se podía equivocar, en cuyo caso ella y Jason se convertirían en comida para tortuga.

Posó la mano en el bolsillo de su chaqueta, donde guardaba el palo mágico de Frank, que parecía pesar más de lo normal. En ese instante no solo llevaba encima el salvavidas de su amigo. Llevaba las vidas de toda la tripulación.

Jason dio un paso adelante, con las manos abiertas en señal de rendición.

—Yo iré primero, Escirón. Te lavaré el pie izquierdo.

—¡Excelente elección! —Escirón retorció los dedos peludos y mortecinos de sus pies—. Es posible que haya pisado algo con ese pie. Lo notaba un poco blando dentro de la bota. Pero estoy seguro de que lo limpiarás bien.

A Jason se le pusieron las orejas rojas. Por la tensión de su cuello, Hazel advirtió que estaba sintiendo la tentación de dejar esa farsa y atacar: una cuchillada rápida con su espada de oro imperial. Pero Hazel sabía que si lo intentaba, fracasaría.

—Escirón —intervino ella—, ¿tienes agua? ¿Jabón? ¿Cómo se supone que vamos a lavar…?

—¡Así!

Escirón hizo girar la pistola que tenía a su izquierda. De repente se convirtió en una botella con pulverizador y un trapo. Se los tiró a Jason.

Jason leyó la etiqueta entornando los ojos.

—¿Quieres que te lave los pies con limpiacristales?

—¡Por supuesto que no! —Escirón frunció el entrecejo—. Pone «limpiador de superficies múltiples». Y está claro que mis pies cuentan como superficies múltiples. Además, es bactericida. Lo necesito. Créeme, el agua no sirve con estos pequeños.

Escirón retorció los dedos de sus pies, y más vaharadas de olor a cafetería para zombis atravesaron flotando los acantilados.

A Jason le entraron arcadas.

—Oh, dioses, no…

Escirón se encogió de hombros.

—Siempre puedes elegir lo que tengo en la otra mano.

Levantó la pistola que tenía a su derecha.

—Lo hará —dijo Hazel.

Jason le lanzó una mirada furibunda, pero Hazel salió victoriosa del duelo de miradas.

—Está bien —murmuró.

—¡Excelente! Bueno… —Escirón se dirigió cojeando al trozo de piedra caliza más cercano, que tenía el tamaño aproximado de un escabel. Se volvió hacia el agua y posó el pie, de tal forma que parecía un explorador que acababa de reclamar un nuevo país—. Contemplaré el horizonte mientras tú me frotas los juanetes. Será mucho más agradable.

—Sí —dijo Jason—. Seguro que sí.

Jason se arrodilló delante del bandido en el borde del acantilado, donde era un blanco fácil. Una patada y caería.

Hazel se concentró. Se imaginó que era Escirón, el señor de los bandidos. Estaba mirando a un patético chico rubio que no suponía la más mínima amenaza; otro semidiós vencido a punto de convertirse en su víctima.

Visualizó mentalmente lo que pasaría. Invocó la Niebla, haciéndola aparecer de las profundidades de la tierra como hacía con el oro, la plata o los rubíes.

Jason lanzó el líquido limpiador. Le empezaron a llorar los ojos. Limpió el dedo gordo del pie de Escirón con el trapo y apartó la cabeza invadido por las arcadas. Hazel apenas podía mirar. Cuando la patada tuvo lugar, estuvo a punto de no verla.

Escirón propinó a Jason un golpe en el pecho con el pie. Jason se desplomó hacia atrás por encima del borde, agitando los brazos y gritando al caer. Cuando estaba a punto de aterrizar en el agua, la tortuga se levantó y se lo tragó de un bocado, y acto seguido se hundió debajo de la superficie.

Las sirenas de alarma sonaron en el *Argo II*. Los amigos de Hazel se dirigieron apresuradamente a la cubierta y se apostaron tras las catapultas. Hazel oyó a Piper llorar desde el barco.

Era tan perturbador que Hazel estuvo a punto de desconcentrarse. Dividió su mente en dos partes: una, concentrada intensamente en su tarea y otra que desempeñaba el papel que Escirón tenía que ver.

Gritó ultrajada.

—¿Por qué lo has hecho?

—Oh, querida… —Escirón parecía triste, pero a Hazel le dio la impresión de que ocultaba una sonrisa bajo su pañuelo—. Ha sido un accidente, te lo aseguro.

—¡Mis amigos te matarán!

—Pueden intentarlo —dijo Escirón—. ¡Pero, mientras tanto, creo que te da tiempo a lavarme el otro pie! Créeme, querida: mi tortuga ya está llena. Tú no le interesas. No corres ningún peligro, a menos que te niegues.

Le apuntó a la cabeza con la pistola de chispa.

Ella vaciló y dejó que él viera su sufrimiento. No podía aceptar con excesiva facilidad, o él no creería que estaba vencida.

—No me des una patada —dijo, sollozando a medias.

Al bandido le brillaban los ojos. Eso era exactamente lo que esperaba. Ella estaba deshecha e indefensa. Escirón, el hijo de Poseidón, había vuelto a ganar.

A Hazel le costaba creer que ese tipo tuviera el mismo padre que Percy Jackson. Entonces recordó que Poseidón tenía una personalidad voluble, como el mar. Tal vez sus hijos fueran un reflejo de ese aspecto. Percy era un hijo de la faceta buena de Poseidón: poderoso pero dulce y servicial, la clase de mar que empujaba los barcos sin contratiempos hasta tierras lejanas. Escirón era un hijo de la otra parte de Poseidón: la clase de mar que azotaba implacablemente el litoral hasta que se desmoronaba, o que alejaba a inocentes de la costa y dejaba que se ahogaran, o que estrellaba barcos y mataba tripulaciones enteras sin piedad.

Hazel cogió la botella que Jason acababa de soltar.

—Escirón —gruñó—, tus pies son la parte menos repugnante de ti.

Los ojos verdes de él se endurecieron.

—Limítate a limpiar.

Ella se arrodilló, tratando de obviar el olor. Se desplazó a un lado arrastrando los pies, lo que obligó a Escirón a ajustar su postura, pero se imaginó que el mar seguía a su espalda. Mantuvo esa visión en su mente mientras se movía otra vez de lado.

—¡Venga! —dijo Escirón.

Hazel reprimió una sonrisa. Había conseguido que Escirón se girase ciento ochenta grados, pero todavía veía el mar delante de él y tenía la ondulada campiña a su espalda.

Empezó a limpiar.

Hazel había hecho muchas tareas desagradables en su vida. Había limpiado cuadras de unicornios en el Campamento Júpiter. Había llenado y excavado letrinas para la legión.

«Esto no es nada», se dijo a sí misma, pero le costó contener las arcadas al mirar los dedos de los pies de Escirón.

Cuando recibió la patada, salió despedida hacia atrás, pero no llegó muy lejos. Cayó de culo en la hierba a pocos metros de distancia.

Escirón se la quedó mirando.

—Pero…

De repente el mundo se alteró. La ilusión se desvaneció y dejó a Escirón totalmente confundido. El mar estaba a su espalda. Solo había conseguido apartar a Hazel del saliente.

Bajó la pistola.

—¿Cómo…?

—La bolsa o la vida —le dijo Hazel.

Jason bajó del cielo en picado, justo por encima de la cabeza de ella, y tiró al bandido por el acantilado de un cabezazo.

Escirón gritó al caer y disparó su pistola como loco, pero por una vez no le acertó a nada. Hazel se levantó. Llegó al borde del acantilado a tiempo para ver como la tortuga se abalanzaba y atrapaba a Escirón en el aire.

Jason sonrió.

—Ha sido increíble, Hazel. En serio… ¿Hazel? Oye, ¿Hazel?

Hazel cayó de rodillas, súbitamente mareada.

Podía oír lejanamente a sus amigos dando vítores desde el barco. Jason se alzaba por encima de ella, pero se movía en cámara lenta, con su silueta borrosa y su voz convertida en interferencias.

La escarcha cubrió las rocas y la hierba que había a su alrededor. El tesoro que había invocado se volvió a hundir en la tierra. La Niebla se arremolinó.

«¿Qué he hecho? —pensó aterrada—. Algo ha ido mal.»

—No, Hazel —dijo una voz grave detrás de ella—. Lo has hecho bien.

Apenas se atrevía a respirar. Solo había oído esa voz en una ocasión, pero la había evocado miles de veces.

Se volvió y se encontró ante su padre.

Iba vestido al estilo romano: el cabello moreno cortado al rape y el rostro pálido y angular totalmente afeitado. Su túnica y su toga eran de lana negra bordada con hilo de oro. Rostros de almas atormentadas se movían en la tela. La toga tenía el ribete carmesí de los senadores o los pretores, pero la franja ondeaba como un río de sangre. En el dedo anular de Plutón había un enorme ópalo, como un pedazo de Niebla helada y pulida.

Su alianza, pensó Hazel. Pero Plutón no se había casado con la madre de Hazel. Los dioses no se casaban con mortales. El anillo debía de ser un símbolo de su matrimonio con Perséfone.

La idea enfureció tanto a Hazel que se recobró del mareo y se levantó.

—¿Qué quiere? —preguntó.

Esperaba que su tono le ofendiera, que le sirviera de escarmiento por todo el dolor que le había causado. Pero en sus labios se dibujó una sonrisa.

—Hija mía —dijo—. Estoy impresionado. Te has hecho fuerte.

«No ha sido gracias a ti», quería decir ella. No quería recrearse en lo más mínimo en su cumplido, pero todavía le escocían los ojos.

—Creía que los dioses importantes estaban incapacitados —logró decir—. Que sus personalidades griegas y romanas estaban enfrentadas.

—Así es —convino Plutón—. Pero me has invocado con tanta intensidad que me has permitido aparecer…, aunque solo sea por un momento.

—Yo no le he invocado.

Sin embargo, al mismo tiempo que lo decía, supo que no era cierto. Por primera vez, había aceptado voluntariamente su linaje como hija de Plutón. Había intentado entender los poderes de su padre y aprovecharlos al máximo.

—Cuando vengas a mi casa en Epiro —dijo Plutón—, debes estar preparada. Los muertos no te recibirán con los brazos abiertos. Y la hechicera Pasífae…

—¿Pasiflora? —preguntó Hazel. Entonces cayó en la cuenta de que debía de tratarse de un nombre de mujer.

—No se dejará engañar tan fácilmente como Escirón. —Los ojos de Plutón brillaban como piedra volcánica—. Has tenido éxito en tu primera prueba, pero Pasífae quiere reconstruir sus dominios, una empresa que pondrá en peligro a todos los semidioses. A menos que tú la detengas en la Casa de Hades…

La figura de Plutón parpadeó. Por un instante apareció con barba, túnica griega y una corona de laurel dorado en el cabello. Unas manos esqueléticas salieron de la tierra alrededor de sus pies.

El dios apretó los dientes y frunció el entrecejo.

Su forma romana se estabilizó. Las manos esqueléticas desaparecieron en la tierra.

—No tenemos mucho tiempo. —Parecía un hombre que acababa de enfermar violentamente—. Ten presente que las Puertas de la Muerte son el nivel inferior del Necromanteion. Debes hacer que Pasífae vea lo que quiere ver. Estás en lo cierto. Ese es el secreto de toda magia. Pero no te será fácil cuando estés en su laberinto.

—¿A qué se refiere? ¿Qué laberinto?

—Ya lo entenderás —prometió él—. Y otra cosa, Hazel Levesque… no me creerás, pero estoy orgulloso de tu fuerza. A veces… a veces la única forma de cuidar de mis hijos es mantener la distancia.

Hazel reprimió un insulto. Plutón era otro padre divino gandul que solo ofrecía malas disculpas. Pero el corazón le latió con fuerza cuando repitió mentalmente sus palabras: «Estoy orgulloso de tu fuerza».

—Ve con tus amigos —dijo Plutón—. Estarán procupados. El viaje a Epiro todavía reviste muchos peligros.

—Espere —dijo Hazel.

Plutón arqueó una ceja.

—Cuando coincidí con Tánatos, ya sabe, la Muerte —dijo ella—, me dijo que yo no estaba en la lista de espíritus rebeldes a los que debía capturar. Dijo que tal vez se debiese a que usted guardaba la distancia. Que si me reconociera, tendría que llevarme otra vez al inframundo.

Plutón aguardó.

—¿Cuál es tu pregunta?

—Usted está aquí. ¿Por qué no me lleva al inframundo? ¿Por qué no me devuelve al mundo de los muertos?

La figura de Plutón empezó a desvanecerse. Sonrió, pero Hazel no sabía si estaba triste o contento.

—Tal vez eso no sea lo que yo quiera ver, Hazel. Tal vez nunca haya estado aquí.

XXIX

Percy

Percy se sintió aliviado cuando las abuelas diabólicas entraron a matar.

Sí, estaba aterrado. No le gustaban las probabilidades de éxito que arrojaba un enfrentamiento entre ellos tres y varias docenas de enemigas. Pero por lo menos entendía de lucha. Había estado volviéndose loco vagando por las calles y esperando a que le atacasen.

Además, él y Annabeth habían luchado codo con codo muchas veces. Y ahora tenían a un titán de su parte.

—Atrás.

Percy trató de acuchillar a la bruja arrugada más cercana con *Contracorriente*, pero ella se limitó a reírse burlonamente.

Somos las arai, dijo la extraña voz en off, como si el bosque entero estuviera hablando. *No podéis destruirnos.*

Annabeth se pegó al hombro de Percy.

—No las toques —advirtió—. Son los espíritus de las maldiciones.

—A Bob no le gustan las maldiciones —concluyó Bob.

Bob el Pequeño, el gatito esqueleto, desapareció dentro del mono de conserje. Un gato listo.

El titán describió un amplio arco con su escoba y obligó a los espíritus a retroceder, pero volvieron a acercarse como la tormenta.

Servimos a los resentidos y a los vencidos, dijeron las *arai*. *Servimos a los caídos que suplicaron venganza con su último aliento. Tenemos muchas maldiciones que compartir con vosotros.*

El agua de fuego que Percy tenía en el estómago empezó a subirle por la garganta. Deseó que en el Tártaro hubiera mejores opciones en materia de bebida o un árbol que expendiera sal de frutas.

—Agradezco la oferta —dijo—. Pero mi madre me dijo que no aceptara maldiciones de extraños.

La diabla más cercana se abalanzó sobre él. Sus garras se extendieron como huesudas navajas automáticas. Percy la partió en dos, pero en cuanto se hubo volatilizado, los lados del pecho le ardieron de dolor. Retrocedió tambaleándose y llevándose la mano a la caja torácica. Cuando apartó los dedos los tenía húmedos y rojos.

—¡Estás sangrando, Percy! —gritó Annabeth, algo bastante evidente para él a esas alturas—. Oh, dioses, por los dos lados.

Era cierto. Los bordes izquierdo y derecho de su andrajosa camiseta estaban pegajosos de la sangre, como si una jabalina lo hubiera atravesado.

O una flecha…

Las náuseas estuvieron a punto de derribarlo. «Venganza.» «Una maldición de los caídos.»

Se remontó a un enfrentamiento que había tenido lugar en Texas hacía dos años: una pelea con un ganadero monstruoso al que solo se podía matar si cada uno de sus tres cuerpos era atravesado al mismo tiempo.

—Gerión —dijo Percy—. Así es como lo maté…

Los espíritus enseñaron sus colmillos. Otras *arai* saltaron de los árboles negros, agitando sus alas curtidas.

Sí, convinieron ellas. *Experimenta el dolor que infligiste a Gerión. Eres el blanco de muchas maldiciones, Percy Jackson. ¿Cuál de ellas te matará? ¡Elige o te haremos trizas!*

Logró mantenerse en pie. La sangre dejó de extenderse, pero todavía se sentía como si tuviera una barra metálica al rojo vivo clavada en las costillas. El brazo con el que sostenía la espada le pesaba y no tenía fuerza.

—No lo entiendo —murmuró.

La voz de Bob pareció resonar desde el final de un largo túnel.

—Si matáis a una, os caerá una maldición.

—Pero si no las matamos… —dijo Annabeth.

—Nos matarán de todas formas —supuso Percy.

¡Elige!, gritaron las *arai*. *¿Acabarás aplastado como Campe? ¿O desintegrado como los jóvenes telquines que mataste bajo el monte Santa Helena? Has sembrado mucha muerte y sufrimiento, Percy Jackson. ¡Te vamos a pagar con tu misma moneda!*

Si de verdad encarnaban las maldiciones postreras de todos los enemigos a los que él había destruido, Percy estaban en un serio aprieto. Se había enfrentado a muchos enemigos.

Una de las diablas se abalanzó sobre Annabeth. Instintivamente, ella se agachó. Atizó a la vieja en la cabeza con la piedra y la convirtió en polvo.

Tampoco es que Annabeth tuviera muchas opciones. Percy habría hecho lo mismo. Pero la chica soltó la piedra enseguida y lanzó un grito de alarma.

—¡No puedo ver!

Se tocó la cara, mirando a su alrededor como loca. Tenía los ojos completamente blancos.

Percy corrió a su lado mientras las *arai* se reían a carcajadas.

Polifemo te maldijo cuando lo engañaste con la invisibilidad en el mar de los Monstruos. Te hiciste llamar Nadie. Él no podía verte. Ahora tú tampoco podrás ver a tus agresores.

—Estoy contigo —aseguró Percy.

Rodeó a Annabeth con el brazo, pero, cuando las *arai* avanzaron, no supo cómo iba a protegerlos a los dos.

Una docena de diablas saltaron por todas partes, pero Bob gritó:

—¡BARRE!

Su escoba pasó volando por encima de la cabeza de Percy. Toda la línea ofensiva de las *arai* cayó hacia atrás como un montón de bolos.

Otras *arai* avanzaron en tropel. Bob golpeó a una en la cabeza y atravesó a otra antes de reducirla a polvo. Las otras retrocedieron.

Percy contuvo el aliento, esperando a que su amigo titán cayera fulminado por una terrible maldición, pero Bob parecía encontrarse bien: un enorme guardaespaldas plateado capaz de mantener la muerte a raya con el utensilio de limpieza más aterrador del mundo.

—¿Estás bien, Bob? —preguntó Percy—. ¿No te ha caído ninguna maldición?

—¡Ninguna maldición para Bob! —convino Bob.

Las *arai* gruñían y daban vueltas observando la escoba.

El titán ya está maldito. ¿Por qué deberíamos torturarlo más? Tú le borraste la memoria, Percy Jackson.

La punta de lanza de Bob descendió.

—No les hagas caso, Bob —dijo Annabeth—. ¡Son malas!

El tiempo empezó a avanzar más despacio. Percy se preguntó si el espíritu de Cronos se encontraba cerca, arremolinándose en la oscuridad, disfrutando tanto de ese momento como para desear que durara eternamente. Percy se sintió como, con doce años, luchó contra Ares en aquella playa de Los Ángeles, cuando la sombra del señor de los titanes había pasado por encima de él por primera vez.

Bob se volvió. Su cabello blanco despeinado parecía una aureola reventada.

—Mi memoria… ¿Fuiste tú?

¡Maldícelo, titán!, lo azuzaron las *arai*, con sus ojos rojos brillando. *¡Añádelo a nuestra lista!*

El corazón de Percy le oprimió hasta dejarlo sin habla.

—Es una larga historia, Bob. No quería ser tu enemigo. Intenté convertirte en mi amigo.

Arrebatándote la vida, dijeron las *arai*. *¡Dejándote en el palacio de Hades para que fregaras los suelos!*

Annabeth agarró la mano de Percy.

—¿En qué dirección? —susurró—. Por si tenemos que huir.

Él lo entendió. Si Bob no podía protegerlos, su única opción era huir, pero eso tampoco era una opción.

—Escucha, Bob —dijo, intentándolo de nuevo—, las *arai* quieren que te enfades. Se engendran a partir de la amargura. No les des lo que quieren. Somos tus amigos.

Al pronunciar esas palabras Percy se sintió como un mentiroso. Había dejado a Bob en el inframundo y desde entonces no había vuelto a pensar en él. ¿Qué los convertía en amigos? ¿El hecho de que Percy lo necesitara ahora? Percy no soportaba que los dioses lo utilizaran para sus encargos. Y él estaba tratando a Bob de la misma manera.

¿Has visto su cara?, gruñeron las *arai*. *Ni siquiera él se lo cree. ¿Te visitó después de robarte la memoria?*

—No —murmuró Bob. Le temblaba el labio inferior—. Pero el otro sí.

Los pensamientos de Percy se ralentizaron.

—¿El otro?

—Nico. —Bob lo miró frunciendo el entrecejo, con los ojos rebosantes de dolor—. Nico me visitó. Me habló de Percy. Dijo que Percy era bueno. Dijo que era mi amigo. Por eso Bob ha venido a ayudar.

—Pero…

La voz de Percy se desintegró como si le hubiera alcanzado una espada de bronce celestial. Nunca se había sentido tan mezquino y rastrero, tan indigno de un amigo.

Las *arai* atacaron, y esa vez Bob no las detuvo.

XXX

Percy

—¡Izquierda!

Percy arrastró a Annabeth abriéndose camino entre las *arai* a espadazos. Probablemente hizo recaer una docena de maldiciones sobre su persona, pero no notó nada, así que siguió corriendo.

El pecho le ardía a cada paso. Zigzagueó entre los árboles, haciendo correr a toda velocidad a Annabeth a pesar de su ceguera.

Percy se dio cuenta de lo mucho que ella confiaba en él para salir de esa situación. Él no podía decepcionarla, pero ¿cómo podía salvarla? Y si se había quedado ciega para siempre... No. Reprimió una oleada de pánico. Ya averiguaría cómo curarla más tarde. Primero tenían que escapar.

Unas alas curtidas azotaron el aire por encima de ellos. Los siseos airados y el correteo de pies con garras le indicaron que las diablas estaban detrás de ellos.

Al pasar corriendo por delante de un árbol negro, cortó el tronco con su espada. Oyó que se desplomaba, seguido del grato crujido de varias docenas de *arai* al ser aplastadas.

«Si un árbol cae en el bosque y aplasta a una diabla, ¿cae una maldición sobre el árbol?»

Percy cortó otro tronco y luego otro. Gracias a eso, ganaron unos segundos, pero no los suficientes.

De repente la oscuridad que se extendía delante de ellos se hizo más densa. Percy comprendió lo que significaba en el momento preciso. Agarró a Annabeth justo antes de que los dos se despeñaran por un lado del acantilado.

—¿Qué? —gritó ella—. ¿Qué pasa?

—Acantilado —contestó él con voz entrecortada—. Acantilado grande.

—¿Por dónde, entonces?

Percy no podía ver la altura del acantilado. Podía ser de tres metros o de trescientos. No había forma de saber a qué profundidad estaba el fondo. Podían saltar y esperar lo mejor, pero dudaba que «lo mejor» tuviera cabida en el Tártaro.

De modo que solo tenían dos opciones: derecha o izquierda, siguiendo el borde.

Estaba a punto de elegir al azar cuando una diabla alada descendió delante de él. Se quedó flotando sobre el vacío con sus alas de murciélago, fuera del alcance de su espada.

¿Te ha gustado el paseo?, preguntó la voz colectiva, resonando por todas partes.

Percy se volvió. Las *arai* salieron del bosque en tropel, formando una medialuna alrededor de ellos. Una agarró a Annabeth por el brazo. Annabeth soltó un aullido de ira, derribó al monstruo haciendo una llave de yudo y cayó sobre su cuello, apoyando todo su peso sobre el codo en un golpe que habría enorgullecido a cualquier luchador profesional.

El monstruo se disolvió, pero cuando Annabeth se levantó, estaba tan desconcertada y asustada como ciega.

—¿Percy? —gritó, con un deje de pánico en la voz.

—Estoy aquí mismo.

Él trató de ponerle la mano en el hombro, pero ella no estaba donde él creía. Lo intentó de nuevo, pero descubrió que Annabeth se encontraba más lejos. Era como intentar coger algo en un depósito de agua, donde la luz alejaba su imagen.

—¡Percy! —La voz de Annabeth se quebró—. ¿Por qué me has abandonado?

—¡No te he abandonado! —Él se volvió contra una *arai*, las manos temblando de la ira—. ¿Qué le habéis hecho?

No hemos hecho nada, dijeron las diablas. *Tu amada ha desencadenado una maldición especial: el rencor de alguien a quien abandonaste. Castigaste a un alma inocente dejándola sola. Ahora su deseo más vengativo se ha hecho realidad: Annabeth siente su desesperanza. Ella también perecerá sola y abandonada.*

—¿Percy?

Annabeth extendió los brazos tratando de encontrarlo. Las *arai* retrocedieron, dejando que diera traspiés a ciegas entre sus filas.

—¿A quién abandoné? —preguntó Percy—. Yo nunca…

De repente notó una sensación de vértigo en el estómago, como si se hubiera caído por el acantilado.

Las palabras resonaron en su cabeza: «Un alma inocente», «Sola y abandonada». Recordó una isla, una cueva iluminada por tenues cristales brillantes, una mesa de comedor en la playa servida por invisibles espíritus del viento.

—Ella no lo haría —masculló—. Ella nunca me maldeciría.

Los ojos de las diablas se fundieron como sus voces. Percy notaba punzadas en los costados. El dolor de su pecho se había agravado, como si alguien estuviera retorciendo poco a poco una daga.

Annabeth deambulaba entre las diablas llamándolo desesperadamente. Percy deseaba correr hacia ella, pero sabía que las *arai* no lo permitirían. El único motivo por el que todavía no la habían matado era que estaban disfrutando de su sufrimiento.

Percy apretó la mandíbula. Le traían sin cuidado las maldiciones que cayeran sobre él. Tenía que mantener a esas viejas brujas centradas en él y proteger a Annabeth mientras pudiera.

Gritó enfurecido y las atacó a todas.

XXXI

Percy

Durante un emocionante minuto Percy sintió que estaba ganando. *Contracorriente* atravesaba a las *arai* como si estuvieran hechas de azúcar en polvo. A una le entró pánico y se chocó de frente contra un árbol. Otra chilló y trató de huir volando, pero Percy le cortó las alas y el monstruo cayó en espiral a la sima.

Cada vez que una diabla se desintegraba, Percy experimentaba una sensación de temor más intensa: estaba cayendo sobre él otra maldición. Algunas eran brutales y dolorosas: puñaladas en el estómago, la sensación abrasadora de estar siendo rociado con un soplete... Otras eran sutiles: frío en la sangre, un tic incontrolable en el ojo derecho...

¿Quién te maldice con su último aliento y dice: «Espero que sufras un tic nervioso en el ojo»?

Percy sabía que había matado a muchos monstruos, pero nunca había pensado en ello desde el punto de vista de los monstruos. En ese momento, todo su dolor, su ira y su rencor caían sobre él y minaban sus fuerzas.

Las *arai* no paraban de acercarse. Por cada una que mataba, era como si aparecieran seis más.

Se le estaba cansando el brazo con el que sujetaba la espada. Le dolía el cuerpo y la vista se le nublaba. Trató de dirigirse a Annabeth, pero ella estaba fuera de su alcance, llamándolo mientras deambulaba entre los monstruos.

Cuando Percy se dirigía a ella dando tumbos, un monstruo se echó encima de él y le clavó los dientes en el muslo. Percy gritó. Redujo a polvo a la diabla de un espadazo, pero inmediatamente cayó de rodillas.

La boca le ardía todavía más que al tragar agua de fuego del Flegetonte. Se inclinó, estremeciéndose y sacudido por las arcadas, mientras una docena de serpientes de fuego parecían abrirse paso por su esófago.

Has elegido, dijo la voz de las *arai, la maldición de Fineas...*, *una magnífica muerte dolorosa.*

Percy trató de hablar. Tenía la lengua como si la hubiera metido en un microondas. Se acordó del rey ciego que había perseguido a unas arpías por Portland con una desbrozadora. Percy lo había retado a un duelo, y el perdedor había bebido un frasco letal de sangre de gorgona. Percy no recordaba que el viejo ciego hubiera pronunciado una maldición final, pero, como Fineas se disolvió y regresó al inframundo, probablemente no le había deseado a Percy una vida larga y feliz.

Después de la victoria de Percy, Gaia le había advertido: «No fuerces tu suerte. Cuando te llegue la muerte, te prometo que será mucho más dolorosa que la causada por sangre de gorgona».

En ese momento estaba en el Tártaro, muriéndose a causa de la sangre de gorgona, además de otra docena de atroces maldiciones, mientras veía como su novia andaba dando traspiés, desvalida y ciega, creyendo que él la había abandonado. Aferró su espada. Sus nudillos empezaron a humear. Volutas de humo blanco salían de sus antebrazos.

«No pienso morir así», pensó.

No solo porque fuera doloroso y de una cobardía insultante, sino también porque Annabeth lo necesitaba. Cuando él estuviera muerto, las diablas centrarían su atención en ella. No podía dejarla sola.

Las *arai* se apiñaron en torno a él, riéndose y siseando.

Su cabeza explotará primero, conjeturó la voz.

No, se contestó a sí misma, procedente de otra dirección. *Se quemará de golpe.*

Estaban apostando a ver cómo moriría y la marca de chamusquina que dejaría en el suelo.

—Bob —dijo con voz ronca—. Te necesito.

Una súplica inútil. Apenas podía oírse a sí mismo. ¿Por qué iba a responder Bob a su llamada dos veces? El titán ya sabía la verdad. Percy no era amigo suyo.

Alzó la vista por última vez. Parecía que su entorno parpadease. El cielo hervía y en el suelo se formaban burbujas.

Percy se dio cuenta de que lo que veía del Tártaro no era más que una versión suavizada de su auténtico horror: lo que su cerebro de semidiós podía asimilar. La peor parte estaba oculta, del mismo modo que la Niebla ocultaba los monstruos de la vista de los mortales. Al morir, Percy empezaba a ver la verdad.

El aire era el aliento de Tártaro. Todos aquellos monstruos no eran más que glóbulos circulando por su cuerpo. Todo lo que Percy veía era un sueño en la mente del siniestro dios del foso.

Así debía de ser como Nico había visto el Tártaro, y había estado a punto de acabar con su cordura. Nico, una de las muchas personas a las que Percy no había tratado demasiado bien. Si él y Annabeth habían llegado tan lejos en el Tártaro había sido porque Nico di Angelo se había comportado como un verdadero amigo de Bob.

¿Ves el horror del foso?, dijeron las *arai* con un tono tranquilizador. *Ríndete, Percy Jackson. ¿Acaso no es mejor la muerte que soportar este sitio?*

—Lo siento —murmuró Percy.

¡Se disculpa! Las *arai* chillaron regocijadas. *¡Se arrepiente de su vida fracasada y de sus crímenes contra los hijos de Tártaro!*

—No —repuso Percy—. Lo siento, Bob. Debería haber sido sincero contigo. Por favor… perdóname. Protege a Annabeth.

No esperaba que Bob le oyera ni que le hiciera caso, pero descargar su conciencia le pareció lo correcto. No podía culpar a nadie de sus problemas. Ni a los dioses. Ni a Bob. Ni siquiera podía culpar a Calipso, la chica a la que había abandonado en aquella isla. Tal vez ella se había vuelto resentida y había maldecido a la novia de Percy por desesperación. Aun así, Percy debería haber mantenido el contacto con Calipso y haberse asegurado de que los dioses la liberasen de su exilio en Ogigia como le habían prometido. No la había tratado mejor de lo que había tratado a Bob. Ni siquiera había pensado en ella, aunque su planta de lazo de luna todavía florecía en la jardinera de la ventana de su madre.

Tuvo que hacer acopio de las fuerzas que le quedaban, pero se levantó. Su cuerpo entero desprendía humo. Las piernas le temblaban. Sus entrañas se revolvían como un volcán.

Por lo menos podía morir luchando. Levantó a *Contracorriente*.

Pero antes de que pudiera atacar, todas las *arai* que había delante de él estallaron en una nube de polvo.

XXXII

Percy

Desde luego, Bob sabía usar la escoba.

Lanzaba tajos de un lado al otro y destruía a las diablas una detrás de otra mientras Bob el Pequeño reposaba en su hombro, arqueando la espalda y siseando.

En unos segundos, las *arai* habían desaparecido. La mayoría se había volatilizado. Las más listas se habían ido a la oscuridad volando y chillando aterrorizadas.

Percy quería dar las gracias al titán, pero le fallaba la voz. Las piernas le flaqueaban. Los oídos le zumbaban. A través del fulgor rojo del dolor, vio a Annabeth a unos metros de distancia, deambulando a ciegas hacia el borde del acantilado.

—¡No! —gruñó Percy.

Bob siguió su mirada. Saltó hacia Annabeth y la cogió en brazos. Ella se puso a chillar y a dar patadas, aporreando la barriga del titán, pero a Bob no pareció importarle. La llevó hasta Percy y la dejó con delicadeza.

El titán le tocó la frente.

—Pupa.

Annabeth dejó de pelear. Su vista se aclaró.

—¿Dónde…? ¿Qué…?

Vio a Percy, y una serie de expresiones cruzaron brevemente su rostro: alivio, alegría, sorpresa, horror.

—¿Qué le ocurre? —gritó—. ¿Qué ha pasado?

Se abrazó los hombros y rompió a llorar contra la cabeza de él.

Percy quería decirle que todo iba bien, pero por supuesto no era así. Ni siquiera se notaba el cuerpo. Su conciencia era como un pequeño globo de helio atado débilmente en lo alto de su cabeza. No tenía peso ni fuerza. Y no paraba de hincharse y se volvía más y más ligero. Sabía que en poco tiempo reventaría o que la cuerda se rompería, y su vida se iría flotando.

Annabeth tomó su cara entre las manos. Lo besó y le limpió el polvo y el sudor de los ojos.

Bob se levantó por encima de ellos, con su escoba plantada como una bandera. Tenía una expresión impenetrable de un blanco luminoso en la oscuridad.

—Muchas maldiciones —dijo Bob—. Percy ha hecho muchas cosas malas a los monstruos.

—¿Puedes curarlo? —rogó Annabeth—. Como hiciste con mi ceguera. ¡Cura a Percy!

Bob frunció el entrecejo. Se toqueteó la placa de identificación del uniforme como si fuera una costra.

Annabeth volvió a intentarlo.

—Bob…

—Jápeto —la corrigió Bob, en un tenue rumor—. Antes de Bob era Jápeto.

El aire estaba totalmente inmóvil. Percy se sentía indefenso, casi desconectado del mundo.

—Me gusta más Bob. —La voz de Annabeth sonaba sorprendentemente serena—. ¿Cuál te gusta a ti?

El titán la observó con sus ojos de plata pura.

—Ya no lo sé.

Se agachó al lado de ella y examinó a Percy. El rostro de Bob estaba demacrado y lleno de preocupación, como si de repente notara el peso de todos sus siglos de existencia.

—Lo prometí —murmuró—. Nico me pidió ayuda. No creo que ni a Jápeto ni a Bob les guste romper sus promesas.

Tocó la frente de Percy.

—Pupa —murmuró el titán—. Pupa muy grande.

Percy se desplomó hacia atrás. El zumbido de sus oídos se desvaneció. Su vista se aclaró. Todavía se sentía como si se hubiera tragado una freidora. Las entrañas le bullían. Notaba que el veneno solo había sido retardado, no extraído.

Pero estaba vivo.

Trató de mirar a Bob a los ojos y de expresarle su gratitud. La cabeza le colgó contra el pecho.

—Bob no puede curar esto —dijo el titán—. Demasiado veneno. Demasiadas maldiciones acumuladas.

Annabeth abrazó los hombros de Percy. Él quería decir: «Eso sí que lo noto. Ay. Demasiado fuerte».

—No hay agua —dijo Bob—. El Tártaro es malo.

«Ya me había dado cuenta», le entraron ganas de gritar a Percy. Por lo menos el titán se llamó a sí mismo «Bob». A pesar de culpar a Percy por arrebatarle la memoria, tal vez pudiera ayudar a Annabeth si Percy no sobrevivía.

—No —insistió Annabeth—. No, tiene que haber una forma. Tiene que haber algo para curarlo.

Bob posó la mano en el pecho de Percy. Un cosquilleo frío como el del bálsamo de eucalipto se extendió a través de su esternón, pero en cuanto Bob levantó la mano, el alivió cesó. Percy volvió a notar los pulmones calientes como la lava.

—El Tártaro mata a los semidioses —dijo Bob—. Cura a los monstruos, pero vuestro sitio no está aquí. El Tártaro no curará a Percy. El foso odia a los de vuestra condición.

—Me da igual —dijo Annabeth—. Incluso aquí tiene que haber algún sitio donde pueda descansar o una cura que pueda recibir. A lo mejor en el altar de Hermes o…

A lo lejos, una voz grave rugió; una voz que lamentablemente Percy reconoció.

—¡LO HUELO! —bramó el gigante—. ¡CUIDADO, HIJO DE POSEIDÓN! ¡VOY A POR TI!

—Polibotes —dijo Bob—. Odia a Poseidón y a sus hijos. Está muy cerca.

Annabeth se empeñó en levantar a Percy. Él detestaba que se esforzara tanto, pero se sentía como un saco de bolas de billar. Incluso apoyando casi todo su peso en Annabeth, apenas se tenía en pie.

—Bob, voy a seguir, contigo o sin ti —dijo ella—. ¿Me vas a ayudar?

Bob el Pequeño maulló y empezó a ronronear, frotándose contra el mentón de Bob.

Bob miró a Percy, y Percy deseó poder descifrar la expresión del titán. ¿Estaba enfadado o solo pensativo? ¿Estaba planeando vengarse o simplemente se sentía dolido porque Percy le había mentido diciéndole que era su amigo?

—Hay un sitio —dijo Bob finalmente—. Hay un gigante que podría saber qué hacer.

A Annabeth por poco se le cayó Percy.

—Un gigante. Bob, los gigantes son malos.

—Hay uno bueno —insistió Bob—. Créeme. Os llevaré…, a menos que Polibotes y los demás nos pillen antes.

XXXIII

Jason

Jason se quedó dormido en plena faena, lo que no era bueno, considerando que estaba en el aire a trescientos metros de altura.

Debería haberse espabilado. Era la mañana siguiente a su enfrentamiento contra el bandido Escirón, y Jason estaba de guardia, luchando contra unos violentos *venti* que amenazaban el barco. Cuando atravesó al último, se olvidó de contener la respiración.

Un estúpido error. Cuando un espíritu del viento se desintegra, crea un vacío. Si no contienes la respiración, el aire de tus pulmones es absorbido. Y la presión de los oídos internos desciende tan rápido que pierdes el conocimiento.

Eso es lo que le pasó a Jason.

Y lo que es peor, enseguida se sumió en un sueño. En lo más recóndito de su subconsciente, pensó: «Venga ya. ¿Ahora?».

Necesitaba despertarse o moriría, pero era incapaz de aferrarse a ese pensamiento. En el sueño, se hallaba en el tejado de un alto edificio, con el contorno nocturno de Manhattan extendiéndose a su alrededor. Un viento frío le azotaba la ropa.

A unas manzanas de distancia, había nubes acumuladas encima del Empire State: la entrada del mismísimo monte Olimpo. Relampagueó. El aire adquirió un matiz metálico con el olor de la lluvia inminente. La parte superior del rascacielos estaba iluminada como siempre, pero parecía que las luces no funcionaran bien. Parpadeaban en tono morado y naranja como si los colores lucharan por imponerse.

En el tejado del edificio de Jason se encontraban sus viejos compañeros del Campamento Júpiter: una formación de semidioses con armadura de combate, sus armas y escudos de oro imperial centelleando en la oscuridad. Vio a Dakota y a Nathan, a Leila y a Marcus. Octavio estaba a un lado, delgado y pálido, con los ojos enrojecidos del sueño o la ira y una ristra de animales de peluche sacrificiales alrededor de la cintura. Llevaba la túnica blanca de augur por encima de una camiseta morada y unos pantalones con abundantes bolsillos.

En el centro de la hilera estaba Reyna, con sus perros metálicos Aurum y Argentum a su lado. Al verla, Jason experimentó un increíble sentimiento de culpabilidad. Había dejado creer a aquella chica que tenían un futuro juntos por delante. Nunca había estado enamorado de ella, y no le había dado esperanzas precisamente…, pero tampoco le había dado de lado.

Él había desaparecido, dejando que ella sola dirigiera el campamento. (Vale, no había sido exactamente idea de Jason, pero aun así…) Luego había vuelto al Campamento Júpiter con su nueva novia, Piper, y un grupo de amigos griegos en un buque de guerra. Habían disparado contra el foro y habían huido, dejando una guerra en manos de Reyna.

En su sueño parecía cansada. Puede que otros no lo advirtieran, pero él había trabajado con ella suficiente tiempo para reconocer el cansancio de sus ojos y la tensión de sus hombros bajo los tirantes de la armadura. Su cabello moreno estaba mojado, como si se hubiera duchado apresuradamente.

Los romanos miraban la puerta de acceso al tejado como si estuvieran esperando a alguien.

Se abrió una puerta y salieron dos personas. Una era un fauno —no, pensó Jason—, un sátiro. Había aprendido a distinguirlos en el Campamento Mestizo, y el entrenador Hedge siempre le corregía cuando cometía ese error. Los faunos romanos acostumbraban a holgazanear, pedir limosna y comer. Los sátiros eran más serviciales y estaban más comprometidos con los asuntos de los semidioses. Jason no creía haber visto antes a ese sátiro, pero estaba seguro de que era del bando griego. Ningún fauno tendría un aspecto tan resuelto acercándose a un grupo armado de romanos en plena noche.

Llevaba una camiseta de manga corta verde, de una organización de conservación de la naturaleza, con fotos de ballenas, tigres y otros animales en peligro de extinción. Sus piernas peludas y sus pezuñas estaban descubiertas. Tenía una barba de chivo poblada, el cabello castaño rizado cubierto con una boina de estilo rasta y unas flautas de caña colgadas del cuello. Se toqueteaba el dobladillo de la camiseta con las manos, pero considerando la forma en que observaba a los romanos, fijándose en sus posiciones y sus armas, Jason dedujo que ese sátiro ya había entrado en combate.

A su lado iba una chica pelirroja que Jason reconoció del Campamento Mestizo: su oráculo, Rachel Elizabeth Dare. Tenía el cabello largo y ensortijado, y llevaba una blusa blanca lisa y unos vaqueros con dibujos de tinta hechos a mano. Sostenía un cepillo de plástico azul para el pelo con el que se golpeaba nerviosamente el muslo, como si fuera un talismán de la suerte.

Jason recordaba haberla visto en la fogata, recitando versos de la profecía que había enviado a Jason, Piper y Leo en su primera misión juntos. Era una adolescente mortal corriente —no una semidiosa—, pero, por motivos que Jason nunca entendió, el espíritu de Delfos la había elegido a ella como huésped.

Pero el verdadero enigma era qué hacía ella con los romanos.

La chica dio un paso adelante, con la mirada fija en Reyna.

—Recibiste mi mensaje.

Octavio resopló.

—Es el único motivo por el que has llegado aquí viva, *graeca*. Espero que hayas venido a tratar las condiciones de la rendición.

—Octavio… —le advirtió Reyna.

—¡Por lo menos regístralos! —protestó Octavio.

—No hace falta —dijo Reyna, observando a Rachel Dare—. ¿Traes armas?

Rachel se encogió de hombros.

—Una vez le di a Cronos en el ojo con este cepillo. Aparte de eso, no.

Los romanos no supieron qué pensar del comentario. No parecía que la mortal estuviera bromeando.

—¿Y tu amigo? —Reyna señaló con la cabeza al sátiro—. Creía que venías sola.

—Este es Grover Underwood —dijo Rachel—. Es un jefe del consejo.

—¿Qué consejo? —preguntó Octavio.

—El Consejo de Sabios Ungulados, tío. —Grover tenía una voz aguda y aflautada, como si estuviera asustado, pero Jason sospechaba que el sátiro era más duro de lo que aparentaba—. En serio, ¿es que los romanos no tenéis naturaleza y árboles y esas cosas? Pues tengo noticias que os conviene oír. Además, soy el protector oficial. He venido a proteger a Rachel.

Reyna lo miró como si estuviera esforzándose por no sonreír.

—Pero ¿no llevas ninguna arma?

—Solo las flautas. —Grover adoptó una expresión pensativa—. Percy siempre decía que mi versión de «Born to be Wild» se podía considerar un arma peligrosa, pero yo no creo que sea tan mala.

Octavio se rió disimuladamente.

—Otro amiguito de Percy Jackson. No necesito oír más.

Reyna levantó la mano para pedir silencio. Sus perros de oro y plata olfatearon el aire, pero permanecieron tranquilos y atentos a su lado.

—De momento nuestros invitados han dicho la verdad —dijo Reyna—. Pero, quedáis avisados, si empezáis a mentir, la conversación no tendrá un final feliz para vosotros. Decid lo que habéis venido a decir.

Rachel sacó un trozo de papel parecido a una servilleta del bolsillo de sus vaqueros.

—Un mensaje. De Annabeth.

Jason no estaba seguro de haber oído bien. Annabeth estaba en el Tártaro. No podía enviar una nota en una servilleta a nadie.

«A lo mejor me he caído al agua y me he muerto —dijo su subconsciente—. Esto no es una visión real. Es una especie de alucinación *post mortem*.»

Pero el sueño parecía muy real. Podía notar el viento barriendo el tejado. Podía oler la tormenta. Los relámpagos parpadeaban sobre el Empire State y hacían brillar las armaduras de los romanos.

Reyna cogió la nota. A medida que la leía, sus cejas se fueron arqueando. Su boca se abrió de la sorpresa. Finalmente, alzó la vista hacia Rachel.

—¿Es una broma?

—Ojalá —dijo Rachel—. Están realmente en el Tártaro.

—Pero ¿cómo…?

—No lo sé —dijo Rachel—. La nota apareció en el fuego sacrificial de nuestro pabellón comedor. Es la letra de Annabeth. Pregunta directamente por ti.

Octavio se movió.

—¿El Tártaro? ¿Qué quieres decir?

Reyna le entregó la carta.

Octavio murmuró mientras leía:

—¿Roma, Aracne, Atenea… la Atenea Partenos? —Miró a su alrededor indignado, como si estuviera esperando a que alguien desmintiera lo que estaba diciendo—. ¡Una trampa griega! ¡Los griegos son infames por sus trampas!

Reyna cogió otra vez la nota.

—¿Por qué me lo pide a mí?

Rachel sonrió.

—Porque Annabeth es sabia. Cree que tú puedes conseguirlo, Reyna Avila Ramírez-Arellano.

Jason se sintió como si le hubieran dado una bofetada. Nadie usaba jamás el nombre completo de Reyna. A ella no le gustaba decírselo a nadie. La única vez que Jason lo había dicho en voz alta, intentando pronunciarlo correctamente, ella le había lanzado una mirada asesina. «Ese era el nombre de una niña de San Juan —le dijo—. Lo abandoné cuando me fui de Puerto Rico.»

Reyna frunció el entrecejo.

—¿Cómo te…?

—Ejem —la interrumpió Grover Underwood—. ¿Quieres decir que tus iniciales son RA-RA?

La mano de Reyna se desvió hacia su daga.

—¡No tiene importancia! —dijo rápidamente el sátiro—. Oye, no nos habríamos arriesgado a venir aquí si no nos fiáramos del instinto de Annabeth. Una líder romana que devuelve la estatua griega más importante al Campamento Mestizo sabe que podría impedir una guerra.

—No es una trampa —añadió Rachel—. No estamos mintiendo. Pregúntaselo a tus perros.

Los galgos metálicos no reaccionaron en lo más mínimo. Reyna acarició pensativamente la cabeza de Aurum.

—La Atenea Partenos… Así que la leyenda es cierta.

—¡Reyna! —gritó Octavio—. ¡No puedes estar considerándolo seriamente! Aunque la estatua todavía exista, sabes lo que están haciendo. Estamos a punto de atacarles (de destruir a los estúpidos griegos de una vez por todas), y ellos se inventan este ridículo encargo para desviar nuestra atención. ¡Quieren arrastrarte hacia la muerte!

Los otros romanos murmuraron, lanzando miradas de odio a sus visitantes. Jason recordaba lo persuasivo que podía ser Octavio; estaba atrayendo a los oficiales a su bando.

Rachel Dare se enfrentó al augur.

—Octavio, hijo de Apolo, deberías tomártelo más en serio. Hasta los romanos respetaban al oráculo de Delfos de tu padre.

—¡Ja! —replicó Octavio—. ¡Si tú eres el oráculo de Delfos, yo soy el emperador Nerón!

—Por lo menos Nerón sabía tocar música —murmuró Grover.

Octavio cerró los puños.

De repente el viento cambió. Se arremolinó alrededor de los romanos haciendo un sonido siseante, como un nido de serpientes. Rachel Dare empezó a emitir un aura verde, como si le hubieran apuntado con un tenue foco esmeralda. A continuación el viento se desvaneció, y el aura desapareció.

La sonrisa burlona se borró del rostro de Octavio. Los romanos se movieron con inquietud.

—Tú decides —añadió Rachel, como si no hubiera pasado nada—. No tengo ninguna profecía que ofrecerte, pero veo atisbos del futuro. Veo la Atenea Partenos en la colina mestiza. La veo a ella trayéndola. —Señaló a Reyna—. Además, Ella ha estado murmurando versos de vuestros libros sibilinos…

—¿Qué? —la interrumpió Reyna—. Los libros sibilinos fueron destruidos hace siglos.

—¡Lo sabía! —Octavio golpeó la palma de su mano con el puño—. La arpía que trajeron de su misión: Ella. ¡Sabía que estaba recitando profecías! Ahora lo entiendo. Ella… ella memorizó una copia de los libros sibilinos.

Reyna movió la cabeza con gesto de incredulidad.

—¿Cómo es posible?

—No lo sabemos —reconoció Rachel—. Pero sí, parece que es verdad. Ella tiene una memoria fotográfica. Le encantan los libros. En algún lugar, de alguna forma, leyó vuestro libro romano de profecías. Y ahora es la única fuente para obtenerlas.

—Tus amigos mintieron —dijo Octavio—. Nos dijeron que la arpía farfullaba cosas sin sentido. ¡Ellos la robaron!

Grover resopló indignado.

—¡Ella no es propiedad tuya! Es una criatura libre. Además, quiere estar en el Campamento Mestizo. Está saliendo con un amigo mío, Tyson.

—El cíclope —recordó Reyna—. Una arpía saliendo con un cíclope…

—¡Eso no viene al caso! —dijo Octavio—. La arpía posee valiosas profecías romanas. ¡Si los griegos no la devuelven, deberíamos tomar como rehén a su oráculo!

Dos centuriones avanzaron manteniendo sus *pila* en horizontal. Grover se acercó las flautas a los labios, tocó una rápida melodía, y sus lanzas se convirtieron en árboles de Navidad. Los guardias los soltaron sorprendidos.

—¡Basta! —gritó Reyna.

La pretora no solía levantar la voz. Cuando lo hacía, todo el mundo escuchaba.

—Nos hemos desviado del asunto —dijo—. Rachel Dare, me estás diciendo que Annabeth está en el Tártaro y sin embargo ha encontrado una forma de enviar este mensaje. Quiere que yo lleve la estatua de las tierras antiguas a vuestro campamento.

Rachel asintió con la cabeza.

—Solo un romano puede devolverla y restaurar la paz.

—¿Por qué iban a querer la paz los romanos después de que vuestro barco atacara nuestra ciudad? —preguntó Reyna.

—Ya sabes por qué —dijo Rachel—. Para evitar esta guerra. Para reconciliar la faceta griega y romana de los dioses. Tenemos que trabajar unidos para vencer a Gaia.

Octavio dio un paso adelante para hablar, pero Reyna le lanzó una dura mirada.

—Según Percy Jackson —dijo Reyna—, la batalla contra Gaia se librará en las tierras antiguas. En Grecia.

—Allí es donde están los gigantes —convino Rachel—. Desconozco la magia y el ritual que los gigantes piensan usar para despertar a la Madre Tierra, pero intuyo que tendrá lugar en Grecia. Pero… nuestros problemas no se limitan a las tierras antiguas. Por eso he traído a Grover para que hable contigo.

El sátiro tiró de su barba de chivo.

—Sí… Verás, durante los últimos meses he estado hablando con sátiros y espíritus del viento por todo el continente. Todos dicen lo mismo. Gaia está despertando… y le falta muy poco para estar consciente. Se está comunicando mentalmente con las náyades, tratando de convertirlas. Está provocando terremotos, desenterrando los árboles de las dríades. La semana pasada mismo, apareció en forma humana en una docena de sitios distintos y les dio un susto de muerte a mis amigos. En Colorado, un puño de piedra gigante salió de una montaña y aplastó a unos Ponis Juerguistas como si fueran moscas.

Reyna frunció el entrecejo.

—¿Ponis Juerguistas?

—Es una larga historia —dijo Rachel—. El caso es que Gaia se alzará en todas partes. Se está levantando. Nadie estará a salvo de la batalla. Y sabemos que sus primeros objetivos serán los campamentos de semidioses. Quiere vernos destruidos.

—Conjeturas —dijo Octavio—. Una distracción. Los griegos temen nuestro ataque. Están intentando confundirnos. ¡Es el Caballo de Troya otra vez!

Reyna giró el anillo de plata que siempre llevaba, el aro que tenía los símbolos de la espada y la antorcha de su madre, Belona.

—Marcus —dijo—, trae a Scipio de las cuadras.

—¡No, Reyna! —protestó Octavio.

Ella se volvió hacia los griegos.

—Lo hago por Annabeth, por la esperanza de paz entre nuestros campamentos, pero no penséis que he olvidado las ofensas contra el Campamento Júpiter. Vuestro barco disparó contra nuestra ciudad. Vosotros declarasteis la guerra… no nosotros. Y ahora, marchaos.

Grover pateó el suelo con su pezuña.

—Percy jamás…

—Grover —dijo Rachel—, debemos irnos.

«Antes de que sea demasiado tarde», insinuaba su tono.

Una vez que se hubieron retirado por la escalera, Octavio se giró contra Reyna.

—¿Estás loca?

—Soy pretora de la legión —dijo Reyna—. Me parece lo más conveniente para Roma.

—¿Dejarte matar? ¿Infringir nuestras leyes más antiguas y viajar a las tierras antiguas? Y suponiendo que sobrevivas al viaje, ¿cómo encontrarás el barco?

—Los encontraré —dijo Reyna—. Si se dirigen a Grecia, conozco un sitio en el que Jason parará. Para enfrentarse a los fantasmas en la Casa de Hades, necesitarán un ejército. Es el único sitio donde pueden encontrar esa clase de ayuda.

En el sueño de Jason, el edificio pareció inclinarse bajo sus pies. Recordó la conversación que había mantenido con Reyna hacía años, una promesa que se habían hecho el uno al otro. Sabía a lo que ella se refería.

—Es una locura —murmuró Octavio—. Nos han atacado. ¡Debemos tomar la ofensiva! Esos enanos peludos han estado robándonos las provisiones, saboteando nuestras partidas de exploración… Sabes que los griegos los han enviado.

—Tal vez —dijo Reyna—. Pero no lanzarás un ataque sin mis órdenes. Seguid explorando el campamento enemigo. Asegurad las posiciones. Reunid a todos los aliados que podáis, y si atrapáis a esos enanos, tienes mi permiso para mandarlos al Tártaro. Pero no ataquéis el Campamento Mestizo hasta que yo vuelva.

Octavio entornó los ojos.

—Mientras tú estás ausente, el augur es el oficial de mayor rango. Yo estaré al mando.

—Lo sé. —Reyna no parecía entusiasmada con la idea—. Pero has recibido mis órdenes. Todos las habéis oído.

Escrutó las caras de los centuriones, desafiándolos a que la cuestionaran.

Se marchó como un huracán ondeando su capa morada, seguida de sus perros.

Una vez que se hubo ido, Octavio se volvió hacia los centuriones.

—Reunid a todos los oficiales de rango. Quiero convocar una reunión en cuanto Reyna se haya marchado en su estúpida misión. Habrá unos cuantos cambios en los planes de la legión.

Uno de los centuriones abrió la boca para responder, pero por algún motivo habló con la voz de Piper:

—¡DESPIERTA!

Jason abrió los ojos de golpe y vio que la superficie del océano se abalanzaba sobre él.

XXXIV

Jason

Jason estaba vivo... por los pelos.

Más tarde sus amigos le explicaron que no lo habían visto caer del cielo hasta el último segundo. No habían tenido tiempo para que Frank se transformara en un águila y lo atrapara ni para formular un plan de rescate.

Se había salvado gracias a la agilidad mental y la capacidad de persuasión de Piper. La chica había gritado ¡DESPIERTA! tan fuerte que Jason se sentía como si le hubieran aplicado las palas de un desfibrilador. Sin perder un milisegundo, él había invocado los vientos y había evitado convertirse en una mancha flotante de grasa de semidiós en la superficie del Adriático.

De nuevo a bordo del barco, había llevado a Leo aparte y había propuesto una corrección de rumbo. Afortunadamente, Leo se fiaba lo bastante de él para no preguntarle por qué.

—Un destino turístico un poco raro. —Leo sonrió—. ¡Pero tú eres el jefe!

Sentado ahora con sus amigos en el comedor, Jason se sentía tan despierto que dudaba que pegara ojo durante una semana. Le temblaban las manos. No podía parar de dar golpecitos con el pie. Se imaginaba que así era como Leo se sentía siempre, pero Leo tenía sentido del humor.

Después de lo que Jason había visto en el sueño, no le apetecía mucho bromear.

Mientras comían, Jason les comunicó la visión que había tenido en el aire. Sus amigos se quedaron callados suficiente tiempo para que el entrenador Hedge terminara un sándwich de mantequilla de cacahuete y plátano, junto con el plato de cerámica.

El barco crujía surcando el Atlántico, y los remos que quedaban seguían desalineados a causa del ataque de la tortuga gigante. De vez en cuando Festo, el mascarón de proa, chirriaba y rechinaba a través de los altavoces, informando del estado del piloto automático con aquel extraño lenguaje mecánico que solo Leo entendía.

—Una nota de Annabeth. —Piper movió la cabeza con gesto de asombro—. No entiendo cómo es posible, pero si lo es…

—Está viva —dijo Leo—. Dioses mediante, y pásame la salsa picante.

Frank frunció el entrecejo.

—¿Qué quiere decir eso?

Leo se limpió los restos de patatas fritas de la cara.

—Significa que me pases la salsa picante, Zhang. Todavía tengo hambre.

Frank le acercó un bote de salsa.

—No puedo creer que Reyna intente encontrarnos. Venir a las tierras antiguas es tabú. Le quitarán la pretoría.

—Si sobrevive —dijo Hazel—. Os recuerdo lo que nos ha costado llegar hasta aquí con siete semidioses y un buque de guerra.

—Y conmigo. —El entrenador Hedge eructó—. No te olvides, yogurín, de que contáis con la ventaja de un sátiro.

Jason no pudo por menos que sonreír. El entrenador Hedge podía ser muy ridículo, pero Jason se alegraba de que los hubiera acompañado. Pensó en el sátiro que había visto en el sueño: Grover Underwood. No se imaginaba a un sátiro más distinto del entrenador Hedge, pero los dos parecían valientes, cada uno a su manera.

Eso le hizo preguntarse si los faunos del Campamento Júpiter podrían ser también así si los semidioses romanos esperasen más de ellos. Una cosa más que añadir a su lista…

«Su lista.» No se había dado cuenta de que tenía una hasta ese momento, pero desde que había abandonado el Campamento Mestizo había estado pensando formas de hacer el Campamento Júpiter más… griego.

Él había crecido en el Campamento Júpiter. Le había ido bien allí. Pero siempre había sido alguien poco convencional. Las normas le irritaban.

Se unió a la Quinta Cohorte porque todo el mundo le aconsejaba que no lo hiciera. Le advertían que era la peor unidad, de modo que pensó: «Muy bien. Yo la convertiré en la mejor».

Cuando lo ascendieron a pretor, hizo campaña para cambiar el nombre de Undécima Legión por el de Primera Legión con el fin de que simbolizara un nuevo comienzo para Roma. La idea estuvo a punto de provocar un motín. La Nueva Roma se basaba en la tradición y la herencia; las normas no cambiaban fácilmente. Jason había aprendido a vivir con ello e incluso había llegado a lo más alto.

Pero una vez que había visto los dos campamentos, no podía quitarse de encima la sensación de que en el Campamento Mestizo podía haber aprendido más cosas sobre sí mismo. Si sobrevivía a la guerra contra Gaia y volvía al Campamento Júpiter como pretor, ¿podría cambiar las cosas a mejor?

Era su deber.

Entonces ¿por qué la idea le infundía tanto miedo? Se sentía culpable por haber dejado a Reyna al mando sin él, pero, aun así, una parte de él deseaba volver al Campamento Mestizo con Piper y Leo. Suponía que eso lo convertía en un líder espantoso.

—¿Jason? —preguntó Leo—. *Argo II* a Jason. Cambio.

Se dio cuenta de que sus amigos lo estaban mirando con expectación. Necesitaban consuelo. Tanto si volvía a la Nueva Roma después de la guerra como si no, Jason tenía que tomar la iniciativa y comportarse como un pretor.

—Sí, perdón. —Se tocó el surco que el bandido Escirón le había hecho en el pelo—. Cruzar el Atlántico es un viaje duro, sin duda. Pero yo nunca apostaría contra Reyna. Si alguien puede conseguirlo es ella.

Piper daba vueltas a su cuchara en la sopa. A Jason todavía le ponía un poco nervioso la idea de darle celos con Reyna, pero cuando ella levantó la mirada, le dedicó una sonrisa irónica que parecía más burlona que insegura.

—Me encantaría volver a ver a Reyna —dijo—. Pero ¿cómo se supone que va a encontrarnos?

Frank levantó la mano.

—¿No puedes mandarle un mensaje de Iris?

—No funcionan muy bien —terció el entrenador Hedge—. La recepción es terrible. Os juro que cada noche me dan ganas de patear a la diosa del arcoíris…

Vaciló. Se le puso la cara roja como un tomate.

—¿Entrenador? —Leo sonrió—. ¿A quién ha estado llamando todas las noches, vieja cabra?

—¡A nadie! —le espetó Hedge—. ¡Nada! Solo quería decir…

—Quiere decir que ya lo ha intentado —intervino Hazel, y el entrenador le lanzó una mirada de gratitud—. Una magia está interfiriendo… tal vez Gaia. Contactar con los romanos es todavía más difícil. Creo que se están protegiendo.

Jason desvió la mirada de Hazel al entrenador, preguntándose qué le pasaba al sátiro y cómo lo sabía Hazel. Ahora que lo pensaba, el entrenador no había hablado de su novia Mellie, la ninfa de las nubes, desde hacía mucho tiempo…

Frank tamborileó con los dedos sobre la mesa.

—Me imagino que Reyna no tiene teléfono móvil… No. Da igual. Probablemente no tenga cobertura sobrevolando el Atlántico en un pegaso.

Jason pensó en el viaje del *Argo II* a través del océano y en las docenas de enfrentamientos que habían estado a punto de costarles la vida. No sabía si la idea de que Reyna hiciera ese viaje sola le aterraba o le impresionaba más.

—Nos encontrará —dijo—. En el sueño dijo algo… Espera que yo vaya a cierto sitio camino de la Casa de Hades. Me… me había olvidado, la verdad, pero tiene razón. Es un sitio que tengo que visitar.

Piper se inclinó hacia él, su trenza color caramelo le caía sobre el hombro. Sus ojos multicolores impedían a Jason pensar con claridad.

—¿Y dónde está ese sitio? —preguntó.

—Es… ejem, es una ciudad llamada Split.

—Split.

Ella olía muy bien a madreselva en flor.

—Sí.

Jason se preguntó si Piper estaba obrando algún tipo de magia de Afrodita sobre él, como por ejemplo confundirlo tanto cada vez que pronunciaba el nombre de Reyna que él solo pudiera pensar en Piper. No era la peor venganza del mundo.

—De hecho, deberíamos estar acercándonos. ¿Leo?

Leo pulsó el botón del intercomunicador.

—¿Qué tal por ahí arriba, colega?

Festo chirrió y expulsó humo.

—Dice que faltan unos diez minutos para llegar al puerto —informó Leo—. Aunque sigo sin entender por qué quieres ir a Croacia, sobre todo a una ciudad llamada Split. En inglés, *split* significa «darse el piro». Si le pones a tu ciudad ese nombre es porque quieres advertir a la gente, como si la llamases «¡Lárgate!».

—Un momento —dijo Hazel—. ¿Por qué vamos a Croacia?

Jason se fijó en que los demás eran reacios a mirarla a los ojos. Desde que Hazel había empleado su treta con la Niebla contra el bandido Escirón, hasta Jason se ponía un poco nervioso delante de ella. Sabía que no era justo. Ser hija de Plutón era bastante duro, pero Hazel había obrado una magia impresionante en aquel acantilado. Y después, según ella, el mismísimo Plutón se le había aparecido. Eso era algo que por regla general los romanos consideraban un «mal augurio».

Leo apartó las patatas fritas y la salsa picante.

—Bueno, técnicamente hemos estado en territorio croata durante el último día más o menos. Todo el litoral que hemos dejado atrás pertenece a Croacia, pero supongo que en época de los romanos se llamaba… ¿Tú que dices, Jason? ¿Acrobacia?

—Dalmacia —dijo Nico, y Jason dio un brinco.

Santo Rómulo… A Jason le habría gustado ponerle a Nico di Angelo una campana alrededor del cuello para saber dónde estaba. Nico tenía la molesta costumbre de quedarse callado en un rincón, confundiéndose con las sombras.

Dio un paso adelante, sus ojos oscuros fijos en Jason. Desde que lo habían rescatado de la vasija de bronce en Roma, Nico había dormido muy poco y había comido todavía menos, como si siguiera subsistiendo a base de los granos de granada del inframundo. A Jason le recordaba mucho a un demonio necrófago contra el que había luchado una vez en San Bernardino.

—Croacia era antes Dalmacia —explicó Nico—. Una importante provincia romana. Quieres visitar el palacio de Diocleciano, ¿verdad?

El entrenador Hedge soltó otro heroico eructo.

—¿El palacio de quién? ¿Dalmacia es el lugar de dónde vienen los perros dálmatas? La película esa, *101 dálmatas*, todavía me da pesadillas.

Frank se rascó la cabeza.

—¿Por qué tiene pesadillas con la película?

El entrenador Hedge se disponía a empezar un importante discurso sobre los males de los dálmatas de dibujos animados, pero Jason decidió que no quería saberlo.

—Nico tiene razón —anunció—. Tengo que ir al palacio de Diocleciano. Es el primer sitio al que irá Reyna porque sabe que yo iría allí.

Piper arqueó una ceja.

—¿Y por qué piensa Reyna eso? ¿Porque siempre te ha fascinado la cultura croata?

Jason se quedó mirando su sándwich sin comer. Le costaba hablar de su vida antes de que Juno le borrara la memoria. Los años que había pasado en el Campamento Júpiter parecían inventados, como una película en la que hubiera actuado décadas antes.

—Reyna y yo solíamos hablar de Diocleciano —dijo—. En cierto modo, los dos lo idolatrábamos como líder. Hablábamos de lo mucho que nos gustaría visitar el palacio de Diocleciano. Por supuesto, sabíamos que era imposible. Nadie podía viajar a las tierras antiguas. Pero, aun así, acordamos que si alguna vez lo hiciéramos, iríamos allí.

—Diocleciano… —Leo meditó sobre el nombre y luego negó con la cabeza—. No me suena. ¿Por qué fue tan importante?

Frank puso cara de ofendido.

—¡Fue el último gran emperador pagano!

Leo puso los ojos en blanco.

—¿Por qué no me sorprende que lo sepas, Zhang?

—¿Por qué no iba a saberlo? Fue el último que adoró a los dioses del Olimpo antes de que Constantino apareciera y adoptara el cristianismo.

Hazel asintió.

—Recuerdo algo sobre el tema. Las monjas de St. Agnes nos dijeron que Diocleciano fue un gran villano, junto con Nerón y Calígula. —Miró de reojo a Jason—. ¿Por qué lo idolatráis?

—No fue del todo malo —dijo Jason—. Sí, persiguió a los cristianos, pero por lo demás fue un buen gobernante. Ascendió desde lo más bajo alistándose en la legión. Sus padres eran unos antiguos esclavos… o, por lo menos, su madre. Los semidioses saben que era hijo de Júpiter: el último semidiós que gobernó en Roma. También fue el primer emperador que se retiró, digamos, pacíficamente y que renunció al poder. Era de Dalmacia, así que se trasladó allí y construyó un palacio de retiro. La ciudad de Split creció alrededor…

Titubeó cuando miró a Leo, que estaba haciendo como si tomase notas con un lápiz invisible.

—¡Continúe, profesor Grace! —dijo, con los ojos muy abiertos—. Quiero sacar un excelente en el examen.

—Cállate, Leo.

Piper tomó otra cucharada de sopa.

—Entonces ¿por qué es tan especial el palacio de Diocleciano?

Nico se inclinó y cogió una uva. Probablemente era su dieta completa del día.

—Se dice que en él mora el fantasma de Diocleciano —dijo.

—Que era hijo de Júpiter, como yo —dijo Jason—. Su tumba fue destruida hace siglos, pero Reyna y yo solíamos preguntarnos si podríamos encontrar el fantasma de Diocleciano y preguntarle dónde estaba enterrado… Según la leyenda, su cetro fue enterrado con él.

Nico esbozó una inquietante sonrisa.

—Ah… esa leyenda.

—¿Qué leyenda? —preguntó Hazel.

Nico se volvió hacia su hermana.

—Supuestamente, el cetro de Diocleciano podía invocar a los fantasmas de las legiones romanas, a cualquiera que adorara a los antiguos dioses.

Leo silbó.

—Vale, esa parte me interesa. Estaría bien tener un ejército de zombis paganos malotes de nuestra parte cuando entremos en la Casa de Hades.

—Yo no lo expresaría con esas palabras —murmuró Jason—, pero sí.

—No tenemos mucho tiempo —advirtió Frank—. Ya es 9 de julio. Tenemos que llegar a Epiro, cerrar las Puertas de la Muerte…

—Que están vigiladas —murmuró Hazel— por un gigante de humo y una hechicera que quiere… —Vaciló—. No estoy segura. Pero, según Plutón, se propone «reconstruir sus dominios». No sé lo que eso significa, pero es lo bastante grave para que mi padre quisiera avisarme en persona.

Frank gruñó.

—Y si sobrevivimos a todo eso, todavía nos quedará averiguar dónde están despertando los gigantes a Gaia y llegar allí antes del 1 de agosto. Además, cuanto más tiempo pasen Percy y Annabeth en el Tártaro…

—Lo sé —dijo Jason—. No estaremos mucho en Split. Pero merece la pena intentar encontrar el cetro. Cuando estemos en el palacio, podré dejarle un mensaje a Reyna avisándola de la ruta que vamos a seguir hasta Epiro.

Nico asintió con la cabeza.

—El cetro de Diocleciano podría dar un vuelco a los acontecimientos. Necesitaréis mi ayuda.

Jason procuró que no se notara su incomodidad, pero la idea de ir a alguna parte con Nico di Angelo le ponía la piel de gallina.

Percy había contado historias inquietantes sobre Nico. Sus lealtades no siempre estaban claras. Pasaba más tiempo con los muertos que con los vivos. En una ocasión había hecho caer a Percy en una trampa en el palacio de Hades. Puede que Nico hubiera compensado ese detalle ayudando a los griegos contra los titanes, pero aun así...

Piper le apretó la mano.

—Pinta bien. Yo también iré.

A Jason le entraron ganas de gritar: «¡Gracias a los dioses!».

Sin embargo, Nico negó con la cabeza.

—No puedes, Piper. Solo debemos ir Jason y yo. El fantasma de Diocleciano podría aparecérsele a un hijo de Júpiter, pero lo más probable es que cualquier otro semidiós lo asuste. Y yo soy el único que puede hablar con su espíritu. Ni siquiera Hazel puede hacerlo.

Los ojos de Nico tenían un brillo desafiante. Parecía sentir curiosidad por ver si Jason protestaba o no.

La campana del barco sonó. Festo empezó a emitir chirridos y zumbidos por el altavoz.

Frank gruñó.

—Hemos llegado —anunció Leo—. Banana Split.

Frank gimió.

—¿Podemos dejar a Valdez en Croacia?

Jason se levantó.

—Frank, tú te encargarás de defender el barco. Leo, tú tienes reparaciones que hacer. El resto, echad una mano donde podáis. Nico y yo... —Se volvió hacia el hijo de Hades—. Tenemos que encontrar a un fantasma.

XXXV

Jason

Jason vio por primera vez al ángel en el carrito de los helados. El *Argo II* había anclado en la bahía junto a seis o siete cruceros. Como siempre, los mortales no prestaron la más mínima atención al trirreme, pero, por si acaso, Jason y Nico subieron a bordo de un esquife de uno de los barcos turísticos para mezclarse con la multitud cuando desembarcaron.

A primera vista, Split parecía un bonito lugar. Formando una curva alrededor del puerto, había un largo paseo marítimo bordeado de palmeras. En las terrazas de los cafés, los adolescentes europeos pasaban el rato, hablando una docena de idiomas distintos y disfrutando de la tarde soleada. El aire olía a carne asada a la parrilla y a flores recién cortadas.

Más allá del bulevar principal, la ciudad era una mezcolanza de torres de castillos medievales, murallas romanas, residencias urbanas de piedra caliza con tejados de tejas rojas y modernos edificios de oficinas apretujados. A lo lejos, las colinas verde grisáceo se extendían en dirección a una cordillera montañosa, cosa que ponía a Jason un poco nervioso. No paraba de mirar el acantilado rocoso, esperando que el rostro de Gaia apareciera entre sus sombras.

Nico y él estaban deambulando por el paseo marítimo cuando Jason vio al hombre con alas comprando un helado en un carrito.

La vendedora contó el cambio del hombre con cara de aburrimiento. Los turistas rodeaban las enormes alas del ángel sin prestar mayor atención.

Jason dio un codazo a Nico.

—¿Estás viendo lo mismo que yo?

—Sí —asintió Nico—. Tal vez deberíamos comprar un helado.

Mientras se dirigían al carrito de los helados, Jason temió que el hombre alado fuera un hijo de Bóreas, el viento del norte. El ángel llevada el mismo tipo de espada de bronce dentada que tenían los Boréadas, y el último enfrentamiento de Jason con ellos no había tenido un desenlace favorable.

Pero ese hombre parecía muy relajado. Llevaba una camiseta de tirantes roja, unas bermudas y unas sandalias de piel. Sus alas eran de una combinación de colores rojizos, como un gallo de Bantam o una tranquila puesta de sol. Estaba muy bronceado y tenía el cabello moreno casi tan rizado como el de Leo.

—No es un espíritu renacido —murmuró Nico—. Ni una criatura del inframundo.

—No —convino Jason—. Dudo que ellos coman helados recubiertos de chocolate.

—Entonces ¿qué es? —preguntó Nico.

Estaban a casi diez metros de distancia cuando el hombre alado los miró directamente a la cara. Sonrió, hizo un gesto por encima del hombro con su helado y se disolvió en el aire.

Jason no podía verlo exactamente, pero tenía tanta experiencia en el control del viento que pudo localizar la trayectoria del ángel: un cálido vestigio rojo y dorado que cruzó la calle volando, recorrió la acera formando una espiral e hizo volar las postales de los expositores situados delante de las tiendas de artículos turísticos. El viento se dirigía al final del paseo marítimo, donde se alzaba una gran estructura parecida a una fortaleza.

—Apuesto a que ese es el palacio —dijo Jason—. Vamos.

Después de dos milenios, el palacio de Diocleciano seguía resultando imponente. El muro exterior no era más que un armazón de granito rosa, con columnas desmoronadas y ventanas abovedadas abiertas al cielo, pero estaba intacto en su mayor parte, con una longitud de cuatrocientos metros y una altura de veinte o veinticinco metros que empequeñecía las tiendas y casas modernas apretujadas detrás de él. Jason se imaginó el aspecto que debía de haber tenido el palacio cuando estaba recién construido, con centinelas imperiales recorriendo los baluartes y águilas doradas de Roma brillando en los parapetos.

El ángel alado —o lo que fuera— entró y salió a toda velocidad por las ventanas de granito rosa y desapareció por el otro lado. Jason escudriñó la fachada del palacio en busca de una entrada. La única que vio estaba a varias manzanas de distancia, y delante había turistas haciendo cola para comprar entradas. No había tiempo para eso.

—Tenemos que atraparlo —dijo Jason—. Agárrate.

—Pero…

Jason sujetó a Nico, y los dos se elevaron por los aires.

Nico emitió un sonido apagado de protesta mientras se alzaban por encima de los muros y entraban en un patio donde había más turistas apiñados haciendo fotos.

Un niño miró dos veces cuando aterrizaron. A continuación, sus ojos se pusieron vidriosos y sacudió la cabeza como si lo que hubiera visto no fuera más que una alucinación provocada por el zumo envasado en Tetra Brik. Nadie más se fijó en ellos.

En el lado izquierdo del patio se levantaba una fila de columnas que soportaban unos deteriorados arcos grises. En el lado derecho había un edificio de mármol blanco con hileras de ventanales.

—El peristilo —dijo Nico—. Esta era la entrada de la residencia privada de Diocleciano. —Miró a Jason ceñudo—. Y, por favor, no me gusta que me toquen. No me vuelvas a agarrar.

A Jason se le tensaron los omóplatos. Detectó en sus palabras un matiz de amenaza, como si estuviera pensando: «Si no quieres que te meta una espada estigia por la nariz».

—Ejem, vale. Lo siento. ¿Cómo sabes el nombre de este sitio?

Nico escudriñó el atrio. Se centró en una escalera que bajaba en el rincón opuesto.

—He estado aquí antes. —Sus ojos eran oscuros como la hoja de su espada—. Con mi madre y Bianca. Un viaje de fin de semana desde Venecia. Yo tendría unos… ¿seis años?

—¿Cuándo fue eso? ¿En los años treinta?

—Fue en 1938 más o menos —contestó Nico distraídamente—. ¿Por qué lo preguntas ¿Has visto al hombre de las alas en alguna parte?

—No…

A Jason todavía le costaba asimilar el pasado de Nico.

Siempre intentaba mantener una buena relación con los miembros de su equipo. Había aprendido por las malas que si alguien iba a estar de espaldas a ti en un combate, era preferible que tuvierais puntos en común y confiarais el uno en el otro. Pero Nico no era fácil de tratar.

—No… no me imagino lo raro que debe de ser venir de otra época.

—No, no te lo imaginas. —Nico se quedó mirando el suelo de piedra. Respiró hondo—. Mira, no me gusta hablar del tema. Sinceramente, creo que Hazel lo ha pasado peor. Ella se acuerda de más cosas de cuando era pequeña. Tuvo que volver de entre los muertos y adaptarse al mundo moderno. Yo…Bianca y yo estuvimos atrapados en el hotel Lotus. El tiempo pasó muy rápido. Es extraño, pero eso hizo que la transición fuera más fácil.

—Percy me ha hablado de ese sitio —dijo Jason—. Setenta años, pero pasaron como si fueran un mes.

Nico cerró los puños hasta que los dedos se le pusieron blancos.

—Sí. Seguro que Percy te lo ha contado todo sobre mí.

Su voz estaba llena de amargura; más de lo que Jason podía entender. Sabía que Nico había culpado a Percy de la muerte de su hermana Bianca, pero supuestamente ya lo habían superado, al menos según Percy. Piper también había dicho que se rumoreaba que a Nico le atraía Annabeth. Tal vez eso tuviera algo que ver.

Aun así, Jason no entendía por qué Nico se aislaba de la gente, por qué pasaba tan poco tiempo en cualquiera de los dos campamentos, por qué prefería los muertos a los vivos. De verdad no entendía por qué Nico había prometido llevar el *Argo II* a Epiro si tanto odiaba a Percy Jackson.

Nico recorrió con la mirada las ventanas situadas encima de ellos.

—Aquí hay muertos romanos por todas partes... Lares. *Lemures*. Están observando. Están enfadados.

—¿Nos observan a nosotros?

Jason se llevó la mano a la espada.

—Lo observan todo. —Nico señaló un pequeño edificio de piedra en el lado oeste del patio—. Eso era antes un templo de Júpiter. Los cristianos lo convirtieron en un baptisterio. A los fantasmas romanos no les gusta.

Jason se quedó mirando la oscura puerta.

Nunca había visto a Júpiter, pero pensaba en su padre como una persona viva: el hombre que se había enamorado de su madre. Por supuesto, sabía que su padre era inmortal, pero por algún motivo no había asimilado todo lo que eso significaba hasta ese momento, mirando la puerta que habían cruzado los romanos hacía miles de años para adorar a su padre. La idea le provocó un terrible dolor de cabeza.

—Y allí... —Nico señaló hacia el este, a un edificio hexagonal rodeado de columnas—. Eso era el mausoleo del emperador.

—Pero su tumba ya no está allí —aventuró Jason.

—Durante siglos no lo ha estado —dijo Nico—. Cuando se produjo la caída del imperio, el edificio se transformó en una catedral cristiana.

Jason tragó saliva.

—Entonces, si el fantasma de Diocleciano sigue allí...

—Probablemente no esté muy contento.

El viento susurró y empujó hojas y envoltorios de comida a través del peristilo. Jason vio con el rabillo del ojo un movimiento fugaz: una silueta borrosa roja y dorada.

Cuando se volvió había una hoja de color herrumbre posada en la escalera que bajaba.

—Por allí. —Jason señaló con el dedo—. El hombre de las alas. ¿Adónde crees que lleva esa escalera?

Nico desenvainó su espada. Su sonrisa era todavía más perturbadora que su ceño.

—Bajo tierra —dijo—. Mi sitio favorito.

El sitio favorito de Jason no estaba bajo tierra.

Desde su excursión por debajo de Roma con Piper y Percy, cuando habían luchado contra los gigantes gemelos en el hipogeo debajo del Coliseo, la mayoría de sus pesadillas giraban en torno a sótanos, trampillas y grandes ruedas para hámsters.

La presencia de Nico no le reconfortaba. Su hoja de hierro estigio parecía volver las sombras todavía más lúgubres, como si el metal infernal absorbiera la luz y el calor del aire.

Atravesaron sigilosamente un inmenso sótano con gruesas columnas de apoyo que sostenían un techo abovedado. Los bloques de piedra caliza eran tan antiguos que se habían mezclado debido a los siglos de humedad, lo que hacía que el lugar casi pareciera una cueva natural.

Ningún turista se había aventurado a bajar allí. Evidentemente, eran más listos que los semidioses.

Jason sacó su *gladius*. Avanzaron por debajo de los bajos arcos; sus pasos resonaban en el suelo de piedra. La parte superior de una pared estaba llena de ventanas con barrotes que daban al nivel de la calle, pero eso solo hacía que el sótano resultara más claustrofóbico. Los rayos de luz del sol parecían barrotes de cárcel inclinados en los que se arremolinaba el polvo viejo.

Jason dejó atrás una viga de refuerzo, miró a su izquierda y por poco le dio un ataque al corazón. Mirándolo directamente a la cara había un busto de mármol de Diocleciano con una expresión ceñuda de desaprobación en su rostro de piedra caliza.

Jason recobró el aliento. Ese parecía un buen sitio para dejar la nota que había escrito a Reyna, en la que le informaba de su ruta a Epiro. Estaba apartado del gentío, pero confiaba en que Reyna la encontrara. Ella tenía el instinto de una cazadora. Deslizó la nota entre el busto y su pedestal y retrocedió.

Los ojos de mármol de Diocleciano le ponían nervioso. No pudo evitar acordarse de Término, la estatua parlante de la Nueva Roma. Esperaba que Diocleciano no le gritara ni se pusiera a cantar de repente.

—¡Hola!

Antes de que Jason pudiera percatarse de que la voz procedía de otra parte, cortó la cabeza del emperador. El busto se cayó y se hizo añicos contra el suelo.

—Eso no ha estado muy bien —dijo la voz detrás de ellos.

Jason se volvió. El hombre alado del puesto de helados estaba apoyado en una columna cercana, lanzando despreocupadamente un pequeño aro de bronce al aire. A sus pies reposaba una cesta de mimbre llena de fruta.

—¿Qué te ha hecho Diocleciano?

El aire se arremolinó en torno a los pies de Jason. Las esquirlas de mármol se amontonaron y formaron un tornado en miniatura, regresaron girando en espiral al pedestal y se juntaron hasta formar un busto completo, con la nota metida debajo.

—Oh... —Jason bajó la espada—. Ha sido un accidente. Me ha asustado.

El hombre alado soltó una risita.

—Jason Grace, al viento del oeste lo han llamado muchas cosas: cálido, suave, vivificante y terriblemente atractivo. Pero nunca me habían dicho que provocara sustos. Dejo ese comportamiento grosero a mis borrascosos hermanos del norte.

Nico retrocedió muy lentamente.

—¿El viento del oeste? ¿Quiere decir que usted es...?

—Favonio —comprendió Jason—. ¡El dios del viento del oeste!

Favonio sonrió e hizo una reverencia, visiblemente contento de ser reconocido.

—Podéis llamarme por mi nombre romano, desde luego, o Céfiro, si sois griegos. No es algo que me preocupe.

Nico parecía bastante preocupado.

—¿Por qué no están sus facetas griega y romana en conflicto, como les pasa a los otros dioses?

—Oh, de vez en cuando tengo dolores de cabeza. —Favonio se encogió de hombros—. Algunas noches me acuesto con mi pijama con las siglas SPQR y me despierto por la mañana con un *chiton* griego, pero por lo general la guerra no me molesta. Soy un dios menor. Nunca he sido el centro de atención. Las batallas entre semidioses no me afectan tanto.

—Bueno… —Jason no sabía si envainar su espada—, ¿y qué hace aquí?

—¡Varias cosas! —contestó Favonio—. Pasar el rato con mi cesta de fruta. Siempre llevo una cesta de fruta. ¿Os apetece una pera?

—No, gracias.

—Veamos… Antes he estado comiendo helado. Ahora estoy lanzando este tejo.

Favonio dio vueltas al aro de bronce en su dedo índice.

Jason no tenía ni idea de lo que era un tejo, pero trató de seguir concentrado.

—Me refiero a por qué se nos ha aparecido. ¿Por qué nos ha traído a este sótano?

—¡Ah! —Favonio asintió con la cabeza—. El sarcófago de Diocleciano. Esta fue su última morada. Los cristianos lo sacaron del mausoleo. Luego unos bárbaros destruyeron el ataúd. Solo quería enseñaros —extendió las manos con tristeza— que lo que buscáis no está aquí. Mi amo se lo ha llevado.

—¿Su amo? —A Jason le vino a la memoria un palacio flotante situado sobre Pike's Peak, en Colorado, donde había visitado (y sobrevivido por los pelos) el plató de televisión de un hombre del tiempo desquiciado, que afirmaba ser el dios de todos los vientos—. Por favor, dígame que su amo no es Eolo.

—¿Ese cabeza hueca? —Favonio resopló—. Pues claro que no.

—Se refiere a Eros. —La voz de Nico adquirió un matiz de crispación—. Cupido, en latín.

Favonio sonrió.

—Muy bien, Nico di Angelo. Me alegro de volver a verte, por cierto. Ha pasado mucho tiempo.

Nico frunció el entrecejo.

—No lo conozco.

—No me has visto —le corrigió el dios—. Pero te he estado observando. Cuando viniste aquí de niño, y varias veces más desde entonces. Sabía que acabarías volviendo para contemplar el rostro de mi amo.

Nico se puso todavía más pálido de lo habitual. Paseó la vista rápidamente por la cavernosa estancia como si estuviera empezando a sentirse atrapado.

—Nico —dijo Jason—, ¿qué está diciendo?

—No lo sé. Nada.

—¡¿Nada?! —gritó Favonio—. La persona que más te importa… se cae al Tártaro, ¿y sigues empeñado en no reconocer la verdad?

De repente Jason se sintió como si estuviera escuchando a escondidas.

«La persona que más te importa.»

Recordó que Piper le había contado que a Nico le atraía Annabeth. Por lo visto, Nico se sentía mucho más que atraído.

—Solo hemos venido a por el cetro de Diocleciano —dijo Nico, claramente ansioso por cambiar de tema—. ¿Dónde está?

—Ah… —Favonio asintió con la cabeza tristemente—. ¿Creías que solo tendrías que enfrentarte al fantasma de Diocleciano? Me temo que no, Nico. Tus pruebas serán mucho más difíciles. Mucho antes de que esto fuera el palacio de Diocleciano, era la puerta de la residencia de mi amo. He vivido aquí durante eones, trayendo ante Cupido a los que buscaban el amor.

A Jason no le gustó la mención de las pruebas difíciles. No se fiaba de ese extraño dios con el aro, las alas y la cesta de fruta. Pero le vino a la mente una antigua historia: algo que había oído en el Campamento Júpiter.

—Como a Psique, la esposa de Cupido. Usted la llevó a su palacio.

A Favonio le brillaron los ojos.

—Muy bien, Jason Grace. Llevé a Psique con los vientos desde este mismo sitio hasta los aposentos de mi amo. De hecho, ese es el motivo por el que Diocleciano construyó su palacio aquí. Este sitio siempre ha estado agraciado por el suave viento del oeste. —Extendió los brazos—. Es un rincón para la tranquilidad y el amor en un mundo turbulento. Cuando el palacio de Diocleciano fue saqueado...

—Usted cogió el cetro —aventuró Jason.

—Para ponerlo a buen recaudo —convino Favonio—. Es uno de los numerosos tesoros de Cupido, un recordatorio de tiempos mejores. Si lo quieres... —Favonio se volvió hacia Nico—. Deberás enfrentarte al dios del amor.

Nico miró la luz del sol que entraba por las ventanas, como si deseara poder escapar a través de esas estrechas aberturas.

Jason no estaba seguro de lo que Favonio deseaba, pero si «enfrentarte al dios del amor» significaba obligar a Nico a que confesara qué chica le gustaba, no le parecía tan terrible.

—Nico, puedes hacerlo —dijo Jason—. Aunque te dé corte, es por el cetro.

Nico no parecía convencido. De hecho, parecía que fuera a vomitar. Sin embargo, se puso derecho y asintió con la cabeza.

—Tienes razón. No... no me da miedo un dios del amor.

Favonio sonrió.

—¡Magnífico! ¿Os apetece picar algo antes de marchar? —Cogió una manzana verde de su cesta y la miró frunciendo el entrecejo—. Córcholis. Siempre me olvido de que mi símbolo es una cesta de fruta sin madurar. ¿Por qué no se reconoce el mérito del viento de la primavera? El verano se queda con toda la diversión.

—No se preocupe —dijo Nico rápidamente—. Solo llévenos hasta Cupido.

Favonio empezó a dar vueltas a su aro en el dedo, y el cuerpo de Jason se disolvió en el aire.

XXXVI

Jason

Jason había viajado en el viento muchas veces, pero ser el viento era harina de otro costal.

Se sentía fuera de control, con los pensamientos dispersos, sin límites entre su cuerpo y el resto del mundo. Se preguntaba si así era como se sentían los monstruos cuando eran vencidos: convertidos en polvo, indefensos e informes.

Jason percibía la presencia de Nico cerca de él. El viento del oeste los llevaba volando sobre Split. Sobrevolaron las colinas a toda velocidad y dejaron atrás acueductos romanos, autopistas y viñas. A medida que se acercaban a las montañas, Jason vio las ruinas de una ciudad romana esparcidas en un valle —muros desmoronados, cimientos cuadrados y caminos agrietados, todo cubierto de hierba—, como un gigantesco tablero de juego sembrado de musgo.

Favonio los dejó en medio de las ruinas, al lado de una columna rota del tamaño de una secuoya.

El cuerpo de Jason recuperó su forma. Por un instante se sintió todavía peor que transformado en viento, como si de repente lo hubiera envuelto con un abrigo de plomo.

—Sí, los cuerpos mortales son terriblemente pesados —dijo Favonio, leyéndole el pensamiento. El dios del viento se posó en un muro cercano con su cesta de fruta y desplegó sus alas rojizas al sol—. Sinceramente, no sé cómo los soportáis un día sí y otro también.

Jason escudriñó el entorno. La ciudad debía de haber sido enorme. Distinguió los armazones de templos y baños, un anfiteatro medio enterrado y unos pedestales vacíos que debían de haber sostenido estatuas. Hileras de columnas se alejaban hacia ninguna parte. Las antiguas murallas de la ciudad zigzagueaban entre la ladera como un hilo de piedra a través de una tela verde.

Algunas zonas tenían aspecto de haber sido excavadas, pero la mayor parte de la ciudad parecía abandonada, como si la hubieran dejado a merced de los elementos durante los últimos dos mil años.

—Bienvenidos a Salona —dijo Favonio—. ¡Capital de Dalmacia! ¡Lugar de nacimiento de Diocleciano! Pero antes de eso, mucho antes de eso, fue el hogar de Cupido.

El nombre hizo eco, como si unas voces lo susurraran a través de las ruinas.

Había algo en ese lugar todavía más inquietante que el sótano del palacio de Split. Jason nunca había pensado mucho en Cupido. Desde luego no había pensado que Cupido diera tanto miedo. Incluso para los semidioses romanos, su nombre evocaba la imagen de un ridículo bebé alado con un arco y una flecha de juguete que volaba de un lado a otro en pañales el día de San Valentín.

—Oh, él no es así —dijo Favonio.

Jason se estremeció.

—¿Puede leerme el pensamiento?

—No me hace falta. —Favonio lanzó su aro en el aire—. Todo el mundo tiene una impresión equivocada de Cupido… hasta que lo conocen.

Nico se apoyó en una columna; las piernas le temblaban de forma visible.

—Oye, tío… —Jason se dirigió a él, pero Nico lo rechazó con un gesto de la mano.

A los pies de Nico, la hierba se volvió marrón y se marchitó. La parcela muerta se extendió hacia fuera, como si las suelas de sus zapatillas estuvieran rezumando veneno.

—Ah… —Favonio asintió con la cabeza compasivamente—. Entiendo que estés nervioso, Nico di Angelo. ¿Sabes cómo acabé yo sirviendo a Cupido?

—Yo no sirvo a nadie —murmuró Nico—. Y menos a Cupido.

Favonio continuó como si no le hubiera oído.

—Me enamoré de un mortal llamado Jacinto. Era extraordinario.

—¿Jacinto? —Jason todavía tenía el cerebro embotado a consecuencia del viaje, de modo que tardó un segundo en asimilar ese dato—. Ah…

—Sí, Jason Grace. —Favonio arqueó una ceja—. Me enamoré de un chico. ¿Te escandaliza?

Sinceramente, Jason no estaba seguro. Procuraba no pensar en los detalles de las vidas amorosas de los dioses, sin preocuparse por quién se enamoraba de quién. Después de todo, su padre Júpiter no era precisamente un modelo de conducta. Comparado con algunos escándalos amorosos del Olimpo que habían llegado a sus oídos, que el viento del oeste se enamorara de un mortal no era muy escandaloso.

—Supongo que no… Cupido le disparó una flecha, y se enamoró.

Favonio resopló.

—Haces que parezca muy sencillo. Desgraciadamente, el amor nunca es sencillo. Verás, al dios Apolo también le gustaba Jacinto. Decía que eran solo amigos. No sé. El caso es que un día me los encontré juntos jugando al tejo…

Otra vez esa extraña palabra.

—¿El tejo?

—Un juego al que se juega con esos aros —explicó Nico con voz frágil—. Como el lanzamiento de herradura.

—Más o menos —dijo Favonio—. En cualquier caso, me puse celoso. En lugar de enfrentarme a ellos y averiguar la verdad, cambié la dirección del viento y lancé un pesado aro de metal contra la cabeza de Jacinto y… En fin. —El dios del viento suspiró—. Cuando Jacinto murió, Apolo lo convirtió en la flor que lleva su nombre.

Estoy seguro de que Apolo se habría vengado de mí de una forma horrible, pero Cupido me ofreció su protección. Yo había hecho algo terrible, enloquecido por el amor, así que él me perdonó con la condición de que trabajara eternamente para él.

«CUPIDO.»

El nombre resonó otra vez a tráves de las ruinas.

—Esa debe de ser mi señal. —Favonio se levantó—. Piensa muy bien tu manera de obrar, Nico di Angelo. No puedes mentirle a Cupido. Si dejas que la ira te domine, tu destino será todavía más triste que el mío.

Jason se sintió como si su cerebro se estuviera transformando otra vez en el viento. No entendía de qué estaba hablando Favonio, ni por qué Nico parecía tan afectado, pero no tuvo tiempo para pensar en ello. El dios del viento desapareció en un torbellino rojo y dorado. De repente el aire veraniego se tornó opresivo. El suelo tembló, y Jason y Nico desenvainaron sus espadas.

Bien.

La voz pasó rozando la oreja de Jason como una bala. Cuando se volvió, no había nadie.

Venís a reclamar el cetro.

Nico estaba detrás de él, y por una vez Jason se alegró de estar acompañado de ese chico.

—Cupido —gritó Jason—, ¿dónde está?

La voz se rió. Desde luego no sonaba como la de un adorable querubín. Tenía un sonido grave y rotundo, pero también amenazante, como el temblor que precede a un grave terremoto.

Donde menos me esperas, contestó Cupido. *Como el amor.*

Algo chocó contra Jason y lo lanzó a través de la calle. Se cayó por una escalera y se quedó tumbado en el suelo de un sótano romano excavado.

Creía que eras más espabilado, Jason Grace. La voz de Cupido se arremolinó alrededor de él. *Después de todo, has encontrado el amor. ¿O todavía tienes dudas?*

Nico bajó la escalera a toda prisa.

—¿Estás bien?

Jason tomó su mano y se levantó.

—Sí. Solo ha sido un golpe a traición.

Ah, ¿esperabas que jugara limpio? Cupido se rió. *Soy el dios del amor. Nunca soy justo.*

Esa vez todos los sentidos de Jason se pusieron en estado de máxima alerta. Notó que al aire se rizaba justo antes de que una flecha apareciera volando hacia el pecho de Nico.

Jason la interceptó con la espada y la desvió a un lado. La flecha estalló contra la pared más cercana y los salpicó de escombros de piedra caliza.

Subieron la escalera corriendo. Jason tiró de Nico hacia un lado cuando otra ráfaga de viento desplomó una columna que lo habría aplastado.

—¿Ese tío es el dios del amor o de la muerte? —gruñó Jason.

Pregúntale a tus amigos, dijo Cupido. *Frank, Hazel y Percy han conocido a mi homólogo, Tánatos. No somos muy distintos. Solo que la Muerte a veces es más dulce.*

—¡Solo queremos el cetro! —gritó Nico—. Tratamos de detener a Gaia. ¿Está usted de parte de los dioses o no?

Una segunda flecha alcanzó el suelo entre los pies de Nico y emitió un brillo candente. Nico se desplomó hacia atrás cuando la flecha estalló en un géiser de llamas.

El amor está de parte de todos, dijo Cupido. *Y de nadie. No preguntes lo que el amor puede hacer por ti.*

—Genial —dijo Jason—. Ahora se pone a soltar frasecitas de tarjeta de felicitación.

Un movimiento detrás de él: Jason se giró y hendió el aire con su espada. La hoja se clavó en algo sólido. Oyó un gruñido y volvió a blandirla, pero el dios invisible había desaparecido. Sobre los adoquines brillaba un reguero de icor dorado: la sangre de los dioses.

Muy bien, Jason, dijo Cupido. *Por lo menos percibes mi presencia. Rozar de refilón el amor verdadero es más de lo que consiguen la mayoría de los héroes.*

—Entonces ¿me dará ahora el cetro? —preguntó Jason.

Cupido se rió.

Lamentablemente, no podrías empuñarlo. Solo un hijo del inframundo puede invocar a las legiones de muertos. Y solo un oficial de Roma puede dirigirlas.

—Pero...

Jason titubeó. Él era un oficial. Era un pretor. Entonces recordó todas sus dudas acerca de cuál era su sitio. En la Nueva Roma se había ofrecido a renunciar a su puesto a favor de Percy Jackson. ¿Le hacía eso indigno de dirigir una legión de fantasmas romanos?

Decidió abordar el problema cuando llegara el momento.

—Déjenos eso a nosotros —dijo—. Nico puede invocar...

La tercera flecha pasó silbando junto al hombro de Jason. Esa vez no la pudo detener. Nico gimió cuando el proyectil se clavó en el brazo con el que sostenía la espada.

—¡Nico!

El hijo de Hades tropezó. La flecha se deshizo sin dejar sangre ni herida visibles, pero Nico tenía el rostro crispado de ira y dolor.

—¡Se acabaron los jueguecitos! —gritó Nico—. ¡Dé la cara!

Mirar el auténtico rostro del amor cuesta caro, dijo Cupido.

Otra columna se desplomó. Jason se apartó con dificultad.

Mi esposa Psique aprendió esa lección, dijo Cupido. *La trajeron hace eones, cuando mi palacio estaba situado aquí. Solo nos veíamos a oscuras. Se le advirtió que no podría mirarme, y sin embargo no pudo resistir el misterio. Temía que yo fuera un monstruo. Una noche encendió una vela y contempló mi rostro mientras dormía.*

—¿Tan feo era?

Jason creía que había localizado de dónde venía la voz de Cupido —el borde del anfiteatro, a unos veinte metros de distancia—, pero quería asegurarse.

El dios se rió.

Me temo que era demasiado guapo. Un mortal no puede mirar el auténtico aspecto de un dios sin sufrir las consecuencias. Mi madre, Afrodita, maldijo a Psique por su desconfianza. Mi pobre amante fue torturada y obligada a exiliarse, y recibió unos horribles encargos para demostrar su valor. Incluso la mandaron al inframundo en una misión para demostrar su entrega. Se ganó el derecho a volver a mi lado, pero sufrió mucho.

«Ya te tengo», pensó Jason.

Levantó la espada al cielo, y un trueno sacudió el valle. Un rayo abrió un cráter donde la voz había estado hablando.

Silencio. Jason estaba pensando «Caramba, ha funcionado» cuando una fuerza invisible lo derribó al suelo. Su espada se deslizó a través del camino.

Buen intento, dijo Cupido, cuya voz sonaba lejana. *Pero el amor no se puede atrapar tan fácilmente.*

A su lado, un muro se desplomó. A Jason apenas le dio tiempo a apartarse rodando por el suelo.

—¡Basta! —gritó Nico—. Soy yo al que quiere. ¡Déjelo a él en paz!

A Jason le zumbaban los oídos. Estaba aturdido a causa de los golpes. La boca le sabía a polvo de piedra caliza. No entendía por qué Nico se consideraba a sí mismo el principal objetivo, pero Cupido parecía estar de acuerdo.

Pobre Nico di Angelo. La voz del dios estaba teñida de decepción. *No sabes lo que quieres, y mucho menos lo que yo quiero. Mi amada Psique lo arriesgó todo por amor. Era la única manera de expiar su falta de confianza. Y tú… ¿qué has arriesgado por él?*

—He ido al Tártaro y he vuelto —gruñó Nico—. Usted no me da miedo.

Te doy mucho mucho miedo. Enfréntate a mí. Sé sincero.

Jason se levantó.

El suelo se movió alrededor de Nico. La hierba se marchitó y las piedras se agrietaron como si algo se estuviera moviendo debajo de la tierra, tratando de abrirse paso.

—Denos el cetro de Diocleciano —dijo Nico—. No tenemos tiempo para jueguecitos.

¿Jueguecitos? Cupido atacó dando una bofetada del revés a Nico que lo lanzó contra un pedestal de granito. *¡El amor no es ningún juego! ¡No es una estupidez con florecitas! Es esfuerzo: una búsqueda que*

nunca termina. Lo exige todo de uno: sobre todo la verdad. Solo entonces produce gratificación.

Jason recuperó su espada. Si ese tipo invisible era el Amor, Jason estaba empezando a pensar que el amor estaba sobrevalorado. Le gustaba más la versión de Piper: considerado, dulce y bonito. Podía entender a Afrodita. Cupido parecía un matón, un ejecutor.

—Nico —gritó—, ¿qué quiere de ti ese tío?

Díselo, Nico di Angelo, dijo Cupido. *Dile que eres un cobarde, que tienes miedo de ti mismo y de tus sentimientos. Dile cuál es el auténtico motivo por el que huiste del Campamento Mestizo y por qué siempre estás solo.*

Nico soltó un grito gutural. El suelo se abrió a sus pies y unos esqueletos salieron arrastrándose: romanos muertos con manos amputadas y cráneos hundidos, costillas resquebrajadas y mandíbulas desencajadas. Algunos estaban vestidos con restos de togas. Otros llevaban piezas brillantes de armadura colgando del pecho.

¿Vas a esconderte entre los muertos, como haces siempre?, dijo Cupido a modo de provocación.

Oleadas de oscuridad salieron despedidas del hijo de Hades. Cuando alcanzaron a Jason, estuvo a punto de quedar inconsciente, abrumado por el odio, el miedo y la vergüenza.

Unas imágenes cruzaron su mente como un relámpago. Vio a Nico y a su hermana en un precipicio nevado en Maine. Percy Jackson los protegía de una mantícora. La espada de Percy brillaba en la oscuridad. Había sido el primer semidiós al que Nico había visto en acción.

Más tarde, en el Campamento Mestizo, Percy cogió a Nico del brazo y le prometió mantener a salvo a su hermana Bianca. Nico le creyó. Nico miró sus ojos verde mar y pensó: «No puede fracasar. Es un auténtico héroe». Era el juego favorito de Nico, Myth-o-Magic, hecho realidad.

Jason vio el momento en que Percy regresó y le contó a Nico que Bianca había muerto. Nico gritó y lo llamó mentiroso. Se sentía traicionado, pero a pesar de todo, cuando los guerreros esqueleto atacaron, fue incapaz de permitir que hicieran daño a Percy. Nico había exigido a la tierra que los engullera y luego había huido, temeroso de sus poderes y de sus emociones.

Jason vio una docena de escenas más como esa desde el punto de vista de Nico… Y quedó aturdido, incapaz de moverse ni de hablar.

Mientras tanto, los esqueletos romanos de Nico avanzaban en tropel y luchaban contra algo invisible. El dios peleaba, apartando a los muertos, partiendo costillas y cráneos, pero los esqueletos seguían acercándose, inmovilizando los brazos del dios.

¡Qué interesante!, dijo Cupido. *¿Tienes la fuerza necesaria?*

—Me fui del Campamento Mestizo por amor —dijo Nico—. Annabeth… ella…

Sigues escondiéndote, dijo Cupido, haciendo pedazos otro esqueleto. *No tienes fuerza.*

—Nico —logró decir Jason—, tranquilo. Lo entiendo.

Nico lo miró, el rostro surcado de dolor y sufrimiento.

—No, no lo entiendes —dijo—. Es imposible que lo entiendas.

Vuelves a huir, lo regañó Cupido. *De tus amigos, de ti mismo.*

—¡Yo no tengo amigos! —gritó Nico—. ¡Me fui del Campamento Mestizo porque no era mi sitio! ¡Nunca encontraré mi sitio!

Los esqueletos tenían sujeto a Cupido, pero el dios invisible se reía de forma tan cruel que a Jason le entraron ganas de invocar otro rayo. Lamentablemente, dudaba que tuviera las fuerzas necesarias.

—Déjalo en paz, Cupido —dijo Jason con voz ronca—. Esto no es…

Le falló la voz. Quería decir que no era asunto de Cupido, pero se dio cuenta de que era exactamente asunto del dios. Favonio había dicho una cosa que seguía zumbándole en los oídos: «¿Te escandaliza?».

La historia de Psique cobró por fin sentido para él: por qué una chica mortal tendría tanto miedo; por qué se arriesgaría a infringir las normas para mirar al dios del amor a la cara porque temía que fuera un monstruo.

Psique estaba en lo cierto. Cupido era un monstruo. El amor era el monstruo más salvaje de todos.

La voz de Nico sonaba como el cristal roto.

—Yo… yo no estaba enamorado de Annabeth.

—Tenías celos de ella —dijo Jason—. Por eso no querías estar cerca de ella. Pero sobre todo no querías estar cerca de… él. Es muy lógico.

Toda la resistencia y la negación parecieron abandonar a Nico en el acto. Entonces los muertos romanos se desplomaron y se deshicieron en polvo.

—Me odio a mí mismo —dijo Nico—. Odio a Percy Jackson.

Cupido se hizo visible: un joven esbelto y musculoso con alas blancas como la nieve, cabello moreno liso, y un sencillo hábito blanco y unos vaqueros. El arco y el carcaj que colgaban de su hombro no eran de juguete: eran armas de guerra. Sus ojos eran rojos como la sangre, como si hubiera exprimido todos los corazones de San Valentín del mundo y los hubiera destilado en una mezcla venenosa. Tenía un rostro atractivo, pero también duro, difícil de mirar, como un foco. Miró a Nico con satisfacción, como si hubiera identificado el punto exacto al que disparar su siguiente flecha para conseguir una muerte limpia.

—Me enamoré de Percy —espetó Nico—. Esa es la verdad. Ese es el gran secreto.

Lanzó una mirada de odio a Cupido.

—¿Satisfecho?

Por primera vez, la mirada de Cupido pareció compasiva.

—Oh, yo no diría que el amor satisface siempre. —Su voz sonaba más débil, mucho más humana—. A veces te llena de tristeza. Pero por lo menos ya te has enfrentado a él. Esa es la única forma de conquistarme.

Cupido se deshizo en el viento.

En la zona del suelo donde él había estado vieron entonces un bastón de marfil de noventa centímetros de largo rematado con una esfera oscura de mármol pulido del tamaño de una pelota de béisbol, que se engarzaba sobre las espaldas de tres águilas romanas de oro. El cetro de Diocleciano.

Nico se arrodilló y lo recogió. Observó a Jason, como si esperara que le atacase.

—Si los demás se enterasen…

—Si los demás se enterasen —dijo Jason—, tendrías mucha más gente que te apoyaría y te ayudaría a descargar la furia de los dioses sobre cualquiera que te causara problemas.

Nico frunció el entrecejo. Jason todavía percibía el rencor y la ira que emanaban de él.

—Pero tú eliges —añadió Jason—. Tú decides si lo compartes o no. Yo solo puedo decirte…

—Ahora ya no me siento así —murmuró Nico—. Quiero decir… que he renunciado a Percy. Entonces era joven e impresionable, y yo… yo no…

La voz se le quebró, y Jason notó que los ojos del chico estaban a punto de llenarse de lágrimas. Tanto si Nico había renunciado de verdad a Percy como si no, Jason no podía imaginarse lo que había supuesto para Nico, durante todos esos años, guardar un secreto que habría sido impensable compartir en los años cuarenta del siglo xx, negando quién era, sintiéndose totalmente solo, todavía más aislado que los demás semidioses.

—Nico —dijo con delicadeza—, he visto muchas cosas valientes, pero lo que acabas de hacer tal vez se lleve la palma.

Nico levantó la mirada con aire indeciso.

—Deberíamos volver al barco.

—Sí. Podemos ir volando…

—No —anunció Nico—. Esta vez viajaremos por las sombras. Estoy harto de los vientos.

XXXVII

Annabeth

Perder la vista había sido bastante desagradable. Estar separada de Percy había sido horrible.

Pero ahora que podía volver a verlo, presenciar que se moría poco a poco a causa del veneno de la sangre de gorgona y ser incapaz de hacer algo por él era la peor de todas las maldiciones.

Bob se echó a Percy sobre los hombros como una bolsa de deporte mientras Bob el Pequeño, el gatito esqueleto, se acurrucaba encima de la espalda de Percy y ronroneaba. Bob avanzaba a paso ligero, incluso para un titán, lo que hacía casi imposible que Annabeth lo siguiera.

Los pulmones le resollaban. Le habían empezado a salir ampollas en la piel otra vez. Probablemente necesitaba otro trago de agua de fuego, pero habían dejado atrás el río Flegetonte. Tenía el cuerpo tan dolorido y magullado que había olvidado lo que era no sufrir dolor.

—¿Falta mucho? —preguntó casi sin voz.

—Casi demasiado —contestó Bob—. Pero a lo mejor no.

«Muy útil», pensó Annabeth, pero le faltaba el aliento para decirlo.

El paisaje volvió a cambiar. Seguían yendo cuesta abajo, cosa que debería haber facilitado la travesía, pero el terreno se inclinaba en un ángulo extraño: demasiado pronunciado para correr, demasiado peligroso para bajar la guardia por un solo momento. La superficie a veces era de grava suelta y otras estaba compuesta por parcelas de cieno. De vez en cuando Annabeth rodeaba unas púas lo bastante puntiagudas para atravesarle el pie y unos grupos de… No eran rocas exactamente. Más bien verrugas del tamaño de sandías. Annabeth prefería no hacer conjeturas al respeto, pero suponía que Bob la estaba llevando por el intestino grueso de Tártaro.

El aire se volvió más denso y adquirió un hedor a aguas residuales. Puede que la oscuridad no fuera tan intensa, pero solo podía ver a Bob gracias al brillo de su pelo blanco y la punta de su lanza. Se fijó en que no había replegado la punta de lanza de su escoba desde que habían peleado contra las *arai*. Eso no la tranquilizaba.

Percy se bamboleaba de un lado al otro y obligaba al gatito a recolocarse en su nido en la zona lumbar del semidiós. De vez en cuando, Percy gemía de dolor, y Annabeth se sentía como si un puño le estrujara el corazón.

Le vino a la memoria la fiesta del té en compañía de Piper, Hazel y Afrodita en Charleston. Dioses, parecía que hubiera pasado mucho tiempo. Afrodita había suspirado y se había puesto nostálgica rememorando los buenos tiempos de la guerra de Secesión y el estrecho vínculo entre el amor y la guerra.

Afrodita había señalado con orgullo a Annabeth, poniéndola de ejemplo a las otras chicas: «Una vez le prometí hacer más interesante su vida amorosa. ¿Y no ha sido así?».

A Annabeth le habían dado ganas de estrangular a la diosa del amor. Ya había vivido suficientes cosas «interesantes». Ahora Annabeth aspiraba a un final feliz. Seguro que era posible, al margen de lo que las leyendas dijeran sobre los héroes trágicos. Tenía que haber excepciones, ¿no? Si el sufrimiento conllevaba una recompensa, entonces Percy y ella se merecían un gran premio.

Pensó en el sueño que Percy albergaba sobre la Nueva Roma: ellos dos instalados allí, yendo juntos a la universidad. Al principio, la idea de vivir entre los romanos le había horrorizado, pues les guardaba rencor por haberle arrebatado a Percy.

En ese momento aceptaría encantada la oferta.

Si sobrevivían a aquello… Si Reyna había recibido su mensaje… Si un millón de posibilidades remotas más se cumplían.

«Basta ya», se regañó a sí misma.

Tenía que concentrarse en el presente, poniendo un pie delante del otro, prosiguiendo la caminata intestinal de una verruga a otra.

Las rodillas le ardían y le flaqueaban como unas perchas de alambre dobladas a punto de partirse. Percy gimió y murmuró algo que ella no entendió.

Bob se paró súbitamente.

—Mira.

Más adelante, en la penumbra, el terreno se nivelaba hasta un pantano negro. Una niebla de color amarillo azufre flotaba en el aire. A pesar de que no había luz del sol, había plantas de verdad: matas de juncos, finos árboles sin hojas, incluso unas cuantas flores de aspecto enfermizo que florecían en la suciedad. Senderos cubiertos de musgo serpenteaban entre burbujeantes pozos de alquitrán. Justo delante de Annabeth, hundidas en la ciénaga, había pisadas del tamaño de tapas de cubo de basura, con dedos largos y puntiagudos.

Por desgracia, Annabeth tenía la certeza de que sabía qué las había dejado.

—¿Un drakon?

—Sí. —Bob le sonrió—. ¡Es una buena noticia!

—Ah… ¿por qué?

—Porque estamos cerca.

Bob se adentró resueltamente en el pantano.

Annabeth tenía ganas de gritar. No soportaba estar a merced de un titán; sobre todo de uno que estaba recuperando poco a poco la memoria y llevándolos a ver a un gigante «bueno». No soportaba abrirse camino en un pantano que era claramente el territorio de un drakon.

Pero Bob tenía a Percy. Si ella vacilaba, los perdería a los dos en la oscuridad. Se apresuró tras él, saltando de parcela de musgo en parcela de musgo y suplicando a Atenea que la ayudara a no caerse en un sumidero.

Por lo menos el terreno obligó a Bob a ir más despacio. Cuando Annabeth lo alcanzó, pudo ir andando justo detrás de él y vigilar a Percy, que desvariaba entre murmullos, con la frente muy caliente. Varias veces murmuró «Annabeth», y ella contuvo un sollozo. El gatito se limitaba a ronronear más alto y a acurrucarse.

Finalmente la niebla amarilla se apartó y dejó a la vista un claro embarrado parecido a una isla en el fango. El terreno estaba salpicado de árboles enanos y montones de verrugas. En el centro se levantaba una gran choza abovedada construida con huesos y cuero verdoso. En la parte superior había un agujero del que salía humo. La entrada estaba cubierta con cortinas de piel de reptil escamosa y, flanqueando la entrada, dos antorchas hechas con descomunales fémures ardían emitiendo un fulgor de vivo color amarillo.

Sin embargo, lo que a Annabeth le llamó la atención fue el cráneo de drakon. A cincuenta metros dentro del claro, aproximadamente a mitad de camino de la choza, un enorme roble sobresalía del suelo en un ángulo de cuarenta y cinco grados. Las fauces de un cráneo de drakon rodeaban el tronco, como si el roble fuera la lengua del monstruo muerto.

—Sí —murmuró Bob—. Es una noticia muy buena.

No había nada en aquel sitio que a Annabeth le pareciera bien.

Antes de que pudiera protestar, Bob el Pequeño arqueó la espalda y siseó. Detrás de ellos, un enorme rugido resonó a través del pantano: un sonido que Annabeth había oído por última vez en la batalla de Manhattan.

Se volvió y vio al drakon embistiendo contra ellos.

XXXVIII

Annabeth

¿Lo más insultante de todo?

Que el drakon era fácilmente la criatura más bonita que Annabeth había visto desde que había caído al Tártaro. Su piel estaba cubierta de motas amarillas y verdes, como la luz del sol a través del manto de un bosque. Sus ojos reptiles eran del tono verde mar favorito de Annabeth (como los de Percy). Cuando su gorguera de escamas se desplegó alrededor de su cabeza, Annabeth no pudo evitar pensar en lo regio que era el monstruo que estaba a punto de matarla.

Era perfectamente tan largo como un tren de metro. Sus enormes garras se clavaban en el lodo a medida que avanzaba y su cola se agitaba de un lado al otro. El drakon siseaba, escupiendo chorros de veneno verde que humeaba en el suelo cubierto de musgo e incendiaba pozos de alquitrán, y llenaba el aire de aroma a pino fresco y jengibre. Incluso olía bien. Como la mayoría de los drakones, no tenía alas, era más largo y tenía más aspecto de serpiente que de un dragón, y parecía hambriento.

—Bob —dijo Annabeth—, ¿a qué nos enfrentamos?

—A un drakon meonio —dijo Bob—. De Meonia.

Más información útil. Annabeth habría pegado a Bob en la cabeza con su escoba si hubiera podido levantarla.

—¿Existe alguna forma de que podamos matarlo?

—¿Nosotros? —dijo Bob—. No.

El drakon rugió como para recalcar ese punto y llenó el aire de más veneno de pino y jengibre, que habría resultado un excelente aroma de ambientador para coche.

—Pon a Percy a salvo —dijo Annabeth—. Yo lo distraeré.

No tenía ni idea de cómo iba a hacerlo, pero era su única opción. No podía dejar morir a Percy mientras tuviera fuerzas para mantenerse en pie.

—No hace falta —dijo Bob—. En cualquier momento…

—¡GRRRRRR!

Annabeth se volvió cuando el gigante salió de su choza.

Medía unos seis metros de altura —la estatura habitual de un gigante— y tenía la parte superior del cuerpo de un humanoide y unas patas reptiles con escamas, como un dinosaurio bípedo. No tenía armas. En lugar de armadura, llevaba una camisa cosida con pieles de oveja y cuero con manchas verdes. Su piel era rojo cereza; su barba y su cabello eran de color herrumbre, trenzado con matas de hierba, hojas y flores del pantano.

Lanzó un grito desafiante, pero afortunadamente no estaba mirando a Annabeth. Bob la apartó de un tirón cuando el gigante se dirigió como un huracán hacia el drakon.

Los dos desentonaban como en una extraña escena de combate navideña: el rojo contra el verde. El drakon escupió veneno. El gigante se lanzó a un lado. Agarró el roble y lo arrancó del suelo con las raíces incluidas. El viejo cráneo se deshizo en polvo cuando el gigante levantó el árbol como un bate de béisbol.

La cola del drakon rodeó la cintura del gigante de un latigazo y lo acercó a rastras a sus dientes rechinantes. Pero en cuanto el gigante tuvo el monstruo al alcance, le metió el árbol por la garganta.

Annabeth esperaba no tener que volver a ver una escena tan espantosa. El árbol atravesó la garganta del drakon y lo empaló en el suelo. Las raíces empezaron a moverse, escarbaron cada vez más hondo al tocar la tierra y afianzaron el roble hasta que pareció que llevase siglos en ese sitio. El drakon se sacudió y se revolvió, pero estaba bien sujeto.

El gigante asestó un puñetazo al drakon en el pescuezo. CRAC. El monstruo se quedó sin fuerzas. Empezó a disolverse y no dejó más que fragmentos de hueso, carne, piel y un nuevo cráneo de drakon cuyas fauces abiertas rodeaban el roble.

Bob gruñó.

—Buen golpe.

El gatito asintió ronroneando y empezó a limpiarse las garras.

El gigante dio una patada a los restos del drakon, examinándolos con ojo crítico.

—Huesos malos —se quejó—. Quería un nuevo bastón. Hum. Pero la piel es buena para la letrina.

Arrancó un pellejo del cuello del drakon y lo puso en el cinturón.

—Oh… —Annabeth quería preguntar si de verdad el gigante usaba pellejo de drakon como papel higiénico, pero decidió no hacerlo—. Bob, ¿quieres presentarnos?

—Annabeth… —Bob dio unos golpecitos en las piernas de Percy—. Este es Percy.

Annabeth esperaba que el titán estuviera tomándole el pelo, pero la cara de Bob no revelaba nada.

Ella apretó los dientes.

—Me refería al gigante. Prometiste que podría ayudarnos.

—¿Una promesa? —El gigante miró desde su creación. Sus ojos se entornaron bajo sus pobladas cejas rojas—. Una promesa es cosa seria. ¿Por qué iba a prometer Bob que os ayudaría?

Bob cambió el peso de un pie al otro. Los titanes daban miedo, pero Annabeth nunca había visto uno al lado de un gigante. Comparado con el exterminador de drakones, Bob parecía un enano.

—Damasén es un gigante bueno —dijo Bob—. Es pacífico. Puede curar el veneno.

Annabeth observó al gigante Damasén, que estaba arrancando pedazos de carne sangrienta del cadáver del drakon con sus manos.

—Pacífico —dijo—. Sí, ya lo veo.

—Carne buena para la cena. —Damasén se puso derecho y examinó a Annabeth, como si fuera otra posible fuente de proteínas—. Entrad. Prepararemos estofado. Luego nos ocuparemos de esa promesa.

XXXIX

Annabeth

Acogedora.

Annabeth nunca había pensado que describiría algún elemento del Tártaro de esa manera, pero a pesar de que la choza del gigante era del tamaño de un planetario y estaba construida con huesos, barro y piel de drakon, desde luego resultaba acogedora.

En el centro ardía una hoguera hecha de brea y huesos; sin embargo, el humo era blanco e inodoro, y salía por el agujero que había en mitad del techo. El suelo estaba cubierto de hierba seca del pantano y trapos de lana gris. En un lado había una enorme cama confeccionada con pieles de carnero y cuero de drakon. En el otro colgaban percheros independientes con plantas secándose, piel curada y lo que parecían tiras de cecina de drakon. El lugar olía a estofado, humo, albahaca y tomillo.

Lo único que preocupaba a Annabeth era el rebaño de ovejas amontonadas en un corral en la parte trasera de la choza.

Annabeth se acordó de la cueva del cíclope Polifemo, que comía semidioses y ovejas de forma indiscriminada. Se preguntaba si los gigantes tenían gustos parecidos.

Una parte de ella estaba tentada de huir, pero Bob ya había colocado a Percy en la cama del gigante, donde casi había desaparecido entre la lana y la piel. Bob el Pequeño saltaba encima de Percy y sobaba las mantas, ronroneando tan fuerte que el lecho se agitaba como una cama con masaje.

Damasén se acercó pesadamente a la hoguera. Lanzó la carne de drakon a una cazuela colgada que parecía hecha con un viejo cráneo de monstruo y a continuación cogió un cucharón y la empezó a remover.

Annabeth no quería ser el siguiente ingrediente en su estofado, pero había ido allí por un motivo. Respiró hondo y se acercó a Damasén con paso resuelto.

—Mi amigo se está muriendo. ¿Puedes curarlo o no?

Se le entrecortó la voz al pronunciar la palabra «amigo». Percy era mucho más que eso. Ni siquiera «novio» le hacía justicia. Habían pasado tantas cosas juntos que a esas alturas Percy era ya una parte de ella: una parte a veces molesta, cierto, pero sin duda una parte sin la que no podía vivir.

Damasén la miró con el entrecejo fruncido por debajo de sus pobladas cejas rojas. Annabeth había conocido a humanoides grandes y espeluznantes, pero Damasén la inquietaba de otro modo. No parecía hostil. Irradiaba pena y amargura, como si estuviera tan absorto en su tristeza que le molestara que Annabeth le hiciera centrarse en otra cosa.

—No oigo palabras como esas en el Tártaro —masculló el gigante—. «Amigo.» «Promesa.»

Annabeth se cruzó de brazos.

—¿Qué hay de la sangre de gorgona? ¿Puedes curarla o Bob ha exagerado tus aptitudes?

Cabrear a un cazador de drakones de seis metros de altura probablemente no fuera una estrategia prudente, pero Percy se estaba muriendo. No tenía tiempo para ser diplomática.

Damasén la miró ceñudo.

—¿Cuestionas mis aptitudes? ¿Una mortal medio muerta entra en mi pantano y cuestiona mis aptitudes?

—Sí —dijo ella.

—Hum. —Damasén le dio el cucharón a Bob—. Remueve.

Mientras Bob se ocupaba del estofado, Damasén examinó con detenimiento sus perchas de secado, y arrancó varias hojas y raíces. Se metió un puñado de plantas en la boca, las masticó bien y acto seguido las escupió en un montón de lana.

—Una taza de caldo —ordenó Damasén.

Bob recogió un poco de jugo de estofado con el cucharón y lo echó en una calabaza hueca. Se la dio a Damasén, que remojó la bola pastosa y la removió con el dedo.

—Sangre de gorgona —murmuró—. No supone ningún reto para mí.

Se acercó pesadamente a la cabecera de la cama y recostó a Percy con una mano. Bob el Pequeño olfateó el caldo y siseó. Arañó las sábanas con sus garras como si quisiera sepultarlo.

—¿Vas a darle de comer eso? —preguntó Annabeth.

El gigante le lanzó una mirada furibunda.

—¿Quién es aquí el curandero? ¿Tú o yo?

Annabeth cerró la boca. Observó cómo el gigante hacía beber el caldo a Percy. Damasén lo trataba con sorprendente dulzura, murmurándole palabras de ánimo que ella no alcanzaba a entender.

Con cada sorbo que bebía, el color de Percy mejoraba. Apuró la taza y sus ojos se abrieron parpadeando. Miró a su alrededor con expresión de asombro, luego vio a Annabeth y le dedicó una sonrisa ebria.

—Me encuentro estupendamente.

Puso los ojos en blanco. Cayó hacia atrás en la cama y empezó a roncar.

—Unas horas de sueño —declaró Damasén— y estará como nuevo.

Annabeth sollozó de alivio.

—Gracias —dijo.

Damasén la miró tristemente.

—Oh, no me des las gracias. Todavía estáis condenados. Y exijo un pago por mis servicios.

Annabeth se quedó boquiabierta.

—Ah… ¿Qué clase de pago?

—Una historia. —Los ojos del gigante empezaron a brillar—. El Tártaro es muy aburrido. Puedes ir contándome vuestra historia mientras comemos, ¿vale?

Annabeth se sentía incómoda contándole al gigante sus planes. Aun así, Damasén se descubrió como un buen anfitrión. Había salvado a Percy. Su estofado elaborado con carne de drakon estaba delicioso (sobre todo comparado con el agua de fuego). Su choza era cálida y cómoda, y por primera vez desde que había caído al Tártaro, Annabeth sentía que podía relajarse, lo que sin duda resultaba irónico, considerando que estaba cenando con un titán y un gigante.

Le relató a Damasén su vida y sus aventuras al lado de Percy. Le explicó cómo Percy había conocido a Bob, que le había borrado la memoria en el río Lete y lo había dejado bajo la custodia de Hades.

—Percy intentaba hacer algo bueno —aseguró a Bob—. No sabía que Hades se portaría como un cretino.

Ni siquiera a ella le pareció convincente. Hades siempre se portaba como un cretino.

Pensó en lo que las *arai* habían dicho: que Nico di Angelo había sido la única persona que había visitado a Bob en el palacio del inframundo. Nico era uno de los semidioses menos sociables y amistosos que Annabeth conocía. Sin embargo, había sido amable con Bob. Al convencer a Bob de que Percy era amigo suyo, Nico les había salvado la vida sin darse cuenta. Annabeth se preguntaba si algún día llegaría a entender a ese chico.

Bob lavó su plato con la botella con vaporizador y el trapo.

Damasén hizo un gesto circular con la cuchara.

—Continúa la historia, Annabeth Chase.

Ella le explicó la misión del grupo de semidioses del *Argo II*. Cuando le estaba contando que debían impedir que Gaia despertara, vaciló.

—Es... tu madre, ¿verdad?

Damasén rascó su plato. Tenía la cara llena de viejas quemaduras de veneno, cortes y tejido cicatrizado, de modo que parecía la superficie de un asteroide.

—Sí —dijo—. Y Tártaro es mi padre. —Señaló la choza—. Como puedes ver, he decepcionado a mis padres. Ellos esperaban… más de mí.

Annabeth no acababa de asimilar que estuviera comiendo sopa con un hombre con patas de lagarto que medía seis metros de altura y cuyos padres eran la Tierra y el Foso de la Oscuridad.

Resultaba bastante difícil imaginarse a los dioses del Olimpo como padres, pero por lo menos se parecían a los humanos. En el caso de los antiguos dioses primigenios como Gaia y Tártaro… ¿Cómo podías irte de casa y no depender de tus padres cuando, literalmente, abarcaban el mundo entero?

—Entonces ¿no te importa que luchemos en contra de tu madre? —preguntó ella.

Damasén resopló como un toro.

—Os deseo toda la suerte del mundo. Es mi padre por el que deberíais preocuparos. Si se enfrenta a vosotros, no tenéis ninguna posibilidad de sobrevivir.

De repente Annabeth perdió el apetito. Dejó su plato en el suelo. Bob el Pequeño se acercó a inspeccionarlo.

—Enfrentarse a nosotros, ¿cómo? —preguntó.

—Todo esto. —Damasén partió un hueso de drakon y usó una esquirla como mondadientes—. Todo lo que ves es el cuerpo de Tártaro, o por lo menos una manifestación de él. Sabe que estáis aquí. Quiere poneros trabas a cada paso. Mis hermanos os buscarán. Es extraordinario que hayáis sobrevivido tanto, incluso con la ayuda de Jápeto.

Bob frunció el entrecejo al oír su nombre.

—Sí, los vencidos nos buscarán. Deben de estar cerca.

Damasén escupió el mondadientes.

—Puedo ocultar vuestro camino por un tiempo, lo bastante para que descanséis. Tengo poder en este pantano. Pero al final os atraparán.

—Mis amigos tienen que llegar a las Puertas de la Muerte —dijo Bob—. Esa es la salida.

—Imposible —murmuró Damasén—. Las puertas están demasiado vigiladas.

Annabeth se inclinó hacia delante.

—Pero ¿sabes dónde están?

—Por supuesto. Todo el Tártaro lleva a un sitio: su corazón. Las Puertas de la Muerte están allí. Pero no podéis llegar allí vivos solo con la ayuda de Jápeto.

—Entonces ven con nosotros —dijo Annabeth—. Ayúdanos.

—¡JA!

Annabeth se sobresaltó. En la cama, Percy murmuró en pleno delirio.

—Ja, ja, ja.

—Hija de Atenea —dijo el gigante—. No soy tu amigo. Una vez ayudé a los mortales, y ya ves adónde me llevó.

—¿Ayudaste a los mortales? —Annabeth sabía mucho acerca de leyendas griegas, pero lo ignoraba todo sobre Damasén—. No... no lo entiendo.

—Una historia terrible —explicó Bob—. Los gigantes buenos tienen historias terribles. Damasén fue creado para oponerse a Ares.

—Sí —convino el gigante—. Como todos mis hermanos, nací en respuesta a un dios determinado. Mi enemigo era Ares. Pero Ares era el dios de la guerra. Así que cuando nací...

—Eras lo contrario a él —aventuró Annabeth—. Eras pacífico.

—Pacífico para un gigante, por lo menos. —Damasén suspiró—. Vagué por los campos de Meonia, en el país que ahora llamáis Turquía. Cuidaba de mi rebaño y recogía hierbas. Era una vida agradable. Pero no me enfrentaba a los dioses. Mi madre y mi padre me maldijeron por ese motivo. La ofensa definitiva llegó el día que un drakon meonio mató a un pastor mortal, un amigo mío. Busqué a esa criatura y la maté metiéndole un árbol por la garganta. Utilicé el poder de la tierra para hacer crecer las raíces del árbol y planté el drakon en el suelo. Me aseguré de que no aterrorizase más a los mortales. Fue un acto que Gaia no pudo perdonar.

—¿Porque ayudaste a alguien?

—Sí. —Damasén parecía avergonzado—. Gaia abrió la tierra y fui engullido, exiliado en la barriga de mi padre, Tártaro, donde se amontonan todos los restos inútiles: todas las partes de la creación que a él no le interesan. —El gigante arrancó una flor de su cabello y la observó distraídamente—. Me dejaron vivir, cuidando de mi rebaño, recogiendo hierbas, para que fuera consciente de la inutilidad de la vida que había elegido. Cada día, o lo que pasa por un día en este sitio sin luz, el drakon meonio vuelve a cobrar forma y me ataca. Matar es mi castigo eterno.

Annabeth echó un vistazo a la choza, tratando de imaginarse el tiempo que Damasén había estado exiliado allí: matando al drakon, recogiendo sus huesos, su piel y su carne, consciente de que volvería a atacarlo al día siguiente. Le costaba imaginar que ella sobreviviera una semana en el Tártaro. Exiliar a un hijo allí durante siglos era de una crueldad inconcebible.

—Rompe la maldición —dijo de buenas a primeras—. Ven con nosotros.

Damasén se rió entre dientes con amargura.

—Así de fácil. ¿No crees que ya he intentado salir de este sitio? Es imposible. Viaje a donde viaje, acabo siempre aquí. El pantano es lo único que conozco: el único destino que puedo imaginar. No, pequeña semidiosa. Mi maldición me ha vencido. No me queda ninguna esperanza.

—Ninguna esperanza —repitió Bob.

—Tiene que haber una forma.

Annabeth no soportaba la expresión del gigante. Le recordaba la de su padre las pocas veces que le había confesado que todavía amaba a Atenea. Siempre se había mostrado muy triste y derrotado, deseando algo que sabía que era imposible.

—Bob tiene un plan para llegar a las Puertas de la Muerte —insistió—. Ha dicho que podíamos ocultarnos con una especie de Niebla de la Muerte.

—¿Niebla de la Muerte? —Damasén miró a Bob con el entrecejo fruncido—. ¿Los vas llevar hasta Aclis?

—Es la única forma —dijo Bob.

—Moriréis —dijo Damasén—. Y será una muerte dolorosa. En la oscuridad. Aclis no se fía de nadie ni ayuda a nadie.

Parecía que Bob quisiera protestar, pero apretó los labios y permaneció callado.

—¿Existe otra forma? —preguntó Annabeth.

—No —contestó Damasén—. La Niebla de la Muerte... es el mejor plan. Lamentablemente, es un plan terrible.

Annabeth se sentía como si estuviera otra vez colgada sobre el foso, incapaz de levantarse y de seguir agarrándose, agotadas todas las opciones aceptables.

—Pero ¿no merece la pena intentarlo? —preguntó—. Podrías volver al mundo de los mortales. Podrías volver a ver el sol.

Los ojos de Damasén eran como las cuencas del cráneo de drakon: oscuros y huecos, desprovistos de esperanza. Lanzó un hueso roto al fuego y se irguió: un enorme héroe rojo vestido con piel de carnero y cuero, el cabello adornado con flores y hierbas secas. Annabeth advirtió a qué se refería al decir que era la antítesis de Ares. Ares era el peor dios, tempestuoso y violento. Damasén era el mejor gigante, amable y servicial... y por ese motivo había sido condenado al sufrimiento eterno.

—Duerme —dijo el gigante—. Os prepararé provisiones para el viaje. Lo siento, pero no puedo hacer más.

Annabeth quería protestar, pero tan pronto como el gigante dijo «duerme», su cuerpo la traicionó, a pesar de su decisión de no volver a dormir en el Tártaro. Tenía la barriga llena. El fuego emitía un agradable chisporroteo. Las hierbas que perfumaban el aire le recordaban las colinas que rodeaban el Campamento Mestizo en verano, cuando los sátiros y las náyades recogían plantas silvestres durante las tardes ociosas.

—Puede que duerma un poco —convino.

Bob la recogió como si fuera una muñeca de trapo. Ella no protestó. La dejó al lado de Percy sobre la cama del gigante, y Annabeth cerró los ojos.

XL

Annabeth

Annabeth se despertó mirando las sombras que danzaban a través del techo de la choza. No había tenido ni un solo sueño. Era algo tan insólito que no estaba segura de haberse despertado realmente.

Mientras estaba allí tumbada, con Percy roncando a su lado y Bob el Pequeño ronroneando sobre su barriga, oyó a Bob y Damasén enfrascados en una conversación.

—No se lo has dicho —dijo Damasén.

—No —reconoció Bob—. Está asustada.

El gigante refunfuñó.

—Debe estarlo. ¿Y si no puedes llevarlos más allá de la Noche?

Damasén dijo la palabra «noche» como si fuera un nombre verdadero: un nombre maléfico.

—Tengo que conseguirlo —dijo Bob.

—¿Por qué? —preguntó Damasén—. ¿Qué te han dado los semidioses? Te han borrado tu antiguo yo, todo lo que eras. Los titanes y los gigantes… están destinados a ser los enemigos de los dioses y sus hijos. ¿O no?

—Entonces ¿por qué has curado al chico?

Damasén espiró.

—Yo también me lo pregunto. Tal vez porque la chica me incitó o tal vez… Esos dos semidioses me resultan intrigantes. Deben de ser duros para haber llegado hasta aquí. Eso es admirable. Aun así, ¿cómo podemos ayudarles más? No es nuestro destino.

—Quizá —dijo Bob, con incomodidad—. Pero... ¿te gusta nuestro destino?

—Vaya pregunta. ¿Le gusta a alguien su destino?

—A mí me gustaba ser Bob —murmuró Bob—. Antes de que empezara a recordar...

—Ah.

Se oyó un runrún, como si Damasén estuviera llenando un bolso de piel.

—Damasén, ¿te acuerdas del sol? —preguntó el titán.

El runrún se interrumpió. Annabeth oyó que el gigante espiraba por los orificios nasales.

—Sí. Era amarillo. Cuando tocaba el horizonte, pintaba el cielo de unos colores preciosos.

—Yo echo de menos el sol —dijo Bob—. Y también las estrellas. Me gustaría volver a saludar a las estrellas.

—Las estrellas... —Damasén pronunció la palabra como si se hubiera olvidado de su significado—. Sí. Hacían dibujos plateados en el cielo nocturno. —Lanzó algo al suelo de un golpe—. Bah. Esto es hablar por hablar. No podemos...

El drakon meonio rugió a lo lejos.

Percy se incorporó de golpe.

—¿Qué? ¿Qué... dónde... qué?

—Tranquilo.

Annabeth le cogió el brazo.

Cuando vio que estaban juntos en una cama gigantesca con un gato esqueleto, se quedó más confundido que nunca.

—Ese ruido... ¿Dónde estamos?

—¿Qué es lo último que recuerdas? —preguntó ella.

Percy frunció el entrecejo. Sus ojos parecían despiertos. Todas sus heridas habían desaparecido. Exceptuando su ropa andrajosa y las capas de suciedad y mugre, parecía que no hubiera caído al Tártaro.

—Yo... las abuelas diabólicas... y luego... No mucho.

Damasén se acercó a la cama.

—No hay tiempo, pequeños mortales. El drakon regresa. Temo que su rugido atraiga a los demás: mis hermanos, los que os persiguen. Estarán aquí dentro de unos minutos.

A Annabeth se le aceleró el pulso.

—¿Qué les dirás cuando lleguen?

La boca de Damasén se movió nerviosamente.

—¿Qué voy a decirles? Nada importante, mientras ya no estéis.

Les lanzó dos macutos de piel de drakon.

—Ropa, comida y bebida.

Bob llevaba una mochila parecida pero más grande. Estaba apoyado en su escoba, mirando a Annabeth como si todavía estuviera meditando sobre las palabras de Damasén: «¿Qué te han dado los semidioses? Somos sus enemigos, sus enemigos inmortales».

De repente, a Annabeth le asaltó una idea tan aguda y tan clara como una espada de la mismísima Atenea.

—La Profecía de los Siete —dijo.

Percy ya había salido de la cama y estaba colocándose su mochila en los hombros. La miró con gesto ceñudo.

—¿Qué pasa?

Annabeth agarró la mano de Damasén, cosa que sorprendió al gigante. La criatura frunció el entrecejo. Su piel era áspera como la arenisca.

—Tienes que venir con nosotros —suplicó—. La profecía dice: «Los enemigos en armas ante las Puertas de la Muerte». Yo pensaba que se refería a los romanos y los griegos, pero no es así. El verso se refiere a nosotros: unos semidioses, un titán y un gigante. ¡Te necesitamos para cerrar las puertas!

El drakon rugió en el exterior, esa vez más cerca. Damasén apartó suavemente su mano.

—No, muchacha —murmuró—. Mi maldición está aquí. No puedo escapar de ella.

—Sí que puedes —repuso Annabeth—. No luches contra el drakon. ¡Piensa una forma de romper el ciclo! Busca otro destino.

Damasén negó con la cabeza.

—Aunque pudiera, no puedo abandonar este pantano. Es el único destino que puedo imaginar.

Los pensamientos se agolpaban en la mente de Annabeth.

—Hay otro destino. ¡Mírame! Recuerda mi cara. Cuando estés listo, ven a buscarme. Te llevaremos al mundo de los mortales con nosotros. Podrás ver la luz del sol y las estrellas.

El suelo se sacudió. El drakon estaba cerca, atravesando el pantano con grandes pisotones, lanzando su chorro venenoso a los árboles y el musgo. Más lejos, Annabeth oyó la voz del gigante Polibotes, apremiando a sus seguidores a avanzar.

—¡EL HIJO DEL DIOS DEL MAR! ¡ESTÁ CERCA!

—Annabeth —dijo Percy con tono urgente—, tenemos que marcharnos.

Damasén sacó algo de su cinturón. En su enorme mano, la esquirla blanca parecía otro mondadientes, pero cuando se la ofreció a Annabeth, ella se dio cuenta de que se trataba de una espada: una hoja de hueso de dragón, aguzada hasta adquirir un filo letal, con una sencilla empuñadura de cuero.

—Un último regalo para la hija de Atenea —dijo el gigante con voz cavernosa—. No puedo dejar que te encamines hacia la muerte desarmada. ¡Y ahora marchaos! Antes de que sea demasiado tarde.

Annabeth tenía ganas de llorar. Cogió la espada, pero fue incapaz de darle las gracias. Sabía que el gigante estaba destinado a luchar a su lado. Esa era la respuesta, pero Damasén se apartó.

—Debemos irnos —la apremió Bob mientras el gatito trepaba a su hombro.

—Tiene razón, Annabeth —dijo Percy.

Corrieron hacia la entrada. Annabeth no miró atrás y siguió a Percy y a Bob hasta el pantano, pero oyó a Damasén detrás de ellos lanzando su grito de guerra contra el drakon que se acercaba, con la voz quebrada por la desesperación al enfrentarse una vez más a su viejo enemigo.

XLI

Piper

Piper no sabía gran cosa sobre el Mediterráneo, pero estaba segura de que no debían caer heladas en julio.

A los dos días de travesía marina desde Split, las nubes grises engulleron el cielo. Las olas se encresparon. Una fría llovizna cayó sobre la cubierta y formó una capa de hielo en las barandillas y las cuerdas.

—Es el cetro —murmuró Nico, levantando el antiguo bastón—. Tiene que serlo.

Piper tenía sus dudas. Desde que Jason y Nico habían vuelto del palacio de Diocleciano, se habían mostrado nerviosos y reservados. Algo grave había pasado allí: algo que Jason no quería contarle.

Tenía sentido que el cetro hubiera provocado el cambio climático. La esfera negra que tenía en la parte superior parecía absorber el color del aire. Las águilas doradas de su base emitían un brillo frío. Supuestamente, el cetro podía controlar a los muertos, y sin duda desprendía malas vibraciones. El entrenador Hedge le había echado un vistazo, había palidecido y había anunciado que se retiraba a su camarote a consolarse con sus vídeos de Chuck Norris. (Aunque Piper sospechaba que estaba enviando mensajes de Iris a su novia Mellie; el entrenador había estado muy intranquilo con ella última-mente, aunque se negaba a contarle a Piper lo que ocurría.)

De modo que sí..., tal vez el cetro pudiera causar una extraña tormenta de lluvia helada, pero Piper no creía que fuera el motivo. Temía que estaba sucediendo otra cosa: algo todavía peor.

—No podemos hablar aquí arriba —decidió Jason—. Aplacemos la reunión.

Se habían congregado todos en el alcázar para debatir la estrategia a seguir conforme se acercaban a Epiro, pero saltaba a la vista que no era un buen lugar para reunirse. El viento barría la escarcha a lo largo de la cubierta. El mar se agitaba debajo de ellos.

A Piper no le molestaban las olas. El balanceo y el cabeceo del barco le recordaban cuando hacía surf con su padre en la costa de California. Pero notaba que Hazel no se encontraba bien. La pobre chica se mareaba incluso en aguas tranquilas. Parecía que estuviera intentando tragarse una bola de billar.

—Tengo que... —Hazel sufrió arcadas y señaló abajo.

—Sí, vamos.

Nico le dio un beso en la mejilla, cosa que sorprendió a Piper. Él apenas hacía gestos de afecto, ni tan solo con su hermana. Parecía que aborreciera el contacto físico. Besar a Hazel... era como si se estuviera despidiendo de ella.

—Te acompañaré abajo —se ofreció Frank a la vez que rodeaba la cintura de Hazel con el brazo y la ayudaba a bajar la escalera.

Piper esperaba que estuviera bien. Las últimas noches, desde el enfrentamiento con Escirón, las dos habían pasado mucho tiempo hablando largo y tendido. Ellas eran las dos únicas chicas del grupo, y eso era bastante duro. Habían compartido anécdotas, se habían quejado de las costumbres groseras de los chicos y habían derramado lágrimas por Annabeth. Hazel le había contado cómo se controlaba la Niebla, y a Piper le había sorprendido lo mucho que se parecía a cuando ella usaba su embrujahabla. Piper se había ofrecido a ayudarla en todo lo que pudiese. A cambio, Hazel había prometido entrenarla en el arte de la esgrima: una disciplina en la que Piper era un desastre. Piper sentía que tenía una nueva amiga, algo estupendo... suponiendo que vivieran lo bastante para disfrutar de su amistad.

Nico se sacudió el hielo del pelo. Miró el cetro de Diocleciano con el entrecejo fruncido.

—Debería guardar esto. Si realmente está alterando el tiempo, a lo mejor llevándolo abajo sirva de algo…

—Claro —dijo Jason.

Nico miró a Piper y a Leo, preocupado por qué dirían cuando él no estuviera. Piper percibió que levantaba la guardia, como si se estuviera replegando en sí mismo, como cuando se había sumido en un trance mortal en la vasija de bronce.

Cuando se hubo marchado, Piper escrutó el rostro de Jason. Tenía los ojos llenos de preocupación. ¿Qué era lo que había sucedido en Croacia?

Leo sacó un destornillador de su cinturón.

—Adiós, reunión de equipo. Parece que nos hemos quedado solos otra vez.

«Solos otra vez.»

Piper recordó cierto día de finales de diciembre en Chicago, cuando los tres habían aterrizado en Millennial Park en su primera misión.

Leo no había cambiado mucho desde entonces, salvo que ya parecía más cómodo con su papel de hijo de Hefesto. Siempre había tenido demasiado nervio. Ahora sabía cómo usarlo. Sus manos siempre estaban en movimiento, sacando herramientas de su cinturón, manipulando mandos, toqueteando su querida esfera de Arquímedes. Ese día la había desinstalado del panel de control y había apagado a Festo para someterlo a mantenimiento: algo relacionado con el cambio de los cables de su procesador para actualizar el control del motor con la esfera, significara lo que significase.

En cuanto a Jason, estaba más delgado, más alto y más agobiado. Ya no llevaba el pelo cortado al rape al estilo romano, sino que lo había dejado crecer y lo tenía más largo y greñudo. El surco que Escirón le había hecho en el lado izquierdo de la cabeza también resultaba interesante, como un rayo ingobernable. Sus gélidos ojos azules parecían haber envejecido, llenos de preocupación y responsabilidad.

Piper sabía lo que sus amigos rumoreaban sobre Jason: que era demasiado perfecto y demasiado estirado. Si eso había sido cierto en algún momento, ya no lo era. En ese viaje había sido maltratado, y no solo físicamente. Las adversidades no lo habían debilitado, pero lo habían curtido y lo habían ablandado como el cuero: como si se estuviera convirtiendo en una versión más confortable de sí mismo.

¿Y Piper? Solo podía imaginarse lo que Leo y Jason pensaban cuando la miraban. Desde luego, no se sentía la misma persona que había sido el invierno anterior.

La primera misión de rescate de Hera parecía haber tenido lugar hacía siglos. Muchas cosas habían cambiado en siete meses. Se preguntaba cómo los dioses podían soportar vivir miles de años. ¿Cuántos cambios habían experimentado ellos? No era de extrañar que los dioses del Olimpo parecieran un poco locos. Si Piper hubiera vivido a lo largo de tres milenios, se habría vuelto chalada.

Contempló la fría lluvia. Habría dado cualquier cosa por estar otra vez en el Campamento Mestizo, donde el clima era moderado incluso en invierno. Las imágenes que había visto en su daga últimamente no le permitían albergar muchas ilusiones.

Jason le apretó el hombro.

—Oye, todo irá bien. Estamos cerca de Epiro. Solo queda un día más, si las indicaciones de Nico son correctas.

—Sí. —Leo toqueteó la esfera y pulsó una de las joyas de su superficie—. Mañana por la mañana llegaremos a la costa occidental de Grecia. Luego otra horita tierra adentro, y zas: ¡la Casa de Hades! ¡Me compraré una camiseta de recuerdo!

—Sí —murmuró Piper.

Ella no ardía en deseos de volver a sumirse en la oscuridad. Todavía tenía pesadillas con el ninfeo y el hipogeo de debajo de Roma. En la hoja de Katoptris, había visto imágenes parecidas a las que Leo y Hazel habían descrito a partir de sus sueños: una hechicera pálida con un vestido de oro cuyas manos tejían luz dorada en el aire como seda en un telar; un gigante envuelto en sombras que recorría un largo pasillo bordeado de antorchas, y que a medida que pasaba por delante de ellas las llamas se apagaban. Había visto una enorme caverna llena de monstruos —cíclopes, Nacidos de la Tierra y extrañas criaturas— que los rodeaban a ella y a sus amigos y los superaban drásticamente en número.

Cada vez que veía esas imágenes, oía una voz en su mente que repetía un verso una y otra vez.

—Chicos —dijo—, he estado pensando en la Profecía de los Siete.

Hacía falta algo gordo para desviar la atención de Leo de su trabajo, pero eso lo consiguió.

—¿Qué pasa con la profecía? —preguntó—. Algo… positivo, espero.

Ella volvió a colocarse el tirante de la cornucopia. A veces el cuerno de la abundancia parecía tan ligero que se olvidaba de él. Otras, era como un yunque, como si el dios del río Aqueloo estuviera emitiendo malos pensamientos, intentando castigarla por quitarle el cuerno.

—En Katoptris veo a todas horas a Clitio: el gigante rodeado de sombras —dijo Piper—. Sé que su debilidad es el fuego, pero en mis visiones apaga las llamas adondequiera que va. Todas las luces son absorbidas por su nube de oscuridad.

—Me recuerda a Nico —dijo Leo—. ¿Crees que son parientes?

Jason frunció el entrecejo.

—Oye, tío, dale un respiro a Nico. ¿Qué pasa con el gigante entonces, Piper? ¿En qué estás pensando?

Ella y Leo se cruzaron una mirada de desconcierto, como si estuvieran pensando: «¿Desde cuándo Jason defiende a Nico di Angelo?». Piper decidió no hacer comentarios.

—No paro de pensar en el fuego —dijo—. Esperamos que Leo venza al gigante porque es…

—¿La bomba?

—Ejem, digamos que «inflamable». El caso es que me preocupa un verso de la profecía: «Bajo la tormenta o el fuego, el mundo debe caer».

—Sí, lo sabemos —aseguró Leo—. Vas a decir que yo soy el fuego. Y que Jason es la tormenta.

Piper asintió con la cabeza a regañadientes. Sabía que a ninguno de ellos le gustaba hablar del asunto, pero todos debían haber intuido que era la verdad.

El barco se inclinó hacia estribor. Jason se cogió al pasamanos helado.

—¿Así que te preocupa que uno de nosotros ponga en peligro la misión y que destruya el mundo sin querer?

—No —dijo Piper—. Creo que hemos estado interpretando ese verso de forma equivocada. El mundo… la tierra. En griego, la palabra equivalente sería…

Vaciló, pues no quería pronunciar el nombre en voz alta, ni siquiera en el mar.

—Gaia. —Los ojos de Jason brillaron con un interés repentino—. ¿Quieres decir «Bajo la tormenta o el fuego, Gaia debe caer»?

—Ah… —Leo sonrió de oreja a oreja—. Me gusta mucho más tu versión, ¿sabes? Porque si Gaia cae vencida ante mí, don Fuego, será flipante.

—O ante mí… la tormenta. —Jason le dio un beso—. ¡Es genial, Piper! Si estás en lo cierto, es una noticia estupenda. Solo tenemos que averiguar cuál de nosotros destruirá a Gaia.

—Tal vez. —A ella le inquietaba que se hicieran ilusiones—. Pero, veréis, es la tormenta *o* el fuego…

Desenvainó a Katoptris y la dejó sobre el tablero de mando. Enseguida la hoja parpadeó y mostró la silueta oscura del gigante Clitio recorriendo un pasillo y apagando antorchas.

—Me preocupa Leo y la pelea contra Clitio —dijo—. Ese verso de la profecía me hace pensar que solo uno de vosotros puede tener éxito. Y si la parte de «la tormenta o el fuego» está relacionada con el tercer verso, «un juramento que mantener con un último aliento…».

No terminó la frase, pero por las expresiones de Jason y Leo, entendieron a qué se refería. Si su interpretación de la profecía era correcta, o Leo o Jason vencería a Gaia. El otro moriría.

XLII

Piper

Leo se quedó mirando la daga.

—Vale…, no me gusta tanto tu idea como creía. ¿Crees que uno de nosotros vencerá a Gaia y el otro morirá? ¿O que uno morirá mientras la vence? ¿O que…?

—Chicos —dijo Jason—, si le damos demasiadas vueltas, nos volveremos locos. Ya sabéis cómo son las profecías. Los héroes siempre se meten en líos intentando evitar que se cumplan.

—Sí —murmuró Leo—. No nos gustaría meternos en un lío. Ahora mismo las cosas nos van muy bien…

—Ya sabes a lo que me refiero —dijo Jason—. Puede que el verso del «último aliento» no esté relacionado con la parte de «la tormenta y el fuego». Por lo que sabemos, tú y yo ni siquiera somos la tormenta y el fuego. Percy puede provocar tormentas.

—Y yo siempre puedo prender fuego al entrenador Hedge —propuso Leo—. Así que él también podría ser el fuego.

Al imaginarse a un sátiro en llamas gritando: «¡Muere, malnacida!» mientras atacaba a Gaia, Piper estuvo a punto de echarse a reír.

—Espero equivocarme —dijo con cautela—. Pero la misión empezó con nosotros: la búsqueda de Hera y el despertar del rey gigante Porfirio. Tengo la sensación de que la guerra también terminará con nosotros. Para bien o para mal.

—Oye —dijo Jason—, personalmente, me gusta cómo suena «nosotros».

—Estoy de acuerdo —dijo Leo—. Mi grupo de gente favorito somos «nosotros».

Piper consiguió esbozar una sonrisa. Quería mucho a esos chicos. Ojalá pudiera usar su poder de persuasión con las Moiras, proponer un final feliz y obligarlas a que se hiciera realidad.

Lamentablemente, costaba imaginar un final feliz con todos los pensamientos siniestros que rondaban por su cabeza. Temía que el gigante Clitio hubiera sido puesto en su camino para eliminar a Leo como amenaza. De ser así, Gaia también intentaría eliminar a Jason. Sin la tormenta ni el fuego, su misión no podría tener éxito.

Y el tiempo invernal también la fastidiaba. Estaba segura de que el cetro de Diocleciano no era su única causa. El viento frío y la mezcla de hielo y lluvia parecían seriamente hostiles, y de algún modo familiares.

El olor que flotaba en el aire, un intenso olor a...

Piper debería haber descubierto lo que estaba pasando antes, pero había pasado la mayor parte de su vida en el sur de California, donde no había cambios notables de estaciones. No había crecido con ese olor... el olor de la nieve inminente.

Todos los músculos se le pusieron en tensión.

—Leo, da la alarma.

Piper no se había dado cuenta de que estaba usando su embrujahabla, pero Leo bajó inmediatamente su destornillador y pulsó el botón de la alarma. Frunció el entrecejo al ver que no pasaba nada.

—Ah, está desconectada —recordó—. Festo está apagado. Dame un minuto para volver a conectar el sistema.

—¡No tenemos un minuto! Fuego... necesitamos frascos de fuego griego. Jason, invoca los vientos. Vientos cálidos del sur.

—Un momento, ¿qué? —Jason se la quedó mirando confundido—. ¿Qué pasa, Piper?

—¡Es ella! —Piper agarró su daga—. ¡Ha vuelto! Tenemos que...

Antes de que pudiera terminar la frase, el barco se escoró a babor. La temperatura descendió rápido, y las velas crujieron a causa del hielo. Los escudos de bronce repartidos a lo largo del pasamanos estallaron como latas de refresco sometidas a una presión excesiva.

Jason desenvainó su espada, pero fue demasiado tarde. Una ola de partículas de hielo lo azotó, lo cubrió como si fuera una rosquilla glaseada y lo congeló donde estaba. Bajo la capa de hielo, sus ojos permanecieron muy abiertos de asombro.

—¡Leo! ¡Llamas! ¡Ahora! —gritó Piper.

La mano derecha de Leo empezó a arder, pero el viento se arremolinó en torno a él y apagó el fuego. Leo agarró la esfera de Arquímedes al mismo tiempo que una nube embudo de aguanieve lo elevaba de la cubierta.

—¡Eh! —gritó—. ¡Eh! ¡Suéltame!

Piper corrió hacia él, pero una voz en la tormenta dijo:

—Sí, Leo Valdez. Te soltaré para siempre.

Leo salió disparado hacia el cielo como si lo hubieran lanzado con una catapulta. Desapareció entre las nubes.

—¡No!

Piper levantó su daga, pero no había nada que atacar. Miró desesperadamente a la escalera, con la esperanza de ver a sus amigos corriendo a rescatarla, pero un bloque de hielo había tapado la escotilla. La cubierta inferior podía haberse congelado por completo.

Necesitaba un arma mejor para luchar, algo más que su voz persuasiva, una estúpida daga que adivinaba el futuro y una cornucopia que disparaba jamones y fruta fresca.

Se preguntó si podría llegar a la ballesta.

Entonces sus enemigos aparecieron, y comprendió que ninguna arma bastaría para enfrentarse a ellos.

En medio del barco había una chica con un holgado vestido de seda blanca y una melena morena recogida con una diadema de diamantes. Tenía los ojos de color café, pero sin su característica calidez.

Detrás de ella estaban sus hermanos: dos jóvenes con alas de plumas moradas, pelo blanco y espadas dentadas de bronce celestial.

—Qué alegría volver a verte, *ma chère* —dijo Quíone, la diosa de la nieve—. Es hora de que tengamos una reunión bien fría.

XLIII

Piper

Piper no pretendía lanzar magdalenas de arándanos. La cornucopia debía de haber percibido su angustia y pensó que a ella y a sus visitantes les vendrían bien unos bollos calentitos.

Media docena de magdalenas humeantes salieron volando del cuerno de la abundancia como perdigones. No era precisamente el ataque más efectivo posible.

Quíone simplemente se inclinó hacia un lado. La mayoría de las magdalenas pasaron volando al lado de ella por encima de la barandilla. Sus hermanos, los Boréadas, atraparon una cada uno y se pusieron a comer.

—Magdalenas —dijo el más grande. Cal, recordó Piper: la forma abreviada de Calais. Iba vestido exactamente igual que en Quebec (botas con tacos, pantalones de chándal y una camiseta de hockey) y tenía dos ojos negros y varios dientes rotos—. Las magdalenas están ricas.

—Ah, *merci* —dijo el hermano flacucho (Zetes, recordó ella), de pie sobre la plataforma de la catapulta con sus alas moradas desplegadas.

Todavía llevaba el cabello blanco con un horrible peinado setentero, corto por delante y largo por detrás. El cuello de su camisa blanca de seda sobresalía por encima de su coraza. Llevaba unos pantalones de poliéster verde amarillento grotescamente ceñidos, y su acné no había hecho más que agravarse. A pesar de todo, movía las cejas y sonreía como si fuera un semidiós irresistible.

—Sabía que una chica tan guapa me echaría de menos.

Hablaba en francés de Quebec, que Piper traducía sin problemas. Gracias a su madre, Afrodita, tenía el idioma del amor implantado en el cerebro, aunque no quería hablarlo con Zetes.

—¿Qué hacéis? —preguntó Piper. A continuación, usando su embrujahabla, añadió—: Soltad a mis amigos.

Zetes parpadeó.

—Deberíamos soltar a tus amigos.

—Sí —convino Cal.

—¡No, idiotas! —les espetó Quíone—. Está utilizando su poder de persuasión. Usad vuestro sentido común.

—Sentido común… —Cal frunció el entrecejo, como si no estuviera seguro de lo que era el sentido común—. Las magdalenas son mejores.

Se metió el bollo entero en la boca y empezó a masticar.

Zetes cogió un arándano de la parte superior de su magdalena y lo mordisqueó con delicadeza.

—Ah, mi hermosa Piper… Cuánto tiempo he esperado para volver a verte. Desgraciadamente, mi hermana tiene razón. No podemos soltar a tus amigos. De hecho, debemos llevarlos a Quebec, donde serán objeto de burla eterna. Lo siento mucho, pero esas son nuestras órdenes.

—¿Órdenes…?

Desde el invierno anterior, Piper había esperado que Quíone mostrara su rostro helado tarde o temprano. Cuando la habían vencido en la Casa del Lobo, en Sonoma, la diosa de la nieve había jurado venganza. Pero ¿qué hacían allí Zetes y Cal? En Quebec, los Boréadas casi se habían mostrado amistosos; al menos, comparados con su gélida hermana.

—Escuchad, chicos —dijo Piper—. Vuestra hermana ha desobedecido a Bóreas. Está ayudando a los gigantes, intentando despertar a Gaia. Quiere ocupar el trono de vuestro padre.

Quíone se echó a reír; una risa suave y fría.

—Querida Piper McLean. Serías capaz de manipular a mis pusilánimes hermanos con tus encantos, como buena hija de la diosa del amor. Eres una mentirosa muy hábil.

—¿Mentirosa? —gritó Piper—. ¡Intentaste matarnos! ¡Zetes, trabaja para Gaia!

Zetes hizo una mueca.

—Lamentablemente, preciosa, ahora somos todos los que trabajamos para Gaia. Hemos recibido órdenes directamente de nuestro padre, el mismísimo Bóreas.

—¿Qué?

Piper no quería creerlo, pero la sonrisa de satisfacción de Quíone le indicó que era verdad.

—Por lo menos mi padre vio la sabiduría de mis consejos —susurró Quíone—, o al menos lo vio antes de que su lado romano empezara a combatir con su lado griego. Me temo que ahora está totalmente incapacitado, pero me dejó al mando. Ha ordenado que las fuerzas del viento del norte se pongan al servicio del rey Porfirio y, por supuesto, de la Madre Tierra.

Piper tragó saliva.

—¿Cómo podéis estar aquí? —Señaló el hielo que cubría el barco—. ¡Es verano!

Quíone se encogió de hombros.

—Nuestros poderes aumentan. Las leyes de la naturaleza se han invertido. ¡Cuando la Madre Tierra despierte, reconstruiremos el mundo como nos venga en gana!

—Con hockey —dijo Cal, todavía con la boca llena—. Y pizza. Y magdalenas.

—Sí, sí —dijo Quíone con un tono desdeñoso—. He tenido que prometer unas cuantas cosas a ese simplón. Y a Zetes…

—Oh, mis necesidades son simples. —Zetes se echó atrás el pelo y guiñó el ojo a Piper—. Debería haberte retenido en nuestro palacio cuando nos conocimos, mi querida Piper. Pero dentro de poco volveremos allí, juntos, y te cortejaré como no imaginas.

—Gracias, pero paso —dijo Piper—. Y ahora, soltad a Jason.

Infundió todo su poder a las palabras, y Zetes obedeció. El Boréada chasqueó los dedos. Jason se descongeló en el acto. Se desplomó en el suelo, jadeando y echando humo, pero por lo menos estaba vivo.

—¡Imbécil! —Quíone alargó la mano, y Jason volvió a congelarse, esa vez tumbado en la cubierta como una alfombra de piel de oso. Se giró contra Zetes—. Si deseas a la chica como premio, debes demostrar que puedes controlarla. ¡No al revés!

—Sí, claro. —Zetes parecía escarmentado.

—Por lo que respecta a Jason Grace… —Los ojos marrones de Quíone brillaban—. Él y el resto de tus amigos pasarán a formar parte de nuestra colección de estatuas de hielo en Quebec. Jason decorará mi sala del trono.

—Muy ingeniosa —murmuró Piper—. ¿Has tardado todo el día en pensar esa frase?

Por lo menos sabía que Jason seguía con vida, cosa que tranquilizó un poco a Piper. La congelación se podía revertir. Eso significaba que sus otros amigos probablemente siguieran vivos debajo de la cubierta. Solo necesitaba un plan para liberarlos.

Lamentablemente, no era Annabeth. A ella no se le daba tan bien idear planes sobre la marcha. Necesitaba tiempo para pensar.

—¿Y Leo? —soltó—. ¿Adónde lo habéis mandado?

La diosa de la nieve rodeó ágilmente a Jason, examinándolo como si fuera una obra de arte callejera.

—Leo Valdez se merece un castigo especial —dijo—. Lo he mandado a un lugar del que jamás podrá volver.

Piper se quedó sin respiración. Pobre Leo. La idea de no volver a verlo le partió el corazón. Quíone debió de advertirlo en su cara.

—¡Es una desgracia, mi querida Piper! —Sonrió triunfalmente—. Pero es lo mejor. No puedo tolerar a Leo, ni siquiera como estatua de hielo, después de cómo me ofendió. ¡El muy tonto se negó a gobernar a mi lado! Y su poder sobre el fuego… —Negó con la cabeza—. No podía permitir que llegara a la Casa de Hades. Al señor Clitio le gusta el fuego todavía menos que a mí.

Piper empuñó su daga.

«Fuego —pensó—. Gracias por recordármelo, bruja.»

Echó un vistazo por la cubierta. ¿Cómo encender fuego? Había una caja de frascos de fuego griego atada junto a la ballesta delantera, pero se encontraba demasiado lejos. Aunque llegase sin ser congelada, el fuego griego lo quemaría todo, incluido el barco y sus amigos. Tenía que haber otra forma. Desvió la vista hacia la proa.

Oh.

Festo, el mascarón de proa, podía lanzar grandes llamas. Lamentablemente, Leo lo había apagado. Piper no tenía ni idea de cómo reactivarlo. No tendría tiempo para dar con los mandos correctos en el tablero del barco. Recordaba vagamente haber visto a Leo haciendo reparaciones dentro del cráneo de bronce del dragón, murmurando algo sobre un disco de control, pero aunque Piper llegara a la proa, no tendría ni idea de qué hacer.

Aun así, su instinto le decía que Festo era su mejor opción si averiguaba cómo convencer a sus captores de que la dejaran acercarse lo suficiente...

—¡Bueno! —Quíone interrumpió sus pensamientos—. Me temo que nuestro tiempo juntos se está acabando. Zetes, si eres tan amable...

—¡Un momento! —dijo Piper.

Una simple orden, y dio resultado. Los Boréadas y Quíone la miraron con los ojos entornados, esperando.

Piper estaba segura de que podía controlar a los hermanos con su embrujahabla, pero Quíone suponía un problema. El poder de persuasión no funcionaba si la persona en cuestión no se sentía atraída hacia quien lo ponía en práctica. No funcionaba con un ser poderoso como un dios. Y tampoco funcionaba cuando la víctima era consciente del poder de persuasión y estaba en guardia contra él. Quíone cumplía los tres requisitos.

«¿Qué haría Annabeth?»

«Ganar tiempo —pensó Piper—. Ante la duda, sigue hablando.»

—Tenéis miedo de mis amigos —dijo—. Entonces ¿por qué no los matáis sin más?

Quíone se rió.

—Tú no eres una diosa; si no, lo entenderías. La muerte es muy breve, muy… poca cosa. Vuestras insignificantes almas mortales van al inframundo, ¿y qué pasa entonces? Espero que vayáis a los Campos de Castigo o los Campos de Asfódelos, pero los semidioses sois de una nobleza insoportable. Lo más probable es que vayáis a los Campos Elíseos… o que renazcáis en una nueva vida. ¿Por qué iba a querer premiar a tus amigos de esa forma? ¿Por qué, cuando puedo castigarlos eternamente?

—¿Y yo? —lamentó preguntar Piper—. ¿Por qué sigo viva y no estoy congelada?

Quíone miró a sus hermanos irritada.

—En primer lugar, Zetes te ha reclamado.

—Beso de maravilla —prometió Zetes—. Ya lo verás, preciosa.

A Piper se le revolvió el estómago al imaginárselo.

—Pero ese no es el único motivo —dijo Quíone—. Es porque te odio, Piper. Profunda y sinceramente. Sin ti, Jason se habría quedado conmigo en Quebec.

—¿Deliras?

Los ojos de Quíone se volvieron duros como los diamantes de su diadema.

—Eres una entrometida, la hija de una diosa inútil. ¿Qué puedes hacer tú sola? Nada. De los siete semidioses, tú no tienes ningún propósito ni ningún poder. Ojalá te quedaras en este barco, a la deriva y sin ayuda, mientras Gaia se alza y el mundo toca a su fin. Y para asegurarme de que no molestas…

Hizo un gesto a Zetes, que sacó algo del aire: una esfera congelada del tamaño de una pelota de béisbol cubierta de pinchos helados.

—Una bomba —explicó Zetes—, especialmente para ti, amor mío.

—¡Bombas! —Cal se rió—. ¡Qué día más bueno! ¡Bombas y magdalenas!

—Ah… —Piper bajó la daga, que parecía todavía más inútil que de costumbre—. Unas flores habrían estado bien.

—Oh, no te matará, guapa. —Zetes frunció el entrecejo—. Bueno… estoy bastante seguro. Pero cuando el frágil recipiente se resquebraje dentro de… no mucho… desencadenará toda la fuerza de los vientos del norte. Este barco se desviará de su rumbo. Mucho.

—Ya lo creo. —La voz de Quíone rezumaba falsa compasión—. Nos llevaremos a tus amigos para nuestra colección de estatuas, ¡y luego desataremos los vientos y te diremos adiós! Podrás contemplar el fin del mundo desde… ¡desde el fin del mundo! A lo mejor puedes usar tu poder de persuasión con los peces y alimentarte con tu ridícula cornucopia. Podrás pasearte por la cubierta de este barco vacío y presenciar nuestra victoria en la hoja de tu daga. Cuando Gaia se haya alzado y el mundo que conoces haya muerto, Zetes podrá volver a por ti para que te conviertas en su novia. ¿Qué harás para detenernos, Piper? ¿Una heroína? ¡Ja! Eres un hazmerreír.

Sus palabras le escocieron como el aguanieve, sobre todo porque a Piper ya le habían pasado por la mente esas ideas. ¿Qué podía hacer ella? ¿Cómo podía salvar a sus amigos con lo que tenía?

Estaba a punto de perder los estribos, de arremeter contra sus enemigos en un arrebato de furia y de dejarse matar.

Miró la expresión satisfecha de Quíone y se dio cuenta de que la diosa estaba esperando eso. Quería que Piper se viniera abajo. Quería diversión.

La columna vertebral de Piper se endureció como el acero. Se acordó de las chicas que solían burlarse de ella en la Escuela del Monte. Se acordó de Drew, la cruel monitora jefe a la que había sustituido en la cabaña de Afrodita; y de Medea, que había hechizado a Jason y a Leo en Chicago; y de Jessica, la antigua ayudante de su padre, que siempre la trataba como a una mocosa inútil. Durante toda su vida, la habían despreciado y le habían dicho que era una inútil.

Eso nunca ha sido verdad, susurró otra voz, una voz que sonaba como la de su madre. *Todas te humillaban porque te temían y te envidiaban. Igual que Quíone. ¡Aprovéchalo!*

Piper no tenía ganas, pero logró reírse. Lo intentó de nuevo, y le salió más fácilmente. Pronto estaba doblada de la risa, carcajeándose y resoplando.

Calais la imitó hasta que Zetes le dio un codazo.

La sonrisa de Quíone vaciló.

—¿Qué? ¿Qué tiene tanta gracia? ¡Te he condenado!

—¡Me has condenado! —Piper volvió a reírse—. Oh, dioses… Perdón. —Respiró entrecortadamente y trató de dejar de reírse como una tonta—. Vaya… Está bien. ¿De veras crees que no puedo hacer nada? ¿De veras crees que soy una inútil? Dioses del Olimpo, debes de haberte quemado el cerebro con el frío. No conoces mi secreto, ¿verdad?

Los ojos de Quíone se entornaron.

—No tienes ningún secreto —dijo—. Estás mintiendo.

—Vale, lo que tú digas —dijo Piper—. Adelante, llevaos a mis amigos. Dejadme aquí… como a una inútil. —Resopló—. Sí. Gaia estará muy contenta con vosotros.

La nieve se arremolinó alrededor de la diosa. Zetes y Calais se miraron con nerviosismo.

—Hermana —dijo Zetes—, si de verdad tiene un secreto…

—¿Pizza? —especuló Cal—. ¿Hockey?

—… debemos saberlo —continuó Zetes.

Era evidente que Quíone no la creía. Piper trató de mantener una expresión seria, pero se aseguró de que los ojos le brillaran con picardía y diversión.

«Adelante, la desafió. Pica el anzuelo.»

—¿Qué secreto? —preguntó Quíone—. ¡Revélanoslo!

Piper se encogió de hombros.

—Como queráis. —Señaló distraídamente hacia la proa—. Seguidme, gente de hielo.

XLIV

Piper

Se abrió paso a empujones entre los Boréadas, que era como andar por un congelador de carne. El aire que los rodeaba era tan frío que le quemó la cara. Se sentía como si estuviera aspirando nieve pura.

Piper trató de no mirar el cuerpo helado de Jason al pasar. Trató de no pensar en sus amigos, que se encontraban bajo la cubierta, ni en Leo, que había sido disparado al cielo a un lugar del que no podía volver. Y desde luego trató de no pensar en los Boréadas ni en la diosa de la nieve, que la estaban siguiendo.

Fijó la vista en el mascarón de proa.

El barco se mecía bajo sus pies. Una ráfaga de aire veraniego atravesó el frío, y Piper la aspiró y la interpretó como una buena señal. Todavía era verano allí fuera. El sitio de Quíone y sus hermanos no estaba allí.

Piper sabía que no podía ganar un enfrentamiento tradicional contra Quíone y dos chicos alados con espadas. No era tan lista como Annabeth, ni se le daba tan bien resolver problemas como a Leo. Pero sí tenía poderes. Y pensaba utilizarlos.

La noche anterior, mientras hablaba con Hazel, Piper se había dado cuenta de que el secreto de su poder de persuasión se parecía mucho a la forma de usar la Niebla. En el pasado, Piper había tenido muchos problemas para que sus hechizos surtieran efecto porque siempre mandaba a sus enemigos que hicieran lo que quería. Gritaba «No nos mates» cuando el deseo más ferviente del monstruo era matarlos. Infundía todo su poder a su voz y esperaba que bastara para doblegar la voluntad de su enemigo.

A veces daba resultado, pero era agotador y poco fiable. Afrodita no destacaba en los enfrentamientos directos. Afrodita destacaba por la sutileza, la astucia y el encanto. Piper decidió que no debía centrarse en lo que ella quería. Tenía que empujarlos a que hicieran lo que ellos querían.

Una gran teoría, si pudiera hacer que diera resultado…

Se detuvo ante el trinquete y se volvió hacia Quíone.

—Vaya, acabo de darme cuenta de por qué nos odias tanto —dijo, colmando su voz de compasión—. En Sonoma te humillamos mucho.

Los ojos de Quíone brillaban como el café helado. Lanzó una mirada de desasosiego a sus hermanos.

Piper se rió.

—¡Oh, no se lo has contado! —aventuró—. Lo comprendo perfectamente. Tenías a un rey gigante de tu parte, además de un ejército de lobos y Nacidos de la Tierra, y no pudiste vencernos.

—¡Silencio! —susurró la diosa.

El aire se volvió brumoso. Piper notó que la escarcha se acumulaba en sus cejas y le helaba los conductos auditivos, pero forzó una sonrisa.

—En fin. —Guiñó el ojo a Zetes—. Pero fue muy divertido.

—La chica debe de estar mintiendo —dijo Zetes—. Quíone no sufrió una derrota en la Casa del Lobo. Dijo que fue una… ¿cómo se llama? Una retirada táctica.

—¿Una tacita? —preguntó Cal—. Me gustan las tacitas.

Piper empujó en broma al grandullón en el pecho.

—No, Cal. Quiere decir que tu hermana huyó.

—¡Yo no hui! —gritó Quíone.

—¿Cómo te llamó Hera? —meditó Piper—. Eso: ¡una diosa de tercera!

Se echó a reír otra vez, y su diversión era tan auténtica que Zetes y Cal también se pusieron a reír.

—*Très bon!* —dijo Zetes—. ¡Una diosa de tercera! ¡Ja!

—¡Ja! —dijo Cal—. ¡Mi hermana huyó! ¡Ja!

El vestido blanco de Quíone empezó a desprender vapor. Una capa de hielo se formó sobre las bocas de Zetes y Cal y se las tapó.

—Enséñanos ese secreto tuyo, Piper McLean —gruñó Quíone—. Y reza para que te deje en este barco intacta. Si estás jugando con nosotros, te enseñaré los horrores de la congelación. Dudo que Zetes siga interesado en ti si te quedas sin dedos de las manos y los pies... y sin nariz ni orejas.

Zetes y Cal escupieron los tapones de hielo de sus bocas.

—La chica guapa estaría menos guapa sin nariz —reconoció Zetes.

Piper había visto fotos de víctimas de congelación. La amenaza le aterraba, pero no dejó que se notara.

—Vamos. —Los llevó hasta la proa tarareando una de las canciones favoritas de su padre: «Summertime».

Cuando llegó al mascarón de proa, posó la mano en el pescuezo de Festo. Sus escamas de bronce estaban frías. No emitía ningún zumbido mecánico. Sus ojos de rubíes estaban apagados y oscuros.

—¿Os acordáis de nuestro dragón? —preguntó Piper.

Quíone resopló.

—Esto no puede ser tu secreto. El dragón está estropeado. Ya no echa fuego.

—Pues sí...

Piper acarició el morro del dragón.

Ella no tenía el poder de Leo para hacer que los engranajes girasen o que los circuitos echasen chispas. No podía percibir nada relacionado con el funcionamiento de una máquina. Lo único que podía hacer era hablar con el corazón y decirle al dragón lo que más quería oír.

—Pero Festo es más que una máquina. Es un ser vivo.

—Eso es ridículo —le espetó la diosa—. Zetes, Cal, bajad a por los semidioses congelados. Luego abriremos la esfera de los vientos.

—Podéis hacer eso, chicos —convino Piper—. Pero entonces no veríais a Quíone humillada. Sé que os gustaría verla.

Los Boréadas vacilaron.

—¿Hockey? —preguntó Cal.

—Casi tan bueno como el hockey —le prometió Piper—. Luchasteis al lado de Jasón y los argonautas, ¿verdad? En un barco como este, el primer *Argo*.

—Sí —asintió Zetes—. El *Argo*. Se parecía mucho a este, pero no teníamos un dragón.

—¡No le hagáis caso! —soltó Quíone.

Piper notó que se formaba hielo en sus labios.

—Puedes hacerme callar —dijo rápidamente—. Pero te interesa conocer mi poder secreto para saber cómo os destruiré a ti, a Gaia y a los gigantes.

Los ojos de Quíone bullían de odio, pero contuvo la escarcha.

—Tú… no… tienes… ningún… poder —insistió.

—Hablas como una diosa de tercera —dijo Piper—. Una diosa a la que nunca nadie toma en serio y que siempre quiere más poder.

Se volvió hacia Festo y pasó la mano por detrás de sus orejas metálicas.

—Eres un buen amigo, Festo. Nadie puede desactivarte. Eres más que una máquina. Quíone no lo entiende.

Se volvió hacia los Boréadas.

—Ella tampoco os valora, ¿sabéis? Cree que puede mangonearos porque sois semidioses, no dioses auténticos. No entiende que formáis un equipo poderoso.

—Un equipo —gruñó Cal—. Como los Ca-na-diens.

Tuvo problemas para pronunciar la palabra. Sonrió y se mostró muy sastifecho consigo mismo.

—Exacto —dijo Piper—. Como un equipo de hockey. El todo es más que la suma de sus partes.

—Como una pizza —añadió Cal.

Piper se rió.

—Qué listo eres, Cal. Yo también te había subestimado.

—Eh, un momento —protestó Zetes—. Yo también soy listo. Y guapo.

—Muy listo —convino Piper, omitiendo la parte de la belleza—. Así que deja la bomba de los vientos y mira cómo Quíone es humillada.

Zetes sonrió. Se agachó e hizo rodar la esfera de hielo a través de la cubierta.

—¡Idiota! —chilló Quíone.

Antes de que la diosa pudiera ir tras la esfera, Piper gritó:

—¡Nuestra arma secreta, Quíone! No somos solo un puñado de semidioses. Somos un equipo, del mismo modo que Festo no es solo una colección de partes. Está vivo. Es mi amigo. Y cuando sus amigos tienen problemas, sobre todo Leo, puede despertarse solo.

Infundió a su voz toda su confianza, todo su amor por el dragón metálico y todo lo que la criatura había hecho por ellos.

La parte racional de su persona sabía que era inútil. ¿Cómo podías encender una máquina con emociones?

Sin embargo, Afrodita no era racional. Ella gobernaba a través de las emociones. Era la diosa del Olimpo más antigua y más primigenia, nacida a partir de la sangre de Urano al agitarse en el mar. Su poder era más antiguo que el de Hefesto o Atenea o incluso Zeus.

Por un instante no pasó nada. Quíone le lanzó una mirada llena de odio. Y los Boréadas empezaron a salir de su estupor, con cara de decepción.

—Olvidaos de nuestro plan —gruñó Quíone—. ¡Matadla!

Cuando los Boréadas levantaron sus espadas, la piel metálica del dragón se calentó bajo la mano de Piper. La hija de Afrodita se lanzó a un lado y placó a la diosa de la nieve, mientras Festo giraba su cabeza ciento ochenta grados y lanzaba fuego a los Boréadas, que se volatilizaron en el acto. Por algún motivo, la espada de Zetes quedó intacta. Cayó en la cubierta con estruendo, echando humo todavía.

Piper se levantó con dificultad. Vio la esfera de los vientos en la base del trinquete. Corrió a por ella, pero antes de que pudiera acercarse, Quíone apareció delante de ella en medio de un torbellino de escarcha. Su piel emitía tal resplandor que cegaba como la nieve.

—Desgraciada —susurró—. ¿Crees que puedes vencerme a mí, una diosa?

Festo rugió detrás de Piper y echó humo, pero Piper sabía que si volvía a lanzar fuego la alcanzaría a ella también.

A unos seis metros detrás de la diosa, la esfera de hielo empezó a agrietarse y a silbar.

Piper no tenía tiempo para sutilezas. Gritó y levantó la daga, arremetiendo contra la diosa.

Quíone le agarró la muñeca. El hielo se extendió por el brazo de Piper. La hoja de Katoptris se tiñó de blanco.

La cara de la diosa estaba a solo quince centímetros de la suya. Quíone sonrió, convencida de que había ganado.

—Una hija de Afrodita —dijo en tono de reproche—. No eres nada.

Festo volvió a chirriar. Piper habría jurado que intentaba infundirle ánimo.

De repente, el pecho de la chica se calentó, no de ira ni de miedo, sino de amor por el dragón; y por Jason, que dependía de ella; y por sus amigos atrapados abajo; y por Leo, que había desaparecido y necesitaría su ayuda.

Tal vez el amor no pudiera competir con el hielo… pero Piper lo había usado para despertar a un dragón metálico. Los mortales hacían proezas sobrehumanas en nombre del amor continuamente. Las madres levantaban coches para salvar a sus hijos. Y Piper era más que una simple mortal. Era una semidiosa. Una heroína.

El hielo de la hoja se derritió. Su brazo empezó a desprender vapor bajo la mano con la que lo agarraba Quíone.

—Sigues subestimándome —dijo Piper a la diosa—. Tienes que corregir ese detalle.

La expresión de suficiencia de Quíone vaciló cuando Piper bajó su daga.

La hoja tocó el pecho de Quíone, y al instante la diosa estalló en una ventisca en miniatura. Piper se desplomó, aturdida a causa del frío. Oyó a Festo chasqueando y rechinando, mientras las alarmas reactivadas sonaban.

«La bomba.»

Piper logró ponerse en pie. La esfera estaba a tres metros de distancia, silbando y dando vueltas mientras los vientos contenidos en su interior empezaban a agitarse.

Piper se abalanzó sobre ella.

Sus dedos se cerraron en torno a la bomba justo cuando el hielo se hizo añicos y los vientos estallaron.

XLV

Percy

Percy añoraba el pantano.

Nunca pensó que echaría de menos dormir en la cama de piel de un gigante en una choza hecha con huesos de drakon en un supurante pozo negro, pero en ese momento le parecía los Campos Elíseos.

Él, Annabeth y Bob avanzaban dando traspiés en la oscuridad; el aire era denso y frío, y en el suelo se alternaban las parcelas de rocas puntiagudas con los charcos de fango. El terreno parecía pensado para que Percy no pudiera bajar la guardia en ningún momento. Hasta caminar tres metros resultaba agotador.

Percy había partido de la choza del gigante sintiéndose otra vez fuerte, con la cabeza despejada y la barriga llena de la cecina de drakon que iba en las mochilas con provisiones. Ahora tenía molestias en las piernas. Le dolían todos los músculos. Se puso una túnica improvisada de piel de drakon sobre su camiseta hecha jirones, pero no logró entrar en calor.

Su foco de atención se reducía al suelo que tenía delante. No existía nada más que eso y Annabeth a su lado.

Cada vez que tenía ganas de rendirse, de dejarse caer y de morirse (cosa que le pasaba cada diez minutos), alargaba el brazo y le cogía la mano para acordarse de que había calidez en el mundo.

Después de la conversación de Annabeth con Damasén, Percy estaba preocupado por ella. Annabeth no sucumbía a la desesperación fácilmente, pero mientras caminaban se enjugaba las lágrimas de los ojos, procurando que Percy no la viera. Él sabía que no soportaba que sus planes no salieran bien. Estaba convencida de que necesitaban la ayuda de Damasén, pero el gigante los había rechazado.

Una parte de Percy sentía alivio. Bastante preocupado estaba por mantener a Bob de su parte cuando llegaran a las Puertas de la Muerte. No estaba seguro de querer a un gigante como su mano derecha, aunque ese gigante supiera preparar un fabuloso estofado.

Se preguntaba lo que había pasado después de su partida de la choza de Damasén. No había oído a sus perseguidores desde hacía horas, pero podía percibir su odio... sobre todo el de Polibotes. El gigante estaba en alguna parte, siguiéndolos, empujándolos cada vez más dentro del Tártaro.

Percy trataba de pensar en cosas positivas para mantener la moral alta: el lago del Campamento Mestizo, la vez que había besado a Annabeth debajo del agua... Trataba de imaginárselos a los dos juntos en la Nueva Roma, paseando por las colinas cogidos de la mano. Pero tanto el Campamento Júpiter como el Campamento Mestizo le parecían un sueño. Se sentía como si solo existiera el Tártaro. Ese era el mundo real: muerte, oscuridad, frío y dolor. Todo lo demás habían sido imaginaciones suyas.

Se estremeció. No. Era el foso, que estaba hablando con él, minando su determinación. Se preguntaba cómo Nico había sobrevivido solo allí abajo sin volverse loco. Ese chico era más fuerte de lo que Percy había creído. Cuánto más se adentraban en el inframundo, más difícil resultaba concentrarse.

—Este sitio es peor que el río Cocito —murmuró.

—Sí —contestó Bob alegremente—. ¡Mucho peor! Eso significa que estamos cerca.

¿Cerca de qué?, se preguntó Percy. Pero no tenía fuerzas para preguntar. Se fijó en que Bob el Pequeño se había escondido otra vez en el mono de Bob, lo que confirmó la opinión de Percy: el gatito era el más listo del grupo.

Annabeth entrelazó sus dedos con los de él. Tenía un rostro precioso a la luz de su espada de bronce.

—Estamos juntos —le recordó ella—. Saldremos de esta.

Percy había estado muy preocupado intentando levantarle el ánimo, y allí estaba ella tranquilizándolo.

—Sí —convino—. Es pan comido.

—Pero la próxima vez quiero que vayamos a otro sitio en plan parejita —dijo ella.

—París era bonito —recordó él.

Ella forzó una sonrisa. Hacía meses, antes de que Percy cayera amnésico, habían cenado en París una noche, cortesía de Hermes. Parecía que hubiera pasado una eternidad.

—Me conformo con la Nueva Roma —propuso ella—. Siempre que tú estés conmigo.

Annabeth era genial. Por un instante, Percy recordó lo que era sentirse feliz. Tenía una novia increíble. Podían tener un futuro juntos.

Entonces la oscuridad se dispersó emitiendo un gran suspiro, como el último aliento de un dios moribundo. Delante de ellos se abría un claro: un campo árido lleno de polvo y piedras. En el centro, a unos veinte metros de distancia, había una espantosa figura de mujer arrodillada, con ropa andrajosa, miembros esqueléticos y piel de color verde correoso. Tenía la cabeza agachada mientras sollozaba en voz baja, y el sonido quebrantó todas las esperanzas de Percy.

Se dio cuenta de que la vida era inútil. Sus esfuerzos no servían de nada. Aquella mujer derramaba lágrimas como si llorara la muerte del mundo entero.

—Ya hemos llegado —anunció Bob—. Aclis puede ayudaros.

XLVI

Percy

Si la diabla sollozante era lo que Bob entendía por ayuda, Percy no tenía ningún interés en recibirla.

Sin embargo, Bob avanzó. Percy se sintió obligado a seguirlo. Por lo menos esa zona era menos oscura; no estaba exactamente bien iluminada, pero había una espesa niebla blanca.

—¡Aclis! —gritó Bob.

La criatura levantó la cabeza, y el estómago de Percy gritó: «¡Socorro!».

Su cuerpo era horrible. Parecía una víctima de la hambruna: miembros como palos, rodillas hinchadas y codos nudosos, harapos que hacían las veces de ropa, uñas de manos y de pies rotas. El polvo cubría su piel y se amontonaba en sus hombros, como si se hubiera duchado en el fondo de un reloj de arena.

Su cara era desoladora. Sus ojos hundidos y legañosos lloraban a mares. La nariz le moqueaba como una cascada. Su ralo cabello gris estaba enredado con mechones grasientos, y tenía las mejillas llenas de raspazos y manchadas de sangre como si se hubiera arañado.

Percy no soportaba mirarla a los ojos, de modo que bajó la vista. Sobre sus rodillas había un antiguo escudo: un maltrecho círculo de madera y bronce con un retrato pintado de la propia Aclis sosteniendo un escudo, de modo que la imagen parecía perpetuarse eternamente, cada vez más pequeña.

—Ese escudo —murmuró Annabeth—. Eso es. Creía que era una leyenda.

—Oh, no —dijo gimiendo la vieja bruja—. El escudo de Hércules. Él me pintó en la superficie para que sus enemigos me vieran durante sus últimos momentos de vida: la diosa del sufrimiento. —Tosió tan fuerte que a Percy le dolió el pecho—. Como si Hércules supiera lo que es el auténtico sufrimiento. ¡Ni siquiera es un buen retrato!

Percy tragó saliva. Cuando él y sus amigos se habían enfrentado a Hércules en el estrecho de Gibraltar, el encuentro no había tenido un desenlace favorable. Había habido muchos gritos, amenazas de muerte y piñas lanzadas a toda velocidad.

—¿Qué hace aquí su escudo? —preguntó Percy.

La diosa lo miró con sus húmedos ojos lechosos. Las mejillas le empezaron a chorrear sangre y mancharon su andrajoso vestido de puntos rojos.

—Él ya no lo necesita, ¿no? Vino aquí cuando su cuerpo mortal se quemó. Un recordatorio, supongo, de que ningún escudo es suficiente. Al final, el sufrimiento se apodera de todos vosotros. Hasta de Hércules.

Percy se acercó muy lentamente a Annabeth. Trató de recordar qué hacían allí, pero le costaba pensar a causa de la sensación de desesperanza. Oyendo hablar a Aclis, no le extrañaba que se hubiera arañado las mejillas. La diosa irradiaba dolor puro.

—Bob —dijo Percy—, no deberíamos haber venido.

El gatito esqueleto asintió maullando en el interior del uniforme de Bob.

El titán se movió e hizo una mueca como si Bob el Pequeño le hubiera arañado en la axila.

—Aclis controla la Niebla de la Muerte —insistió—. Ella puede ocultaros.

—¿Ocultarlos? —Aclis emitió un sonido borboteante. O se estaba riendo o se estaba ahogando—. ¿Por qué iba a hacer yo eso?

310

—Deben llegar a las Puertas de la Muerte —dijo Bob—. Para regresar al mundo de los mortales.

—¡Imposible! —repuso Aclis—. Los ejércitos de Tártaro os encontrarán. Os matarán.

Annabeth dio la vuelta a la hoja de su espada de hueso de drakon, un gesto que a los ojos de Percy le dio un aire intimidante y sexy a lo princesa bárbara.

—Entonces supongo que su Niebla de la Muerte será inútil… —dijo.

La diosa enseñó sus dientes amarillos mellados.

—¿Inútil? ¿Quién eres tú?

—Una hija de Atenea. —La voz de Annabeth tenía un tono atrevido, aunque Percy no sabía cómo podía haberlo conseguido—. No he recorrido medio Tártaro para que una diosa de segunda me diga lo que es imposible.

La tierra tembló a sus pies. La niebla se arremolinó alrededor de ellos emitiendo un sonido como un gemido angustioso.

—¿Una diosa de segunda? —Las uñas nudosas de Aclis se clavaron en el escudo de Hércules y arañaron el metal—. Yo ya era vieja antes de que los titanes nacieran, muchacha ignorante. Era vieja cuando Gaia despertó por primera vez. El sufrimiento es eterno. La existencia es sufrimiento. Soy hija de los mayores: el Caos y la Noche. Yo…

—Sí, sí —dijo Annabeth—. Tristeza y sufrimiento, bla, bla, bla. Pero aun así no tiene suficiente poder para ocultar a dos semidioses con su Niebla de la Muerte. Lo que yo digo: inútil.

Percy se aclaró la garganta.

—Ejem, Annabeth…

Ella le lanzó una mirada de advertencia: «Sígueme el juego». Él se dio cuenta de que estaba muy asustada, pero no tenía alternativa. Esa era su mejor oportunidad de empujar a la diosa a actuar.

—Quiero decir… ¡Annabeth tiene razón! —dijo Percy—. Bob nos ha traído hasta aquí porque pensábamos que podría ayudarnos. Pero supongo que está demasiado ocupada mirando ese escudo y llorando. Lo entiendo perfectamente. Es igualito a usted.

Aclis gimió y lanzó una mirada de furia al titán.

—¿Por qué me obligas a padecer a esos irritantes críos?

Bob hizo un sonido a medio camino entre un murmullo y un gemido.

—Yo pensé… yo pensé…

—¡La Niebla de la Muerte no sirve para ayudar a nadie! —chilló Aclis—. Envuelve a los mortales de sufrimiento cuando sus almas pasan al inframundo. ¡Es el mismísimo aliento del Tártaro, de la muerte, de la desesperación!

—Impresionante —dijo Percy—. ¿Nos pone dos raciones de eso?

Aclis siseó.

—Pedidme un regalo más razonable. También soy la diosa de los venenos. Podría concederos la muerte: mil formas de morir menos dolorosas que la que habéis elegido entrando en el corazón del foso.

En la tierra se abrieron flores alrededor de la diosa: brotes de color morado oscuro, naranja y rojo que desprendían un olor dulzón. A Percy le empezó a dar vueltas la cabeza.

—Dulcamara —ofreció Aclis—. Cicuta. Belladona, beleño o estricnina. Puedo derretir vuestras entrañas y hacer hervir vuestra sangre.

—Muy amable por su parte —dijo Percy—. Pero ya he tenido suficiente veneno en este viaje. Bueno, ¿puede ocultarnos con su Niebla de la Muerte o no?

—Sí, será divertido —dijo Annabeth.

La diosa entornó los ojos.

—¿Divertido?

—Claro —aseguró Annabeth—. Si fracasamos, piense en lo que disfrutará contemplando nuestros espíritus cuando muramos entre horribles dolores. Podrá decir «Os lo avisé» por toda la eternidad.

—O si tenemos éxito —añadió Percy—, piense en el sufrimiento que infligirá a todos los monstruos aquí abajo. Queremos cerrar las Puertas de la Muerte. Eso provocará muchos llantos y gemidos.

Aclis consideró esa información.

—Disfruto del sufrimiento. El llanto también me gusta.

—Entonces, asunto zanjado —dijo Percy—. Háganos invisibles.

Aclis se levantó con dificultad. El escudo de Hércules se fue rodando y se paró bamboleándose en una parcela con flores venenosas.

—No es tan sencillo —dijo la diosa—. La Niebla de la Muerte vendrá cuando más cerca estéis del fin. Solo entonces se nublarán vuestros ojos. El mundo se desvanecerá.

Percy notó la boca seca.

—Vale. Pero… ¿nos ocultará de los monstruos?

—Oh, sí —dijo Aclis—. Si sobrevivís al proceso, podréis pasar desapercibidos entre los ejércitos del Tártaro. Es inútil, por supuesto, pero si estáis decididos, venid. Os enseñaré el camino.

—¿El camino adónde exactamente? —preguntó Annabeth.

La diosa ya se había internado en la penumbra arrastrando los pies.

Percy se volvió para mirar a Bob, pero el titán no estaba. ¿Cómo desaparece una criatura plateada de tres metros de estatura con un gatito chillón?

—¡Eh! —gritó Percy a Aclis—. ¿Dónde está nuestro amigo?

—Él no puede seguir este sendero —contestó la diosa—. No es mortal. Venid, pequeños insensatos. Venid a experimentar la Niebla de la Muerte.

Annabeth resopló y agarró la mano de Percy.

—Bueno…, ¿qué mal puede hacernos?

La pregunta era tan ridícula que Percy se rió, aunque le dolieron los pulmones al hacerlo.

—Sí. Pero la próxima cita que sea una cena en la Nueva Roma.

Siguieron las polvorientas huellas de la diosa a través de las flores venenosas, adentrándose cada vez más en la niebla.

XLVII

Percy

Percy echaba de menos a Bob.

Se había acostumbrado a tener al titán a su lado, iluminándoles el camino con su cabello plateado y su temible escoba de guerra.

Sin él, su única guía era una vieja demacrada y cadavérica con un grave problema de autoestima.

A medida que atravesaban afanosamente la polvorienta llanura, la niebla se volvió tan densa que Percy tuvo que resistir el deseo de apartarla con las manos. El único elemento que le permitía seguir el camino de Aclis eran las plantas venenosas que brotaban por donde ella caminaba.

Si todavía se hallaban en el cuerpo de Tártaro, Percy calculó que debían de estar en la planta de su pie: una extensión áspera y callosa donde solo crecían las plantas más desagradables.

Finalmente llegaron al extremo del dedo gordo. Al menos eso le pareció a Percy. La niebla se disipó, y se encontraron en una península que sobresalía por encima de un vacío muy oscuro.

—Aquí estamos.

Aclis se volvió y los miró de reojo. La sangre de las mejillas le goteaba en el vestido. Sus pálidos ojos estaban húmedos e hinchados pero de algún modo llenos de emoción. ¿Podía emocionarse el Sufrimiento?

—Ah… genial —dijo Percy—. ¿Dónde es «aquí»?

—En el borde de la muerte definitiva —respondió Aclis—. Donde la Noche se junta con el vacío debajo del Tártaro.

Annabeth avanzó muy lentamente y se asomó al precipicio.

—Creía que no había nada debajo del Tártaro.

—Oh, desde luego que sí… —Aclis tosió—. Hasta Tártaro tuvo que surgir de alguna parte. Este es el borde de la oscuridad primitiva, mi madre. Debajo se encuentra el reino del Caos, mi padre. Aquí estáis más cerca de la nada de lo que lo ha estado jamás ningún mortal. ¿No lo notáis?

Percy sabía a lo que se refería. El vacío parecía tirar de él, extrayéndole el aliento de los pulmones y el oxígeno de la sangre. Miró a Annabeth y vio que tenía los labios teñidos de morado.

—No podemos quedarnos aquí —dijo.

—¡Ya lo creo que no! —dijo Aclis—. ¿No notáis la Niebla de la Muerte? Incluso ahora pasáis entre ella. ¡Mirad!

Un humo blanco se acumuló alrededor de los pies de Percy. A medida que se enroscaba por sus piernas, se dio cuenta de que el humo no lo estaba rodeando. Provenía de él. Su cuerpo entero se estaba disolviendo. Levantó las manos y vio que eran borrosas y poco definidas. Ni siquiera sabía cuántos dedos tenía. Con suerte, todavía diez.

Se volvió hacia Annabeth y contuvo un grito.

—Estás… ah…

No podía decirlo. Parecía muerta.

Tenía la piel amarillenta y las cuencas oculares oscuras y hundidas. Su precioso cabello se había secado y se había transformado en una madeja de telerañas. Parecía que hubiera estado metida en un mausoleo frío y oscuro durante décadas, marchitándose poco a poco hasta convertirse en una cáscara reseca. Cuando se volvió para mirarlo, sus facciones se volvieron momentáneamente borrosas y se tornaron en niebla.

La sangre de Percy corría como savia por sus venas.

Durante años, había temido que Annabeth muriera. Cuando eres un semidiós, es un gaje del oficio. La mayoría de los mestizos no viven mucho. Siempre sabes que el siguiente monstruo puede ser el último. Pero ver a Annabeth en ese estado era demasiado doloroso. Prefería quedarse en el río Flegetonte, ser atacado por *arai* o pisoteado por gigantes.

—Oh, dioses —dijo Annabeth sollozando—. Percy, tienes aspecto…

Percy se observó los brazos. Solo vio masas informes de niebla blanca, pero supuso que a los ojos de Annabeth debía de parecer un cadáver. Dio varios pasos, pero le costaba mucho. Su cuerpo parecía incorpóreo, como si estuviera hecho de helio y algodón de azúcar.

—He tenido mejor aspecto —decidió—. Me cuesta moverme. Pero estoy bien.

Aclis se rió entre dientes.

—Desde luego, no estás nada bien.

Percy frunció el entrecejo.

—Pero ¿pasaremos desapercibidos? ¿Podremos llegar a las Puertas de la Muerte?

—Bueno, tal vez —dijo la diosa—, si vivierais lo bastante, cosa que no ocurrirá.

Aclis extendió sus dedos nudosos. A lo largo del borde del foso crecieron más plantas —cicutas, dulcamaras y adelfas—, extendiéndose hacia los pies de Percy como una alfombra mortal.

—Veréis, la Niebla de la Muerte no es solo un disfraz. Es un estado. No podía ofreceros este regalo a menos que después sufrierais la muerte… la auténtica muerte.

—Es una trampa —dijo Annabeth.

La diosa se rió a carcajadas.

—¿No esperabais que os traicionara?

—Sí —dijeron Annabeth y Percy al unísono.

—¡Pues entonces no es una trampa! Más bien algo inevitable. El sufrimiento es inevitable. El dolor es…

—Sí, sí —gruñó Percy—. Pasemos a la pelea.

Sacó a *Contracorriente*, pero la hoja estaba hecha de humo. Cuando lanzó una estocada a Aclis, la espada se limitó a atravesarla flotando como una suave brisa.

Una sonrisa se dibujó en la maltrecha boca de la diosa.

—¿No os lo había dicho? Ahora no sois más que niebla: una sombra antes de la muerte. Tal vez si tuvierais tiempo podríais aprender a dominar vuestra nueva forma, pero no lo tenéis. Y como no podéis tocarme, me temo que cualquier pelea contra mí será bastante desigual.

Sus uñas se convirtieron en garras. La mandíbula se le desencajó, y sus dientes amarillos se alargaron hasta transformarse en colmillos.

XLVIII

Percy

Aclis se abalanzó sobre Percy y, por una fracción de segundo, él pensó: «Bueno, solo soy humo. No puede tocarme, ¿no?».

Se imaginó a las Moiras en el Olimpo riéndose de su vana ilusión: «¡Jo, jo, jo, qué pardillo!».

Las garras de la diosa le arañaron el pecho y le escocieron como si fueran agua hirviendo.

Percy se tambaleó hacia atrás, pero no estaba acostumbrado a ser de humo. Sus piernas se movían demasiado despacio. Sus brazos eran como de papel de seda. Desesperado, le lanzó su mochila, pensando que tal vez se volviera sólida cuando abandonara su mano, pero no tuvo suerte. La bolsa cayó emitiendo un tenue sonido sordo.

Aclis gruñó al agacharse para saltar. Le habría arrancado a Percy la cara de un mordisco si Annabeth no hubiera atacado y hubiera gritado a la diosa directamente al oído:

—¡EH!

Aclis se sobresaltó y se volvió hacia el sonido.

Arremetió contra Annabeth, pero la chica se movía mejor que Percy. Tal vez no se sentía tan etérea, o tal vez había recibido más instrucción de combate. Ella había estado en el Campamento Mestizo desde que tenía siete años. Probablemente le habían impartido lecciones que Percy no había recibido, como luchar mientras estás parcialmente hecho de humo.

Annabeth se lanzó justo entre las piernas de la diosa, dio una voltereta y se puso de pie. Aclis se volvió y atacó, pero Annabeth la esquivó otra vez como un matador.

Percy estaba tan aturdido que perdió unos segundos preciosos. Se quedó mirando a la Annabeth cadavérica, que estaba envuelta en niebla pero que se movía tan rápido y con tanta seguridad como siempre. Entonces cayó en la cuenta de por qué estaba haciendo eso: para ganar tiempo. Eso significaba que Percy tenía que ayudarla.

Pensó frenéticamente, tratando de dar con una forma de vencer al Sufrimiento. ¿Cómo podía luchar cuando no podía tocar nada?

Cuando Aclis atacó por tercera vez, Annabeth no tuvo tanta suerte. Trató de apartarse, pero la diosa la agarró por la muñeca, tiró fuerte y la derribó al suelo.

Antes de que la diosa pudiera echarse encima de ella, Percy avanzó gritando y blandiendo su espada. Todavía se sentía tan sólido como un pañuelo de papel, pero su ira pareció ayudarle a moverse más deprisa.

—¡Eh, Feliz! —gritó.

Aclis se giró y soltó el brazo de Annabeth.

—¿Feliz? —preguntó.

—¡Sí! —Él se agachó cuando ella trató de asestarle un golpe en la cabeza—. ¡Eres la alegría de la huerta!

—¡Arggg!

Ella volvió a abalanzarse sobre él, pero estaba desequilibrada. Percy dio un quiebro y retrocedió, y consiguió apartar a la diosa de Annabeth.

—¡Simpática! —gritó—. ¡Encanto!

La diosa gruñó e hizo una mueca. Fue a por Percy dando traspiés. Cada cumplido parecía un puñado de arena en su cara.

—¡Os mataré despacio! —gruñó, mientras le chorreaban los ojos y la nariz, y le goteaba sangre de las mejillas—. ¡Os haré picadillo como sacrificio a la Noche!

Annabeth se levantó con dificultad. Empezó a hurgar en su mochila, buscando algo que pudiera serle útil.

Percy quería brindarle más tiempo. Ella era la lista. Era preferible que él recibiera el ataque mientras ella pensaba un plan brillante.

—¡Adorable! —gritó Percy—. ¡Tierna y abrazable!

Aclis emitió un gruñido de asfixia, como un gato que sufre un ataque.

—¡Una muerte lenta! —gritó—. ¡Una muerte provocada por mil venenos!

Alrededor de la diosa empezaron a crecer plantas venenosas que estallaban como globos demasiado llenos. Salió un chorrito de savia verde y blanca que se acumuló en el suelo y empezó a correr hacia Percy. Los gases de olor dulzón lo aturdieron.

—¡Percy! —La voz de Annabeth sonaba lejana—. ¡Eh, Señorita Maravilla! ¡Salerosa! ¡Sonrisitas! ¡Aquí!

Sin embargo, la diosa del sufrimiento estaba centrada en Percy. Él trató de retroceder otra vez. Lamentablemente, el icor venenoso fluía ya por todas partes y hacía que el suelo echara vapor y el aire quemara. Percy se vio atrapado en un islote de tierra apenas más grande que un escudo. A pocos metros de distancia, su mochila empezó a echar humo y se deshizo en un charco de sustancia pegajosa. Percy no tenía adónde ir.

Cayó sobre una rodilla. Quería decirle a Annabeth que huyera, pero no podía hablar. Tenía la garganta seca como hojas marchitas.

Deseó que hubiera agua en el Tártaro: un buen charco en el que pudiera meterse para curarse o un río que pudiera controlar. Se habría conformado con una botella de Evian.

—Alimentarás la oscuridad eterna —dijo Aclis—. ¡Morirás en brazos de la Noche!

Él era vagamente consciente de que Annabeth estaba gritando y lanzando trozos de cecina de drakon a la diosa. El veneno verde blanquecino seguía acumulándose, y pequeños chorros salían de las plantas mientras el lago venenoso se extendía más y más a su alrededor.

«Lago —pensó—. Chorros. Agua.»

Probablemente el cerebro se le estuviera friendo debido a los gases venenosos, pero soltó una risa. El veneno era líquido. Si se movía como el agua, debía de ser en parte agua.

Recordó haber oído en una clase de ciencias que el cuerpo humano estaba compuesto en su mayor parte de agua. Recordó haber extraído agua de los pulmones de Jason en Roma… Si podía controlar eso, ¿por qué no también otros líquidos?

Era una idea disparatada. Poseidón era el dios del mar, no de todos los líquidos del mundo.

Por otra parte, el Tártaro tenía sus propias reglas. El fuego se podía beber. El suelo era el cuerpo de un dios siniestro. El aire era ácido, y los semidioses se podían convertir en cadáveres de humo.

Así pues, ¿por qué no intentarlo? No tenía nada que perder.

Miró el torrente de veneno que lo rodeaba por todas partes. Se concentró tanto que algo en su interior se quebró, como si una bola de cristal se hubiera hecho añicos en su estómago.

Un calor recorrió su cuerpo. La ola de veneno cesó.

Los gases se alejaron de él y retrocedieron hacia la diosa. El lago de veneno corrió hacia ella en pequeñas olas y riachuelos.

Aclis chilló.

—¿Qué es esto?

—Veneno —dijo Percy—. Es su especialidad, ¿no?

Se levantó mientras la ira ardía cada vez más en sus entrañas. A medida que el torrente de veneno corría hacia la diosa, los gases empezaron a hacerla toser. Los ojos le empezaron a llorar todavía más.

«Bien —pensó Percy—. Más agua.»

Se imaginó la nariz y la garganta de la diosa llenándose con sus propias lágrimas.

Aclis se atragantó.

—Yo…

La ola de veneno llegó a sus pies y chisporroteó como gotas sobre un hierro caliente. Ella gimió y retrocedió dando traspiés.

—¡Percy! —gritó Annabeth.

Se había retirado al filo del precipicio, aunque el veneno no la perseguía a ella. Parecía muy asustada. Percy tardó un instante en darse cuenta de que era él el que la asustaba.

—Para… —suplicó, con voz ronca.

Él no quería parar. Quería ahogar a la diosa. Quería presenciar cómo se ahogaba en su propio veneno. Quería ver cuánto sufrimiento podía aguantar la diosa del sufrimiento.

—Por favor, Percy….

Annabeth todavía tenía la cara pálida y cadavérica, pero sus ojos eran los de siempre. La angustia que se reflejaba en ellos apagó la ira de Percy.

Se volvió hacia la diosa. Consiguió que el veneno retrocediera a fuerza de voluntad y que creara un pequeño sendero de retirada a lo largo del precipicio.

—¡Lárguese! —gritó.

Para ser un demonio demacrado, Aclis podía correr muy rápido cuando quería. Avanzó con dificultad por el sendero, cayó de bruces y volvió a levantarse, gimiendo mientras se internaba en la oscuridad a toda velocidad.

En cuanto hubo desaparecido, los charcos de veneno se evaporaron. Las plantas se marchitaron, se convirtieron en polvo que se dispersó en el aire.

Annabeth se dirigió a él dando traspiés. Parecía un cadáver envuelto en humo, pero se sintió bastante sólida cuando agarró los brazos de Percy.

—Percy, por favor, no vuelvas… —La voz se le quebró y sollozó—. Hay cosas que se deben controlar. Por favor.

El cuerpo entero de Percy hormigueaba de la energía, pero su ira estaba disminuyendo. El cristal roto de su interior estaba empezando a pulirse en los bordes.

—Sí —dijo—. Vale.

—Tenemos que largarnos de este precipicio —dijo Annabeth—. Si Aclis nos ha traído aquí para sacrificarnos…

Percy trató de pensar. Se estaba acostumbrando a moverse con la Niebla de la Muerte a su alrededor. Se sentía más sólido, se sentía más él mismo, pero todavía notaba la cabeza como si la tuviera llena de algodón.

—Dijo que alimentaríamos a la noche —recordó—. ¿A qué se refería?

La temperatura bajó. El abismo que se abría ante ellos pareció espirar.

Percy agarró a Annabeth y retrocedió del borde cuando una presencia emergió del vacío: una figura tan enorme y tenebrosa que Percy entendió el concepto de «oscuro» por primera vez.

—Me imagino —dijo la oscuridad, con una voz femenina suave como el forro de un ataúd— que se refería a la Noche, con mayúscula. Después de todo, soy la única.

XLIX

Leo

Leo consideraba que pasaba más tiempo durmiendo que volando.

Si se premiase a los dormilones con una tarjeta, él tendría la de doble platino.

Recobró la conciencia cuando estaba cayendo en picado a través de las nubes. Recordaba vagamente que Quíone lo había provocado justo antes de salir disparado por los aires. En realidad no la había visto, pero nunca olvidaría la voz de la bruja de la nieve. No tenía ni idea de cómo había ganado altitud, pero en algún momento debía de haberse desmayado a causa del frío y de la falta de oxígeno. En ese momento estaba cayendo e iba a sufrir el peor accidente de su vida.

Las nubes se apartaban a su alrededor. Veía el mar reluciente muy por debajo. Ni rastro del *Argo II*. Ni rastro de ninguna costa, conocida o no, salvo una isla diminuta en el horizonte.

Leo no podía volar. Disponía de un par de minutos como mucho antes de caer al agua y hacer «chof».

Decidió que no le gustaba ese final para la balada épica de Leo.

Todavía sostenía la esfera de Arquímedes, cosa que no le sorprendía. Inconsciente o no, jamás soltaría su posesión más valiosa. Maniobrando un poco, consiguió sacar cinta adhesiva del cinturón y sujetarse la esfera al pecho. Parecía un Iron Man de tres al cuarto, pero por lo menos tenía las manos libres. Empezó a trabajar toqueteando frenéticamente la esfera y sacando los objetos que consideraba útiles de su cinturón mágico: tela protectora, tensores metálicos, cuerda y arandelas.

Trabajar al mismo tiempo que caía era casi imposible. El viento le rugía en los oídos. No paraba de arrebatarle herramientas, tornillos y telas de las manos, pero finalmente construyó un armazón improvisado. Abrió un compartimento de la esfera, desenredó dos cables y los conectó a su barra transversal.

¿Cuánto faltaría para que cayera al agua? ¿Un minuto, quizá?

Giró el disco de control de la esfera, y se activó zumbando. Más cables de bronce salieron disparados de la bola, percibiendo intuitivamente lo que Leo necesitaba. Unos cordones ataron la lona protectora. El armazón empezó a extenderse solo. Leo sacó una lata de queroseno y un tubo de goma y los ató al sediento nuevo motor que la esfera le estaba ayudando a montar.

Finalmente se hizo un lazo con cuerda y se movió de forma que el armazón con forma de X le quedara sujeto a la espalda. El mar se acercaba más y más: una reluciente extensión de muerte por bofetón.

Lanzó un gritó desafiante y pulsó el interruptor limitador de la esfera.

El motor arrancó tosiendo. El rotor improvisado empezó a girar. Las hélices de lona daban vueltas, pero demasiado despacio. La cabeza de Leo apuntaba directa al mar; faltaban unos treinta segundos para el impacto.

«Por lo menos no hay nadie delante —pensó con amargura—, o me convertiría en materia de chiste para siempre entre los semidioses.» ¿Qué fue lo último que le pasó a Leo por la cabeza? El Mediterráneo.

De repente, la esfera se calentó contra su pecho. Las aspas empezaron a girar más deprisa. El motor tosía, y Leo se ladeó, hendiendo el aire.

—¡SÍ! —gritó.

Había creado el helicóptero personal más peligroso del mundo.

Salió disparado hacia la isla situada a lo lejos, pero seguía cayendo demasiado rápido. Las aspas vibraban. La lona hacía un ruido estruendoso.

La playa estaba a solo unos cientos de metros de distancia cuando la esfera se puso al rojo vivo y el helicóptero explotó lanzando llamas por todas partes. De no haber sido inmune al fuego, Leo se habría chamuscado. Así las cosas, la explosión en el aire probablemente le salvó la vida. El estallido lanzó a Leo de lado mientras la mole de su artefacto en llamas se estrellaba contra la costa a toda velocidad y emitía un enorme ¡BUM!

Leo abrió los ojos, sorprendido de estar vivo. Estaba sentado en un cráter en la arena del tamaño de una bañera. A escasos metros de distancia, una columna de denso humo negro ascendía hacia el cielo desde un cráter mucho más grande. La playa circundante estaba salpicada de restos más pequeños en llamas.

—Mi esfera.

Leo se tocó el pecho. La esfera no estaba allí. La cinta adhesiva y el lazo se habían desintegrado.

Se levantó con dificultad. No parecía que se hubiera roto ningún hueso, lo cual era bueno, pero lo que más le preocupaba era la esfera de Arquímedes. Si había destruido ese inestimable artefacto para construir un helicóptero que solo había durado treinta segundos, iba a localizar a la tonta de la diosa Quíone y a pegarle con una llave inglesa.

Atravesó la playa tambaleándose, preguntándose por qué no había turistas ni hoteles ni barcos a la vista. La isla parecía perfecta para un complejo turístico, con agua azul y suave arena blanca. Tal vez no había sido explorada. ¿Todavía quedaban islas sin explorar en el mundo? Tal vez Quíone lo había expulsado del Mediterráneo. Quizá estuviera en Bora Bora.

El cráter mayor tenía unos dos metros y medio de profundidad. En el fondo, las aspas del helicóptero seguían intentando girar. El motor expulsaba humo. El rotor croaba como una rana a la que hubieran pisado, pero, caray, resultaba impresionante para ser un trabajo hecho deprisa y corriendo.

Al parecer el helicóptero había chocado contra algo. El cráter estaba sembrado de muebles de madera rotos, platos de porcelana hechos añicos, copas de peltre medio fundidas y servilletas de lino quemadas. Leo no sabía qué hacían todos esos lujosos accesorios en la playa, pero al menos significaba que el lugar estaba habitado.

Por fin vio la esfera de Arquímedes: echaba humo y estaba carbonizada, pero seguía intacta, emitiendo desagradables chasquidos en medio de los restos.

—¡Esfera! —gritó—. ¡Ven con papá!

Se deslizó hasta el fondo del cráter y recogió la esfera. Se sentó con las piernas cruzadas y meció el artilugio entre sus manos. La superficie de bronce estaba abrasando, pero a Leo no le importaba. Seguía entera, y eso quería decir que todavía podía usarla.

Si pudiera averiguar dónde estaba exactamente y cómo volver con sus amigos...

Estaba haciendo una lista mental de las herramientas que podía necesitar cuando una voz de chica le interrumpió:

—¿Qué haces? ¡Te has cargado mi mesa!

Enseguida Leo pensó: «Oh, no».

Había conocido a muchas diosas, pero la chica que lo miraba enfurecida desde el borde del cráter parecía realmente una diosa.

Llevaba un vestido blanco de estilo griego sin mangas con un cinturón trenzado de oro. Tenía el pelo largo y liso de un tono castaño dorado: casi el mismo color canela tostado que el que tenía Hazel, pero el parecido con Hazel acababa ahí. La cara de la chica era de un pálido tono lechoso, con oscuros ojos rasgados y labios carnosos. Aparentaba unos quince años, más o menos la edad de Leo, y, sí, era guapa; pero, con la expresión de enfado que lucía en la cara, a Leo le recordó a las chicas populares de las escuelas a las que había asistido: las que se burlaban de él, cotilleaban a todas horas, se creían superiores y, básicamente, hacían todo lo que podían por amargarle la vida.

Leo le cogió antipatía en el acto.

—¡Oh, lo siento! —dijo—. He caído del cielo. Me fabriqué un helicóptero en el aire, pero se incendió en plena caída. He aterrizado forzosamente y he sobrevivido por los pelos. Pero, faltaría más, ¡hablemos de tu mesa! —Recogió una copa medio fundida—. ¿Quién pone una mesa en la playa donde pueden estrellarse semidioses inocentes? Dime, ¿quién?

La chica cerró los puños. Leo estaba convencido de que iba a bajar por el cráter y a darle un puñetazo en la cara. En cambio, alzó la vista al cielo.

—¿EN SERIO? —gritó ella al vacío azul—. ¿Queréis empeorar mi maldición? ¡Zeus! ¡Hefesto! ¡Hermes! ¿Es que no tenéis vergüenza?

—Oh… —Leo reparó en que solo había escogido a tres dioses a los que echar la culpa, y uno de ellos era su padre. No creía que fuera buena señal—. Dudo que estén escuchando. Ya sabes, con lo de las personalidades desdobladas…

—¡Dad la cara! —gritó la chica al cielo, sin hacer el más mínimo caso a Leo—. ¿No os basta con que esté exiliada? ¿No os basta con llevaros a los pocos héroes buenos que se me permite conocer? ¿Os parece gracioso mandarme a este… este enano chamuscado para que perturbe mi tranquilidad? ¡Pues NO TIENE GRACIA! ¡Lleváoslo!

—Oye, nena —dijo Leo—. Estoy aquí, ¿sabes?

Ella gruñó como un animal acorralado.

—¡No me llames «nena»! ¡Sal de ese agujero y ven conmigo para que pueda echarte de mi isla!

—Bueno, ya que me lo pides tan educadamente…

Leo no sabía por qué aquella chica pirada estaba tan exaltada, y lo cierto era que tampoco le importaba. Si podía ayudarle a salir de la isla, le parecía perfecto. Agarró su esfera carbonizada y salió del cráter trepando. Cuando llegó a lo alto, la chica ya había echado a andar con paso resuelto por la línea de la costa. Leo trotó para alcanzarla.

Ella señaló indignada los restos en llamas.

—¡Esto era una playa virgen! Y mírala ahora.

—Sí, culpa mía —murmuró Leo—. Debería haberme estrellado en otra isla. Un momento… ¡no hay más islas!

Ella gruñó y siguió andando siguiendo la orilla del agua. Leo percibió un olorcito a canela: ¿tal vez el perfume de ella? Le daba igual. El cabello de la chica se balanceaba por su espalda de forma hipnótica, claro que a él también le daba igual.

Escudriñó el mar. Como había apreciado durante la caída, no había masas continentales ni barcos, solo el horizonte. Al mirar hacia el interior aparecieron unas colinas herbosas sembradas de árboles. Un sendero serpenteaba entre un bosquecillo de cedros. Leo se preguntó adónde llevaba: probablemente a la guarida secreta de la chica, donde asaba a sus enemigos para comérselos en su mesa de la playa.

Estaba tan atareado pensando en ello que no se fijó cuando la chica se detuvo y se chocó contra ella.

—¡Ah!

Ella se volvió y le agarró los brazos para evitar caerse al agua. Tenía las manos fuertes, como si se ganara la vida trabajando con ellas. En el campamento, las chicas de la cabaña de Hefesto tenían manos fuertes como las suyas, pero ella no parecía una hija de Hefesto.

Le lanzó una mirada de furia, con sus oscuros ojos rasgados a escasos centímetros de los de él. Su olor a canela le recordó la casa de su abuela. Jo, hacía años que no pensaba en ese sitio.

La chica lo apartó de un empujón.

—De acuerdo. Este sitio está bien. Dime lo que quieres para marcharte.

—¿Qué?

Leo todavía tenía el cerebro un tanto embotado debido al aterrizaje forzoso. No estaba seguro de haberla oído bien.

—¿Quieres marcharte? —preguntó—. Supongo que tendrás algún sitio adonde ir, ¿no?

—Eh… sí. Mis amigos están en apuros. Tengo que volver a mi barco y…

—Bien —le espetó ella—. Di: «Quiero irme de Ogigia».

—Vale. —Leo no sabía por qué, pero el tono de la chica le ofendía un poco, lo que era absurdo, ya que le daba igual lo que ella pensara—. Quiero irme de… como se llame.

—O-gi-gia. —La chica lo pronunció despacio, como si Leo tuviera cinco años.

—Quiero irme de O-gi-gia —dijo él.

Ella espiró, visiblemente aliviada.

—Bien. Enseguida aparecerá una balsa mágica. Te llevará adonde quieras ir.

—¿Quién eres?

Parecía que ella estuviera a punto de contestar, pero se detuvo.

—No importa. Dentro de poco te irás. Es evidente que eres un error.

«Qué borde», pensó Leo.

Él ya había pasado suficiente tiempo pensando que era un error: como semidiós, en la misión, en la vida en general. No necesitaba que una diosa chiflada reforzara su opinión.

Se acordó de una leyenda griega acerca de una chica en una isla… ¿La había mencionado uno de sus amigos? No importaba. Mientras le dejara marcharse…

—Aparecerá en cualquier momento… —La chica contemplaba el mar.

No apareció ninguna balsa mágica.

—A lo mejor ha pillado un atasco —dijo Leo.

—Esto no está bien. —Ella lanzó una mirada de furia al cielo—. ¡Esto no está nada bien!

—¿Algún plan B? —preguntó Leo—. ¿Tienes un teléfono o…?

—¡Arggg!

La chica se volvió y se dirigió al interior como un huracán. Cuando llegó al sendero, se metió corriendo en el bosquecillo y desapareció.

—Vale —dijo Leo—. O puedes huir sin más.

Sacó cuerda y un mosquetón de los bolsillos de su cinturón portaherramientas y acto seguido sujetó la esfera de Arquímedes al cinturón.

Miró al mar. Seguía sin aparecer ninguna balsa mágica.

Podía quedarse allí a esperar, pero tenía hambre y sed y estaba cansado. La caída lo había dejado hecho polvo.

No quería seguir a aquella chica pirada, por muy bien que oliera.

Por otra parte, no tenía otro sitio adonde ir. La chica tenía una mesa, así que probablemente tuviera comida. Y parecía que la presencia de Leo la molestara.

—Molestarla es un punto a favor —decidió.

La siguió hasta las colinas.

L

Leo

—¡Hefesto bendito! —dijo Leo.

El sendero daba al jardín más bonito que Leo había visto en su vida. Tampoco es que él hubiera visitado muchos, pero… caray. A la izquierda había un huerto y una viña: melocotoneros con frutos de color rojo dorado que olían estupendamente al cálido sol, vides podadas con cuidado y repletas de uvas, emparrados de jazmines en flor y un montón de plantas más cuyos nombres Leo ignoraba.

A la derecha había pulcros arriates con verduras y hierbas, dispuestos como radios alrededor de una gran fuente chispeante donde unos sátiros de bronce escupían agua en un tazón central.

Al fondo del jardín, donde terminaba el sendero, una cueva se abría a un lado de la herbosa colina. Comparada con el búnker 9 del campamento, la entrada era diminuta, pero resultaba imponente a su manera. A cada lado había unas relucientes columnas griegas talladas en la roca cristalina. La parte superior estaba provista de una barra de bronce que sostenía unas sedosas cortinas blancas.

La nariz de Leo se vio asaltada por buenos olores: cedro, enebro, jazmín, melocotones y hierbas frescas. El aroma de la cueva le llamó poderosamente la atención: un olor parecido al del estofado de carne.

Echó a andar hacia la entrada de la cueva. ¿Cómo podía resistirse? Pero se detuvo al ver a la chica. Estaba arrodillada en su huerto, de espaldas a Leo. Murmuraba para sí mientras cavaba con la ayuda de un desplantador.

Leo se acercó a ella por un lado para que pudiera verlo. No quería sorprenderla estando armada con una herramienta de jardinería puntiaguda.

La chica no paraba de maldecir en griego antiguo y de clavar el desplantador en la tierra. Tenía los brazos, la cara y el vestido blanco manchados de tierra, pero no parecía que le importase.

Leo valoró ese detalle. Tenía mejor aspecto con un poco de barro: parecía menos una reina de la belleza y más una persona de verdad a la que no se le caían los anillos por ensuciarse las manos.

—Creo que ya has castigado bastante la tierra —dijo.

Ella lo miró ceñuda, los ojos enrojecidos y llorosos.

—Lárgate.

—Estás llorando —dijo él, un comentario estúpidamente obvio, pero verla en ese estado lo pilló desprevenido. Era difícil seguir enfadado con alguien que estaba llorando.

—No es asunto tuyo —murmuró ella—. La isla es grande. Búscate… un sitio. Déjame en paz. —Agitó la mano vagamente hacia el sur—. Ve en esa dirección, por ejemplo.

—Entonces, no hay balsa mágica —dijo Leo—. ¿Y no hay otra forma de salir de la isla?

—¡Por lo visto, no!

—¿Qué se supone que tengo que hacer, entonces? Quedarme sentado en las dunas hasta que me muera?

—Eso estaría bien… —La chica lanzó el desplantador y maldijo mirando al cielo—. Pero supongo que no puede morir aquí, ¿verdad? ¡Zeus! ¡No tiene gracia!

«¿Que no puedo morir aquí?»

—Un momento.

A Leo le daba vueltas la cabeza como un cigüeñal. No podía traducir del todo lo que la chica decía, como cuando oía a españoles o sudamericanos hablando en castellano. Sí, entendía más o menos lo que ella decía, pero le sonaba tan distinto que era como otro idioma.

—Voy a necesitar un poco de información —dijo—. No quieres verme el pelo, y me parece bien. Yo tampoco quiero estar aquí. Pero no voy a morirme en un rincón. Tengo que salir de esta isla. Tiene que haber una forma. Todos los problemas tienen una solución.

Ella se rió con amargura.

—Tú no has vivido mucho si sigues creyendo eso.

Lo dijo de tal forma que a Leo le recorrió la espalda un escalofrío. Aparentaba la misma edad que él, pero se preguntaba cuántos años tendría realmente.

—Antes dijiste algo sobre una maldición —apuntó.

Ella flexionó los dedos, como si estuviera practicando una técnica de estrangulamiento.

—Sí. No puedo irme de Ogigia. Mi padre, Atlas, luchó contra los dioses, y yo le apoyé.

—Atlas —dijo Leo—. ¿El titán Atlas?

La chica puso los ojos en blanco.

—Sí, insufrible… —Fuera lo que fuese lo que iba a decir, se lo calló—. Fui encarcelada aquí, donde no pudiera causar problemas a los dioses del Olimpo. Hará cosa de un año, después de la segunda guerra de los titanes, los dioses juraron que perdonarían a sus enemigos y ofrecerían la amnistía. Supuestamente, Percy se lo hizo prometer…

—Percy —dijo Leo—. ¿Percy Jackson?

Ella cerró los ojos apretándolos. Una lágrima le cayó por la mejilla.

«Oh», pensó Leo.

—Percy vino aquí —dijo.

Ella hundió los dedos en la tierra.

—Yo… yo pensaba que me pondrían en libertad. Me atreví a albergar esperanzas… pero sigo aquí.

Entonces Leo se acordó. Se suponía que la historia era un secreto, pero precisamente por eso había corrido como la pólvora por el campamento. Percy se la había contado a Annabeth. Piper se la había contado a Jason…

Percy había dicho que había visitado esa isla. Había conocido a una diosa que se había colado hasta las trancas por él y que había querido que él se quedase, pero al final le había dejado marchar.

—Tú eres esa mujer —dijo Leo—. La que se llamaba como la música caribeña.

Los ojos de la joven emitieron un brillo asesino.

—¿Música caribeña?

—Sí. ¿Reggae? —Leo negó con la cabeza—. ¿Merengue? Espera, lo tengo en la punta de la lengua.

Chasqueó los dedos.

—¡Calipso! Pero Percy dijo que eras estupenda. Dijo que eras dulce y atenta, no, ejem….

Ella se levantó de golpe.

—¿Sí?

—Esto… nada —dijo Leo.

—¿Serías tú dulce si los dioses se olvidaran de su promesa de liberarte? —preguntó—. ¿Serías dulce si se burlaran de ti mandándote a otro héroe, pero un héroe como… como tú?

—¿Es una pregunta con trampa?

—*Di immortales!* —La chica se volvió y se metió en su cueva.

—¡Eh!

Leo echó a correr tras ella.

Cuando entró perdió el hilo de sus pensamientos. Las paredes eran de pedazos de cristal multicolores. Unas cortinas blancas dividían la cueva en distintas habitaciones equipadas con cómodas almohadas, alfombras tejidas y platos con fruta fresca. Vio un arpa en un rincón, un telar en otro y una cazuela donde borboteaba un estofado que inundaba la cueva de deliciosos aromas.

¿Y lo más raro de todo? Que las tareas se hacían solas. Por el aire flotaban toallas que se doblaban y se amontonaban en pilas ordenadas. Las cucharas se lavaban en un fregadero de cobre. La escena le trajo a la memoria a los espíritus del viento que le habían servido comida en el Campamento Júpiter.

Calipso estaba ante una palangana, limpiándose la suciedad de los brazos.

Miró a Leo con el entrecejo fruncido, pero no le gritó que se fuera. Parecía estarse quedando sin energía para su ira.

Leo se aclaró la garganta. Si quería recibir ayuda de esa chica, tenía que ser amable.

—Bueno… entiendo por qué estás enfadada. Probablemente no quieras volver a ver a otro semidiós. Supongo que no te sentó bien cuando, ejem, Percy te dejó…

—Él solo fue el último —gruñó ella—. Antes de él fue el pirata Drake. Y antes de él, Odiseo. ¡Todos eran iguales! Los dioses me mandaron a sus mejores héroes, los héroes de los que yo no pude evitar…

—Te enamoraste de ellos —aventuró Leo—. Y luego te abandonaron.

A ella le tembló el mentón.

—Esa es mi maldición. Esperaba estar libre de ella a estas alturas, pero aquí estoy, atrapada en Ogigia después de tres mil años.

—Tres mil. —Leo notó un hormigueo en la lengua, como si acabara de comer Peta Zetas—. Tienes buen aspecto para tener tres mil años.

—Y ahora…, el peor insulto de todos. Los dioses se burlan de mí mandándote a ti.

La ira empezó a bullir en el estómago de Leo.

Sí, lo típico. Si Jason estuviera allí, Calipso se enamoraría perdidamente de él. Le suplicaría que se quedara, pero él se haría el noble diciendo que tenía que volver para cumplir con su deber y dejaría a Calipso desconsolada. La balsa mágica sí que llegaría para él.

¿Y Leo? Él era el invitado pesado del que ella no podría librarse. Nunca se enamoraría de él porque no estaba a su altura. Tampoco es que le importara. Ella no era su tipo de todas formas. Era demasiado cargante, y preciosa y… bueno, daba igual.

—Está bien —dijo—. Te dejaré en paz. Me fabricaré algo y me iré de esta estúpida isla sin tu ayuda.

Calipso movió la cabeza con cara de tristeza.

—No lo entiendes, ¿verdad? Los dioses se están riendo de los dos. Si la balsa no aparece, significa que han cerrado Ogigia. Estás atrapado aquí igual que yo. No podrás irte nunca.

LI

Leo

Los primeros días fueron los peores.

Leo dormía fuera, en una cama de arpillera bajo las estrellas. De noche hacía frío, incluso estando en la playa en verano, de modo que preparaba lumbre con los restos de la mesa de Calipso. Eso le animaba un poco.

Durante el día recorría la circunferencia de la isla, pero no encontraba nada interesante, a menos que te gustaran las playas y el mar infinito por todas partes. Trataba de enviar mensajes de Iris con los arcoíris que se formaban en las salpicaduras del mar, pero no tenía suerte. No tenía ningún dracma para hacer una ofrenda, y al parecer, a la diosa Iris no le interesaban los aspectos prácticos.

Ni siquiera soñaba, algo extraño en él —o en cualquier semidiós—, de modo que no tenía ni idea de lo que estaba pasando en el mundo exterior. ¿Se habrían librado sus amigos de Quíone? ¿Estarían buscándolo o habrían seguido navegando hacia Epiro para completar la misión?

No sabía qué esperar.

El sueño que había tenido en el *Argo II* cobró por fin sentido para él: la hechicera malvada le había dicho que o se lanzaba por un precipicio a través de las nubes o descendía por un túnel oscuro en el que susurraban unas voces fantasmales. El túnel debía de representar la Casa de Hades, lugar que Leo ya no llegaría a ver. Él había elegido el precipicio: había caído por el cielo a esa estúpida isla. Pero en el sueño, a Leo le habían ofrecido una alternativa. En la vida real no tenía ninguna. Quíone simplemente lo había sacado de su barco y lo había puesto en órbita. Era totalmente injusto.

Lo peor de estar allí atrapado era que estaba perdiendo la noción del tiempo. Al despertarse una mañana no recordaba si llevaba tres o cuatro noches en Ogigia.

Calipso no era de gran ayuda. Leo le hacía frente en el jardín, pero ella se limitaba a sacudir la cabeza.

—El tiempo es complicado aquí.

Genial. Que Leo supiera, podía haber pasado un siglo en el mundo real, y la guerra contra Gaia podía haber terminado para bien o para mal. O tal vez solo había estado cinco minutos en Ogigia. Su vida entera podía pasar allí en el tiempo que sus amigos en el *Argo II* tardaban en desayunar.

Fuera como fuese, tenía que salir de esa isla.

Calipso se compadecía de él en algunos aspectos. Enviaba a sus criados invisibles para que dejaran platos con estofado y copas con sidra en el linde del jardín. Incluso le enviaba nuevos conjuntos de ropa: sencillos pantalones de algodón sin teñir y camisas que debía de haber confeccionado en su telar. Le quedaban tan bien que Leo se preguntaba cómo le había tomado las medidas. Tal vez usaba su patrón genérico para CHICO TIRILLAS.

En cualquier caso, se alegraba de tener ropa nueva, porque la vieja olía muy mal y estaba quemada. Normalmente Leo podía impedir que su ropa se quemara cuando empezaba a arder, pero era algo que requería concentración. A veces, en el campamento, mientras trabajaba con metal en la fragua sin pensar en nada, bajaba la vista y se daba cuenta de que toda su ropa se había quemado menos el cinturón mágico y unos humeantes calzoncillos. Era un poco embarazoso.

A pesar de los regalos, era evidente que Calipso no quería verlo. En una ocasión él asomó la cabeza en la cueva, y ella se volvió loca y se puso a gritar y a lanzarle cazuelas a la cabeza.

Sí, sin duda era del equipo de Leo.

Él acabó montando un campamento permanente cerca del sendero, donde la playa se juntaba con las colinas. De esa forma estaba lo bastante cerca de ella para recoger sus comidas, pero Calipso no tenía que verlo ni lanzarle cazuelas como una posesa.

Se fabricó un cobertizo con palos y lona. Cavó un foso para el fuego. Incluso se construyó un banco y una mesa de trabajo con madera de deriva y ramas de cedro muerto. Se pasó horas arreglando la esfera de Arquímedes, limpiándola y reparando sus circuitos. Se fabricó una brújula, pero la aguja se ponía a girar como loca por mucho que intentara arreglarla. Leo suponía que un GPS también habría sido inútil. Esa isla estaba concebida para no aparecer en los mapas y era imposible salir de ella.

Se acordó del viejo astrolabio de bronce que había recogido en Bolonia: el que había hecho Odiseo, según los enanos. Tenía la ligera sospecha de que Odiseo había estado pensando en esa isla cuando lo había fabricado, pero desgraciadamente Leo se lo había dejado en el barco con Buford, la mesa maravillosa. Además, los enanos le habían dicho que el astrolabio no funcionaba. Tenía algo que ver con un cristal que faltaba…

Recorría la playa preguntándose por qué Quíone lo había enviado allí, suponiendo que su aterrizaje no hubiera sido un accidente. ¿Por qué no matarlo directamente? Tal vez Quíone quería que se quedara en el limbo para siempre. Tal vez sabía que los dioses estaban demasiado incapacitados para prestar atención a Ogigia, y por eso la magia de la isla se había desbaratado. Ese podía ser el motivo por el que Calipso seguía atrapada allí y por el que la balsa mágica no aparecía para recoger a Leo.

O tal vez la magia de ese sitio funcionaba perfectamente. Los dioses castigaban a Calipso enviándole héroes cachas y valientes que se marchaban en cuanto ella se enamoraba de ellos. Tal vez ese fuera el problema. Calipso nunca se enamoraría de Leo. Ella deseaba que se fuera. Eso significaba que que estaban encerrados en un círculo vicioso. Si ese era el plan de Quíone, era retorcido como pocos.

Entonces, una mañana, hizo un descubrimiento, y las cosas se complicaron todavía más.

Leo estaba andando por las colinas, siguiendo un pequeño arroyo que corría entre dos grandes cedros. Le gustaba esa zona: era el único sitio de Ogigia donde no podía ver el mar, de modo que fingía que no estaba atrapado en una isla. A la sombra de los árboles casi se sentía como si estuviera de vuelta en el Campamento Mestizo, recorriendo el bosque hacia el búnker 9.

Saltó por encima del riachuelo. Pero en lugar de caer en la tierra blanda, sus pies tocaron algo mucho más duro.

CLANG.

Metal.

Entusiasmado, Leo hurgó en el mantillo hasta que vio el destello del bronce.

—Vaya.

Se puso a reír como un loco mientras excavaba los restos.

No tenía ni idea de lo que hacían allí esas cosas. Hefesto siempre lanzaba por ahí las partes rotas de su taller divino, llenando la tierra de chatarra, pero ¿qué posibilidades había de que cayeran en Ogigia?

Leo encontró un montón de cables, unos cuantos engranajes torcidos, un pistón que todavía podía funcionar y varias planchas de bronce celestial forjado a martillazos: la más pequeña del tamaño de un posavasos y la más grande del tamaño de un escudo de guerra.

No era gran cosa comparado con el búnker 9 o con el material que tenía en el *Argo II*, pero era más que arena y rocas.

Levantó la mirada a la luz del sol que centelleaba entre las ramas de los cedros.

—¿Papá? Si me has mandado esto, gracias. Si no me lo has mandado… gracias, de todas formas.

Recogió el tesoro que había hallado y cargó con él hasta su campamento.

Después, los días pasaron más rápido y se volvieron mucho más ruidosos.

Primero se construyó una forja con ladrillos de barro cocidos con sus manos llameantes. Encontró una gran roca que podía usar como yunque y sacó clavos de su cinturón portaherramientas hasta que tuvo suficientes para fundirlos y convertirlos en una lámina para una superficie de martillado.

Una vez hecho eso, empezó a refundir los restos de bronce celestial. Cada día su martillo resonaba sobre el bronce hasta que su yunque de roca se rompía, o sus tenazas se doblaban, o se quedaba sin leña.

Cada noche se desplomaba empapado en sudor y cubierto de hollín, pero se sentía estupendamente. Por lo menos estaba trabajando, intentando solucionar su problema.

La primera vez que Calipso fue a verlo fue para quejarse del ruido.

—Humo y fuego —dijo—. Todo el día haciendo ruido con el metal. ¡Estás espantando a los pájaros!

—¡Oh, no, los pájaros, no! —masculló Leo.

—¿Qué esperas conseguir?

Él levantó la cabeza y por poco se golpeó el pulgar con el martillo. Había estado tanto tiempo mirando el metal y el fuego que se había olvidado de lo hermosa que era Calipso. Tan hermosa que daba rabia. Estaba allí de pie, con la luz del sol en su cabello, su falda blanca ondeando alrededor de sus piernas y una cesta con uvas y pan recién hecho debajo de un brazo.

Leo trató de obviar los rugidos de sus tripas.

—Espero salir de esta isla —dijo—. Eso es lo que quieres, ¿no?

Calipso frunció la frente. Dejó la cesta cerca del petate de Leo.

—No has comido desde hace dos días. Tómate un descanso y come.

—¿Dos días?

Leo ni siquiera se había dado cuenta, cosa que le sorprendió, porque le gustaba comer. Pero le sorprendió todavía más que Calipso sí se hubiera dado cuenta.

—Gracias —murmuró—. Yo, ejem, haré menos ruido con el martillo.

—Sí.

Ella no parecía muy convencida.

Después de eso, no volvió a quejarse del ruido ni del humo.

La siguiente vez que lo visitó, Leo estaba dando los últimos retoques a su primer proyecto. No la vio acercarse hasta que ella le habló justo detrás de él.

—Te he traído…

Leo se sobresaltó y soltó los cables.

—¡Por los toros de bronce! ¡No vuelvas a asustarme así!

Ese día ella iba vestida de rojo: el color favorito de Leo. Ese detalle era totalmente irrelevante. Ella estaba muy guapa de rojo. Otro detalle irrelevante.

—No quería asustarte —dijo—. Te he traído esto.

Le enseñó la ropa que tenía doblada sobre el brazo: unos vaqueros nuevos, una camiseta de manga corta blanca, una chaqueta de camuflaje… Un momento, era su ropa, pero no podía ser. Su chaqueta militar original se había quemado hacía meses. No la llevaba puesta cuando había aterrizado en Ogigia. Pero la ropa que Calipso sostenía era idéntica a la que él había llevado puesta el día que había llegado al Campamento Mestizo; solo que esa parecía más grande, con la talla ajustada para que le quedara mejor.

—¿Cómo? —preguntó.

Calipso dejó la ropa a sus pies y retrocedió como si fuera un animal peligroso.

—Yo también sé un poco de magia, ¿sabes? Como siempre quemas la ropa que te traigo, he pensado en tejerte algo menos inflamable.

—¿Esta no se quemará?

Cogió los pantalones, pero le parecieron unos vaqueros normales y corrientes.

—Son totalmente ignífugos —prometió Calipso—. No se ensucian y se ensanchan para ajustarse a tu cuerpo, en caso de que dejes de estar tan delgaducho.

—Gracias. —Pretendía mostrarse sarcástico, pero estaba sinceramente impresionado. Leo podía hacer muchas cosas, pero entre
ellas no se encontraba un conjunto autolimpiable e incombusti-
ble—. Así que… has hecho una réplica exacta de mi conjunto favorito. ¿Me has buscado en Google o qué?

Ella frunció el entrecejo.

—No conozco esa palabra.

—Me has investigado —dijo él—. Como si yo te interesara.

Ella frunció la nariz.

—Me interesa no tener que coserte un conjunto de ropa nuevo
cada día. Me interesa que no huelas tan mal y que no te pasees por
mi isla en unos harapos en llamas.

—Oh, sí. —Leo sonrió—. Me estás cogiendo cariño.

Ella se ruborizó todavía más.

—¡Eres la persona más insufrible que he conocido en mi vida!
Solo te estaba devolviendo un favor. Tú has arreglado mi fuente.

—¿Eso?

Leo se rió. El problema era tan sencillo que casi se había olvidado. Uno de los sátiros de bronce se había ladeado, y la presión del
agua había disminuido, de modo que había empezado a hacer un
sonido molesto, meneándose arriba y abajo, y escupiendo agua por
encima del borde del estanque. Él había sacado un par de herramientas y lo había arreglado en dos minutos aproximadamente.

—No fue nada. No me gusta que las cosas no funcionen.

—¿Y las cortinas de la entrada de la cueva?

—La barra no estaba nivelada.

—¿Y mis herramientas de jardinería?

—Oye, solo afilé las tijeras de podar. Cortar vides con una hoja
roma es peligroso. Y había que engrasar la bisagra de las podadoras y…

—Oh, sí —dijo Calipso, imitando muy bien la voz de él—. Me
estás cogiendo cariño.

Por una vez, Leo se quedó sin palabras. Los ojos de Calipso brillaban. Sabía que se estaba burlando de él, pero no resultaba cruel.

Ella señaló su mesa de trabajo.

—¿Qué estás construyendo?

—Ah.

Leo miró el espejo de bronce, que acababa de terminar de conectar a la esfera de Arquímedes. En la superficie pulida de la pantalla le sorprendió su propio reflejo. Tenía el pelo más largo y más rizado. Su cara estaba más delgada y sus facciones más marcadas, tal vez porque no había comido mucho. Tenía los ojos oscuros y un poco agresivos cuando no sonreía: en plan mirada de Tarzán, si es que había un Tarzán latino extrapequeño. No podía culpar a Calipso por apartarse de él.

—Es un aparato para ver —dijo—. Encontramos uno como este en Roma, en el taller de Arquímedes. Si puedo hacerlo funcionar, tal vez pueda averiguar qué les pasa a mis amigos.

Calipso sacudió la cabeza.

—Es imposible. Esta isla está escondida, apartada del mundo por una poderosa magia. Ni siquiera el tiempo transcurre igual aquí.

—Bueno, debes de tener algún contacto con el exterior. ¿Cómo descubriste que llevaba una chaqueta militar?

Ella se retorció el pelo como si la pregunta la incomodara.

—Para ver el pasado hace falta una magia sencilla. Para ver el presente o el futuro… no.

—Sí —dijo Leo—. Pues observa y aprende, querida. Conecto estos dos cables y…

La lámina de bronce echó chispas. Empezó a salir humo de la esfera. Una llama repentina recorrió la manga de Leo. Se quitó la camiseta, la tiró y la pisoteó.

Notó que Calipso trataba de no reírse, pero estaba temblando del esfuerzo.

—Ni una palabra —le advirtió Leo.

Ella miró su pecho descubierto, que estaba sudoroso, escuálido y surcado de viejas cicatrices de accidentes sufridos fabricando armas.

—No hay nada digno de comentar —le aseguró ella—. Si quieres que ese aparato funcione, tal vez deberías probar con una invocación musical.

—Claro —dijo—. Cada vez que un motor funciona mal, me gusta ponerme a bailar claqué alrededor. Siempre da resultado.

Ella respiró hondo y empezó a cantar.

Su voz fue como una brisa fresca, como el primer frente frío en Texas, cuando el calor del verano termina por fin y empiezas a creer que las cosas pueden mejorar. Leo no entendía las palabras, pero la canción era lastimera y agridulce, como si estuviera describiendo un hogar al que no pudiera regresar.

Su canto era mágico, sin duda. Pero no era una voz capaz de inducir el trance como la de Medea, ni tampoco una voz con el poder de persuasión de Piper. La música no quería nada de él. Simplemente le hizo evocar sus mejores recuerdos: construyendo cosas con su madre en su taller; sentado al sol con sus amigos en el campamento... Le hizo añorar su hogar.

Calipso dejó de cantar. Leo se dio cuenta de que la estaba mirando como un idiota.

—¿Ha habido suerte? —preguntó ella.

—Ah... —Él desvió la vista al espejo de bronce—. Nada. Espera...

La pantalla brillaba. Encima de ella, unas imágenes holográficas relucieron en el aire.

Leo reconoció los campos del Campamento Mestizo.

No se oía ningún sonido, pero Clarisse LaRue, de la cabaña de Ares, estaba gritando órdenes a los campistas y haciéndolos formar en filas. Los hermanos de Leo de la cabaña nueve corrían equipando a todo el mundo con armaduras y repartiendo armas.

Hasta Quirón, el centauro, estaba vestido para la guerra. Trotaba arriba y abajo entre las filas, con su reluciente yelmo con penacho y su cruz de caballo adornada con grebas de bronce. Su sonrisa cordial había desaparecido, sustituida por una expresión de absoluta determinación.

A lo lejos, unos trirremes griegos flotaban en el estrecho de Long Island, preparados para la guerra. A lo largo de las colinas las catapultas estaban siendo dispuestas. Los sátiros patrullaban los campos, y jinetes montados en pegasos daban vueltas en lo alto, atentos por si se producían ataques aéreos.

—¿Tus amigos? —preguntó Calipso.

Leo asintió con la cabeza. Tenía la cara como si se le hubiera dormido.

—Están preparándose para la guerra.

—¿Contra quién?

—Mira —dijo Leo.

La escena cambió. Una falange de semidioses romanos marchaban a través de una viña iluminada por la luna. Un letrero bañado en luz rezaba a lo lejos: BODEGA GOLDSMITH.

—He visto ese letrero antes —dijo Leo—. Está cerca del Campamento Mestizo.

De repente, las filas romanas se sumieron en el caos. Los semidioses se dispersaron. Los escudos se caían. Las jabalinas se balanceaban violentamente, como si todo el grupo hubiera pisado hormigas rojas.

A través de la luz de la luna, dos pequeñas figuras peludas vestidas con ropa mal combinada y sombreros llamativos se movían a toda velocidad. Parecían estar en todas partes al mismo tiempo: pegando a los romanos en la cabeza, robándoles las armas, cortándoles los cinturones para que se les cayeran los pantalones alrededor de los tobillos.

Leo no pudo evitar sonreír.

—¡Esos gamberros geniales han cumplido su promesa!

Calipso se inclinó, observando a los Cercopes.

—¿Son primos tuyos?

—Ja, ja, ja, no —contestó Leo—. Son una pareja de enanos. Los conocí en Bolonia. Los mandé a retrasar a los romanos, y es lo que están haciendo.

—Pero ¿por cuánto tiempo? —preguntó Calipso.

Buena pregunta. La escena volvió a cambiar. Leo vio a Octavio: el inútil espantapájaros rubio que se hacía llamar augur. Estaba en el aparcamiento de una gasolinera, rodeado de todoterrenos negros y semidioses romanos. Sostenía un largo palo envuelto en lona. Cuando lo descubrió, vio una reluciente águila dorada en lo alto.

—Oh, eso no es nada bueno —dijo Leo.

—Un estandarte romano —observó Calipso.

—Sí. Y ese lanza rayos, según Percy.

Leo se arrepintió de mencionar a Percy tan pronto como pronunció su nombre. Miró a Calipso. Podía ver en sus ojos el gran esfuerzo que estaba haciendo, tratando de organizar sus emociones en filas pulcras y ordenadas como los hilos de su telar. Sin embargo, lo que más le sorprendió fue la oleada de ira que sintió. No era solo irritación o celos. Estaba enfadado con Percy por robarle a esa chica.

Volvió a concentrarse en las imágenes holográficas. Vio a una amazona —Reyna, la pretora del Campamento Júpiter— volando a través de una tormenta a lomos de un pegaso marrón claro. El cabello moreno de Reyna ondeaba al viento. Su capa morada se agitaba y dejaba ver el brillo de su armadura. Tenía cortes sangrantes en los brazos y la cara. Su pegaso tenía los ojos desorbitados y la boca muy abierta de galopar, pero Reyna miraba firmemente hacia delante en la tormenta.

Mientras Leo observaba, un grifo salvaje cayó en picado de entre las nubes. Arañó al caballo en las costillas con sus garras y estuvo a punto de tirar a Reyna. Ella desenvainó su espada y cortó al monstruo. Segundos más tarde, tres *venti* aparecieron: siniestros espíritus del aire que se arremolinaban como tornados en miniatura acompañados de rayos. Reyna arremetió contra ellos gritando en actitud desafiante.

Entonces el espejo de bronce se oscureció.

—¡No! —gritó Leo—. Ahora, no. ¡Muéstrame lo que pasa! —Golpeó el espejo—. Calipso, ¿puedes cantar otra vez?

Ella le lanzó una mirada de furia.

—¿Es esa tu novia? ¿Tu Penélope? ¿Tu Elizabeth? ¿Tu Annabeth?

—¿Qué? —Leo no entendía a esa chica. La mitad de las cosas que decía no tenían sentido—. Es Reyna. ¡No es mi novia! ¡Necesito ver más! ¡Necesito…!

«Necesito», rugió de pronto una voz en el suelo bajo sus pies. Leo se tambaleó, sintiéndose de repente como si estuviera encima de un trampolín.

«Necesitar» es una palabra de la que se abusa.

Una figura humana brotó de la arena: la diosa a la que Leo tenía menos aprecio, la Señora del Barro, la Princesa de las Aguas de Retrete, la mismísima Gaia.

Leo le lanzó unos alicates. Lamentablemente no era sólida, y la atravesaron. Tenía los ojos cerrados, pero no parecía dormida exactamente. Tenía una sonrisa en su diabólica cara de polvo, como si estuviera escuchando atentamente su canción favorita. Su ropa de arena se movía y se plegaba, lo que recordó a Leo las aletas ondulantes del ridículo monstruo Gambazilla contra el que habían luchado en el Atlántico. Pero en su opinión Gaia era más desagradable.

Quieres vivir, dijo Gaia. *Quieres reunirte con tus amigos. Pero no necesitas esto, mi pobre muchacho. Da igual. Tus amigos morirán a pesar de todo.*

A Leo le temblaron las piernas. No lo soportaba, pero cada vez que esa bruja aparecía, se sentía como si tuviera otra vez ocho años, atrapado en el recibidor de la sala de máquinas de su madre, escuchando la perversa y tranquilizadora voz de Gaia mientras su madre estaba encerrada dentro del almacén en llamas, muriéndose a causa del calor y del humo.

—Lo que no necesito —gruñó— son más mentiras tuyas, Cara de Tierra. Me dijiste que mi bisabuelo murió en los años sesenta. ¡Falso! Me dijiste que no podría salvar a mis amigos en Roma. ¡Falso! Me dijiste muchas cosas.

La risa de Gaia era un suave sonido susurrante, como la tierra que cae durante los primeros instantes de una avalancha.

Intenté ayudarte a decidir mejor. Podrías haberte salvado. Pero me desafiaste en todo momento. Construiste tu barco. Participaste en esa ridícula misión. Y ahora estás atrapado aquí, indefenso, mientras el mundo de los mortales toca a su fin.

Las manos de Leo estallaron en llamas. Quería derretir la cara de arena de Gaia y convertirla en cristal. Entonces notó la mano de Calipso en su hombro.

—Gaia. —Su voz era severa y firme—. No eres bienvenida.

Leo deseó poder mostrarse tan seguro como Calipso. Entonces se acordó de que aquella irritante chica de quince años era en realidad la hija inmortal de un titán.

Ah, Calipso. Gaia levantó los brazos como si fuera a abrazarla. *Veo que sigues aquí a pesar de las promesas de los dioses. ¿A qué crees que se debe, mi querida nieta? ¿Te están tratando con rencor los dioses del Olimpo, dejándote sin más compañía que este necio enclenque? ¿O simplemente se han olvidado de ti porque no eres digna de su tiempo?*

Calipso miraba a través de la cara arremolinada de Gaia, hasta el horizonte.

Sí, murmuró Gaia con compasión. *Los dioses del Olimpo son desleales. No dan segundas oportunidades. ¿Por qué mantienes la esperanza? Apoyaste a tu padre, Atlas, en su gran guerra. Sabías que los dioses deben ser destruidos. ¿Por qué vacilas ahora? Yo te ofrezco una oportunidad que Zeus jamás te dará.*

—¿Dónde has estado los últimos tres mil años? —preguntó Calipso—. Si tanto te preocupa mi destino, ¿por qué no me has visitado hasta ahora?

Gaia levantó las palmas de las manos.

La Tierra tarda en despertar. La guerra llega a su tiempo. Pero no creas que dejará de lado Ogigia. Cuando reconstruya el mundo, esta cárcel también será destruida.

—¿Ogigia destruida? —Calipso sacudió la cabeza, como si no pudiera imaginarse esas dos palabras juntas.

No tienes por qué estar aquí cuando eso ocurra, prometió Gaia. *Únete a mí. Mata a este chico. Derrama su sangre sobre la tierra y ayúdame a despertar. Si lo haces, te liberaré y te concederé cualquier deseo. Libertad. Venganza contra los dioses. Hasta un premio. ¿Todavía te interesa el semidiós Percy Jackson? Le perdonaré la vida. Lo sacaré del Tártaro. Será tuyo y podrás castigarlo o amarlo, como desees. Solo tienes que matar a este intruso. Muéstrame tu lealtad.*

Varias situaciones hipotéticas cruzaron la mente de Leo, ninguna de ellas buena. Estaba seguro de que Calipso lo estrangularía en el acto, u ordenaría a sus criados invisibles que lo convirtieran en puré de Leo.

¿Por qué no iba a hacerlo? Gaia le estaba ofreciendo el trato definitivo: ¡matar a un chico que era un pelmazo y quedarse con uno guapo gratis!

Calipso alargó la mano hacia Gaia haciendo un gesto con tres dedos que Leo reconocía del Campamento Mestizo: la protección de la antigua Grecia contra el mal.

—Esta no solo es mi cárcel, abuela. También es mi hogar. Y tú eres la intrusa.

El viento redujo la figura de Gaia a la nada y esparció la arena por el cielo azul.

Leo tragó saliva.

—Ejem, no te lo tomes a mal, pero no me has matado. ¿Estás loca?

Los ojos de Calipso ardían de ira, pero por una vez Leo pensó que la ira no iba dirigida a él.

—Tus amigos deben de necesitarte. De lo contrario, Gaia no habría pedido tu muerte.

—Eh... sí, supongo.

—Entonces tenemos trabajo que hacer —dijo—. Debemos llevarte a tu barco.

LII

Leo

Leo creía que había estado atareado antes, pero cuando Calipso se concentraba en algo era una máquina.

En un día había reunido suficientes provisiones para un viaje de una semana: comida, termos con agua y hierbas medicinales de su jardín. Tejió una vela lo bastante grande para un pequeño yate y confeccionó suficiente cuerda para todo el aparejo.

Hizo tantas cosas que al segundo día le preguntó a Leo si necesitaba ayuda con su proyecto.

Él levantó la cabeza de la tarjeta de circuitos, que estaba tomando forma poco a poco.

—Si no te conociera, pensaría que estás deseando librarte de mí.

—Es un plus —reconoció ella.

Iba vestida con ropa de trabajo: unos vaqueros y una camiseta de manga corta sucia. Cuando él le preguntó por su cambio de vestuario, ella dijo que se había dado cuenta de lo práctica que era esa ropa después de confeccionársela a Leo.

Con los vaqueros azules, no parecía tanto una diosa. Su camiseta estaba llena de hierba y de manchas de suciedad, como si acabara de atravesar corriendo el remolino de Gaia. Estaba descalza. Llevaba su cabello color caramelo recogido, lo que hacía que sus ojos rasgados parecieran todavía más grandes y más llamativos. Tenía callos y ampollas en las manos de trabajar con la cuerda.

Al mirarla, Leo notaba un cosquilleo en el estómago que no podía explicar.

—¿Y bien? —preguntó ella.

—Y bien, ¿qué?

Ella señaló los circuitos con la cabeza.

—¿Puedo ayudar? ¿Cómo lo llevas?

—Ah, me va bien. Supongo. Si consigo conectar este cacharro al barco, debería poder volver al mundo.

—Solo necesitas un barco.

Leo trató de descifrar su expresión. No estaba seguro de si estaba enfadada porque todavía seguía allí o si también estaba triste porque ella no se iba a ir. Entonces miró todas las provisiones que ella había amontonado: más que suficientes para abastecer a dos personas durante varios días.

—Lo que Gaia dijo… —Leo vaciló—. Lo de que salieras de la isla. ¿Te gustaría intentarlo?

Ella frunció el entrecejo.

—¿A qué te refieres?

—Bueno… no digo que fuese divertido tenerte a bordo quejándote todo el tiempo, lanzándome miradas asesinas y todo eso. Pero supongo que podría soportarlo, si quisieras intentarlo.

La expresión de ella se suavizó un poco.

—Qué noble —murmuró—. Pero no, Leo. Si intentara ir contigo, tus pocas posibilidades de escapar se irían al traste. Los dioses han depositado una magia antigua en esta isla para retenerme aquí. Los héroes pueden marcharse. Yo, no. Lo más importante es liberarte para que detengas a Gaia. No es que me importe lo que sea de ti —añadió rápidamente—. Pero el destino del mundo está en juego.

—¿Y por qué te importa eso? —preguntó él—. O sea, ¿después de estar apartada del mundo durante tanto tiempo?

Ella arqueó las cejas, como si le sorprendiera que le hiciera una pregunta tan razonable.

—Supongo que no me gusta que me digan lo que tengo que hacer: ni Gaia ni nadie. A veces odio a los dioses con toda mi alma, pero a lo largo de los últimos tres milenios he llegado a ver que son mejores que los titanes. Y desde luego son mejores que los gigantes. Por lo menos los dioses mantienen el contacto. Hermes siempre se ha portado bien conmigo. Y tu padre, Hefesto, me visita a menudo. Es una buena persona.

Leo no sabía qué pensar de su tono distraído. Parecía que estuviera sopesando su valor, no el de su padre.

Ella alargó la mano y le cerró la boca. Leo no se había dado cuenta de que la tenía abierta.

—Bueno —dijo Calipso—, ¿en qué puedo ayudar?

—Ah. —Él contempló su proyecto, pero al hablar, se le escapó una idea a la que había estado dando vueltas desde que Calipso le había hecho ropa nueva—. ¿Te acuerdas de la tela ignífuga? ¿Crees que podrías hacerme una bolsita de esa tela?

Describió las dimensiones. Calipso agitó la mano con impaciencia.

—Eso solo me llevará unos minutos. ¿Te servirá de ayuda en tu misión?

—Sí. Puede que salve una vida. Y, ejem, ¿podrías arrancar un trozo de cristal de tu cueva? No necesito mucho.

Ella frunció la frente.

—Es una extraña petición.

—Compláceme.

—Está bien. Dalo por hecho. Te haré el saquito ignífugo esta noche con el telar, cuando haya limpiado. Pero ¿qué puedo hacer ahora, aprovechando que tengo las manos sucias?

Levantó sus dedos mugrientos y callosos. A Leo no se le ocurría nada más sexy que una chica a la que no le importaba ensuciarse las manos. Pero, claro está, era un comentario general. No se podía aplicar a Calipso. Evidentemente.

—Bueno —dijo—, podrías enroscar unas bobinas de bronce. Aunque es un trabajo un poco técnico…

Ella se puso a su lado en el banco y empezó a trabajar, entrelazando los cables de bronce más rápido que él.

—Es como tejer —dijo—. No es tan difícil.

—Oh —dijo Leo—. Bueno, si alguna vez sales de esta isla y quieres trabajo, avísame. No eres tan torpe.

Ella sonrió burlonamente.

—Conque un trabajo, ¿eh? ¿Fabricar cosas en tu forja?

—No, podríamos abrir nuestro propio taller —dijo Leo, cosa que le sorprendió. Abrir un taller de máquinas siempre había sido uno de sus sueños, pero no se lo había confesado a nadie—. El garaje de Leo y Calipso: reparaciones de automóviles y monstruos mecánicos.

—Fruta y verdura fresca —propuso Calipso.

—Sidra y estofado —añadió Leo—. Incluso podríamos ofrecer entretenimiento. Tú podrías cantar y yo podría echar llamas.

Calipso se rió: un sonido cristalino y alegre que hizo que a Leo le diera un vuelco el corazón.

—¿Lo ves? —dijo—. Soy gracioso.

Ella borró la sonrisa de su rostro.

—No eres gracioso. Venga, a trabajar, o no habrá sidra ni estofado.

—Sí, señora —dijo él.

Trabajaron en silencio codo con codo durante el resto de la tarde.

Dos noches más tarde, el tablero de mando estaba terminado.

Leo y Calipso estaban sentados en la playa, cerca del lugar donde Leo había destrozado la mesa, cenando juntos. La luna llena teñía las olas de color plateado. Su fogata lanzaba chispas anaranjadas al cielo. Calipso llevaba una camiseta blanca y unos vaqueros nuevos, con los que al parecer había decidido quedarse.

Detrás de ellos, en las dunas, las provisiones estaban empaquetadas con cuidado y listas para el viaje.

—Lo único que necesitamos ahora es un barco —dijo Calipso.

Leo asintió con la cabeza. Trató de obviar la palabra «necesitamos». Calipso había dejado claro que no iba a ir con él.

—Mañana puedo empezar a cortar madera y hacer tablas —dijo Leo—. Dentro de unos días, tendremos suficiente para un pequeño casco.

—Ya has hecho un barco antes —recordó Calipso—. El *Argo II*.

Leo asintió con la cabeza. Pensó en todos los meses que había pasado creando el *Argo II*. De algún modo, construir un barco que partiera de Ogigia le parecía una tarea más abrumadora.

—Entonces ¿cuánto tardarás en zarpar?

Calipso empleó un tono liviano, pero no lo miró a los ojos.

—No estoy seguro. ¿Una semana más?

Por algún motivo, Leo se sintió menos agitado al decirlo. Cuando había llegado allí, no veía el momento de marcharse. Pero en ese momento se alegraba de disponer de unos días más. Qué raro.

Calipso pasó los dedos por encima de la tarjeta de circuitos terminada.

—Esto ha requerido mucho tiempo de fabricación.

—La perfección no se consigue con prisas.

Una sonrisa tiró de la comisura de la boca de Calipso.

—Sí, pero ¿funcionará?

—Marcharme no supondrá ningún problema —dijo Leo—. Pero para volver necesitaré a Festo y…

—¿Qué?

Leo parpadeó.

—Festo. Mi dragón de bronce. Cuando averigüe como reconstruirlo…

—Ya me has hablado de Festo —dijo Calipso—. Pero ¿qué quieres decir con «volver»?

Leo sonrió nervioso.

—Bueno, volver aquí. Seguro que ya lo había comentado.

—Te aseguro que no.

—¡No voy a dejarte aquí! ¿Después de lo mucho que me has ayudado y de todo lo demás? Pues claro que voy a volver. Cuando reconstruya a Festo, contaré con un sistema de guía nuevo. Tengo el astrolabio que… —Se detuvo, considerando que era mejor no decir que lo había fabricado uno de los antiguos amores de Calipso—

encontré en Bolonia. De todas formas, creo que con el cristal que me has dado...

—No puedes volver —insistió Calipso.

A Leo se le cayó el alma a los pies.

—¿Porque no soy bienvenido?

—Porque no puedes. Es imposible. Ningún hombre encuentra Ogigia dos veces. Es la ley.

Leo puso los ojos en blanco.

—Sí, bueno, no sé si te has dado cuenta, pero no se me da bien seguir las normas. Volveré con mi dragón y te sacaremos de aquí. Te llevaré a donde quieras. Es lo más justo.

—Justo... —La voz de Calipso apenas era audible.

A la luz del fuego, sus ojos lucían una mirada tan triste que Leo no podía soportarla. ¿Creía que le estaba mintiendo para hacerla sentir mejor? Él daba por sentado que volvería y la liberaría de esa isla. ¿Cómo podía pensar ella otra cosa?

—No pensarás que voy a abrir el garaje de Leo y Calipso sin ti, ¿verdad? —preguntó—. Yo no sé preparar sidra ni estofado, y desde luego no sé cantar.

Ella se quedó mirando la arena.

—Bueno —continuó Leo—, mañana empezaré con la madera. Y dentro de unos días...

Miró al agua. Algo se mecía en las olas. Leo observó con incredulidad como una gran balsa de madera flotaba con la marea y se deslizaba hasta detenerse en la playa.

Leo estaba demasiado perplejo para moverse, pero Calipso se levantó de un salto.

—¡Deprisa! —Cruzó la playa corriendo, cogió unas bolsas con provisiones y las llevó a la balsa—. ¡No sé cuánto se quedará!

—Pero... —Leo se levantó. Parecía que las piernas se le hubieran vuelto de piedra. Acababa de convencerse de que disponía de una semana más en Ogigia, y en cambio ya no tenía tiempo para acabar la cena—. ¿Es la balsa mágica?

—¡Claro! —gritó Calipso—. Puede que funcione como debe y te lleve adonde quieras, pero no podemos estar seguros. Es evidente que la magia de la isla es inestable. Debes instalar tu aparato de guía para navegar.

Cogió el tablero de mando y corrió hacia la balsa, y Leo se puso en movimiento. La ayudó a sujetarlo a la barca y a conectar los cables al pequeño timón de la parte trasera. La embarcación estaba equipada con un mástil, de modo que Leo y Calipso subieron su vela a bordo y empezaron a instalar el aparejo.

Trabajaron codo con codo en perfecta armonía. Leo no había trabajado con nadie tan intuitivo como esa jardinera inmortal, ni siquiera con los campistas de Hefesto. En un abrir y cerrar de ojos, tenían la vela colocada y todas las provisiones a bordo. Leo pulsó los botones de la esfera de Arquímedes, murmuró una oración dedicada a su padre, Hefesto, y el tablero de bronce celestial se encendió emitiendo un zumbido.

El aparejo se tensó. La vela giró. La balsa empezó a chirriar contra la arena, afanándose por llegar a las olas.

—Vete —dijo Calipso.

Leo se dio la vuelta. Ella estaba tan cerca que no podía soportarlo. Olía a canela y a humo de madera, y pensó que no volvería a oler algo tan bueno en su vida.

—Por fin ha llegado la balsa —dijo.

Calipso resopló. Podría haber tenido los ojos enrojecidos, pero era difícil saberlo a la luz de la luna.

—¿Te acabas de dar cuenta?

—Pero si solo aparece para recoger a los chicos que te gustan...

—No tientes a la suerte, Leo Valdez —dijo ella—. Sigo odiándote.

—Vale.

—Y no quiero que vuelvas —insistió Calipso—. Así que no me hagas promesas vanas.

—¿Qué tal una promesa de verdad? —dijo él—. Porque te aseguro que voy...

Ella le cogió la cara, lo atrajo hacia sí y le dio un beso, con lo que consiguió que se callara.

A pesar de todas sus bromas y su coqueteo, Leo nunca había besado a una chica. Bueno, Piper le había dado besitos de hermana en la mejilla, pero eso no contaba. Sin embargo, ese fue un auténtico morreo. Si Leo hubiera tenido mecanismos y cables en el cerebro, se habrían cortocircuitado.

Calipso lo apartó de un empujón.

—Eso no va a pasar.

—Vale. —La voz de Leo sonaba una octava más alto de lo normal.

—Lárgate.

—Vale.

Ella se volvió, enjugándose los ojos furiosamente, y se fue por la playa como un huracán, mientras la brisa le revolvía el pelo.

Leo quería llamarla, pero la vela recibió toda la fuerza del viento, y la balsa zarpó. Se esforzó por alinear el tablero de mando. Cuando Leo miró atrás, la isla de Ogigia era una línea oscura a lo lejos, y su fogata parpadeaba como un pequeño corazón naranja.

Todavía notaba un hormigueo en los labios después del beso.

«Eso no va a pasar —se dijo—. No puedo enamorarme de una chica inmortal. Seguro que ella no está enamorada de mí. No es posible.»

Mientras la balsa se deslizaba sobre el agua, llevándolo de vuelta al mundo de los mortales, entendió mejor un verso de la profecía: «Un juramento que mantener con un último aliento».

Era consciente de lo peligrosos que eran los juramentos, pero le daba igual.

—Volveré a por ti, Calipso —dijo al viento nocturno—. Lo juro por la laguna Estigia.

LIII

Annabeth

Annabeth nunca había tenido miedo a la oscuridad.

Pero normalmente la oscuridad no medía doce metros de altura. No tenía alas negras, un látigo hecho de estrellas y un tenebroso carro tirado por caballos vampiro.

Nix era tan excesiva que resultaba casi imposible de asimilar. Alzándose por encima del abismo, su figura de cenizas y humo era del tamaño de la Atenea Partenos, pero mucho más viva. Su vestido era de un negro vacío, mezclado con los colores de una nebulosa espacial, como si en su corpiño nacieran galaxias. Su cara resultaba difícil de ver salvo los puntos de sus ojos, que brillaban como quásares. Cuando sus alas batían, oleadas de oscuridad se extendían sobre los precipicios, y eso hacía que Annabeth se sintiera pesada y soñolienta y que su vista se nublara.

El carro de la diosa estaba hecho del mismo material que la espada de Nico di Angelo —hierro estigio— e iba tirado por dos enormes caballos totalmente negros a excepción de sus puntiagudos colmillos plateados. Las patas de los animales flotaban en el abismo, y al moverse se volvían de humo.

Los caballos gruñeron y enseñaron los colmillos a Annabeth. La diosa hizo restallar su látigo —una fina raya de estrellas como púas de diamantes—, y los caballos se encabritaron.

—No, Penumbra —dijo la diosa—. Abajo, Sombra. Esos pequeños premios no son para ti.

Percy observó el relincho de los caballos. Todavía estaba envuelto en la Niebla de la Muerte, pero parecía un cadáver desenfocado. A Annabeth se le partía el corazón cada vez que lo miraba. Tampoco debía de ser un camuflaje muy bueno, ya que era evidente que Nix podía verlos.

Annabeth no podía descifrar bien la expresión del rostro macabro de Percy. Al parecer, no le gustaba lo que estaban diciendo los caballos.

—Entonces ¿no va a dejar que nos coman? —preguntó a la diosa—. Tienen muchas ganas de comernos.

Los ojos de quásares de Nix ardían.

—Por supuesto que no. No dejaría que mis caballos os comieran, como tampoco dejaría que Aclis os matara. Sois unos premios demasiado valiosos. ¡Antes me mataría yo misma!

Annabeth no se sentía especialmente ingeniosa ni valiente, pero su instinto le decía que si no tomaba la iniciativa, la conversación sería muy breve.

—¡Oh, no se mate! —gritó—. No damos tanto miedo.

La diosa bajó su látigo.

—¿Qué? No, no me refería…

—¡Eso espero! —Annabeth miró a Percy y se rió de manera forzada—. No querríamos asustarla, ¿verdad?

—Ja, ja —dijo Percy débilmente—. No, claro que no.

Los caballos vampiro parecían confundidos. Se encabritaban y resoplaban y chocaban sus cabezas oscuras. Nix tiró de las riendas.

—¿No sabéis quién soy? —preguntó.

—Es usted la Noche, supongo —dijo Annabeth—. Lo sé porque es oscura y todo eso, aunque en el folleto no decía mucho sobre usted.

Nix guiñó los ojos por un instante.

—¿Qué folleto?

Annabeth se tocó los bolsillos.

—Teníamos uno, ¿verdad?

Percy se lamió los labios.

—Sí.

Seguía observando a los caballos mientras apretaba fuerte la empuñadura de su espada, pero tuvo la inteligencia de seguir el ejemplo de Annabeth. Por su parte, ella solo tenía que confiar en que no estuviera empeorando las cosas… aunque, sinceramente, no veía cómo podían ir peor.

—En fin —dijo—, supongo que en el folleto no ponía gran cosa porque usted no aparecía destacada en la visita. Hemos visto el río Flegetonte, el Cocito, las *arai*, el claro venenoso de Aclis, hasta unos titanes y gigantes, pero Nix… no, usted no figuraba.

—¿«Figuraba»? ¿«Destacada»?

—Sí —contestó Percy, a quien le estaba empezando a gustar la idea—. Hemos venido de visita al Tártaro… en plan destino exótico, ¿sabe? En el inframundo hace demasiado calor. Y el monte Olimpo es para turistas…

—¡Dioses, ya te digo! —convino Annabeth—. Así que reservamos la excursión al Tártaro, pero nadie nos dijo que nos encontraríamos a Nix. En fin, supongo que no les parecía importante.

—¿Que no les parecía importante?

Nix hizo restallar su látigo. Sus caballos corcovearon y chasquearon sus colmillos plateados. Oleadas de oscuridad brotaron del abismo, y a Annabeth se le removieron las entrañas, pero no podía mostrar su miedo.

Empujó hacia abajo el brazo con el que Percy sostenía la espada y le obligó a bajar el arma. Aquella diosa superaba a todos los adversarios a los que se habían enfrentado. Nix era mayor que cualquier dios del Olimpo, cualquier titán o cualquier gigante, incluso mayor que Gaia. Era imposible que dos semidioses la vencieran; por lo menos, usando la fuerza.

Annabeth se obligó a mirar la enorme cara oscura de la diosa.

—Bueno, ¿cuántos semidioses más han venido a visitarla? —preguntó inocentemente.

La mano de Nix aflojó las riendas.

—Ninguno. Ni uno solo. ¡Es inaceptable!

Annabeth se encogió de hombros.

—A lo mejor es porque no ha hecho nada para salir en las noticias. ¡Entiendo que Tártaro sea importante! Todo este sitio se llama como él. O si conociéramos al Día...

—Oh, sí —terció Percy—. ¿El Día? Debe de ser impresionante. Me encantaría conocerlo. Y pedirle un autógrafo.

—¡El Día! —Nix agarró la barandilla de su carro negro. Todo el vehículo tembló—. ¿Os referís a Hemera? ¡Es mi hija! ¡La Noche es mucho más poderosa que el Día!

—Eh —añadió Annabeth—. Yo prefiero a las *arai*, o incluso a Aclis.

—¡También son hijas mías!

Percy contuvo un bostezo.

—Tiene muchos hijos, ¿eh?

—¡Soy la madre de todos los terrores! —gritó Nix—. ¡Las mismísimas Moiras! ¡Hécate! ¡La Vejez! ¡El Dolor! ¡La Muerte! ¡Y todas las maldiciones! ¡Mirad si soy noticia!

LIV

Annabeth

Nix hizo restallar su látigo otra vez. La oscuridad se cuajó a su alrededor. A cada lado apareció un ejército de sombras: más *arai* con alas oscuras, cuya visión no despertó mucho entusiasmo a Annabeth; un anciano ajado que debía de ser Geras, el dios de la vejez; y una mujer más joven vestida con una toga negra que tenía unos ojos brillantes y una sonrisa de asesina en serie: Eris, sin duda, la diosa de la discordia. Y siguieron apareciendo más: docenas de demonios y dioses menores, todos hijos de la Noche.

Annabeth quería huir. Se enfrentaba a una prole de horrores capaces de hacer perder el juicio a cualquiera. Pero si huía, moriría.

A su lado, Percy empezó a respirar con dificultad. A pesar de su neblinoso disfraz de demonio, Annabeth sabía que estaba al borde del pánico. Ella tenía que mantenerse firme por los dos.

«Soy hija de Atenea —pensó—. Yo controlo mi mente.»

Se imaginó un marco mental alrededor de lo que estaba viendo. Se dijo que no era más que una película: una película de miedo, cierto, pero que no podía hacerle daño. Ella controlaba la situación.

—Sí, no está mal —reconoció—. Supongo que podríamos hacer una foto para el álbum, pero no las tengo todas conmigo. Son ustedes tan… oscuros. Aunque usara el flash, no estoy segura de que saliera.

—Sí —logró decir Percy—. No son fotogénicos.

—¡Turistas… desgraciados! —susurró Nix—. ¿Cómo osáis no temblar ante mí? ¿Cómo osáis no llorar ni suplicarme que os dé un autógrafo y una foto para vuestro álbum? ¿Queréis algo que sea noticia? ¡Mi hijo Hipnos durmió a Zeus una vez! Cuando Zeus lo persiguió por la Tierra, empeñado en vengarse, Hipnos se escondió en mi palacio buscando protección, y Zeus no le siguió. ¡Hasta el rey del Olimpo me teme!

—Ah. —Annabeth se volvió hacia Percy—. Bueno, se está haciendo tarde. Deberíamos comer en uno de los restaurantes que nos ha recomedado el guía turístico. Luego buscaremos las Puertas de la Muerte.

—¡Ajá! —gritó Nix triunfalmente.

Su prole de sombras se agitó y repitió:

—¡Ajá! ¡Ajá!

—¿Queréis ver las Puertas de la Muerte? —preguntó Nix—. Se encuentran en el centro mismo del Tártaro. Los mortales como vosotros nunca llegan a ellas, salvo por los pasillos de mi palacio: ¡la Mansión de la Noche!

Señaló detrás de ella. Flotando en el abismo casi cien metros más abajo había una puerta de mármol negro que daba a una especie de habitación grande.

A Annabeth le latía tan fuerte el corazón que lo notaba en los dedos de los pies. Era el camino que debían seguir, pero estaba tan lejos que la caída era casi imposible. Si se pasaban de largo, caerían al Caos y se dispersarían en la nada: una muerte sin posibilidad de repetición. Y aunque lograran saltar, la diosa de la Noche y sus temibles hijos se interponían en su camino.

Annabeth comprendió sobresaltada lo que tenía que pasar. Como todo lo que ella había hecho en su vida, era muy arriesgado. En cierto modo, eso la tranquilizó. ¿Una idea disparatada ante la muerte?

«De acuerdo —pareció decir su cuerpo, relajándose—. Conozco el terreno.»

Dejó escapar un suspiro de aburrimiento.

—Supongo que podríamos hacer una foto, pero una de grupo no saldrá bien. Nix, ¿qué tal si le hacemos una con su hijo favorito? ¿Quién es?

La prole susurró. Docenas de horribles ojos brillantes se volvieron hacia Nix.

La diosa se movió incómoda, como si el carro se estuviera calentando bajo sus pies. Sus sombríos caballos jadearon y piafaron en el vacío.

—¿Mi hijo favorito? —preguntó ella—. ¡Todos mis hijos son aterradores!

Percy resopló.

—¿De verdad? He conocido a las Moiras. He conocido a Tánatos. No daban tanto miedo. Tiene que haber alguien en este grupo que sea peor.

—El más oscuro —dijo Annabeth—. El que más se parezca a usted.

—Yo soy la más oscura —dijo Eris—. ¡Guerras y conflictos! ¡He provocado toda clase de muertes!

—¡Yo soy todavía más oscuro! —gruñó Geras—. Yo debilito la vista y emboto el cerebro. ¡Todos los mortales temen la vejez!

—Sí, sí —dijo Annabeth, tratando de hacer caso omiso del castañeteo de sus dientes—. No veo nada lo bastante oscuro. ¡Sois los hijos de la Noche! ¡Enseñadme algo oscuro!

La horda de *arai* empezó a gemir, batiendo sus correosas alas y agitando nubarrones. Geras extendió sus manos secas y oscureció todo el abismo. Eris escupió una sombría lluvia de perdigones a través del vacío.

—¡Yo soy el más oscuro! —susurró un demonio.

—¡No, yo!

—¡No! ¡Contemplad mi oscuridad!

Si mil pulpos gigantes hubieran expulsado tinta al mismo tiempo en el fondo de la fosa oceánica más profunda y desprovista de luz, no habría habido una negrura más intensa. Annabeth podría haber estado ciega perfectamente. Agarró la mano de Percy y se armó de valor.

—¡Esperad! —gritó Nix, súbitamente presa del pánico—. No veo nada.

—¡Sí! —gritó orgullosamente uno de sus hijos—. ¡He sido yo!

—¡No, he sido yo!

—¡He sido yo, idiota!

Docenas de voces empezaron a discutir en la oscuridad.

Los caballos relincharon alarmados.

—¡Basta ya! —chilló Nix—. ¿De quién es este pie?

—¡Eris me está pegando! —gritó alguien—. ¡Madre, dile que deje de pegarme!

—¡Yo no he sido! —chilló Eris—. ¡Ay!

Los sonidos de refriega aumentaron de volumen. La oscuridad se hizo más intensa si cabía. Los ojos de Annabeth se dilataron tanto que parecía que se los estuvieran arrancando de las cuencas.

Apretó la mano de Percy.

—¿Listo?

—¿Para qué? —Tras una pausa, él gruñó con tristeza—. Por los calzoncillos de Poseidón, ¿no lo dirás en serio?

—¡Que alguien me dé luz! —gritó Nix—. ¡Grrr! ¡No puedo creer que haya dicho eso!

—¡Es una trampa! —chilló Eris—. ¡Los semidioses están escapando!

—Ya los tengo —gritó una *arai*.

—¡No, es mi cuello! —dijo Geras con voz ahogada.

—¡Salta! —le dijo Annabeth a Percy.

Se tiraron a la oscuridad intentando alcanzar la puerta situada más abajo.

LV

Annabeth

Después de caer al Tártaro, saltar casi cien metros hasta la Mansión de la Noche debería haber sido rápido.

En cambio, el corazón de Annabeth parecía ralentizado. Entre un latido y otro, tuvo tiempo de sobra para escribir su propio obituario.

«Annabeth Chase, fallecida a los diecisiete años.»

POM, POM.

(Suponiendo que su cumpleaños, el 12 de julio, hubiera pasado mientras estaba en el Tártaro, aunque sinceramente no tenía ni idea.)

POM, POM.

«Fallecida a causa de múltiples heridas sufridas al saltar como una idiota al abismo del Caos y despachurrarse en el suelo del vestíbulo de la mansión de Nix.»

POM, POM.

«Deja a su padre, su madrastra y dos hermanastros que apenas la conocen.»

POM, POM.

«En lugar de flores, por favor, envíen donativos al Campamento Mestizo, suponiendo que Gaia no lo haya destruido ya.»

Sus pies tocaron suelo firme. El dolor le recorrió las piernas, pero avanzó dando traspiés y echó a correr, arrastrando a Percy detrás de ella.

Encima de ellos, en la oscuridad, Nix y sus hijos se peleaban y gritaban:

—¡Ya los tengo! ¡Mi pie! ¡Basta ya!

Annabeth siguió corriendo. No podía ver de todas formas, así que cerró los ojos. Empleó sus otros sentidos: permaneciendo atenta por si oía el eco de algún espacio abierto, tanteando para percibir corrientes, oliendo en busca del más mínimo aroma de peligro (humo, veneno o hedor de demonio).

No era la primera vez que se arrojaba a la oscuridad. Se imaginó que estaba otra vez en los túneles subterráneos de Roma, buscando la Atenea Partenos. Visto en retrospectiva, su viaje a la caverna de Aracne parecía una excursión a Disneylandia.

Los sonidos de los hijos de Nix se alejaron. Era una buena señal. Percy seguía corriendo a su lado, cogiéndole la mano. Eso también era bueno.

Delante de ellos, a lo lejos, Annabeth empezó a oír un sonido palpitante, como si los latidos de su corazón resonaran amplificados hasta tal punto que el suelo vibraba bajo sus pies. El sonido le infundió terror, de modo que dedujo que debía de ser el camino a seguir. Corrió hacia él.

A medida que los latidos aumentaban de volumen, empezó a percibir olor a humo y oyó un crepitar de antorchas a derecha e izquierda. Supuso que habría luz, pero una sensación reptante alrededor de su cuello le advirtió que cometería un error abriendo los ojos.

—No mires —le dijo a Percy.

—No tenía pensado hacerlo —contestó él—. Lo notas, ¿verdad? Seguimos en la Mansión de la Noche. No quiero verlo.

«Chico listo», pensó Annabeth. Solía tomarle el pelo a Percy por ser tonto, pero en verdad su instinto siempre daba en el clavo.

Fueran cuales fuesen los horrores que aguardaban en la Mansión de la Noche, no estaban concebidos para los ojos de los mortales. Verlos sería peor que mirar la cara de Medusa. Era preferible correr a oscuras.

Los latidos aumentaron, y las vibraciones recorrieron la espalda de Annabeth. Era como si alguien estuviera dando golpes en el fondo del mundo, exigiendo que le dejaran pasar. Notó que las paredes se abrían a cada lado. El aire tenía un olor más fresco… o, como mínimo, no tan sulfuroso. Se oía otro sonido, más próximo que las profundas palpitaciones… un sonido de agua corriente.

A Annabeth se le aceleró el corazón. Sabía que la salida estaba cerca. Si conseguían salir de la Mansión de la Noche, tal vez pudieran dejar atrás al grupo de demonios.

Empezó a correr más rápido, y habría acabado muerta si Percy no la hubiera detenido.

LVI

Annabeth

—¡Annabeth!

Percy tiró de ella hacia atrás justo cuando su pie tocó el borde de una cavidad. Ella estuvo a punto de precipitarse en quién sabía qué, pero Percy la agarró y la abrazó.

—Tranquila —dijo.

Ella pegó la cara a su camiseta y mantuvo los ojos cerrados con fuerza. Estaba temblando, pero no solo de miedo. El abrazo de Percy era tan cálido y reconfortante que le entraron ganas de quedarse allí para siempre, a salvo y protegida... pero eso era cerrar los ojos a la realidad. No podía permitirse relajarse. No podía apoyarse en Percy más de lo debido. Él también la necesitaba.

—Gracias... —Se desenredó con cuidado de sus brazos—. ¿Sabes lo que hay delante de nosotros?

—Agua —dijo él—. Sigo sin mirar. Creo que todavía es peligroso.

—Yo pienso lo mismo.

—Percibo un río... o puede que sea un foso. Nos cierra el paso. Corre de izquierda a derecha por un canal abierto en la roca. La otra orilla está a unos seis metros.

Annabeth se regañó mentalmente. Había oído el agua mientras corría, pero en ningún momento se había planteado que pudiera estar yendo de cabeza hacia ella.

—¿Hay un puente o…?

—Creo que no —dijo Percy—. Y al agua le pasa algo raro. Escucha.

Annabeth se concentró. Miles de voces gritaban dentro de la estruendosa corriente, chillando de angustia, suplicando piedad.

¡Socorro!, decían gimiendo. ¡Fue un accidente!

¡El dolor!, se lamentaban. ¡Haced que pare!

Annabeth no necesitaba los ojos para imaginarse el río: una corriente salobre y negra llena de almas torturadas arrastradas cada vez más hondo en el Tártaro.

—El río Aqueronte —dedujo—. El quinto río del inframundo.

—Prefiero el Flegetonte —murmuró Percy.

—Es el río del dolor. El castigo definitivo para las almas de los condenados: asesinos, sobre todo.

¡Asesinos!, dijo el río gimiendo. ¡Sí, como tú!

Únete a nosotros, susurró otra voz. No eres mejor que nosotros.

La cabeza de Annabeth se llenó de imágenes de todos los monstruos que había matado a lo largo de los años.

—Lo mío no fueron asesinatos —protestó ella—. ¡Me estaba defendiendo!

El río cambió de curso a través de su mente y le mostró a Zoë Belladona, que había sido asesinada en el monte Tamalpais porque había ido a rescatar a Annabeth de las garras de los titanes.

Vio a la hermana de Nico, Bianca di Angelo, muriendo en la caída del gigante metálico Talos, porque también había intentado salvar a Annabeth.

Michael Yew y Silena Beauregard… que habían muerto en la batalla de Manhattan.

Podrías haberlo impedido, le dijo el río a Annabeth. Deberías haber buscado una solución mejor.

Y la más dolorosa de todas: la de Luke Castellan. Annabeth se acordó de la sangre de Luke en su daga después de sacrificarse para impedir que Cronos destruyera el Olimpo.

¡Tienes las manos manchadas de su sangre!, dijo el río gimiendo. ¡Debería haber habido otra solución!

Annabeth se había enfrentado a la misma idea muchas veces. Había intentado convencerse de que ella no era la culpable de la muerte de Luke. Luke había elegido su propio destino. Aun así, no sabía si su alma había hallado paz en el inframundo, o si había renacido, o si había ido a parar al Tártaro por culpa de sus crímenes. Podría ser una de las almas torturadas que arrastraba la corriente en ese momento.

¡Tú lo asesinaste!, gritó el río. *¡Tírate y comparte su castigo!*

Percy la agarró del brazo.

—No hagas caso.

—Pero…

—Lo sé. —La voz de él sonaba quebradiza como el hielo—. A mí me están diciendo lo mismo. Creo… creo que este foso debe de ser la frontera del territorio de la Noche. Si lo cruzamos, estaremos fuera de peligro. Tendremos que saltar.

—¡Has dicho que mide seis metros!

—Sí. Tendrás que confiar en mí. Rodéame el cuello con los brazos y agárrate.

—No lo dirás…

—¡Allí! —gritó una voz detrás de ellos—. ¡Matad a esos turistas desagradecidos!

Los hijos de Nix los habían encontrado. Annabeth abrazó el cuello de Percy.

—¡Ahora!

Al tener los ojos cerrados, ella solo pudo imaginarse cómo Percy lo consiguió. Tal vez utilizó la fuerza del río. Tal vez solo estaba muerto de miedo y lleno de adrenalina. Percy saltó con más fuerza de la que ella habría creído posible. Volaron por los aires mientras el río se agitaba y gemía debajo de ellos, salpicando los tobillos de Annabeth de salmuera picante.

Y de repente, PLAF, estaban otra vez en tierra firme.

—Puedes abrir los ojos —dijo Percy, jadeando—. Pero no te va a gustar lo que vas a ver.

Annabeth parpadeó. Después de la oscuridad de Nix, hasta la tenue luz roja del Tártaro parecía deslumbrante.

Ante ellos se extendía un valle lo bastante grande como para contener la bahía de San Francisco. El ruido resonante provenía de todo el paisaje, como si un trueno retumbara debajo del suelo. Bajo las nubes venenosas, el terreno ondulado emitía destellos púrpura con cicatrices de color rojo y azul oscuro.

—Parece… —Annabeth contuvo su repulsión— parece un corazón gigantesco.

—El corazón de Tártaro —murmuró Percy.

El centro del valle estaba cubierto de una fina pelusa negra formada por puntos. Estaban tan lejos que Annabeth tardó un momento en darse cuenta de que estaba mirando un ejército: miles, tal vez decenas de miles de monstruos, congregados en torno a un oscuro puntito central. Estaba demasiado lejos para apreciar los detalles, pero a Annabeth no le cabía duda de qué era ese puntito. Incluso desde el linde del valle, podía percibir cómo su poder atraía a su alma.

—Las Puertas de la Muerte.

—Sí.

Percy hablaba con voz ronca. Todavía tenía la tez pálida y demacrada de un cadáver, lo que significaba que lucía más o menos tan mal aspecto como el estado en el que Annabeth se encontraba.

Se dio cuenta de que se había olvidado por completo de sus perseguidores.

—¿Qué ha sido de Nix…?

Se volvió. De algún modo, habían caído a varios cientos de metros de las orillas del Aqueronte, que corría por un canal abierto excavado en unas negras montañas volcánicas. Más allá solo había oscuridad.

No había rastro de seres que los persiguieran. Por lo visto, a los acólitos de la Noche no les gustaba cruzar el Aqueronte.

Estaba a punto de preguntarle a Percy cómo había saltado tan lejos cuando oyó el ruido de un desprendimiento de rocas en las montañas situadas a su izquierda. Desenvainó su espada de hueso de drakon. Percy levantó a *Contracorriente*.

Una mancha de brillante pelo blanco apareció sobre la cumbre y luego una familiar cara sonriente con ojos de plata pura.

—¿Bob? —Annabeth se alegró tanto que se puso a saltar—. ¡Oh, dioses míos!

—¡Amigos!

El titán se dirigió a ellos pesadamente. Las cerdas de su escoba se habían quemado. Su uniforme de conserje estaba lleno de nuevos arañazos, pero parecía encantado. Sobre su hombro, Bob el Pequeño ronroneaba casi tan fuerte como el corazón palpitante de Tártaro.

—¡Os he encontrado! —Bob los abrazó a los dos con suficiente fuerza para aplastarles las costillas—. Parecéis unos muertos humeantes. ¡Eso es bueno!

—Uf —dijo Percy—. ¿Cómo has llegado aquí? ¿A través de la Mansión de la Noche?

—No. —Bob negó rotundamente con la cabeza—. Ese sitio da mucho miedo. Por otro camino, solo para titanes y otros seres.

—A ver si lo adivino —dijo Annabeth—. Has ido de lado.

Bob se rascó el mentón; era evidente que se había quedado sin palabras.

—Hum. No. Más… en diagonal.

Annabeth se rió. Cualquier consuelo era bienvenido allí, en el corazón del Tártaro, frente a un ejército imposible. Se alegraba una barbaridad de volver a tener a Bob el titán con ellos.

Besó su nariz inmortal, cosa que hizo parpadear a la criatura.

—¿Seguiremos juntos ahora? —preguntó.

—Sí —convino Annabeth—. Es hora de ver si la Niebla de la Muerte funciona.

—Y si no funciona… —Percy se interrumpió.

No tenía sentido darle vueltas. Estaban a punto de adentrarse en medio de un ejército enemigo. Si los veían, estaban muertos.

A pesar de ello, Annabeth esbozó una sonrisa. Su objetivo estaba a la vista. Contaban con un titán con una escoba y un gato chillón de su parte. Eso tenía que servir de algo.

—Puertas de la Muerte —dijo—, allá vamos.

LVII

Jason

Jason no sabía qué esperar: si tormenta o fuego.

Mientras aguardaba su audiencia diaria con el señor del viento del sur, trató de decidir cuál de las personalidades del dios era peor: la romana o la griega. Pero después de cinco días en el palacio, solo estaba seguro de una cosa: había pocas probabilidades de que él y su tripulación salieran de allí con vida.

Se apoyó en la barandilla del balcón. El aire era tan caliente y tan seco que le absorbía la humedad de los pulmones. Durante la última semana, su piel se había oscurecido. El pelo se le había puesto blanco como barbas de maíz. Cada vez que se miraba al espejo, le sorprendía la mirada desquiciada y vacía de sus ojos, como si se hubiera quedado ciego vagando por el desierto.

Treinta metros por debajo, la bahía brillaba contra una playa semicircular de arena roja. Estaban en algún lugar en la costa septentrional de África. Es todo cuanto le decían los espíritus del viento.

El palacio se extendía a cada lado de él: un intrincado laberinto de pasillos y túneles, balcones, columnatas y estancias cavernosas labradas en los acantilados de piedra caliza, diseñadas para que el viento soplara a través de ellas e hiciera el máximo ruido posible.

Los constantes sonidos de órgano de tubos recordaban a Jason la guarida flotante de Eolo, en Colorado, solo que allí los vientos no parecían tener prisa.

Y eso era parte del problema.

En sus mejores días, los *venti* del sur eran lentos y perezosos. En sus peores días, eran racheados e iracundos. En un principio habían dado la bienvenida al *Argo II*, ya que cualquier enemigo de Bóreas era amigo del viento del sur, pero parecían haber olvidado que los semidioses eran sus invitados. Los *venti* habían perdido rápidamente el interés por ayudarles a reparar el barco. El humor de su rey empeoraba cada día que pasaba.

En el muelle, los amigos de Jason estaban trabajando en el *Argo II*. La vela principal había sido reparada y el aparejo sustituido. Tocaba arreglar los remos. Sin Leo, ninguno de ellos sabía cómo reparar las partes más complicadas del barco, incluso con la ayuda de Buford, la mesa, y de Festo (que ahora estaba permanentemente encendido gracias al poder de persuasión de Piper, aunque ninguno lo entendía). Pero seguían intentándolo.

Hazel y Frank se encontraban detrás, al timón, toqueteando los mandos. Piper transmitía sus órdenes al entrenador Hedge, que estaba colgado por encima del costado del barco, reparando las abolladuras de los remos a martillazos. Hedge era muy apto para dar martillazos a las cosas.

No parecía que estuvieran haciendo grandes progresos, pero, considerando lo que habían pasado, era un milagro que el barco estuviera entero.

Jason se estremecía cuando pensaba en el ataque de Quíone. Él se había quedado indefenso, congelado no solo una sino dos veces, mientras Leo salía despedido por los aires y Piper se veía obligada a salvarlos a todos ella sola.

Jason daba gracias a los dioses por contar con Piper. La chica se consideraba una fracasada por no haber sido capaz de impedir que la bomba explotara, pero lo cierto era que había evitado que toda la tripulación acabara convertida en esculturas de hielo en Quebec.

También había conseguido dirigir la explosión de la esfera helada, de modo que aunque el barco había sido desviado en mitad de travesía por el Mediterráneo, había sufrido daños relativamente menores.

—¡Probad ahora! —gritó Hedge en el muelle.

Hazel y Frank accionaron algunas palancas. Los remos de babor se volvieron locos y empezaron a subir y bajar y a hacer olas. El entrenador Hedge trató de esquivarlos, pero uno le golpeó en el trasero y lo lanzó por los aires. Cayó gritando y chapoteó en la bahía.

Jason suspiró. A ese ritmo, jamás volverían a navegar, aunque los *venti* del sur se lo permitieran. En algún lugar del norte, Reyna volaba hacia Epiro, suponiendo que hubiera recibido su mensaje en el palacio de Diocleciano. Leo estaba perdido y en apuros. Percy y Annabeth… la mejor hipótesis era que seguían vivos y se dirigían a las Puertas de la Muerte. Jason no podía fallarles.

Un susurro le hizo volverse. Nico se hallaba a la sombra de la columna más cercana. Se había quitado su cazadora y solo llevaba su camiseta de manga corta negra y sus vaqueros del mismo color. Su espada y el cetro de Diocleciano colgaban a cada lado de su cinturón.

Los días al sol no le habían bronceado la piel. Estaba más pálido, si acaso. El cabello moreno le caía sobre los ojos. Todavía tenía el rostro demacrado, pero sin duda se encontraba en mejor estado que cuando habían partido de Croacia. Había recuperado suficiente peso para no parecer un muerto de hambre. Tenía unos brazos sorprendentemente firmes y musculosos, como si se hubiera pasado la última semana practicando esgrima. Por lo que Jason sabía, había estado escabulléndose para practicar la invocación de espíritus con el cetro de Diocleciano y entrenándose con ellos. Después de su expedición en Split, ya no le sorprendía nada.

—¿Alguna noticia del rey? —preguntó Nico.

Jason negó con la cabeza.

—Cada día me llama más tarde.

—Tenemos que marcharnos —dijo Nico—. Pronto.

Jason había tenido la misma sensación, pero al oír a Nico decirlo se puso todavía más nervioso.

—¿Percibes algo?

—Percy está cerca de las puertas —respondió Nico—. Nos necesitará si quiere sobrevivir.

Jason se fijó en que no había mencionado a Annabeth. Decidió no sacar el asunto a colación.

—De acuerdo —convino Jason—, pero si no podemos reparar el barco...

—Os prometí que os llevaría a la Casa de Hades —dijo Nico—. Y os llevaré de una forma o de otra.

—No puedes viajar por las sombras con todos nosotros. Y tendremos que estar todos para llegar a las Puertas de la Muerte.

La esfera situada en el extremo del cetro de Diocleciano emitió un brillo morado. Durante la última semana, parecía haberse sintonizado con el humor de Nico di Angelo. Jason no estaba seguro de que fuera algo bueno.

—Entonces tienes que convencer al rey del viento del sur para que nos ayude. —La voz de Nico bullía de ira—. No he venido hasta aquí ni he sufrido tantas humillaciones...

Jason tuvo que hacer un esfuerzo consciente por no coger su espada. Cada vez que Nico se enfadaba, el instinto de Jason le advertía de peligro.

—Oye, Nico —dijo—, si quieres hablar de lo que pasó en Croacia, puedes contar conmigo. Entiendo lo difícil...

—Tú no entiendes nada.

—Nadie va a juzgarte.

La boca de Nico se torció en una sonrisa despectiva.

—¿En serio? Pues sería la primera vez. Soy hijo de Hades, Jason. La gente me trata como si estuviera cubierto de sangre o de agua de cloaca. Mi sitio no está en ninguna parte. Ni siquiera en este siglo. Pero eso no es motivo suficiente para marginarme. Tengo que ser... que ser...

—No has tenido elección, colega. Simplemente eres quien eres.

—Simplemente soy quien soy... —El balcón tembló. Unos patrones se movieron en el suelo de piedra, como huesos saliendo a la superficie—. Para ti es fácil decirlo. Tú eres el niño bonito de todos, el hijo de Júpiter. La única persona que me ha aceptado ha sido Bianca, ¡y está muerta! Yo no he elegido nada de esto. Mi padre, mis sentimientos…

Jason pensó algo que decir. Quería ser amigo de Nico. Sabía que era la única forma de ayudarle, pero Nico no se lo estaba poniendo fácil.

Levantó las manos en un gesto de sumisión.

—Vale. Pero sí que eliges cómo vivir tu vida, Nico. ¿Quieres confiar en alguien? Arriésgate y créeme cuando te digo que soy tu amigo, y te aceptaré. Es mejor que esconderse.

El suelo crujió entre ellos. La grieta siseó. El aire alrededor de Nico brilló con una luz espectral.

—¿Esconderse? —La voz de Nico tenía un tono de absoluta serenidad.

Los dedos de Jason anhelaban desenvainar su espada. Había conocido a muchos semidioses terribles, pero estaba empezando a darse cuenta de que Nico di Angelo —a pesar de su aspecto pálido y demacrado— podía resultarle imposible de manejar.

De todas formas, sostuvo la mirada de Nico.

—Sí, esconderse. Has huido de los dos campamentos. Te da tanto miedo ser rechazado que ni siquiera lo intentas. Tal vez haya llegado el momento de que salgas de las sombras.

Justo cuando la tensión se volvió insoportable, Nico bajó los ojos. La fisura se cerró en el suelo del balcón. La luz fantasmal se apagó.

—Voy a cumplir mi promesa —dijo Nico, con un tono apenas más alto que un susurro—. Os llevaré a Epiro. Os ayudaré a cerrar las Puertas de la Muerte. Y se acabó. Me marcharé… para siempre.

Detrás de ellos, las puertas de la sala del trono se abrieron de golpe con una ráfaga de aire abrasador.

Una voz incorpórea dijo:

El señor Austro te recibirá ahora.

A pesar de lo mucho que temía ese encuentro, Jason se sintió aliviado. En ese momento, discutir con un chiflado dios del viento le parecía menos peligroso que entablar amistad con un furibundo hijo de Hades. Se volvió para despedirse de Nico, pero había desaparecido otra vez en la oscuridad.

LVIII

Jason

Era un día de tormenta. Austro, la versión romana del viento del sur, estaba dando audiencia.

Los dos días anteriores, Jason había tratado con Noto. Aunque la versión griega del dios era más fogosa y se enfadaba con rapidez, por lo menos era rápido. Austro… no lo era tanto.

Unas columnas blancas y rojas bordeaban la sala del trono. El áspero suelo de piedra caliza echaba humo bajo las zapatillas de Jason. En el aire había vapor flotando, como en los baños del Campamento Júpiter, solo que en los baños normalmente no había tormentas en el techo que iluminaran la sala con desconcertantes destellos.

Los *venti* del sur se arremolinaban a través de la estancia en nubes de polvo rojo y aire sobrecalentado. Jason tuvo cuidado de no acercarse a ellos. El primer día de su estancia había rozado sin querer a uno con la mano, y le habían salido tantas ampollas que sus dedos parecían tentáculos.

Al final de la sala se hallaba el trono más raro que Jason había visto en su vida: hecho a partes iguales de fuego y agua. El estrado era una fogata. Llamas y humo se enroscaban formando un asiento. El respaldo de la silla era un nubarrón. Los brazos chisporroteaban donde la humedad entraba en contacto con el fuego. No

380

parecía muy cómodo, pero el dios Austro estaba repantigado en él como si se dispusiera a pasar una tarde relajada viendo un partido de fútbol.

De pie, debía de medir unos tres metros. Una corona de vapor rodeaba su greñudo cabello blanco. Su barba estaba hecha de nubes, que relampagueaban continuamente y derramaban sobre el pecho del dios una lluvia que mojaba su toga de color arena. Jason se preguntó si una barba de nubes de tormenta se podría afeitar. Debía de ser un rollo llover sobre ti mismo todo el tiempo, pero a Austro no parecía importarle. A Jason le recordaba a un Santa Claus empapado, pero más perezoso que jovial.

—Vaya… —La voz del dios retumbó como un frente próximo—. El hijo de Júpiter regresa.

Oyendo a Austro, parecía que Jason llegase tarde. Jason estuvo tentado de recordarle al estúpido dios del viento que se había pasado todos los días esperando horas a que lo llamaran, pero se limitó a hacer una reverencia.

—Mi señor —dijo—, ¿habéis recibido alguna noticia de mi amigo?

—¿Amigo?

—Leo Valdez. —Jason procuró no perder la calma—. El que fue capturado por los vientos.

—Ah…, sí. O, mejor dicho, no. No tenemos ninguna noticia. No fue capturado por mis dioses. Sin duda fue obra de Bóreas o sus hijos.

—Oh, sí. Ya lo sabíamos.

—Es el único motivo por el que os he acogido. —Las cejas de Austro se arquearon en su corona de vapor—. ¡Hay que combatir a Bóreas! ¡Hay que hacer retroceder a los vientos del norte!

—Sí, mi señor. Pero para combatir a Bóreas, tenemos que sacar nuestro barco del puerto.

—¡El barco del puerto! —El dios se recostó y se rió entre dientes mientras le caía lluvia de la barba—. ¿Sabes cuándo fue la última vez que un barco mortal entró en mi puerto? Un rey de Libia…, se llamaba Psilo…, me culpó de los vientos calientes que quemaron sus cosechas. ¿Te lo puedes creer?

Jason apretó los dientes. Había aprendido que no se podía meter prisa a Austro. Bajo su forma lluviosa, era lento, caliente y caprichoso.

—¿Y quemasteis esas cosechas, mi señor?

—¡Por supuesto! —Austro sonrió con cordialidad—. Pero ¿qué esperaba Psilo plantando cosechas en el borde del Sáhara? El muy tonto envió toda su flota contra mí. Pretendía destruir mi fortaleza para que el viento del sur no pudiera volver a soplar. Yo destruí su flota, por supuesto.

—Por supuesto.

Austro entornó los ojos.

—No séras tú Psilo, ¿verdad?

—No, señor Austro. Soy Jason Grace, hijo de…

—¡Júpiter! Sí, claro. Me gustan los hijos de Júpiter. Pero ¿por qué seguís en mi puerto?

Jason contuvo un suspiro.

—No nos habéis dado permiso para partir, mi señor. Además, nuestro barco está dañado. Necesitamos a nuestro mecánico, Leo Valdez, para reparar el motor, a menos que vos conozcáis algún otro medio.

—Hum. —Austro levantó los dedos y dejó que un remolino de polvo girara entre ellos como un bastón—. La gente me acusa de ser voluble, ¿sabes? ¡Algunos días soy el viento abrasador, el destructor de cosechas, el siroco de África! Otros soy suave, anuncio las cálidas lluvias de verano y enfrío la niebla del sur del Mediterráneo. ¡Y en temporada baja tengo una casa preciosa en Cancún! En cualquier caso, antiguamente los mortales me temían y me adoraban. Para un dios, la imprevisibilidad puede ser un punto fuerte.

—Entonces sois realmente fuerte —dijo Jason.

—¡Gracias! ¡Sí! Pero eso no es aplicable a los semidioses. —Austro se inclinó hacia delante, lo bastante cerca para que Jason pudiera oler los campos empapados por la lluvia y las calurosas playas de arena—. Me recuerdas a mis hijos, Jason Grace. Has ido de un sitio a otro. Eres indeciso. Cambias de un día para otro. Si pudieras cambiar el rumbo del viento, ¿en qué dirección lo harías soplar?

A Jason le empezaron a caer gotas de sudor entre los omóplatos.

—¿Perdón?

—Dices que necesitas un oficial de navegación. Que necesitas mi permiso. Yo digo que no necesitas ninguna de las dos cosas. Ha llegado el momento de elegir una dirección. Un viento que sopla sin rumbo no es útil para nadie.

—No... no lo entiendo.

Sin embargo, al pronunciar esas mismas palabras, lo entendió. Nico había dicho que su sitio no estaba en ninguna parte. Por lo menos Nico no tenía ataduras. Podía ir adonde le diera la gana.

Durante meses, Jason había estado intentando decidir dónde estaba su sitio. Siempre le habían irritado las tradiciones del Campamento Júpiter, las maniobras de poder, las luchas internas. Pero Reyna era buena persona. Necesitaba su ayuda. Si le volvía la espalda, alguien como Octavio podría tomar el poder y arruinar todo lo que a Jason le gustaba de la Nueva Roma. ¿Podía ser tan egoísta como para marcharse del Campamento Júpiter? La sola idea le hacía sentirse culpable.

Sin embargo, en el fondo, quería estar en el Campamento Mestizo. Los meses que había pasado allí con Piper y Leo le habían parecido más satisfactorios, más agradables, que todos sus años de estancia en el Campamento Júpiter. Además, en el Campamento Mestizo por lo menos cabía la posibilidad de que un día conociera a su padre. Los dioses apenas pasaban a saludar por el Campamento Júpiter.

Jason respiró entrecortadamente.

—Sí. Sé la dirección que quiero seguir.

—¡Bien! ¿Y cuál es?

—Ejem, todavía necesitamos reparar el barco. ¿Hay...?

Austro levantó el dedo índice.

—¿Sigues esperando orientación de los señores del viento? Un hijo de Júpiter debería saber lo que le conviene.

Jason vaciló.

—Nos marchamos, señor Austro. Hoy.

El dios del viento sonrió y extendió las manos.

—¡Por lo menos anuncias tu intención! Tienes permiso para marchar, aunque no lo necesitas. ¿Y cómo navegaréis sin vuestro ingeniero ni los motores reparados?

Jason notó que los vientos del sur silbaban a su alrededor, relinchando en actitud desafiante como potros testarudos, poniendo a prueba su voluntad.

Toda la semana había estado esperando, confiando en que Austro se decidiera a ayudarle. Durante meses había estado preocupado por sus obligaciones con el Campamento Júpiter, esperando que su camino se aclarase. En ese momento comprendió que simplemente tenía que tomar lo que quería. Tenía que controlar los vientos, no al revés.

—Nos vais a ayudar —dijo Jason—. Vuestros *venti* pueden adoptar la forma de caballos. Nos ofreceréis un tiro para que arrastre el *Argo II*. Ellos nos llevarán adonde esté Leo.

—¡Maravilloso! —Austro sonrió, su barba lanzaba destellos de electricidad—. ¿Podrás cumplir esas audaces palabras? ¿Podrás controlar lo que pides, o acabarás hecho pedazos?

El dios dio una palmada. Los vientos se arremolinaron alrededor de su trono y adoptaron forma de caballos. No eran oscuros y fríos como Tempestad, el amigo de Jason. Los caballos del viento del sur estaban hechos de fuego, arena y sofocantes tormentas. Cuatro pasaron corriendo, y su calor chamuscó el vello de los brazos de Jason. Galoparon alrededor de las columnas de mármol escupiendo llamas y relinchando con un sonido parecido al de los limpiadores con chorro de arena. Cuanto más corrían, más se desbocaban. Empezaron a mirar a Jason.

Austro se acarició su barba lluviosa.

—¿Sabes que los *venti* pueden aparecer como caballos, muchacho? De vez en cuando los dioses del viento viajan a la tierra bajo forma equina. Hemos sido famosos por ser padres de los caballos más rápidos.

—Gracias —murmuró Jason, aunque le castañeteaban los dientes de miedo—. Demasiada información.

Uno de los *venti* arremetió contra Jason. Él se agachó, y le pasó tan cerca que su ropa empezó a echar humo.

—A veces —continuó Austro alegremente— los mortales reconocen nuestra sangre divina. Dicen: «Ese caballo corre como el viento». Y con razón. ¡Como los corceles más rápidos, los *venti* son nuestros hijos!

Los caballos de viento empezaron a dar vueltas alrededor de Jason.

—Como mi amigo Tempestad —aventuró.

—Bueno… —Austro frunció el entrecejo—. Me temo que ese es hijo de Bóreas. Nunca sabré cómo lo domaste. Esta es mi descendencia, un magnífico tiro de vientos del sur. Domínalos, Jason Grace, y sacarán tu barco del puerto.

«"Domínalos" —pensó Jason—. Sí, claro.»

Los caballos corrían de un lado al otro, presas del frenesí. Al igual que su amo el viento del sur, eran contradictorios: mitad siroco caluroso y seco, mitad nubes de tormenta.

«Necesito velocidad —pensó Jason—. Necesito determinación.»

Visualizó a Noto, la versión griega del viento del sur: abrasador pero muy rápido.

En ese momento, eligió la variante griega. Se decantó por el Campamento Mestizo, y los caballos cambiaron. Los nubarrones de su interior se consumieron, dejando solo polvo rojo y calor reluciente, como espejismos en el Sáhara.

—Bien hecho —dijo el dios.

En el trono apareció sentado Noto: un anciano de piel trigueña vestido con un *chitón* griego de fuego y tocado con una corona de cebada marchita y humeante.

—¿A qué esperas? —preguntó el dios.

Jason se volvió hacia los fogosos corceles de fuego. De repente, no les tenía miedo.

Alargó la mano. Un remolino de polvo salió disparado hacia el caballo más cercano. Un lazo —una cuerda de viento más ceñida que cualquier tornado— envolvió el cuello del caballo. El viento formó un cabestro y detuvo al animal.

Jason invocó otra cuerda de viento. Ató a otro caballo y lo sometió a su voluntad. En menos de un minuto había atado a los cuatro *venti*. Los refrenó, mientras seguían relinchando y corcoveando, pero los caballos no podían romper las cuerdas de Jason. Era como hacer volar cuatro cometas con un fuerte viento: difícil, sí, pero no imposible.

—Muy bien, Jason Grace —dijo Noto—. Eres hijo de Júpiter, pero has elegido tu propio camino, como hicieron todos los mejores semidioses antes que tú. No puedes tener control sobre tu familia, pero puedes elegir tu legado. Y ahora vete. Amarra el tiro a la proa y dirígelos hacia Malta.

—¿Malta?

Jason trató de concentrarse, pero el calor de los caballos le estaba mareando. No sabía nada de Malta, salvo una vaga historia sobre un halcón maltés. ¿Se había inventado allí el batido de malta?

—Cuando llegues a la ciudad de La Valeta —dijo Noto—, ya no necesitarás estos caballos.

—¿Queréis decir... que encontraremos a Leo allí?

El dios relució y desapareció poco a poco entre ondas de calor.

—Tu destino se aclara, Jason Grace. Cuando llegue otra vez el momento de elegir (tormenta o fuego), acuérdate de mí. Y no te desanimes.

Las puertas de la sala del trono se abrieron de golpe. Los caballos, oliendo la libertad, se desbocaron hacia la salida.

LIX

Jason

A los dieciséis años, la causa de estrés de la mayoría de los chicos era aparcar bien en las pruebas de la autoescuela, sacarse el carnet de conducir y poder comprarse un coche.

A Jason, en cambio, le provocaba estrés dominar un tiro de caballos de fuego con cuerdas de viento.

Después de asegurarse de que sus amigos estaban a salvo bajo la cubierta, ató los *venti* a la proa del *Argo II* (cosa que no entusiasmó a Festo), se montó a horcajadas en el mascarón de proa y gritó:

—¡Arre!

Los *venti* surcaron las olas a toda velocidad. No eran tan rápidos como el caballo de Hazel, Arión, pero irradiaban mucho más calor. Levantaron un arco de vapor tan grande que a Jason casi le resultaba imposible ver adónde iban. El barco salió disparado de la bahía. En un abrir y cerrar de ojos, África era una línea borrosa en el horizonte detrás de ellos.

Sostener las cuerdas de viento requería la máxima concentración. Los caballos se esforzaban por liberarse. Solo la fuerza de voluntad de Jason los mantenía a raya.

—Malta —ordenó—. Directos a Malta.

Cuando por fin apareció tierra a lo lejos —una isla montañosa cubierta de bajos edificios de piedra—, Jason estaba empapado en sudor. Tenía los brazos como si fueran de goma, como si hubiera estado sosteniendo unas pesas.

Esperaba que hubieran llegado al lugar correcto porque no podría mantener a los caballos juntos más tiempo. Soltó las riendas de viento. Los *venti* se disolvieron en partículas de arena y vapor.

Agotado, Jason bajó de la proa. Se apoyó en el cuello de Festo. El dragón se volvió y lo acarició con el mentón.

—Gracias, amigo —dijo Jason—. Un día duro, ¿eh?

Detrás de él, las tablas de la cubierta crujieron.

—Jason… —Piper le llamó—. Oh, dioses, mira tus brazos…

No se había fijado, pero tenía la piel salpicada de ampollas.

Piper desenvolvió un cuadrado de ambrosía.

—Cómete esto.

Él lo masticó. Su boca se llenó de sabor de brownie recién hecho: su dulce favorito de las pastelerías de la Nueva Roma. Las ampollas desaparecieron de sus brazos. Recobró las fuerzas, pero la ambrosía de brownie tenía un sabor más amargo de lo habitual, como si de algún modo supiera que Jason estaba volviendo la espalda al Campamento Júpiter. Ya nò sabía a su hogar.

—Gracias, Pipes —murmuró—. ¿Cuánto tiempo he estado…?

—Unas seis horas.

«Caramba», pensó Jason. No le extrañaba que estuviera dolorido y hambriento.

—¿Y los demás?

—Todos bien. Cansados de estar encerrados. ¿Les digo que ya pueden subir a cubierta?

Jason se lamió los labios secos. A pesar de la ambrosía, se encontraba débil. No quería que los demás lo vieran en ese estado.

—Dame un segundo —dijo— para recobrar el aliento.

Piper se le acercó. Con su camiseta verde de tirantes, sus pantalones cortos beis y sus botas de senderismo, parecía que fuera a escalar una montaña… y a luchar contra un ejército en la cima. Llevaba la daga sujeta al cinturón y la cornucopia en bandolera. Había empezado a llevar la espada de bronce dentada que le había quitado a Zetes, el Bóreada, un arma que intimidaba casi tanto como un rifle de asalto.

Durante su estancia en el palacio de Austro, Jason había observado que Piper y Hazel pasaban horas practicando esgrima, una disciplina que nunca había interesado a Piper. Desde su encuentro con Quíone, Piper parecía más inquieta, tensa como una catapulta cargada, como si estuviera decidida a no volver a bajar la guardia jamás.

Jason entendía esa sensación, pero le preocupaba que estuviera siendo demasiado dura consigo misma. Nadie podía estar siempre preparado para todo. Él lo sabía bien. Se había pasado el último combate como una alfombra congelada.

Debía de estar mirándola fijamente, porque ella le dedicó una sonrisa cómplice.

—Oye, estoy bien. Estamos bien.

Se puso de puntillas y le dio un beso que a Jason le sentó tan bien como la ambrosía. Tenía los ojos moteados de tantos colores que Jason se habría quedado todo el día mirándolos, estudiando sus dibujos cambiantes, como la gente observaba la aurora boreal.

—Tengo mucha suerte de contar contigo —dijo.

—Sí, es verdad. —Ella le dio un suave empujón en el pecho—. A ver, ¿cómo llevamos este barco al puerto?

Jason miró al agua con el entrecejo fruncido. Todavía estaban a un kilómetro y medio de la isla. No tenía ni idea de si podrían poner los motores o las velas en funcionamiento…

Afortunadamente, Festo había estado escuchando. Miró al frente y escupió una columna de fuego. El motor del barco empezó a hacer estruendo y a vibrar. Sonaba como una bicicleta enorme con la cadena estropeada, pero avanzaron dando sacudidas. Poco a poco, el *Argo II* se acercó a la orilla.

—Buen dragón. —Piper acarició el pescuezo de Festo.

Los ojos de rubíes del dragón brillaron como si estuviera satisfecho de sí mismo.

—Parece distinto desde que tú lo despertaste —dijo Jason—. Más… vivo.

—Como debería estar. —Piper sonrió—. Supongo que de vez en cuando todos necesitamos que nos despierte alguien que nos quiere.

De pie a su lado, Jason se sentía tan bien que casi podía imaginarse su futuro juntos en el Campamento Mestizo cuando todo terminara... suponiendo que sobrevivieran y que hubiera un campamento al que volver.

«Cuando llegue otra vez el momento de elegir (tormenta o fuego) —había dicho Noto—, acuérdate de mí. Y no te desanimes.»

Cuanto más se acercaban a Grecia, más miedo anidaba en el pecho de Jason. Estaba empezando a pensar que Piper tenía razón en lo referente al verso de la profecía con las palabras «tormenta o fuego»: uno de ellos, Jason o Leo, no volvería con vida del viaje.

Ese era el motivo por el que tenían que encontrar a Leo. A pesar de lo mucho que Jason amaba su vida, no podía permitir que su amigo muriera por su culpa. La culpabilidad no le dejaría vivir.

Por supuesto, esperaba estar equivocado. Esperaba que los dos salieran vivitos y coleando de la misión. Pero, de no ser así, Jason tenía que estar preparado. Él protegería a sus amigos y detendría a Gaia..., costara lo que costase.

«No te desanimes.»

Sí. Para un dios del viento inmortal era fácil de decir.

A medida que se acercaban a la isla, Jason podía ver mejor los muelles llenos de velas. De la rocosa línea de la costa se elevaban malecones como fortalezas de quince o veinte metros de altura. Por encima de ellos se extendía una ciudad de aspecto medieval con agujas y bóvedas de iglesias y edificios apretujados, todos construidos con la misma piedra dorada. Desde donde Jason se encontraba, parecía que la ciudad cubriera por entero la isla.

Escudriñó los barcos del puerto. Cien metros más adelante, amarrada al extremo del muelle más largo, había una balsa improvisada con un sencillo mástil y una vela de lona cuadrada. En la popa vio un timón conectado a una especie de máquina. Incluso de lejos, Jason podía ver el brillo del bronce celestial.

Jason sonrió. Solo un semidiós fabricaría una embarcación como esa y la atracaría en el puerto lo más lejos posible, donde el *Argo II* no pudiera evitar verla.

—Llama a los demás —le dijo Jason a Piper—. Leo está aquí.

LX

Jason

Encontraron a Leo en lo alto de las fortificaciones de la ciudad. Estaba sentado en la terraza de un café con vistas al mar, bebiendo una taza de café y vestido con… Caramba. Era como volver atrás en el tiempo. El conjunto de Leo era idéntico al que llevaba el día que había llegado al Campamento Mestizo: unos vaqueros, una camiseta blanca y una vieja chaqueta militar. Solo que esa chaqueta se había quemado hacía meses.

Piper lo abrazó y estuvo a punto de tirarlo de la silla.

—¡Leo! Dioses, ¿dónde has estado?

—¡Valdez! —El entrenador Hedge sonrió. A continuación pareció recordar que tenía una reputación que mantener y frunció el entrecejo—. ¡Como vuelvas a desaparecer, gamberrete, te daré una buena tunda!

Frank dio una palmada tan fuerte a Leo en la espalda que el chico hizo una mueca. Hasta Nico le dio un apretón de manos.

Hazel besó a Leo en la mejilla.

—¡Creíamos que habías muerto!

Leo esbozó una sonrisa.

—Hola, chicos. Qué va, estoy bien.

Jason sabía que no estaba bien. Leo evitaba mirarlo a los ojos. Tenía las manos totalmente quietas sobre la mesa. Leo nunca tenía las manos quietas. Todo su nerviosismo había desaparecido, sustituido por una especie de tristeza pensativa.

Jason se preguntaba por qué su expresión le resultaba familiar. Entonces de dio cuenta de que Nico di Angelo tenía el mismo aspecto después de enfrentarse a Cupido en las ruinas de Salona.

Leo estaba desconsolado.

Mientras los demás cogían sillas de las mesas cercanas, Jason se inclinó y apretó los hombros de su amigo.

—Eh, tío, ¿qué ha pasado? —preguntó.

Leo recorrió al grupo con la mirada. El mensaje estaba claro: «Aquí, no. Delante de todos, no».

—He estado en una isla desierta —dijo Leo—. Es una larga historia. ¿Qué tal vosotros, chicos? ¿Qué pasó con Quíone?

El entrenador Hedge resopló.

—¿Que qué pasó? ¡Piper! ¡Esa chica tiene aptitudes, te lo aseguro!

—Entrenador… —protestó Piper.

Hedge empezó a relatar la historia, pero según su versión Piper era una asesina experta en kung fu y había muchos más Boréadas.

Mientras el entrenador hablaba, Jason observó a Leo con preocupación. El café tenía una vista perfecta del puerto. Leo debía de haber visto llegar el *Argo II*. Sin embargo, se había quedado allí bebiendo café —que ni siquiera le gustaba— esperando a que ellos lo encontraran. Era un comportamiento totalmente impropio de Leo. El barco era lo más importante de su vida. Al ver que venía a rescatarlo, Leo debería haber bajado corriendo al puerto, gritando a pleno pulmón.

El entrenador Hedge estaba explicando cómo Piper había vencido a Quíone dándole una patada giratoria cuando Piper lo interrumpió.

—¡Entrenador! —dijo—. No fue así. Yo no podría haber hecho nada sin Festo.

Leo arqueó las cejas.

—Pero Festo estaba desactivado.

—Ejem, respecto a eso… —dijo Piper—. Yo lo desperté más o menos.

Piper explicó su versión de los hechos y narró cómo había reiniciado al dragón metálico empleando su poder de persuasión.

Leo empeó a tamborilear con los dedos sobre la mesa, como si estuviera recuperando parte de su antigua energía.

—No debería ser posible —murmuró—. A menos que las actualizaciones le permitan responder a las órdenes de voz. Pero si está permanentemente activado, eso significa que el sistema de navegación y el cristal…

—¿El cristal? —preguntó Jason.

Leo se estremeció.

—Ejem, nada. ¿Y qué pasó después de que la bomba estallara?

Hazel retomó la historia. Un camarero se acercó y les ofreció unos menús. En un abrir y cerrar de ojos, estaban comiendo sándwiches y bebiendo refrescos, disfrutando del día soleado como un grupo de adolescentes normales y corrientes.

Frank cogió un folleto turístico metido debajo de un servilletero. Empezó a leerlo. Piper le dio una palmadita a Leo en el brazo, como si le costara creer que estuviera allí. Nico estaba en un extremo del grupo, mirando detenidamente a los transeúntes que pasaban como si fueran enemigos. El entrenador Hedge masticaba el salero y el pimentero.

A pesar del feliz reencuentro, todo el mundo parecía más apagado que de costumbre, como si se estuvieran contagiando del humor de Leo. Jason nunca se había planteado lo importante que era el sentido del humor de Leo para el grupo. Incluso cuando la situación era muy grave, siempre podían confiar en que Leo animaría el ambiente. En ese momento parecía que el equipo entero hubiera tocado fondo.

—Entonces Jason enganchó a los *venti* —concluyó Hazel—. Y aquí estamos.

Leo silbó.

—¿Caballos de aire caliente? Caramba, Jason. Así que, básicamente, retuviste un montón de gas hasta Malta y luego lo soltaste.

Jason frunció el entrecejo.

—Dicho así, no suena tan heroico, ¿sabes?

—Sí, bueno. Yo soy un experto en aire caliente. Lo que sigo sin entender es por qué Malta. Yo he acabado aquí con la balsa, pero ¿ha sido algo casual o…?

—Tal vez este sea el motivo. —Frank dio unos golpecitos al folleto—. Aquí dice que en Malta es donde vivió Calipso.

Leo palideció.

—¿Y… y ahora, qué?

Frank se encogió de hombros.

—Según esto, su hogar original era una isla llamada Gozo situada un poco al norte de aquí. Calipso es el personaje de un mito griego, ¿no?

—¡Ah, un personaje de un mito griego! —El entrenador Hedge se frotó las manos—. ¡A lo mejor lucharemos contra ella! ¿Lucharemos contra ella? Porque yo estoy listo.

—No —murmuró Leo—. No lucharemos contra ella, entrenador.

Piper frunció el entrecejo.

—¿Qué pasa, Leo? Pareces…

—¡No pasa nada! —Leo se levantó de golpe—. Escuchad, deberíamos ponernos en marcha. ¡Tenemos trabajo pendiente!

—Pero… ¿adónde has ido? —preguntó Hazel—. ¿De dónde has sacado esa ropa? ¿Cómo…?

—¡Jo, mujeres! —dijo Leo—. ¡Agradezco la preocupación, pero no necesito dos madres más!

Piper sonrió con aire indeciso.

—Vale, pero…

—¡Hay que arreglar el barco! —dijo Leo—. ¡Hay que revisar a Festo! ¡Y hay que darle un puñetazo en la cara a la diosa de la tierra! ¿A qué estamos esperando? ¡Leo ha vuelto!

Extendió los brazos y sonrió.

Estaba haciendo un esfuerzo encomiable, pero Jason advirtió que sus ojos seguían luciendo una mirada triste. Le había pasado algo… algo relacionado con Calipso.

Jason trató de recordar su historia. Era una especie de hechicera, tal vez como Medea o Circe. Pero si Leo había escapado de la guarida de una malvada hechicera, ¿por qué parecía tan triste? Jason tendría que hablar con él más tarde y asegurarse de que su amigo se encontraba bien. De momento estaba claro que Leo no quería que lo interrogaran.

Jason se levantó y le dio una palmada en el hombro.

—Leo tiene razón. Deberíamos ponernos en marcha.

Todo el mundo captó la indirecta y empezaron a envolver su comida y a terminar sus bebidas.

De repente, Hazel dejó escapar un grito ahogado.

—Chicos…

Señaló el horizonte hacia el nordeste. Al principio, Jason solo vio el mar. Luego una veta oscura cruzó el cielo como un rayo negro, como si la noche se hubiera abierto paso a través del día.

—No veo nada —masculló el entrenador Hedge.

—Yo tampoco —dijo Piper.

Jason escrutó los rostros de sus amigos. La mayoría de ellos simplemente parecían confundidos. Nico era el único que parecía haber reparado en el rayo negro aparte de él.

—No puede ser… —murmuró Nico—. Grecia todavía está a cientos de kilómetros.

La oscuridad volvió a aparecer y disolvió momentáneamente el color del horizonte.

—¿Crees que es Epiro?

Jason notó un hormigueo por todo el esqueleto, como se sentía cuando recibía una descarga de mil voltios. No sabía por qué podía ver los destellos oscuros. Él no era un hijo del inframundo. Sin embargo, le daba mala espina.

Nico asintió.

—La Casa de Hades está abierta.

Segundos más tarde, un sonido reverberante los asaltó como lejanos estallidos de artillería.

—Ha empezado —dijo Hazel.

—¿Qué? —preguntó Leo.

Cuando apareció el siguiente destello, los ojos dorados de Hazel se oscurecieron como papel de aluminio quemado.

—El último esfuerzo de Gaia —dijo—. Las Puertas de la Muerte están haciendo horas extra. Sus fuerzas están entrando en el mundo de los mortales en masa.

—No lo conseguiremos —dijo Nico—. Cuando lleguemos, habrá demasiados monstruos.

Jason apretó la mandíbula.

—Los venceremos. Y llegaremos rápido. Hemos recuperado a Leo. Él nos dará la velocidad que necesitamos.

Se volvió hacia su amigo.

—¿O solo es aire caliente?

Leo consiguió esbozar una sonrisa torcida. Sus ojos parecían decir: «Gracias».

—Hora de volar, chicos y chicas —dijo—. ¡El tío Leo todavía guarda unos cuantos trucos en la manga!

LXI

Percy

Percy todavía no había muerto, pero estaba harto de ser un cadáver.

Mientras avanzaban penosamente hacia el corazón del Tártaro, no paraba de mirarse el cuerpo, preguntándose cómo era posible que fuera suyo. Sus brazos parecían palos cubiertos de cuero blanqueado. Sus piernas esqueléticas parecían deshacerse en humo a cada paso que daba. Había aprendido a moverse más o menos con normalidad dentro de la Niebla de la Muerte, pero la mortaja mágica todavía le hacía sentirse como si estuviera envuelto en un abrigo de helio.

Le preocupaba que la Niebla de la Muerte se pegara a él para siempre, aunque consiguieran sobrevivir al Tártaro. No quería pasar el resto de su vida con la pinta de un extra de *The Walking Dead*.

Percy trataba de concentrarse en otra cosa, pero no había ningún lugar seguro al que mirar.

Bajo sus pies, el suelo emitía un brillo de un repugnante color morado, surcado de redes de venas palpitantes. A la tenue luz roja de las nubes de sangre, Annabeth, envuelta en la Niebla de la Muerte, parecía un zombi recién resucitado.

Delante de ellos les esperaba la imagen más deprimente de todas.

Un ejército de monstruos se extendía hasta el horizonte: bandadas de *arai* aladas, tribus de desmañados cíclopes, grupos de espíritus malvados flotantes. Miles de malos, quizá decenas de miles, arremolinándose nerviosamente, empujándose unos a otros, gruñendo y peleándose por el sitio: como el vestuario de un instituto abarrotado entre clase y clase, en el que todos los alumnos fueran mutantes apestosos y atiborrados de esteroides.

Bob los llevó hacia el margen del ejército. No hizo el menor esfuerzo por esconderse, aunque tampoco le hubiera servido de mucho. Con una estatura de tres metros y el pelo de brillante color plateado, a Bob no se le daba muy bien el sigilo.

A unos treinta metros de los monstruos más cercanos, Bob se volvió para mirar a Percy.

—No hagáis ruido y quedaos detrás de mí —aconsejó—. No se fijarán en vosotros.

—Eso esperamos —murmuró Percy.

Sobre el hombro del titán, Bob el Pequeño despertó de la siesta. Emitió un ronroneo sísmico y arqueó la espalda antes de convertirse en esqueleto y luego otra vez en gato. Por lo menos, no parecía nervioso.

Annabeth examinó sus manos de zombi.

—Bob, si somos invisibles... ¿cómo es que tú puedes vernos? O sea, tú eres técnicamente, ya sabes...

—Sí —dijo Bob—. Pero somos amigos.

—Nix y sus hijos podían vernos —dijo Annabeth.

Bob se encogió de hombros.

—Eso era en el reino de Nix. Era distinto.

—Ah... vale.

Annabeth no parecía convencida, pero ya estaban allí. No les quedaba más remedio que intentarlo.

Percy miró el enjambre de monstruos crueles.

—Bueno, por lo menos no tendremos que preocuparnos por si nos tropezamos con más amigos entre esa masa.

Bob sonrió.

—¡Sí, es una buena noticia! Venga, vamos. La muerte está cerca.

—Las Puertas de la Muerte están cerca —le corrigió Annabeth—. Hay que hablar con propiedad.

Se zambulleron en la multitud. Percy temblaba tanto que tenía miedo de que la Niebla de la Muerte se desprendiera de él. Había visto grandes grupos de monstruos antes. Había luchado contra un ejército de ellos durante la batalla de Manhattan. Pero eso era harina de otro costal.

Cada vez que luchaba contra monstruos en el mundo de los mortales, por lo menos sabía que estaba defendiendo su hogar. Eso le infundía valor, por muy escasas que fueran las probabilidades de sobrevivir. Allí Percy era el invasor. Su sitio no estaba entre esa multitud de monstruos del mismo modo que el sitio del minotauro no estaba en Penn Station en plena hora punta.

A escasa distancia, un grupo de *empousai* se lanzó sobre el cadáver de un grifo mientras otros grifos volaban alrededor de ellas, chillando indignados. Un Nacido de la Tierra con seis brazos y un ogro lestrigón se golpeaban con rocas, aunque Percy no estaba seguro de si estaban peleándose o simplemente haciendo el tonto. Una oscura voluta de humo —Percy supuso que debía de ser un *eidolon*— penetró en un cíclope e hizo que el monstruo se abofeteara, y luego se fue flotando a poseer otra víctima.

—Mira, Percy —susurró Annabeth.

A un tiro de piedra de allí, un individuo vestido de vaquero hacía restallar un látigo contra unos caballos que escupían fuego. El vaquero llevaba un sombrero tejano en su cabeza grasosa, unos pantalones extragrandes y unas botas de cuero negras. De perfil, podría haber pasado por humano…, hasta que se volvió, y Percy vio que la parte superior de su cuerpo estaba dividida en tres pechos distintos, cada uno cubierto con una camisa del Oeste de un color diferente.

Sin duda era Gerión, quien había tratado de matar a Percy hacía dos años en Texas. Por lo visto el malvado ranchero estaba impaciente por domar una nueva manada. La idea de que esa criatura saliera de las Puertas de la Muerte hizo que a Percy le volvieran a doler los costados. Las costillas le daban punzadas en las zonas donde las *arai* habían desencadenado la maldición de Gerión en el bosque. Tenía ganas de acercarse al ranchero con tres cuerpos, darle una bofetada y gritarle: «¡Muchas gracias, tejano!».

Lamentablemente, no podía.

¿Cuántos viejos enemigos más había en la multitud? Percy empezó a darse cuenta de que cada combate que había ganado no había sido más que una victoria temporal. Por muy fuerte o afortunado que fuera, por muchos monstruos que hubiera destruido, Percy acabaría perdiendo. Solo era un mortal. Se volvería demasiado mayor, demasiado débil o demasiado lento. Moriría. Y esos monstruos... eran eternos. Regresaban continuamente. Tal vez les llevara meses o años volver a formarse, tal vez incluso siglos, pero renacerían.

Al verlos reunidos en el Tártaro, Percy se sintió tan impotente como los espíritus del río Cocito. ¿Qué más daba que fuera un héroe? ¿Qué más daba que hiciera algo valeroso? El mar siempre estaba allí, regenerándose, bullendo bajo la superficie. Percy no era más que un estorbo sin importancia para esos seres inmortales. Ellos solo tenían que esperar pacientemente. Algún día, los hijos o las hijas de Percy podrían tener que enfrentarse a ellos otra vez.

«Hijos e hijas.»

La idea le sorprendió. La impotencia desapareció con la misma rapidez con la que le había sobrevenido. Miró a Annabeth. Todavía parecía un cadáver brumoso, pero se imaginó su auténtico aspecto: sus ojos grises llenos de determinación, su cabello rubio recogido con un pañuelo, su cara agotada y surcada de suciedad, pero tan hermosa como siempre.

Vale, tal vez los monstruos siguieran volviendo eternamente. Pero también los semidioses. Generación tras generación, el Campamento Mestizo había resistido. Y el Campamento Júpiter. Los dos campamentos habían sobrevivido por separado. Ahora, si griegos y romanos se unían, serían aún más fuertes.

Todavía había esperanza. Él y Annabeth habían llegado hasta allí. Las Puertas de la Muerte estaban casi a su alcance.

«Hijos e hijas.» Una idea ridícula. Una idea fabulosa. Allí, en medio del Tártaro, Percy sonrió.

—¿Qué pasa? —susurró Annabeth.

Con el disfraz de zombi que le proporcionaba la Niebla de la Muerte, debía de parecer que Percy estaba haciendo muecas de dolor.

—Nada —contestó—. Solo estaba...

En algún lugar delante de ellos, una voz grave rugió:

—¡JÁPETO!

LXII

Percy

Un titán se dirigió a ellos andando a grandes zancadas y apartando despreocupadamente a los monstruos menores a patadas. Era aproximadamente de la misma altura que Bob y llevaba una recargada armadura de hierro estigio con un diamante que brillaba en el centro de su coraza. Sus ojos eran de color blanco azulado, como muestras de un glaciar, e igual de frías. Su cabello era del mismo color, cortado al rape. Un yelmo de combate con forma de cabeza de oso se encontraba debajo de su brazo. De su cinturón colgaba una espada del tamaño de una tabla de surf.

A pesar de sus cicatrices de guerra, el rostro del titán era apuesto y extrañamente familiar. Percy estaba convencido de que nunca lo había visto antes, aunque sus ojos y su sonrisa le recordaban a alguien...

El titán se detuvo delante de Bob y luego dio una palmada en el hombro.

—¡Jápeto! ¡No me digas que no reconoces a tu hermano!

—¡No! —convino Bob con nerviosismo—. No te lo diré.

El otro titán echó la cabeza atrás y se rió.

—He oído que te tiraron al Lete. ¡Ha debido de ser terrible! Todos sabíamos que al final te curarías. ¡Soy Ceo! ¡Ceo!

—Claro —dijo Bob—. Ceo, titán de...

—¡El norte! —dijo Ceo.

—¡Ya lo sé! —gritó Bob.

Se rieron juntos y se pegaron en el brazo por turnos.

Aparentemente molesto por los empujones, Bob el Pequeño trepó a la cabeza de Bob y empezó a hacerse un nido en el cabello plateado del titán.

—Pobre Jápeto —continuó Ceo—. Han debido de mangonearte mucho. ¡Mírate! ¿Una escoba? ¿Un uniforme de criado? ¿Un gato en el pelo? Hades debe pagar por estas ofensas. ¿Quién fue el semidiós que te robó la memoria? Tú y yo tenemos que hacerlo picadillo, ¿eh?

—Ja, ja. —Bob tragó saliva—. Sí, ya lo creo. Hacerlo picadillo.

Los dedos de Percy se cerraron en torno a su bolígrafo. No le caía muy bien el hermano de Bob, ni siquiera antes de amenazar con hacerlo picadillo. Comparado con la sencilla forma de hablar de Bob, parecía que Ceo estuviera recitando a Shakespeare. Solo eso ya bastaba para irritar a Percy.

Estaba dispuesto a quitar el capuchón de *Contracorriente* si no le quedaba más remedio, pero de momento Ceo no parecía verlo. Y Bob todavía no lo había delatado, aunque había tenido oportunidades de sobra.

—Me alegro de verte… —Ceo hizo tamborilear sus dedos sobre su yelmo con forma de cabeza de oso—. ¿Te acuerdas de lo bien que nos lo pasábamos en los viejos tiempos?

—¡Desde luego! —dijo Bob gorjeando—. Cuando nosotros… esto…

—Dominamos a nuestro padre Urano —dijo Ceo.

—¡Sí! Nos encantaba pelear con papá…

—Lo inmovilizamos.

—¡A eso me refería!

—Mientras Cronos lo cortaba en pedazos con su guadaña.

—Sí. Ja, ja. —Bob tenía mala cara—. Qué divertido.

—Tú agarraste el pie derecho de padre —dijo Ceo—. Y Urano te dio una patada en la cara mientras forcejeaba. ¡Cómo te tomábamos el pelo después!

—Qué tonto fui —convino Bob.

—Desgraciadamente, esos imprudentes semidioses acabaron con nuestro hermano Cronos. —Ceo dejó escapar un suspiro—. Todavía quedan restos de su esencia, pero no se puede recomponer. Supongo que hay heridas que ni Tártaro puede curar.

—¡Qué lástima!

—Pero el resto de nosotros tenemos otra oportunidad, ¿verdad? —Se inclinó hacia delante con aire cómplice—. Puede que esos gigantes crean que var a reinar. Dejemos que nos sirvan de guardias de asalto y que destruyan a los dioses del Olimpo: eso está bien. Pero cuando la Madre Tierra despierte, se acordará de que nosotros somos sus hijos mayores. Acuérdate bien de lo que te digo. Los titanes dominarán el cosmos.

—Hum —dijo Bob—. Puede que a los gigantes no les guste.

—Me trae sin cuidado si les gusta o no —replicó Ceo—. De todas formas, ya han cruzado las Puertas de la Muerte y han vuelto al mundo de los mortales. Polibotes fue el último, hará menos de media hora, quejándose de las presas que había perdido. Por lo que parece, Nix se tragó a unos semidioses que él estaba persiguiendo. ¡Apuesto a que no volverá a verlos!

Annabeth agarró la muñeca de Percy. A través de la Niebla de la Muerte, él no podía distinguir bien su expresión, pero vio una mirada de alarma en sus ojos.

Si los gigantes ya habían cruzado las puertas, por lo menos no recorrerían el Tártaro buscando a Percy y Annabeth. Lamentablemente, eso también significaba que sus amigos del mundo de los mortales corrían todavía más peligro. Todos los combates que habían librado contra los gigantes habían sido en vano. Sus enemigos renacerían más fuertes que nunca.

—¡Bueno! —Ceo desenvainó su enorme espada. La hoja irradiaba un frío más intenso que el del glaciar de Hubbard—. Debo marcharme. Leto debe haberse regenerado a estas alturas. La convenceré para que luche.

—Claro —murmuró Bob—. Leto.

Ceo se rió.

—¿También te has olvidado de mi hija? Supongo que ha pasado mucho tiempo desde que la viste. Los titanes pacíficos como ella siempre tardan más en volver a formarse. Pero esta vez estoy seguro de que Leto luchará para vengarse. Zeus la trató tan mal después de que ella le diera esos magníficos gemelos... ¡Qué escándalo!

Percy estuvo a punto de gruñir en voz alta.

Los gemelos.

Se acordó del nombre de Leto: la madre de Apolo y Artemisa. Ceo le resultaba vagamente familiar porque tenía los ojos fríos de Artemisa y la sonrisa de Apolo. El titán era su abuelo, el padre de Leto. La idea le provocó dolor de cabeza.

—¡Bueno! ¡Te veré en el mundo de los mortales! —Golpeó con el pecho a Bob y estuvo a punto de tirar al gato de encima de su cabeza—. ¡Ah, tus otros dos hermanos están vigilando este lado de las puertas, así que los verás dentro de poco!

—Ah, ¿sí?

—¡Cuenta con ello!

Ceo se marchó con paso pesado y por poco derribó a Percy y a Annabeth antes de que pudieran apartarse.

Antes de que la multitud de monstruos ocupara el espacio vacío, Percy indicó a Bob con un gesto que se inclinara.

—¿Estás bien, grandullón? —susurró Percy.

Bob frunció el entrecejo.

—Pues no lo sé. En medio de todo esto —señaló alrededor de ellos—, ¿qué significa «bien»?

«Cierto», pensó Percy.

Annabeth miraba hacia las Puertas de la Muerte, pero la manada de monstruos le tapaba la vista.

—¿He oído bien? ¿Otros dos titanes están vigilando nuestra salida? Eso no es bueno.

Percy miró a Bob. La expresión distante que vio en el titán le preocupó.

—¿Te acuerdas de Ceo? —preguntó con delicadeza—. ¿Te acuerdas de todo lo que ha dicho?

Bob cogió su escoba.

—Cuando me lo ha dicho me he acordado. Me ha devuelto mi pasado como... como si fuera una lanza. Pero no sé si debería aceptarlo. ¿Sigue siendo mío aunque no lo quiera?

—No —dijo Annabeth firmemente—. Ahora eres distinto, Bob. Eres mejor.

El gatito saltó de la cabeza de Bob. Empezó a dar vueltas alrededor de los pies del titán, golpeando las vueltas de sus pantalones con la cabeza. Bob no pareció darse cuenta.

Percy deseó poder estar tan seguro como Annabeth. Deseó poder decirle a Bob con absoluta certeza que debía olvidar su pasado.

Sin embargo, Percy entendía la confusión de Bob. Se acordó del día que había abierto los ojos en la Casa del Lobo, en California, con la memoria borrada por Hera. Si alguien hubiera estado esperándole al despertar, si lo hubieran convencido de que se llamaba Bob y de que era amigo de los titanes y los gigantes..., ¿se lo habría creído? ¿Se habría sentido traicionado cuando hubiera descubierto su verdadera identidad?

«Esto es distinto —se dijo—. Nosotros somos los buenos.»

Pero ¿lo eran realmente? Percy había dejado a Bob en el palacio de Hades a merced de un nuevo amo que lo odiaba. A Percy no le parecía que tuviera mucho derecho a decirle a Bob lo que tenía que hacer, aunque sus vidas dependieran de ello.

—Creo que puedes elegir, Bob —se aventuró a decir Percy—. Quédate con las partes del pasado de Jápeto que quieras conservar y deja el resto. Tu futuro es lo importante.

—Futuro... —meditó Bob—. Es una idea mortal. Yo no estoy hecho para cambios, amigo Percy. —Echó un vistazo a la horda de monstruos—. Nosotros somos iguales... para siempre.

—Si fueras igual —dijo Percy—, Annabeth y yo ya estaríamos muertos. Puede que no estuviéramos destinados a ser amigos, pero lo somos. Has sido el mejor amigo que podíamos pedir.

Los ojos plateados de Bob parecían más oscuros de lo habitual. Alargó la mano, y Bob el Pequeño saltó a ella. El titán se alzó cuan largo era.

—Vamos, pues, amigos. Estamos cerca.

Pisar el corazón de Tártaro no era ni mucho menos tan divertido como parecía.

El terreno morado era resbaladizo y palpitaba constantemente. Parecía liso de lejos, pero de cerca se podía apreciar que estaba hecho de pliegues y surcos que resultaban más difíciles de recorrer cuanto más lejos andaban. Los bultos nudosos de arterias rojas y venas azules ofrecían asidero a Percy cuando tenía que trepar, pero el progreso era lento.

Y, por supuesto, había monstruos por todas partes. Manadas de perros del infierno rondaban las llanuras, aullando, gruñendo y atacando a cualquier monstruo que bajara la guardia. Las *arai* daban vueltas en lo alto con sus alas curtidas, formando espantosas siluetas oscuras en las nubes venenosas.

Percy tropezó. Su mano tocó una arteria roja, y una sensación de hormigueo le recorrió el brazo.

—Aquí dentro hay agua —dijo—. Agua de verdad.

Bob gruñó.

—Su sangre es uno de los cinco ríos.

—¿Su sangre? —Annabeth se apartó del grupo de venas más cercano—. Sabía que los ríos del inframundo desembocaban en el Tártaro, pero...

—Sí —convino Bob—. Todos corren a través de su corazón.

Percy recorrió con la mano una red de capilares. ¿Fluía entre sus dedos el agua de la laguna Estigia o tal vez del Lete? Si al pisar una de esas venas estallase... Percy se estremeció. Comprendió que estaba paseando por el sistema circulatorio más peligroso del universo.

—Tenemos que darnos prisa —dijo Annabeth—. Si no conseguimos...

Se le fue la voz.

Delante de ellos, unas franjas dentadas de oscuridad hendieron el aire, como relámpagos pero de un negro puro.

—Las puertas —dijo Bob—. Debe de haber un buen grupo cruzándolas.

A Percy le sabía la boca a sangre de gorgona. Aunque sus amigos del *Argo II* consiguieran encontrar el otro lado de las Puertas de la Muerte, ¿cómo podrían luchar contra las oleadas de monstruos que las estaban atravesando, sobre todo si los gigantes los estaban esperando?

—¿Todos los monstruos pasan por la Casa de Hades? —preguntó—. ¿Qué tamaño tiene ese sitio?

Bob se encogió de hombros.

—Quizá los mandan a otra parte cuando cruzan. La Casa de Hades está en la tierra, ¿sabes? Ese es el reino de Gaia. Ella puede enviar a sus seguidores adonde quiera.

A Percy se le cayó el alma a los pies. Que los monstruos cruzaran las Puertas de la Muerte para amenazar a sus amigos en Epiro ya era bastante grave. Pero entonces se imaginó el lado mortal como un gran sistema de metro que depositaba gigantes y otros malos donde Gaia quería que fuesen: el Campamento Mestizo, el Campamento Júpiter o la travesía del *Argo II* antes de que llegaran a Epiro.

—Si Gaia tiene tanto poder, ¿no podrá controlar adónde vamos a parar nosotros? —preguntó Annabeth.

Percy detestaba esa pregunta. A veces deseaba que Annabeth no fuera tan lista.

Bob se rascó el mentón.

—Vosotros no sois monstruos. Puede que vuestro caso sea distinto.

«Genial», pensó Percy.

No le hacía gracia la idea de que Gaia los estuviera esperando al otro lado, lista para teletransportarlos al centro de una montaña, pero por lo menos las puertas ofrecían una posibilidad de salir del Tártaro. Tampoco tenían una opción mejor.

Bob les ayudó a pasar por encima de otro surco. De repente, las Puertas de la Muerte aparecieron: un rectángulo de oscuridad situado en la cima de la siguiente colina del corazón, a unos cuatrocientos metros de distancia, rodeado por una horda de monstruos tan numerosa que Percy podría haber ido andando por encima de sus cabezas.

Las puertas todavía estaban demasiado lejos para distinguir los detalles, pero los titanes que la flanqueaban le resultaban bastante familiares. El de la izquierda llevaba una brillante armadura dorada que relucía con el calor.

—Hiperión —murmuró Percy—. No hay forma de que ese tío se quede muerto.

El de la derecha llevaba una armadura azul oscuro con unos cuernos de carnero enroscados a los lados de su yelmo. Percy solo lo había visto en sueños, pero se trataba definitivamente de Crío, el titán al que Jason había matado en la batalla del monte Tamalpais.

—Los otros hermanos de Bob —dijo Annabeth. La Niebla de la Muerte se arremolinó alrededor de ella y transformó su cara por un momento en una calavera sonriente—. Bob, si tienes que luchar contra ellos, ¿podrás hacerlo?

Bob levantó su escoba como si estuviera listo para limpiar porquería.

—Debemos darnos prisa —dijo, una frase que no era realmente una respuesta, como Percy advirtió—. Seguidme.

LXIII

Percy

Hasta el momento, su plan de camuflaje con la Niebla de la Muerte parecía estar dando resultado. De modo que, como era natural, Percy esperaba que fracasara estrepitosamente en el último momento.

A quince metros de las Puertas de la Muerte, él y Annabeth se quedaron paralizados.

—Oh, dioses —murmuró Annabeth—. Son iguales.

Percy sabía a lo que se refería. Enmarcado en hierro estigio, el portal mágico estaba compuesto de una serie de puertas de ascensor: dos paneles de color negro y plateado con grabados *art déco*. Exceptuando el detalle de que los colores estaban invertidos, eran idénticos a los ascensores del Empire State, la entrada del Olimpo.

Al ver las puertas, Percy sintió tanta nostalgia que se quedó sin aliento. No solo echaba de menos el monte Olimpo. Echaba de menos todo lo que había dejado atrás: Nueva York, el Campamento Mestizo, su madre y su padrastro. Los ojos le escocían. No se atrevía a hablar.

Las Puertas de la Muerte parecían una ofensa personal, concebidas para recordarle todo lo que él no podía recordar.

Cuando se recuperó de la sorpresa inicial, se fijó en otros detalles: la escarcha que se extendía desde la base de las puertas, el fulgor morado que brillaba en el aire alrededor de ellas y las cadenas que las sujetaban con firmeza.

Cadenas de hierro negro bajaban por cada lado del marco, como los cables de sujeción de un puente colgante. Estaban sujetas a unos ganchos clavados en el terreno carnoso. Los dos titanes, Crío e Hiperión, montaban guardia ante los puntos de anclaje.

Mientras Percy observaba, todo el marco vibró. Un relámpago negro brilló en el cielo. Las cadenas se sacudieron, y los titanes plantaron los pies en los ganchos para afianzarlos. Las puertas se abrieron deslizándose y dejaron a la vista el interior dorado de un ascensor.

Percy se puso tenso, listo para avanzar a toda velocidad, pero Bob le posó la mano en el hombro.

—Espera —advirtió.

Hiperión gritó a la multitud que lo rodeaba:

—¡Grupo A-22! ¡Deprisa, haraganes!

Una docena de cíclopes avanzaron corriendo, agitando unos pequeños billetes rojos y gritando entusiasmados. No deberían haber podido entrar en unas puertas de tamaño humano, pero a medida que los cíclopes se acercaban, sus cuerpos se deformaban y se encogían, y las Puertas de la Muerte los absorbieron.

El titán Crío pulsó el botón de subida situado en el lado derecho del ascensor. Las puertas se cerraron.

El marco vibró otra vez. Los relámpagos oscuros se desvanecieron.

—Debes entender cómo funciona —murmuró Bob. Se dirigió al gatito posado en la palma de su mano, tal vez para que los otros monstruos no se preguntaran con quién estaba hablando—. Cada vez que las puertas se abren, intentan teletransportarse a un nuevo lugar. Tánatos las hizo así para que solo él pudiera encontrarlas. Pero ahora están encadenadas. Las puertas no pueden cambiar de sitio.

—Entonces cortemos las cadenas —susurró Annabeth.

Percy miró la silueta brillante de Hiperión. La última vez que había luchado contra el titán, había agotado todas sus fuerzas. Percy había estado a punto de morir. Y allí había dos titanes, con varios miles de monstruos de refuerzo.

—¿Nuestro camuflaje desaparecerá si hacemos algo agresivo como cortar las cadenas? —preguntó.

—No lo sé —le dijo Bob a su gato.

—Miau —dijo Bob el Pequeño.

—Tendrás que distraerlos, Bob —dijo Annabeth—. Percy y yo rodearemos a los dos titanes sin que nos vean y cortaremos las cadenas desde atrás.

—Sí, bien —dijo Bob—. Solo hay un problema: cuando estéis dentro de las puertas, alguien deberá quedarse fuera para pulsar el botón y defenderlo.

Percy intentó tragar saliva.

—Eh… ¿defender el botón?

Bob asintió con la cabeza, rascando al gato debajo de la barbilla.

—Alguien deberá mantener apretado el botón de subir durante doce minutos o el trayecto no se completará.

Percy echó un vistazo a las puertas. Efectivamente, Crío todavía apretaba el botón con el pulgar. Doce minutos… Tendrían que apartar a los titanes de las puertas de alguna forma. Luego Bob, Percy o Annabeth tendrían que mantener el botón apretado diez largos minutos, en medio de un ejército de monstruos en el corazón de Tártaro, mientras los otros dos se trasladaban al mundo de los mortales. Era imposible.

—¿Por qué doce minutos? —preguntó Percy.

—No lo sé —respondió Bob—. ¿Por qué doce dioses del Olimpo o doce titanes?

—Vale —dijo Percy, pero le quedó un sabor amargo en la boca.

—¿A qué te refieres con lo de que el trayecto no se completará? —preguntó Annabeth—. ¿Qué les pasaría a los pasajeros?

Bob no contestó. A juzgar por su expresión de dolor, Percy decidió que no quería estar dentro del ascensor si se paraba entre el Tártaro y el mundo de los mortales.

—Si pulsamos el botón durante doce minutos —dijo Percy— y las cadenas se cortan…

—Las puertas deberían reajustarse —dijo Bob—. Se supone que es lo que hacen. Desaparecerán del Tártaro y aparecerán en otra parte, donde Gaia no pueda utilizarlas.

—Tánatos podrá reclamarlas —dijo Annabeth—. La muerte volverá a su estado normal, y los monstruos perderán el atajo al mundo de los mortales.

Percy espiró.

—Tirado. Menos… bueno, menos todo.

Bob el Pequeño ronroneó.

—Yo apretaré el botón —se ofreció Bob.

Una mezcla de emociones se agitaron dentro de Percy: pena, tristeza, gratitud y culpabilidad, concentrándose en un cemento emocional.

—No podemos pedirte eso, Bob. Tú también quieres cruzar las puertas. Quieres volver a ver el cielo y las estrellas y…

—Me gustaría —convino Bob—. Pero alguien tiene que apretar el botón. Y cuando las cadenas estén cortadas… mis hermanos lucharán para impedir que paséis. No querrán que las puertas desaparezcan.

Percy contempló la interminable horda de monstruos. Aunque dejara que Bob se sacrificase, ¿cómo podría defenderse un titán contra tantos durante doce minutos mientras mantenía un dedo en un botón?

El cemento se asentó en el estómago de Percy. Siempre había sospechado cómo acabaría todo. Él tendría que quedarse. Mientras Bob repelía al ejército, Percy mantendría apretado el botón del ascensor y se aseguraría de que Annabeth llegara sana y salva.

De algún modo, tenía que convencerla de que se fuera sin él. Mientras ella estuviera a salvo y las puertas desaparecieran, moriría sabiendo que había hecho algo bien.

—¿Percy…?

Annabeth lo miraba fijamente, con un dejo de suspicacia en la voz.

Era demasiado lista. Si Percy la miraba a los ojos, sabría exactamente lo que estaba pensando.

—Lo primero es lo primero —dijo—. Vamos a cortar las cadenas.

LXIV

Percy

—¡Jápeto! —rugió Hiperión—. Vaya, vaya. Creía que estabas escondido en alguna parte debajo de un cubo de fregar.

Bob avanzó pesadamente con el entrecejo fruncido.

—No estaba escondido.

Percy se dirigió sigilosamente al lado derecho de las puertas. Annabeth se acercó furtivamente a la izquierda. Los titanes no dieron muestras de verlos, pero Percy no se arriesgó. Los monstruos más pequeños guardaban una distancia respetuosa con los titanes, de modo que había suficiente espacio para maniobrar alrededor de las puertas. Sin embargo, Percy era muy consciente de la multitud que gruñía detrás de él.

Annabeth había elegido el lado que Hiperión estaba vigilando, partiendo de la teoría de que era más probable que percibiera a Percy. Al fin y al cabo, Percy era el último que lo había matado en el mundo de los mortales. A Percy le parecía bien. Después de estar tanto tiempo en el Tártaro, apenas podía mirar la ardiente armadura dorada de Hiperión sin que se le nublara la vista.

En el lado de las puertas en el que Percy se encontraba, Crío permanecía callado y siniestro, con la cara tapada por su yelmo de cabeza de carnero. Mantenía un pie sobre el ancla de las cadenas y el pulgar en el botón de subida.

Bob se situó de cara a sus hermanos. Plantó la lanza y trató de parecer lo más feroz posible con un gatito en el hombro.

—Hiperión y Crío. Me acuerdo de vosotros dos.

—¿De verdad, Jápeto? —El titán dorado se rió, mirando a Crío para hacerle partícipe de la broma—. ¡Vaya, me alegro! He oído que Percy Jackson te lavó el cerebro y te convirtió en una fregona. ¿Qué nombre te puso? ¿Betty?

—Bob —gruñó Bob.

—Bueno, ya era hora de que aparecieras, Bob. Crío y yo llevamos meses aquí atrapados...

—Semanas —lo corrigió Crío, cuya voz sonaba como un rumor grave dentro del yelmo.

—¡Lo que sea! —dijo Hiperión—. Vigilar estas puertas y dejar pasar a los monstruos obedeciendo órdenes de Gaia es aburrido. Crío, ¿cuál es el siguiente grupo?

—El Rojo Doble —dijo Crío.

Hiperión suspiró. Las llamas brillaron más intensamente a través de sus hombros.

—El Rojo Doble. ¿Por qué pasamos del A-22 al Rojo Doble? ¿Qué clase de sistema es ese? —Lanzó una mirada fulminante a Bob—. Este trabajo no es para mí: ¡el señor de la luz! ¡El titán del este! ¡El amo del amanecer! ¿Por qué me veo obligado a esperar en la oscuridad mientras los gigantes entran en combate y se llevan toda la gloria? A ver, en el caso de Crío lo puedo entender...

—A mí me tocan las peores tareas —murmuró Crío, con el pulgar todavía en el botón.

—Pero ¿yo? —dijo Hiperión—. ¡Es ridículo! Este debería ser tu trabajo, Jápeto. Toma, ocupa mi sitio un rato.

Bob se quedó mirando las puertas, pero tenía una mirada distante, perdida en el pasado.

—Los cuatro dominamos a nuestro padre Urano —recordó—. Ceo, vosotros dos y yo. Cronos nos prometió el mando de las cuatro esquinas del mundo a cambio de ayudarle a asesinarlo.

—Desde luego —dijo Hiperión—. ¡Y yo lo hice encantado! ¡Habría empuñado la guadaña yo mismo si hubiera tenido la ocasión! Pero tú, Bob… tú siempre te opusiste al asesinato, ¿verdad? ¡El titán del oeste, blando como el algodón! Nunca sabré por qué nuestros padres te llamaron el Perforador. Te tendrían que haber llamado el Llorica.

Percy llegó al gancho del ancla. Quitó el capuchón de su bolígrafo, y *Contracorriente* se estiró cuan larga era. Crío no reaccionó. Su atención estaba centrada en Bob, quien acababa de situar la punta de su lanza a la altura del pecho de Hiperión.

—Todavía puedo perforar —dijo Bob quedamente, sin alterar la voz—. Alardeas demasiado, Hiperión. Brillas y echas fuego, pero Percy Jackson te venció de todas formas. He oído que te convertiste en un bonito árbol en Central Park.

Los ojos de Hiperión ardían.

—Ten cuidado, hermano.

—Por lo menos el trabajo de conserje es honrado —dijo Bob—. Limpio lo que ensucian los demás. Dejo el palacio mejor de lo que lo he encontrado. Pero a ti… a ti no te importan los desastres que provocas. Seguiste a ciegas a Cronos. Y ahora recibes órdenes de Gaia.

—¡Es nuestra madre! —rugió Hiperión.

—Ella no se despertó durante nuestra guerra en el Olimpo —recordó Bob—. Tiene favoritismo por su segunda progenie, los gigantes.

Crío gruñó.

—Es cierto. Los hijos del foso.

—¡Callaos los dos! —La voz de Hiperión tenía un dejo de miedo—. Nunca se sabe cuándo está escuchando.

El timbre del ascensor sonó. Los tres titanes se sobresaltaron.

Crío dejó escapar un suspiro.

¿Habían pasado doce minutos? Percy había perdido la noción del tiempo. Crío levantó el dedo del botón y gritó:

—¿Rojo Doble? ¿Dónde está el Rojo Doble?

Hordas de monstruos se movieron y se empujaron, pero ninguno avanzó.

—Les dije que no perdieran sus billetes. ¡Rojo Doble! ¡Perderéis vuestra posición en la cola!

Annabeth estaba en su sitio, justo detrás de Hiperión. Alzó su espada de hueso de drakon por encima de la base de las cadenas. A la ardiente luz de la armadura del titán, su disfraz de Niebla de la Muerte le hacía parecer un demonio en llamas.

Levantó tres dedos, lista para iniciar la cuenta. Tenían que cortar las cadenas antes de que el siguiente grupo tratara de ocupar el ascensor, pero también tenían que asegurarse de que los titanes estaban lo más distraídos posible.

Hiperión maldijo entre dientes.

—Genial. Esto fastidiará el programa. —Dedicó una sonrisa burlona a Bob—. Elige, hermano. Lucha contra nosotros o ayúdanos. No tengo tiempo para tus sermones.

Bob miró a Annabeth y Percy. Percy creyó que provocaría una pelea, pero en lugar de ello levantó la punta de su lanza.

—Muy bien. Os relevaré de la guardia. ¿Cuál de vosotros quiere descansar primero?

—Yo, por supuesto —dijo Hiperión.

—¡Yo! —le espetó Crío—. He estado apretando este botón tanto tiempo que se me va a caer el dedo.

—Yo llevo aquí de pie más tiempo —gruñó Hiperión—. Vosotros dos vigilad las puertas mientras yo subo al mundo de los mortales. ¡Tengo que vengarme de unos héroes griegos!

—¡Oh, no! —se quejó Crío—. Ese chico romano, el que me mató en el monte Otris, está camino de Epiro. Tuvo suerte. Ahora me toca a mí.

—¡Bah! —Hiperión desenvainó su espada—. ¡Yo te destriparé primero, Cabeza de Carnero!

Crío levantó su espada.

—¡Inténtalo, pero no pienso quedarme en este pozo apestoso más tiempo!

Annabeth llamó la atención de Percy. Esbozó con la boca las palabras: «Uno, dos…».

Antes de que pudiera golpear las cadenas, un silbido agudo le perforó los oídos, como el sonido de un cohete. A Percy solo le dio tiempo a pensar: «Oh, no». Entonces una explosión sacudió la ladera. Una ola de calor derribó a Percy hacia atrás. La metralla oscura arrasó a Crío e Hiperión y los hizo trizas con la facilidad con que una trituradora desmenuza la madera.

POZO APESTOSO. Una voz cavernosa atravesó las llanuras y sacudió el terreno carnoso y caliente.

Bob se levantó tambaleándose. De algún modo la explosión no le había alcanzado. Blandió la lanza por delante de él, tratando de localizar de dónde venía la voz. Bob el Pequeño se metió en su mono.

Annabeth había caído a seis metros de las puertas. Cuando se levantó, Percy se alegró tanto de que estuviera viva que tardó un instante en darse cuenta de que había recobrado el aspecto de siempre. La Niebla de la Muerte se había evaporado.

Se miró las manos. Su disfraz también había desaparecido.

TITANES, dijo la voz despectivamente. *SERES RUINES. IMPERFECTOS Y DÉBILES.*

El aire se oscureció y se solidificó. El ser que apareció era tan enorme e irradiaba una malevolencia tan pura que a Percy le entraron ganas de alejarse y esconderse.

En cambio, se obligó a recorrer con la vista la figura del dios, empezando por sus botas de hierro negro del tamaño de un ataúd. Tenía las piernas cubiertas por unas grebas oscuras; su carne era toda músculo morado, como el terreno. Su falda blindada estaba hecha de miles de huesos retorcidos y ennegrecidos entrelazados como eslabones de una cadena y sujetos por un cinturón de monstruosos brazos entretejidos.

En la superficie de la coraza del guerrero, rostros tenebrosos aparecían y se sumergían —gigantes, cíclopes, gorgonas y drakones—, todos apretándose contra la armadura como si trataran de salir.

Los brazos del guerrero estaban descubiertos —musculosos, morados y relucientes—, y sus manos eran grandes como palas de excavadora.

Lo peor era su cabeza: un yelmo de roca y metal retorcidos sin ninguna forma concreta, solo pinchos puntiagudos y palpitantes charcos de magma. Toda su cara era un remolino: una espiral de oscuridad que giraba hacia dentro. Mientras Percy miraba, las últimas partículas de esencia de titán de Hiperión y Crío fueron absorbidas por las fauces del guerrero.

Percy recuperó el habla.

—Tártaro.

El guerrero emitió un sonido como el de una montaña partiéndose por la mitad: un rugido o una risa, Percy no estaba seguro.

Esta forma solo es una pequeña manifestación de mi poder, dijo el dios. *Pero es suficiente para tratar con vosotros. Yo no intervengo a la ligera, pequeño semidiós. Tratar con mosquitos como tú es indigno de mí.*

—Ejem… —Las piernas de Percy amenazaban con desplomarse—. No… hace falta que se tome la molestia.

Habéis demostrado ser sorprendentemente fuertes, dijo Tártaro. *Habéis llegado muy lejos. Ya no puedo mantenerme al margen observando vuestros progresos.*

Tártaro extendió los brazos. A través del valle, miles de monstruos gimieron y rugieron, entrechocando sus armas y gritando con júbilo. Las Puertas de la Muerte se sacudieron entre las cadenas.

Debéis sentiros honrados, pequeños semidioses, dijo el dios del foso. *Ni siquiera los dioses del Olimpo han sido dignos de mi atención personal. ¡Pero vosotros seréis aniquilados por el mismísimo Tártaro!*

LXV

Frank

Frank esperaba que hubiera fuegos artificiales.

O como mínimo un gran cartel que rezara: ¡BIENVENIDO A CASA!

Hacía más de tres mil años, su antepasado griego —el bueno de Periclímeno el transformista— había viajado al este con los argonautas. Siglos más tarde, los descendientes de Periclímeno habían servido en las legiones romanas del este. Luego, por medio de una serie de contratiempos, la familia había acabado en China y por último había emigrado a Canadá en el siglo xx. Ahora Frank estaba de vuelta en Grecia, lo que significaba que la familia Zhang había dado la vuelta entera al mundo.

A él le parecía motivo de celebración, pero el único comité de bienvenida que lo esperaba era una bandada de arpías salvajes y hambrientas que atacaron el barco. A Frank le sabía un poco mal abatirlas con su arco. No paraba de pensar en Ella, la inteligentísima arpía de la que se habían hecho amigos en Portland. Pero esas arpías no eran Ella. Ellas le habrían arrancado gustosamente la cara a mordiscos. De modo que las convirtió en nubes de polvo y plumas.

El paisaje griego era igual de inhóspito. Las colinas estaban cubiertas de guijarros y cedros enanos, resplandecientes en medio del aire brumoso. El sol caía a plomo como si quisiera forjar la campiña a martillazos y convertirla en un escudo de bronce celestial. Incluso desde unos treinta metros de altura, Frank podía oír el zumbido de las cigarras que cantaban en los árboles: un apacible sonido de otro mundo que hacía que le pesaran los párpados. Hasta las voces enfrentadas del dios de la guerra que sonaban dentro de su cabeza parecían haberse dormido. Apenas habían molestado a Frank desde que la tripulación había entrado en Grecia.

El sudor le caía a gotas por el cuello. Después de haber sido congelado bajo la cubierta por la desquiciada diosa de la nieve, Frank había creído que no volvería a pasar calor, pero en ese momento tenía la parte de atrás de la camiseta empapada.

—¡Calor y humedad! —Leo sonreía tras el timón—. ¡Echo de menos Houston! ¿Tú qué opinas, Hazel? ¡Ahora solo necesitamos unos mosquitos gigantes y será como estar en la costa del golfo de México!

—Muchas gracias, Leo —murmuró Hazel—. Ahora seguro que nos atacan unos mosquitos monstruosos de la antigua Grecia.

Frank los observó a los dos y se asombró de que la tensión entre ellos hubiera desaparecido. No sabía lo que le había pasado a Leo durante sus cinco días de exilio, pero había cambiado. Todavía gastaba bromas, pero Frank percibía algo distinto en él, como un barco con una nueva quilla. Puede que no vieras la quilla, pero sabías que estaba allí por la forma en que el barco surcaba las olas.

Leo no parecía tan empeñado en burlarse de Frank. Charlaba más relajadamente con Hazel, sin lanzarle esas miradas tristes y soñadoras que siempre habían incomodado a Frank.

Hazel había diagnosticado el problema en privado a Frank:

—Ha conocido a alguien.

Frank no lo creía.

—¿Cómo? ¿Dónde? ¿Cómo puedes saberlo?

Hazel sonrió.

—Lo sé.

Como si ella fuera hija de Venus y no de Plutón. Frank no lo entendía.

Desde luego se alegraba de que Leo no le tirara los tejos a su chica, pero también le preocupaba Leo. Cierto, habían tenido sus diferencias, pero, después de todo lo que habían pasado juntos, Frank no quería ver que a Leo se le partía el corazón.

—¡Allí! —La voz de Nico arrancó a Frank de sus meditaciones. Como siempre, Di Angelo estaba encaramado en lo alto del trinquete. Señalaba un resplandeciente río verde que serpenteaba entre unas colinas a un kilómetro de distancia—. Gira en esa dirección. Estamos cerca del templo. Muy cerca.

Como para demostrar que estaba en lo cierto, un rayo negro cruzó el cielo, y a Frank se le nubló la vista y se le erizó el vello de los brazos.

Jason se abrochó el cinturón de su espada.

—Que todo el mundo se arme. Leo, acércate, pero no aterrices: evitemos el contacto con tierra mientras no sea estrictamente necesario. Piper, Hazel, id a por las amarras.

—¡A la orden! —dijo Piper.

Hazel dio un beso a Frank en la mejilla y corrió a ayudarla.

—Frank —gritó Jason—, baja a por el entrenador Hedge.

—¡Sí!

Frank bajó y se dirigió al camarote de Hedge. A medida que se acercaba a la puerta, redujo el paso. No quería sorprender al sátiro haciendo ruido. El entrenador Hedge tenía la costumbre de saltar a la pasarela con su bate de béisbol si creía que había agresores a bordo. A Frank casi le había arrancado la cabeza un par de veces al ir al servicio.

Levantó la mano para llamar. Entonces se dio cuenta de que la puerta estaba entreabierta. Oyó al entrenador Hedge hablando.

—¡Vamos, nena! —dijo el sátiro—. ¡Sabes que no es eso!

Frank se quedó paralizado. No quería oír a escondidas, pero no sabía qué hacer. Hazel había dicho que le preocupaba el entrenador. Había insistido en que algo inquietaba al sátiro, pero Frank no había pensado mucho en ello hasta ese momento.

Nunca había oído hablar al entrenador tan suavemente. Normalmente los únicos sonidos procedentes del camarote del entrenador que Frank oía eran de retransmisiones deportivas por televisión o al entrenador gritando «¡Sí! ¡A por ellos!» mientras veía sus películas de artes marciales favoritas. Frank estaba convencido de que el entrenador no llamaría a Chuck Norris «nena».

Sonó otra voz: femenina, pero apenas audible, como si viniera de muy lejos.

—Lo haré —prometió el entrenador Hedge—. Pero vamos a entrar en combate —se aclaró la garganta—, y puede que las cosas se pongan feas. Cuídate. Volveré. De verdad.

Frank no pudo soportar más. Llamó fuerte a la puerta.

—¿Entrenador?

La conversación se interrumpió.

Frank contó hasta seis. La puerta se abrió de golpe.

El entrenador Hedge apareció con expresión ceñuda y los ojos inyectados en sangre, como si hubiera estado viendo demasiada televisión. Llevaba su gorra de béisbol y sus pantalones cortos de deporte habituales, además de una coraza de cuero sobre la camiseta y un silbato colgado del cuello, tal vez por si quería pitar una falta contra los ejércitos de monstruos.

—Zhang. ¿Qué quieres?

—Ejem, estamos listos para el combate. Le necesitamos en la cubierta.

La barba de chivo del entrenador se agitó.

—Sí. Claro que me necesitáis.

Parecía extrañamente apático ante la perspectiva de una pelea.

—No era mi intención… Le he oído hablar —dijo Frank tartamudeando—. ¿Estaba enviando un Iris-mensaje?

Parecía que Hedge fuera a darle una bofetada o, como mínimo, a tocar muy fuerte el silbato. Entonces dejó caer los hombros. Lanzó un suspiro y se volvió hacia el interior, dejando a Frank incómodo en la puerta.

El entrenador se dejó caer en su litera. Se tocó el mentón con la mano y echó un vistazo con tristeza a su camarote. El lugar parecía la habitación de una residencia universitaria después de un huracán: el suelo lleno de ropa (tal vez para ponérsela, tal vez para picar; era difícil saberlo tratándose de un sátiro), DVD y platos sucios esparcidos alrededor de la mesa sobre la cómoda. Cada vez que el barco se inclinaba, un caótico montón de material deportivo rodaba por el suelo: balones de fútbol americano y de baloncesto y, por algún motivo, una bola de billar. Mechones de pelo de cabra flotaban en el aire y se acumulaban bajo los muebles. ¿Pelusa de cabra?

En la mesita del entrenador había un cuenco con agua, un montón de dracmas dorados, una linterna y un prisma de cristal para hacer arcoíris. Era evidente que el entrenador había ido preparado para enviar muchos mensajes de Iris.

Frank se acordó de lo que Piper le había dicho sobre la ninfa de las nubes que trabajaba para el padre de Piper. ¿Cómo se llamaba la novia del entrenador…? ¿Melinda? ¿Millicent? No, Mellie.

—¿Se encuentra bien su novia Mellie? —se aventuró a preguntar Frank.

—¡No es asunto tuyo! —le espetó el entrenador.

—De acuerdo.

Hedge puso los ojos en blanco.

—¡Está bien! Si tanto te interesa, sí, estaba hablando con Mellie. Pero ya no es mi novia.

—Oh… —A Frank se le cayó el alma a los pies—. ¿Han roto?

—¡No, idiota! ¡Nos hemos casado! ¡Es mi esposa!

Frank no se habría quedado tan aturdido si el entrenador le hubiera dado una bofetada.

—Entrenador, eso es… ¡es estupendo! ¿Cuándo… cómo…?

—¡No es asunto tuyo! —gritó otra vez.

—Esto… vale.

—A finales de mayo —contestando el entrenador—. Justo antes de que el *Argo II* zarpara. No queríamos que se armara mucho revuelo.

Frank se sintió como si el barco estuviera inclinándose de nuevo, pero debían de ser imaginaciones suyas. El montón de material deportivo no se movió de la pared del fondo.

¿Durante todo ese tiempo el entrenador había estado casado? A pesar de estar recién casado, había aceptado participar en la misión. No le extrañaba que Hedge llamara tanto a casa. No le extrañaba que estuviera tan malhumorado y beligerante.

Aun así… Frank intuía que había algo más. El tono que el entrenador había empleado durante el Iris-mensaje hacía pensar que estaban hablando de un problema.

—Yo no pretendía escuchar a escondidas —dijo Frank—. Pero… ¿se encuentra bien?

—¡Era una conversación privada!

—Sí. Tiene razón.

—¡Está bien! Te lo contaré. —El entrenador se arrancó unos pelos del muslo y los dejó flotando en el aire—. Mellie se tomó unas vacaciones de su trabajo en Los Ángeles y fue a pasar el verano al Campamento Mestizo porque creímos… —Se le quebró la voz—. Creímos que allí habría menos peligro. Ahora está allí atrapada, con los romanos a punto de atacar. Está… está muy asustada.

Frank cobró plena conciencia de la insignia de centurión que tenía en la camiseta y el tatuaje SPQR que llevaba en el antebrazo.

—Lo siento —murmuró—. Pero si es un espíritu de las nubes, ¿no podría… ya sabe, irse flotando?

El entrenador rodeó la empuñadura de su bate de béisbol con los dedos.

—Normalmente, sí. Pero… se encuentra en un estado delicado. Sería peligroso.

—Delicado… —Frank abrió mucho los ojos—. ¿Va a tener un bebé? ¿Va a ser padre?

—Grita un poco más —masculló Hedge—. Creo que no te han oído en Croacia.

Frank no pudo evitar sonreír.

—¡Pero eso es genial, entrenador! ¿Un bebé sátiro? ¿O puede que una ninfa? Será un padre fantástico.

Frank no estaba seguro de por qué pensaba eso, considerando la afición del entrenador a los bates de béisbol y las patadas giratorias, pero lo tenía claro.

El entrenador Hedge frunció todavía más el entrecejo.

—Se avecina la guerra, Zhang. No hay ningún lugar seguro. Yo debería estar allí con Mellie. Si tengo que morir en alguna parte…

—Eh, nadie va a morir —repuso Frank.

Hedge lo miró a los ojos. Frank sabía que el entrenador no le creía.

—Siempre he tenido debilidad por los hijos de Ares —murmuró Hedge—. O Marte… como se llame. Tal vez por eso no te haya pulverizado por hacerme tantas preguntas.

—Pero yo no…

—¡Está bien, te lo contaré! —Hedge volvió a suspirar—. Cuando me encargaron mi primera misión de buscador, estaba en Arizona. Recluté a una chica llamada Clarisse.

—¿Clarisse?

—Una hermana tuya —dijo Hedge—. Hija de Ares. Violenta. Maleducada. Un enorme potencial. El caso es que cuando estaba en la misión tuve un sueño sobre mi madre. Ella… ella era una ninfa de las nubes como Mellie. Soñé que tenía problemas y necesitaba mi ayuda inmediatamente. Pero me dije: «No, es solo un sueño. ¿Quién haría daño a una dulce ninfa de las nubes entrada en años? Además, tengo que poner a esta mestiza a salvo». Así que terminé mi misión y llevé a Clarisse al Campamento Mestizo. Después, fui a buscar a mi madre, pero ya era demasiado tarde.

Frank observó como el mechón de pelo de cabra se posaba encima de un balón de baloncesto.

—¿Qué le pasó?

Hedge se encogió de hombros.

—Ni idea. No volví a verla. A lo mejor si hubiera estado allí cuando me necesitaba, si hubiera vuelto antes…

Frank quería pronunciar unas palabras de consuelo, pero no sabía qué decir. Él había perdido a su madre en la guerra de Afganistán y sabía lo vacías que podían resultar las palabras «Lo siento».

—Estaba haciendo su trabajo —dijo Frank—. Salvó la vida de una semidiosa.

Hedge gruñó.

—Ahora mi esposa y mi futuro hijo están en peligro en la otra punta del mundo, y yo no puedo hacer nada para ayudarlos.

—Está haciendo algo —dijo Frank—. Hemos venido a impedir que los gigantes despierten a Gaia. Es la mejor forma en que podemos mantener a nuestros amigos a salvo.

—Sí, supongo.

Frank deseó poder hacer algo más para animar a Hedge, pero la conversación le estaba haciendo temer por todas las personas a las que él había dejado. Se preguntaba quién estaría defendiendo el Campamento Júpiter si la legión había marchado hacia el este, sobre todo con los monstruos que salían de las Puertas de la Muerte. Le preocupaban sus amigos de la Quinta Cohorte; cómo debieron de sentirse al recibir órdenes de Octavio de marchar sobre el Campamento Mestizo. Frank quería regresar, aunque solo fuera para meterle un osito de peluche por la garganta al repelente augur.

El barco se escoró a babor. La pila de material deportivo rodó bajo la litera del entrenador.

—Estamos descendiendo —dijo Hedge—. Será mejor que subamos.

—Sí —dijo Frank con voz ronca.

—Eres un romano entrometido, Zhang.

—Pero…

—Vamos —dijo Hedge—. Y ni una palabra de esto a los demás, cotilla.

Mientras los demás ataban las amarras aéreas, Leo agarró a Frank y a Hazel por los brazos. Los llevó a rastras a la ballesta de popa.

—Bueno, el plan es el siguiente.

Hazel entornó los ojos.

—Odio tus planes.

—Necesito el trozo de leña mágica —dijo Leo—. ¡Deprisa!

Frank estuvo a punto de atragantarse con su propia lengua. Hazel retrocedió, tapando instintivamente el bolsillo de su chaqueta.

—Leo, no puedes…

—He encontrado una solución. —Leo se volvió hacia Frank—. Tú decides, grandullón, pero puedo protegerte.

Frank pensó en todas las veces que había visto los dedos de Leo estallar en llamas. Un movimiento en falso, y Leo podía quemar el trozo de madera del que dependía la vida de Frank.

Pero por algún motivo, Frank no tenía miedo. Desde que se había enfrentado a los monstruos vacunos en Venecia, apenas había pensado en su frágil salvavidas. Sí, la más mínima chispa podía matarlo. Pero también había sobrevivido a situaciones imposibles y había hecho sentirse orgulloso a su padre. Frank había decidido que fuera cual fuese su destino, no se preocuparía por él. Simplemente haría todo lo posible por ayudar a sus amigos.

Además, parecía que Leo hablaba en serio. Sus ojos todavía estaban llenos de aquella extraña melancolía, como si estuviera en dos sitios al mismo tiempo, pero no había nada en su expresión que hiciera pensar en una broma.

—Adelante, Hazel —dijo Frank.

—Pero… —Hazel respiró hondo—. De acuerdo. —Sacó el trozo de leña y se lo dio a Leo.

En las manos de Leo, no era mucho más grande que un destornillador. El palo todavía estaba chamuscado en el lado que Frank había usado para quemar las cadenas heladas que retenían al dios Tánatos en Alaska.

Leo sacó un trozo de tela blanca de un bolsillo de su cinturón.

—¡Mirad!

Frank frunció el ceño.

—¿Un pañuelo?

—¿Una bandera blanca? —aventuró Hazel.

—¡No, incrédulos! —dijo Leo—. Es un saquito tejido con una tela alucinante: un regalo de una amiga.

Leo introdujo el palo en el saquito y lo cerró con un lazo de hilo de bronce.

—El cordón fue idea mía —dijo Leo orgulloso—. Colocárselo a la tela requirió trabajo, pero así el saquito no se abrirá a menos que lo quieras. La tela respira como un trapo normal, así que el palo está igual de protegido que en el bolsillo de la chaqueta de Hazel.

—Ah… —dijo Hazel—. Entonces, ¿qué mejora es esa?

—Sujétalo para que no te dé un infarto. —Leo lanzó el saquito a Frank, quien por poco lo dejó caer.

Leo invocó una bola de fuego candente con la mano derecha. Colocó el antebrazo izquierdo encima de las llamas, sonriendo mientras lamían la manga de su chaqueta.

—¿Lo veis? —dijo—. ¡No se quema!

A Frank no le gustaba discutir con un chico que tenía una bola de fuego en la mano, pero dijo:

—Esto... tú eres inmune a las llamas.

Leo puso los ojos en blanco.

—Sí, pero tengo que concentrarme si no quiero que mi ropa se queme. Y no me estoy concentrando. ¿Lo ves? Es una tela totalmente ignífuga. Eso significa que tu palo no se quemará en el saquito.

Hazel no parecía convencida.

—¿Cómo puedes estar seguro?

—Caray, qué público más duro de roer. —Leo apagó el fuego—. Supongo que solo hay una forma de convencerte.

Alargó su mano hacia Frank.

—Oh, no, no. —Frank retrocedió. De repente, todas sus valientes ideas sobre la aceptación de su destino parecían quedar muy lejos—. Tranquilo, Leo. Gracias, pero no... no puedo...

—Tienes que confiar en mí, tío.

A Frank se le aceleró el corazón. ¿Confiaba en Leo? Pues claro... con un motor. Con un chiste. Pero ¿con su vida?

Se acordó del día que se habían quedado atrapados en el taller subterráneo de Roma. Gaia había asegurado que morirían allí. Leo había asegurado que los sacaría de la trampa. Y había cumplido su palabra.

Entonces Leo habló con la misma seguridad.

—Está bien. —Frank entregó a Leo el saquito—. Procura no matarme.

La mano de Leo se encendió. El saquito no se ennegreció ni se quemó.

Frank esperó a que algo saliera terriblemente mal. Contó hasta veinte, pero seguía vivo. Se sentía como si un bloque de hielo se estuviera derritiendo justo detrás de su esternón: un pedazo helado de miedo al que se había acostumbrado tanto que no pensó en él hasta que desapareció.

Leo apagó el fuego. Miró a Frank arqueando las cejas.

—¿Quién es tu mejor amigo?

—No contestes a eso —dijo Hazel—. Pero ha sido increíble, Leo.

—¿Verdad que sí? —convino Leo—. Bueno, ¿quién quiere quedarse este trozo de madera superseguro?

—Yo lo guardaré —dijo Frank.

Hazel frunció los labios. Bajó la vista, tal vez para que Frank no viera el dolor reflejado en sus ojos. Había protegido ese palo a lo largo de muchas batallas encarnizadas. Era una muestra de confianza entre ellos, un símbolo de su relación.

—No tiene nada que ver contigo, Hazel —dijo Frank, con la mayor delicadeza posible—. No puedo explicarlo, pero… me da la impresión de que voy a tener que tomar la iniciativa cuando estemos en la Casa de Hades. Tengo que llevar mi propia carga.

Los ojos dorados de Hazel estaban llenos de preocupación.

—Lo entiendo. Simplemente… me preocupo.

Leo lanzó el saquito a Frank, y él lo ató alrededor de su cinturón. Se sentía raro cargando con su debilidad mortal de forma tan visible, después de mantenerlo escondido durante meses.

—Gracias, Leo —dijo.

Le parecía insuficiente para el regalo que Leo le había hecho, pero este sonrió.

—¿Para qué están los amigos geniales?

—¡Chicos! —gritó Piper desde la proa—. Será mejor que vengáis. Tenéis que ver esto.

Habían encontrado el origen de los relámpagos oscuros.

El *Argo II* flotaba justo encima del río. A varios cientos de metros de distancia, en la cima de la colina más cercana, vieron un grupo de ruinas. No parecían gran cosa —solo unos muros que se estaban desmoronando alrededor de los armazones de piedra caliza de unos cuantos edificios—, pero en algún lugar dentro de las ruinas, volutas de éter negro subían al cielo como un calamar de humo asomándose a su cueva. Mientras Frank miraba, un rayo de energía negra hendió el aire, sacudió el barco y lanzó una fría onda expansiva a través del paisaje.

—El Necromanteion —dijo Nico—. La Casa de Hades.

Frank recobró el equilibrio apoyándose en el pasamanos. Supuso que era demasiado tarde para proponer que dieran la vuelta. Estaba empezando a sentir nostalgia por los monstruos contra los que había luchado en Roma. Perseguir vacas venenosas por Venecia había sido más interesante que ese sitio.

Piper se abrazó el cuerpo.

—Me siento vulnerable flotando aquí arriba. ¿No podríamos posarnos en el río?

—Yo no lo haría —dijo Hazel—. Es el río Aqueronte.

Jason entornó los ojos contra la luz del sol.

—Creía que el Aqueronte estaba en el inframundo.

—Y lo está —dijo Hazel—. Pero su cabecera está en el mundo de los mortales. ¿Veis el río que está debajo de nosotros? Al final corre bajo tierra, directo al reino de Plutón… digo, de Hades. Aterrizar un barco con semidioses en esas aguas…

—Sí, quedémonos aquí arriba —decidió Leo—. No quiero que mi casco toque agua de zombis.

A medio kilómetro río abajo, unas embarcaciones de pesca avanzaban pausadamente. Frank supuso que sus tripulantes no conocían la historia del río o les traía sin cuidado. Debía de ser agradable ser un mortal normal y corriente.

Al lado de Frank, Nico di Angelo levantó el cetro de Diocleciano. Su esfera emitió un brillo morado, como si se hubiera puesto a tono con la tormenta oscura. Tanto si era una reliquia romana como si no, a Frank le preocupaba el cetro. Si realmente tenía el poder de invocar una legión de muertos, Frank no estaba seguro de que fuera tan buena idea.

Jason le había dicho en una ocasión que los hijos de Marte tenían una aptitud parecida. Supuestamente, Frank podía llamar a soldados espectrales del bando perdedor de cualquier guerra para que le obedecieran. Nunca había tenido mucha suerte con ese poder, probablemente porque le daba demasiado miedo. Temía convertirse en uno de esos fantasmas si perdían la guerra: condenado eternamente a pagar por sus errores, suponiendo que hubiera alguien que lo invocara.

—Bueno, Nico… —Frank señaló el cetro—, ¿has aprendido a usar esa cosa?

—Ya lo averiguaremos. —Nico miraba las volutas de oscuridad que se elevaban, ondulando, desde las ruinas—. No pienso intentarlo hasta que me vea obligado. Las Puertas de la Muerte funcionan a pleno rendimiento recibiendo a los monstruos de Gaia. Cualquier actividad adicional con el fin de despertar a los muertos podría hacer pedazos las puertas para siempre y dejar un agujero en el mundo de los mortales que no se podría cerrar.

El entrenador Hedge gruñó.

—Odio los agujeros en el mundo. Vamos a machacar cabezas de monstruo.

Frank miró atentamente la expresión seria del sátiro. De repente se le ocurrió una idea.

—Entrenador, debería quedarse a bordo y cubrirnos con las ballestas.

Hedge frunció el entrecejo.

—¿Quedarme? ¿Yo? ¡Si soy vuestro mejor soldado!

—Puede que necesitemos apoyo aéreo —dijo Frank—. Como en Roma. Usted salvó nuestros *braccae*.

Omitió decir: «Además, me gustaría que volviera vivo con su esposa y su bebé».

Al parecer, Hedge captó el mensaje. Su frente fruncida se relajó. Sus ojos reflejaron alivio.

—Bueno… —gruñó—, supongo que alguien tiene que salvar vuestros *braccae*.

Jason dio una palmada al entrenador en el hombro. A continuación, miró a Frank agradecido asintiendo con la cabeza.

—Entonces está decidido. Todos los demás, vamos a las ruinas. Es hora de colarnos en la fiesta de Gaia.

LXVI

Frank

A pesar del calor del mediodía y de la tormenta de energía mortal que no paraba de bramar, un grupo de turistas estaba trepando por las ruinas. Afortunadamente, no eran muchos, y no se fijaron en los semidioses.

Después de las multitudes de Roma, Frank había dejado de preocuparse por si reparaban en ellos. Si habían podido pilotar su buque de guerra hasta el Coliseo romano disparando con las ballestas y no provocar atascos de tráfico, suponía que podrían hacer cualquier cosa.

Nico iba primero. En la cumbre de la colina, saltaron un viejo muro de contención y cayeron en una trinchera excavada. Finalmente llegaron a una puerta de piedra que daba directamente a la ladera de la colina. La tormenta mortal parecía originarse justo encima de sus cabezas. Al mirar los tentáculos de oscuridad que se arremolinaban, Frank se sintió como si estuviera atrapado en el fondo de un retrete después de tirar de la cadena. Eso no le ayudó a calmar los nervios.

Nico se volvió hacia el grupo.

—A partir de aquí, la cosa se pone fea.

—Maravilloso —dijo Leo—. Porque hasta ahora me he estado mordiendo la lengua.

Nico le lanzó una mirada furibunda.

—Veremos lo que te dura el sentido del humor. Recordad que aquí es adonde venían los peregrinos para estar en contacto con sus antepasados muertos. Bajo tierra puede que veáis cosas difíciles de mirar o que oigáis voces que intenten desviaros a los túneles. Frank, ¿tienes las galletas de cebada?

—¿Qué?

Frank había estado pensando en su abuela y su madre, preguntándose si ellas se le podrían aparecer. Por primera vez desde hacía días, las voces de Ares y Marte habían empezado a discutir otra vez en lo más recóndito de su mente, debatiendo sobre sus muertes violentas favoritas.

—Yo tengo las galletas —dijo Hazel.

Sacó las galletas de cebada mágicas que habían preparado con los cereales que Triptólemo les había dado en Venecia.

—Comed —recomendó Nico.

Frank masticó su galleta de la muerte e intentó no atragantarse. Le recordó una pasta hecha con serrín en lugar de azúcar.

—Qué rica —dijo Piper. Ni siquiera la hija de Afrodita pudo evitar hacer una mueca.

—Está bien. —Nico se tragó lo que le quedaba de galleta—. Esto debería protegernos del veneno.

—¿Veneno? —preguntó Leo—. ¿Me he perdido el veneno? Porque me encanta el veneno.

—Pronto —le prometió Nico—. No os separéis, y tal vez consigamos no perdernos ni volvernos locos.

Y después de poner esa nota positiva, Nico los llevó bajo tierra.

El túnel formaba una suave pendiente en espiral, y el techo se sostenía con arcos de piedra blancos que recordaban a Frank la caja torácica de una ballena.

A medida que andaban, Hazel recorría la mampostería con las manos.

—Esto no formaba parte de un templo —susurró—. Esto era… el sótano de una casa solariega construida en los últimos tiempos del poder griego.

A Frank le inquietaba que Hazel supiera tanto sobre un lugar subterráneo solo con estar allí. Que él supiera, nunca se había equivocado.

—¿Una casa solariega? —preguntó—. Por favor, no me digas que nos hemos equivocado de sitio.

—La Casa de Hades se encuentra debajo de nosotros —le aseguró Nico—. Pero Hazel tiene razón: los niveles superiores son mucho más recientes. Cuando los arqueólogos excavaron este sitio por primera vez, creyeron que al fin habían encontrado el Necromanteion. Luego se dieron cuenta de que las ruinas eran demasiado recientes, así que llegaron a la conclusión de que no era el lugar correcto. Habían acertado la primera vez. Solo que no cavaron lo bastante hondo.

Doblaron una esquina y se detuvieron. Delante de ellos, el túnel terminaba en un enorme bloque de piedra.

—¿Un derrumbamiento? —preguntó Jason.

—Una prueba —dijo Nico—. Hazel, ¿quieres hacer los honores?

Hazel dio un paso adelante. Posó la mano sobre la roca, y el guijarro entero se deshizo en polvo.

El túnel se sacudió. El techo se llenó de grietas. Por un terrible instante, Frank se imaginó que todos acabarían aplastados bajo toneladas de tierra: una decepcionante forma de morir, después de todo lo que habían pasado. Entonces los rumores cesaron. El polvo se asentó.

Una escalera se adentraba todavía más en la tierra dando vueltas, y más arcos regulares sostenían el techo abovedado, unos al lado de otros, tallados en piedra negra pulida. Los arcos descendentes hicieron que Frank se marease, como si estuviera mirando un espejo que mostrara reflejos infinitos. En las paredes había toscos dibujos de ganado desfilando hacia abajo.

—No me gustan las vacas —murmuró Piper.

—A mí tampoco —dijo Frank.

—Es ganado de Hades —explicó Nico—. En realidad es solo un símbolo de…

—Mirad. —Frank señaló con el dedo.

Justo en el primer escalón de la escalera relucía un cáliz dorado. Frank estaba convencido de que no se encontraba allí un momento antes. La copa estaba llena de líquido verde oscuro.

—Bravo —dijo Leo sin gran entusiasmo—. Supongo que es nuestro veneno.

Nico recogió el cáliz.

—Estamos en la antigua entrada del Necromanteion. Odiseo vino aquí, y muchos otros héroes, buscando consejos de los muertos.

—¿Les recomendaron los muertos que se marcharan corriendo? —preguntó Leo.

—A mí no me importaría —reconoció Piper.

Nico bebió del cáliz y luego se lo ofreció a Jason.

—¿Recuerdas que me preguntaste si confiaba en ti y si estaba dispuesto a arriesgarme? Pues ahí tienes, hijo de Júpiter. ¿Cuánto confías tú en mí?

Frank no sabía de qué estaba hablando Nico, pero Jason no vaciló. Tomó la copa y bebió.

Se la pasaron entre todos y cada uno bebió un sorbo de veneno. Mientras esperaba su turno, Frank procuró que no le temblaran las piernas ni se le revolviera el estómago. Se preguntaba qué habría dicho su abuela si hubiera podido verlo.

«¡Qué tonto eres, Fai Zhang! —lo habría regañado probablemente—. Si todos tus amigos bebieran veneno, ¿tú también lo beberías?»

Frank bebió el último. El sabor del líquido verde le recordó el del zumo de manzana estropeado. Apuró el cáliz, y la copa se convirtió en humo entre sus manos.

Nico asintió con la cabeza, aparentemente satisfecho.

—Enhorabuena. En el supuesto de que el veneno no nos mate, deberíamos poder orientarnos por el primer nivel del Necromanteion.

—¿Solo el primer nivel? —preguntó Piper.

Nico se volvió hacia Hazel y señaló la escalera.

—Después de ti, hermana.

Enseguida Frank se sintió totalmente perdido. La escalera se bifurcaba en tres direcciones distintas. En cuanto Hazel eligió un camino, la escalera volvió a bifurcarse. Serpentearon por túneles interconectados y criptas toscamente labradas que parecían todas iguales; las paredes estaban llenas de nichos polvorientos que en el pasado podían haber albergado cadáveres. En los arcos de encima de las puertas había pintadas vacas negras, álamos blancos y lechuzas.

—Creía que la lechuza era el símbolo de Minerva —murmuró Jason.

—La lechuza es uno de los animales sagrados de Hades —dijo Nico—. Su grito es un mal augurio.

—Por aquí. —Hazel señaló una puerta que parecía igual que las demás—. Es la única que no se hundirá encima de nosotros.

—Buena elección, entonces —dijo Leo.

Frank empezó a sentirse como si estuviera abandonando el mundo de los vivos. Notaba un hormigueo en la piel, y se preguntó si sería un efecto secundario del veneno. El saquito con el palo parecía pesar más en su cinturón. Con el espectral fulgor de sus armas mágicas, sus amigos parecían fantasmas trémulos.

El aire frío le rozaba la cara. Ares y Marte se habían quedado callados en su mente, pero a Frank le había parecido oír voces susurrando en los pasillos laterales, haciéndole señas para que se desviara, se acercara y las escuchara.

Finalmente llegaron a un arco con calaveras humanas grabadas... o tal vez eran calaveras humanas incrustadas en la roca. A la luz morada del cetro de Diocleciano, las huecas cuencas oculares parecían parpadear.

Frank casi dio con la cabeza contra el techo cuando Hazel le posó una mano en el brazo.

—Esta es la entrada al segundo nivel —dijo—. Voy a echar un vistazo.

Frank ni siquiera se había dado cuenta de que se había situado delante de la puerta.

—Ah, sí… —Le dejó paso.

Hazel recorrió las calaveras labradas con los dedos.

—No hay trampas en la puerta, pero… aquí pasa algo raro. Mi sentido subterráneo es… poco claro, como si alguien estuviera oponiéndose a mí, ocultando lo que hay delante de nosotros.

—¿La hechicera sobre la que Hécate te advirtió? —aventuró Jason—. ¿La que Leo vio en su sueño? ¿Cómo se llamaba?

Hazel se mordió el labio.

—Puede que sea mejor no decir su nombre. Pero permaneced atentos. De una cosa estoy segura: de ahora en adelante, los muertos son más fuertes que los vivos.

Frank no estaba seguro de cómo sabía ella eso, pero la creyó. Las voces de la oscuridad parecían susurrar más alto. Vio movimientos fugaces entre las sombras. Por la forma en que sus amigos miraban a su alrededor, supuso que ellos también estaban viendo visiones.

—¿Dónde están los monstruos? —preguntó en voz alta—. Creía que Gaia tenía un ejército vigilando las puertas.

—No lo sé —dijo Jason. Su piel pálida estaba verde como el veneno del cáliz—. Casi preferiría un combate cara a cara.

—Ten cuidado con lo que deseas, tío. —Leo invocó una bola de fuego con la mano, y por una vez Frank se alegró de ver las llamas—. Personalmente, espero que no haya nadie en casa. Entramos, buscamos a Percy y a Annabeth, destruimos las Puertas de la Muerte y salimos. Bueno, podemos parar en la tienda de regalos.

—Sí —dijo Frank—. Eso es lo que va a pasar.

El túnel se sacudió. Cayeron escombros del techo.

Hazel agarró la mano de Frank.

—Nos ha ido por poco —murmuró—. Estos corredores no aguantarán mucho más.

—Las Puertas de la Muerte acaban de abrirse otra vez —dijo Nico.

—Ocurre cada quince minutos —observó Piper.

—Cada doce —la corrigió Nico, aunque no explicó cómo lo sabía—. Más vale que nos demos prisa. Percy y Annabeth están cerca. Están en peligro. Lo presiento.

A medida que se adentraban en el lugar, los pasillos se ensancharon. Los techos se alzaban hasta los seis metros de altura, decorados con recargadas pinturas de lechuzas posadas en ramas de álamos. El espacio de sobra debería haber hecho sentirse mejor a Frank, pero lo único en lo que podía pensar era en la situación táctica. Los túneles eran lo bastante grandes para dar cabida a enormes monstruos, incluso a gigantes. Había rincones sin visibilidad por todas partes, perfectos para emboscadas. Su grupo podía ser flanqueado o rodeado fácilmente. No dispondrían de buenas opciones de retirada.

El instinto de Frank le dictaba que saliera de esos túneles. Si no había monstruos visibles, solo significaba que estaban escondidos, esperando para tenderles una trampa. Frank era consciente de ello, pero no podía hacer gran cosa al respecto. Tenían que encontrar las Puertas de la Muerte.

Leo acercó el fuego a las paredes. Frank vio grafitis de la antigua Grecia grabados en la piedra. No sabía leer griego antiguo, pero supuso que eran oraciones o súplicas dirigidas a los muertos, escritas por peregrinos hacía miles de años. El suelo del túnel estaba sembrado de fragmentos de cerámica y monedas de plata.

—¿Ofrendas? —aventuró Piper.

—Sí —dijo Nico—. Si querías que aparecieran tus antepasados, tenías que hacer una ofrenda.

—No hagamos ninguna ofrenda —propuso Jason.

Nadie le llevó la contraria.

—A partir de aquí el túnel es inestable —advirtió Hazel—. El suelo podría… bueno, seguidme. Pisad exactamente donde yo pise.

Avanzó. Frank iba justo detrás de ella, no porque se sintiera especialmente valiente, sino porque quería estar cerca si Hazel necesitaba su ayuda. Las voces del dios de la guerra estaban discutiendo otra vez en sus oídos. Podía percibir el peligro, muy cerca.

Fai Zhang.

Se paró en seco. Esa voz… no era de Ares ni de Marte. Parecía provenir de al lado, como si alguien le estuviera susurrando al oído.

—¿Frank? —susurró Jason detrás de él—. Espera un segundo, Hazel. ¿Qué pasa, Frank?

—Nada —murmuró Frank—. Yo…

Pilos, dijo la voz. *Te espero en Pilos.*

Frank se sintió como si el veneno estuviera subiéndole por la garganta. Había estado asustado muchas veces. Incluso se había enfrentado al dios de la muerte.

Sin embargo, esa voz le aterraba de otra forma. Resonaba hasta en sus huesos, como si lo supiera todo de él: su maldición, su historia, su futuro.

Su abuela siempre había sido partidaria de honrar a sus antepasados. Era una tradición china. Había que apaciguar a los fantasmas. Había que tomárselos en serio.

Frank siempre había pensado que las supersticiones de su abuela eran ridículas. Estaba cambiando de opinión. No le cabía duda: la voz que hablaba con él era de uno de sus antepasados.

—No te muevas, Frank. —Hazel parecía alarmada.

Él miró abajo y se dio cuenta de que había estado a punto de salirse de la fila.

Para sobrevivir, deberás guiar, dijo la voz. *En la brecha deberás asumir el mando.*

—¿Guiar adónde? —preguntó en voz alta.

Entonces la voz se desvaneció. Frank podía notar su ausencia, como si de repente la humedad hubiera descendido.

—¿Grandullón? —dijo Leo—. ¿Quieres hacer el favor de no ponernos de los nervios? Gracias.

Todos los amigos de Frank lo estaban mirando con preocupación.

—Estoy bien —consiguió decir—. Era solo… una voz.

Nico asintió.

—Te lo advertí. No hará más que empeorar. Deberíamos…

Hazel levantó la mano para pedir silencio.

—Esperad aquí todos.

A Frank no le gustaba la idea, pero ella avanzó a grandes pasos sola. Él contó hasta veintitrés cuando Hazel regresó con el rostro macilento y pensativo.

—La sala de delante da miedo —advirtió—. Que no cunda el pánico.

—Esas dos cosas no son compatibles —murmuró Leo. Pero siguieron a Hazel hasta la caverna.

El lugar parecía una catedral circular, con un techo tan alto que se perdía en la penumbra. Docenas de nuevos túneles partían en distintas direcciones, y en cada uno resonaban voces fantasmales. Lo que puso nervioso a Frank fue el suelo. Era un espantoso mosaico de huesos y piedras preciosas: fémures humanos, huesos de caderas y costillas retorcidas fundidos en una superficie lisa, salpicada de diamantes y rubíes. Los huesos formaban figuras, como contorsionistas esqueléticos dando volteretas y acurrucándose para proteger las piedras preciosas: una danza de muerte y riquezas.

—No toquéis nada —dijo Hazel.

—No pensaba hacerlo —murmuró Leo.

Jason escudriñó las salidas.

—Y ahora, ¿en qué dirección?

Por una vez, Nico no parecía seguro.

—Esta debería ser la sala donde los sacerdotes invocaban a los espíritus más poderosos. Uno de estos pasillos accede al interior del templo, hasta el tercer nivel y el altar del mismísimo Hades. Pero ¿cuál será…?

—Ese. —Frank señaló con el dedo. En una puerta situada en el otro extremo de la sala, un espectral legionario romano les hacía señas. Poseía una cara brumosa y poco definida, pero Frank tenía la sensación de que el fantasma lo estaba mirando directamente a él.

Hazel frunció el entrecejo.

—¿Por qué esa?

—¿No veis el fantasma? —preguntó Frank.

—¿Fantasma? —dijo Nico.

Vale… si Frank estaba viendo un fantasma que los hijos del inframundo no podían ver, desde luego algo iba mal. Notaba como si el suelo vibrase debajo de él. Entonces se dio cuenta de que efectivamente estaba vibrando.

—Tenemos que llegar a esa salida —dijo—. ¡Vamos!

Hazel estuvo a punto de abalanzarse sobre él para detenerlo.

—¡Espera, Frank! El suelo no es inestable, y bajo tierra… No estoy segura de lo que hay bajo tierra. Tengo que buscar un camino seguro.

—Pues date prisa —la apremió él.

Sacó su arco y acompañó a Hazel todo lo rápido que se atrevió. Leo lo siguió con dificultad para ofrecerles luz. Los otros vigilaron la parte trasera. Frank sabía que estaba asustando a sus amigos, pero no podía evitarlo. En lo más profundo de su ser, sabía que solo disponían de unos segundos antes de que…

Delante de él, el fantasma del legionario se evaporó. Unos rugidos monstruosos resonaron en la caverna: docenas, tal vez cientos de enemigos procedentes de todas partes. Frank reconoció el grito ronco de los Nacidos de la Tierra, el chillido de los grifos, los guturales gritos de guerra de los cíclopes; sonidos que recordaba de la batalla de la Nueva Roma, amplificados bajo tierra, reverberando en su cabeza todavía más alto que las voces del dios de la guerra.

—¡No te pares, Hazel! —ordenó Nico.

Sacó el cetro de Diocleciano de su cinturón. Piper y Jason desenvainaron sus espadas cuando los monstruos entraron en la caverna en avalancha.

Una vanguardia de Nacidos de la Tierra con seis brazos por monstruo lanzó una descarga de piedras que hizo añicos el suelo de huesos y piedras preciosas. Una grieta se extendió a través del centro de la estancia directamente hacia Leo y Hazel.

No había tiempo para advertencias. Frank se abalanzó sobre sus amigos, y los tres se deslizaron a través de la caverna y cayeron en el borde del túnel de los fantasmas mientras pasaban volando rocas por encima de sus cabezas.

—¡Vamos! —gritó Frank—. ¡Vamos, vamos!

Hazel y Leo se metieron atropelladamente en el único túnel en el que no parecía que hubiera monstruos. Frank no estaba seguro de que fuera una buena señal.

Dos metros más adentro, Leo se volvió.

—¡Los otros!

Toda la caverna se sacudió. Frank miró atrás, y su valor se vino abajo. Una nueva sima de quince metros de ancho dividía la caverna; solo dos tambaleantes tramos de suelo de huesos la cruzaban. El grueso del ejército de monstruos estaba en el otro lado, aullando de frustración y lanzando todo lo que encontraban, incluidos miembros del ejército. Algunos intentaban cruzar los puentes, que crujían y se agrietaban con su peso.

Jason, Piper y Nico se quedaron en el lado más cercano de la sima, lo que era positivo, pero estaban rodeados de un cerco de cíclopes y perros del infierno. De los pasillos laterales no paraban de salir monstruos, mientras en lo alto los grifos daban vueltas, sin inmutarse ante el suelo que se desmoronaba.

Los tres semidioses jamás llegarían al túnel. Aunque Jason intentara llevarlos volando, serían abatidos.

Frank se acordó de la voz de su antepasado: «En la brecha deberás asumir el mando».

—Tenemos que ayudarles —dijo Hazel.

Los pensamientos se agolpaban en la mente de Frank, haciendo cálculos de combate. Veía exactamente lo que ocurriría: dónde y cuándo serían vencidos sus amigos, y cómo morirían los seis en la caverna... a menos que Frank introdujera un cambio en la ecuación.

—¡Nico! —gritó—. El cetro.

Nico levantó el cetro de Diocleciano, y el aire de la caverna emitió un brillo morado. De la sima y de las paredes salieron fantasmas: una legión romana entera totalmente equipada para la batalla. Empezaron a adoptar forma física, como cadáveres andantes, pero parecían confundidos. Jason gritó en latín y les ordenó que formaran filas y atacaran. Los no muertos se limitaron a andar entre los monstruos arrastrando los pies, provocando una confusión momentánea, pero el efecto no duraría mucho.

Frank se volvió hacia Hazel y Leo.

—Vosotros dos, seguid adelante.

Los ojos de Hazel se abrieron mucho.

—¿Qué? ¡No!

—Tenéis que seguir. —Era lo más difícil que Frank había hecho en su vida, pero sabía que era la única posibilidad—. Buscad las puertas. Salvad a Annabeth y Percy.

—Pero… —Leo miró por encima del hombro de Frank—. ¡Al suelo!

Una andanada de rocas se estrelló en lo alto, y Frank se precipitó en busca de cobijo. Cuando consiguió levantarse, tosiendo y cubierto de polvo, la entrada del túnel había desaparecido. Una sección de pared entera se había desplomado, dejando una pendiente de escombros humeantes.

—Hazel…

La voz de Frank se quebró. Tenía que confiar en que ella y Leo estuvieran vivos al otro lado. No podía permitirse pensar lo contrario.

La ira aumentó en su pecho. Se volvió y arremetió contra el ejército de monstruos.

LXVII

Frank

Frank no era un experto en fantasmas, pero los legionarios muertos debían de haber sido semidioses porque se comportaban como si padecieran déficit de atención con hiperactividad.

Salían del foso con gran esfuerzo y luego deambulaban sin rumbo, entrechocándose el pecho sin motivo aparente, lanzándose unos a otros a la sima, disparando flechas al aire como si intentaran matar moscas y, de vez en cuando, de pura chiripa, lanzando una jabalina, una espada o un aliado en dirección al enemigo.

Mientras, el ejército de monstruos crecía y se enfadaba. Los Nacidos de la Tierra arrojaban descargas de piedras que golpeaban a los legionarios zombis y los estrujaban como si fueran de papel. Diablas con piernas desiguales y el cabello en llamas (Frank supuso que eran *empousai*) rechinaban los colmillos y gritaban órdenes a los otros monstruos. Una docena de cíclopes avanzaban contra los puentes que se estaban desmoronando, mientras unos humanoides con forma de foca —telquines, como los que Frank había visto en Atlanta— lanzaban frascos de fuego griego a través de la sima. Incluso había centauros salvajes entre ellos, disparando flechas llameantes y pisoteando a sus aliados más pequeños bajo sus cascos. De hecho, la mayoría de los enemigos parecían provistos de un arma de fuego. A pesar de contar con su nuevo saquito ignífugo, a Frank no le gustó un pelo.

Se abrió paso a empujones entre la multitud de romanos muertos, abatiendo monstruos hasta que se le agotaron las flechas, avanzando poco a poco hacia sus amigos.

Se dio cuenta demasiado tarde —qué sorpresa— de que debía transformarse en algo grande y fuerte, como un oso o un dragón. Tan pronto como se le ocurrió la idea, notó un dolor ardiente en el brazo. Tropezó, miró abajo y contempló con incredulidad que el astil de una flecha le sobresalía del bíceps izquierdo. Tenía la manga empapada en sangre.

Al verlo se mareó, pero sobre todo se enfadó. Trató de convertirse en dragón sin suerte. Le costaba concentrarse debido al dolor. Tal vez no pudiera transformarse cuando estaba herido.

«Genial —pensó—. Ahora me entero.»

Soltó el arco y cogió una espada de una... Bueno, en realidad no estaba seguro de lo que era: una especie de guerrera reptil con serpientes a modo de piernas que había caído abatida. Avanzó abriéndose paso a espadazos, tratando de hacer caso omiso del dolor y de la sangre que le goteaba por el brazo.

Unos cinco metros más adelante, Nico blandía su espada negra con una mano, sujetando el cetro de Diocleciano en alto con la otra. No paraba de dar órdenes a los legionarios, pero no le hacían caso.

«Claro —pensó Frank—. Es griego.»

Jason y Piper permanecían detrás de Nico. Jason invocaba ráfagas de viento para desviar jabalinas y flechas. Rechazó un frasco de fuego griego y se lo metió por la garganta a un grifo, que estalló en llamas y cayó dando vueltas al foso. Piper hizo buen uso de su nueva espada mientras con la otra mano lanzaba comida con la cornucopia, utilizando jamones, pollos, manzanas y naranjas como misiles interceptores. El aire de encima de la sima se convirtió en un espectáculo pirotécnico de proyectiles llameantes, rocas que estallaban y productos frescos.

Aun así, los amigos de Frank no podrían aguantar eternamente. Jason tenía la cara salpicada de gotas de sudor. No paraba de gritar en latín: «¡Formad filas!», pero los legionarios muertos tampoco le hacían caso. Algunos zombis resultaban útiles interponiéndose en el camino de los monstruos, estorbándoles o recibiendo el fuego. Sin embargo, si los monstruos seguían acabando con ellos, no quedarían suficientes a los que organizar.

—¡Abrid paso! —gritó Frank.

Para gran sorpresa suya, los legionarios muertos se separaron para dejarle pasar. Los que estaban más cerca se volvieron y lo miraron fijamente con sus ojos vacíos, como si esperaran órdenes.

—Genial… —murmuró Frank.

En Venecia, Marte le había advertido que su auténtica prueba de liderazgo se avecinaba. El fantasmagórico antepasado de Frank lo había instado a asumir el mando. Pero si esos romanos muertos se negaban a hacer caso a Jason, ¿por qué iban a hacérselo a él? Porque era hijo de Marte, o tal vez porque…

Entonces cayó en la cuenta. Jason ya no era totalmente romano. Su estancia en el Campamento Mestizo lo había cambiado. Reyna se había percatado de ello. Al parecer, los legionarios muertos también. Si Jason ya no emitía el tipo de vibraciones adecuadas ni desprendía el aura de un líder romano…

Frank alcanzó a sus amigos cuando una oleada de cíclopes se chocó contra ellos. Levantó la espada para parar la porra de un cíclope y luego dio una estocada al monstruo en la pierna y lo lanzó hacia atrás al foso. A continuación le atacó otro. Frank consiguió empalarlo, pero la pérdida de sangre lo estaba debilitando. Se le nubló la vista. Le zumbaban los oídos.

Era vagamente consciente de que Jason estaba a su izquierda, desviando los proyectiles que se acercaban con el viento; Piper estaba a su derecha, dando órdenes con su embrujahabla, animando a los monstruos a que se atacaran entre ellos o dieran un refrescante salto a la sima.

—¡Será divertido! —prometió.

Unos cuantos le hicieron caso, pero, al otro lado del foso, las *empousai* estaban contestando a sus órdenes. Por lo visto ellas también tenían poder de persuasión. Los monstruos se apiñaron tanto alrededor de Frank que apenas podía usar la espada. El hedor de su aliento y su olor corporal casi habrían bastado para dejarlo sin sentido, incluso sin el intenso dolor de la flecha que tenía clavada en el brazo.

¿Qué se suponía que tenía que hacer? Tenía un plan, pero sus pensamientos se estaban volviendo confusos.

—¡Estúpidos fantasmas! —gritó Nico.

—¡No obedecen! —convino Jason.

Eso era. Frank tenía que conseguir que los fantasmas obedeciesen. Hizo acopio de todas sus fuerzas y gritó:

—¡Cohortes, juntad los escudos!

Los zombis se movieron a su alrededor. Formaron fila delante de Frank, juntando sus escudos en una irregular formación defensiva. Pero se movían demasiado despacio, como sonámbulos, y solo unos pocos habían respondido a su voz.

—¿Cómo has hecho eso, Frank? —gritó Jason.

A Frank le daba vueltas la cabeza debido al dolor. Hizo un esfuerzo por no desmayarse:

—Soy el oficial romano de mayor rango —dijo—. Ellos… no te reconocen. Lo siento.

Jason hizo una mueca, pero no parecía especialmente sorprendido.

—¿En qué podemos ayudar?

Frank deseó tener la respuesta a esa pregunta. Un grifo pasó volando por arriba y estuvo a punto de decapitarlo con sus garras. Nico le golpeó con el cetro de Diocleciano, y el monstruo viró y se estrelló contra una pared.

—*Orbem formate!* —ordenó Frank.

Unas dos docenas de zombis le obedecieron, afanándose por formar un cerco defensivo alrededor de Frank y sus amigos. El corro bastó para ofrecer a los semidioses un pequeño respiro, pero había demasiados enemigos avanzando. La mayoría de los legionarios todavía deambulaban aturdidos.

—Mi rango —comprendió Frank.

—¿Qué dices de un tango? —gritó Piper, al tiempo que acuchillaba a un centauro salvaje.

—No —repuso Frank—. Yo soy solo centurión.

Jason soltó un juramento en latín.

—Quiere decir que no puede controlar a toda la legión. No tiene un rango lo bastante alto.

Nico blandió su espada negra contra otro grifo.

—¡Pues entonces asciéndelo!

Frank tenía la mente embotada. No entendía lo que estaba diciendo Nico. ¿Que lo ascendiera? ¿Cómo?

Jason gritó con su mejor voz de sargento de instrucción:

—¡Frank Zhang! Yo, Jason Grace, pretor de la Duodécima Legión Fulminata, te doy mi última orden: renuncio a mi puesto y te asciendo a pretor como medida de emergencia, con todos los poderes del rango. ¡Asume el mando de esta legión!

Frank sintió como si una puerta se hubiera abierto en la Casa de Hades y hubiera dejado entrar una ráfaga del aire fresco por los túneles. De repente, la flecha de su brazo perdió importancia. Sus pensamientos se aclararon. Su vista se agudizó. Las voces de Marte y Ares empezaron a hablar en su mente, vigorosas y unidas:

¡Acaba con ellos!

Frank apenas reconoció su propia voz cuando gritó:

—Legión, *agmen formate!*

Enseguida todos los legionarios muertos de la caverna desenvainaron sus espadas y alzaron sus escudos. Se dirigieron apresuradamente a la posición de Frank, apartando a los monstruos a empujones y espadazos hasta que se situaron codo con codo con sus compañeros, adoptando una formación cuadrada. Llovían piedras, jabalinas y fuego, pero ahora Frank contaba con una línea defensiva disciplinada que los protegía detrás de un muro de bronce y cuero.

—¡Arqueros! —gritó Frank—. *Eiaculare flammas!*

No albergaba muchas esperanzas de que la orden diera resultado. Los arcos de los zombis no podían encontrarse en buen estado. Pero, para su sorpresa, varias docenas de escaramuzadores fantasmales prepararon sus flechas a la vez. Las puntas de sus flechas se encendieron espontáneamente, y una oleada de muerte describió un arco sobre la línea de la legión, directa al enemigo. Los cíclopes cayeron. Los centauros tropezaron. Un telquine gritaba y daba vueltas con una flecha en llamas clavada en la frente.

Frank oyó una risa detrás de él. Miró atrás y no dio crédito a lo que veían sus ojos. Nico di Angelo estaba sonriendo.

—Así me gusta —dijo Nico—. ¡Vamos a darle la vuelta a la tortilla!

—*Cuneum formate!* —gritó Frank—. ¡Avanzad con las *pila*!

La línea de zombis se concentró en el centro y formó una cuña pensada para atravesar la horda enemiga. Bajaron las lanzas, crearon una hilera erizada y avanzaron.

Los Nacidos de la Tierra gemían y lanzaban rocas. Los cíclopes aporreaban los escudos con puños y porras, pero los legionarios zombis ya no eran dianas de papel. Tenían una fuerza inhumana y apenas flaqueaban ante los ataques más feroces. Pronto el suelo estaba cubierto de polvo de monstruos. La hilera de jabalinas trituró al enemigo como si fueran unos dientes gigantescos, liquidando a ogros, mujeres serpiente y perros del infierno. Los arqueros de Frank abatieron a los grifos del cielo y sembraron el caos en el grueso del ejército de los monstruos al otro lado de la sima.

Las fuerzas de Frank empezaron a hacerse con el control de su lado de la caverna. Uno de los puentes de piedra se hundió, pero más monstruos siguieron cruzando el otro. Frank tendría que poner fin a su avance.

—Jason —gritó—, ¿puedes llevar volando a unos cuantos legionarios al otro lado del foso? El flanco izquierdo del enemigo es débil, ¿lo ves? ¡Tómalo!

Jason sonrió.

—Con mucho gusto.

Tres romanos muertos se alzaron por los aires y volaron a través de la sima. A continuación, se les unieron otros tres. Por último, Jason la cruzó volando él mismo, y su patrulla se abrió camino a través de unos telquines con expresión de gran sorpresa e hizo cundir el pánico entre las filas del enemigo.

—Nico —dijo Frank—, sigue intentando resucitar a los muertos. Necesitamos más.

—Enseguida.

Nico levantó el cetro de Diocleciano, que emitió un brillo morado todavía más oscuro. Más romanos fantasmales salieron de las paredes para unirse al combate.

Al otro lado de la sima, las *empousai* daban órdenes a gritos en un idioma que Frank no conocía, pero lo esencial resultaba evidente. Estaban tratando de apoyar a sus aliados y de instarlos a que siguieran cruzando el puente.

—¡Piper! —gritó Frank—. ¡Enfréntate a esas *empousai*! Necesitamos caos.

—Creía que no me lo ibas a pedir nunca. —Ella empezó a abuchear a las diablas—: ¡Se te ha corrido el maquillaje! ¡Tú amiga te ha llamado fea! ¡Esa de ahí está haciendo muecas a tus espaldas!

Pronto las vampiras estaban demasiado ocupadas peleándose entre ellas para dar más órdenes.

Los legionarios avanzaron, manteniendo la presión. Tenían que tomar el puente antes de que Jason fuera vencido.

—Es hora de dirigir desde el frente —decidió Frank. Levantó su espada prestada y ordenó atacar.

LXVIII

Frank

Frank no se dio cuenta de que estaba brillando. Más tarde Jason le dijo que la bendición de Marte lo había envuelto en luz roja, como en Venecia. Las jabalinas no podían tocarlo. Las rocas se desviaban. Incluso con una flecha clavada en el bíceps izquierdo, Frank nunca se había sentido tan lleno de energía.

El primer cíclope con el que se encontró cayó tan rápido que pareció una broma. Frank lo partió por la mitad desde los hombros hasta la cintura. El grandullón estalló en polvo. El siguiente cíclope retrocedió nervioso, de modo que Frank le cortó las piernas y lo lanzó al foso.

Los monstruos que quedaban en su lado de la sima trataron de retroceder, pero la legión acabó con ellos.

—¡Formación de tetsubo! —gritó Frank—. ¡Ahora! ¡En fila india, avanzad!

Frank fue el primero en cruzar el puente. Los muertos le siguieron, con los escudos unidos a cada lado y por encima de sus cabezas, desviando todos los ataques. Cuando los últimos zombis cruzaron, el puente se desmoronó en la oscuridad, pero para entonces ya no importaba.

Nico siguió invocando más legionarios para que participaran en la batalla. A lo largo de la historia del imperio, miles de romanos habían servido y muerto en Grecia. Ahora habían vuelto respondiendo a la llamada del cetro de Diocleciano.

Frank avanzó destruyendo todo lo que encontraba a su paso.

—¡Te voy a chamuscar! —chilló un telquine, agitando desesperadamente un frasco de fuego griego—. ¡Tengo fuego!

Frank lo abatió. Cuando el frasco descendió hacia el suelo, Frank lo lanzó por el precipicio de una patada antes de que explotara.

Una *empousa* arañó a Frank en el pecho con las garras, pero él no notó nada. Redujo a la diabla a polvo y siguió avanzando. El dolor no tenía importancia. El fracaso era inconcebible.

Él era un líder de la legión y estaba haciendo lo que estaba destinado a hacer: luchar contra los enemigos de Roma, defender su legado, proteger las vidas de sus amigos y compañeros. Era el pretor Frank Zhang.

Sus fuerzas arrollaron al enemigo, frustrando cada uno de sus intentos de reagruparse. Jason y Piper lucharon a su lado, gritando en actitud desafiante. Nico atravesó el último grupo de Nacidos de la Tierra, reduciéndolos a montones de lodo húmedo con su espada estigia negra.

Antes de que Frank se diera cuenta, la batalla había terminado. Piper hizo picadillo a la última *empousa*, que se volatilizó dejando escapar un gemido de angustia.

—Frank —dijo Jason—, estás ardiendo.

Él bajó los ojos. Unas gotas de aceite le habían salpicado el pantalón, porque estaba empezando a quemarse. Frank se dio unos golpecitos hasta que dejó de echar humo, pero no estaba especialmente preocupado. Gracias a Leo, ya no tenía que preocuparse por el fuego.

Nico se aclaró la garganta.

—Ejem… también tienes una flecha clavada en el brazo.

—Lo sé. —Frank partió la punta de la flecha y extrajo el astil por la parte de atrás. Solo notó un tirón y una sensación cálida—. Estoy bien.

Piper le hizo comer un trozo de ambrosía. Mientras le vendaba la herida dijo:

—Frank, has estado increíble. Aterrador, pero increíble.

A Frank le costó procesar sus palabras. «Aterrador» no era un adjetivo que se pudiera aplicar a él. Simplemente era Frank.

Su adrenalina se agotó. Miró a su alrededor, preguntándose dónde se habían metido todos los enemigos. Los únicos monstruos que quedaban eran los romanos zombis, que permanecían en estado de estupor con las armas bajadas.

Nico levantó su cetro, con la esfera oscura e inactiva.

—Ahora que la batalla ha terminado, los muertos no permanecerán mucho más.

Frank se volvió hacia sus tropas.

—¡Legión!

Los soldados zombis se pusieron firmes.

—Habéis luchado bien —les dijo Frank—. Podéis descansar. Romped filas.

Los legionarios se deshicieron en montones de huesos, armaduras, escudos y armas. Luego, esos objetos también se desintegraron.

Frank se sentía como si él también se fuera a deshacer. A pesar de la ambrosía que había comido, el brazo herido le empezó a doler. Los párpados le pesaban de agotamiento. La bendición de Marte se desvaneció, dejándolo consumido. Pero su cometido todavía no había terminado.

—Hazel y Leo —dijo—. Tenemos que encontrarlos.

Sus amigos miraron al otro lado de la sima. En el otro extremo de la caverna, el túnel por el que Hazel y Leo habían entrado se encontraba enterrado bajo toneladas de escombros.

—No podemos ir en esa dirección —dijo Nico—. Tal vez…

De repente se tambaleó. Se habría caído si Jason no lo hubiera agarrado.

—¡Nico! —dijo Piper—. ¿Qué pasa?

—Las puertas —contestó Nico—. Ocurre algo. Percy y Annabeth… Tenemos que irnos ya.

—Pero ¿cómo? —preguntó Jason—. El túnel ha desaparecido.

Frank apretó la mandíbula. No había llegado tan lejos para quedarse cruzado de brazos mientras sus amigos estaban en apuros.

—No será divertido —dijo—, pero hay otro camino.

LXIX

Annabeth

Morir a manos de Tártaro no le parecía un gran honor.

Al contemplar el remolino oscuro de su rostro, Annabeth decidió que prefería morir de una forma menos memorable: por ejemplo, cayendo por una escalera o falleciendo plácidamente mientras dormía a los ochenta años después de una vida agradable y tranquila con Percy. Sí, eso pintaba bien.

No era la primera vez que Annabeth se enfrentaba a un enemigo al que no podía vencer con la fuerza. Normalmente, eso la habría impulsado a ganar tiempo con una ingeniosa cháchara.

Sin embargo, la voz no le respondía. Ni siquiera podía cerrar la boca. Debía de estar babeando como Percy cuando dormía.

Era vagamente consciente del ejército de monstruos que se arremolinaban a su alrededor, pero después de su rugido inicial de triunfo, la horda se había quedado callada. Annabeth y Percy deberían estar hechos pedazos a esas alturas. En cambio, los monstruos guardaban las distancias, esperando a que Tártaro actuara.

El dios del foso flexionó los dedos y se examinó sus pulidas garras negras. No tenía expresión, pero irguió los hombros como si estuviera satisfecho.

Es agradable tener forma, entonó. *Con estas manos, podré destriparos.*

Su voz sonaba como una grabación hacia atrás, como si las palabras estuvieran siendo absorbidas por el vórtice de su cara en lugar de ser expulsadas. De hecho, parecía que la cara del dios lo atrajera todo: la luz tenue, las nubes venenosas, la esencia de los monstruos, hasta la frágil fuerza vital de Annabeth. Miró a su alrededor y se dio cuenta de que a todos los objetos de la vasta llanura en la que se encontraba les había salido una vaporosa cola de cometa y de que todos apuntaban a Tártaro.

Annabeth sabía que debía decir algo, pero su instinto le aconsejaba esconderse y evitar hacer cualquier cosa que llamara la atención del dios.

Además, ¿qué podía decir? «¡No te saldrás con la tuya!»

Eso no era cierto. Si ella y Percy habían sobrevivido tanto tiempo era porque Tártaro estaba disfrutando de su nueva forma. Quería gozar del placer de hacerlos trizas físicamente. A Annabeth no le cabía duda de que, si Tártaro lo deseaba, podría poner fin a su existencia con solo pensarlo, tan fácilmente como había volatilizado a Hiperión y Crío. ¿Sería posible renacer después? Annabeth no quería averiguarlo.

A su lado, Percy hizo algo que ella no le había visto hacer nunca. Soltó su espada. El arma cayó de su mano y chocó contra el suelo emitiendo un golpe sordo. La Niebla de la Muerte ya no le envolvía la cara, pero todavía tenía la tez de un cadáver.

Tártaro volvió a susurrar… posiblemente riéndose.

Vuestro miedo huele estupendamente, dijo el dios. *Ahora entiendo el atractivo de tener un cuerpo físico con tantos sentidos. Tal vez mi querida Gaia tenga razón al querer despertar de su sueño.*

Alargó su enorme mano morada. Podría haber arrancado a Percy como una mala hierba, pero Bob le interrumpió.

—¡Fuera de aquí! —El titán apuntó al dios con su lanza—. ¡No tienes ningún derecho a entrometerte!

¿Entrometerme? Tártaro se volvió. *Soy el señor de todas las criaturas de la oscuridad, insignificante Jápeto. Puedo hacer lo que me venga en gana.*

El ciclón negro de su rostro empezó a girar más rápido. El aullido que emitía era tan horrible que Annabeth cayó de rodillas y se tapó los oídos. Bob tropezó, y su fuerza vital, etérea como la cola de un cometa, se alargó al ser absorbida por la cara del dios.

Bob rugió desafiante. Atacó y arremetió con su lanza contra el pecho de Tártaro. Antes de que pudiera alcanzarlo, Tártaro lo apartó de un manotazo, como si fuera un molesto insecto. El titán cayó rodando por el suelo.

¿Por qué no te desintegras?, preguntó Tártaro. *No eres nada. Eres todavía más débil que Crío e Hiperión.*

—Soy Bob —dijo Bob.

Tártaro susurró.

¿Qué es eso? ¿Qué es Bob?

—He elegido ser algo más que Jápeto —dijo el titán—. Tú no me controlas. No soy como mis hermanos.

En el cuello de su mono se formó un bulto. Bob el Pequeño salió de un brinco. El gatito cayó en el suelo delante de su amo, arqueó el lomo y siseó al señor del abismo.

Mientras Annabeth observaba, Bob el Pequeño empezó a crecer, y su figura parpadeó hasta que el gatito se convirtió en un tigre dientes de sable de tamaño natural, esquelético y translúcido.

—Además —anunció Bob—, tengo un buen gato.

Bob el ex Pequeño se abalanzó sobre Tártaro y clavó sus garras en el muslo del dios. El tigre trepó por su pierna y se metió debajo de su falda de malla. Tártaro se puso a dar patadas y alaridos, al parecer no tan entusiasmado de tener forma física. Mientras tanto, Bob clavó su lanza en el costado del dios, justo por debajo de su coraza.

Tártaro rugió. Trató de aplastar a Bob, pero el titán retrocedió y se situó fuera de su alcance. Bob alargó los dedos. Su lanza se desprendió de la carne del dios y volvió volando a la mano de Bob. Annabeth tragó saliva, asombrada. Nunca había imaginado que una escoba pudiera tener tantos usos prácticos. Bob el Pequeño se soltó de debajo de la falda de Tártaro. Corrió al lado de su amo, sus colmillos de diente de sable goteando icor dorado.

Tú morirás primero, Jápeto, decidió Tártaro. *Después añadiré tu alma a mi armadura, donde se disolverá poco a poco, una y otra vez, en una agonía eterna.*

Tártaro golpeó su coraza con el puño. Rostros blanquecinos se arremolinaron en el metal, gritando en silencio para escapar.

Bob se volvió hacia Percy y Annabeth. El titán sonrió, un gesto que probablemente no habría sido la reacción de Annabeth ante una amenaza de agonía eterna.

—Id a las puertas —dijo Bob—. Yo me ocuparé de Tártaro.

Tártaro echó la cabeza atrás y rugió, y creó una fuerza de succión tan intensa que los diablos voladores más cercanos fueron absorbidos por el vórtice de su rostro y se hicieron trizas.

¿Ocuparte de mí?, dijo el dios en tono de mofa. *¡No eres más que un titán, un ridículo hijo de Gaia! Te haré sufrir por tu arrogancia. Y por lo que respecta a tus amigos mortales...*

Tártaro movió la mano hacia el ejército de monstruos y les hizo señas para que avanzaran.

¡ACABAD CON ELLOS!

LXX

Annabeth

«ACABAD CON ELLOS.»

Annabeth había oído esas palabras tan a menudo que la arrancaron de su estado de parálisis. Levantó la espada y gritó:

—¡Percy!

Él recogió a *Contracorriente*.

Annabeth se abalanzó sobre las cadenas que sujetaban las puertas de la muerte. Su espada de hueso de drakon cortó las ataduras del lado izquierdo de un solo golpe. Mientras tanto, Percy hizo retroceder a la primera oleada de monstruos. Asestó una estocada a una *arai* y gritó:

—¡Bah! ¡Estúpidas maldiciones!

A continuación cercenó a media docena de telquines. Annabeth se lanzó detrás de él y cortó las cadenas del otro lado.

Las puertas vibraron y a continuación se abrieron emitiendo un agradable «¡Ring!».

Bob y su secuaz con dientes de sable siguieron zigzagueando alrededor de las piernas de Tártaro, atacando y haciendo fintas para escapar de sus garras. No parecían estarle causando muchos daños, pero Tártaro se tambaleaba de un lado al otro; saltaba a la vista que no estaba acostumbrado a luchar con un cuerpo de humanoide. Todos los golpes que asestaba erraban el blanco.

Más monstruos se acercaron en tropel a las puertas. Una lanza pasó volando al lado de la cabeza de Annabeth. Ella se volvió y dio una estocada a una *empousa* en la barriga, y acto seguido se lanzó hacia las puertas cuando empezaban a cerrarse.

Las mantuvo abiertas con el pie mientras luchaba. Situada de espaldas al ascensor, por lo menos no tenía que preocuparse por los ataques que vinieran de detrás.

—¡Ven aquí, Percy! —gritó.

Él se reunió con ella en la puerta, con la cara chorreando sudor y sangre de varios cortes.

—¿Estás bien? —preguntó Annabeth.

Él asintió con la cabeza.

—Las *arai* me han lanzado una maldición dolorosa. —Abatió a un grifo en el aire de un espadazo—. Duele, pero sobreviviré. Entra en el ascensor. Yo apretaré el botón.

—¡Sí, claro! —Ella golpeó a un caballo carnívoro en el hocico con la empuñadura de su espada, y el monstruo huyó precipitadamente entre la multitud—. Lo prometiste, Cerebro de Alga. ¡Prometiste que no nos separaríamos! ¡Nunca jamás!

—¡Eres insufrible!

—¡Yo también te quiero!

Una falange de cíclopes entera embistió contra ellos, apartando a los monstruos más pequeños a golpes. Annabeth supuso que estaba a punto de morir.

—Cíclopes tenían que ser —gruñó.

Percy lanzó un grito de guerra. A los pies de los cíclopes, una vena roja se abrió en el terreno y salpicó a los monstruos de fuego líquido del Flegetonte. El agua de fuego podía curar a los mortales, pero no les sentaba nada bien a los cíclopes. Los monstruos se quemaron en medio de una gigantesca ola de calor. La vena rota se cerró, y el único rastro que quedó de los monstruos fue una hilera de quemaduras.

—¡Tienes que irte, Annabeth! —dijo Percy—. ¡No podemos quedarnos los dos!

—¡No! —gritó ella—. ¡Agáchate!

Él no preguntó por qué. Agachó la cabeza, y Annabeth saltó por encima de él y clavó su espada en la cabeza de un ogro lleno de tatuajes.

Percy y ella permanecieron uno al lado del otro en la puerta, esperando la siguiente oleada de monstruos. La vena que había explotado había hecho vacilar a los monstruos, pero no tardarían en recordar: «Un momento, nosotros somos tropecientos, y ellos son solo dos».

—Bueno —dijo Percy—, ¿tienes alguna idea mejor?

Annabeth deseó tenerla.

Las Puertas de la Muerte estaban justo detrás de ellos: su salida de ese mundo de pesadilla. Pero no podían usar las puertas sin que alguien manejara los mandos durante doce largos minutos. Si entraban y dejaban que las puertas se cerrasen sin que alguien mantuviera el botón apretado, Annabeth no creía que las consecuencias fueran saludables. Y si se apartaban de las puertas, se imaginaba que el ascensor se cerraría y desaparecería sin ellos.

La situación era tan deplorable que casi tenía gracia.

La multitud de monstruos avanzaba muy lentamente, gruñendo y armándose de valor.

Mientras tanto, los ataques de Bob se estaban volviendo más lentos. Tártaro estaba aprendiendo a dominar su nuevo cuerpo. Bob el Pequeño se abalanzó sobre el dios, pero Tártaro le dio un golpe del revés. Bob atacó rugiendo de ira, pero Tártaro cogió su lanza y se la arrebató de las manos de un tirón. Lanzó a Bob cuesta abajo de una patada, y el titán derribó una hilera de telquines como si fueran bolos con forma de mamíferos marinos.

¡RÍNDETE!, bramó Tártaro.

—Jamás —dijo Bob—. Tú no eres mi amo.

Pues muere por desafiarme, dijo el dios del foso. *Los titanes no significáis nada para mí. Mis hijos, los gigantes, siempre han sido mejores, más fuertes y más crueles. ¡Ellos volverán el mundo de arriba tan oscuro como mi reino!*

Tártaro partió la lanza por la mitad. Bob gimió de dolor. Bob el Pequeño saltó en su ayuda, gruñendo a Tártaro y enseñando los colmillos. El titán se levantó con dificultad, pero Annabeth sabía que era el fin. Incluso los monstruos se volvieron para mirar, como si intuyeran que su amo Tártaro estaba a punto de acaparar toda la atención. La muerte de un titán era algo digno de ser visto.

Percy cogió la mano de Annabeth.

—Quédate aquí. Tengo que ayudarle.

—No puedes, Percy —dijo ella con voz ronca—. No se puede luchar contra Tártaro. Nosotros, no.

Ella sabía que estaba en lo cierto. Tártaro no tenía rival. Era más poderoso que los dioses o los titanes. Los semidioses le eran indiferentes. Si Percy lo atacaba para ayudar a Bob, acabaría aplastado como una hormiga.

Pero Annabeth también sabía que Percy no le haría caso. No podría permitir que Bob muriera solo. No era propio de él… y ese era uno de los muchos motivos por los que lo amaba, aunque fuera un grano de tamaño olímpico en el *podex*.

—Iremos juntos —decidió Annabeth, sabiendo que sería su última batalla.

Si se apartaban de las puertas, jamás saldrían del Tártaro. Por lo menos morirían luchando uno al lado del otro.

Estaba a punto de decir: «Ahora».

Una oleada de inquietud recorrió el ejército. A lo lejos, Annabeth oyó chillidos, gritos y un insistente «bum, bum, bum» demasiado rápido para ser los latidos del suelo; parecía más bien algo grande y pesado que corría a toda velocidad. Un Nacido de la Tierra saltó por los aires dando vueltas como si lo hubieran lanzado. Una columna de gas de vivo color verde se elevó formando nubes por encima de la horda monstruosa como el chorro de una manguera antidisturbios. Todo se disolvía a su paso.

Al otro lado de la franja de terreno recién desocupada, Annabeth vio la causa del alboroto. Sonrió.

El drakon meonio desplegó su collar y siseó, y su aliento venenoso llenó el campo de batalla de olor a pino y jengibre. Movió su cuerpo de treinta metros de largo, agitó su cola verde moteada y aniquiló a un batallón de ogros.

Montado a su lomo iba un gigante de piel roja con flores en sus trenzas de color herrumbroso, un chaleco de cuero verde y una lanza de costilla de drakon en la mano.

—¡Damasén! —gritó Annabeth.

El gigante inclinó la cabeza.

—Annabeth Chase, he seguido tu consejo. He elegido un nuevo destino.

LXXI

Annabeth

¿Qué es esto?, susurró el dios del foso. *¿Por qué has venido, mi deshonroso hijo?*

Damasén miró a Annabeth y le transmitió un mensaje claro con los ojos: «Marchaos. Ahora».

Se volvió hacia Tártaro. El drakon meonio pateó el suelo y gruñó.

—¿Deseabas un adversario más digno, padre? —preguntó Damasén con serenidad—. Yo soy uno de los gigantes de los que tanto te enorgulleces. ¿Deseabas que fuera más belicoso? ¡Pues tal vez empiece acabando contigo!

Damasén apuntó con su lanza y atacó.

El ejército de monstruos se arremolinó alrededor de él, pero el drakon meonio lo arrasaba todo a su paso, agitando su cola y expulsando veneno mientras Damasén lanzaba estocadas a Tártaro y obligaba al dios a retroceder como un león acorralado.

Bob se alejó de la batalla dando traspiés, acompañado de su gato dientes de sable. Percy les ofreció toda la protección que pudo haciendo estallar un vaso sanguíneo detrás de otro en el suelo. Algunos monstruos se volatilizaban con agua de la laguna Estigia. Otros recibían una ducha del Cocito y se desplomaban, gimiendo sin poder contenerse. Otros se remojaban en líquido del Lete y miraban sin comprender a su alrededor, sin saber dónde estaban ni quiénes eran.

Bob se dirigió a las puertas cojeando. De las heridas de sus brazos y su pecho manaba icor dorado. Su uniforme de conserje estaba hecho jirones. Él iba encorvado, como si, al romper su lanza, Tártaro también hubiera roto algo dentro de él. A pesar de todo sonreía, con sus ojos plateados brillantes de satisfacción.

—Marchaos —ordenó—. Yo apretaré el botón.

Percy lo miró boquiabierto.

—Bob, no te encuentras en estado...

—Percy. —La voz de Annabeth amenazaba con quebrarse. No soportaba la idea de que Bob hiciera eso, pero sabía que era la única forma—. No nos queda más remedio.

—¡No podemos dejarlos sin más!

—Debes hacerlo, amigo mío. —Bob dio una palmada a Percy en el brazo que por poco lo derribó—. Todavía puedo apretar un botón. Y tengo un gato para protegerme.

Bob el Pequeño le dio la razón gruñendo.

—Además —dijo Bob—, estás destinado a regresar al mundo. Y a poner fin a la locura de Gaia.

Un cíclope chillón pasó volando por encima de sus cabezas, chisporroteando a causa de las salpicaduras de veneno.

A cincuenta metros de distancia, el drakon meonio se abría paso entre los monstruos a pisotones, haciendo nauseabundos ruidos viscosos con las patas como si estuviera pisando uvas. Detrás de él, Damasén gritaba insultos y lanzaba estocadas al dios del foso, provocando a Tártaro para que siguiera alejándose de las puertas.

Tártaro fue a por él cojeando, abriendo cráteres en el suelo con sus botas de hierro.

¡No puedes matarme!, bramó. *Yo soy el mismo foso. Sería como intentar matar a la tierra. Gaia y yo... somos eternos. ¡Nos perteneces en cuerpo y alma!*

Bajó su enorme puño, pero Damasén dio un quiebro y ensartó su jabalina en un lado del cuello de Tártaro.

Tártaro gruñó, aparentemente más molesto que herido. Giró el remolino de su rostro hacia el gigante, pero Damasén se apartó a tiempo. Una docena de monstruos fueron aspirados por el vórtice y se desintegraron.

—¡No lo hagas, Bob! —dijo Percy, con mirada suplicante—. Acabará contigo para siempre. No podrás volver. No te podrás regenerar.

Bob se encogió de hombros.

—¿Quién sabe lo que pasará? Debes irte. Tártaro tiene razón en una cosa: no podemos vencerlo. Solo puedo daros algo de tiempo.

Las puertas se cerraron contra el pie de Annabeth.

—Doce minutos —dijo el titán—. Es lo que puedo ofreceros.

—Percy… sujeta las puertas.

Annabeth saltó y abrazó el cuello del titán. Le dio un beso en la mejilla, con los ojos tan llenos de lágrimas que apenas podía ver bien. La cara barbuda de Bob olía a productos de limpieza: cera para muebles con aroma a limón y jabón para madera.

—Los monstruos son eternos —le dijo, haciendo un esfuerzo por no llorar—. Os recordaremos a ti y a Damasén como a unos héroes, como el mejor titán y el mejor gigante. Les hablaremos a nuestros hijos de vosotros. Mantendremos la historia viva. Algún día os regeneraréis.

Bob le revolvió el pelo. Alrededor de sus ojos aparecieron las arrugas que se le formaban cuando sonreía.

—Eso está bien. Hasta entonces, amigos míos, saludad al sol y las estrellas de mi parte. Y sed fuertes. Puede que este no sea el único sacrificio que debáis hacer para detener a Gaia. —La apartó de un empujoncito—. Se ha acabado el tiempo. Marchaos.

Annabeth agarró el brazo de Percy. Lo metió a rastras en la caja del ascensor. Vislumbró por última vez al drakon meonio sacudiendo a un ogro como a un monigote y a Damasén lanzando estocadas a las piernas de Tártaro.

El dios del foso señaló las Puertas de la Muerte con el dedo y gritó:

¡Monstruos, detenedlos!

Bob el Pequeño se agazapó y gruñó, listo para la acción.

Bob guiñó el ojo a Annabeth.

—Mantened las puertas cerradas por dentro —dijo—. Se resistirán a llevaros. Sujetadlas…

Los paneles se cerraron.

LXXII

Annabeth

—¡Ayúdame, Percy! —gritó Annabeth.

Ella empujaba la puerta izquierda con todo el cuerpo, presionando hacia el centro. Percy hizo lo mismo con la derecha. No había asideros ni nada a lo que agarrarse. Mientras la caja del ascensor se elevaba, las puertas se sacudieron y trataron de abrirse, amenazando con expulsarlos a lo que quiera que hubiese entre la vida y la muerte.

A Annabeth le dolía el hombro. El hilo musical del ascensor tampoco era de ayuda. Si todos los monstruos tenían que oír una canción en la que el cantante decía que le gustaban las piñas coladas y mojarse bajo la lluvia, no le extrañaba que tuvieran ganas de matar cuando llegaran al mundo de los mortales.

—Hemos abandonado a Bob y Damasén —dijo Percy con voz ronca—. Morirán por nosotros, y nosotros solo...

—Lo sé —murmuró ella—. Dioses del Olimpo, Percy, lo sé.

Annabeth casi se alegraba de tener que mantener las puertas cerradas. El terror que atravesaba su corazón al menos impedía que sucumbiera a la tristeza. Abandonar a Damasén y Bob había sido lo más difícil que había hecho en su vida.

Durante años, le había fastidiado que otros chicos del Campamento Mestizo participaran en misiones mientras ella se quedaba

en el campamento. Había visto como otros alcanzaban la gloria…
o fracasaban y no volvían. Desde que tenía siete años, había pensado: «¿Por qué yo no tengo ocasión de demostrar mis aptitudes? ¿Por qué no puedo dirigir una misión?».

En ese instante comprendió que la prueba más difícil para una hija de Atenea no era dirigir una misión ni enfrentarse a la muerte en combate. Era tomar la decisión estratégica de dar un paso atrás, de dejar que otro corriera el peligro más grave; sobre todo cuando esa persona era tu amigo. Tenía que aceptar el hecho de que no podía proteger a todas las personas que quería. Que no podía resolver todos los problemas.

Lo lamentaba, pero no tenía tiempo para la autocompasión. Parpadeó para contener las lágrimas.

—Las puertas, Percy —advirtió.

Los paneles habían empezado a deslizarse y habían dejado entrar una vaharada de… ¿ozono? ¿Azufre?

Percy empujó furiosamente en su lado, y la rendija se cerró. El chico echaba chispas por los ojos. Annabeth esperaba que no estuviera cabreado con ella, pero si lo estaba, lo entendía perfectamente.

«Si le da fuerzas para seguir —pensó—, que se enfade.»

—Voy a matar a Gaia —murmuró—. La voy a hacer trizas con mis propias manos.

Annabeth asintió con la cabeza, pero estaba pensando en la bravata de Tártaro acerca de la imposibilidad de matarlos a él y a Gaia. Ante tal poder, hasta los titanes y los gigantes eran muy inferiores. Los semidioses no tenían ninguna posibilidad.

También se acordó de la advertencia de Bob: «Puede que este no sea el único sacrificio que tengáis que hacer para detener a Gaia».

Tenía la corazonada de que esa parte era verdad.

—Doce minutos —murmuró—. Solo doce minutos.

Rogó a Ateneá que Bob pudiera mantener apretado el botón todo ese tiempo. Rezó para que le diera fuerza y sabiduría. Se preguntaba lo que encontrarían cuando llegaran al final de su trayecto en ascensor.

Si sus amigos no estaban allí, controlando el otro lado…

—Podemos conseguirlo —dijo Percy—. Tenemos que conseguirlo.

—Sí —dijo Annabeth—. Sí, tenemos que conseguirlo.

Mantuvieron las puertas cerradas al mismo tiempo que el ascensor vibraba y la música sonaba, mientras, en algún lugar debajo de ellos, un titán y un gigante sacrificaban sus vidas para que ellos escapasen.

LXXIII

Hazel

Hazel no se sentía orgullosa de llorar.

Después de que el túnel se desplomara, lloró y se desgañitó como una niña de dos años con un berrinche. No podía mover los escombros que los separaban a ella y a Leo de los demás. Si la tierra se desplazaba un poco más, todo el complejo se podía hundir sobre sus cabezas. Aun así, golpeó las piedras con los puños y gritó juramentos por los que las monjas de la Academia St. Agnes le habrían lavado la boca con jabón.

Leo la miró fijamente, estupefacto, con los ojos muy abiertos.

Hazel no estaba siendo justa con él.

La última vez que los dos habían estado juntos, lo había trasladado a su pasado y le había mostrado a Sammy, el bisabuelo de Leo: el primer novio de Hazel. Le había hecho cargar con un lastre emocional que él no necesitaba y lo había dejado tan perplejo que una monstruosa gamba gigante había estado a punto de matarlo.

Y allí estaban ahora, otra vez solos, mientras sus amigos podían estar muriendo a manos de un ejército de monstruos, y ella se estaba poniendo histérica.

—Lo siento. —Se enjugó la cara.

—Oye… —Leo se encogió de hombros—, en mis tiempos yo también la emprendí con unas cuantas piedras.

Ella tragó saliva con dificultad.

—Frank está… está…

—Escucha —dijo Leo—, Frank Zhang sabe defenderse. Probablemente se convierta en canguro y les haga unos movimientos de jiu-jitsu marsupial en pleno careto.

La ayudó a levantarse. A pesar del pánico que anidaba dentro de ella, sabía que Leo tenía razón. Frank y los demás no estaban indefensos. Encontrarían una forma de sobrevivir. Lo mejor que ella y Leo podían hacer era seguir adelante.

Observó a Leo. Tenía el cabello más largo y más greñudo, y la cara más delgada, de modo que ya no parecía tanto un diablillo; ahora recordaba más a uno de esos duendes esbeltos de los cuentos de hadas. De todas formas, la diferencia más grande estaba en sus ojos. Se movían continuamente, como si Leo intentara ver algo más allá del horizonte.

—Lo siento, Leo —dijo.

Él arqueó una ceja.

—Vale. ¿Por qué?

—Por… —Señaló a su alrededor en un gesto de impotencia—. Por todo. Por creer que eras Sammy, por darte falsas esperanzas. O sea, no era mi intención, pero si lo hice…

—Oye. —Él le apretó la mano, aunque Hazel no percibió nada romántico en el gesto—. Las máquinas están pensadas para trabajar.

—¿Qué?

—Yo creo que el universo es básicamente una máquina. No sé quién lo creó, si las Moiras, los dioses, el Dios con mayúscula o quien fuese, pero la mayoría del tiempo funciona como tiene que funcionar. Sí, de vez en cuando algunas piezas se rompen y hay cosas que se averían, pero la mayoría de las veces… las cosas ocurren por un motivo. Como el hecho de que tú y yo nos conociéramos.

—Leo Valdez —dijo Hazel asombrada—, eres un filósofo.

—No —contestó él—. Solo soy un mecánico. Pero creo que mi bisabuelo Sammy sabía lo que se hacía. Te dejó marchar, Hazel. Mi misión consiste en decirte que no pasa nada. Tú y Frank… estáis bien juntos. Todos vamos a salir de esta. Espero que tengáis la oportunidad de ser felices. Además, Zhang no sería capaz de atarse los zapatos sin tu ayuda.

—Qué malo eres —lo regañó ella, pero sentía como si algo se estuviera desenredando en su interior; un nudo de tensión que llevaba dentro desde hacía semanas.

Leo había cambiado de verdad. Hazel estaba empezando a pensar que había encontrado a un buen amigo.

—¿Qué te pasó cuando estuviste solo? —preguntó—. ¿A quién conociste?

A Leo le entró un tic en el ojo.

—Es una larga historia. Algún día te la contaré, pero todavía estoy esperando a ver cómo termina.

—El universo es una máquina —dijo Hazel—, así que todo saldrá bien.

—Eso espero.

—Mientras no sea una de tus máquinas —añadió Hazel—. Porque tus máquinas nunca hacen lo que tienen que hacer.

—Sí. Ja, ja. —Leo invocó fuego con la mano—. A ver, ¿hacia dónde vamos ahora, señorita Subterránea?

Hazel escudriñó el sendero que se extendía delante de ellos. A unos nueve metros más adelante, el túnel se dividía en cuatro arterias más pequeñas, todas idénticas, pero la de la izquierda irradiaba frío.

—Por allí —decidió—. Parece la más peligrosa.

—Me has convencido —dijo Leo.

Iniciaron el descenso.

En cuanto llegaron al primer arco, Galantis, la mofeta, los encontró.

Trepó por el costado de Hazel y se acurrucó alrededor de su cuello parloteando airadamente, como diciendo: «¿Dónde os habíais metido? Llegáis tarde».

—La mofeta pedorra otra vez no, por favor —se quejó Leo—. Si ese bicho suelta una de sus bombas tan cerca, con mi fuego de por medio, vamos a explotar.

Galantis escupió un insulto de mofeta a Leo.

Hazel les hizo callar a los dos. Percibía el túnel más adelante, descendiendo en una suave pendiente a lo largo de casi cien metros y luego abriéndose en una gran cámara. En esa cámara había una presencia… fría, pesada y poderosa. Hazel no había experimentado algo parecido desde que había estado en la cueva de Alaska en la que Gaia la había obligado a resucitar a Porfirio, el rey de los gigantes. Hazel había frustrado los planes de Gaia en esa ocasión, pero había tenido que derribar la cueva, sacrificando su vida y la de su madre. No ardía en deseos de vivir una experiencia parecida.

—Prepárate, Leo —susurró—. Nos estamos acercando.

—¿A qué?

Una voz de mujer resonó por el pasillo.

—A mí.

Hazel experimentó una oleada de náuseas tan intensa que las rodillas le flaquearon. El mundo entero se alteró. Su sentido de la orientación, normalmente infalible bajo tierra, se trastocó por completo.

No parecía que ella y Leo se estuviesen moviendo, pero de repente estaban al final del pasillo, en la entrada de la cámara.

—Bienvenidos —dijo la voz de mujer—. Estaba deseando que llegara este momento.

Hazel recorrió la caverna con la vista. No podía ver a su interlocutora.

La estancia le recordó el Panteón de Roma, solo que ese sitio había sido decorado al estilo modernizado de Hades.

En las paredes de obsidiana había escenas de muerte grabadas: víctimas de plagas, cadáveres en el campo de batalla, cámaras de tortura con esqueletos colgando en jaulas de hierro; todo adornado con piedras preciosas que hacían todavía más espantosas las escenas.

Como en el Panteón, el techo abovedado tenía un diseño reticular con paneles cuadrados ahuecados, pero allí cada panel era una *stela*: una lápida con inscripciones en griego antiguo. Hazel se preguntaba si había cuerpos enterrados detrás de ellas. Como su sentido subterráneo estaba fastidiado, no podía estar segura.

No vio más salidas. En la cima del techo, donde habría estado el tragaluz del Panteón, había un círculo de piedra negra reluciente, como para subrayar la sensación de que no había salida, ni cielo arriba; solo oscuridad.

La mirada de Hazel se desvió al centro de la sala.

—Sí —murmuró Leo—. Eso sí que son unas puertas.

A quince metros de distancia había una serie de puertas de ascensor independientes, con los paneles grabados en plata y hierro. Hileras de cadenas descendían por cada lado, sujetando el armazón a unos grandes ganchos del suelo.

La zona que rodeaba las puertas estaba sembrada de escombros negros. Hazel advirtió con una atenazante sensación de ira que allí había habido un antiguo altar de Hades en el pasado. Había sido destruido para hacer sitio a las Puertas de la Muerte.

—¿Dónde está? —gritó.

—¿No nos ves? —dijo la voz de mujer en tono burlón—. Creía que Hécate te había elegido por tus aptitudes.

Otro acceso de náuseas revolvió el estómago de Hazel. Galantis gruñó y expulsó una ventosidad sobre su hombro, cosa que no le fue de ayuda.

Unos puntos oscuros flotaban en los ojos de Hazel. Parpadeó con la esperanza de que desaparecieran, pero no hicieron más que oscurecerse. Los puntos se concentraron en una figura sombría de seis metros de estatura que se alzaba al lado de las puertas.

El gigante Clitio estaba envuelto en humo negro, como ella lo había visto en la visión de la encrucijada, pero en ese momento Hazel podía distinguir vagamente su figura: unas patas de dragón con escamas de color ceniciento; un enorme torso humanoide revestido con una armadura estigia; un largo cabello trenzado que parecía hecho de humo. Su tez era tan oscura como la de la Muerte (Hazel lo sabía bien, ya que había conocido personalmente a la Muerte). Sus ojos emitían un brillo frío como diamantes. No llevaba arma, pero eso no le hacía menos aterrador.

Leo silbó.

—¿Sabes una cosa, Clitio?, para ser un tío tan grande, tienes una voz muy bonita.

—Idiota —susurró la mujer.

A mitad de camino entre Hazel y el gigante, el aire relució. La hechicera apareció.

Llevaba un elegante vestido sin mangas de oro tejido y el cabello moreno recogido en un cono y rodeado de diamantes y esmeraldas. De su cuello pendía un colgante: un laberinto en miniatura sujeto con un cordón con rubíes engastados que hicieron pensar a Hazel en unas gotas de sangre cristalizada.

La mujer poseía una belleza atemporal y regia, como una estatua que uno podía admirar pero que jamás podría amar. Sus ojos brillaban con malicia.

—Pasífae —dijo Hazel.

La mujer inclinó la cabeza.

—Mi querida Hazel Levesque.

Leo tosió.

—¿Os conocéis? ¿En plan colegas del inframundo o…?

—Silencio, bobo. —Pasífae tenía una voz suave pero llena de veneno—. No aguanto a los semidioses varones: siempre tan engreídos, tan descarados y destructivos.

—Oiga, señora —protestó Leo—. Yo no destruyo mucho. Soy hijo de Hefesto.

—Un calderero —le espetó Pasífae—. Peor todavía. Conocí a Dédalo. Sus inventos no me dieron más que problemas.

Leo parpadeó.

—Dédalo… ¿El Dédalo original? Vaya, entonces debería saberlo todo sobre los caldereros. Nos va más reparar cosas, amordazar de vez en cuando a las señoras maleducadas…

—Leo. —Hazel posó la mano sobre el pecho del chico. Tenía la sensación de que la hechicera estaba a punto de convertirlo en algo desagradable si no se callaba—. Déjame a mí, ¿vale?

—Haz caso a tu amiga —dijo Pasífae—. Pórtate bien y deja que las mujeres hablen.

Pasífae se paseó delante de ellos, examinando a Hazel con una mirada tan llena de odio que Hazel notó un cosquilleo en la piel. El poder de la hechicera irradiaba de ella como el calor de un horno. Su expresión era inquietante y ligeramente familiar…

Sin embargo, por algún motivo, el gigante Clitio ponía todavía más nerviosa a Hazel.

Permanecía al fondo, silencioso e inmóvil, a excepción del humo oscuro que brotaba de su cuerpo y se acumulaba alrededor de sus pies. Era la presencia fría que Hazel había notado antes: como un inmenso yacimiento de obsidiana, tan pesado que le sería totalmente imposible moverlo; poderoso, indestructible y totalmente desprovisto de emoción.

—Su… su amigo no es muy hablador —observó Hazel.

Pasífae miró atrás al gigante y arrugó la nariz desdeñosamente.

—Reza para que siga callado, querida. Gaia me ha concedido el placer de ocuparme de vosotros, pero Clitio es mi… ejem, seguro. De hechicera a hechicera, creo que también ha venido para mantener mis poderes a raya, por si me olvido de las órdenes de mi nueva señora. Gaia es así de cuidadosa.

Hazel sintió la tentación de protestar alegando que ella no era una hechicera. No quería saber cómo Pasífae pensaba «ocuparse» de ellos ni cómo el gigante mantenía a raya su magia, pero se irguió y trató de mostrarse segura.

—No sé lo que planea —dijo Hazel—, pero no dará resultado. Hemos liquidado a todos los monstruos que Gaia ha interpuesto en nuestro camino. Si es usted lista, se quitará de en medio.

Galantis, la mofeta, estuvo de acuerdo rechinando los dientes, pero Pasífae no parecía impresionada.

—No parecéis gran cosa —reflexionó la hechicera—. Pero, por otra parte, los semidioses nunca parecéis gran cosa. Mi marido, Minos, rey de Creta, era hijo de Zeus, pero nadie lo habría dicho por su aspecto. Era casi tan flacucho como ese. —Agitó la mano en dirección a Leo.

—Vaya —murmuró Leo—. Minos debió de hacer algo horrible para merecer una esposa como usted.

Los orificios nasales de Pasífae se ensancharon.

—Oh…, no tienes ni idea. Era demasiado orgulloso para hacer sacrificios a Poseidón, así que los dioses me castigaron por su arrogancia.

—El Minotauro —recordó Hazel de repente.

La historia era tan repugnante y grotesca que Hazel siempre se tapaba los oídos cuando la contaban en el Campamento Júpiter. Pasífae había sido condenada a enamorarse del toro de su marido. Y había dado a luz al Minotauro: mitad hombre, mitad toro.

Ahora, mientras Pasífae le lanzaba cuchillos con los ojos, Hazel cayó en la cuenta de por qué su expresión le resultaba tan familiar.

La hechicera tenía la misma amargura y el mismo odio en la mirada que los que a veces irradiaba la madre de Hazel. En sus peores momentos, Marie Levesque miraba a Hazel como si fuera una hija monstruosa, una maldición de los dioses, el origen de todos sus problemas. Por ese motivo la historia del Minotauro incomodaba a Hazel: no era solo la asquerosa idea de la unión de Pasífae y el toro, sino la idea de que un hijo, cualquier hijo, pudiera considerarse un monstruo, un castigo para sus padres, al que encerrar y odiar. El Minotauro siempre le había parecido la víctima de la historia.

—Sí —dijo Pasífae finalmente—. Mi deshonra fue insoportable. Después de que mi hijo naciera y fuera encerrado en el laberinto, Minos no quiso saber nada más de mí. ¡Dijo que había arruinado su reputación! ¿Y sabes lo que le pasó a Minos, Hazel Levesque? ¿Sabes lo que le pasó por sus crímenes y su orgullo? Que fue premiado. ¡Fue nombrado juez de los muertos en el inframundo, como si tuviera derecho a juzgar a los demás! Hades le concedió ese puesto. Tu padre.

—Plutón, en realidad.

Pasífae se rió despectivamente.

—Es irrelevante. Así que odio a los semidioses tanto como a los dioses, ¿sabes? Gaia me ha prometido a todos tus hermanos que sobrevivan a la guerra para que pueda ver cómo mueren lentamente en mi nuevo dominio. Ojalá tuviera más tiempo para torturaros a los dos como es debido. Una lástima…

En el centro de la sala, las Puertas de la Muerte emitieron un agradable tintineo. El botón verde de subida situado en el lado derecho del armazón empezó a brillar. Las cadenas se sacudieron.

—Ya está. —Pasífae se encogió de hombros como pidiendo disculpas—. Las puertas se están usando. Dentro de doce minutos se abrirán.

A Hazel le temblaron las entrañas casi tanto como las cadenas.

—¿Más gigantes?

—Afortunadamente, no —dijo la hechicera—. Ya están todos en el mundo de los mortales, preparados para el asalto final. —Pasífae le dedicó una sonrisa fría—. No, me imagino que otra persona está usando las puertas… alguien no autorizado.

Leo avanzó muy lentamente. De sus puños salió humo.

—Percy y Annabeth.

Hazel no podía hablar. No sabía si el nudo que tenía en la garganta se debía a la alegría o la frustración. Si sus amigos habían llegado a las puertas, si de verdad iban a aparecer allí al cabo de doce minutos…

—Oh, no te preocupes. —Pasífae agitó la mano con desdén—. Clitio se ocupará de ellos. Verás, cuando el timbre vuelva a sonar, si alguien no aprieta el botón de subida en nuestro lado, las puertas no se abrirán y quien esté dentro, puf. Se esfumará. O a lo mejor Clitio les deja salir y se ocupa de ellos en persona. Eso depende de vosotros dos.

Hazel notó un sabor metálico en la boca. No quería preguntar, pero tenía que hacerlo.

—¿Cómo que depende de nosotros?

—Bueno, evidentemente, solo necesitamos una pareja de semidioses vivos —explicó Pasífae—. Los afortunados serán llevados a Atenas y ofrecidos en sacrificio a Gaia en la fiesta de la Esperanza.

—Evidentemente —murmuró Leo.

—¿Así que seréis vosotros dos o vuestros amigos del ascensor? —La hechicera extendió las manos—. Veamos quién sigue con vida dentro de doce…, digo, once minutos.

La caverna desapareció en la oscuridad.

LXXIV

Hazel

La brújula interna de Hazel daba vueltas como loca.

Recordó que cuando era muy pequeña, a finales de los años treinta, su madre la había llevado al dentista en Nueva Orleans para que le quitaran un diente picado. Era la primera y la única vez que Hazel había accedido a cualquiera de las dos cosas. El dentista le prometió que le entraría sueño y se relajaría, pero Hazel se sintió como si saliera de su cuerpo flotando, aterrorizada y fuera de control. Cuando el efecto del éter se pasó, llevaba tres días enferma.

Lo que le pasaba entonces parecía una dosis enorme de éter.

Una parte de ella sabía que todavía estaba en la caverna. Pasífae se encontraba a pocos metros delante de ellos. Clitio aguardaba en silencio ante las Puertas de la Muerte.

Sin embargo, capas de Niebla envolvían a Hazel y distorsionaban su sentido de la realidad. Dio un paso adelante y se estrelló contra una pared que no debería haber estado allí.

Leo pegó las manos a la piedra.

—Pero ¿qué demonios...? ¿Dónde estamos?

A su izquierda y su derecha se extendía un pasillo. Unas antorchas se consumían en unos candelabros de hierro. El aire olía a moho, como en una vieja tumba. Sobre el hombro de Hazel, Galantis gruñía furiosamente, clavando sus garras en la clavícula de la chica.

—Sí, lo sé —murmuró Hazel a la mofeta—. Es una ilusión.

Leo aporreó la pared.

—Una ilusión muy convincente.

Pasífae se rió. Su voz sonaba débil y lejana.

—¿Es una ilusión, Hazel Levesque, o algo más? ¿No ves lo que he creado?

Hazel se sentía tan desequilibrada que apenas podía tenerse en pie, y mucho menos pensar con claridad. Trató de aguzar sus sentidos para ver a través de la Niebla y hallar otra vez la caverna, pero lo único que percibía eran túneles que se bifurcaban en una docena de direcciones, avanzando a todas partes menos adelante.

Pensamientos azarosos centelleaban en su mente, como pepitas de oro saliendo a la superficie: «Dédalo». «El Minotauro encerrado.» «Morir lentamente en mi nuevo dominio.»

—El laberinto —dijo Hazel—. Está rehaciendo el laberinto.

—Y ahora, ¿qué? —Leo había estado dando golpes en la pared con un martillo de bola, pero se volvió y la miró con el entrecejo fruncido—. Creía que el laberinto se hundió durante la batalla en el Campamento Mestizo; que estaba conectado a la fuerza vital de Dédalo o algo por estilo, y que luego él se murió.

Pasífae chasqueó con la lengua en tono de desaprobación.

—Pero yo sigo viva. ¿Atribuyes a Dédalo todos los secretos del laberinto? Yo infundí vida mágica a este laberinto. Dédalo no era nada comparado conmigo: ¡la hechicera inmortal, hija de Helios, hermana de Circe! Ahora el laberinto será mi dominio.

—Es una ilusión —insistió Hazel—. Solo tenemos que abrirnos paso.

Al mismo tiempo que lo decía, las paredes parecieron volverse más sólidas y el olor a moho más intenso.

—Demasiado tarde, demasiado tarde —susurró Pasífae—. El laberinto ya ha despertado. Se extenderá bajo la piel de la tierra una vez más mientras el mundo de los mortales es arrasado. Vosotros, semidioses…, héroes…, recorreréis sus pasillos y moriréis lentamente de sed, miedo y dolor. O tal vez, si me siento misericordiosa, moriréis rápido, ¡entre horribles dolores!

Unos agujeros se abrieron en el suelo bajo los pies de Hazel. Agarró a Leo y lo apartó de un empujón cuando una hilera de pinchos se elevó de golpe y atravesó el techo.

—¡Corre! —gritó.

La risa de Pasífae resonó por el pasillo.

—¿Adónde vas, joven hechicera? ¿Huyes de una ilusión?

Hazel no contestó. Estaba demasiado ocupada tratando de seguir con vida. Detrás de ellos, una hilera tras otra de pinchos se elevaban hacia el techo emitiendo un persistente «clonc, clonc, clonc».

Metió a Leo en un pasillo lateral, saltaron por encima de un alambre tendido a modo de trampa y se detuvieron dando traspiés delante de un foso de seis metros de ancho.

—¿Qué profundidad tiene? —Leo respiraba con dificultad. La pernera de su pantalón se había rasgado al rozarle un pincho.

Los sentidos de Hazel le indicaron que el foso descendía como mínimo quince metros todo recto y que había un charco de veneno al fondo. ¿Podía fiarse de sus sentidos? No sabía si Pasífae había creado un nuevo laberinto o no, pero creía que seguían en la misma caverna, obligados a correr sin rumbo de un lado a otro mientras Pasífae y Clitio miraban con regocijo. Tanto si era una ilusión como si no, a menos que Hazel averiguara cómo salir del laberinto, las trampas los matarían.

—Faltan ocho minutos —dijo la voz de Pasífae—. Me encantaría que sobrevivierais, de verdad. Eso demostraría que sois merecedores de ser sacrificados para Gaia en Atenas. Pero entonces, por otra parte, no necesitaríamos a vuestros amigos del ascensor.

A Hazel le latía el corazón con fuerza. Se volvió hacia la pared de su izquierda. A pesar de lo que le dictaban sus sentidos, esa debería ser la dirección de las puertas. Pasífae debería hallarse justo delante de ella.

Hazel quería atravesar la pared y estrangular a la hechicera. Al cabo de ocho minutos, ella y Leo tendrían que estar ante las Puertas de la Muerte para dejar salir a sus amigos.

Sin embargo, Pasífae era una hechicera inmortal con miles de años de experiencia creando hechizos. Hazel no podría vencerla simplemente con su fuerza de voluntad. Había conseguido engañar al bandido Escirón mostrándole lo que esperaba ver. Hazel tenía que descubrir lo que más deseaba Pasífae.

—Faltan siete minutos —se lamentó Pasífae—. ¡Si tuviéramos más tiempo…! Me gustaría que sufrierais tantas humillaciones…

Eso era, pensó Hazel. Tenía que aguantar ese suplicio. Tenía que hacer el laberinto más peligroso, más espectacular; tenía que hacer que Pasífae se centrara en las trampas y no en la dirección en la que el laberinto conducía.

—Vamos a saltar, Leo —dijo Hazel.

—Pero…

—No está tan lejos como parece. ¡Vamos!

Le agarró la mano y se lanzaron a través del foso. Cuando cayeron, Hazel miró atrás y vio que no había ningún foso en absoluto: solo una grieta de siete centímetros en el suelo.

—¡Venga! —apremió a Leo.

Corrieron mientras la voz de Pasífae hablaba monótonamente.

—Oh, no, querida. No sobrevivirás de esa forma. Seis minutos.

El techo se abrió encima de ellos. Galantis, la comadreja, chilló alarmada, pero Hazel se imaginó un nuevo túnel que llevaba a la izquierda: un túnel todavía más peligroso, que avanzaba en la dirección equivocada. La Niebla se atenuó, sometida a su voluntad. El túnel apareció, y corrieron a un lado.

Pasífae suspiró decepcionada.

—No se te da nada bien, querida.

Pero Hazel albergaba una chispa de esperanza. Había creado un túnel. Había abierto una pequeña brecha en la tela mágica del laberinto.

El suelo se hundió debajo de ellos. Hazel saltó a un lado y arrastró a Leo con ella. Se imaginó otro túnel que torcía otra vez por donde habían venido, pero lleno de gas venenoso. El laberinto obedeció.

—Contén la respiración, Leo —le advirtió.

Se adentraron entre la niebla tóxica. A Hazel se le pusieron los ojos como si se los estuviera lavando con zumo de pimiento picante, pero siguió corriendo.

—Cinco minutos —dijo Pasífae—. ¡Qué lástima! Ojalá pudiera veros sufrir más.

Se metieron en un pasillo con aire fresco. Leo tosió.

—Ojalá cerrara el pico.

Se agacharon por debajo de una trampa hecha con alambre de bronce. Hazel se imaginó un túnel que formaba una leve curva hacia Pasífae. La niebla se plegó a su voluntad.

Las paredes del túnel empezaron a acercarse a cada lado. Hazel no trató de detenerlas. Hizo que se aproximaran más rápido, sacudiendo el suelo y agrietando el techo. Ella y Leo corrían como alma que lleva el diablo, siguiendo la curva que los acercaba a lo que esperaba fuera el centro de la sala.

—Qué pena —dijo Pasífae—. Ojalá pudiera mataros a vosotros y a vuestros amigos del ascensor, pero Gaia ha insistido en que dos de vosotros deben quedar con vida hasta la fiesta de la Esperanza. ¡Entonces se hará buen uso de vuestra sangre! En fin, tendremos que buscar otras víctimas para mi laberinto. Vosotros dos habéis demostrado ser unos fracasados de segunda.

Hazel y Leo se detuvieron dando traspiés. Delante de ellos se extendía una sima tan ancha que Hazel no podía ver el otro lado. En algún lugar más abajo, en la oscuridad, se oía un sonido de siseos: miles y miles de serpientes.

Hazel pensó en retirarse, pero el túnel se estaba cerrando detrás de ellos, dejandolos aislados en un diminuto saliente. Galantis se paseaba sobre los hombros de Hazel tirándose pedos con inquietud.

—Vale, vale —murmuró Leo—. Las paredes son partes móviles. Tienen que ser mecánicas. Dame un segundo.

—No, Leo —dijo Hazel—. No hay camino de vuelta.

—Pero...

—Cógeme la mano —dijo ella—. A la de tres.

—Pero...

—¡Tres!

—¿Qué?

Hazel saltó al foso tirando de Leo. Trató de hacer caso omiso de los gritos de su amigo y de la comadreja flatulenta que se aferraba a su cuello. Dedicó toda su fuerza y su voluntad a redirigir la magia del laberinto.

Pasífae se reía con regocijo, sabiendo que acabarían aplastados o morirían a causa de las mordeduras de las serpientes.

En cambio, Hazel se imaginó un tobogán en la oscuridad, justo a su izquierda. Se retorció en el aire y descendió hacia él. Ella y Leo cayeron con fuerza en el tobogán, penetraron en la caverna deslizándose y aterrizaron justo encima de Pasífae.

—¡Ay!

La cabeza de la hechicera golpeó el suelo cuando Leo se sentó pesadamente sobre su pecho.

Por un momento, los tres y la comadreja formaron un montón de cuerpos tumbados y de miembros que se agitaban violentamente. Hazel trató de desenvainar su espada, pero Pasífae consiguió desenredarse primero. La hechicera retrocedió, con el peinado ladeado como un pastel hundido. Su vestido estaba manchado de grasa del cinturón portaherramientas de Leo.

—¡Desgraciados! —gritó.

El laberinto había desaparecido. A escasa distancia, Clitio permanecía de espaldas a ellos, observando las Puertas de la Muerte. Según los cálculos de Hazel, disponían de unos treinta segundos hasta que sus amigos llegaran. Hazel se encontraba agotada después de correr por el laberinto al mismo tiempo que controlaba la Niebla, pero tenía que sacarse un último as de la manga.

Había logrado que Pasífae viera lo que más deseaba. Ahora Hazel tenía que hacer que la hechicera viera lo que más temía.

—Usted debe de odiar mucho a los semidioses —dijo Hazel, tratando de imitar la sonrisa cruel de Pasífae—. Siempre ganamos, ¿verdad?

—¡Tonterías! —gritó Pasífae—. ¡Os haré pedazos! Os...

—Siempre la fastidiamos —dijo Hazel en tono compasivo—. Su marido la traicionó. Teseo mató al Minotauro y le robó a su hija Ariadna. Ahora dos fracasados de segunda han vuelto su propio laberinto contra usted. Pero usted sabía que acabaría así, ¿verdad? Al final siempre fracasa.

—¡Soy inmortal! —dijo gimiendo Pasífae. Dio un paso atrás, toqueteando su collar—. ¡No podéis resistiros a mí!

—Usted sí que ya no puede resistir —replicó Hazel—. Mire.

Señaló a los pies de la hechicera. Una trampilla se abrió debajo de Pasífae. La diosa cayó gritando a un foso sin fondo que no existía realmente.

El suelo se volvió sólido. La hechicera había desaparecido.

Leo miró fijamente a Hazel asombrado.

—¿Cómo has...?

Justo entonces sonó el timbre del ascensor. En lugar de pulsar el botón de subida, Clitio se apartó de los mandos, manteniendo a sus amigos atrapados en el interior.

—¡Leo! —gritó Hazel.

Estaban a casi diez metros de distancia —demasiado lejos para llegar al ascensor—, pero Leo sacó un destornillador y lo lanzó como un cuchillo arrojadizo. Un intento imposible. El destornillador pasó por delante de Clitio dando vueltas y golpeó el botón de subida.

Las Puertas de la Muerte se abrieron siseando. Nubes de humo negro salieron del interior, y dos cuerpos cayeron de bruces al suelo: Percy y Annabeth, inertes como cadáveres.

Hazel rompió a llorar.

—Oh, dioses...

Ella y Leo avanzaron, pero Clitio alzó la mano en un gesto inconfundible: alto. Levantó su enorme pata de reptil por encima de la cabeza de Percy.

La mortaja de humo del gigante se derramó sobre el suelo y cubrió a Annabeth y Percy de un charco de niebla oscura.

—Has perdido, Clitio —gruñó Hazel—. Déjalos en libertad o acabarás como Pasífae.

El gigante ladeó la cabeza. Sus ojos de diamantes brillaron. Annabeth se sacudió como si hubiera tocado un cable de alta tensión. Rodó sobre su espalda, expulsando humo negro por la boca.

Yo no soy Pasífae. Annabeth habló con una voz que no era la suya: las palabras sonaban graves como un bajo. *No habéis ganado nada.*

—¡Basta ya!

A pesar de estar a casi diez metros de distancia, Hazel podía percibir que la fuerza vital de Annabeth disminuía y su pulso se volvía inestable. Fuera lo que fuese lo que Clitio le estuviera haciendo sacando palabras de su boca, la estaba matando.

El gigante empujó la cabeza de Percy con el pie. La cara del chico se balanceó a un lado.

No están muertos del todo. Las palabras del gigante brotaron de la boca de Percy retumbando. *Supongo que volver del Tártaro supone un golpe terrible para un cuerpo humano. Estarán inconscientes un rato.*

Centró de nuevo su atención en Annabeth. Más humo salió de entre sus labios.

Los ataré y se los llevaré a Porfirio, en Atenas. Son el sacrificio perfecto que necesitamos. Desgraciadamente, eso significa que vosotros dos ya no me servís para nada.

—Ah, ¿no? —gruñó Leo—. Pues tal vez tú tengas humo, colega, pero yo tengo fuego.

Sus manos se encendieron. Lanzó unas columnas de llamas candentes al gigante, pero el aura de humo de Clitio las absorbió cuando hicieron impacto. Volutas de bruma negra recorrieron las llamaradas, apagaron la luz y el calor, y cubrieron a Leo de oscuridad.

Leo cayó de rodillas agarrándose el cuello.

—¡No! —Hazel corrió hacia él, pero Galantis parloteó con tono de urgencia sobre su hombro: una clara advertencia.

Yo no lo haría. La voz reverberante de Clitio salió de la boca de Leo. *No lo entiendes, Hazel Levesque. Yo consumo la magia. Destruyo la voz y el alma. No podéis enfrentaros a mí.*

La niebla negra siguió extendiéndose a través de la sala, cubriendo a Annabeth y Percy, avanzando hacia Hazel.

A Hazel le retumbaba la sangre en los oídos. Tenía que actuar... pero ¿cómo? Si el humo negro podía dejar fuera de combate a Leo tan rápido, ¿qué posibilidades tenía ella?

—Fu-fuego —dijo tartamudeando—. Se supone que eres débil al fuego.

El gigante se rió entre dientes, usando las cuerdas vocales de Annabeth en esta ocasión.

Contabas con eso, ¿eh? Es cierto que no me gusta el fuego. Pero las llamas de Leo Valdez no son lo bastante fuertes para molestarme.

En algún lugar detrás de Hazel, una voz suave y melodiosa dijo:

—¿Y mis llamas, viejo amigo?

Galantis chilló excitada, saltó del hombro de Hazel y se dirigió corriendo a la entrada de la caverna donde había una mujer rubia con un vestido negro rodeada de la Niebla, que se arremolinaba a su alrededor.

El gigante retrocedió dando traspiés y se chocó contra las Puertas de la Muerte.

Tú, dijo por boca de Percy.

—Yo —asintió Hécate. Extendió los brazos. Unas antorchas llameantes aparecieron en sus manos—. Han pasado milenios desde la última vez que luché al lado de un semidiós, pero Hazel Levesque ha demostrado ser digna de ello. ¿Qué opinas, Clitio? ¿Jugamos con fuego?

LXXV

Hazel

Si el gigante hubiera huido gritando, Hazel lo habría agradecido. Así todos habrían podido tomarse el día libre.

Pero Clitio no le dio el gusto.

Cuando vio las antorchas de la diosa encendidas, el gigante pareció recobrar el juicio. Dio un pisotón que sacudió el suelo y estuvo a punto de pisar el brazo de Hazel. Unas nubes de humo negro lo rodearon hasta que Annabeth y Percy quedaron totalmente ocultos. Hazel solo podía ver los ojos brillantes del gigante.

Unas palabras temerarias. El gigante hablaba por la boca de Leo. *Eres olvidadiza, diosa. La última vez que coincidimos contabas con la ayuda de Hércules y Dioniso: los héroes más poderosos del mundo, destinados a convertirse en dioses. ¿Y ahora traes a... estos?*

El cuerpo inconsciente de Leo se retorció, dolorido.

—¡Basta! —gritó Hazel.

Ella no planeó lo que ocurrió después. Simplemente sabía que tenía que proteger a sus amigos. Se los imaginó detrás de ella, de la misma manera que se había imaginado nuevos túneles en el laberinto de Pasífae. Leo se disolvió. Reapareció a los pies de Hazel, acompañado de Percy y Annabeth. La Niebla se arremolinaba a su alrededor, derramándose sobre las piedras y envolviendo a sus amigos. En la zona en la que la Niebla blanca y el humo negro de

Clitio se juntaron, chisporroteó y salió humo, como la lava al caer al mar.

Leo abrió los ojos y dejó escapar un grito ahogado.

—¿Qu-qué…?

Annabeth y Percy permanecieron inmóviles, pero Hazel percibió que sus latidos se volvían más fuertes y su respiración más regular.

Sobre el hombro de Hécate, Galantis gritó admirada.

La diosa avanzó, sus ojos oscuros relucientes a la luz de las antorchas.

—Tienes razón, Clitio. Hazel Levesque no es Hércules ni Dioniso, pero vas a comprobar que es igual de temible.

A través de la mortaja de humo, Hazel vio que el gigante abría la boca. De sus labios no salió ninguna palabra. Clitio se rió desencantado.

Leo trató de incorporarse.

—¿Qué pasa? ¿Qué puedo…?

—Vigila a Percy y a Annabeth. —Hazel desenvainó su *spatha*—. Quédate detrás de mí. No salgas de la Niebla.

—Pero…

La mirada que Hazel le lanzó debió de ser más severa de lo que ella creía.

Leo tragó saliva.

—Vale, lo pillo. La Niebla blanca es buena. El humo negro, malo.

Hazel avanzó. El gigante extendió los brazos. El techo abovedado se sacudió, y la voz del gigante resonó a través de la sala, amplificada cien veces.

¿Temible?, preguntó el gigante. Parecía que estuviera hablando a través de un coro de muertos, utilizando todas las almas desgraciadas que habían sido enterradas detrás de las *stelae* de la bóveda. *¿Porque ha aprendido tus trucos de magia, Hécate? ¿Porque tú permites que estos debiluchos se oculten en tu Niebla?*

Una espada apareció en la mano del gigante: una hoja de hierro estigio muy parecida a la de Nico, solo que cinco veces más grande.

No entiendo por qué Gaia considera a cualquiera de estos semidioses dignos de sacrificio. Los aplastaré como cáscaras de nuez.

El miedo de Hazel se tornó en ira. Gritó. Las paredes de la cámara emitieron un crujido como el del hielo en agua caliente, y docenas de piedras preciosas cayeron como flechas sobre el gigante y atravesaron su armadura como perdigones.

Clitio se tambaleó hacia atrás. Su voz incorpórea gritó de dolor. Su coraza de hierro estaba agujereada.

El icor dorado goteaba de una herida de su brazo derecho. Su mortaja de oscuridad se volvió menos densa. Hazel podía ver la expresión asesina de su rostro.

Tú, gruñó Clitio. *Inútil…*

—¿Inútil? —preguntó Hécate en voz queda—. Yo diría que Hazel Levesque sabe unos cuantos trucos que ni siquiera yo podría enseñarle.

Hazel permaneció delante de sus amigos, decidida a protegerlos, pero su energía se estaba desvaneciendo. Le pesaba la espada en la mano, y ni siquiera la había blandido todavía. Deseó que Arión estuviera allí. Le vendrían bien la velocidad y la fuerza del caballo. Lamentablemente, su amigo equino no podría ayudarla en esa ocasión. El caballo era un animal que se desenvolvía en los espacios abiertos, no bajo tierra.

El gigante introdujo los dedos en la herida de su bíceps, sacó un diamante y lo lanzó a un lado. La herida se cerró.

¿De veras crees que Hécate tiene presente tu interés, hija de Plutón?, tronó Clitio. *Circe era una de sus favoritas. Y Medea. Y Pasífae. ¿Y cómo acabaron, eh?*

Hazel oyó a Annabeth moviéndose detrás de ella y gimiendo de dolor. Percy murmuró algo parecido a «¿Bob-bob-bob?».

Clitio avanzó sosteniendo despreocupadamente su espada a un lado, como si fueran compañeros en lugar de enemigos.

Hécate no te dirá la verdad. Ella envía a secuaces como tú para que cumplan sus órdenes y corran todo el riesgo. No podría quemarme a menos que milagrosamente tú me dejaras incapacitado. Y entonces se atribuiría toda la gloria. Ya sabes cómo se ocupó Baco de los Alóadas en el Coliseo. Pues Hécate es peor. Ella es un titán que traicionó a los titanes. Luego traicionó a los dioses. ¿De verdad crees que cumplirá la palabra que te ha dado?

El rostro de Hécate era inescrutable.

—No puedo responder a esas acusaciones, Hazel —dijo la diosa—. Esta es tu encrucijada. Tú debes elegir.

Sí, encrucijadas. La risa del gigante resonó. Sus heridas parecían haberse curado del todo. *Hécate te ofrece oscuridad, opciones, vagas promesas de magia. Yo soy el reverso de Hécate. Yo te ofreceré la verdad. Eliminaré las opciones y la magia. Eliminaré la Niebla de una vez por todas y te mostraré el mundo en su auténtico horror.*

Leo se levantó con dificultad tosiendo como un asmático.

—Me encanta este tío —dijo casi sin voz—. En serio, deberíamos llamarlo para que diera seminarios de motivación personal. —Sus manos se encendieron como sopletes—. O yo podría iluminarlo.

—No, Leo —dijo Hazel—. El templo de mi padre. Es mi decisión.

—Sí, vale. Pero...

—Hazel... —dijo Annabeth con dificultad.

Hazel se puso tan eufórica al oír la voz de su amiga que estuvo a punto de volverse, pero sabía que no debía apartar la vista de Clitio.

—Las cadenas... —consiguió decir Annabeth.

Hazel inspiró bruscamente. ¡Qué tonta había sido! Las Puertas de la Muerte seguían abiertas, sacudiéndose contra las cadenas que las sujetaban. Hazel tenía que cortarlas para que desaparecieran... y quedaran por fin fuera del alcance de Gaia.

El único problema era el enorme gigante lleno de humo que se interponía en su camino.

No creerás que tienes la fuerza necesaria, ¿verdad?, la reprendió Clitio. *¿Qué harás, Hazel Levesque: tirarme más rubíes? ¿Acribillarme a zafiros?*

Hazel le contestó. Levantó su *spatha* y atacó.

Al parecer, Clitio no esperaba una reacción tan suicida por su parte. Tardó en levantar la espada. Para cuando lanzó una estocada, Hazel se había metido entre sus piernas y le clavó su hoja de oro imperial en su *gluteus maximus*. Una táctica poco elegante. Las monjas de St. Agnes no le habrían dado el visto bueno, pero dio resultado.

Clitio rugió y arqueó la espalda, apartándose de ella como un pato. La Niebla seguía arremolinándose alrededor de Hazel, y siseaba al topar con el humo negro del gigante.

Hazel se dio cuenta de que Hécate la estaba ayudando prestándole la fuerza necesaria para mantener un velo defensivo. Hazel también sabía que cuando le fallara la concentración y la oscuridad la alcanzara, se desplomaría. Si eso ocurría, no estaba segura de que Hécate pudiera —o quisiera— impedir que el gigante los aplastara a ella y sus amigos.

Hazel corrió hacia las Puertas de la Muerte. Su *spatha* hizo añicos las cadenas del lado izquierdo como si estuvieran hechas de hielo. Se lanzó a la derecha, pero Clitio chilló:

¡NO!

No acabó partida por la mitad de pura chiripa. La cara de la hoja del gigante le dio en el pecho y la lanzó por los aires. Chocó contra la pared y notó que los huesos le crujían.

Al otro lado de la sala, Leo gritó su nombre.

Vio un destello de fuego con la vista borrosa. Hécate estaba cerca, y su figura relucía como si estuviera a punto de disolverse. Sus antorchas parecían estar apagándose, pero podía deberse simplemente a que Hazel se estuviera quedando inconsciente.

No podía darse por vencida entonces. Se obligó a levantarse. Le dolía el costado como si le hubieran clavado cuchillas de afeitar. Su espada estaba tirada en el suelo a un metro y medio de distancia. Se acercó a ella dando traspiés.

—¡Clitio! —gritó.

Quería que sonara como un valiente desafío, pero le salió más bien un gruñido.

Por lo menos captó su atención. El gigante apartó la vista de Leo y los demás. Cuando vio que avanzaba cojeando se rió.

Buen intento, Hazel Levesque, admitió Clitio. *Lo has hecho mejor de lo que esperaba. Pero la magia sola no puede vencerme, y no tienes suficiente fuerza. Hécate te ha fallado, como le acaba fallando a todos sus seguidores.*

La Niebla que la rodeaba se estaba aclarando. En el otro extemo de la sala, Leo trataba de obligar a Percy a que comiera ambrosía, pero este seguía bastante aturdido. Annabeth estaba despierta, pero se movía con dificultad y apenas podía levantar la cabeza.

Hécate permanecía con sus antorchas, observando y esperando, cosa que enfureció tanto a Hazel que tuvo un último arranque de energía.

Lanzó su espada; no al gigante, sino a las Puertas de la Muerte. Las cadenas del lado derecho se hicieron añicos. Hazel se desplomó presa de unos dolores horrorosos, con el costado ardiendo, mientras las puertas vibraban y desaparecían con un destello de luz morada.

Clitio rugió tan fuerte que media docena de *stelae* cayeron del techo y se hicieron pedazos.

—Eso por mi hermano, Nico —dijo Hazel con voz entrecortada—. Y por destruir el altar de mi padre.

Has perdido el derecho a una muerte rápida, gruñó el gigante. *Te ahogaré en la oscuridad de forma lenta y dolorosa. Hécate no podrá ayudarte. ¡NADIE podrá ayudarte!*

La diosa levantó las antorchas.

—Yo no estaría tan seguro, Clitio. Los amigos de Hazel solo necesitaban un poco de tiempo para llegar hasta ella: tiempo que tú les has dado con tu petulancia y tus fanfarronadas.

Clitio resopló.

¿Qué amigos? ¿Esos debiluchos? No suponen para mí ningún desafío.

El aire ondeó delante de Hazel. La Niebla se hizo más densa, formó una puerta, y cuatro personas la cruzaron.

Hazel rompió a llorar de alivio. A Frank le sangraba el brazo, y lo llevaba vendado, pero estaba vivo. A su lado estaban Nico, Piper y Jason, todos con sus espadas desenvainadas.

—Sentimos llegar tarde —dijo Jason—. ¿Es este el tío al que hay que matar?

LXXVI

Hazel

A Hazel casi le dio lástima Clitio.

Lo atacaron por todos los flancos: Leo le disparó fuego a las piernas, Frank y Piper le dieron estocadas en el pecho, Jason voló por los aires y le propinó una patada en la cara. Hazel se enorgulleció de ver que Piper se acordaba de sus lecciones de esgrima.

Cada vez que el velo de humo del gigante empezaba a rodear a uno de ellos, Nico aparecía allí, atravesándolo a espadazos, absorbiendo la oscuridad con su hoja estigia.

Percy y Annabeth estaban de pie, con aspecto débil y aturdido, pero tenían las espadas desenvainadas. ¿Cuándo se había hecho Annabeth con una espada? ¿Y de qué estaba hecha? ¿De marfil? Parecía que quisieran ayudar, pero no hacía falta. El gigante estaba rodeado.

Clitio gruñía, volviéndose de acá para allá como si le costara decidir a cuál de ellos matar primero.

¡Esperad! ¡Quedaos quietos! ¡No! ¡Ay!

La oscuridad que lo envolvía se disipó por completo, sin dejarle más protección que su maltrecha armadura. Le salía icor de una docena de heridas. Los daños se curaban casi tan rápido como eran infligidos, pero Hazel notaba que el gigante estaba cansado.

Jason se lanzó volando contra él por última vez, le dio una patada en el torso, y el peto del gigante se hizo pedazos. Clitio se tambaleó hacia atrás. Su espada cayó al suelo. Se desplomó de rodillas, y los semidioses lo rodearon.

Entonces Hécate avanzó con las antorchas levantadas. La Niebla se arremolinó alrededor del gigante siseando y burbujeando al entrar en contacto con su piel.

—Aquí termina la historia —dijo Hécate.

No se ha terminado. La voz de Clitio resonó desde algún lugar en lo alto, amortiguada y pastosa. *Mis hermanos se han alzado. Gaia solo espera la sangre del Olimpo. Ha hecho falta que luchéis todos vosotros para vencerme. ¿Qué haréis cuando la Madre Tierra abra los ojos?*

Hécate volvió sus antorchas del revés y las lanzó como si fueran dagas a la cabeza de Clitio. El pelo del gigante se encendió más rápido que la yesca seca, se propagó por su cabeza y a través de su cuerpo hasta que el calor de la hoguera hizo estremecerse a Hazel. Clitio cayó de bruces entre los escombros del altar de Hades sin hacer ruido. Su cuerpo se deshizo en cenizas.

Por un momento, nadie dijo nada. Hazel oyó un ruido angustioso e irregular y se dio cuenta de que era su propia respiración. Tenía el costado como si le hubieran golpeado con un ariete.

La diosa Hécate se volvió hacia ella.

—Debes irte, Hazel Levesque. Saca a tus amigos de este sitio.

Hazel apretó los dientes, tratando de dominar su ira.

—¿Y ya está? ¿Ni «gracias»? ¿Ni «buen trabajo»?

La diosa inclinó la cabeza. Galantis, la comadreja, farfulló algo —tal vez una despedida, tal vez una advertencia— y desapareció entre los pliegues de la falda de su ama.

—Si buscas gratitud, te equivocas de lugar —dijo Hécate—. En cuanto a lo de «buen trabajo», todavía está por ver. Corred a Atenas. Clitio no estaba equivocado. Los gigantes se han alzado; todos, más fuertes que nunca. Gaia está a punto de despertar. La fiesta de la Esperanza tendrá un nombre de lo más desacertado a menos que lleguéis a tiempo para detenerla.

La cámara retumbó. Otra *stela* cayó al suelo y se hizo añicos.

—La Casa de Hades es inestable —explicó Hécate—. Marchaos ya. Volveremos a vernos.

La diosa se desvaneció. La niebla se evaporó.

—Qué simpática —masculló Percy.

Los demás se volvieron hacia él y Annabeth, como si acabaran de percatarse de que estaban allí.

—Colega. —Jason dio un abrazo de oso a Percy.

—¡Los desaparecidos en el Tártaro! —Leo gritó de alegría—. ¡Bravo!

Piper abrazó a Annabeth y se echó a llorar.

Frank corrió junto a Hazel. La rodeó con los brazos con delicadeza.

—Estás herida —dijo.

—Probablemente me haya roto las costillas —reconoció ella—. Pero… ¿qué te ha pasado en el brazo, Frank?

Él forzó una sonrisa.

—Es una larga historia. Estamos vivos. Eso es lo importante.

Ella se sentía tan aliviada que tardó un instante en fijarse en Nico, que estaba solo, con una expresión llena de dolor y de embarazo.

—Eh —lo llamó Hazel, haciéndole señas con el brazo bueno.

Él vaciló y acto seguido se acercó y le besó la frente.

—Me alegro de que estés bien —dijo—. Los fantasmas tenían razón. Solo uno de nosotros ha llegado a las Puertas de la Muerte. Tú… habrías hecho sentirse orgulloso a nuestro padre.

Ella sonrió, acariciándole suavemente la cara con la mano.

—No podríamos haber vencido a Clitio sin ti.

Hazel deslizó el dedo pulgar debajo del ojo de Nico y se preguntó si había estado llorando. Anhelaba desesperadamente entender lo que le pasaba, lo que le había pasado las últimas semanas. Después de todo lo que habían vivido, Hazel daba gracias más que nunca por tener un hermano.

Antes de que pudiera decirlo en voz alta, el techo vibró. Unas grietas aparecieron en los azulejos que quedaban, y cayeron columnas de humo.

—Tenemos que largarnos —dijo Jason—. ¿Frank…?

Frank negó con la cabeza.

—Creo que solo puedo conseguir un favor de los muertos por hoy.

—Espera, ¿qué? —preguntó Hazel.

Piper arqueó las cejas.

—Tu increíble novio pidió un favor como hijo de Marte. Invocó los espíritus de unos guerreros muertos y les hizo guiarnos por... No estoy segura. ¿Los pasadizos de los muertos? Lo único que sé es que estaba muy muy oscuro.

A su izquierda, una sección de la pared se rajó. Los ojos de rubíes de un esqueleto tallado en piedra asomaron y rodaron a través del suelo.

—Tendremos que viajar por las sombras —dijo Hazel.

Nico hizo una mueca.

—Hazel, apenas puedo viajar yo solo. Con siete personas más...

—Te ayudaré.

Ella trató de mostrar seguridad. Nunca había viajado por las sombras y no tenía ni idea de si podría hacerlo, pero, después de alterar el laberinto con la Niebla, tenía que creer que era posible.

Una sección entera de baldosas se desprendieron del techo.

—¡Cogeos todos las manos! —gritó Nico.

Formaron un círculo a toda prisa. Hazel visualizó el campo griego por encima de ellos. La caverna se desplomó, y sintió que se deshacía en las sombras.

Aparecieron en la ladera que daba al río Aqueronte. El sol estaba saliendo y hacía relucir el agua y teñía las nubes de naranja. El frío aire matutino olía a madreselva.

Hazel iba de la mano de Frank a la izquierda y de Nico a la derecha. Todos estaban vivos y en su mayoría sanos. La luz del sol entre los árboles era lo más hermoso que había visto en su vida. Quería vivir ese momento, libre de monstruos y dioses y espíritus malignos.

Entonces sus amigos empezaron a moverse.

Nico se dio cuenta de que estaba cogiendo la mano de Percy y la soltó rápidamente.

Leo se tambaleó hacia atrás.

—¿Sabéis…?, creo que me voy a sentar.

Se desplomó. Los demás hicieron otro tanto. *El Argo II* seguía flotando sobre el río a varios cientos de metros de distancia. Hazel sabía que debían comunicarse por señas con el entrenador Hedge y decirle que estaban vivos. ¿Habían estado en el templo toda la noche? ¿O varias noches? Pero en ese momento el grupo estaba demasiado cansado para hacer cualquier cosa que no fuera quedarse sentados, relajarse y sorprenderse de que estuvieran bien.

Empezaron a intercambiar historias.

Frank explicó lo que había pasado con la legión espectral y el ejército de monstruos, la intervención de Nico con el cetro de Diocleciano y el valor con el que Jason y Piper habían luchado.

—Frank está siendo modesto —dijo Jason—. Él controló la legión entera. Deberíais haberlo visto. Ah, por cierto… —Jason miró a Percy—. He renunciado a mi puesto y he ascendido a Frank a pretor, a menos que tú no estés de acuerdo con la decisión.

Percy sonrió.

—No hay nada que discutir.

—¿Pretor? —Hazel miró fijamente a Frank.

Él se encogió de hombros, incómodo.

—Bueno…, sí. Ya sé que parece raro.

Ella trató de abrazarlo, pero hizo una mueca al acordarse de sus costillas rotas. Se conformó con besarlo.

—Me parece perfecto.

Leo dio una palmada a Frank en el hombro.

—Bien hecho, Zhang. Ahora puedes mandarle a Octavio que se clave su espada.

—Tentador —convino Frank. Se volvió con aprensión hacia Percy—. Pero vosotros… La historia del Tártaro debe de llevarse la palma. ¿Qué os pasó allí abajo? ¿Cómo conseguisteis…?

Percy entrelazó sus dedos con los de Annabeth.

Hazel miró por casualidad a Nico y vio el dolor reflejado en sus ojos. No estaba segura, pero tal vez estaba pensando en la suerte que tenían Percy y Annabeth de contar el uno con el otro. Nico había atravesado el Tártaro solo.

—Os lo contaremos —les prometió Percy—. Pero todavía no, ¿vale? No estoy listo para recordar ese sitio.

—No —convino Annabeth—. Ahora mismo... —Miró hacia el río y vaciló—. Creo que nuestro transporte se acerca.

Hazel se volvió. El *Argo II* viró a babor, con sus remos aéreos en movimiento y sus velas recibiendo el viento. La cabeza de Festo brillaba al sol. Pese a la distancia, Hazel podía oír sus chirridos y sonidos metálicos de júbilo.

—¡Bravo! —gritó Leo.

A medida que el barco se acercaba, Hazel vio al entrenador Hedge en la proa.

—¡Ya era hora! —gritó el entrenador. Estaba haciendo todo lo posible por fruncir el entrecejo, pero sus ojos brillaban como si tal vez, y solo tal vez, se alegrara de verlos—. ¿Por qué habéis tardado tanto, yogurines? ¡Habéis hecho esperar a vuestra visita!

—¿Visita? —murmuró Hazel.

Detrás del pasamanos, al lado del entrenador Hedge, apareció una chica morena con una capa morada y la cara tan cubierta de hollín y arañazos ensangrentados que Hazel casi no la reconoció.

Reyna había llegado.

LXXVII

Percy

Percy se quedó mirando la Atenea Partenos esperando a que lo fulminara.

El nuevo sistema elevador mecánico de Leo había bajado la estatua a la ladera con sorprendente facilidad. Ahora la diosa de doce metros de altura contemplaba serenamente el río Aqueronte, con su vestido dorado como metal fundido al sol.

—Increíble —reconoció Reyna.

Todavía tenía los ojos enrojecidos de llorar. Poco después de haber aterrizado en el *Argo II*, su pegaso Escipión se había desplomado, doblegado por los arañazos venenosos de un grifo que los había atacado la noche anterior. Reyna había rematado al caballo con su cuchillo dorado y había reducido al pegaso a polvo, que se había esparcido por el aire griego de dulce aroma. Puede que no fuese un mal final para un caballo volador, pero Reyna había perdido a un amigo fiel. Percy se imaginaba que la chica ya había renunciado a muchas cosas en la vida.

La pretora rodeó con recelo la Atenea Partenos.

—Parece recién hecha.

—Sí —dijo Leo—. Hemos quitado las telarañas y hemos usado un poco de limpiador. No ha sido difícil.

El *Argo II* flotaba justo encima. Mientras Festo permanecía al acecho de amenazas en el radar, toda la tripulación había decidido comer en la ladera y hablar de lo que iban a hacer. Después de las últimas semanas, Percy creía que se habían ganado una buena comida juntos: cualquier cosa que no fuera agua de fuego ni sopa de carne de drakon.

—Eh, Reyna —la llamó Annabeth—. Come con nosotros.

La pretora miró y arqueó las cejas como si no acabara de procesar las palabras «con nosotros». Percy nunca había visto a Reyna sin su armadura. Estaba siendo reparada por Buford, la mesa maravillosa, a bordo del barco. Llevaba unos vaqueros y una camiseta de manga corta morada del Campamento Júpiter y parecía casi una adolescente normal; exceptuando el cuchillo que llevaba al cinto y su expresión precavida, como si estuviera lista para cualquier ataque.

—Está bien —dijo finalmente.

Se movieron para hacerle sitio en el corro. Se sentó con las piernas cruzadas al lado de Annabeth, cogió un sándwich de queso y mordisqueó el borde.

—Bueno —dijo Reyna—. Frank Zhang… pretor.

Frank se movió, limpiándose las migas de la barbilla.

—Sí, en fin… Un ascenso de emergencia.

—Para dirigir a una legión diferente —observó Reyna—. Una legión de fantasmas.

Hazel entrelazó su brazo con el de Frank en actitud protectora. Después de una hora en la enfermería, los dos tenían mucho mejor aspecto, pero Percy advirtió que no sabían qué pensar de la presencia de su antigua jefa del Campamento Júpiter en la comida.

—Deberías haberlo visto, Reyna —dijo Jason.

—Estuvo increíble —convino Piper.

—Frank es un líder —insistió Hazel—. Es un gran pretor.

Reyna mantuvo la mirada fija en Frank, como si estuviera tratando de calcular su peso.

—Te creo —dijo—. Me parece bien.

Frank parpadeó.

—¿De verdad?

Reyna sonrió con sequedad.

—Un hijo de Marte, el héroe que ayudó a recuperar el águila de la legión… Puedo trabajar con un semidiós así. Solo me pregunto cómo convenceré a la Duodécima Fulminata.

Frank frunció el entrecejo.

—Sí. Yo me he estado haciendo la misma pregunta.

Percy todavía no podía creer lo mucho que Frank había cambiado. Un «estirón» era una forma suave de decirlo. Había crecido como mínimo siete centímetros, estaba menos rechoncho y más corpulento, como un defensa de fútbol americano. Su cara tenía un aspecto más robusto y su mentón más fuerte. Era como si Frank se hubiera transformado en un toro y luego hubiera recuperado su forma humana, pero conservando algunos rasgos bovinos.

—La legión te escuchará, Reyna —dijo Frank—. Has llegado aquí sola a través de las tierras antiguas.

Reyna masticó su sándwich como si fuera de cartón.

—Al hacerlo he infringido las leyes de la legión.

—Y César infringió la ley cuando cruzó el Rubicón —repuso Frank—. Los grandes líderes a veces tienen que romper los esquemas.

Ella negó con la cabeza.

—Yo no soy César. Después de encontrar la nota de Jason en el palacio de Diocleciano, localizaros fue fácil. Solo hice lo que me pareció necesario.

Percy no pudo por menos que sonreír.

—Eres demasiado modesta, Reyna. Has volado a la otra punta del mundo respondiendo a la petición de Annabeth porque creías que era la mejor posibilidad de alcanzar la paz. Eso es heroico de narices.

Reyna se encogió de hombros.

—Lo dice el semidiós que se cayó al Tártaro y se las arregló para volver.

—Recibió ayuda —intervino Annabeth.

—Evidentemente —dijo Reyna—. Sin ti, dudo que Percy hubiera descubierto cómo salir de una bolsa de papel.

—Cierto —convino Annabeth.

—¡Eh! —se quejó Percy.

Los demás se echaron a reír, pero a Percy no le importó. Era agradable verlos sonreír. El simple hecho de estar en el mundo de los mortales, respirar aire no envenenado, disfrutar del sol en la espalda era agradable.

De repente se acordó de Bob. «Saludad al sol y las estrellas de mi parte.»

La sonrisa de Percy se desvaneció. Bob y Damasén habían sacrificado sus vidas para que Percy y Annabeth pudieran estar allí sentados, disfrutando del sol y riéndose con sus amigos.

No era justo.

Leo sacó un pequeño destornillador de su cinturón portaherramientas. Lo clavó en una fresa recubierta de chocolate y se la pasó al entrenador Hedge. A continuación sacó otro destornillador y atravesó otra fresa para él.

—Bueno, la pregunta de los veinte millones de pesos —dijo Leo—. Hemos conseguido esta bonita estatua de Atenea de doce metros ligeramente usada. ¿Qué hacemos con ella?

Reyna echó un vistazo a la Atenea Partenos.

—Queda muy bien en esta colina, pero no he venido hasta aquí para admirarla. Según Annabeth, una líder romana debe devolverla al Campamento Mestizo. ¿Lo he entendido bien?

Annabeth asintió.

—Tuve un sueño en… el Tártaro. Estaba en la colina mestiza, y la voz de Atenea dijo: «Debo estar aquí. La romana debe traerme».

Percy observó con inquietud la estatua. Nunca había mantenido una relación idílica con la madre de Annabeth. Temía que la estatua de la gran mamá cobrara vida y le echara una bronca por meter a su hija en tantos líos… o que simplemente lo pisara sin decir nada.

—Tiene sentido —dijo Nico.

Percy se sobresaltó. Parecía que Nico le hubiera leído el pensamiento y estuviera de acuerdo en que Atenea lo pisara.

El hijo de Hades estaba sentado en el otro extremo del corro, comiendo una granada, la fruta del inframundo. Percy se preguntó si eso era lo que Nico entendía por una broma.

—La estatua es un símbolo poderoso —dijo Nico—. Si un romano se la devolviera a los griegos… podría superar la desavenencia histórica y quizá incluso curar el desdoblamiento de personalidad de los dioses.

El entrenador Hedge tragó su fresa acompañada de medio destornillador.

—Un momento. Me gusta la paz tanto como a cualquier sátiro…

—Usted odia la paz —dijo Leo.

—El caso, Valdez, es que solo estamos a… ¿cuánto, unos días de Atenas? Un ejército de gigantes nos está esperando allí. Nos hemos tomado muchas molestias para salvar la estatua…

—Yo me he tomado casi todas las molestias —le recordó Annabeth.

—… porque la profecía la llamaba el «azote de los gigantes» —prosiguió el entrenador—. Así que ¿por qué no nos la llevamos a Atenas con nosotros? Es evidente que es nuestra arma secreta. —Miró detenidamente la Atenea Partenos—. A mí me parece un misil balístico. Tal vez si Valdez le instalara unos motores…

Piper carraspeó.

—Una gran idea, entrenador, pero muchos de nosotros hemos tenido sueños y visiones en los que Gaia despierta en el Campamento Mestizo…

Desenvainó su daga Katoptris y la dejó sobre su plato. En ese momento, la hoja solo mostraba el cielo, pero a Percy todavía le incomodaba mirarla.

—Desde que volvimos al barco —dijo Piper—, he estado viendo cosas malas en la daga. La legión romana está muy cerca del Campamento Mestizo. Y están consiguiendo refuerzos: espíritus, águilas, lobos.

—Octavio —gruñó Reyna—. Le dije que esperase.

—Cuando asumamos el mando —propuso Frank—, el primer asunto a tratar debería ser poner a Octavio en la catapulta que haya más cerca y dispararlo lo más lejos posible.

—Estoy de acuerdo —dijo Reyna—. Pero de momento…

—Está decidido a hacer la guerra —terció Annabeth—. Y lo conseguirá, a menos que lo detengamos.

Piper giró la hoja de su daga.

—Lamentablemente, eso no es lo peor. He visto imágenes de un posible futuro: el campamento en llamas, semidioses romanos y griegos muertos. Y Gaia... —Le falló la voz.

Percy se acordó del dios Tártaro bajo su forma física, alzándose por encima de él. Nunca había sentido tanta impotencia ni tanto terror. Todavía se ruborizaba de vergüenza al recordar que la espada se le había caído de la mano.

«Sería como intentar matar a la tierra», había dicho Tártaro.

Si Gaia era tan poderosa y contaba con un ejército de gigantes, Percy no veía cómo siete semidioses podrían detenerla, sobre todo cuando la mayoría de los dioses estaban incapacitados. Tenían que detener a los gigantes antes de que Gaia despertara, o la partida se acabaría.

Si la Atenea Partenos era un arma secreta, llevarla a Atenas resultaba muy tentador. A Percy le gustaba bastante la idea del entrenador de usarla como misil y volar a Gaia en un hongo nuclear divino.

Lamentablemente, su instinto le decía que Annabeth estaba en lo cierto. El sitio de la estatua estaba en Long Island, donde podría impedir la guerra entre los dos campamentos.

—Entonces que Reyna se lleve la estatua —dijo Percy—. Y nosotros seguiremos hasta Atenas.

Leo se encogió de hombros.

—Me parece guay, pero hay ciertos problemas logísticos. Tenemos... ¿cuánto? ¿Dos semanas hasta el día de fiesta romano que se supone que despierta Gaia?

—La fiesta de Spes —dijo Jason—. Es el 1 de agosto. Hoy es...

—18 de julio —apuntó Frank—. Así que, a partir de mañana, quedan exactamente catorce días.

Hazel hizo una mueca.

—Tardamos dieciocho días en venir de Roma aquí: un viaje que solo debería habernos llevado dos o tres días como máximo.

—Entonces, considerando nuestra suerte —dijo Leo—, tal vez nos dé tiempo a llevar el *Argo II* a Atenas, encontrar a los gigantes e impedir que despierten a Gaia. Tal vez. Pero ¿cómo se supone que va a llevar Reyna esta estatua enorme al Campamento Mestizo antes de que griegos y romanos se hagan picadillo? Ni siquiera tiene ya su pegaso. Ejem, lo siento…

—No pasa nada —soltó Reyna.

Puede que los estuviera tratando como aliados y no como enemigos, pero Percy sabía que Reyna no tenía demasiada debilidad por Leo, quizá porque había volado la mitad del foro de la Nueva Roma.

Respiró hondo.

—Lamentablemente, Leo tiene razón. No sé cómo voy a poder transportar algo tan grande. Suponía… bueno, esperaba que todos tuvierais una respuesta.

—El laberinto —dijo Hazel—. Si Pasífae de verdad lo ha reabierto, y creo que es el caso… —Miró a Percy con aprehensión—. Bueno, has dicho que el laberinto puede llevarte a cualquier parte. Así que tal vez…

—No. —Percy y Annabeth hablaron al unísono.

—No pretendemos echar por tierra tu idea —dijo Percy—. Es solo que…

Hizo un esfuerzo por encontrar las palabras adecuadas. ¿Cómo podía describir el laberinto a alguien que no lo había explorado? Dédalo lo había creado con la intención de que fuera un laberinto viviente que creciera. A lo largo de los años, se había extendido como las raíces de un árbol bajo la superficie del mundo. Sí, podía llevarte a cualquier parte. En el interior, la distancia carecía de sentido. Podías entrar en el laberinto en Nueva York, andar tres metros y salir en Los Ángeles, pero solo si encontrabas una forma fiable de recorrerlo. De lo contrario, el laberinto te engañaría y trataría de matarte a cada paso. Cuando la red de túneles se desplomó después de la muerte de Dédalo, Percy se había sentido aliviado. La idea de que el laberinto se estuviera regenerando, abriéndose paso bajo la tierra y proporcionando un espacioso nuevo hogar a los monstruos no le entusiasmaba. Ya tenía bastantes problemas.

—Primero —dijo—, los pasadizos son demasiado pequeños para la Atenea Partenos. Es imposible que la lleves allí abajo...

—Y aunque el laberinto se haya vuelto a abrir —continuó Annabeth—, no sabemos cómo podría ser ahora. Ya era bastante peligroso antes, bajo el control de Dédalo, y él no era malo. Si Pasífae ha reconstruido el laberinto como ella quería... —Sacudió la cabeza—. Hazel, tal vez tus sentidos subterráneos pudieran guiar a Reyna, pero nadie más tendría posibilidades de sobrevivir. Y te necesitamos aquí. Además, si te perdieras allí abajo...

—Tenéis razón —dijo Hazel tristemente—. No importa.

Reyna echó un vistazo al grupo.

—¿Más ideas?

—Yo podría ir —propuso Frank, aunque no parecía entusiasmado con la idea—. Si soy pretor, debería ir. Tal vez podamos fabricar una especie de trineo o...

—No, Frank Zhang. —Reyna le dedicó una sonrisa de cansancio—. Espero que en el futuro trabajemos codo con codo, pero de momento tu sitio está con la tripulación de este barco. Eres uno de los siete de la profecía.

—Yo no —dijo Nico.

Todo el mundo dejó de comer. Percy miró a Nico al otro lado del corro, tratando de decidir si estaba bromeando.

—Nico... —dijo Hazel dejando su tenedor.

—Yo iré con Reyna —dijo—. Puedo transportar la estatua por las sombras.

—Ejem... —Percy levantó la mano—. Ya sé que nos has traído a los ocho a la superficie, y ha sido una pasada. Pero hace un año dijiste que transportarte a ti mismo era peligroso e impredecible. Acabaste en China un par de veces. Transportar una estatua de doce metros y dos personas a la otra punta del mundo...

—He cambiado desde que volví del Tártaro. —Los ojos de Nico brillaban furiosamente con una intensidad que Percy no entendía. Se preguntó si había hecho algo que hubiera ofendido al chico.

—No estamos cuestionando tu poder, Nico —intervino Jason—. Solo queremos asegurarnos de que no te mates en el intento.

—Puedo hacerlo —insistió él—. Daré saltos breves: varios cientos de kilómetros cada vez. Es verdad, después de cada salto, no estaré en condiciones de protegerme de los monstruos. Necesitaré que Reyna nos defienda a mí y a la estatua.

Reyna tenía cara de póquer. Observó al grupo, escrutando sus rostros, pero sin revelar ninguno de sus pensamientos.

—¿Alguna objeción?

Nadie dijo nada.

—Muy bien —dijo, con el tono terminante de una jueza. Si hubiera tenido un mazo, Percy sospechaba que hubiera dado un golpe—. No veo ninguna opción mejor. Pero nos atacarán muchos monstruos. Me sentiría mejor llevando a una tercera persona. Es el número óptimo para una misión.

—Entrenador Hedge —soltó Frank.

Percy lo miró fijamente; no estaba seguro de haber oído bien.

—¿Qué, Frank?

—El entrenador es la mejor opción —dijo Frank—. La única opción. Es un buen luchador. Es un protector consumado. Él hará el trabajo.

—Un fauno —dijo Reyna.

—¡Sátiro! —ladró el entrenador—. Y sí, iré. Además, cuando llegues al Campamento Mestizo, necesitarás alguien con contactos y dotes diplomáticas para evitar que los griegos te ataquen. Dejadme hacer una llamada… digo, dejadme ir a por mi bate de béisbol.

Se levantó y transmitió un mensaje tácito a Frank que Percy no acabó de descifrar. A pesar de haberse ofrecido voluntario para una probable misión suicida, el entrenador parecía agradecido. Se fue corriendo hacia la escalera del barco, entrechocando sus pezuñas como un niño entusiasmado.

Nico se levantó.

—Yo también debería irme y descansar antes de la primera travesía. Nos veremos delante de la estatua al ponerse el sol.

Una vez que se hubo marchado, Hazel frunció el entrecejo.

—Se comporta de forma extraña. No estoy segura de que lo haya pensado bien.

—No le pasará nada —dijo Jason.

—Espero que tengas razón. —Pasó la mano por el suelo. Unos diamantes salieron a la superficie: una reluciente vía láctea de piedras—. Estamos ante otra encrucijada. La Atenea Partenos va hacia el oeste. El *Argo II* va hacia el este. Espero que hayamos elegido bien.

Percy deseó poder hacer algún comentario alentador, pero se sentía intranquilo. A pesar de todo lo que habían pasado y de todas las batallas que habían ganado, todavía parecían lejos de vencer a Gaia. Sí, habían liberado a Tánatos. Habían cerrado las Puertas de la Muerte. Por lo menos ahora podían matar a los monstruos y obligarlos a permanecer en el Tártaro durante un tiempo. Pero los gigantes habían vuelto… todos.

—Hay una cosa que me preocupa —dijo—. Si la fiesta de Spes se celebra dentro de dos semanas, y Gaia necesita la sangre de dos semidioses para despertar… ¿Cómo la llamó Clitio? ¿La sangre del Olimpo? ¿No estamos haciendo exactamente lo que Gaia quiere que hagamos yendo a Atenas? Si no vamos y no puede sacrificarnos a ninguno, ¿no impedirá eso que despierte del todo?

Annabeth le tomó la mano. Percy se empapó de su imagen ahora que estaban otra vez en el mundo de los mortales, sin la Niebla de la Muerte, con la luz del sol brillando en su cabello rubio… aunque seguía delgada y pálida, como él, y sus ojos grises tenían un turbulento aire pensativo.

—Las profecías son un arma de doble filo, Percy —dijo—. Si no vamos, puede que perdamos nuestra mejor y única oportunidad de detenerla. Atenas es donde nos aguarda la batalla. No podemos evitarla. Además, tratar de impedir que se cumplan las profecías nunca da resultado. Gaia podría capturarnos en otra parte o derramar la sangre de otros semidioses.

—Sí, tienes razón —dijo Percy—. No me gusta, pero tienes razón.

El humor del grupo se tornó sombrío como el aire del Tártaro hasta que Piper rompió la tensión.

—¡Bueno! —Envainó su daga y dio unos golpecitos en su cornucopia—. Una comida muy buena. ¿Quién quiere postre?

LXXVIII

Percy

Al ponerse el sol, Percy encontró a Nico atando la base de la Atenea Partenos con cuerdas.

—Gracias —dijo Percy.

Nico frunció el entrecejo.

—¿Por qué?

—Prometiste que llevarías a los demás a la Casa de Hades —dijo Percy—. Y lo cumpliste.

Nico ató las puntas de las cuerdas e hizo un dogal.

—Vosotros me sacasteis de la vasija de bronce en Roma. Me salvasteis la vida otra vez. Era lo mínimo que podía hacer.

Tenía una voz firme, cautelosa. Percy deseaba comprender a ese chico, pero nunca había sido capaz de ello. Nico ya no era el chico friki de la Academia Westover que coleccionaba cartas de Myth-o-magic. Tampoco era el solitario lleno de ira que había seguido al fantasma de Minos por el laberinto. Pero ¿quién era?

—Además —dijo Percy—, visitaste a Bob…

Le relató a Nico su viaje por el Tártaro. Suponía que si alguien podía entenderlo era Nico.

—Convenciste a Bob de que yo era de fiar, aunque nunca lo visité. Nunca volví a pensar en él. Probablemente nos salvaste la vida siendo amable con él.

—Sí, bueno, no pensar en la gente… —dijo Nico— puede ser peligroso.

—Solo intento darte las gracias, colega.

Nico se rió sin gracia.

—Yo solo intento decirte que no hace falta. Y ahora, si eres tan amable de dejarme sitio, tengo que acabar esto.

—Sí, vale.

Percy retrocedió mientras Nico tensaba las cuerdas. Las pasó por encima de sus hombros como si la Atenea Partenos fuera una mochila gigante.

Percy no pudo evitar sentirse un poco dolido. Pero, por otra parte, Nico había pasado muchas cosas. Ese chico había sobrevivido solo en el Tártaro. Percy entendía perfectamente la fuerza que debía de haber requerido.

Annabeth ascendió por la colina para reunirse con ellos. Tomó la mano de Percy, cosa que le hizo sentirse mejor.

—Buena suerte —le dijo a Nico.

—Sí. —Él no la miró a los ojos—. Lo mismo digo.

Un minuto más tarde, Reyna y el entrenador Hedge llegaron pertrechados con armaduras completas y con mochilas en los hombros. Reyna tenía una expresión seria y parecía lista para el combate. El entrenador Hedge sonreía como si estuviera esperando una fiesta de cumpleaños.

Reyna abrazó a Annabeth.

—Lo conseguiremos —prometió.

—Lo sé —dijo Annabeth.

El entrenador Hedge se echó al hombro su bate de béisbol.

—Sí, no te preocupes. ¡Llegaré al campamento y veré a mi nena! Esto… quiero decir que llevaré a esta nena al campamento. —Dio un golpe en la pierna de la Atenea Partenos.

—Está bien —dijo Nico—. Cogeos a las cuerdas, por favor. Allá vamos.

Reyna y Hedge se agarraron. El aire se oscureció. La Atena Partenos se sumió en sus propias sombras y desapareció, junto con sus tres escoltas.

El *Argo II* zarpó después del anochecer.

Viraron hacia el sudoeste hasta que llegaron a la costa y luego amerizaron en el mar Jónico. Percy se alegró de volver a notar las olas debajo de él.

El viaje habría sido más corto por tierra, pero después de la experiencia de la tripulación con los espíritus de las montañas en Italia, habían decidido no sobrevolar el territorio de Gaia más de lo necesario. Navegarían alrededor de Grecia siguiendo las rutas que los héroes griegos habían tomado en la Antigüedad.

A Percy le parecía bien. Le encantaba estar otra vez en el elemento de su padre, con el fresco aire marino en los pulmones y gotas de agua salada en los brazos. Permaneció detrás de la barandilla de estribor y cerró los ojos, percibiendo las corrientes debajo de ellos. Sin embargo, imágenes del Tártaro asaltaban continuamente su mente: el río Flegetonte, el terreno con ampollas en el que los monstruos se regeneraban, el bosque oscuro donde las *arai* daban vueltas entre las nubes de niebla sangrienta. Pero sobre todo pensaba en una choza del pantano donde había una cálida lumbre y estanterías con hierbas secas y cecina de drakon. Se preguntaba si la choza estaría vacía ahora.

Annabeth se pegó a él tras el pasamanos, y su calor le reconfortó.

—Lo sé —murmuró, descifrando la expresión de Percy—. Yo tampoco me quito ese sitio de la cabeza.

—Damasén —dijo Percy—. Y Bob…

—Lo sé. —La voz de ella era frágil—. Tenemos que hacer que sus sacrificios hayan valido la pena. Tenemos que vencer a Gaia.

Percy se quedó mirando el cielo nocturno. Deseó estar mirándolo desde la playa de Long Island y no desde la otra punta del mundo, rumbo a una muerte casi segura.

Se preguntaba dónde estarían ya Nico, Reyna y Hedge, y cuánto tardarían en llegar… suponiendo que sobrevivieran. Se imaginó a los romanos disponiendo las líneas de batalla en ese mismo momento, rodeando el Campamento Mestizo.

Faltaban catorce días para llegar a Atenas. Entonces, de una forma u otra, se decidiría la guerra.

En la proa, Leo silbaba alegremente mientras trataba de reparar el cerebro mecánico de Festo, murmurando algo sobre un cristal y un astrolabio. En medio del barco, Piper y Hazel practicaban esgrima, las espadas de oro y de bronce resonando en la noche. Jason y Frank estaban al timón, hablando en voz baja, tal vez contándose historias de la legión o intercambiando impresiones sobre el cargo de pretor.

—Tenemos una buena tripulación —dijo Percy—. Si tengo que morir...

—No te me vas a morir, Cerebro de Alga —dijo Annabeth—. ¿Recuerdas? No nos vamos a volver a separar. Y cuando volvamos a casa...

—¿Qué? —preguntó Percy.

Ella le besó.

—Pregúntamelo otra vez cuando venzamos a Gaia.

Él sonrió, contento de tener algo que anhelar con impaciencia.

—Lo que tú digas.

A medida que se alejaban de la costa, el cielo se oscureció y salieron más estrellas.

Percy observó las constelaciones que Annabeth le había enseñado hacía muchos años.

—Bob os manda saludos —dijo a las estrellas.

El *Argo II* se internó en la noche.

Glosario

ACLIS: diosa griega del sufrimiento; diosa de los venenos; controladora de la Niebla de la Muerte; hija del Caos y de la Noche.

AFRODITA: diosa griega del amor y la belleza. Se casó con Hefesto, pero amaba a Ares, el dios de la guerra. Forma romana: Venus.

ALCIONEO: hijo mayor de los gigantes de los que Gaia es madre, destinado a luchar contra Plutón.

ALÓADAS: gigantes gemelos que intentaron asaltar el monte Olimpo apilando tres montañas griegas una encima de la otra. Ares trató de detenerlos, pero fue vencido y encerrado en una urna de bronce hasta que Hermes lo rescató. Más tarde Artemisa provocó el fin de los gigantes corriendo entre ellos bajo la forma de un ciervo. Los dos la apuntaron con sus lanzas, pero no acertaron y se mataron entre ellos.

ANÍBAL: comandante cartaginés que vivió entre 247 a.C. y 183 o 182 a.C., considerado uno de los mejores estrategas militares de la historia. Uno de sus más famosos logros fue llevar un ejército, elefantes de guerra incluidos, de Iberia al norte de Italia a través de los Pirineos y los Alpes.

AQUELOO: *potamus* o dios del río.

AQUILÓN: dios romano del viento del norte. Forma griega: Bóreas.

ARACNE: tejedora que afirmaba ser más diestra que Atenea. Esto enfureció a la diosa, que destruyó el tapiz y el telar de Aracne. Aracne se ahorcó, y Atenea la resucitó bajo la forma de una araña.

ARAI: espíritus de las maldiciones; brujas arrugadas con alas de murciélago, garras de latón y brillantes ojos rojos; hijas de Nix (Noche).

ARES: dios griego de la guerra; hijo de Zeus y Hera, y hermanastro de Atenea. Forma romana: Marte.

ARGENTUM: plata; nombre de uno de los dos galgos metálicos de Reyna que pueden detectar las mentiras.

ARGO II: barco fantástico construido por Leo que puede navegar y volar, y posee la cabeza del dragón de bronce Festo como mascarón de proa. El nombre del barco proviene del *Argo*, la embarcación usada por el grupo de héroes griegos que acompañaron a Jasón en su misión para encontrar el Vellocino de Oro.

ARIADNA: hija de Minos, que ayudó a Teseo a escapar del laberinto.

ARIÓN: caballo mágico increíblemente veloz que vive en libertad, pero de vez en cuando responde a las invocaciones de Hazel; su comida favorita son las pepitas de oro.

ARPÍA: criatura alada que roba objetos.

ARQUÍMEDES: matemático, físico, ingeniero, inventor y astrónomo griego que vivió entre 287 y 212 a.C. Está considerado uno de los principales científicos de la Antigüedad; descubrió cómo calcular el volumen de una esfera.

ASTROLABIO: instrumento usado para la navegación, que se basa en la posición de los planetas y las estrellas.

ATENEA: diosa griega de la sabiduría. Forma romana: Minerva.

ATENEA PARTENOS: gigantesca estatua de Atenea. Constituye la estatua griega más famosa de todos los tiempos.

AUGURIO: señal de algo venidero, presagio; práctica de la adivinación del futuro.

AURUM: oro; nombre de uno de los dos galgos metálicos de Reyna que pueden detectar las mentiras.

AUSTRO: dios romano del viento del sur. Forma griega: Noto.

BACO: dios romano del vino y las fiestas. Forma griega: Dioniso.

BALLESTA: arma de asedio romana que lanzaba grandes proyectiles a objetivos lejanos (*véase* escorpión, ballesta de).

BARRACONES: dependencias de los soldados romanos.

BELONA: diosa romana de la guerra.

BORÉADAS: Calais y Zetes, hijos de Bóreas, dios del viento del norte.

BÓREAS: dios del viento del norte. Forma romana: Aquilón.

BRACCAE: «pantalones», en latín.

BRONCE CELESTIAL: metal poco común letal para los monstruos.

BÚNKER 9: taller oculto descubierto por Leo en el Campamento Mestizo, lleno de herramientas y armas. Tiene al menos doscientos años de antigüedad y se usó durante la guerra civil de los semidioses.

CABALLO DE TROYA: leyenda de la guerra de Troya acerca de un enorme caballo de madera que los griegos construyeron y dejaron cerca de Troya con un grupo selecto de hombres en su interior. Después de que los troyanos metieran el caballo en su ciudad como trofeo, los griegos salieron de noche, dejaron entrar al resto de su ejército en Troya y la destruyeron, lo que fue decisivo para el final de la guerra.

CADMO: semidiós a quien Ares convirtió en serpiente cuando mató a su hijo dragón.

CALIPSO: ninfa divina de la isla mítica de Ogigia; hija del titán Atlas. Retuvo al héroe Odiseo durante muchos años.

CAMPAMENTO JÚPITER: campo de entrenamiento de semidioses romanos, situado entre las colinas de Oakland y las colinas de Berkeley, en California.

CAMPAMENTO MESTIZO: campo de entrenamiento de semidioses griegos, situado en Long Island, Nueva York.

CAMPE: monstruo con la parte superior del cuerpo de una mujer con serpientes en el pelo y la parte inferior de un drakon; nombrada por el titán Cronos para vigilar a los cíclopes del Tártaro. Zeus la mató y liberó a los gigantes de su prisión para que lo ayudaran en su guerra contra los titanes.

CAMPOS DE ASFÓDELOS: sección del inframundo a la que son enviados los que no llevaron una vida buena ni mala.

CAMPOS DE CASTIGO: sección del inframundo a la que son enviadas las personas que fueron malas en vida para recibir el castigo eterno por sus crímenes después de la muerte.

CAMPOS ELÍSEOS: sección del inframundo a la que son enviados los bendecidos por los dioses para que descansen eternamente después de la muerte.

CASA DE HADES: lugar del inframundo donde Hades, el dios griego de la muerte, y su esposa Perséfone rigen las almas de los difuntos; templo antiguo situado en Epiro, en Grecia.

CASA DEL LOBO: mansión en ruinas donde Percy Jackson fue adiestrado como semidiós romano por Lupa.

CATAPULTA: máquina militar usada para lanzar objetos.

CATOBLEPAS: monstruo vacuno cuyo nombre significa «el que mira hacia abajo». Fueron importados por accidente de África a Venecia. Comen raíces venenosas que crecen junto a los canales y tienen una mirada y un aliento venenosos.

CÉFIRO: dios griego del viento del oeste. Forma romana: Favonio.

CENTAURO: raza de criaturas medio humanas medio equinas.

CENTURIÓN: oficial del ejército romano.

CEO: uno de los doce titanes; señor del norte.

CERCOPES: pareja de enanos simiescos que roban objetos brillantes y siembran el caos.

CERES: diosa romana de la agricultura. Forma griega: Deméter.

CHITON: prenda de vestir griega; pieza de lino o de lana sin mangas sujeta con broches en los hombros y con un cinturón en la cintura.

CÍCLOPE: miembro de una raza primigenia de gigantes que tenían un solo ojo en medio de la frente.

CIRCE: diosa griega de la magia.

CLITIO: gigante creado por Gaia para absorber y vencer la magia de Hécate.

COCITO: río de las lamentaciones situado en el Tártaro, hecho de tristeza pura.

COHORTE: una de las diez divisiones de una legión romana.

COLISEO: anfiteatro elíptico situado en el centro de Roma. Con un aforo de cincuenta mil espectadores, el Coliseo se usaba para luchas de gladiadores y espectáculos públicos, como batallas navales simuladas, caza de animales, ejecuciones, representaciones de batallas famosas y dramas.

CONTRACORRIENTE: nombre de la espada de Percy Jackson; *Anaklusmos*, en griego.

CORNUCOPIA: gran recipiente con forma de cuerno que rebosa comestibles o distintas formas de riqueza. La cornucopia se creó cuando Heracles (Hércules, para los romanos) luchó contra el dios del río Aqueloo y le arrancó un cuerno.

CRONOS: el más pequeño de los doce titanes; hijo de Urano y Gaia; padre de Zeus. Mató a su padre cumpliendo las órdenes de su madre. Señor del destino, las cosechas, la justicia y el tiempo. Forma romana: Saturno.

CUPIDO: dios romano del amor. Forma griega: Eros.

DAMASÉN: gigante hijo de Tártaro y Gaia; creado para enfrentarse a Ares; condenado al Tártaro por matar un drakon que estaba asolando la tierra.

DÉDALO: en la mitología griega, un diestro artesano que creó el laberinto de Creta en el que estaba encerrado el Minotauro (mitad hombre mitad toro).

DEMÉTER: diosa griega de la agricultura, hija de los titanes Rea y Cronos. Forma romana: Ceres.

DENARIO: moneda más común del sistema monetario romano.

DIOCLECIANO: último gran emperador pagano y primero en retirarse pacíficamente; semidiós (hijo de Júpiter). Según la leyenda, su cetro podía invocar un ejército de fantasmas.

DIÓMEDES: destacado héroe griego de la guerra de Troya.

DIONISO: dios griego del vino y las fiestas, hijo de Zeus. Forma romana: Baco.

DRACMA: moneda de plata de la antigua Grecia.

DRAKON: gigantesco monstruo amarillo y verde similar a una serpiente, con gorgueras alrededor del cuello, ojos de reptil y enormes garras; escupe veneno.

DRÍADAS: tres ninfas.

ÉGIDA: escudo de Thalia Grace capaz de infundir terror.

EIDOLON: espíritu que posee a sus víctimas.

EMPOUSA: vampira con colmillos, garras, la pierna izquierda de bronce y la derecha de burro, cabello de fuego y piel blanca como un hueso. Las *empousai* [pl.] tienen la capacidad de manipular la Niebla, cambiar de forma y atraer víctimas mortales gracias a su poder de persuasión.

EOLO: dios de todos los vientos.

EPIRO: región actualmente situada en el noroeste de Grecia y el sudeste de Albania.

ERIS: diosa de la discordia.

EROS: dios griego del amor. Forma romana: Cupido.

ESCIRÓN: famoso ladrón que tendía emboscadas a los transeúntes y les obligaba a lavarle los pies como peaje. Cuando sus víctimas se arrodillaban, les daba una patada y las lanzaba al mar, donde eran devoradas por una tortuga gigante.

ESCORPIÓN, BALLESTA DE: arma de asedio romana que lanzaba grandes proyectiles a objetivos lejanos.

FALANGE: cuerpo compacto de tropas fuertemente armadas.

FAUNO: dios del bosque romano, mitad cabra mitad hombre. Forma griega: sátiro.

FAVONIO: dios romano del viento del oeste. Forma griega: Céfiro.

FLEGETONTE: río de fuego que fluye del reino de Hades hasta el Tártaro; mantiene a los malvados vivos para que puedan soportar los tormentos de los Campos de Castigo.

FUEGO GRIEGO: arma incendiaria usada en batallas navales debido a su capacidad de seguir ardiendo en el agua.

FURIAS: diosas romanas de la venganza; caracterizadas habitualmente como tres hermanas: Alecto, Trisífone y Megera; hijas de Gaia y Urano. Residen en el inframundo, donde atormentan a malhechores y pecadores. Forma griega: Erinias.

GAIA: diosa griega de la tierra; madre de titanes, gigantes, cíclopes y otros monstruos. Forma romana: Terra.

GERAS: dios de la vejez.

GERIÓN: monstruo con tres cuerpos que fue eliminado por Heracles/Hércules.

GLADIUS: espada corta.

GRAECUS: palabra usada por los romanos para referirse a los griegos.

GREBA: pieza de armadura para la espinilla.

GRIFO: criatura con los cuartos delanteros (incluidas las garras) y las alas de un águila y los cuartos traseros de un león.

GRISGRÍS: práctica vudú ejercida en Nueva Orleans que recibe su nombre del francés *gris*. En esta práctica se combinan hierbas especiales y otros ingredientes, que se introducen en una bolsita de franela roja que una persona lleva encima o que guarda con el fin de restablecer el equilibrio entre los aspectos negros y blancos de su vida.

GUERRA DE TROYA: en la milogía griega, los aqueos (griegos) hicieron la guerra a Troya después de que Paris de Troya arrebatara a Helena a su marido, Menelao, rey de Esparta.

HADES: dios griego de la muerte y las riquezas. Forma romana: Plutón.

HÉCATE: diosa de la magia y las encrucijadas; controla la Niebla; hija de los titanes Perses y Asteria.

HEFESTO: dios griego del fuego, los artesanos y los herreros; hijo de Zeus y Hera, casado con Afrodita. Forma romana: Vulcano.

HEMERA: diosa del día, hija de la Noche.

HERA: diosa griega del matrimonio; esposa y hermana de Zeus. Forma romana: Juno.

HERACLES: equivalente griego de Hércules; hijo de Zeus y Alcmena; el más fuerte de todos los mortales.

HÉRCULES: equivalente romano de Heracles; hijo de Júpiter y Alcmena, poseedor de una fuerza extraordinaria.

HERMES: dios griego de los viajeros; guía de los espíritus de los muertos; dios de la comunicación. Forma romana: Mercurio.

HESÍODO: poeta griego que especulaba que se tardarían nueve días en caer al fondo del Tártaro.

HIERRO ESTIGIO: metal mágico forjado en la laguna Estigia capaz de absorber la esencia de los monstruos y herir a mortales, dioses, titanes y gigantes. Ejerce un considerable efecto en los fantasmas y las criaturas del inframundo.

HIPERIÓN: uno de los doce titanes; señor del este.

HIPNOS: dios griego del sueño. Forma romana: Somnus.

HIPOGEO: zona situada debajo de un coliseo, que contenía material escénico y máquinas usadas para los efectos especiales.

HORACIO: general romano que se enfrentó una horda de invasores y se sacrificó en un puente para impedir que los bárbaros cruzaran el río Tíber. Al brindar a sus compatriotas romanos tiempo para terminar sus defensas, salvó la República.

HOTEL LOTUS: casino de Las Vegas donde Percy, Annabeth y Grover perdieron considerable tiempo durante su misión después de comer unas flores de loto encantadas.

ICOR: líquido dorado que constituye la sangre de dioses e inmortales.

JANO: dios romano de las puertas, los comienzos y las transiciones; representado con dos rostros, ya que mira al futuro y al pasado.

JÁPETO: uno de los doce titanes; señor del oeste; su nombre significa «el Perforador». Cuando Percy luchó contra él en el reino de Hades, Jápeto cayó al río Lete y perdió la memoria; Percy lo rebautizó Bob.

JÚPITER: rey romano de los dioses; también llamado Júpiter Óptimo Máximo (el mejor y el más grande). Forma griega: Zeus.

KATOPTRIS: daga de Piper.

LABERINTO: caótica creación subterránea construida originalmente en la isla de Creta por el artesano Dédalo para encerrar al Minotauro (mitad hombre mitad toro).

LAR: dios doméstico, espíritu ancestral.

LEGIONARIO: soldado romano.

LEMURES: fantasmas furiosos.

LETO: hija del titán Ceo; madre de Artemisa y Apolo con Zeus; diosa de la maternidad.

LIBROS SIBILINOS: colección de profecías en verso escritas en griego. Tarquino el Soberbio, rey de Roma, se los compró a una profetisa llamada Sibila y los consultaba en momentos de grave peligro.

MANSIÓN DE LA NOCHE: palacio de Nix.

MANTÍCORA: criatura con cabeza humana, cuerpo de león y cola de escorpión.

MARTE: dios romano de la guerra; también llamado Marte Ultor. Patrón del imperio; padre divino de Rómulo y Remo. Forma griega: Ares.

MEDEA: seguidora de Hécate y una de las mejores hechiceras del mundo antiguo.

MERCURIO: mensajero romano de los dioses; dios de los negocios, las ganancias y el comercio. Forma griega: Hermes.

MINERVA: diosa romana de la sabiduría. Forma griega: Atenea.

MINOS: rey de Creta; hijo de Zeus; cada año hacía que el rey Egeo eligiera siete jóvenes y siete doncellas para enviarlos al laberinto, donde eran devorados por el Minotauro. Después de su muerte se convirtió en juez en el inframundo.

MINOTAURO: monstruo con cabeza de toro sobre el cuerpo de un hombre.

MOIRAS: en la mitología griega, antes incluso de que existieran los dioses, existían las Moiras: Cloto, que teje el hilo de la vida; Láquesis, la medidora, que determina la duración de la vida; y Átropos, que corta el hilo de la vida con sus tijeras.

MONTE TAMALPAIS: lugar del Área de la Bahía de San Francisco (norte de California) donde los titanes construyeron un palacio.

NACIDOS DE LA TIERRA: *Gegenes*, en griego; monstruos de seis brazos con un taparrabos por toda vestimenta.

NÁYADES: ninfas del agua.

NECROMANTEION: oráculo de la Muerte o Casa de Hades en griego; templo con múltiples niveles al que la gente iba a consultar a los muertos.

NEPTUNO: dios romano del mar. Forma griega: Poseidón.

NIEBLA: fuerza mágica que oculta cosas a los mortales.

NINFA: deidad femenina de la naturaleza que vivifica la naturaleza.

NINFEO: templo dedicado a las ninfas.

NIX: diosa de la noche; uno de los dioses elementales primigenios.

NOTO: dios griego del viento del sur. Forma romana: Austro.

Nueva Roma: comunidad situada cerca del Campamento Júpiter donde los semidioses pueden vivir en paz, sin interferencias de mortales ni de monstruos.

Numina montanum: dios de la montaña romano. Forma griega: *Ourae*.

Odiseo: legendario rey de Ítaca y héroe del poema épico de Homero *La Odisea*. Forma romana: Ulises.

Ogigia: isla que constituye el hogar —y la cárcel— de la ninfa Calipso.

ogro Lestrigón: caníbal gigantesco del extremo norte.

oro imperial: metal poco común que resulta letal para los monstruos, consagrado en el Panteón; su existencia era un secreto celosamente guardado por los emperadores.

Ourae: «dios de la montaña», en griego. Forma romana: *Numina montanum*.

Pasífae: esposa de Minos, condenada a enamorarse del toro de su marido y a dar a luz al Minotauro (mitad hombre, mitad toro); señora de las artes de las hierbas mágicas.

Pegaso: en la mitología griega, un caballo divino alado; hijo de Poseidón, en su encarnación de dios caballo, y alumbrado por la gorgona Medusa; hermano de Crisaor.

Periclímeno: argonauta, hijo de dos semidioses y nieto de Poseidón, quien le concedió la capacidad de transformarse en varios animales.

peristilo: entrada de la residencia privada del emperador.

Perséfone: reina griega del inframundo; esposa de Hades; hija de Zeus y Deméter. Forma romana: Proserpina.

persuasión: don concedido por Afrodita a sus hijos que les permite convencer a los demás con su voz.

pilum [*pila*, pl.]: jabalina usada por el ejército romano.

Plutón: dios romano de la muerte y las riquezas. Forma griega: Hades.

Polibotes: gigante hijo de Gaia, la Madre Tierra.

Polifemo: gigante con un solo ojo hijo de Poseidón y Toosa; uno de los cíclopes.

PORFIRIO: rey de los gigantes en la mitología griega y romana.

POSEIDÓN: dios griego del mar; hijo de los titanes Cronos y Rea, y hermano de Zeus y Hades. Forma romana: Neptuno.

PRETOR: magistrado romano electo y comandante del ejército.

PROSERPINA: reina romana del inframundo. Forma griega: Perséfone.

PSIQUE: joven mortal que se enamoró de Eros y fue obligada por su madre, Afrodita, a ganarse el derecho a volver con él.

PUERTAS DE LA MUERTE: la entrada de la Casa de Hades, situada en el Tártaro. Las puertas tienen dos lados: una en el mundo de los mortales y otra en el inframundo.

QUÍONE: diosa griega de la nieve; hija de Bóreas.

RÍO AQUERONTE: quinto río del inframundo; el río del dolor; el castigo definitivo de las almas de los condenados.

RÍO LETE: uno de los diversos ríos del inframundo; el que bebe de él olvida su identidad.

RÍO TÍBER: el tercer río más largo de Italia. Roma se fundó sobre sus orillas. En la antigua Roma, los criminales ejecutados eran lanzados al río.

RÓMULO Y REMO: hijos gemelos de Marte y la sacerdotisa Rea Silvia. Fueron lanzados al río Tíber por su padre humano, Amulio, y rescatados y criados por una loba. Cuando llegaron a la edad adulta fundaron Roma.

SÁTIRO: dios del bosque griego mitad cabra, mitad hombre. Equivalente romano: fauno.

SATURNO: dios romano de la agricultura; hijo de Urano y Gaia, y padre de Júpiter. Forma griega: Cronos.

SCIPIO: pegaso de Reyna.

SENATUS POPULUSQUE ROMANUS (SPQR): «El Senado y el Pueblo de Roma»; hace referencia al gobierno de la República Romana y se usa como emblema oficial de Roma.

SPATHA: espada pesada usada por la caballería romana.

SPES: diosa de la esperanza; la fiesta de Spes, el día de la Esperanza, se celebra el 1 de agosto.

STELA: piedra con inscripciones usada como monumento [stelae, pl.].

TÁNATOS: dios griego de la muerte; sirviente de Hades. Forma romana: Mors.

TÁNTALO: en la mitología griega, este rey era tan amigo de los dioses que se le permitía cenar a su mesa... hasta que divulgó sus secretos en la tierra. Fue enviado al inframundo y condenado a permanecer en un lago bajo un árbol frutal, sin poder beber ni comer jamás.

TÁRTARO: esposo de Gaia; espíritu del abismo; padre de los gigantes.

TEJO: juego en el que los jugadores lanzan aros a una estaca.

TELQUINE: demonio marino con aletas en lugar de manos y cabeza de perro.

TEMPESTAD: amigo de Jason; espíritu de la tormenta con forma de caballo.

TÉRMINO: dios romano de las fronteras y los mojones.

TERRA: diosa romana de la tierra. Forma griega: Gaia.

TESEO: rey de Atenas conocido por numerosas gestas, incluida la muerte del Minotauro.

TIBERIO: emperador romano del 14 d.C. al 37 d.C. Fue uno de los más destacados generales romanos, pero llegó a ser recordado como un gobernador solitario y taciturno que nunca quiso ser emperador.

TITANES: raza de poderosas deidades griegas, descendientes de Gaia y Urano, que gobernaron durante la Edad Dorada y que fueron derrocadas por una raza de dioses más jóvenes, los dioses del Olimpo.

TRIPTÓLEMO: dios de la agricultura; ayudó a Deméter cuando estaba buscando a su hija, Perséfone, quien había sido secuestrada por Hades.

TRIRREME: antiguo buque de guerra griego o romano con tres gradas de remos en cada lado.

URANO: padre de los titanes.

VENTI: espíritus del aire.

VENUS: diosa romana del amor y la belleza. Se casó con Vulcano, pero amaba a Marte, el dios de la guerra. Forma griega: Afrodita.

VIAJE POR LAS SOMBRAS: forma de transporte que permite a las criaturas del inframundo y los hijos de Hades viajar a cualquier lugar de la tierra o del inframundo, aunque provoca un extraordinario agotamiento al usuario.

VULCANO: dios romano del fuego, los artesanos y los herreros; hijo de Júpiter y Juno, casado con Venus. Forma griega: Hefesto.

ZEUS: dios griego del cielo y rey de los dioses. Forma romana: Júpiter.

TAMBIÉN DE RICK RIORDAN

La serie Las crónicas de Kane

LA PIRÁMIDE ROJA

Para Carter y Sadie, todo empezó la noche en que su padre hizo explotar el Museo Británico en Londres con un extraño conjuro. Fue entonces cuando se enteraron de que, además de un reconocido arqueólogo, su padre era una especie de mago del Antiguo Egipto. Rodeado de valiosas antigüedades, empezó a entonar extrañas palabras. Pero algo debió de salir mal ya que la sala quedó reducida a escombros y Set, el dios del caos, apareció de la nada envuelto en llamas. A su padre se lo tragó la tierra… y Carter y Sadie se encontraron ante el mayor desafío de sus vidas.

Ficción/Juvenil

EL TRONO DE FUEGO

Si alguien ha pensado que pertenecer a una familia de faraones es divertido, que hablen con Carter o con su hermana Sadie. Sin tiempo para reponerse de su aventura en la Pirámide Roja, Amos y Bast acaban de encomendarles otra de sus misiones exprés: despertar a Ra, el primer y más poderoso rey de los dioses. El problema es que nadie sabe dónde está, porque hace miles de años se retiró a los cielos y no se ha vuelto a saber de él. Carter y Sadie tienen que darse prisa, porque Ra es el único que puede enfrentarse a Apofis —también conocida como "la serpiente del caos"—, que está a punto de salir de la cárcel, y entonces… entonces será demasiado tarde.

Ficción/Juvenil

LA SOMBRA DE LA SERPIENTE

Apofis anda suelto, sembrando el terror adonde pasa. Mientras tanto, todo el mundo les ha dado la espalda a Carter y a Sadie. Un grupo de magos rebeldes, encabezados por Sarah Jacobi, les han acusado a Sadie y a Carter de haber provocado el caos. Nadie sabe dónde se han metido los dioses, y los que quedan, como Ra, el mismísimo dios del sol, sólo piensan en chupetear galletas, babear y tararear cancioncillas sin sentido. Sólo queda una última oportunidad: capturar la sombra de Apofis. Nadie hasta ahora lo ha conseguido, así que, si sale mal, no estarán aquí para contarlo.

Ficción/Juvenil

La serie Los héroes del Olimpo

EL HÉROE PERDIDO

Cuando Jason despierta, sabe que algo va muy mal. Está en un autobús en camino de un campamento para chicos problemáticos. Y le acompañan Piper —una muchacha (bastante guapa, por cierto) que dice que es su novia— y el que parece ser su mejor amigo, Leo... Pero él no recuerda nada: ni quién es ni cómo ha llegado allí. Pocas horas después, los tres descubrirán no sólo que son hijos de dioses del Olimpo, sino además que su destino es cumplir una profecía de locos: liberar a Hera, diosa de la furia, de las garras de un enemigo que lleva mucho tiempo planeando su venganza...

Ficción/Juvenil

EL HIJO DE NEPTUNO

¿A qué juegan los dioses del Olimpo? Gaia, la madre Tierra, está despertando a un ejército de monstruos para acabar con la humanidad... y ellos se entretienen mareando a los semidioses, los únicos que pueden derrotar sus perversos planes. Ahora han mandado a Percy al campamento Júpiter casi sin recuerdos y con la inquietante sensación de que él, el griego, es el enemigo. Por suerte, contará con el apoyo de Hazel, una chica nacida hace más de ochenta años, y de Frank, un muchacho torpe que todavía no sabe muy bien cuáles son sus poderes (ni si los tiene). Juntos deberán emprender una peligrosa expedición para liberar a Tánatos, el dios de la muerte, de las garras de un gigante...

Ficción/Juvenil

LA MARCA DE ATENEA

El destino de la humanidad pende de un hilo: Gaia, la madre Tierra, ha abierto de par en par las Puertas de la Muerte para liberar a sus despiadados monstruos. Los únicos que pueden cerrarlas son Percy, Jason, Piper, Hazel, Frank, Leo y Annabeth, el equipo de semidioses griegos y romanos elegidos por una antigua profecía. Pero su misión es todavía más difícil de lo que parece: sospechan que para encontrar las puertas deberán cruzar el océano, tienen sólo seis días para conseguirlo y, por si fuera poco, acaba de estallar la guerra entre sus dos campamentos y ahora ellos son un objetivo... ¿Lograrán ganar esta carrera de obstáculos contrarreloj?

Ficción/Juvenil

VINTAGE ESPAÑOL
Disponibles en su librería favorita.
www.vintageespanol.com